Obsession

Nora Roberts

Obsession

Traduit de l'anglais (États-Unis)
par Joëlle Touati

ÉDITIONS FRANCE LOISIRS

Titre original *The Obsession*
Première publication aux États-Unis par Berkley, une maison d'édition de Penguin Random House LLC., 2016.

Les personnages, les lieux et les situations de ce récit étant purement fictifs, toute ressemblance avec des personnes ou des situations existantes ne saurait être que fortuite.

Édition du Club France Loisirs,
avec l'autorisation des Éditions Michel Lafon

Éditions France Loisirs,
31 rue du Val de Marne, Paris.
www.franceloisirs.com

ISBN : 978-2-298-13952-5

Pour Elaine, Jeanette, JoAnne, Kat, Laura, Mary,
Mary Kay, Nicole, Pat, Sarah,
et cette fabuleuse semaine
que nous passons ensemble chaque année.

EXPOSITION

« Aujourd'hui, nous voyons au moyen d'un miroir,
d'une manière obscure. »

ÉPÎTRE AUX CORINTHIENS, 13:12

1

29 août 1998

Elle n'a jamais su ce qui l'avait réveillée cette nuit-là, cette nuit de cauchemar qui, depuis, n'a cessé de la hanter.

Il faisait une chaleur étouffante. Le ventilateur, sur la commode, ne brassait que de l'air lourd et moite.

Naomi avait l'habitude de ces nuits d'été suffocantes, des draps humides de sueur, les fenêtres grandes ouvertes sur le chant incessant des cigales et le maigre espoir d'un souffle de vent.

Ce n'était pas la chaleur qui l'avait tirée du sommeil, ni les grondements d'orage dans le lointain. Elle s'était réveillée en sursaut, comme si quelqu'un l'avait secouée ou lui avait crié dans l'oreille.

Assise dans son lit, en nage, elle n'entendait que le bourdonnement du ventilateur, la stridulation des cigales et le « hou ! hou ! » paresseux et répétitif d'un hibou. Les bruits nocturnes de la campagne lui étaient aussi familiers que le son de sa voix. Ils n'étaient pas la cause de cette étrange sensation de malaise.

Il faisait encore nuit noire. Elle aurait aimé que l'aube se lève ; elle serait alors sortie discrètement, avant que ses parents ne se réveillent, pour aller se rafraîchir dans le ruisseau.

Sitôt debout, elle devait s'atteler aux tâches ménagères. Avec cette chaleur, le moindre geste vous épuisait. Au matin, on serait toutefois samedi, et maman assouplissait un peu les règles, le samedi, si papa était de bonne humeur.

En entendant le tonnerre se rapprocher, Naomi se leva et se dirigea vers la fenêtre. Elle aimait les tempêtes, les feuillages secoués par les bourrasques, le ciel de plomb zébré d'éclairs.

La pluie rafraîchirait l'atmosphère.

Naomi s'agenouilla sur le plancher, les bras croisés sur le rebord de la fenêtre, et contempla le croissant de lune voilé par la brume de chaleur et les nuages.

En silence, elle formula un vœu. À deux jours de son douzième anniversaire, elle croyait encore au pouvoir des vœux.

Qu'il fasse une grosse tempête, avec des éclairs fourchus, des éclats de tonnerre comme des coups de canon, et des trombes d'eau.

Les yeux fermés, le visage levé, elle inspira une bouffée d'air. Puis elle posa la tête sur ses bras et observa les ombres.

Vivement le matin… Vivement le matin de son anniversaire ! Ses parents lui offriraient peut-être un nouveau vélo, ils savaient combien elle en avait envie.

Avec la transpiration, son tee-shirt *Sabrina l'apprentie sorcière* lui collait à la peau. Naomi était une grande fille longiligne, qui n'avait pas encore de poitrine – elle vérifiait chaque jour. En été, ses longs cheveux châtain clair lui tenaient trop chaud dans le cou. Elle aurait aimé se les faire couper très court, comme les elfes dans le conte de fées que ses grands-parents lui avaient offert à l'époque où elle les voyait encore.

Mais papa affirmait que les filles étaient censées avoir les cheveux longs. Mason, son petit frère, se faisait faire une coupe en brosse chez Vick, le barbier du village. Naomi devait se contenter d'une queue-de-cheval.

Mason était trop gâté, trouvait-elle. Parce qu'il était un garçon, il avait eu un panier de basket et un ballon officiel Wilson pour son anniversaire. Il jouait en Little League de base-ball – un sport masculin, d'après papa (ce que Mason prenait un malin plaisir à répéter). Et comme il était de vingt-trois mois le cadet (ce que Naomi prenait un malin plaisir à lui rappeler), il avait moins de corvées.

C'était injuste. Or le dire ne lui valait que des besognes supplémentaires et le risque d'être privée de télé. Tant pis, elle ne rouspéterait plus jamais si elle avait un nouveau vélo pour son anniversaire.

La tempête arrivait, constata-t-elle en regardant une lueur éclairer l'horizon. S'il pleuvait, elle n'aurait pas à désherber le jardin. Se réjouissant à cette perspective, elle ne prêta guère attention à un nouvel éclair. Puis s'aperçut qu'il ne s'agissait pas d'un éclair, mais de la lumière d'une lampe torche. Un voleur ?

Elle se redressa, prête à courir prévenir ses parents. Mais son père, justement, s'éloignait de la maison à grandes enjambées. Peut-être allait-il se rafraîchir dans le ruisseau. Se mettrait-il en colère si elle le suivait ? Il en rirait, s'il était de bonne humeur.

Sans réfléchir, elle prit ses tongs et sa mini-torche puis sortit de sa chambre, aussi silencieuse qu'une souris.

Elle savait quelles marches de l'escalier craquaient – tout le monde le savait – et, par habitude, elle les évita. Papa n'aimait pas que les enfants redescendent après l'heure du coucher.

Elle ne chaussa ses tongs que devant la porte, l'entrouvrit sans la faire grincer et se faufila au-dehors.

Un instant, elle crut avoir perdu le faisceau de vue, mais il reparut et elle s'élança dans sa direction. Puis elle ralentit le pas. Mieux valait garder ses distances en attendant de jauger l'humeur de papa.

Il ne se dirigeait pas vers le ruisseau. Où allait-il ? Poussée par la curiosité, Naomi s'engagea derrière lui dans le sous-bois, avec un petit frisson d'aventure rehaussé par la menace de l'orage.

Elle n'avait pas peur, bien qu'elle ne se fût jamais enfoncée aussi loin dans la forêt – elle n'en avait pas le droit. Sa mère lui tannerait les fesses si elle se faisait attraper.

Elle ne se ferait pas attraper.

Son père marchait d'une allure décidée, les feuilles sèches crissaient sous ses semelles. Naomi le laissa prendre de l'avance, de crainte qu'il ne l'entende.

Un cri la fit tressaillir, elle se plaqua une main sur la bouche pour étouffer un petit rire. Juste une chouette partant à la chasse.

Un nuage masqua la lune. Elle faillit trébucher en se cognant le gros orteil contre un caillou et, de nouveau, se couvrit la bouche, réprimant un juron de douleur.

Son père s'arrêta. Naomi se figea, le cœur tambourinant, osant à peine respirer, aussi immobile qu'une statue. Pour la première fois, elle se demanda ce qu'elle ferait s'il se retournait. Inutile de s'enfuir, il la verrait. Se cacher dans les fourrés, peut-être. En priant pour ne pas déranger un serpent.

Quand son père se remit en marche, elle envisagea un instant de rebrousser chemin avant de s'attirer des ennuis. Mais le faisceau de la torche l'attirait comme un aimant.

La lueur tressauta, vacilla. Naomi perçut un cliquetis métallique, un raclement, comme un grincement de porte. Et la lumière disparut.

Malgré la chaleur, Naomi frissonna. Retenant son souffle, elle fit un pas en arrière dans l'obscurité qui semblait se refermer autour d'elle, puis un deuxième, prête à détaler à toutes jambes, la gorge si serrée qu'elle pouvait à peine avaler sa salive.

Retourne vite à la maison te remettre au lit, lui conseilla une voix intérieure, aussi stridente que le crissement des cigales.

— Peureuse, chuchota-t-elle en se frictionnant les bras afin de se réconforter. Ne te comporte pas comme une froussarde.

À tâtons, elle avança d'un pas. Le vent dispersa les nuages et, dans la clarté du mince quartier de lune, elle distingua la silhouette d'une ruine.

Un vieux chalet brûlé, dont ne subsistaient que des pans déchiquetés, carbonisés, et le conduit en briques noircies d'une cheminée.

La fascination l'emporta aussitôt sur la frayeur. Si elle trouvait un moyen de revenir ici en plein jour, cet endroit serait sa cachette. Elle y emporterait ses livres et pourrait lire tranquillement, sans être dérangée par son frère. Ou dessiner. Ou simplement rêver.

Cette maison avait dû être habitée. Elle était peut-être hantée. Naomi aurait adoré rencontrer un fantôme !

Mais où était passé son père ?

Elle repensa aux bruits métalliques. La porte d'une autre dimension ?

Il avait des secrets – comme tous les adultes. Des secrets qu'il ne partageait avec personne, des secrets qui lui durcissaient le regard quand on lui posait trop de questions. Il était peut-être explorateur. Connaissait-il un passage magique permettant de s'engouffrer dans un autre monde ?

Il la gronderait s'il savait qu'elle avait de pareilles idées, car les univers parallèles, les fantômes et les apprenties sorcières étaient contraires à la Bible. Mais peut-être existaient-ils quand même, et peut-être était-ce justement pour cette raison qu'il ne voulait pas qu'elle en parle...

L'oreille aux aguets, elle continua d'avancer prudemment. Elle n'entendait que les roulements de l'orage, de plus en plus proches.

Un cri lui échappa lorsqu'elle heurta de nouveau un caillou, et elle sautilla sur un pied jusqu'à ce que la douleur se calme. *Maudite pierre,* pensa-t-elle en la cherchant des yeux.

Mais ce n'était pas une pierre. Une porte ! Une porte dans le sol. Voilà donc ce qu'elle avait entendu grincer. Une porte magique ?

Elle s'agenouilla, la palpa. Un éclat de bois se ficha dans son doigt.

Les portes magiques n'avaient pas d'écharde. C'était juste la trappe d'une vieille cave. Déçue, elle suçota la goutte de sang perlant à son majeur.

Néanmoins, son père était descendu par cette trappe au fond de la forêt, près d'un chalet détruit par le feu.

Le vélo d'anniversaire ! Il avait dû le cacher là et il était en train de l'assembler. Au risque de s'égratigner le visage, elle posa une oreille contre les planches, les yeux fermés afin de mieux se concentrer sur les sons.

Il lui semblait entendre son père piétiner. Et grogner. Il devait monter la bicyclette – rouge, rutilante, flambant neuve – en grommelant entre ses dents comme lorsqu'il bricolait.

Il se donnait beaucoup de peine ! Non, plus jamais elle ne se plaindrait d'avoir trop de corvées !

Combien de temps fallait-il pour monter un vélo ? Elle devait se dépêcher de rentrer à la maison avant qu'il ne découvre qu'elle l'avait suivi. Mais elle avait trop envie de voir son cadeau. Juste un coup d'œil.

À pas de loup, elle s'éloigna de la trappe et se cacha derrière le vieux conduit de cheminée au milieu des ruines calcinées. Son père n'en aurait pas pour longtemps, il était habile de ses mains.

Il aurait pu ouvrir un atelier de réparation s'il avait voulu, au lieu de travailler pour la compagnie du câble à Morgantown, afin d'assurer la sécurité de sa famille.

Il le disait tout le temps.

Un éclair fendit le ciel, suivi d'un coup de tonnerre fracassant. L'orage était imminent, mais Naomi ne pouvait plus partir, maintenant. Son père allait reparaître d'un instant à l'autre. S'il la surprenait là, elle pourrait faire une croix sur la bicyclette rouge.

Elle se mouillerait… Tant pis, ce n'était pas grave. La pluie la rafraîchirait.

Il n'en avait plus que pour cinq minutes, se dit-elle, mais les minutes passaient. Et soudain elle eut envie de faire pipi. Elle s'efforça de ne pas y penser. Mais bientôt, n'y tenant plus, elle quitta sa cachette et se réfugia derrière un arbre.

En roulant les yeux, elle baissa son short et s'accroupit, pieds écartés afin de ne pas les éclabousser. Puis elle secoua consciencieusement la dernière goutte et, alors qu'elle s'apprêtait à remonter son short, la trappe s'entrouvrit.

Elle s'immobilisa, le short aux genoux, les fesses nues au-dessus du sol, les lèvres serrées pour retenir sa respiration.

Le visage de son père lui apparut dans la lumière d'un éclair. Ses cheveux semblaient fluorescents ; ses yeux, plus noirs que d'habitude, luisaient d'un éclat effrayant et un sourire lui découvrait les dents. Il ressemblait à un loup sur le point de hurler à la lune.

Quand il se frotta l'entrejambe, Naomi sentit ses joues s'enflammer. D'un geste brusque, il referma la trappe, qui claqua dans la nuit. Le bruit du verrou la fit frissonner. Les jambes tremblantes, toujours à demi accroupie, elle le regarda dissimuler l'ouverture sous une couche de feuilles mortes.

Les éclairs crépitaient, à présent. Son père balaya le sol du faisceau de sa lampe. Dans le contre-jour, elle ne distinguait que les contours anguleux de son visage, les creux de ses orbites, sombres, sans âme.

Il regarda autour de lui et, pendant quelques secondes terribles, elle redouta qu'il l'ait vue. Cet homme était dangereux, elle le ressentait jusqu'au plus profond de sa chair. Son père ne lui avait jamais fait de mal, mais cet homme n'hésiterait pas à la rouer de coups.

Je t'en supplie, papa, pensa-t-elle en réprimant un gémissement de frayeur.

D'un pas déterminé, il repartit en direction de la maison.

Naomi ne bougea pas d'un cil avant que le bruit de ses semelles se soit perdu dans la nuit et les bourrasques. La tempête arrivait, mais son père était parti.

Elle se redressa, remonta son short, brossa les aiguilles de pin sur ses mollets.

La lune avait disparu. L'impression d'aventure s'était muée en une indicible terreur.

Ses yeux s'accoutumant à l'obscurité, Naomi s'approcha de la trappe, invisible si elle ne l'avait pas sue là.

Elle n'entendait plus que sa respiration, emportée par le vent. L'air s'était rafraîchi, et elle était à présent transie de froid. D'une main tremblante, elle écarta les feuilles mortes recouvrant la vieille porte de bois.

Obnubilée par l'épouvantable vision qu'elle avait eue de son père, elle ne désirait plus que retrouver la sécurité de son lit. Néanmoins, elle essaya de pousser la robuste targette rouillée, qui lui résista, si bien qu'elle dut s'y prendre à deux mains. Elle serra les dents, et la targette céda enfin.

Lentement, malgré le poids lui oppressant la poitrine, elle souleva la trappe et se pencha au-dessus du trou noir, cherchant des yeux la bicyclette aux chromes étincelants. Puis elle alluma sa petite lampe de poche, s'engagea sur le premier barreau de l'échelle et descendit.

À la pensée que la porte risquait de se refermer, ou que son père pouvait soudain revenir, elle allait remonter lorsqu'il lui sembla percevoir un petit gémissement.

Elle se figea.

Un animal ? Pourquoi avoir enfermé un animal ici ? Un chiot… Une surprise pour son anniversaire ! Le petit chien dont elle rêvait depuis toujours mais dont ses parents ne voulaient rien savoir. Jusque-là, ils étaient restés inflexibles, y compris aux supplications de Mason.

Des larmes lui brûlaient les yeux quand elle posa le pied sur le sol de terre. Elle prierait le bon Dieu de lui pardonner les vilaines pensées qu'elle avait eues de son père, car les pensées étaient des péchés autant que les actes.

Le cœur gonflé de joie, elle projeta la lumière de sa mini-torche autour d'elle. Mais là où elle avait imaginé un chiot blotti dans une caisse, une femme tourna vers elle des yeux écarquillés, remplis de larmes.

Des sons terribles s'échappaient de sa bouche bâillonnée. Le visage tuméfié, des marques rouges autour du cou, elle ne portait aucun vêtement et ne faisait pas le moindre geste pour tenter de cacher sa nudité.

Elle ne le pouvait pas. Les poignets en sang, elle avait les mains ligotées à un pilier de métal derrière le vieux matelas où elle était étendue. Jambes écartées, elle était également attachée par les chevilles.

L'estomac noué, Naomi s'avança vers elle, les oreilles bourdonnantes, comme si elle était restée trop longtemps sous l'eau et ne parvenait plus à remonter à la surface.

— Ne criez pas, dit-elle, la bouche si sèche que les mots lui raclèrent la gorge. Il pourrait vous entendre et revenir. Ne faites pas de bruit, d'accord ?

La femme acquiesça d'un signe de tête, le regard implorant sous ses paupières gonflées. Naomi glissa les ongles sous le chatterton qui la bâillonnait.

— Ne criez pas, répéta-t-elle et, les doigts tremblants, elle arracha l'adhésif, qui produisit un son horrible et laissa une marque à vif sur le visage de la jeune femme.

— Aide-moi, je t'en supplie, articula-t-elle d'une voix éraillée. Ne me laisse pas ici, par pitié.

— Vous devez vous enfuir, vite.

Naomi jeta un coup d'œil vers la trappe. Et s'il revenait ? Oh, Seigneur ! Que se passerait-il si cet homme terrifiant qui ressemblait à son père revenait et la trouvait là ?

Elle essaya de détacher la corde, mais les nœuds étaient trop serrés. Frustrée, elle frotta ses doigts endoloris, puis elle promena la lumière de sa lampe dans toute la cave.

Une bouteille d'alcool... que son père interdisait à la maison. Un rouleau de corde. Une vieille couverture, une lanterne. Des magazines, avec des femmes nues en couverture. Un appareil photo et... oh non, non ! Des photos de femmes scotchées aux murs. Nues, ligotées, en sang, terrorisées. Figées... Mortes...

Un vieux fauteuil, des boîtes et des bocaux de conserve sur une étagère branlante. Un tas de chiffons... non, de vêtements, déchirés, tachés de sang.

Naomi sentait l'odeur du sang.

Et des couteaux. Des dizaines de couteaux.

Refoulant toute émotion, elle en prit un et entreprit de scier le lien de corde.

— Ne faites pas de bruit. Surtout, ne criez pas.

La lame entailla le bras de la captive, mais celle-ci ne cria pas.

— Dépêche-toi, je t'en supplie.

Elle ravala un sanglot, et ses bras tremblèrent quand elle voulut les ramener le long de son corps.

— J'ai mal, oh mon Dieu, j'ai mal...

— N'y pensez pas, c'est encore pire quand on y pense.

Penser était douloureux, oh oui ! Surtout ne rien penser de ces horribles photos, de cet affreux tas de vêtements en lambeaux.

— Comment vous appelez-vous ? demanda Naomi en s'attaquant aux liens des chevilles.

— Je... Ashley. Qui est-il ? Où est-il ?

Elle ne pouvait pas le dire. Elle ne voulait pas le dire. Elle ne voulait pas y penser.

— Il est parti. Il y a de l'orage, vous entendez ?

Tout cela n'était qu'un mauvais rêve, elle allait bien finir par émerger. À la maison, dans son lit. Cette cave malodorante, ces relents d'urine et de sang n'existaient pas, pas plus que cette femme prisonnière, cet homme au regard fou.

Elle allait se réveiller et la tempête aurait tout rafraîchi.

Tout serait frais et propre à son réveil.

— Levez-vous et partez vite.

Courez, courez le plus loin possible, et tout cela n'aura jamais eu lieu.

Son visage tuméfié ruisselant de sueur, Ashley tenta de se redresser, mais ses jambes se dérobèrent et elle s'effondra sur le sol de terre, la respiration sifflante.

— Je ne peux pas marcher… Aide-moi, s'il te plaît. Je t'en prie, aide-moi à sortir d'ici.

Naomi prit la couverture, la drapa sur les épaules de la jeune femme.

— Vos jambes sont endormies, c'est tout. Réessayez de vous lever.

Avec le soutien de la fillette, Ashley parvint à se mettre debout.

— Appuyez-vous sur moi, on va monter par l'échelle. Je vous tiendrai, n'ayez pas peur.

— J'y arriverai.

À deux reprises, Ashley faillit glisser, mais Naomi la retint. Tous ses muscles contractés, elle la poussa petit à petit, d'un barreau à l'autre, si bien que dans un ultime halètement Ashley parvint à sortir de la cave et s'effondra sous la pluie battante.

— Enfuyez-vous !

— Où sommes-nous ? Combien de temps m'a-t-il gardée là ? Je n'ai rien mangé, rien bu depuis… Je ne sais pas, au moins un jour, peut-être deux. Il… Il m'a violée, balbutia-t-elle, en larmes. Il m'étranglait, il me frappait, il me donnait des coups de couteau. J'ai une cheville cassée, je crois. Je ne peux pas courir. Tu ne voudrais pas m'amener à la police ?

Il pleuvait à torrents, les éclairs illuminaient le ciel comme en plein jour.

Et Naomi ne se réveillait toujours pas.

— Attendez une minute.

— Ne retourne pas en bas !

— Attendez…

Elle redescendit dans la cave, reprit le couteau. Le sang sur la lame ne provenait pas seulement des coupures dues à ses gestes maladroits. Non, il y en avait trop et les taches étaient sèches.

Luttant contre la nausée, elle fouilla parmi le tas de vêtements, y trouva un corsage lacéré, un short déchiré.

En la voyant reparaître en haut de l'échelle, Ashley approuva de la tête.

— Merci. Tu es intelligente.

— Tenez, habillez-vous. Je n'ai pas vu de chaussures…

— Tant pis, ce n'est pas grave.

Ashley se mordit la lèvre, tandis que Naomi l'aidait à enfiler le short, puis le chemisier. Lorsqu'elle leva les bras, plusieurs estafilades se rouvrirent sur son torse, et recommencèrent à saigner.

— Tenez-vous à moi, lui dit Naomi.

Comme la jeune femme grelottait, elle lui remit la couverture sur les épaules.

Agir, ne pas penser.

— Vous devez essayer de marcher, même si vous avez mal. On trouvera un bâton. Allons-y. Je ne sais pas quelle heure il est, mais dès qu'il fera jour, mes parents me chercheront. Il y a environ deux kilomètres jusqu'au village. Courage, essayez de marcher !

— Je ramperai, s'il le faut.

Ashley se redressa à quatre pattes puis, avec les encouragements de Naomi, la respiration laborieuse, elle parvint à se mettre debout et à avancer doucement.

Naomi ramassa une grosse branche, qu'elle plaça dans la main d'Ashley ; mais dans la boue, cette canne n'était que d'une piètre utilité.

Elles traversèrent le ruisseau, rapide et grossi par la pluie. Ashley avait de plus en plus de mal à mettre un pied devant l'autre.

— Excuse-moi... Je ne sais même pas comment tu t'appelles.

— Naomi.

— Quel beau prénom... Naomi, je dois me reposer une minute.

— OK. Juste une minute.

Ashley s'adossa contre un arbre, le souffle court, le visage ruisselant de pluie et de sueur.

— Tu entends ? On dirait des aboiements...

— Ça doit être King, le chien des Hardy. Leur maison n'est pas très loin.

— Allons chez eux. Nous téléphonerons à la police, ils viendront me chercher.

— Non, c'est trop près.

M. Hardy était diacre à l'église, comme le père de Naomi. Il l'appellerait avant de prévenir le shérif.

— Trop près ? J'ai l'impression d'avoir marché des kilomètres.

— À peine un.

Ashley ferma les yeux, se mordit la lèvre.

— Tu connais cet homme qui me séquestrait ?

— Oui.

— Tu sais comment il s'appelle, où il habite ?

— Oui. Continuons, ne perdons pas de temps.

Les traits déformés par la douleur, Ashley se remit en marche, en emboîtant et en prenant appui sur sa canne de fortune.

— Dis-moi son nom, ça m'aidera à avancer.

— Thomas David Bowes.

— Thomas Bowes… Quel âge as-tu ?

— Onze ans, douze lundi.

— Tu es très forte, très courageuse. Tu m'as sauvé la vie, Naomi. Tu as sauvé une vie avant ton douzième anniversaire, ne l'oublie jamais.

— Je ne l'oublierai pas. La tempête se calme.

Elles auraient pu rejoindre la route, mais Naomi préféra rester dans les bois, bien que le chemin fût plus long jusqu'à la petite bourgade de Pine Meadows.

C'est là qu'elle allait à l'école, à l'église, faire les courses avec sa mère. Elle n'était jamais entrée dans le bureau du shérif, mais elle savait où il se trouvait.

À l'est, le ciel s'éclaircissait et se reflétait dans les flaques. Elles passèrent devant l'église, traversèrent le petit pont enjambant la rivière. Les tongs de Naomi claquaient sur le bitume mouillé. La canne d'Ashley résonnait à chacun de ses pas, de plus en plus difficiles.

— Où sommes-nous ?

— À Pine Meadows.

— Comment dis-tu ? Il m'a enlevée à Morgantown. Je suis étudiante à l'université de Virginie-Occidentale.

— Morgantown est à dix-huit kilomètres.

— Je faisais mon jogging. Je suis coureuse de fond, crois-le ou non. Je m'entraîne tous les matins. Il était garé sur le bord de la route, capot ouvert. J'ai cru qu'il était en panne, j'ai ralenti, il m'a attrapée et assommée. Je me suis réveillée dans la cave. Je dois encore me reposer un moment, s'il te plaît.

Non, pas question de s'arrêter. Ni de penser. Agir.

— On est presque arrivées. Vous voyez cette maison blanche ? Vous voyez ce qui est marqué dessus ?

— Pine Meadows Sheriff's Department. Oh ! mon Dieu ! Merci, merci mon Dieu !

Ashley fondit en larmes, Naomi resserra son étreinte autour de sa taille.

— On ne risque plus rien maintenant.

Lorsque Ashley s'effondra sur le perron du bâtiment, Naomi rajusta la couverture autour de ses épaules et frappa à la porte.

— Tu crois qu'il y a quelqu'un ? Il est encore très tôt.

— Je ne sais pas.

Naomi toqua plus fort. Un jeune homme aux cheveux ébouriffés vint enfin leur ouvrir.

— Que se passe-t-il ? bougonna-t-il en les regardant tour à tour. Oh, doux Jésus !

— Aidez-nous, s'il vous plaît.

— Tout va bien, ça va aller.

Il paraissait petit et frêle aux yeux de Naomi. Néanmoins, il souleva Ashley comme si elle ne pesait rien. Et son visage s'empourpra lorsque la couverture glissa, révélant un sein nu sous le corsage déchiré.

— Tiens-moi la porte, dit-il à Naomi. Vous avez eu un accident ?

— Non, répondit-elle, en se demandant si elle devait s'enfuir ou les suivre à l'intérieur.

Elle les suivit.

— Je vais vous déposer là… Mademoiselle, ça va ? s'inquiéta le jeune policier en regardant la gorge meurtrie d'Ashley. Comment vous appelez-vous ?

— Ashley McLean.

— Tu vois la fontaine à eau, là-bas ? demanda-t-il à Naomi. Apporte un verre à Ashley, s'il te plaît.

Puis son regard se posa sur le couteau qu'elle avait toujours à la main.

— Donne-moi ça, d'accord ? lui dit-il d'une voix douce en le prenant pour le poser sur une étagère, hors de portée. Merci, tu es gentille. Je vais appeler un médecin, ajouta-t-il à l'attention d'Ashley.

Il vous examinera, et nous devrons prendre des photos, vous comprenez ?

— Oui.

— Je vais aussi prévenir le shérif. Vous sentez-vous capable de répondre à ses questions ?

— Oui.

Naomi revint avec un gobelet en carton qu'elle tendit à Ashley.

— Tu es une brave fille, lui dit le policier en caressant ses cheveux mouillés.

Puis il prit le téléphone posé sur un bureau et composa un numéro.

— Shérif ? C'est Wayne. Ouais, je sais quelle heure il est. J'ai ici une jeune femme dans un sale état. Non, ce n'est pas un accident. Elle a été agressée, elle a besoin d'un examen médical.

Il se retourna, baissa la voix, mais Naomi entendit les mots « kit de viol ».

— Une gamine l'a amenée. La fille de Tom et Sue Bowes, je crois.

Ashley porta le gobelet à ses lèvres, le regard rivé sur le visage de Naomi.

— Bowes…

— Oui. Je suis sa fille. Buvez.

Ashley posa le verre et attira la fillette contre elle. Naomi posa la tête sur son épaule et laissa enfin libre cours à ses larmes. Par-dessus son crâne, Ashley chercha le regard du policier.

— C'est son père qui m'a fait ça, et c'est elle qui m'a sauvée.

— Shérif, soupira-t-il, venez au plus vite.

2

À l'arrivée du shérif, Wayne emmena Naomi dans une autre pièce, lui offrit un Coca et une barre chocolatée. Elle n'avait pas droit aux sucreries, mais elle ne protesta pas. Muni d'une trousse de premiers secours, le policier entreprit de désinfecter les éraflures qu'elle s'était infligées sans s'en rendre compte durant cette longue marche à travers la forêt.

Il sentait le Juicy Fruit, elle voyait le paquet jaune dépasser de sa poche de poitrine. Dans l'esprit de Naomi, cette marque de chewing-gum resterait à tout jamais associée à la gentillesse incarnée.

— As-tu un prof préféré, mon petit ?

— Je ne sais pas... Madame Blachard, peut-être.

— Aimerais-tu qu'elle soit là avec toi ? Je peux l'appeler, si tu veux.

— Non ! Je ne pourrai pas la regarder en face.

La poitrine douloureuse, elle baissa les yeux.

— D'accord. Une infirmière va venir s'occuper d'Ashley et l'accompagner à l'hôpital. Voudrais-tu que j'en appelle une pour toi ?

— Non, ce n'est pas la peine. Que va-t-il se passer ?

— Le shérif interroge Ashley. Ensuite, on la conduira à l'hôpital.

— Elle a très mal à la cheville.

— Elle sera bien soignée, ne t'inquiète pas. Tu n'aimes pas les Snickers, tu voudrais autre chose ?

Naomi regarda la barre chocolatée à laquelle elle n'avait pas touchée.

— Non, monsieur. Je n'ai pas le droit de manger du chocolat au petit déjeuner.

— Même à Pâques ?

En souriant, Wayne colla un pansement sur une égratignure.

— Pâques est une fête sainte. On doit prier, pas se gaver de lapins en chocolat.

Elle vit de la pitié dans le regard du policier ; il lui tapota la jambe amicalement.

— OK, nous te préparerons quelque chose de chaud. Ça ne t'embête pas de rester seule une minute ?

— Je suis en état d'arrestation ?

— Pour quelle raison le serais-tu, ma puce ? dit-il en lui caressant la joue, la pitié supplantée par une bonté sans mélange.

— Je ne sais pas… Vous allez arrêter mon père ?

— Ne te tracasse pas pour lui.

— Je l'ai vu. Je l'ai vu sortir de la cave au fond des bois. Il avait un drôle d'air. Il faisait peur.

— N'aie plus peur, tu ne risques rien.

— Et ma maman, et mon frère ?

— Ils ne risquent rien non plus.

Wayne se retourna en entendant la porte s'ouvrir. Naomi connaissait miss Lettie, elles appartenaient à la même paroisse. Toutefois, elle avait oublié qu'elle travaillait au bureau du shérif.

Lettie Harbough s'avança dans la pièce, un cabas rouge sur le bras et un sourire peiné sur son visage arrondi.

— Bonjour, Naomi. Je t'ai apporté des vêtements de ma fille. Elle n'est pas aussi grande ni aussi mince que toi, mais tu seras mieux dans des vêtements propres et secs.

— Merci, miss Lettie.

— Il n'y a pas de quoi. Wayne, le chef veut te parler. Je tiendrai compagnie à Ashley. Va te changer dans les toilettes, ma cocotte, d'accord ?

— Oui, madame.

Les vêtements étaient trop larges, mais il y avait une ceinture, si bien qu'elle put serrer le jean autour de sa taille.

Quand elle rejoignit Lettie, celle-ci buvait du café dans un grand mug bleu.

— J'ai aussi apporté une brosse. Tu veux bien que je te coiffe ? Tu as les cheveux tout emmêlés.

— Oui, merci.

Bien qu'elle ne fût pas sûre de supporter qu'on la touche, Naomi s'installa sur une chaise et se laissa peigner. Dès les premiers coups de brosse, cependant, elle se décontracta.

— Tu as des cheveux magnifiques.

— On dirait des queues de rat.

— Pas du tout. Ils me font penser au pelage d'une biche, plusieurs nuances de blond mélangées, avec des mèches éclaircies par le soleil. Et qu'est-ce qu'ils sont épais ! Tu as de la chance d'avoir d'aussi beaux cheveux. Je dois te poser quelques questions, mon chaton. Ce sera dur, peut-être, mais c'est important.

— Où est Ashley ?

— Sur le point de partir à l'hôpital. Elle a demandé si tu pourrais lui rendre visite. Ça te dirait ?

— Oui, madame… J'aimerais bien aller la voir, s'il vous plaît.

— Nous arrangerons ça. Pour l'instant, il faut que tu me dises si ton père t'a déjà frappée. C'est difficile, je sais.

— Il n'a jamais levé la main sur moi ni sur Mason. Maman nous donne des corrections, des fois, quand on l'a mérité. Mais elle ne tape pas fort, elle fait juste semblant et nous, on fait semblant d'avoir mal. Parce que papa dit que si le bâton ne s'abîme pas, c'est l'enfant qui se corrompt.

— Voilà qui est un peu exagéré, me semble-t-il. La question suivante risque de te choquer… T'a-t-il déjà touchée d'une vilaine manière ?

Tandis que Lettie lui brossait les cheveux, Naomi regardait droit devant elle.

— Vous voulez dire, comme Ashley ? Je sais ce qu'est le viol. Dans la Bible, ils violent les Sabines. Papa ne m'a jamais fait ça. Il ne m'a jamais touchée d'une mauvaise manière.

— Tant mieux. Lui arrive-t-il de frapper ta maman ?

— Je ne crois pas. Des fois…

— Tu peux tout me dire, ne t'en fais pas.

D'un geste habile, Lettie rassembla les cheveux de la fillette dans un petit élastique en mousse.

— Des fois, on dirait qu'il a envie de la battre, mais il se retient. Quand il est très en colère, il s'en va et ne revient qu'un ou deux jours plus tard. Maman dit qu'il part s'éclaircir les idées. Que les hommes ont besoin de se rafraîchir la tête de temps en temps. Elle n'est pas au courant, miss Lettie. Elle ne savait pas qu'il faisait du mal à des gens, sinon elle aurait eu peur de lui, encore plus peur.

— Des gens ?

Lettie s'assit en face de Naomi, qui continua de fixer un point sur le mur.

— Il y avait plein de photos affichées dans la cave, des photos de femmes ligotées comme Ashley, mais encore plus mal en point. Certaines étaient mortes, je crois. J'ai envie de vomir.

Lettie l'accompagna aux toilettes et lui tint les cheveux, puis elle lui rinça le visage avec un gant frais et lui donna un bonbon à la menthe en l'embrassant sur le front.

— Tu es à bout. Tu voudrais te reposer un moment ?

— Je ne peux pas rentrer à la maison, n'est-ce pas ?

— Pas pour le moment. Je suis navrée, mon chaton. Si tu veux venir chez moi, tu pourras dormir dans la chambre d'amis.

— Je ne peux pas rester ici en attendant maman et Mason ?

— Bien sûr que si. Tu devrais manger un peu, ça te ferait du bien. Je vais te faire un toast. Garde ton Snickers pour plus tard.

— Merci.

Lettie se leva.

— Tu as été très courageuse, Naomi, je suis très fière de toi. Je reviens dans deux minutes. Voudrais-tu aussi un thé au miel ?

— Oui, s'il vous plaît. Merci.

Seule, Naomi posa la tête sur la table, mais elle ne pouvait pas fermer les yeux. Elle but quelques gouttes de Coca, trop sucré. Elle avait envie d'eau, juste d'un peu d'eau fraîche. Se remémorant la fontaine, elle sortit dans le couloir, à la recherche de quelqu'un à qui demander la permission de se servir un verre d'eau.

L'adjoint du shérif poussait son père, menotté, en direction d'une porte métallique.

Il n'avait plus cet air bestial, pas plus qu'il ne semblait contrarié ou honteux. L'œil droit auréolé d'un coquard, il arborait ce sourire méprisant dont il gratifiait quiconque osait lui tenir tête.

Ses yeux se posèrent sur sa fille… et elle se prépara à affronter sa furie, sa haine, sa rage.

Elle n'eut droit qu'à un regard indifférent avant qu'il ne disparaisse derrière la porte de fer.

Il y avait du monde dans la salle, beaucoup de bruit, une lumière sombre et grésillante. Naomi s'y avança avec une sensation de flottement, comme si ses jambes étaient parties ailleurs et que son buste était suspendu en l'air.

Des mots disjoints résonnèrent à ses oreilles.

FBI, tueur en série, expertise médico-légale, victimes…

Personne ne semblait l'avoir remarquée, une fillette dégingandée, nageant dans des vêtements trop grands pour elle, les yeux trop grands, trop brillants dans un visage blême, fantomatique.

Était-elle devenue invisible ? Si quelqu'un se tournait vers elle, son regard passerait-il au travers d'elle-même, comme celui de son père dans le couloir ?

Tout cela semblait irréel. Peut-être était-elle irréelle...

L'étau qui lui broyait la poitrine n'avait toutefois rien d'une illusion. Naomi éprouvait la même sensation que lorsqu'elle était tombée du vieux chêne dans le jardin, et qu'elle n'arrivait plus à respirer.

La pièce se mit à tournoyer, et la lumière s'assombrit. Un nuage devant la lune.

Wayne revint juste à temps pour voir les yeux de Naomi se révulser. Avec un cri, il s'élança vers elle. Sa réaction fut rapide, mais pas assez pour empêcher la fillette de s'effondrer.

— De l'eau, vite ! Où est passé le médecin ? Que faisait-elle ici ?

Il la redressa, la soutint entre ses bras, lui tapota les joues, si pâles qu'il lui semblait que sa main risquait de passer au travers.

— Oh, mon Dieu ! s'écria Lettie en s'accroupissant auprès de Naomi avec un verre d'eau. Je suis navrée, elle avait besoin de sucre, j'étais juste allée lui chercher quelque chose à grignoter.

— Elle l'a vu ? Elle m'a vu emmener ce monstre en cellule ?

Lettie secoua la tête tristement.

— Je ne l'ai pas laissée seule plus de deux ou trois minutes. Elle reprend connaissance. Tu as eu un petit malaise, ma cocotte. Respire calmement, bois une gorgée d'eau.

— J'ai été malade ?

— Tu vas mieux, maintenant. Bois un peu d'eau.

— Il ne s'est même pas mis en colère..., bredouilla Naomi. Pourquoi ? Pourquoi il n'est même pas fâché ?

Tout lui revenait, à présent. Ses paupières se fermèrent – sur ces yeux dont sa mère disait qu'ils étaient du même vert que les flacons de pharmacie.

On la força à boire de l'eau, et Wayne la ramena dans la petite pièce à l'arrière du poste de police. On lui apporta du thé et des toasts. Elle mangea ce qu'elle put, et la sensation de flottement s'atténua un peu.

La suite se déroula dans un grand flou. Le Dr Hollin l'examina. Quelqu'un resta tout le temps avec elle, et Wayne lui offrit un autre Coca. Le shérif prit place en face d'elle. Elle le connaissait – le shérif Joe Franks – car elle allait à l'école avec son fils, Joe Junior. Il avait des épaules larges, un corps robuste, un visage rude sur un cou épais. Il lui faisait toujours penser à un bulldog.

— Comment te sens-tu, Naomi ?

Il avait une voix rocailleuse.

— Je ne sais pas. Hum… Ça va.

— Tu traverses une dure épreuve. Comprends-tu ce qui se passe ?

— Oui, monsieur. Mon père a fait du mal à Ashley. Il l'a attachée dans une cave au fond des bois, près d'un vieux chalet brûlé. Il lui a fait des choses horribles, et à d'autres personnes aussi. Il y avait des photos dans la cave. Je ne sais pas pourquoi il leur a fait ça. Je ne comprends pas comment on peut faire des choses aussi affreuses.

— Étais-tu déjà allée dans cette cave avant la nuit dernière ?

— Je ne savais même pas qu'elle existait. Nous n'avons pas le droit d'aller dans la forêt. Nous ne pouvons aller que jusqu'au ruisseau, si on nous en donne la permission.

— Pourquoi es-tu allée là-bas hier soir ?

— Je... Je me suis réveillée, j'avais chaud. Je me suis assise devant la fenêtre et j'ai vu papa dehors. J'ai pensé qu'il allait se rafraîchir au ruisseau. J'ai eu envie de me baigner, alors j'ai pris ma lampe de poche et mes tongs et je suis sortie. Je n'ai pas le droit, normalement.

— Ce n'est pas grave. Donc tu l'as suivi...

— En faisant attention à ne pas me montrer, parce que je ne savais pas de quelle humeur il était. Il ne se dirigeait pas vers le ruisseau, et j'étais curieuse de voir où il allait. Quand il est descendu dans la cave, à côté du chalet abandonné, j'ai cru qu'il allait chercher le vélo pour mon anniversaire.

— C'est bientôt ton anniversaire ?

— Lundi. J'avais demandé un vélo. Alors je me suis cachée et j'ai attendu. Mais quand il est ressorti...

Un instant, elle songea qu'il aurait été plus simple de se remettre à flotter. Mais le shérif l'observait d'un regard doux et patient. Ce regard doux ne la laisserait pas s'échapper.

De toute façon, elle devait tout raconter à quelqu'un.

— Il avait un drôle d'air, qui m'a fait peur. J'ai attendu qu'il s'en aille, parce que j'avais trop envie de regarder dans la cave.

— Combien de temps as-tu attendu ?

— Je ne sais pas. Ça m'a paru long.

Ses joues s'empourprèrent. Elle ne pouvait pas avouer qu'elle avait fait pipi dans les bois. Cela ne regardait personne.

— Il y avait un verrou sur la trappe, poursuivit-elle. J'ai eu du mal à l'ouvrir, mais j'y suis arrivée. J'ai entendu un gémissement. J'ai cru que c'était un petit chien. Mes parents ne voulaient pas d'animal, mais je me suis dit que peut-être ils avaient changé d'avis. Je suis descendue et là… j'ai vu Ashley.

— Qu'as-tu vu exactement, mon petit ? C'est dur, je sais, mais tu me rendras un grand service en me donnant autant de détails que possible.

Elle lui rapporta tout ce dont elle se souvenait, en sirotant doucement le Coca, malgré la nausée qui lui soulevait le cœur.

Il lui posa d'autres questions, auxquelles elle s'efforça de répondre avec la plus grande précision. Quand il eut terminé, il lui tapota la main.

— Très bien, la félicita-t-il. Je vais chercher ta maman.

— Elle est là ?

— Oui.

— Et Mason ?

— Il est chez les Huffman, il joue avec Jerry.

— Il doit être content, il s'entend bien avec Jerry. Comment va ma maman ?

— Elle traverse une rude épreuve, elle aussi, répondit le shérif, le regard peiné. Tu es très forte, Naomi.

— J'ai vomi, et je me suis évanouie.

— Crois-en un officier de la loi, ma puce, tu es très forte, répéta-t-il en souriant. C'est pourquoi je peux d'ores et déjà te dire que tu seras encore interrogée par d'autres personnes. Par le FBI, notamment. Sais-tu ce qu'est le FBI ?

— Oui. À peu près.

— Ils auront des questions à te poser. Les journalistes aussi voudront te parler, mais rien ne t'oblige à leur répondre.

Il souleva une hanche, retira une carte de la poche de son pantalon.

— Voici le numéro de téléphone du poste de police. Au dos, je t'ai noté mon numéro personnel. Tu peux m'appeler quand tu veux, à n'importe quelle heure. Si tu as besoin de moi, n'hésite pas, entendu ?

— D'accord, monsieur.

— Range la carte en lieu sûr. Je vais chercher ta maman.

— Shérif Franks ?

Il s'arrêta sur le seuil de la porte, se retourna vers elle.

— Oui, mon petit ?

— Mon père va aller en prison ?

— Oui.

— Il le sait ?

— Je pense, oui.

Elle baissa les yeux sur son Coca, hocha la tête.

Avec un père emprisonné, comment pourrait-elle retourner en classe, à l'église, faire les courses au village avec sa mère ? C'était encore pire que lorsque le père de Carrie Potter avait été condamné à deux mois de prison pour avoir provoqué une bagarre au club de billard. Pire, même, que lorsque l'oncle de Buster Kravitt avait été arrêté parce qu'il vendait de la drogue.

L'école reprenait la semaine suivante. Tout le monde serait au courant. De ce que son père avait fait. De ce qu'elle avait fait. Elle n'osait pas imaginer…

La porte se rouvrit sur sa mère.

Elle paraissait affaiblie, comme si elle était malade depuis plusieurs jours, gravement malade. Elle semblait plus maigre que la veille au soir quand Naomi lui avait souhaité une bonne nuit avant de monter se coucher. Ses yeux étaient rouges, gonflés, encore pleins de larmes. Elle ne s'était pas peignée et portait cette robe rose informe et délavée qu'elle mettait d'ordinaire seulement pour jardiner.

Naomi se leva, les jambes tremblantes, ne désirant rien d'autre à cet instant que presser son visage contre la poitrine de sa mère, y puiser le réconfort, des promesses auxquelles elle feindrait de croire.

Les larmes roulèrent sur les joues de sa mère, accompagnées de sanglots de gorge, et elle se laissa tomber sur les genoux, se cacha le visage entre ses mains.

Si bien que l'enfant s'approcha de sa mère, la prit dans ses bras, la caressa et la consola.

— Ça va aller, maman. On s'en sortira.

— Naomi, Naomi… Ils disent des choses terribles à propos de ton père. Ils disent que c'est toi qui leur as dit.

— Ça va aller, maman.

Susan s'écarta de sa fille, prit son visage entre ses mains.

— Ce n'est pas vrai, ce n'est pas possible ! Tu as rêvé. Tu as fait un cauchemar.

— J'ai vu, maman.

— Non, tu n'as rien vu. Tu dois leur dire que tu t'es trompée.

— Je ne me suis pas trompée. Ashley, la fille qu'il avait enfermée dans la cave, est à l'hôpital.

— Elle ment ! Elle raconte des histoires ! Naomi, c'est de ton père qu'il s'agit. Ton sang. Mon mari. La police est venue le chercher à la maison, ils l'ont menotté et ils l'ont emmené.

— C'est moi qui ai coupé les cordes avec lesquelles il l'avait attachée.

— Arrête de dire n'importe quoi, maintenant ! Reconnais que tu as tout inventé.

— Je lui ai enlevé son bâillon. Je l'ai aidée à sortir de la cave. Elle tenait à peine sur ses jambes. Elle était toute nue.

Une migraine sourde emplissait la tête de Naomi. Le son de sa voix lui semblait creux, déformé.

— Non !

— Il l'a violée.

— Comment oses-tu dire une chose pareille ? s'indigna Susan, la voix montant dans les aigus, en secouant sa fille.

— Il y avait des photos dans la cave, des photos d'autres femmes. Et des couteaux couverts de sang séché, un rouleau de corde et...

— Je ne veux plus rien entendre ! l'interrompit Susan en se bouchant les oreilles. Comment peux-tu dire de telles énormités ? Comment veux-tu que je te croie ? C'est mon mari. Je vis avec lui depuis quatorze ans. Je lui ai donné deux enfants. Je partage son lit chaque soir.

Soudain, la voix de Susan se brisa et elle posa la tête sur l'épaule de sa fille.

— Qu'allons-nous devenir ? bredouilla-t-elle.

— On s'en sortira, maman, murmura Naomi faiblement.

Leur maison étant interdite d'accès, Lettie leur rapporta des vêtements, leurs brosses à dents, quelques articles de première nécessité. Elle les accueillit dans sa chambre d'amis, et Mason dans celle de son fils.

Le médecin donna un calmant à Susan qui s'endormit enfin, au grand soulagement de Naomi. La fillette se doucha, se changea, se fit une queue-de-cheval, et se sentit redevenir elle-même.

Quand elle entrebâilla la porte pour jeter un coup d'œil à sa mère, elle trouva son petit frère assis près d'elle sur le lit.

— Ne la réveille pas ! siffla-t-elle.

Mais elle regretta aussitôt son ton autoritaire.

Mason avait pleuré. Il avait les yeux rouges, le regard perdu.

— Je reste juste à côté d'elle.

— Viens avec moi. Si elle se réveille, elle va se remettre à pleurer.

Il obéit sans protester, chose rare, et se blottit contre sa sœur. Elle le serra contre elle. Il y avait longtemps qu'ils ne s'étaient pas embrassés. Ce contact la réconforta.

— On dormait quand ils sont venus à la maison. J'ai entendu papa crier, et d'autres gens… J'ai couru dans le jardin. J'ai vu papa qui se battait avec un policier, ils l'ont poussé contre le mur. Maman pleurait, ils ont mis les menottes à papa, comme à la télé. Il a cambriolé une banque ? Personne ne veut rien me dire.

— Non, il n'a pas cambriolé une banque.

S'ils descendaient, Lettie les entendrait. Ils s'assirent donc par terre dans le couloir.

— Il a fait du mal à des filles.

— Pourquoi ?

— Je ne sais pas.

— C'était peut-être leur faute.

— Non. Il les a emmenées quelque part dans la forêt, il les a enfermées et il leur a fait du mal.

— Où ?

— Dans un endroit horrible. Il va aller en prison.

— Je ne veux pas que papa aille en prison, sanglota Mason.

Elle lui enlaça les épaules.

— Il a été très méchant, il doit être puni.

— Maman aussi ira en prison ?

— Non, elle n'a rien fait de mal et elle ne savait rien. Ne l'embête pas avec ça, et ne t'énerve pas si on te dit des vilaines choses à propos de papa. Ce ne sera que la vérité.

— Comment tu le sais ? rétorqua Mason d'un ton belliqueux.

— J'ai vu ce qu'il a fait, mais je n'ai pas envie d'en parler pour le moment. On m'a déjà posé trop de questions, je suis fatiguée.

— Je veux rentrer à la maison.

Naomi, elle, ne voulait plus jamais y remettre les pieds, sachant quel monstre avait vécu sous ce toit, dormi dans ce lit, mangé à cette table.

— Miss Lettie m'a dit qu'il y avait une Nintendo dans le salon.

La moue belliqueuse se mua instantanément en un sourire enthousiaste, quoique dubitatif.

— On peut y jouer ?

— Elle a dit qu'on avait le droit.

— Ils ont Donkey Kong ?

— Et si on allait voir ?

Ils n'avaient pas de jeu vidéo chez eux, ni même d'ordinateur, mais ils avaient tous deux des amis avec lesquels ils avaient acquis quelques notions de base. Naomi savait que son petit frère adorait jouer à la console. Il ne se fit pas prier pour s'installer dans le séjour, d'autant que Lettie, d'un simple regard, enjoignit à son fils adolescent de tenir compagnie à Mason.

— Je vais préparer de la citronnade. Tu viens me donner un coup de main, Naomi ?

La maison était magnifique, propre, chaleureuse, joliment décorée, avec des tableaux et des meubles peints. Naomi savait que M. Harbough, le mari de Lettie, était professeur de littérature au lycée. Leur intérieur lui paraissait *riche*. Ils avaient un lave-vaisselle – chez elle, c'était Naomi qui faisait la vaisselle tous les jours –, un comptoir blanc comme neige dans la cuisine, et un îlot central avec un deuxième évier.

— Votre maison est très belle, miss Lettie.

— Merci. Je veux que tu t'y sentes comme chez toi.

— Combien de temps allons-nous rester ici, à votre avis ?

— Un jour ou deux, pas plus, répondit Lettie en versant de l'eau puis du sucre dans une casserole qu'elle mit à bouillir. As-tu déjà préparé de la citronnade ?

— Jamais.

— Ça prend un peu de temps, mais la citronnade maison est un délice, affirma Lettie tout en s'affairant.

Elle ne portait pas de tablier, elle avait simplement coincé un torchon dans la ceinture de son pantalon. Papa n'aimait pas que maman se mette en pantalon. Les femmes étaient censées porter des jupes ou des robes.

À la pensée de son père et entendant presque le son de sa voix, Naomi sentit son estomac se contracter, si bien qu'elle s'efforça de se concentrer sur autre chose.

— Miss Lettie, que faites-vous au bureau du shérif ?

— Figure-toi, ma cocotte, que je suis la première femme policière à Pine Meadows, et toujours la seule depuis six ans.

— Vous êtes adjointe du shérif, comme Wayne ?

— Tout à fait.

— Donc, vous savez ce qui va se passer. Vous pouvez m'expliquer ?

— Je ne suis sûre de rien, car c'est le FBI qui est en charge de l'affaire. Nous les assisterons dans leur enquête. Ils vont rassembler des preuves, des témoignages. Ton père aura un avocat. Ce qu'il adviendra de lui dépendra en grande partie de ce qu'il dira et de la façon dont il se comportera.

Essaye de ne pas te faire trop de souci, même si ce n'est pas évident, je le comprends.

— Je ne m'inquiète pas pour papa, mais... il faudra que je veille sur maman et Mason.

— Oh, ma chérie..., soupira Lettie en donnant un tour de cuillère dans la casserole.

— Maman sera perdue sans papa, et Mason ne comprendra pas ce qu'il a fait. Il ne sait pas ce que c'est qu'un viol.

Lettie contourna le comptoir et passa un bras autour des épaules de la fillette.

— Tu ne pourras pas tout assumer toute seule. Où habite maintenant ton oncle Seth, le frère de ta maman ?

— À Washington. Mais nous n'avons pas le droit de le voir ni de lui parler, parce qu'il est homosexuel. Papa dit que c'est une abomination.

— J'ai connu ton oncle Seth. On était à l'école ensemble, bien qu'il ait deux ans de moins que moi. Il ne m'a jamais paru abominable.

— La Bible dit...

Cela lui faisait mal au crâne et au cœur, ce que disait la Bible – ou ce que son père disait qu'elle disait. Non, elle ne devait pas y penser.

— Tonton Seth a toujours été gentil avec nous. Il riait beaucoup, je l'aimais bien. Mais papa ne veut plus qu'il nous rende visite, et maman n'a pas le droit de lui téléphoner.

— Aimerais-tu qu'il vienne ?

Privée de voix par cette proposition, Naomi ne put qu'acquiescer de la tête.

— Dans ce cas, dès que j'aurai retiré le sirop du feu, je regarderai comment je peux le contacter.

Ensuite, je te montrerai comment on presse les citrons. C'est marrant, tu verras.

Naomi apprit à faire de la citronnade maison et mangea un sandwich au fromage grillé – une association qui lui procurerait toujours du réconfort.

Sa mère dormit toute la journée et, pour la première fois de sa vie, la fillette réclama des tâches ménagères. Lettie lui confia le désherbage des massifs de fleurs et du potager, puis lui demanda de rajouter des graines dans les mangeoires pour les oiseaux.

Quand Naomi eut terminé, cédant à la fatigue, elle s'étendit à l'ombre sur la pelouse, et s'assoupit.

Elle se réveilla en sursaut, comme la nuit précédente, et se redressa en position assise, le cœur battant, s'attendant presque à voir son père se dresser au-dessus d'elle, une corde dans une main, un couteau dans l'autre.

Un homme était assis sur une chaise pliante, un homme qui n'était pas son père. Il portait un pantalon kaki, des mocassins sans chaussettes et un tee-shirt bleu roi avec un petit cavalier brodé sur la poitrine.

Il avait les mêmes yeux qu'elle, du même vert que les flacons de pharmacie, le visage lisse d'un acteur de cinéma, et des cheveux bruns ondulés sous un panama.

— Je me suis endormie…

— Rien de tel qu'une petite sieste à l'ombre par une belle après-midi d'été. Tu te souviens de moi, Naomi ?

— Oncle Seth !

Elle redouta de s'évanouir à nouveau, mais cette fois, c'était de joie que son cœur menaçait d'exploser.

— Tu es venu, tu es là..., murmura-t-elle, les larmes aux yeux, en grimpant sur les genoux de son oncle pour l'embrasser. Ne nous laisse pas, je t'en supplie, oncle Seth ! Ne nous laisse pas, s'il te plaît.

— Tu peux compter sur moi, ma puce, je te le promets. Ne t'inquiète pas, je suis là, je veillerai sur vous.

— Tu m'avais offert une robe rose.

Son rire apaisa instantanément la douleur qui lui serrait la poitrine.

— Tu t'en rappelles ? demanda-t-il en tirant un grand mouchoir blanc de sa poche, avec lequel il sécha ses larmes. Tu ne devais pas avoir plus de six ans.

— Elle était si jolie... Maman dort. Elle n'arrête pas de dormir.

— C'est qu'elle en a besoin. Qu'est-ce que tu as grandi, dis donc ! Et quelles longues jambes ! Tu t'es écorché les genoux ?

— Il faisait noir dans la forêt.

Ses bras se resserrèrent autour d'elle. Il sentait merveilleusement bon, un parfum de sorbet au citron vert.

— Il ne fait plus noir maintenant, et je suis là. Dès que possible, vous viendrez chez moi, toi, Mason et ta maman.

— À Washington ?

— Oui, chez moi et mon ami Harry. Il te plaira. Il joue à Donkey Kong avec Mason, ils font connaissance.

— Il est homosexuel ?

— Oui.

— Mais il est gentil, comme toi.

— Je crois, tu en jugeras par toi-même.

— Je dois bientôt reprendre l'école. Mason aussi.

— Vous irez à l'école à Washington, tu es d'accord ?

Saisie d'un léger vertige, elle acquiesça de la tête.

— Je ne veux pas rester là. Miss Lettie est très gentille, Wayne et le shérif aussi. Il m'a donné son numéro de téléphone pour que je l'appelle si j'ai besoin de lui parler. Mais je ne veux pas rester ici.

— Nous partirons dès que possible.

— Je ne veux pas revoir papa. C'est mal, je sais, mais…

— Personne ne t'obligera à le voir si tu n'en as pas envie. Ce n'est pas mal, ne t'en fais pas.

— Tu le diras à maman ? Elle voudra qu'on le voie. Je ne veux pas le voir. Il m'a à peine regardée, ce matin. On peut partir tout de suite à Washington ?

— Très bientôt, affirma Seth en la serrant contre lui.

Les démarches prirent plus d'une semaine, mais ils ne passèrent pas même une nuit chez miss Lettie.

Comme l'avait prédit le shérif, les journalistes voulurent leur poser des questions. Une file de camionnettes était garée en face de la maison, et une meute de reporters armés de caméras guettait la moindre apparition.

Personne ne pensa à l'anniversaire de Naomi. Mais elle ne s'en formalisa pas, elle-même ne demandait qu'à l'oublier.

Ils furent transférés dans une maison aux environs de Morgantown, bien moins jolie que celle de miss Lettie, et placés sous la protection du FBI à cause des journalistes et parce qu'il y avait déjà eu des menaces.

Elle entendit les agents du FBI en parler, et dire que son père allait lui aussi être transféré.

Elle entendait beaucoup de choses, car elle écoutait.

Elle entendit sa mère se disputer avec son oncle Seth, parce qu'elle ne voulait pas aller à Washington et tenait à ce que ses enfants voient leur père. Mais Seth fut fidèle à sa parole. Sa mère se rendit seule à la prison, accompagnée d'une dame du FBI.

Au retour de sa deuxième visite, elle avala des comprimés et dormit plus de douze heures.

Naomi entendit aussi son oncle dire à Harry qu'ils avaient suffisamment de place chez eux pour accueillir trois personnes. Elle aimait bien Harry, Harrison Dobbs de son nom complet – Harrison comme Indiana Jones. Elle avait été surprise par le fait qu'il ne soit ni vraiment blanc ni vraiment noir. Il avait la peau couleur caramel, comme le nappage qu'elle adorait sur les crèmes glacées – quand elle avait mérité une récompense exceptionnelle.

Il était très grand, les yeux bleus, ce qui faisait un drôle d'effet avec son teint caramel. Il était chef, c'est-à-dire cuisinier dans un grand restaurant, avait-il précisé avec un clin d'œil. Alors que Naomi n'avait jamais vu un homme aux fourneaux, c'était lui qui préparait le dîner tous les soirs, des plats dont elle n'avait jamais entendu parler, aussi bien présentés que dans les films.

Ils achetèrent une Nintendo pour Mason, des nouveaux vêtements pour Naomi et sa mère. Elle serait volontiers restée dans cette maison pas très jolie, si Seth et Harry y restaient aussi.

Un soir tard, à la suite d'une visite de sa mère à la prison, elle entendit une nouvelle querelle. Elle détestait que son oncle et sa mère se disputent. Elle redoutait qu'il s'en aille.

— Je ne peux pas partir comme une voleuse, en emmenant les gamins ! Ce sont les enfants de Tom.

— Il ne sortira jamais de prison, Susie. Voudrais-tu leur imposer chaque semaine l'épreuve du parloir ?

— C'est leur père.

— C'est un monstre.

— Ne l'insulte pas.

— C'est un monstre, assume-le. Les petits ont besoin de toi, Susie. Pense à leur avenir. L'autre ordure ne mérite pas une minute de ton temps.

— Je l'ai épousé. Je lui ai juré amour, fidélité et obéissance.

— Lui aussi, mais il a trahi ses promesses. Il a violé, torturé et tué plus de vingt femmes… et ce n'est que ce qu'il a avoué. Ou plutôt ce dont il s'est vanté… Plus de vingt jeunes filles. Après en avoir fini avec elles, il couchait dans le même lit que toi.

— Arrête ! Tais-toi ! Tu veux m'entendre dire qu'il a commis ces horreurs ? Comment pourrais-je vivre avec ça, Seth ? Comment ?

— Tes enfants ont besoin d'une mère forte. Je t'aiderai, Susie. Nous allons partir d'ici. Vous serez suivis par un psychologue, tous les trois. Les petits iront dans de bonnes écoles, ils se sentiront en sécurité. Ne m'oblige pas à te donner des ordres, comme lui. Mais je t'en donnerai, s'il le faut, pour te protéger et préserver les enfants. Rappelle-toi celle que tu étais avant de le connaître. Tu avais de la volonté, des projets, une vraie joie de vivre.

— Tu ne comprends donc pas ?

Cette terrible supplication dans la voix de sa mère, cette horrible douleur, comme une plaie qui ne cicatriserait jamais…

— Si je pars, je reconnais ces infamies.

— Il les a commises, il l'a avoué.

— On lui a extorqué des aveux.

— Ta fille en est témoin.

— Elle a rêvé.

— Arrête, Susie, arrête.

— Je l'aurais su ! Comment aurais-je pu vivre la moitié de ma vie à son côté sans me douter de rien ? Les journalistes me le répètent sans cesse.

— Je me moque des journalistes. Nous partons demain. Pour l'amour de Dieu, où est ta rage, Suze ? Où est ta colère contre ce qu'il a fait, ce qu'il est, ce qu'il vous fait vivre ? Envers ce que Naomi a vu ? J'espère de tout mon cœur que tu finiras par la trouver. En attendant, tu dois me faire confiance. C'est ce que tu peux faire de mieux. Nous pouvons partir demain, tu pourras reconstruire ta vie et celle des enfants.

— Je ne sais pas par où commencer.

— Prépare déjà tes valises, et chaque chose en son temps.

Naomi entendit sa mère pleurer quand Seth la laissa seule. Puis elle l'entendit ouvrir et fermer des tiroirs.

Les yeux fermés, elle formula une prière de remerciement pour son oncle. Elle avait conscience d'avoir sauvé la vie d'Ashley. Elle avait aussi conscience que son oncle Seth voulait sauver la sienne.

3

Depuis cinq mois, deux semaines et cinq jours qu'elle vivait à Washington, Naomi avait connu tellement de hauts et de bas, de joies et de peines qu'elle en avait perdu le compte.

Elle aimait le quartier de Georgetown et la maison de Seth et Harry, ses hauts plafonds, ses couleurs chaleureuses, le patio avec une fontaine au centre d'un petit bassin.

Elle n'avait jamais habité en ville et pouvait passer des heures devant la fenêtre à regarder les passants, les voitures et les taxis. Sa chambre était magnifique. La vieille commode en merisier – une antiquité, pas une seconde main, il y avait une différence – était surmontée d'un grand miroir ovale encadré du même bois sculpté. Elle dormait dans un grand lit, un luxe ; juste pour le plaisir, elle s'amusait à rouler d'un bord à l'autre et à écarter les bras en croix. Les draps étaient si doux qu'elle caressait la taie d'oreiller avant de s'endormir.

Les murs étaient tapissés d'une riche teinte dorée, ornés de tableaux de fleurs disposés par groupes formant comme des petits jardins.

Elle préférait sa chambre à celle de maman, pourtant plus sophistiquée, avec son lit à baldaquin vert pâle et son fauteuil à motifs d'oiseaux exotiques.

Mason dormait sur un canapé convertible, dans une pièce que leur oncle appelait le petit boudoir. Mais souvent, les premières semaines, il venait se glisser dans le lit de sa sœur, ou se coucher en boule sur son tapis, tel un chiot.

Harry les invita au restaurant où il travaillait. Ils mangèrent à une table recouverte d'une nappe blanche, décorée de fleurs et de bougies, et visitèrent les cuisines immenses, où plusieurs cuisiniers s'affairaient dans l'effervescence, le bruit et la chaleur.

La rentrée scolaire engendra appréhension et excitation. Une nouvelle école, une nouvelle ville où personne ne la connaissait. C'était à la fois effrayant et merveilleux. Elle était inscrite sous le nom de Naomi Carson. Certains se moquaient de l'accent de « la nouvelle », mais aucun de ses camarades ne savait que son père était en prison.

Elle n'aimait pas trop aller chez la psychologue, le Dr Osgood, une jolie jeune femme qui sentait toujours très bon. En fait, elle se sentait gênée, surtout au début, de raconter à une étrangère des choses sur ses parents, son frère, et sur ce qui s'était passé cette nuit-là dans la forêt.

Mason allait chez un autre thérapeute, un homme qu'il aimait bien parce qu'ils discutaient basket et jeux vidéo. Au bout de quelques semaines, il cessa de venir dormir dans le lit de Naomi.

Leur mère était suivie par un troisième praticien, mais elle n'allait pas à tous ses rendez-vous.

Souvent, elle disait qu'elle ne s'en sentait pas la force et se mettait au lit avec la migraine.

Une fois par semaine, elle empruntait la voiture d'oncle Seth et se rendait au pénitencier d'Hazelton. Elle en avait pour presque huit heures de route aller-retour, pour passer un petit moment en compagnie de son mari, chacun d'un côté d'une vitre. Elle revenait toujours le visage décomposé et affligée d'une de ses migraines.

Néanmoins, elle ne voulait pas renoncer à ces visites.

Peu à peu, une routine s'instaura. Chaque matin, Harry déposait Naomi et Mason à l'école, avant de se rendre au restaurant. Seth travaillait dans un bureau : il donnait des conseils aux gens pour placer leur argent. Susan avait trouvé un emploi de serveuse à mi-temps.

Un soir, Seth rentra un journal à la main, dans une colère noire.

Naomi n'avait jamais vu son oncle s'énerver, ni même hausser le ton. Elle était occupée à préparer du risotto au poulet, une recette que Harry lui avait apprise. Mason faisait ses devoirs à la table de la cuisine. Maman était assise sur une chaise, le regard dans le vide.

Susan se leva d'un bond lorsque Seth jeta le journal sur le comptoir. Naomi vit son père sur la première page et – oh non ! – un portrait d'elle pris au collège de Pine Meadows le jour des photos scolaires.

— Comment as-tu pu ? tonna Seth. Comment as-tu pu faire une chose pareille à tes enfants ?

Susan serra la petite croix en or qu'elle portait autour du cou.

— Ne crie pas. Je ne leur ai quasiment rien dit.

— Bien assez ! C'est toi qui leur as donné cette photo de Naomi ? D'où savent-ils que vous habitez à Washington ?

Elle rentra la tête dans les épaules, comme lorsque papa la regardait méchamment, pensa Naomi.

— Ils m'ont payée cinq mille dollars. Il faut bien que je gagne ma vie, non ?

— De cette manière ? En vendant la photo de ta fille aux tabloïds ?

— Ils se la seraient procurée sans moi, tu le sais, et de toute façon, ils n'arrêtent pas de parler de nous.

D'un geste las, Seth dénoua sa cravate rouge.

— Ils n'avaient pas sa photo, Susan. Ils ne savaient pas où vous habitiez.

Quand la sonnerie du téléphone retentit, il leva la main pour empêcher Naomi de décrocher.

— Ne réponds pas. J'ai déjà reçu six appels au bureau. Apparemment, ça ne sert à rien d'être sur liste rouge. J'avais fait changer le numéro exprès, Susan, pour vous protéger de ce qui va se passer maintenant.

Les épaules voûtées, elle pinça les lèvres.

— Ils sont toujours devant la prison, à me harceler.

Des rides s'étaient creusées autour de sa bouche, remarqua Naomi. Des rides qu'elle n'avait pas avant cette nuit d'été fatidique.

— Tom a dit qu'il y avait moyen de se faire de l'argent, ajouta Susan. La loi lui interdit de...

— Mais tu peux lui refiler cet argent.

Ses joues s'enflammèrent, comme lorsqu'elle était gênée ou en colère.

— J'ai des devoirs envers mon mari. Ils l'ont mis dans ce qu'ils appellent un quartier spécial. Son avocat va demander un transfert en population carcérale, mais il réclame des honoraires supplémentaires.

— Il te raconte des conneries, Suze, tu ne t'en rends pas compte ?

— Ne dis pas de gros mots.

— Mon langage te dérange, mais ça, ça ne te dérange pas ? rétorqua Seth en frappant le journal du plat de la main, tandis que le téléphone recommençait à sonner. Tu l'as lu ?

— Non ! Non, je ne l'ai pas lu et je ne veux pas le lire. Ils n'arrêtaient pas de me tarabuster, et Tom pense qu'on le respectera un peu plus s'il peut lui-même raconter son histoire par mon intermédiaire.

— Personne ne respecte la presse à sensation, même lui le sait… À qui d'autre as-tu parlé ?

Naomi observait son oncle, qui paraissait davantage écœuré que furieux, à présent.

— À Simon Vance.

— Le type qui romance des faits divers ?

— C'est un professionnel. Son éditeur me versera vingt-cinq mille dollars. C'est marqué dans le contrat.

— Tu as signé un contrat ?

Les lèvres tremblantes, les larmes aux yeux, Susan leva les bras devant son visage, comme pour parer un coup.

— Et je toucherai encore plus pour l'adaptation cinématographique.

— Susan, qu'as-tu fait ?

Naomi connaissait maintenant le désespoir, et elle le perçut clairement dans la voix de son oncle.

— Je ne vais pas débarrasser des tables toute ma vie. Et cette doctoresse chez qui tu m'obliges à aller n'arrête pas de répéter que je dois avoir confiance en moi. Il faut que je trouve un logement plus près de la prison. Tom veut qu'on se rapproche, moi et les enfants.

— Je ne veux pas ! s'écria Naomi.

Sa mère se tourna vers elle, le regard brûlant de colère à travers ses larmes.

— Pas d'impertinence, s'il te plaît.

— Je ne veux pas, un point c'est tout. Si tu m'emmènes de force, je m'enfuirai !

— Tu feras ce que ton père et moi aurons décidé. Nous ne pouvons pas rester ici.

— Et pourquoi donc ? demanda Seth posément.

— Tu vis dans le péché, avec un homme, noir de surcroît.

— Naomi, monte un moment avec Mason, s'il te plaît, dit Seth d'un ton calme, sans quitter Susan des yeux.

— Je dois finir de préparer le dîner.

— Ça sent drôlement bon, mais éteins le feu un moment et monte aider ton frère à terminer ses devoirs.

Mason se leva de sa chaise et enlaça la taille de Seth.

— Ne la laisse pas nous emmener, supplia-t-il. Je veux rester chez toi.

— Ne t'inquiète pas, monte avec ta sœur.

— Viens, Mason. Nous n'irons nulle part, décréta Naomi à l'intention de sa mère, en rassemblant les livres et les cahiers de son frère. Harry n'est pas un péché. C'est ce que tu dis qui est péché.

— Tu ne comprends pas, protesta Susan.

— Je comprends très bien. J'ai commencé à comprendre dans la forêt. C'est toi qui ne veux pas comprendre, maman. Allez, viens, Mason.

Susan éclata en sanglots. Sans un mot, Seth ouvrit l'armoire à vin, y choisit une bouteille qu'il déboucha et dont il se servit un verre, sans regarder sa sœur, debout au milieu de la cuisine, le visage caché dans ses mains.

Puis il coupa la sonnerie incessante du téléphone.

— Tu sais que je suis homo depuis mes quatorze ans, dit-il en portant son verre à ses lèvres. Tu t'en doutais sûrement avant, mais je n'ai trouvé le courage de te l'avouer qu'à l'adolescence. Il m'a fallu plus de temps encore pour faire mon coming out auprès de maman et papa, qui l'ont assez bien pris, tout bien considéré. C'est à ma grande sœur que je me suis confié en premier. Te rappelles-tu ce que tu m'as dit… après m'avoir demandé si j'étais sûr de ce que j'avançais ?

Comme Susan continuait de sangloter, il but une autre gorgée de vin.

— Tu m'as dit : « Ne t'avise pas de draguer les mecs qui me plaisent. » Où est passée cette fille-là, celle qui a su trouver les bons mots quand j'avais si peur que mes genoux s'entrechoquaient ?

Celle qui a su me faire rire quand j'avais envie de pleurer. Celle qui m'a accepté tel que j'étais.

— Je suis désolée, excuse-moi.

— Écoute-moi bien, Susan : ne redis plus jamais des choses pareilles à propos de l'homme que j'aime. Plus jamais, tu entends ?

— Pardonne-moi. Harry est un ange avec nous. Et je vois bien qu'il te rend heureux. Je suis désolée, mais…

— Nous avons une relation contre nature ? C'est ce que tu penses vraiment ? C'est ce que ton cœur te dit ?

— Je ne sais pas, murmura Susan en se rasseyant. Je ne sais pas ! J'ai vécu quatorze ans avec mon mari… Tom n'était pas aussi strict au début. Il a changé petit à petit et je ne m'en suis pas aperçue. D'abord, il m'a demandé d'arrêter de travailler. J'étais enceinte de Naomi, j'ai pensé qu'il avait raison. Que je pourrais mieux m'occuper de mon foyer et de mon bébé. Ensuite, il n'a plus voulu aller chez maman et papa… Il avait toujours une bonne excuse. Puis il m'a interdit d'aller chez eux. Il était le chef de famille… Et il ne tenait pas non plus à ce qu'ils viennent à la maison. Tout juste pour les fêtes… au début.

— Il t'a coupée de tous ceux que tu aimais.

— Il disait que le plus important, c'était nous. Que nous devions faire notre vie. Et puis Mason est arrivé, Tom est devenu encore plus sévère, encore plus exigeant. Mais il travaillait dur, il payait les factures. Il n'a jamais levé la main sur moi, je te le jure, ni sur les enfants. Je me suis laissé influencer… Papa et maman me manquaient, toi aussi tu me manquais énormément…

Seth remplit un deuxième verre de vin, le posa devant sa sœur.

— Depuis que je suis tombée enceinte de Naomi, je n'ai bu que du vin de messe. J'étais comme elle autrefois, forte, courageuse, un peu têtue… Tu te souviens ?

— Bien sûr.

— J'ai perdu tout cela.

— Il ne tient qu'à toi de le retrouver.

— Je suis si fatiguée… Si seulement je pouvais dormir, dormir, jusqu'à ce que tout soit réglé. Naomi était sincère tout à l'heure : elle ne veut pas partir avec moi, ou elle s'enfuira en emmenant Mason. Elle ne le quittera pas. Pas comme moi, qui ai renoncé à mon frère. Elle me forcera à choisir entre mon mari et mes enfants.

— Lui aussi t'a contrainte à choisir entre lui et ta famille.

— Une femme tient à son mari, soupira Susan en buvant une gorgée de vin. Oh, c'est bon ! J'avais oublié. Le jour de mon mariage, j'ai prononcé des vœux. Il a fait des choses atroces… peut-être. Mais c'est dur pour moi de rompre ces vœux, d'accepter que celui que j'ai épousé soit en prison. Je suis si fatiguée. Tout le temps. Si je le pouvais, je dormirais le reste de ma vie.

— C'est de la dépression, Suze. Il faut laisser le temps à la thérapie et aux médicaments. Il faut te laisser du temps.

— J'ai l'impression que ça fait des années. Chaque fois que je vais à Hazelton, Seth, je me dis que c'est la dernière. Je ne veux plus voir ces murs, être fouillée par ces gardiens, lui parler à travers une vitre. Je n'en peux plus de ces journalistes qui essaient de m'extorquer des révélations. Qui me hurlent des horreurs. Tu ne te rends pas compte.

— Cesse de leur donner prise.

— J'aimerais bien… Mais chaque fois, Tom me fait douter de moi, et finalement je fais ce qu'il me dit. J'ai eu tort de parler aux reporters et de signer le contrat, j'en suis consciente. Je n'ai plus de force, plus de courage, plus de volonté… Il veut que je vire l'argent sur son compte carcéral et que je trouve une maison près de la prison. Que je continue de venir le voir toutes les semaines et que j'amène les enfants une fois par mois, pour commencer.

— Je t'en empêcherai. Je me battrai contre toi s'il le faut.

— Ma propre fille se battrait aussi contre moi, sanglota Susan en essuyant une larme. Elle s'enfuirait et se battrait comme une tigresse pour m'arracher Mason. Je dois leur donner une meilleure image de moi, je sais.

— Ne retourne pas à la prison. Ressaisis-toi. Parles-en avec la psychologue.

— J'essaierai, je te le promets. Je vous dois une fière chandelle, à toi et à Harry. Après tout ce que vous avez fait pour moi, je regrette d'avoir écouté Tom.

— On se débrouillera, ne t'en fais pas.

— Je vais monter parler aux enfants et nous redescendrons terminer le dîner.

— Voilà qui me semble un bon début. Je t'aime, Suze.

Elle se leva, s'avança vers lui.

— Dieu sait que tu dois m'aimer, oui. Je t'aime, moi aussi. Ne me laisse jamais tomber.

— Jamais.

Elle l'embrassa, puis monta à l'étage. Mettre un pied devant l'autre ne lui avait jamais autant coûté, se dit-elle. Pas même lorsqu'elle traversait la prison jusqu'au parloir.

Elle s'immobilisa sur le seuil de la chambre de Naomi. Ses enfants étaient assis sur le plancher, Mason concentré au-dessus d'un exercice, crayon à la main.

Il avait pleuré, et cela lui fendit le cœur car c'était à cause d'elle.

Naomi, en revanche, avait les yeux secs, et elle tourna vers sa mère un regard accusateur.

— Je voulais vous dire que je regrette ce que j'ai dit tout à l'heure à propos de votre oncle et de Harry. J'espère que vous me pardonnerez. Je voulais vous dire aussi que vous aviez raison, tous les deux. Nous resterons à Washington. J'ai eu tort de parler aux journalistes et à cet écrivain. Hélas, je ne peux pas revenir en arrière, mais je ne referai plus jamais cette erreur. Je suis navrée, Naomi, de leur avoir donné ta photo. Je ne sais pas comment me racheter, mais j'essaierai. Je ferai des efforts, je te le promets. Facile à dire, je sais, mais je vous le montrerai. Accordez-moi une chance.

— D'accord ! s'écria Mason en se jetant dans les bras de sa mère.

— Je t'aime tellement, mon petit homme, dit-elle en lui déposant un baiser au sommet du crâne, puis elle se tourna vers Naomi. S'il te faut plus de temps, je le comprendrai, murmura-t-elle.

En secouant la tête, Naomi courut elle aussi se jeter dans les bras de sa mère.

Susan fit de réels efforts, mais il y eut des moments difficiles, très difficiles. En accordant des interviews et en vendant des photos, elle avait ouvert une porte que son frère avait toutes les peines du monde à refermer.

D'autres articles parurent, avec des encarts sur le beau-frère gay du tueur en série. Les reporters guettaient Seth devant son bureau. Des paparazzi volèrent des photos de Naomi à la sortie de l'école, et une de Mason dans la cour de récréation.

Les talk-shows ne se lassaient pas d'organiser des débats entre « experts », les journaux à scandale alimentaient la machine.

La rumeur courut que l'auteur Simon Vance, lauréat du prix Pulitzer, écrivait un livre en collaboration avec Thomas David Bowes et sa femme : le cirque médiatique repartit de plus belle.

Le premier de l'an, Harry et Seth allumèrent du feu dans la cheminée du salon. Les guirlandes lumineuses du sapin projetaient des reflets d'espoir sur les vitres.

Harry avait préparé du chocolat chaud. Mason était assis par terre avec le chiot qu'il avait découvert au pied de son lit le matin de Noël, baptisé Kong, en référence à son jeu préféré.

Malgré cette ambiance de fête, Naomi se sentait d'humeur maussade et laissait son cacao refroidir dans sa tasse.

— Harry et moi avons une nouvelle à vous annoncer, déclara Seth.

L'estomac de la fillette se noua.

Son oncle allait leur demander de partir. Ils étaient source de trop de tracas : les reporters, les curieux qui passaient sans cesse devant la maison.

On avait jeté des œufs contre leurs fenêtres le soir de Halloween et, pire, on avait tagué la voiture de Seth :

PÉDÉ COMPLICE D'UN ASSASSIN

Maman avait perdu son emploi au café, car les journalistes avaient découvert où elle travaillait.

— Une grande nouvelle, ajouta Seth en prenant la main de son compagnon.

Naomi ne pouvait pas le regarder en face.

— Harry et moi, nous allons ouvrir un restaurant.

Abasourdie, elle releva la tête.

— Nous avons trouvé un local, précisa Harry, et déjà choisi un nom : *The Spot*.

— Spot ? C'est un nom de chien, commenta Mason en se roulant sur le tapis avec Kong, extatique.

— *The Spot*, parce que ce sera le nouveau *spot* à la mode, l'endroit où il faudra absolument dîner.

— Ce sera où ? demanda Naomi. On pourra aller voir ?

— Bien sûr, mais pas aujourd'hui, car c'est à New York.

— Vous allez déménager ?

— Nous allons tous partir nous installer à New York, à West Village. Nouvelle ville, nouvelle maison, nouveau départ.

Naomi regarda sa mère, silencieuse, les mains croisées sur les genoux.

— Mais vous avez déjà une maison ici...

— Nous en aurons une nouvelle à New York, encore plus belle, tu verras, déclara Seth en tapotant la cuisse de Harry.

— Vous déménagez à cause de nous. À cause de tous ces ennuis.

— Ce n'est ni tout à fait faux, ni tout à fait vrai, répondit Harry. Il y a longtemps que je voulais m'installer à mon compte, et je crois que nous avons enfin trouvé l'opportunité que nous recherchions. Seth sera mon associé. Nous y gagnerons tous en qualité de vie.

— Nous en avons longuement discuté, avec Harry et ta maman. Nous serons mieux à New York, c'est certain. Si vous n'y voyez pas d'objections, nous ferons officiellement changer votre nom de famille en Carson. J'ai donné ma démission au travail, Harry aussi. Je ne vous cache pas que j'ai hâte de partir. Évidemment, vous devrez à nouveau changer d'école.

— Ce n'est pas grave, assura Naomi, en imposant du regard le silence à son frère.

— Et de psychologues, ajouta Seth, mais on nous en a recommandé de très bons.

— Je n'ai plus besoin d'aller chez le psychologue, décréta Naomi. Si nous commençons une nouvelle vie, je deviendrai une nouvelle personne. Je me ferai couper les cheveux.

— Oh, Naomi ! s'écria sa mère.

— Je ne veux plus ressembler à celle qui était en photo dans les journaux. Je me les couperai moi-même.

— Hors de question ! protesta Seth en riant. Nous t'emmènerons chez le coiffeur, qui te fera une belle coupe courte. Elle a bientôt treize ans, Suze. Libre à elle de se coiffer comme il lui plaît.

— On nous retrouvera peut-être quand même, mais ce sera plus dur si on est différents. Mason a déjà beaucoup changé : il a grandi, et il a les cheveux plus longs et plus foncés. Et peu m'importe de changer de nom, je ne veux plus m'appeler Bowes. Désolée si ça te choque, maman.

Susan garda le silence, les yeux baissés.

Harry prit le chiot dans ses bras.

— Il va sans dire, Mason, que notre nouvel ami part avec nous.

— C'est à cause de moi..., murmura enfin Susan.

— Non, Susie. Tôt ou tard, de toute façon, ils nous auraient retrouvés. Nous n'avons pas été assez vigilants. Désormais, nous prendrons nos précautions. Nouvelle ville, nouveau départ. Et nouveau look, déclara Seth avec un clin d'œil à Naomi.

— On déménage quand ? demanda-t-elle.

— La maison sera mise en vente dès demain. L'agent immobilier est optimiste. Quoi qu'il en soit, qu'elle soit vendue ou non, nous partirons pendant les vacances de printemps. Nous aurons une pièce de plus à New York. Tu auras ta chambre à toi, Mason. Qu'en dis-tu ?

— À moi et à Kong !

— À toi et à Kong.

— Je pourrai avoir un lit en mezzanine ?

— Pourquoi pas ? Naomi, tu en voudras un aussi ?

— Oui. Vous pourrez de nouveau inviter des amis, recevoir du monde. Vous n'avez pas pu organiser votre soirée de Noël habituelle, cette année, ni sortir pour la Saint-Sylvestre.

Harry confia le chiot frétillant à Seth.

— Tu entends donc tout ?

— Presque. Et maman ne pourra pas faire le trajet de New York jusqu'à la prison. Tu n'y es pas allée souvent, je sais, depuis… depuis que tu as signé ces papiers, mais chaque fois tu en es revenue triste. À New York, nous serons à l'autre bout du pays. Plus loin nous serons, mieux nous nous porterons.

— Je fais des efforts, ma chérie.

— Je sais, et ça se voit. Tu vas de mieux en mieux.

Par amour, par devoir, Naomi se leva et alla s'asseoir dans le fauteuil de sa mère, se serrant tout contre elle.

— Tu iras encore mieux à New York, je le sens.

— New York, nous voici ? dit Seth gaiement.

— New York, nous voici ! s'exclama Mason en levant les bras au ciel. On ira voir les Knicks ?

— Tu as des copains à New York ? demanda Seth, ce qui fit rire le garçonnet aux éclats.

La maison se vendit en moins de deux semaines, pour dix mille dollars de plus que la valeur à laquelle elle avait été estimée. Ils entreprirent aussitôt de faire les cartons. Et Naomi entendit son oncle payer un supplément aux déménageurs pour qu'ils viennent de nuit, dans des camionnettes discrètes, en plusieurs fois.

En mars, ils quittèrent Georgetown sous les giboulées, au milieu de la nuit, tels des voleurs.

Le cœur serré, Naomi regarda la maison s'éloigner derrière le pare-brise. Puis elle se tourna face à la route, se passa une main dans les cheveux. « Naomi la garçonne », la surnommait Seth désormais.

Nouveau look, nouvelle ville, nouveau départ, se dit-elle. Il ne servait à rien de regarder en arrière.

4

New York, 2002

À seize ans, Naomi Carson menait une vie que Naomi Bowes n'aurait jamais imaginée. Elle avait une jolie chambre, à l'étage d'une belle maison ancienne, dans une ville trépidante. Seth et Harry la choyaient : argent de poche, virées shopping, places de concerts et, surtout, ils lui faisaient confiance et lui laissaient une grande liberté.

Elle s'efforçait de mériter leur générosité. Elle était une élève studieuse, avait d'excellentes notes – et visait l'université de Providence, à Rhode Island, où elle désirait étudier la photographie.

Ils lui avaient offert un petit Fuji compact pour son premier Noël à New York et elle s'était découvert une passion qui peu à peu s'était muée en vocation, si bien que pour son seizième anniversaire elle avait reçu un reflex Nikon.

Elle était devenue la photographe officielle de l'almanach et du journal de son lycée. Elle avait ainsi acquis de l'expérience et s'était constitué un impressionnant portfolio qu'elle présenterait à son entretien d'admission à la fac.

Elle s'était donné du mal pour se débarrasser de son accent rural, son désir le plus cher étant de ressembler aux filles de son âge, de ne rien conserver de ses douze premières années. Son accent ressurgissait parfois, mais de plus en plus rarement.

Elle avait des amis, des flirts de temps à autre. Toutefois, contrairement à la majorité de ses copines, elle ne voulait pas de petit copain attitré. Trop de complications, d'après ce qu'elle avait pu observer.

Elle aimait bien les baisers, à condition que le garçon sache embrasser, mais elle ne se sentait pas prête à aller plus loin. Peut-être ne le serait-elle jamais.

Elle avait laissé Mark Ryder lui toucher les seins. Ils avaient enfin poussé mais elle s'était fait une raison, elle n'aurait jamais une poitrine pulpeuse. Les caresses de Mark l'avaient seulement mise mal à l'aise, elle n'avait ressenti aucun désir.

Il l'avait traitée d'allumeuse frigide, elle avait rompu.

À seize ans, elle mesurait un mètre soixante-dix-sept. Elle était mince et tout en jambes, assez jolie pour que les garçons aient envie de la peloter. Elle s'était laissé pousser les cheveux aux épaules et se les attachait quand elle prenait des photos.

Lorsqu'elle remportait un concours, Seth lui offrait un rendez-vous chez le coiffeur et elle se faisait faire des mèches ou bien un balayage, pour rehausser son châtain naturel.

Mason avait grandi d'un coup. À douze ans, il jouait au basket dans l'équipe de son collège.

Parfois, Naomi jalousait son petit frère ; mais, au fond, elle était fière de lui. Il avait l'esprit acéré, un physique avantageux et un caractère aimable.

Il plaisait aux filles et pouvait compter sur un noyau de fidèles copains.

Plusieurs jours pouvaient s'écouler sans qu'elle pense une seule seconde à Pine Meadows. Préoccupée par sa scolarité, sa garde-robe, elle était alors une ado comme les autres, qui écoutait de la musique et retrouvait ses amis à la pizzeria.

Elle était restée en contact avec Ashley. Elles échangeaient régulièrement des mails. Ashley n'était jamais retournée à Morgantown. Elle avait interrompu ses études pendant un an avant de les reprendre à l'université d'État de Pennsylvanie. Lorsqu'elle avait obtenu son master, Naomi lui avait envoyé une carte de félicitations et une photo d'un cerisier en fleur qu'elle avait prise et encadrée elle-même.

Pour son vingt et unième anniversaire, Ashley s'offrit un billet de train pour New York, afin de passer une journée entière avec Naomi.

Chaque fois qu'elle repenserait à ce jour, Naomi se souviendrait de son appréhension, puis de l'incommensurable joie qui l'envahit en voyant Ashley qui l'attendait, comme promis, sur la plateforme d'observation de l'Empire State Building.

Si belle, pensa-t-elle, avec ses longs cheveux blonds dansant dans le vent. Sa nervosité s'évanouit dès l'instant où Ashley l'aperçut et courut à sa rencontre, bras grands ouverts.

— Tu es si grande ! Tu es devenue plus grande que moi ! Ce n'est pas difficile, tu me diras… Oh, Naomi !

Elle la serra contre elle, longuement, en se balançant d'avant en arrière.

— Tu es venue. Pour ton anniversaire le plus important, tu es venue me voir.

— Sans toi, je n'aurais jamais eu vingt et un ans. Je voulais les fêter avec toi. Et sais-tu pourquoi je voulais qu'on se retrouve ici ? C'est un peu idiot, mais je voulais te dire que tout ce que je peux voir d'ici, c'est grâce à toi. Et je voulais t'offrir ceci.

De son sac à main, Ashley sortit une petite boîte enveloppée de papier brillant.

— Mais c'est *ton* anniversaire. J'ai un cadeau pour toi.

— Tu me le donneras plus tard, au déjeuner. Regarde le tien. Je veux que tu le découvres ici, au sommet du monde. Tu m'as ramenée à la surface de la Terre et aujourd'hui nous sommes dans le ciel. Vas-y, ouvre-le.

Submergée d'émotion, Naomi souleva le couvercle de l'écrin : il révéla un pendentif, un iris pourpre au centre d'un ovale d'argent, accroché à trois fines chaînes.

— Il est magnifique.

— Je dois t'avouer que ma mère m'a aidée à le choisir. Elle croit à la signification des fleurs. L'iris est un symbole d'amitié et de courage. Tu incarnes les deux. J'espère qu'il te plaît.

— Beaucoup. Ashley…

— Ne pleurons pas. Je suis émue, moi aussi, mais j'ai envie de rire, aujourd'hui. Essaie le collier, puis tu me feras visiter la ville. C'est la première fois que je viens à New York.

Naomi apprit ce jour-là qu'il était aussi difficile de retenir des larmes de joie que des larmes de chagrin.

— D'accord. Où voudrais-tu aller en premier ?

— Faire du shopping ! répondit Ashley en aidant Naomi à accrocher le fermoir du pendentif. Ensuite, nous irons manger quelque part où je puisse boire une coupe de champagne. Je suis majeure !

— Je t'aime ! s'écria Naomi, et ses joues s'empourprèrent. Ça fait bizarre, je...

— Non, pas du tout. Nous partageons un lien exceptionnel. Personne ne peut comprendre ce que nous avons vécu ensemble pour être là aujourd'hui. Moi aussi je t'aime. Nous resterons amies pour toujours.

La psychologue – Naomi y était retournée pendant près d'un an après un difficile passage à vide de sa mère – lui demanda ce qu'elle avait éprouvé en revoyant Ashley. Elle répondit qu'Ashley l'aidait à se tourner vers la lumière.

Harry avait engagé sa mère comme serveuse dans son restaurant. Susan se montrait à la hauteur, sauf quand elle sombrait dans les ténèbres et refusait de voir la lumière. Heureusement, Harry lui gardait son emploi malgré ses absences.

Son médecin parlait de dépression ; mais Naomi savait que, aussi grave que puisse être la dépression, les ténèbres étaient pires.

Dans ses périodes les plus sombres, sa mère avalait des comprimés. À la parution du livre de Simon Vance, annoncée partout dans la ville par de grandes affiches publicitaires, elle en prit une telle dose qu'elle dut être hospitalisée.

Intitulé *Du sang dans la terre : le legs de Thomas David Bowes*, il était dans les vitrines de toutes les librairies. Vance, un auteur sérieux à la plume élégante, était invité sur le plateau de tous les talk-shows, interviewé dans tous les journaux. Dans ces débats, dans ces articles, le nom de Naomi était cité autant que celui de son père.

Les cauchemars revinrent.

Elle était angoissée, elle avait honte. Si bien qu'elle comprenait les angoisses de sa mère, et sa honte, et la ménageait.

Cependant, lorsque Susan regardait vers la lumière, la vie était belle, simple. De toutes ses photos, la préférée de Naomi était un portrait de sa mère dansant avec Seth, lors d'une soirée d'été. La luminosité était parfaite, et Susan riait, le visage levé vers celui de son frère.

Elle la lui avait offerte, ainsi qu'un cliché pris au retardateur : Naomi, Susan et Mason assis dans le patio par un après-midi de printemps.

Quand Susan restait au lit, rideaux tirés, Naomi lui apportait ses repas sur un plateau. Elle comprenait combien les ténèbres étaient profondes en voyant ces photos retournées, comme si sa mère ne pouvait supporter de se voir heureuse.

Il pouvait toutefois s'écouler plusieurs semaines, voire plusieurs mois, où tout semblait aussi normal que possible. Où Naomi n'avait d'autres soucis que le lycée, ses prises de bec avec son frère – qui pouvait être une véritable calamité ! – et le choix de sa tenue pour aller au cinéma avec un garçon.

Elle était au cinéma, justement, ce jour-là, non pas avec un garçon mais avec des amis, Mason et des amis à lui, pour voir *Spider-Man*. Elle dégustait du pop-corn et un soda à l'orange en regardant les bandes-annonces.

Dès que les lumières s'éteignirent, sa copine Jamie enlaça le garçon avec qui elle sortait. Naomi les ignora, de même que les bruits de baisers provenant du rang derrière elle, où se trouvaient Mason et ses amis.

Elle aimait le cinéma, et préférait les films tels *Spider-Man* ou *Le Seigneur des anneaux* aux romances qu'adoraient ses copines. Ce qui l'intéressait, c'étaient les personnages qui *agissaient* afin de surmonter l'adversité, quand bien même ils tiraient leur force de la morsure d'une araignée radioactive.

L'écran s'emplit du point de vue de quelqu'un conduisant un camion. Du fait de ses connaissances en photographie, la notion de point de vue lui était familière. On voyait les mains d'un homme – portant une alliance – sur le volant.

Elle était attentive aux détails.

La route défilait, et tout à coup la gorge de Naomi se noua.

Elle connaissait ces routes. Elle connaissait ce camion. Quand il s'engagea dans le bois, cahotant sur un chemin de terre, un étau lui serra la poitrine.

Nouveau plan-séquence : la cave, les photos, une femme ligotée sur un matelas, le regard terrorisé.

Naomi ne pouvait plus respirer.

Fondu enchaîné sur une maison à la lisière de la forêt. Leur maison. Une fillette au corps dégingandé, aux cheveux longs et fins, regardant par la fenêtre, le ciel menaçant.

Plan éclair sur une famille à l'église : le père, la mère, la sœur et le frère. Puis la fillette s'acharnant sur le verrou d'une trappe.

Elle ne voulait pas en voir davantage. Le cornet de pop-corn lui tomba des mains. En se levant, elle renversa son gobelet de soda.

— Eh, fais attention ! souffla l'une de ses camarades.

— Ça ne va pas, Naomi ?

Elle se rua vers les portes, la voix off résonnant à ses oreilles.

« Une histoire de dépravation. Une histoire de courage. *La Fille du monstre*. Sur vos écrans dès novembre. »

Ses genoux se dérobèrent. Elle s'effondra dans le hall d'entrée, la poitrine en feu, prise de vertige.

— Relève-toi. Viens, Naomi, relève-toi.

La voix de Mason lui semblait venir de très loin.

Il l'aida à se redresser, la soutint jusque dans la rue, dans l'air lourd et moite de septembre, les néons criards de Times Square.

— Regarde-moi ! Regarde-moi !

Il était presque aussi grand qu'elle, et il avait les yeux de leur père. Des yeux noisette aux reflets dorés, choqués et inquiets.

— Je ne peux pas respirer.

— Mais si, tu peux. Essaie, tout doucement.

— C'était…

— Chut ! On en parlera ailleurs. Si on te pose des questions, tu diras que tu t'es sentie mal et qu'on est rentrés à la maison. Marchons un peu, ça te fera du bien.

Elle parvint à faire quelques pas chancelants, puis elle dut s'arrêter, se pencha en avant, redoutant d'être malade. Mais la nausée passa, le vertige se dissipa.

— Tu étais au courant ?

Il lui prit la main, l'entraîna le long de Broadway.

— Je savais que le film était en cours de réalisation. Je ne savais pas qu'il était terminé, encore moins que la bande-annonce était projetée avant *Spider-Man*.

— C'était notre maison.

— Beaucoup de scènes ont été tournées sur les lieux.

— Comment le sais-tu ?

— Le film fait déjà le buzz sur Internet.

— Pourquoi tu ne m'en as pas parlé ?

Il s'immobilisa, lui décocha un regard froid et dédaigneux dont elle ne s'offusqua pas, venant de son frère.

— Tu n'aurais rien voulu entendre. Tout le monde évite le sujet, personne ne me dit jamais rien. Alors je me renseigne tout seul. J'ai lu le bouquin de Simon Vance.

Une bouffée de chaleur envahit Naomi, accompagnée d'une nouvelle envie de vomir.

— Nous devons tirer un trait sur ce cauchemar. Ça remonte à quatre ans.

— Tu y es arrivée ?

— J'essaie de ne pas y penser.

— Maman ne pense à rien d'autre. Tu te rappelles quand elle nous a dit qu'elle partait passer le week-end en thalasso avec une amie ? C'était un mensonge. Elle a pris le bus pour aller à la prison.

— Comment le sais-tu ?

Mason haussa les épaules, poussa la porte d'un café, se dirigea vers une table libre.

— Ce n'était pas la première fois. Quand on est partis passer une semaine à Hilton Head, qu'elle avait soi-disant une gastro ? Elle est allée le voir, aussi. J'ai trouvé les billets de bus dans son sac les deux fois, plus une autre.

— Tu fouilles dans ses affaires ?

— Oui. Deux Coca, s'il vous plaît, commanda-t-il à la serveuse, parfaitement détendu. Je fouille aussi dans sa chambre. Elle lui écrit. Elle a une boîte postale où elle reçoit ses lettres.

— Ce n'est pas bien de l'espionner, répliqua Naomi, puis elle cacha son visage dans ses mains. Pourquoi fait-elle ça ?

— Elle est soumise et dépendante. Il l'a toujours dominée. Elle subit sa violence psychologique.

— D'où tiens-tu ce genre de discours ?

— Je me renseigne, je te l'ai dit. C'est un psychopathe, un pervers narcissique. C'est pour ça qu'il n'avoue ses meurtres qu'au compte-gouttes, tous les deux ans : le nom de la victime, l'endroit où il l'a enterrée. De cette manière, on continue de parler de lui. C'est un manipulateur et maman se laisse manipuler. Tu te souviens quand elle a fait son OD ?

— Ne parle pas comme ça.

— Il faut appeler un chat un chat. Merci, dit-il avec un sourire aimable à la serveuse qui déposait leurs verres sur la table. Elle a tenté de se suicider parce que, à la sortie du livre de Simon Vance, il voulait qu'elle accorde des interviews à la télé et à la presse.

— Il sait où nous habitons ?

— Il sait tout du moins que nous vivons à New York, répondit Mason en haussant les épaules. Il n'en a rien à fiche de nous. Il ne s'est jamais intéressé à nous. C'est maman, sa cible.

— Il avait de l'affection pour toi.

— Je ne pense pas. Crois-tu que c'était moi qui réclamais cette coupe de cheveux militaire ? Quand il venait me voir jouer au base-ball, il ne me lâchait pas des yeux. Si je loupais une balle, il me jetait des regards furieux et méprisants, d'un air de dire : « J'ai élevé une tapette ou quoi ? »

— Mais…

— Il avait peur que j'aie « du sang des Carson », comme il disait. À huit ans, il m'a prévenu que si jamais je montrais des tendances efféminées, il me les ferait passer à coups de trique.

Choquée, Naomi prit la main de son frère.

— Tu ne me l'as jamais dit.

— À huit ans, il y a des choses qu'on n'ose pas dire, même à sa sœur. J'avais peur de lui… toi aussi. Mais on avait l'habitude de vivre dans la peur, on croyait que c'était normal.

— C'est vrai… On évitait de le mettre de mauvaise humeur, tout tournait autour de lui. Je m'en suis rendu compte grâce à la psychothérapie. Je ne pensais pas que c'était pareil pour toi.

— Nous avons le même père.

— Je croyais… Je croyais qu'il te traitait différemment parce que tu étais un garçon. Il voulait des fils, pas de fille, il me le montrait clairement.

— Il voulait me façonner à son image, et il n'y arrivait pas.

— Excuse-moi, murmura Naomi.

— De quoi ?

— J'étais jalouse, j'étais sûre qu'il t'aimait plus que moi. C'est horrible quand on pense que... qu'il...

— Que c'est un psychopathe, un sadique, un assassin.

Prononcés sur un ton presque désinvolte, ces mots firent grimacer Naomi.

— Eh oui, voilà qui est notre père, Nao. Cela dit, moi aussi, j'étais jaloux de toi, parce que tu étais la préférée de maman. Mais, bref... Toujours est-il qu'elle a rencontré l'équipe du film. Poussée par lui. Il a réussi à la convaincre que c'était dans notre intérêt, à toi et à moi.

Les mains entrelacées, ils se penchèrent l'un vers l'autre au-dessus de la table.

— Quel intérêt pour lui ?

— La gloire. Qu'on parle de lui comme des plus grands tueurs en série : Bundy, Dahmer, Ramirez.

— Pourquoi faire des films pareils ? Pourquoi aller les voir ?

— Ton rôle est aussi important que le sien, si ce n'est plus, répondit Mason en pressant la main de sa sœur. Le titre, c'est toi, pas lui. Combien d'enfants de onze ans ont permis l'arrestation d'un tueur en série ?

— Je ne veux pas...

— Si tu n'avais pas aidé Ashley à s'enfuir, il l'aurait tuée. Vrai ou faux ?

Sans répondre, Naomi serra le pendentif qu'Ashley lui avait offert et acquiesça d'un hochement de tête.

— Après en avoir fini avec elle, il en aurait enlevé une autre. Qui sait combien de victimes il aurait encore fait ?

Mason garda un instant le silence avant d'ajouter :

— Que je le veuille ou non, je tiens de lui.

— Non ! Tu as les yeux de la même couleur, c'est tout. Tu n'es pas comme lui.

— Non, sûrement pas, et je ne le serai jamais, répondit-il, sa détermination et l'intelligence de son regard aussi éloquentes que ses paroles. Quant à toi, ne deviens pas comme maman. Ne te laisse pas asservir, comme elle, par ses flatteries et ses menaces. C'est comme ça que ces monstres fonctionnent : ils te flattent et ils te punissent, pour obtenir de toi ce qu'ils veulent, comme des dompteurs.

Elle comprenait. Et pourtant...

— Il ne nous a jamais frappés.

— Il nous faisait miroiter des récompenses, et si on ne se pliait pas à sa volonté il revenait sur ses promesses. Il nous offrait des cadeaux : un panier de basket, une poupée American Girl, mon gant de base-ball, ton petit pendentif en forme de cœur... Et pour un rien, il nous les confisquait. Ou bien il nous privait de cinéma, ou de la boum qu'on attendait avec impatience.

— Il avait promis de nous emmener au parc d'attractions de Kings Dominion, tu te souviens ? On était tout excités, mais à la dernière minute il a annulé la sortie, soi-disant parce que ma chambre était mal rangée. Tu étais fou de rage contre moi.

— J'avais sept ans, je ne comprenais pas que tu n'y étais pour rien. Il ne voulait surtout pas que je le comprenne. On était peut-être un peu pénibles avec maman quand il n'était pas là, parce qu'on savait qu'elle ne le lui répéterait pas, mais jamais on n'aurait osé se rebiffer contre lui. Jamais. On subissait ses humeurs, comme tu disais, et c'était exactement ce qu'il attendait de nous.

Naomi n'avait plus jamais laissé traîner une paire de chaussettes, elle s'en rappelait très bien. Oui, il l'avait dressée.

— Que lis-tu pour analyser si bien les choses ?

— Des bouquins de psychiatrie et de psychologie que j'emprunte à la bibliothèque. Des trucs sur Internet, aussi. J'aimerais devenir psychiatre.

Du haut de ses vingt-trois mois de supériorité, Naomi esquissa un petit sourire.

— Je croyais que tu voulais devenir basketteur professionnel.

— C'est ce que veulent entendre maman, Seth et Harry, pour l'instant. Et j'aime toujours le basket. Je compte sur mon niveau sportif pour entrer à Harvard.

— Harvard ? Tu es sérieux ?

— Ils ne donnent pas de bourses, mais ils ont des programmes d'aide. Avec un doctorat de médecine de Harvard, je pourrais peut-être travailler au FBI comme analyste du comportement.

— Tu vois loin… Tu n'as que quatorze ans.

— Tu en avais deux de moins quand tu as sauvé une vie, répliqua-t-il, son regard noisette rivé aux yeux de sa sœur. Non seulement je ne serai jamais comme notre père, mais je veux contribuer à mettre les gens de son espèce hors d'état de nuire. Grâce à toi, il est derrière les barreaux, mais il y en a d'autres.

— Ce n'est pas comme ça que tu mettras le passé derrière toi.

— Ce que tu mets derrière toi, Nao, tu l'as toujours dans ton dos. Je n'aime pas avoir des yeux qui me suivent, je préfère les voir en face et savoir ce qu'ils visent.

Les propos de Mason, et surtout sa distanciation effrayèrent Naomi. Il était son petit frère, fan des super-héros Marvel, souvent immature, parfois insupportable ; mais il avait de grandes ambitions, dont il parlait comme s'il les avait déjà réalisées. Il avait espionné leur mère. Naomi aussi la surveillait, et de près. Vivre avec Susan était comme porter un objet fragile. Il fallait avancer prudemment, éviter le moindre faux pas.

Malgré ses efforts sincères, elle était dévastée.

Était-elle sous l'emprise de l'amour ?

Dans ce cas, Naomi ne voulait pas connaître l'amour.

Elle se contenterait d'aventures sexuelles car, quoi qu'en disent les romans, les chansons et les films, elle savait qu'il n'était pas obligatoire de tomber amoureux. Évidemment, il était hors de question qu'elle parle de contraception à sa mère. Et autant elle aimait Seth et Harry, autant elle se serait sentie trop gênée d'aborder ce sujet avec eux.

Elle avait donc l'intention, la prochaine fois qu'elle irait chez le médecin, de lui demander la pilule. Ainsi, lorsqu'elle déciderait de passer à l'acte, elle serait parée.

Concernant le passé, Mason avait raison. Si elle le laissait derrière elle, il risquait à tout instant de ressurgir et de la prendre par surprise.

Et cela venait de se produire avec le film.

Elle s'efforçait donc de mettre le passé de côté. Le garder droit devant elle ne lui semblait pas judicieux : elle n'avait pas envie de sans cesse s'y heurter. Le maintenir de côté lui semblait le meilleur compromis.

L'automne tomba sur New York. Sa mère se levait tous les jours, s'habillait et allait travailler. Naomi se concentrait sur ses devoirs, ses photos pour l'almanach et le journal du lycée, le choix du garçon avec qui coucher quand l'heure viendrait.

À l'approche de la sortie du film, elle prit son oncle à part.

— Il sera bientôt en salle.

— Je sais, ma puce. On voulait vous en parler, à toi et à Mason.

— Pas à maman ?

— Si, bien sûr. J'appréhende. Je la trouve tellement mieux, ces temps-ci. Quoi qu'il en soit, le film ne change rien à rien. Vos vies sont ici, maintenant. Cet épisode de votre passé est terminé.

— Pas pour elle. Tu devrais en discuter avec Mason.

— Pourquoi ?

— Demande-lui ce qu'il en pense.

Naomi ignorait ce que son oncle avait dit à sa mère, mais après deux jours dans les ténèbres, Susan se ressaisit.

Elle emmena Naomi acheter une robe pour le bal du lycée et, chose rare, elles passèrent la journée ensemble.

— Tout te va bien, ma chérie, tu es si grande et si mince. Mais tu ne préférerais pas de la couleur ?

Dans une petite robe noire cintrée au décolleté carré, Naomi se tourna de trois quarts devant le miroir de la cabine d'essayage.

— Je ne vais pas beaucoup danser. Je prendrai surtout des photos. Le noir me paraît plus adapté que le rose.

— Tu devrais te trouver un cavalier. Tu ne sors plus avec Mark ? Il avait l'air gentil.

Naomi haussa les épaules. Sa mère n'était pas du genre à qui confier qu'un garçon ne se contentait pas de vous toucher la poitrine.

— Il est sympa, c'est vrai, mais j'ai prévu d'aller au bal toute seule.

— Quand j'avais ton âge, il était inconcevable de ne pas être accompagnée. Les jeunes ont changé. Enfin, bref… Personnellement, j'adore les paillettes de la robe rose.

— Je ne suis pas sûre que le rose et les paillettes correspondent à mon style.

— Toutes les filles sont belles en rose. Mais si tu préfères le noir, prends la robe noire. Je t'offre aussi la rose.

— C'est trop, maman !

— Je peux me le permettre. Tu mettras la noire pour prendre des photos au bal, et tu garderas la rose pour une autre occasion. Avec moi, vous n'avez pas eu beaucoup d'occasions spéciales, ton frère et toi.

— Mais si.

— Pas assez, mais je vais me rattraper. Pour commencer, nous allons trouver un bon restaurant, et ensuite nous chercherons des accessoires pour compléter ta tenue.

— Je n'ai pas besoin d'accessoires, j'ai déjà mon appareil photo, répondit Naomi en riant, heureuse de voir les yeux de sa mère pétiller.

— Il te faut quand même des chaussures, un sac, des boucles d'oreilles. Seth et Harry seraient de meilleur conseil que moi, mais nous trouverons de jolies choses. Je sais que tu avais prévu de faire les magasins avec tes copines aujourd'hui, mais…

— Je suis très contente d'être avec toi.

— Le temps passe si vite… Certaines journées, et certaines nuits m'ont paru interminables. Mais en te regardant, une adulte maintenant, je me rends compte que les années ont filé à toute allure. Je n'étais pas assez présente.

Oh non ! Le regard de Susan s'assombrissait.

— Tu étais toujours là, maman.

— Hélas non, soupira-t-elle en posant les mains sur les joues de sa fille. Je tâcherai de l'être davantage, désormais. Je… Je suis désolée pour le film.

— Ça n'a pas d'importance. Ne t'inquiète pas.

— Je t'aime tellement.

— Moi aussi, je t'aime, maman.

— Change-toi, ma chérie, j'apporte la robe rose à la caisse.

Elles achetèrent les robes, des escarpins, un joli sac avec des strass, qui ramena le sourire sur les lèvres de Susan. Sur l'insistance de sa fille, elle s'acheta un pull rouge et des bottines en daim. De retour à la maison, bien qu'épuisées, elles réessayèrent tous leurs achats.

En se mettant au lit, ce soir-là, Naomi pensa qu'elle avait passé la meilleure journée de sa vie.

Octobre amena le froid, et cette luminosité que Naomi aimait tant, ces reflets dorés dans le feuillage bruni des arbres de Central Park.

Pour faire plaisir à sa mère, elle porta la robe rose le soir du bal et demanda à Anson Chaffins – le rédacteur en chef du journal du lycée, avec qui elle s'était liée d'amitié – de venir la chercher.

Des larmes de joie perlèrent aux yeux de sa mère quand ils posèrent tous les deux pour la photo traditionnelle avant de quitter la maison.

Pour Halloween, Susan, Seth et Harry se costumèrent dans le style années vingt et distribuèrent des friandises aux fantômes, gobelins, sorcières et Jedi qui vinrent frapper à leur porte. Comme leur mère se déguisait pour la première fois, Naomi insista pour que Mason passe une partie de la soirée à la maison, au lieu de sortir faire les quatre cents coups avec ses copains.

— On dirait qu'elle a passé un cap, et qu'elle est vraiment décidée à aller de l'avant, maintenant.

Grimé en vampire, Mason haussa les épaules.

— J'espère que tu as raison.

Naomi lui décocha un coup de coude dans les côtes.

— Essaie de te montrer plus enthousiaste. J'ai raison, c'est sûr.

Or elle se trompait.

La troisième semaine de janvier, sous une averse de neige, Naomi rentra chez elle en vitesse, exceptionnellement, pendant la pause déjeuner.

— Tu n'étais pas obligé de venir avec moi, dit-elle à Anson en cherchant ses clés.

— Tous les prétextes sont bons pour s'échapper une demi-heure du lycée.

Anson Chaffins était en terminale. Il avait un petit côté premier de la classe, mais Naomi trouvait qu'il écrivait bien et savait dénicher de bons sujets d'articles. En plus, il lui avait accordé une faveur le soir du bal.

Il avait vaguement tenté de la draguer, mais sans insister.

Depuis, ils s'entendaient bien.

Elle le fit entrer, désactiva l'alarme.

— Je monte chercher mon appareil. Je l'aurais emporté ce matin, si tu m'avais prévenue que tu voulais que je prenne des photos du club de théâtre.

— C'était peut-être un oubli volontaire.

En souriant, il remonta ses lunettes à monture noire sur son nez en bec d'aigle, un geste qui confinait au tic nerveux.

— Tu n'aurais pas un Coca ?

— Si, on en a toujours. Tu te rappelles où est la cuisine ?

— Ouais. Cette baraque est carrément cool. Tu en veux une cannette ?

— Prends-en deux, acquiesça-t-elle en fourrant ses gants dans la poche de son manteau.

Il la gratifia de ce demi-sourire suffisant qui lui retroussait souvent les lèvres, ses yeux bleu pâle brillant derrière les verres de ses lunettes.

— Tu aurais peut-être aussi des chips ?

Les yeux au ciel, elle enleva son bonnet.

— Sûrement. Prends ce que tu veux. Je monte, je me dépêche.

— Prends ton temps. On a encore vingt-cinq minutes devant nous. Eh ! C'est toi qui as pris cette photo ?

Il s'avança vers un cliché en noir et blanc, un vieil homme somnolant sur un banc public, un chien roulé en boule à son côté.

— Oui. Je l'ai offerte à Harry pour son anniversaire, il y a quinze jours.

— Excellent, Carson.

— Merci, Chaffins.

Amusée – il n'employait que les noms de famille, et tenait à ce qu'on l'appelle par le sien –, elle s'engagea dans l'escalier.

À l'étage, elle s'étonna de voir Kong couché devant la porte de sa mère. D'ordinaire, il restait dans la chambre de Mason ou bien se prélassait au soleil dans le patio.

— Salut, toi ! dit-elle en lui donnant une caresse au passage.

Il poussa un petit gémissement.

— Désolée, je n'ai pas le temps.

En geignant, il gratta le bas de la porte.

— Maman est là ? demanda Naomi, inquiète.

Susan aurait dû être au travail avec Harry et Seth, d'autant plus qu'ils recevaient ce jour-là un groupe de vingt-deux personnes qui fêtaient un départ à la retraite.

Naomi poussa la porte. Les rideaux étaient tirés – mauvais signe –, et sa mère allongée sur le lit.

— Maman ?

Elle portait le pull rouge qu'elles avaient acheté ensemble. Kong sauta sur le lit, ce qu'il n'avait le droit de faire que dans la chambre de Mason, et lécha la main de Susan avec un petit cri plaintif.

Elle n'eut aucune réaction.

— Maman ? répéta Naomi en allumant la lampe de chevet.

Sa mère était extrêmement pâle, les yeux à demi fermés.

— Maman ? Maman !

Elle lui secoua l'épaule, lui prit la main – glacée.

— Maman, réveille-toi ! Ouvre les yeux !

Les comprimés étaient là, près de la lampe. Ou plutôt, le flacon. Vide.

— Réveille-toi, maman !

Elle attrapa ses mains, la tira en avant. La tête de sa mère bascula.

— Arrête, ne fais pas ça !

Elle lui glissa un bras derrière le dos, essaya de la redresser.

La lever, la faire marcher.

— Oh, Carson, pourquoi tu cries comme ça ?

— Appelle une ambulance ! Appelle le 911 ! Vite !

Anson se figea sur le seuil de la chambre, regarda le corps inerte de Susan retomber sur le lit, ses paupières s'ouvrir comme des volets sur des yeux fixes.

— Oh ! punaise... C'est ta mère ?

Naomi posa l'oreille contre la poitrine de sa mère, tenta de lui masser le cœur.

— Appelle le 911. Elle ne respire plus. Dis-leur de faire vite. Dis-leur qu'elle a pris de l'Elavil.

Abasourdi, il composa le numéro, remonta ses lunettes, tandis que Naomi pratiquait le bouche-à-bouche.

— Oui, oui, envoyez-nous une ambulance. Elle a pris une surdose d'Ebaril.

— Elavil !

— Pardon, d'Elavil. Mince, Carson, c'est quoi ton adresse ?

Elle la lui indiqua, les joues ruisselantes de larmes et de sueur.

— Maman, je t'en supplie, reviens !

— Non, elle n'est pas consciente, elle ne bouge pas. Sa fille lui fait du bouche-à-bouche. Euh... Je ne sais pas... La quarantaine...

— Trente-sept ans ! cria Naomi. Qu'ils se dépêchent !

— Ils arrivent.

Anson tapota la main de son amie, puis effleura celle de Susan. Molle, glacée.

— Elle est morte, non ? Tu ne crois pas ?

— Non !

Naomi plaqua ses lèvres sur celles de sa mère, y insuffla de l'air. Susan restait inerte. Comme sur les photos dans la cave, son regard n'exprimait rien – que la mort. Naomi se redressa, lui caressa les cheveux. Elle ne sentait pas de poids sur la poitrine, pas de remous dans le ventre. Elle ne ressentait rien. Rien, comme dans les yeux de sa mère.

La même sensation qu'elle avait éprouvée dans le bureau du shérif, par ce petit matin étouffant où elle ne pouvait plus respirer.

Le choc. Elle était en état de choc. Sa mère était morte.

En entendant le timbre de la sonnette, elle se redressa lentement.

— Je vais ouvrir. Reste avec elle.

— OK. Je… euh… OK.

Anson la regarda quitter la pièce, d'une démarche de somnambule. Puis il se retourna vers le corps sans vie.

Naomi ne retourna pas au lycée l'après-midi.

5

Naomi porta la robe noire pour les funérailles de sa mère. Elle n'avait jamais assisté à des obsèques, et celles-ci se limitèrent à une cérémonie d'adieu, car Susan ne fut pas enterrée.

Seth en discuta avec Naomi et Mason. Souhaitaient-ils que leur mère soit inhumée à Pine Meadows ?

Non, surtout pas !

Désiraient-ils qu'elle repose à New York ?

Naomi fut surprise par la fermeté de son frère. Non, pas de tombe au cimetière, là non plus. Si Susan avait été heureuse à New York, elle serait encore en vie.

Elle serait donc incinérée. Au printemps, ils loueraient un bateau et disperseraient ses cendres en mer.

Il y eut des larmes, bien sûr ; mais, pour Naomi, autant de rage que de chagrin.

Pour la deuxième fois de sa vie, la police perquisitionna la maison et elle dut se soumettre à un interrogatoire.

Naomi pensait que les belles inspectrices de police n'existaient que dans les films. Or celle à qui elle eut affaire avait le physique d'une actrice de cinéma.

— Je suis l'inspectrice Rossini. Toutes mes condoléances pour ta maman. Je sais que ce n'est pas le meilleur moment, mais je voudrais te parler. Je peux entrer ?

— Je vous en prie.

Elle s'était réfugiée dans sa chambre, ne sachant que faire d'autre avec tous ces policiers dans la maison, Seth et Harry s'entretenant avec eux. Et sa mère…

Rossini s'assit au bord du lit, face à Naomi, recroquevillée sur sa chaise de bureau, les genoux ramenés sous le menton.

— Comment se fait-il que tu sois rentrée chez toi aujourd'hui, avec ton camarade ?

— J'avais besoin de mon appareil photo. Le proviseur nous a autorisés à sortir. Nous travaillons pour le journal du lycée. Je devais prendre des photos du club théâtre. Anson est toujours là ?

— Mon coéquipier l'a déjà entendu. Il est retourné en cours.

Naomi pressa son visage contre ses genoux.

— Il va raconter à tout le monde que ma mère s'est suicidée.

— Je suis navrée. Peux-tu m'expliquer ce que vous avez fait en arrivant ici ?

— Chaffins voulait un Coca. Je lui ai dit d'aller prendre deux cannettes dans la cuisine pendant que je montais chercher mon appareil photo. Kong, notre chien, était couché devant la chambre de ma mère. Il gémissait. D'habitude, il reste dans celle de mon frère, ou bien dans le patio, quand nous sommes à l'école… La porte était fermée, je l'ai ouverte. J'ai pensé… J'ai pensé qu'elle dormait ou qu'elle ne se sentait pas bien. J'ai essayé de la réveiller, et j'ai vu le flacon de pilules vide. Chaffins est monté, je lui ai demandé d'appeler le 911. J'ai tenté de faire du bouche-à-bouche à ma mère – j'ai participé à un stage de secourisme – mais elle ne respirait plus.

— Elle était sur le lit quand tu l'as trouvée ?

— J'ai essayé de la redresser, je voulais la faire marcher. Si elle avait pris trop de médicaments, je l'aurais emmenée à l'hôpital.

— Lui était-il déjà arrivé de prendre trop de médicaments ?

Naomi acquiesça d'un hochement de tête, le visage toujours contre les genoux.

— Quand l'as-tu vue en vie pour la dernière fois ?

— Ce matin. Harry avait préparé le petit déjeuner, mais elle n'est pas descendue le prendre avec nous. Je suis montée la voir, elle venait de se lever, elle avait l'air en forme. Elle m'a dit qu'elle avait des courses à faire avant d'aller travailler, qu'elle mangerait plus tard. Elle m'a souhaité une bonne journée.

Naomi releva la tête :

— Mason… Mon frère Mason…

— Ton oncle est parti le chercher au collège, ne t'inquiète pas.

— Savez-vous qui est mon père ?

— Oui. Pour la deuxième fois de ta vie, tu es confrontée à quelque chose que personne ne devrait jamais connaître.

— Tout le monde saura qui je suis, maintenant. C'est pour ça que nous avions changé de nom.

— Nous ferons tout pour que la presse ne l'ébruite pas.

Rossini garda un instant le silence avant de demander :

— Sais-tu si ta mère communiquait régulièrement avec ton père ?

— Elle lui écrivait, et elle allait le voir. Elle prétendait n'avoir aucun contact avec lui, mais c'était faux. C'est Mason qui l'a découvert. Nous ne l'avons pas dit à Seth et Harry. Mason a aussi découvert qu'elle a collaboré avec le réalisateur du film, sous la pression de mon père. Mais elle faisait de gros efforts, et depuis deux ou trois mois elle remontait la pente. Elle était heureuse. Tout du moins, elle avait l'air d'aller mieux. Je ne crois pas qu'elle ait jamais été vraiment heureuse depuis cette nuit où je…

— Je comprends. Ton oncle va prévenir tes grands-parents. M. Dobbs est dans le salon. Veux-tu qu'il monte te tenir compagnie ?

— Non, pas pour le moment. Madame ? Vous m'avez demandé si ma mère communiquait avec mon père… Est-ce qu'elle lui a parlé aujourd'hui ? Ce matin ?

— Je ne crois pas.

— Il s'est forcément passé quelque chose. Il lui a écrit ? Elle allait si bien ces derniers temps, il n'y avait pas de raison…

— Nous mettons tout en œuvre pour comprendre ce qui s'est passé, déclara Rossini en se levant. J'espère pouvoir t'apporter des réponses.

— Est-ce qu'elle nous a laissé un mot ? Je n'en ai pas vu dans sa chambre, mais je suis sûre qu'elle n'est pas partie sans nous dire au revoir, bredouilla Naomi dans un sanglot. Elle était dépressive, mais elle nous aimait.

— Oui, elle a laissé une lettre, adressée à vous tous. Elle était dans la chambre de ton oncle, sur la commode.

— Je veux la voir. J'ai le droit de savoir ce qu'elle nous a écrit avant de nous quitter.

— Bien sûr. Attends-moi ici.

Qu'avait fait son père ? se demanda Naomi. Et la rage commença à sourdre. Qu'avait-il fait pour que sa mère ait ce geste désespéré ?

Elle se leva quand Rossini revint. Elle ne voulait pas lire les derniers mots de sa mère prostrée sur une chaise.

— Ne la sors pas du sachet plastique, s'il te plaît. Il s'agit d'une pièce à conviction qui devra être analysée.

— D'accord.

Naomi prit la pochette et s'approcha de la fenêtre, de la faible lumière hivernale.

Je regrette toutes mes erreurs, mes mauvais choix, mes mensonges. Si j'ai menti à ceux qui méritaient la vérité, c'est qu'il m'y obligeait. J'ai essayé de me libérer de son emprise, mais je n'y arrivais pas. À présent, après tout le mal que je vous ai fait à cause de lui, c'est lui qui veut se débarrasser de moi. Il va demander le divorce et en épouser une autre. Il m'a envoyé les formulaires de séparation, avec une lettre cruelle. Mais il a en partie raison : je suis faible et idiote ; je suis inutile ; je n'ai pas su protéger mes enfants. Heureusement que tu étais là, Seth. Heureusement que tu étais là, Harry. Vous nous avez accueillis sous votre toit, et je sais que vous veillerez sur Naomi et Mason mieux que moi. Mason, je suis fière de toi, tu es très intelligent. J'espère qu'un jour tu comprendras pourquoi maman devait s'en aller. Naomi, je ne suis pas aussi forte ni aussi courageuse que toi. Essayer de l'être est trop difficile. Je suis fatiguée, ma chérie. J'ai besoin de dormir. Tu prendras soin de Mason et, tous les deux, vous écouterez Seth et Harry. Vous serez mieux sans moi. Un jour, vous me comprendrez. Un jour, vous me pardonnerez.

— Pourquoi lui pardonnerais-je ? s'écria Naomi. Elle nous a abandonnés parce qu'il ne voulait plus d'elle ? Elle a avalé des comprimés parce qu'elle était *fatiguée* ?

— Naomi…

— Ne lui cherchez pas d'excuses. Vous ne la connaissiez pas, vous ne me connaissez pas. Elle jeta le sachet sur le lit, serra les poings, comme prête à se battre. Elle a été lâche. Il l'a tuée, comme il a tué toutes ces autres femmes. Mais elles, elles n'avaient pas le choix. Ma mère l'avait. Elle s'est laissé détruire à petit feu, alors que nous avions tout pour être heureux, ici.

— Tu n'as pas tort, Naomi. Il lui infligeait une forme de torture psychologique. Ce n'est pas à moi de te dire ce que tu dois ressentir, mais tu as le droit d'être furieuse. Quand ta colère s'apaisera, j'espère que tu trouveras quelqu'un à qui parler.

— Je ne veux plus voir de psy. Regardez à quoi ils ont servi à ma mère !

— Tu n'es pas ta mère, Naomi. Si les psychologues ne te conviennent pas, tu peux te confier à un ami, à un prêtre, à ton oncle. Ou à moi, ajouta Rossini en lui tendant une carte de visite.

— Vous êtes le deuxième fonctionnaire de police à me proposer votre soutien.

— As-tu parlé au premier ?

— Nous avons déménagé.

Rossini posa la carte sur la commode puis reprit le sachet contenant la lettre.

— Les policiers savent écouter. Mon prénom est Angela. N'hésite pas.

Trois jours plus tard, Naomi revêtit sa robe noire et se coiffa au fer à friser, car sa mère aimait quand elle avait les cheveux détachés et ondulés. Elle ne fit pas partager sa colère à Seth : il paraissait épuisé, ébranlé. Elle ne la fit pas non plus partager à Mason, dont le regard exprimait une peine immense. Ni à Harry, qui semblait éprouver le besoin de tous les dorloter.

Elle garda en elle sa colère, qui la rongeait de l'intérieur telle une armée de fourmis enragées, et se rendit au restaurant.

Ils l'avaient fermé pour la journée, afin d'y célébrer les derniers adieux. Harry avait quasiment tout organisé seul : les fleurs, les photos, la musique, le buffet. Il s'en était fait un devoir.

Les grands-parents de Naomi et de Mason étaient là. Ils les avaient vus plusieurs fois par an depuis qu'ils avaient quitté Pine Meadows et s'étaient vite rendu compte que tout le mal que leur père disait d'eux n'était absolument pas fondé.

Les parents de leur mère étaient des gens d'une grande bonté – indulgents, trouvait Naomi. Ils avaient pardonné à leur fille, qui les avait écartés de sa vie et privés de leurs seuls petits-enfants. Ils avaient payé sa psychothérapie et n'avaient jamais eu la moindre parole sévère à l'égard de Susan – tout du moins, pas que Naomi eût entendue.

Ils ne parlaient jamais de Thomas David Bowes.

Tout le personnel du restaurant était là, ainsi que de nombreux amis de Seth et de Harry, certains des professeurs de Naomi et de Mason, certains de leurs camarades, accompagnés ou non de leurs parents. Et l'inspectrice Rossini.

— Je ne savais pas que la police assistait aux funérailles.

— Je voulais vous témoigner mon soutien, et voir comment tu allais.

— Bien, merci. C'est plus dur pour mon oncle, je crois. Encore plus que pour mes grands-parents. Il croyait pouvoir la sauver. Il croyait l'avoir sauvée. Il aura essayé, jour après jour. Harry aussi. Il se fait beaucoup de souci pour Seth. Pour moi et pour Mason aussi, mais surtout pour Seth. Il s'est donné énormément de mal pour préparer cette cérémonie, pour en faire une célébration de la vie, comme on dit. Mais ma mère n'avait pas vraiment de vie à célébrer.

— Tu te trompes, à mon avis. Elle vous avait, toi et ton frère. Vous étiez sûrement une grande joie pour elle.

— Vous êtes gentille.

— C'est toi qui as pris cette photo ?

Naomi jeta un coup d'œil au portrait de sa mère dansant avec Seth.

— Oui. Comment avez-vous deviné ?

— Je suis de la police, répondit Rossini avec un petit sourire. Tu as su capturer un moment heureux. Mais je préfère celle-ci…

L'inspectrice s'approcha de la photo que Naomi avait prise au retardateur. Sa mère entourée de ses deux enfants. Harry l'avait placée devant un énorme bouquet de roses roses, car Susan aimait le rose.

— On voit qu'elle était fière de vous.

— Vous trouvez ?

— Oui. Les policiers savent écouter, et ils ont le sens de l'observation. Vous étiez sa fierté et sa joie, souviens-t'en. Au revoir, Naomi. Je dois retourner travailler.

— Merci d'être venue, dit Naomi, comme elle le répétait à tout le monde.

Surprise, elle se figea en voyant Mark Ryder s'avancer vers elle.

— Salut.

— Salut.

Il était grand, beau garçon, de grands yeux marron clair, les cheveux légèrement bouclés.

— Toutes mes condoléances pour ta maman.

— Merci. C'est sympa d'être venu.

— J'ai perdu ma mère quand j'étais tout petit.

— Mais… je l'ai rencontrée.

— Mon père s'est remarié quand j'avais trois ans. Ma belle-mère est super, je la considère comme ma mère, mais ma vraie mère est morte.

— Je ne savais pas. Je suis désolée.

— Je comprends ton chagrin… C'est pour ça que je voulais venir.

Touchée, elle l'embrassa. Et regretta aussitôt son geste en sentant la main de Mark descendre vers ses fesses.

— C'est les funérailles de ma mère, protesta-t-elle en s'écartant.

— Ouais… Pardon…, balbutia-t-il avec un petit rire gêné. Je pensais… Bref, laisse tomber.

— Merci d'être venu, dit-elle. Tu peux aller chercher une boisson fraîche au bar si tu veux.

— OK. À plus.

Naomi se dirigea vers les cuisines, dans l'intention de s'isoler un moment, mais elle se retrouva nez à nez avec Anson Chaffins. Il remonta ses lunettes, enfonça les mains dans ses poches.

— Salut. Euh… Ça me fait bizarre d'être là, mais comme j'étais avec toi quand… tu sais… j'ai pensé que je devais venir te dire… Enfin, te présenter mes condoléances, quoi.

— Allons nous asseoir là-bas.

— J'ai vu des gens du lycée. J'ai préféré attendre qu'ils soient partis. C'est trop bizarre… Ils n'arrêtent pas de me poser des questions. En plus, tu n'es pas revenue en cours. Tu vas revenir ?

— Bien sûr, la semaine prochaine.

— Ça va être bizarre.

Il s'exprime décidément mieux à l'écrit qu'à l'oral, pensa Naomi.

— Il ne faut pas que je prenne trop de retard. Mon frère non plus. On doit penser à la fac.

— J'entre à Columbia l'an prochain.

— Tu as été admis ?

— Oui, je vais faire une licence de journalisme.

— Cool... Tu as une plume.

Anson se tortillait nerveusement sur sa chaise.

— Ouais... J'ai entendu deux flics parler, l'autre jour... Tu savais qu'ils avaient pris ma déposition et tout ça ? Ils parlaient de Bowes, Thomas David Bowes. Ils disaient que ta mère était sa femme.

Sans répondre, Naomi croisa les mains sur ses genoux.

— Le nom m'a tout de suite interpellé, poursuivit Anson. À cause du film. J'ai lu le bouquin aussi. Tu es Naomi Bowes.

— Mon nom officiel est Carson.

— Ouais, je sais.

— Tout le monde est au courant ?

— Je n'ai rien dit à personne.

— Ne l'ébruite surtout pas. Je veux terminer le lycée. Mason doit finir le collège.

— Je ne dirai rien, mais n'importe qui peut fureter sur Internet... Le film a cartonné, plein de gens l'ont vu. Qu'est-ce que tu vas faire ?

— Finir le lycée, entrer en fac.

— Ne t'inquiète pas, ça restera entre toi et moi, affirma Anson en repoussant ses lunettes. J'aimerais que tu me racontes ton histoire. Ta version à toi, Carson.

Ses lunettes glissant à nouveau, il les enleva et se pencha vers Naomi.

— Je pourrai en faire un super article, ajouta-t-il. On ne précisera pas où tu habites. Je ferai l'impasse sur certains détails. C'est la chance de ma vie, si je veux devenir journaliste.

Il remit ses lunettes, se cala contre le dossier de sa chaise, les remonta sur l'arête de son nez.

— Je viens de perdre ma mère.

— Ben ouais, sinon je n'aurais jamais su qui tu étais. Je ne trahis pas ton secret et tu me racontes ton histoire à la première personne, OK ? On se retrouvera dans un coin tranquille, en plusieurs fois, si tu veux, et je t'enregistrerai. C'est un sujet en or. Si je le tourne bien, je décrocherai peut-être un stage au *Times*. Tu n'as jamais parlé à personne, ni à Vance, ni au réalisateur du film, ni au scénariste, ni aux acteurs. Ton père, oui, ta mère aussi, mais pas toi. Je te l'ai dit : en cherchant sur Internet, on apprend un tas de choses.

Ils étaient amis – du moins, elle le pensait. Il était avec elle quand elle avait découvert le corps sans vie de sa mère, il avait appelé l'ambulance. Et voilà qu'il se montrait sous son vrai jour.

— Il y a déjà eu un film et un livre, Chaffins. Ton article n'intéressera personne.

— Tu rigoles ou quoi ? Il intéressera tout le monde ! Tu n'auras qu'à venir chez moi après les cours. Mes parents seront au boulot, on sera tranquilles. Et personne ne saura rien, promis. Bon, il faut que je file, maintenant. Je t'enverrai un texto pour te dire quel jour, d'accord ?

Quand il fut parti, elle demeura un instant pétrifiée, à la fois décontenancée et écœurée.

Pourquoi tombait-elle des nues ? Parce qu'elle le croyait son ami, au moins un peu ? Devait-elle lui être reconnaissante de ne pas avoir déjà publié ce qu'il savait dans le journal du lycée ?

Sûrement pas.

Avant que quelqu'un vienne s'asseoir à côté d'elle, feindre de prendre part à sa douleur, elle se rendit dans les cuisines, en direction de la réserve où elle pourrait être enfin seule.

Mais Harry l'avait suivie. Il lui indiqua un tabouret.

— Assieds-toi, lui dit-il en se juchant sur une pile de caisses, et dis-moi ce que ce mec t'a dit pour te mettre dans un tel état ?

— Rien.

— Dis-moi la vérité.

Elle eut un mouvement de recul. Jamais il n'avait employé un ton aussi sec.

— Harry…

— Cessons de nous mentir. Je savais que ta mère était en contact avec ton père, qu'elle allait le voir en prison, mais je n'ai rien dit à Seth, pour ne pas le contrarier. C'était un mensonge par omission.

— Tu le savais ?

D'un geste las, il se frotta les yeux.

— Si je lui en avais parlé, peut-être que… Enfin bref, les « si » ne servent à rien.

— Je le savais aussi. Mason l'avait découvert et me l'avait dit. Nous non plus, nous n'avons rien dit.

— Et regarde où nous en sommes, ma puce…, murmura-t-il en lui prenant les mains. Plus de mensonge, plus de cachotteries, désormais. Ses yeux, si bleus par contraste avec sa peau caramel, étaient emplis de l'immense gentillesse qu'il lui témoignait chaque jour, et il reprit : Quand Seth m'a demandé de vous accueillir chez nous, à Washington, je n'ai pas hésité une seconde.

Mais je pensais que c'était temporaire. Bien sûr que nous devions vous aider. Bien sûr que Seth devait épauler sa famille. Bien sûr que je pouvais vous ouvrir ma maison pour six mois, ou un an. Je l'ai fait par amour pour Seth.

— Je sais.

— En revanche, je ne m'attendais pas à tomber amoureux de toi, de Mason, de votre maman. Mais c'est ce qui s'est passé. Lorsque nous avons décidé de vendre la maison, de venir nous installer à New York, je ne l'ai pas fait seulement pour Seth. Je l'ai fait pour nous tous. Parce que nous formions une famille. Tu es devenue ma fille, Naomi, comme si tu étais de mon sang. Je suis sincère.

— Je t'aime, Harry. Je t'aime très fort. Ses larmes jaillirent, chaudes et pures, et elle reprit : je suis consciente de tout ce que tu as fait pour nous, de tout ce que tu nous as donné.

— Je ne veux pas entendre ça. Toi aussi, tu m'as beaucoup apporté. Nous sommes quittes. Ce que je veux, ce dont j'ai besoin, ce dont nous avons tous besoin, c'est de la vérité. D'accord ? Alors, que t'a dit Anson ?

— Il sait qui nous sommes. Il a entendu la police en parler. Il veut devenir journaliste et il veut écrire un article d'après mon témoignage.

— Je lui en toucherai deux mots.

— Non. À quoi bon ? Il sait, maintenant, et tu ne peux rien y changer. Il m'a promis de ne pas révéler qui je suis, qui nous sommes, mais…

— Mais tu ne lui fais pas confiance. Tu as raison.

Elle pensa à Mark, à ses mains baladeuses, à l'ambition aveugle de Chaffins.

— À part toi, Seth et Mason, je n'ai confiance en personne.

— Vous pourrez aller dans des écoles privées.

— Ça recommencera. On pourrait encore déménager, mais ça recommencera. Maman est partie, c'est elle qui a le plus souffert. On n'a pas réussi à la protéger, ni de lui ni d'elle-même.

— Personne ne te fera souffrir, ma petite puce.

— Je croyais qu'Anson était mon ami. Personne ne restera mon ami en sachant qui je suis.

— Ceux-là ne sont pas dignes de ton amitié.

— Comment savoir qui le sera vraiment ?

Soudain, elle se remémora la carte de l'inspectrice de police qui aurait pu être actrice de cinéma, la sortit de son sac.

— Rossini…

— Eh bien ?

— Je crois que c'est une amie. Chaffins fume de l'herbe, et il en revend.

— Naomi…, soupira Harry. Moi aussi, j'ai fumé de la marijuana quand j'étais jeune.

— Je n'ai jamais pris de drogue, Mason non plus. Chaffins vise Columbia, et le *New York Times*. Ça ne jouerait pas en sa faveur d'être arrêté pour possession de cannabis, renvoyé du lycée.

Harry arqua un sourcil.

— Tu veux le faire chanter ?

— C'est ce qu'il fait avec moi. Ça ne me gênerait pas de le dénoncer à la police,… même si je n'en suis pas fière. Mais je crois qu'il suffit que l'inspectrice Rossini ait une petite discussion avec lui. Pendant ce temps, je ferai l'article moi-même.

— Quel article ?

— Je n'écris pas aussi bien que Chaffins, mais je suis capable de rédiger mon témoignage. Si je vends mon histoire à la presse, son projet tombe à l'eau. J'ai juste besoin de temps, et Rossini peut me le donner. Si je raconte moi-même ma version des faits, personne ne s'intéressera à ce qu'un illustre inconnu pourra écrire sur moi. Mason sera d'accord.

— Tu es sûre de toi, ma puce ?

— Personne ne nous fera un coup aussi bas. Oui, je suis sûre.

— Dans ce cas, tu peux compter sur notre soutien.

Elle retourna au lycée, se força à continuer de prendre des photos pour le journal. Elle ignorait les regards noirs de Chaffins et s'acquittait consciencieusement des missions qu'il lui confiait. Quoi que lui ait dit Rossini, il n'avait pas réitéré sa proposition. Naomi se réconfortait en se disant que d'ici quatre mois l'année scolaire serait terminée et qu'elle ne le reverrait plus jamais.

Le scénariste de *La Fille du monstre* remporta un oscar, et l'actrice qui jouait le rôle de Naomi foula le tapis rouge en robe Alexander McQueen. Le livre bénéficia d'un nouveau tirage et resta en tête des ventes pendant seize semaines. Le *New York Times* publia le témoignage de Naomi en trois volets, trois dimanches consécutifs.

Elle ne s'étonna pas de recevoir un e-mail furieux de la part d'Anson Chaffins.

« Tu m'as d'abord collé cette flic au cul, et maintenant, ça ! Tu n'as pas de parole, tu n'es qu'une garce. Je dirai à tout le monde qui tu es, où tu es, ce que tu es. C'est moi qui t'ai donné l'idée. Tu m'as volé mon article. »

Elle lui répondit brièvement : « Mon histoire, mon article. Je n'avais pas accepté ta proposition. Raconte ce que tu veux à qui tu voudras. »

Il ne raconta rien à personne. Naomi envoya des fleurs à l'inspectrice Rossini. Elle changea d'adresse mail et de numéro de portable, puis se concentra sur ses études, la photo, sa famille.

Elle relégua le passé au passé et commença enfin à vivre véritablement la vie de Naomi Carson.

PROFONDEUR DE CHAMP

« Fins et commencements – il n'existe rien de tel.
Il n'y a que des mitans. »

ROBERT FROST

6

Sunrise Cove, État de Washington, 2016

Non, ce n'était pas une impulsion irréfléchie, se répétait Naomi en explorant la vieille maison sur la falaise. Une décision un peu hâtive, peut-être. Une gageure, très certainement. Et alors ? Elle avait soutenu son lot de gageures.

Elle avait acheté une maison. Une maison plus vieille qu'elle – d'au moins quatre fois son âge. Une maison sur la côte Est, à l'opposé de celle où vivait sa famille. Une maison qui nécessitait des travaux. D'être meublée.

Et, avant tout, un sérieux ménage.

Un investissement, se dit-elle en parcourant la cuisine du regard, son électroménager désuet, son linoléum craquelé.

OK, elle nettoierait, elle réparerait, elle repeindrait. Ensuite, elle pourrait revendre, ou louer. Rien ne l'obligeait à habiter là. Le choix lui appartenait – et ce n'était pas le premier auquel elle était confrontée.

Ce serait un projet. De quoi l'occuper quand elle ne travaillerait pas. *Un port d'attache*, se dit-elle en essayant d'ouvrir le robinet de l'évier en porcelaine.

Il toussa, claqua puis cracha enfin un jet sporadique.

Un port d'attache à la plomberie défectueuse.

Qu'à cela ne tienne, elle la ferait changer. Sans doute aurait-il été plus judicieux de procéder à un état des lieux avant de signer l'acte de vente, mais mieux valait tard que jamais. Elle dresserait une liste des travaux à entreprendre. La plomberie y figurerait en première ligne.

Avec précaution, elle ouvrit le placard sous l'évier. Il sentait le moisi, ses étagères paraissaient vermoulues, et la vieille bouteille de Destop ne lui inspirait pas confiance.

Trouver un plombier, impératif.

Et acheter des produits de ménage.

En soupirant, elle tira son téléphone de la poche de son pantalon de treillis, ouvrit le bloc-notes.

« Rendez-vous plombier », y inscrivit-elle.

Puis elle passa à la salle à manger, dotée d'une magnifique cheminée en bois sculpté. Ramonage. Trouvait-on encore des ramoneurs ? Forcément, puisqu'il y avait encore des cheminées. Pas moins de cinq, ici. Pourquoi avoir acheté une maison avec cinq cheminées ? Et dix chambres ? Six salles de bains ?

Ne pas se poser ce genre de questions. Réfléchir, plutôt, aux interventions prioritaires.

Les planchers étaient solides. Ils avaient besoin d'être rénovés, mais l'agent immobilier avait vraiment mis l'accent sur la qualité des parquets en pin massif. Elle regarderait sur Internet, pour voir si elle pouvait s'en occuper elle-même. Sinon, parqueteur.

« Carreleur », nota-t-elle également.

Un artisan polyvalent, voilà ce qu'il lui fallait, pensa-t-elle en s'engageant dans l'escalier grinçant. Demander des devis, des plans.

Se faire soigner la tête, voilà ce qu'il lui fallait, se morigéna-t-elle dans le couloir sombre de l'étage. Comment diable allait-elle retaper une maison de cette taille, et en pareil état ?

Quelle idée avait-elle eue de s'embarrasser d'une propriété perdue au fin fond de l'État de Washington ? Elle qui aimait voyager, découvrir de nouveaux lieux, de nouveaux paysages, de nouvelles perspectives. Seule avec son appareil photo. Libre d'aller où le vent la portait. Elle devrait maintenant compter avec le poids d'une immense maison délabrée.

Non, ce n'était pas une impulsion irréfléchie. C'était de la folie.

Elle longea le corridor aux murs lézardés, bordé de portes certes somptueuses… mais quel besoin une femme seule avait-elle d'autant de pièces ? Cette vieille sensation familière d'oppression lui étreignit la poitrine.

En s'efforçant de contrôler sa respiration, elle entra dans « la suite parentale », comme l'avait nommée l'agent immobilier. Une chambre spacieuse et claire aux parquets abîmés, aux murs d'un affreux bleu défraîchi évoquant une piscine mal entretenue.

La baie vitrée grinça quand elle l'ouvrit, non sans peine. Les rails étaient rongés par la rouille. Néanmoins, dès qu'elle fut sur la terrasse, toute sensation de malaise se dissipa. Voilà pourquoi elle avait acheté cette maison.

Pour la vue imprenable sur la baie en contrebas, l'océan d'un bleu étincelant, les falaises dentelées, parées des premiers atours du printemps. Au loin, à l'ouest, les montagnes couvertes de forêt se découpaient sur l'azur radieux.

La maison n'était pas très haut perchée, mais elle offrait un panorama dégagé sur la mer, le ciel et la terre, ainsi, pour Naomi, qu'un sentiment de sérénité indescriptible.

Sa maison. Elle s'accouda à la balustrade, s'emplit les poumons d'air frais. Dès l'instant où elle avait posé le pied sur cette terrasse, par un après-midi venteux de février, elle l'avait su, elle avait trouvé là son havre de paix.

Elle entreprendrait tous les travaux nécessaires pour rendre la maison habitable. Personne ne lui reprendrait cette vue, cette vue qui désormais n'appartenait qu'à elle.

Comme elle avait laissé son appareil photo au rez-de-chaussée, elle prit un cliché avec son portable. Le visionna, le recadra, en prit un autre, qu'elle envoya à Mason, Seth et Harry – enregistrés dans un fichier de son répertoire intitulé « Mes hommes » –, accompagné d'un bref message : « Voilà pourquoi. »

Puis elle rangea son téléphone. Au diable les listes. Elle allait se rendre en ville, faire quelques courses.

La petite localité de Sunrise Cove vivait principalement de la mer, avec sa marina, son club de plongée, ses agences de location de canoës et de kayaks. Sur Water Street, des boutiques de cadeaux, des cafés et des restaurants, et le *Sunrise Hotel* s'alignaient face au port de plaisance.

Naomi avait passé deux nuits à l'hôtel, quand son nez l'avait guidée là. Elle voulait approvisionner sa banque d'images commerciales et étoffer son portfolio artistique ; elle avait trouvé matière à alimenter les deux.

Elle apercevait un bout de la maison depuis la fenêtre de sa chambre et trouvait aussi amusante qu'intrigante la façon dont elle était détournée de la ville, de l'animation, orientée face à la mer et à la forêt.

Désirant la photographier, elle avait demandé comment s'y rendre. La prenant de court, John James Mooney, agent immobilier, l'avait accompagnée à Point Bluff.

À présent, elle en était propriétaire, songea-t-elle en se garant devant la supérette.

Quelques centaines de dollars plus tard, elle chargeait dans son coffre provisions de base, produits de nettoyage, papier toilette, ampoules électriques, lessive – achat stupide, car elle ignorait si le vieux lave-linge fonctionnait –, plus une série de casseroles et de poêles, une cafetière et un aspirateur achetés à la quincaillerie.

Elle avait aussi relevé les coordonnées d'un artisan : on lui avait recommandé le même dans les deux magasins, signe, sûrement, d'une bonne réputation. Jugeant inutile de remettre au lendemain ce qu'elle pouvait faire le jour même, elle l'appela sur-le-champ et lui donna rendez-vous une heure plus tard.

Elle chronométra le trajet du retour, par des petites routes sinueuses : une dizaine de minutes. Impeccable. Ni trop loin ni trop près de la ville.

En ouvrant le coffre de son 4 × 4, elle se promit de faire une liste la prochaine fois. Avec un brin de méthode, elle aurait nettoyé le réfrigérateur avant d'acheter de quoi le remplir.

Un camion noir apparut en haut de la route pendant qu'elle terminait de ranger ses provisions dans un frigo récuré.

Elle glissa une main dans sa poche, la referma sur son couteau pliant. Simple précaution.

Un homme coiffé d'une casquette de base-ball, lunettes noires sur le nez, se pencha par la fenêtre. Un gros chien noir avec un bandana à pois sortit la tête par l'autre vitre.

— Mademoiselle Carson ?

— Oui.

— Kevin Banner.

Avant de descendre du camion, il parla à son chien, qui rentra la tête.

Elle lui donnait une petite trentaine d'années. Cheveux clairs et bouclés, mâchoire volontaire, silhouette massive, il lui tendit la main.

— Enchanté.

Une main de travailleur, pensa-t-elle, et elle se détendit.

— Merci de vous être libéré aussi vite.

— J'avais entendu dire que la maison avait été rachetée par quelqu'un de la côte Ouest. C'est quelque chose, n'est-ce pas ?

— En effet.

— Ça faisait une dizaine d'années qu'elle n'était plus habitée… M. Mooney a dû vous le dire. Mme Parkerson a déménagé suite au décès de son mari. Ils tenaient un B&B depuis plus de vingt ans. Toute seule, elle n'y arrivait pas. Elle est partie s'installer à Seattle, près de chez sa fille. Il y a eu des locataires pendant quelque temps, mais…

— Une grande maison, beaucoup d'entretien.

En souriant, il cala ses pouces dans les poches de son jean, se balançant sur ses talons en observant la bâtisse.

— Exactement, acquiesça-t-il. J'ai failli l'acheter. Elle a du cachet, et cette vue fabuleuse… mais ma chère et tendre m'a menacé de divorce. J'aurai peut-être la chance d'y mettre ma patte, maintenant, sans perdre ma femme.

— Allons jeter un coup d'œil. Votre chien reste dans le camion ?

— Elle a l'habitude.

La chienne posa le museau sur le tableau de bord, implorant Naomi du regard.

— J'aime bien les chiens. Vous pouvez la faire sortir si vous voulez.

— Merci. Elle est sympa. Viens, Molly !

La chienne sauta par la vitre avec l'agilité d'une gymnaste, et vint renifler les chaussures de Naomi, qui lui caressa la tête.

— Tu sais que tu es très belle, toi ?

Molly frétilla de tout son corps.

— Peut-être pourriez-vous me donner une idée de ce que vous souhaitez faire de la maison…

— L'amener au XXIe siècle. Je ne parle pas de son architecture, précisa Naomi. Mais de la plomberie, de l'électricité, de la cuisine, des sanitaires. J'espère que le gros œuvre n'est pas en trop mauvais état, dit-elle tandis qu'ils franchissaient la porte. La tuyauterie fait un bruit infernal quand on ouvre les robinets… Et je ne sais pas si les cheminées sont fonctionnelles. Je bricole un peu, je pensais rénover moi-même les parquets, mais je me suis rendu compte que ça me prendrait au moins deux ou trois ans.

— Les fenêtres ?

— Eh bien ?

— Avec du double vitrage isolant, vous feriez des économies d'énergie. Les hivers sont froids dans la région.

— À inclure dans le devis, et je verrai.

— Il faudra que je vérifie si les circuits électriques sont aux normes. Pour ce qui est des cheminées, vous voulez continuer à faire du feu de bois ?

— Je ne m'étais pas posé la question.

La chienne les précédait en reniflant et en regardant partout. *Un peu comme son maître,* pensa Naomi.

— Vous avez des cheminées à l'étage, je crois ? Si vous ne voulez pas monter du bois, vous pourriez envisager des bûches à gaz.

— Pas bête… Moins salissant.

— Vous pensez ouvrir un B&B ?

— Non. Pas dans l'immédiat.

Kevin hocha la tête, griffonna quelques notes dans un calepin en marmonnant pour lui-même. Dans la cuisine, il ôta sa casquette, se gratta le crâne, la remit.

— Je préfère vous l'annoncer tout de suite, la cuisine est à refaire entièrement.

— Si vous m'aviez dit le contraire, je me serais demandé pourquoi vous m'avez été recommandé par tous ceux auprès de qui je me suis renseignée.

— Bien. Je parie que cette hideuse carpette cache du parquet massif.

— Vous croyez ? On peut regarder ?

Cette éventualité contrebalançait la perspective de devoir changer un milliard de fenêtres.

— Si ça ne vous embête pas que j'arrache un morceau de lino...

— Hideux pour hideux...

Dans un coin, à l'aide d'un couteau de poche, il souleva le revêtement.

— Pas manqué : du pin ponderosa.

— Super.

— Il faudra le décaper, le traiter, le reteinter.

— Marché conclu !

— OK.

Ses lunettes de soleil accrochées à la poche de poitrine de son tee-shirt, Kevin parcourut la pièce de son regard noisette.

— Je vous ferai des plans, si vous voulez, proposa-t-il.

— Je m'y essaierai. Je n'ai jamais dessiné de cuisine, mais j'en ai pris des tas en photo. Pour des catalogues, des sites Web. C'est mon métier, je suis photographe.

Les mains sur les hanches, elle fit le tour de la pièce, imaginant les murs et les sols nus.

— Puisque ce n'est pas l'espace qui manque, j'aimerais un îlot central, déclara-t-elle, où l'on puisse aussi bien manger que cuisiner. Je ne veux pas de moderne, ni de rustique. Du traditionnel contemporain, disons. Des placards en bois sombre, vitrés, des plans de travail pas trop imposants, une crédence originale et un éclairage sympa. Il y a la place pour un double four encastrable. Je ne sais pas ce que je ferai de deux fours, mais mes oncles ne jurent que par les doubles fours. Une cuisinière à gaz avec une hotte tendance, qui attire l'œil. Un évier de ferme sous cette fenêtre. Cette salle de bains ne sert à rien, il faudra la transformer en placard… et virer cette ridicule petite porte de service. Élargir l'ouverture pour un accès direct sur la terrasse, avec vue sur le paysage, par une double porte entièrement vitrée.

Kevin prenait des notes en hochant la tête. Il leva les yeux vers Naomi.

— Mademoiselle Carson ?

— Naomi.

— Naomi, j'aime ma femme.

Elle se tourna vers lui avec un sourire circonspect.

— C'est bien.

— J'en suis tombé amoureux à seize ans. Il m'a fallu un an pour trouver le courage de l'inviter à sortir. Je serais peut-être encore en train de fantasmer notre premier baiser si elle n'avait pas fait le premier pas. J'avais vingt-trois ans quand on s'est mariés. C'est elle, encore, qui a pris la décision, ou j'hésiterais encore à lui demander sa main. Nous avons deux enfants.

— Félicitations.

— Enfin bref, tout ça pour vous dire que j'aime ma femme et que je suis parfois un peu long à la détente… mais si on se connaissait mieux, vous et moi, je vous embrasserais sur la bouche.

— Dois-je me méfier ?

— Peut-être, répondit-il avec un sourire en coin, si vous continuez à réaliser mes espoirs et mes rêves. C'est quand vous avez parlé de changer cette porte riquiqui que vous m'avez conquis. À quoi bon avoir une aussi belle vue si c'est pour la laisser dehors ? Je suggérerais aussi d'abattre cette cloison, là… ça permettrait d'ouvrir la cuisine sur la salle à manger. Quand vous recevrez du monde, ce sera plus pratique.

— Le concept me plaît.

Ils firent le tour de la maison, puis Kevin ressortit chercher son mètre dans son camion et retourna prendre des mesures dans chaque pièce.

Quand il eut terminé, Naomi avait rangé tous ses achats et servi deux verres de Coca, qu'ils burent sur la véranda en regardant le soleil descendre derrière les arbres.

— Le devis risque d'être salé, la prévint-il.

— Je m'en doute.

— Mais nous pourrons définir des priorités, voir ce que vous voulez faire tout de suite, ce qui peut attendre. Si ça vous intéresse, je vous indiquerai un bon paysagiste.

— Volontiers, bien que je compte m'occuper moi-même d'une partie des espaces extérieurs.

— Pas de souci. Merci pour le Coke, dit-il en lui rendant le verre vide. Je suis content d'avoir eu l'occasion de visiter cette maison. Si mes prix vous conviennent, je vous ferai du bon boulot.

— J'en suis certaine.

— Je vous recontacte très bientôt. Allez, Molly, on s'en va !

Naomi regarda le camion s'éloigner, sentit le silence tomber comme le soir sur les arbres.

Elle aussi ferait du bon boulot ici, pensa-t-elle. Et elle rentra s'aménager un nid et un espace de travail provisoires.

Elle passait ses matinées à prendre des photos : des levers de soleil – camaïeux de couleurs sublimes –, la mer, les arbres, les oiseaux. Les après-midi, elle écumait les brocantes et les marchés aux puces. Elle acheta un bureau, une chaise, deux lampes et, heureuse trouvaille, un vieux banc de jardin en métal avec un fauteuil assorti.

Le soir, elle se préparait un sandwich ou une omelette, se servait un verre de vin, et retouchait les clichés pris le matin.

Elle vendait des photos d'art sur son site Internet et par l'intermédiaire d'une galerie new-yorkaise, mais tirait le plus gros de ses revenus des royalties de photos commerciales.

Elle pouvait travailler n'importe où, dans sa voiture, dans un camping, dans une chambre de motel. Travailler chez elle, toutefois, dans le calme absolu, face à la mer, lui semblait le plus beau des cadeaux, devenu réalité grâce à ses grands-parents et à l'argent qu'ils avaient placé pour elle et pour Mason.

Reconnaissante, elle leur envoyait régulièrement e-mails et photos. Depuis la fac, elle leur téléphonait chaque semaine, où qu'elle soit et quoi qu'elle fasse.

Ils avaient perdu leur fille – deux fois, selon Naomi. Elle veillerait à ce qu'ils ne perdent jamais leur petite-fille.

Elle photographia le banc et le fauteuil de jardin en l'état – jouant sur la texture de la rouille, la peinture écaillée – ainsi que les pensées pourpres qu'elle avait plantées dans un seau en acier galvanisé. Elle prendrait d'autres photos après rénovation, et enverrait à sa famille des images « avant et après ». Mais d'abord, elle s'amuserait sur son ordinateur avec les clichés « avant », les mettrait en vente sur son site.

Kevin mit près d'une semaine à établir son devis. Il l'apporta à Naomi en compagnie non seulement de Molly, mais aussi de son fils Tyler, six ans. Le garçonnet était une réplique en miniature de son père, si mignon que Naomi regretta de ne pas avoir quelques bonbons à lui offrir.

— On va chercher des pizzas, on s'est arrêtés chez vous au passage. Je vous conseille de vous asseoir et de vous servir un alcool fort avant de regarder.

— Euh-oh !

— Je vous avais prévenue. Comme je vous l'ai dit, on pourra procéder en plusieurs temps, par ordre de priorité. Et si vous êtes prête à mettre la main à la pâte, vous ferez des économies. Prenez le temps de réfléchir, vous me passerez un coup de fil. Je vous ai noté le nom d'un confrère, un gars sérieux, de Hoodsport, au cas où vous souhaiteriez une autre estimation.

— Merci.

— N'oubliez pas le petit remontant. Allez, les enfants, en route pour la pizzeria !

Le garçonnet et la chienne s'élancèrent en courant vers le camion.

Naomi tapota l'enveloppe de kraft contre sa paume, l'emporta à la cuisine. Kevin n'avait pas tort, une goutte de vin l'aiderait à avaler la pilule. Elle s'en servit un verre et, comme elle n'avait pas d'autre siège à l'intérieur que sa chaise de bureau, elle ressortit s'asseoir sur le banc de métal partiellement poncé.

Un instant, elle contempla la mer, un kayak rouge ballotté par les vagues se rapprochant tout doucement du rivage. Puis elle posa son verre sur la bâche de protection, décacheta l'enveloppe.

— Oh purée, cinq zéros…

Elle regrettait à présent de n'avoir pas opté pour quelque chose de plus fort que le vin, un shooter de tequila, par exemple. Elle n'avait pas encore acheté de tequila, mais elle allait y remédier au plus vite.

Elle but une gorgée de vin, respira un grand coup, et parcourut le devis.

La liste était longue. Pour ce qui était de la cuisine, elle s'attendait à un prix de cet ordre-là, voire supérieur. Remplacer toutes les fenêtres coûtait cher. Elle avait regardé les tarifs sur Internet et, là encore, Kevin était un peu en dessous de ce qu'elle avait calculé.

Sans doute bénéficiait-il d'une remise artisan. Il ne faisait pas trop de marge. Honnête.

Elle se leva, arpenta la terrasse, se rassit.

La plomberie, l'électricité, l'isolation du grenier. Rien d'excitant, mais nécessaire. Seigneur, les planchers. Tant de superficie. Pourquoi avoir acheté une maison aussi grande ?

En réponse à sa question, elle contempla la vue. Le soleil déclinant se reflétait sur la mer. Un oiseau blanc traversa le ciel bleu, les ailes déployées.

Naomi relut le devis. Elle referait elle-même au moins une partie des peintures. Retrousser ses manches ne l'effrayait pas. Il y avait certainement aussi d'autres besognes dont elle pourrait se charger. Et des travaux sur lesquels elle pouvait faire l'impasse.

Mais elle ne voulait pas faire les choses à moitié.

Elle s'appuya contre le dossier du banc. Elle pourrait prendre des photos du chantier : la démolition, la reconstruction ; les ouvriers, leurs outils ; des piles de carrelage, des poutres, des sacs de ciment. Des clichés dans l'air du temps, qui pouvaient avoir du charme et lui rapporteraient de quoi financer les travaux.

De plus, elle avait de l'argent de côté. Elle menait un train de vie raisonnable, n'avait pas de gros besoins. Outre la maison, elle n'avait puisé dans ses économies que pour l'achat de son Hasselblad et de son 4 × 4. Elle pouvait se permettre de retaper la maison.

Elle regarda de nouveau la mer. Pour les besoins de son métier, elle avait visité tous les États d'Amérique et fait deux voyages en Europe.

Nulle part elle n'avait eu envie de rester, comme ici.

Elle sortit son téléphone, appela Kevin.

— Vous avez besoin d'une ambulance ?

Son humour l'amusa. Elle ne se liait pas facilement d'amitié, mais Kevin la faisait rire.

— Une tequila aurait été la bienvenue, car j'ai accusé le coup. Quand pouvez-vous commencer ?

— Hein ? Pardon ?

— J'accepte votre devis. Quand pouvez-vous commencer ?

— Appelez-moi une ambulance, s'il vous plaît. Waouh ! Ça alors, je n'en reviens pas... Vous êtes sûre de ne pas vouloir demander un autre devis ?

— Certaine. J'ai acheté cette maison parce qu'elle me parlait, parce qu'elle m'a dit les mots que j'avais besoin d'entendre. Vous aussi. J'essaierai de faire certaines choses moi-même, les peintures, surtout. Je pourrai peut-être aussi aider à la démolition, histoire de limiter un peu les frais. Mais, en gros, vos prix me conviennent. Quand pouvez-vous commencer ?

— Lundi. J'établirai un contrat, en précisant que vous vous occupez des peintures, voire d'autres choses. Si vous changez d'avis, nous rectifierons. J'ai dessiné la cuisine que vous m'avez décrite, mais...

— Oui, j'ai vu vos schémas. Ça me paraît pas mal du tout. Vous me direz où vous vous fournissez en mobilier, que j'aille regarder ce qui me plaît.

— Ce ne sera pas une mince affaire.

— Justement, autant attaquer dès que possible.

— Naomi, je vais être obligé de vous embrasser sur la bouche. Ma chère et tendre comprendra.

Elle espérait que sa femme était aussi adorable que lui.

— Nous réglerons ce détail en temps voulu.

— Je vous apporterai le contrat demain.
— Je vous ferai un chèque d'acompte.
— Impeccable. Quelle est votre couleur préférée ?
— J'aime toutes les couleurs.
— Super. À demain. Merci.

Elle rentra remplir son verre de vin, et se porta un toast à elle-même dans la vieille cuisine qui bientôt ne serait plus qu'un tas de gravats.

Kevin vint lui apporter le contrat, accompagné de son épouse, la charmante Jenny, de Tyler et de Maddy, quatre ans, la version mini féminine et blondinette de son papa.

Et avec le contrat, il tendit à Naomi un bouquet de tulipes arc-en-ciel.

— Vous avez dit que vous aimiez toutes les couleurs.
— Elles sont magnifiques.

Puis il la prit par les épaules et l'embrassa. Tyler se cacha les yeux, Maddy rigola, Jenny aussi.

— Il se voyait retaper cette maison depuis aussi loin que je me souvienne. Et il dit que vous avez exactement les mêmes idées que lui. Kevin est le meilleur. Il vous fera une belle maison.

— Jenny n'est pas objective, répliqua Kevin en enlaçant la taille de sa femme. Mais sincère. J'ai réservé une benne pour lundi matin à la première heure. Mes gars seront là à 7 h 30. On va faire du bruit.

— Ce n'est pas grave.
— À lundi, alors.

Toute la famille remonta dans un monospace et, à l'instar du chien, Kevin sortit la tête par la vitre :

— On va faire des miracles !

Naomi brancha la cafetière dans sa chambre, remplit sa glacière de boissons, de charcuterie et de fruits. Elle installerait son réchaud à gaz sur le bureau. Elle avait cuisiné dans des conditions bien plus spartiates.

Le lundi, elle s'octroya une journée de relâche et participa à la démolition de la cuisine ainsi que des sanitaires attenants. Elle donna des coups de masse, mania le pied-de-biche, aida à démonter les vieux comptoirs et les placards.

Éreintée, courbatue, elle s'endormit avant même que la forêt ait englouti le soleil.

Chaque matin, les coups de marteau résonnaient. Elle prenait un café, une barre de céréales, son appareil photo. Les ouvriers s'habituaient à elle, ils ne s'interrompaient plus dans leur travail quand elle les photographiait : des mains calleuses, des jointures écorchées, des torses suants, des chaussures de sécurité à bout coqué.

Le soir, dans le silence retrouvé, elle mangeait des sandwichs et travaillait. Elle composa une étude du sol de la cuisine, le linoléum arraché contre le parquet de bois mis à nu. Elle remit son site à jour, actualisa son marketing. Elle sélectionna des photos dont la galerie aurait l'exclusivité, en transmit d'autres à sa banque d'images.

Elle avait des dizaines de décisions à prendre et aurait juré que les journées comptaient moins d'heures que celles de la semaine précédente.

Elle s'accorda encore un après-midi de repos pour aller choisir un plan de travail en granit – et passa plus d'une heure à photographier les angles vifs des blocs de pierre, leur grain, leurs reflets et leurs nuances. Fatiguée des repas froids et des soupes préparées sur le réchaud, elle s'arrêta en ville sur le chemin du retour et acheta une pizza.

Elle savourerait le calme sur son banc désormais bleu ardoise, et dégusterait sa pizza sur le balcon de sa chambre. Puis elle regarderait un film sur son ordinateur portable. Plus de contraintes pour aujourd'hui. Et, Dieu merci, le matelas king size qu'elle avait commandé lui serait livré le lendemain matin. Elle avait passé la nuit précédente sur son matelas gonflable.

Le crépuscule nimbait l'Ouest lorsqu'elle reprit le chemin de Point Bluff, par la petite route sinueuse.

Le cerf surgit d'entre les arbres. Elle eut le temps de voir qu'il s'agissait d'un grand mâle avant de braquer pour éviter la collision. Elle écrasa la pédale de frein, dérapa, sentit le pneu éclater davantage qu'elle ne l'entendit et poussa un juron en s'efforçant de redresser le volant.

Elle se retrouva, toujours accrochée au volant, une roue dans le fossé, le cœur tambourinant à ses tympans.

Le cerf tourna à peine la tête, lui jeta un regard hautain et disparut dans le sous-bois.

— Mince ! Bon, OK, ce n'est pas grave, je n'ai pas mal, Bambi non plus, grommela-t-elle en ouvrant la portière pour constater les dégâts.

Un pneu crevé, effectivement, mais elle ne pensait pas avoir endommagé la direction. Elle savait changer une roue, mais ce ne serait pas facile compte tenu de l'inclinaison de la voiture.

De surcroît, la nuit tombait rapidement, à présent – et elle était en plein milieu d'un virage.

Elle ouvrit le coffre, y prit son kit de dépannage, déposa un triangle de signalisation plusieurs mètres derrière le 4 × 4, en plaça un autre devant puis se glissa dans l'habitacle pour allumer les feux de détresse.

Résignée à ce fâcheux contretemps, elle sortit le cric du coffre, lorsque des phares apparurent, approchant à vive allure. Néanmoins, le véhicule ralentit et s'immobilisa sur le bas-côté. Un camion.

Naomi posa le cric et empoigna le démonte-pneu.

— Des problèmes ?

— Juste une crevaison. Je vais me débrouiller, merci.

Une silhouette masculine descendit de la cabine.

— Vous avez une roue de secours ?

Une voix profonde, virile. Haute stature, longues jambes, grands bras.

— Bien sûr.

— Impec. Je vais vous la monter.

— C'est sympa, mais je peux le faire moi-même, dit-elle en serrant plus fort le démonte-pneu.

L'homme s'approcha du 4 × 4, examina le pneu crevé. Elle le voyait mieux, à présent : cheveux noirs épais décoiffés par le vent, profil anguleux, mal rasé. Une veste de cuir usée, des grosses mains posées sur les genoux de ses longues jambes.

— Ça va être coton d'installer le cric, mais c'est faisable. J'ai des éclairages de sécurité dans le camion.

Il releva la tête vers elle. Un beau visage dur, des lèvres pleines, une expression sérieuse. Elle ne distinguait pas la couleur de ses yeux mais n'y décelait aucune malveillance.

— Je sais changer une roue.

— Et moi aussi. Pour tout vous dire, c'est mon métier. Xander Keaton, se présenta-t-il. Je suis mécano.

Du menton, il indiqua son camion. Garage et Carrosserie Keaton y était-il inscrit.

— Je n'ai pas appelé de garagiste.

— Vous avez la chance d'en avoir un sous la main. Vous n'avez pas l'intention de me filer un coup de démonte-pneu, j'espère ? Il s'avança prudemment, s'empara du cric, se mit au travail puis ajouta : Votre pneu est fichu. Il vous en faudra un nouveau. Je pourrai vous le commander. Comment a-t-il éclaté ? Il n'a pas l'air usé.

— Un cerf a traversé la route. J'ai freiné trop brusquement.

— Ça arrive. Vous rentriez chez vous ? J'essaie juste de meubler, dit-il devant son silence. Vous venez de la ville, donc vous n'y dormez pas. Je ne vous ai jamais vue. Sinon, je me souviendrais d'une belle fille comme vous.

— Oui, je rentre chez moi.

— Nouvelle dans la région ? Je connais tout le monde. Une superbe blonde sur cette route… Vous êtes… Naomi ?

Elle recula.

— Pas de panique, dit-il posément en se redressant pour aller chercher la roue de secours. Kevin Banner est un copain d'enfance. Il m'a dit qu'il bossait chez vous, à Point Bluff. Appelez-le, si vous voulez. Il vous rassurera et vous pourrez enfin lâcher ce machin.

— Il ne m'a jamais parlé de vous.

Néanmoins, la main qui tenait le démonte-pneu se décrispa… quelque peu.

— Je suis vexé. J'étais son témoin de mariage, et je suis le parrain de Tyler. Son cousin Mark s'occupe de votre plomberie, et Macie Addams – dont j'ai été fou amoureux pendant environ six semaines, quand on était gamins – fait partie de l'équipe de menuisiers qui travaille chez vous. Me voilà innocenté ?

— Je le saurai demain après avoir interrogé Kevin.

— Vous êtes de nature cynique et suspicieuse, ce n'est pas pour me déplaire. Il vissa les boulons de la roue, s'assura qu'ils étaient bien serrés et conclut : et voilà, madame.

Tout en abaissant le cric, il la regarda.

— Combien mesurez-vous ?

— Un mètre soixante-dix-huit et des poussières.

— Vous les portez bien.

Il se redressa, rangea le cric et les outils dans leurs compartiments.

— Voulez-vous que j'emporte le pneu avec moi, que je vous en commande un autre ?

— Je… Oui, ça me rendrait service. Merci.

— Je vous en prie. Attendez une minute…

Il chargea le pneu crevé dans son camion, en retira un seau de sable, rangea les triangles de détresse.

Voyant Naomi fouiller dans ses poches, il secoua la tête.

— Vous voulez me payer ? Offrez-moi une part de pizza.

— Pardon ? Vous êtes sérieux ?

— Elle vient de *Chez Rinaldo*. J'ai un faible pour ses pizzas.

— Vous voulez un morceau de pizza ?

— Il me semble que ce n'est pas trop demander après avoir risqué de me faire fracasser le crâne pour avoir changé votre roue.

Elle ouvrit la portière, souleva le couvercle de la boîte en carton.

— Je n'ai rien pour l'emballer.

Xander tendit la main.

— Posez-le là.

Avec un haussement d'épaules, Naomi déposa la part de pizza sur sa large paume.

— Merci pour le dépannage.

— Merci pour la pizza. Roulez prudemment.

Elle monta dans son 4 × 4, boucla sa ceinture, le regarda regagner son camion d'un pas nonchalant. Elle mit le contact, puis sortit le véhicule du fossé.

Il lui adressa un coup de Klaxon amical quand elle s'éloigna sur la route.

Avant de démarrer, il croqua quelques bouchées de pizza pour pouvoir conduire d'une seule main. Comme d'habitude, il la trouva exquise.

Bien moins, toutefois, que la belle blonde tout en jambes au regard suspicieux.

7

Elle était venue là en quête de paix, de calme, de solitude... et se retrouvait avec une maison pleine de monde et de bruit. Certains jours, même la vue ne compensait pas le désagrément.

Quand elle se demandait pourquoi ne pas s'être limitée à l'essentiel – une plomberie fonctionnelle, un réfrigérateur en état de marche –, elle avait du mal à trouver une réponse.

Toutes les pièces étaient en chantier, envahies de poussière ; une benne gigantesque trônait dans le jardin. Après trois jours de pluie incessante, peu propice aux photos en extérieur, Naomi avait presque envie de remballer ses affaires et de prendre la route.

Au lieu de quoi, elle s'attela à la peinture.

Pour commencer, elle lessiva les murs de la chambre principale et y passa une couche d'enduit. Le soir, elle étudia un nuancier, composa des palettes et des schémas sur son ordinateur. Le lendemain, elle se raisonna : il ne s'agissait jamais que de peinture ; si le rendu ne lui plaisait pas, il lui suffirait de repeindre.

Elle acheta le nombre de pots recommandé par Kevin, du blanc semi-brillant pour les plinthes, des rouleaux, des pinceaux, des bacs… oublia un escabeau, si bien qu'elle dut en emprunter un aux ouvriers.

En jean, sweatshirt et casquette des Yankees déjà mouchetée de sous-couche, elle se mit au travail. Comme il était impossible de faire abstraction du ronflement des scies et des coups de marteau, sans parler du hard rock qui faisait vibrer les planchers, elle se vissa des écouteurs dans les oreilles et peignit au son de sa propre playlist.

En gravissant la route de Point Bluff, Xander observait la vieille maison perchée sur la falaise. Sous la pluie, elle paraissait sinistre. Les lumières glauques brillant derrière les carreaux, dans la pénombre de cette fin d'après-midi maussade, ajoutaient encore à l'atmosphère lugubre. La benne géante, toutefois, devant l'entrée, indiquait une présence humaine dans ce décor inquiétant. Kevin et ses collègues devaient s'en donner à cœur joie.

Xander descendit de son camion, la tête rentrée dans les épaules afin de se protéger des bourrasques.

Un boucan infernal retentissait à l'intérieur, dans des relents de sciure, de café froid et de chien mouillé – Molly avait dû aller courir dehors. Le sol était recouvert de bâches, sillonnées de chemins en carton.

Les hauts plafonds et les cheminées en pierre ne manquaient certes pas de cachet ; mais tout était dans un triste état, sale, vieillot, décrépit.

Que diable cette belle blonde était-elle venue faire là ? Xander ne voyait pas. Avec sa coupe courte et son attitude revêche, elle avait tout d'une fille de la ville. De la grande ville.

Qu'elle ait décidé de s'installer ici ne la rendait que plus intéressante.

À travers piles de planches, outils, cordes et rouleaux de fils électriques, il se dirigea vers la pièce d'où provenait le raffut.

Quel besoin d'une maison aussi grande ? Qu'avait-elle l'intention d'en faire ?

Pour ce qui était de la cuisine, en tout cas, il était clair qu'elle allait entièrement la transformer. Il n'en restait plus rien que quelques clous tordus. Une bâche bleue agitée par le vent était tendue devant une immense ouverture dans le mur du fond. Xander possédait des notions de plomberie suffisantes pour imaginer le nouvel agencement. Notamment, il devinait qu'il y aurait des toilettes dans le coin gauche de la pièce.

— Salut, Kev ! Ce chantier va te rapporter de quoi financer les études de tes deux gamins, non ?

Kevin leva la tête.

— Il m'y aidera certainement, répondit-il par-dessus le tintamarre. Qu'est-ce qui t'amène ici ? demanda-t-il en se redressant.

— Un pneu pour le 4 × 4 de ta cliente.

— Tu aurais dû me le dire. Je serais passé le chercher.

— Je voulais voir la baraque.

L'air satisfait, Kevin regarda autour de lui.

— Elle prend forme, non ?

— Forme de quoi ? ironisa Xander.

— Tu manques d'imagination, rétorqua son ami en l'entraînant vers une planche posée sur deux tréteaux. Voilà à quoi ça ressemblera, une fois fini.

Les mains dans les poches, Xander se pencha au-dessus des plans de la future cuisine.

— Ouais, ouais… Qu'y avait-il, avant, à la place de ce trou ?

— Une porte en bois et une petite fenêtre. J'ai compris que Naomi voyait les choses du même œil que moi quand elle m'a demandé une verrière.

— Tu as compris qu'elle avait du pognon, ouais…

— Une chance pour elle et pour moi. Et pour cette maison. La nouvelle propriétaire a le sens de l'esthétique, elle est photographe. Elle tient à conserver le caractère des lieux. Elle ne veut pas de moderne. Pas trop, en tout cas. On revoit complètement l'agencement de la cuisine et de la salle de bains principale, ça va être un boulot monstre mais ça aura de l'allure.

— Combien y a-t-il de pièces ?

— Dix-huit, plus six salles de bains. Sans compter le sous-sol.

— Elle est célibataire, non ? Elle va habiter là toute seule ?

— Certains aiment l'espace, d'autres se contentent d'un trois pièces au-dessus d'un garage. Chacun son truc.

— Certains roulent en monospace.

Kevin décocha un léger coup de poing à son ami.

— Attends d'avoir des mômes.

— Je ne suis pas pressé. Où est-elle, la propriétaire des lieux ?

— À l'étage, en train de peindre.

— De peindre… Les murs ou des tableaux ?

— Les murs. Elle s'est plutôt bien débrouillée pour la sous-couche, mais à mon avis elle aura besoin de Jimmy et de René pour la suite.

Xander aurait pu remettre sa facture à Kevin, déposer le pneu dans la voiture de Naomi. Mais puisqu'il était là…

— Je monte la voir.

— Passe par-derrière, lui indiqua Kevin avec un geste du pouce. La chambre est au fond du couloir, face à la baie.

— Je te paye une bière quand tu auras fini ta journée ?

— Pas de refus. Je ferai un saut chez toi.

Xander s'engagea dans l'escalier. Ayant Kevin pour ami depuis toujours, il reconnut de la belle ouvrage dans les marches de chêne, la rampe robuste. L'éclairage datait des années cinquante, mais ce n'était qu'un détail facile à modifier.

À l'étage, il s'immobilisa. Le corridor lui évoquait *Shining*. Il s'attendait presque à voir apparaître un gamin en tricycle, ou les fluides d'un corps en décomposition filtrant au-dessous d'une porte.

Comment la belle blonde pouvait-elle dormir ici ?

Il frappa à la dernière porte du couloir. Personne ne répondit. Il poussa le battant.

Juchée sur un escabeau, en vieux vêtements tachés de peinture et Converse montantes, elle réchampissait l'angle sous le plafond. Elle avait presque terminé et il n'y avait rien à redire à son travail.

Il toqua de nouveau contre la porte entrouverte. Elle trempa son pinceau en reprenant le refrain de *Shake It Off*.

— *Cause the players gonna play, play, play, play…*
Belle voix, pensa-t-il, en remarquant les écouteurs dans ses oreilles.

— *Baby, I'm just gonna shake, shake, shake…*
Il s'avança vers elle, lui tapa sur l'épaule.

Elle fit volte-face si brusquement qu'il faillit recevoir un coup de pinceau dans la figure.

— Waouh ! fit-il en la retenant d'une main ferme avant qu'elle ne perde l'équilibre.

— Lâchez-moi, s'il vous plaît.

— Je vous ai épargné la chute. J'ai frappé à la porte, mais vous n'avez pas entendu.

Elle posa son pinceau.

— Quand on est poli, on n'entre pas sans y avoir été invité.

— Ça dépend. Si la porte n'est pas fermée, on peut la pousser, regarder s'il y a quelqu'un.

Ses yeux étaient d'un vert magnifique. Il ne les avait pas remarqués dans le noir, sur le bord de la route, mais elle avait des yeux extraordinaires. Qui lui décochaient des flèches.

— Que voulez-vous ?

— Enchanté de vous revoir. Je vous ai apporté votre pneu.

— Ah… Merci.

— Pas de quoi, dit-il en lui tendant la facture pliée en quatre qu'il retira de sa poche de poitrine. Ça vous fera un peu plus cher qu'une tranche de pizza, cette fois.

— Je m'en doute. Vous prenez les chèques ?

— Chèque, liquide, carte de crédit, comme vous voudrez, répondit-il en sortant un lecteur de cartes de sa veste.

— Dans ce cas, je préfère vous régler par carte. Vous êtes à la pointe, pour un garagiste.

— J'aime les nouvelles technologies. Et quand je dépanne quelqu'un sur le bord de la route, je peux être payé tout de suite. C'est pratique.

Elle hocha la tête, retira un mince portefeuille de sa poche arrière, d'où elle sortit une carte de crédit. Xander haussa un sourcil surpris. La plupart des femmes de sa connaissance trimbalaient un sac à main gros comme une maison, rempli de toutes sortes de choses mystérieuses.

— C'est sympa de m'avoir livré le pneu à domicile.

— Bah ! ce n'était pas bien loin. Je le mettrai dans le coffre en partant. Kevin a tout cassé, en bas.

— Oui.

— Vous avez un sacré trou dans le mur.

— Ce sera une verrière.

Il inséra sa carte dans le lecteur.

— J'aime beaucoup cette couleur.

Elle signa le reçu.

— Moi aussi. En disant cela, toutefois, elle fut soudain saisie d'un doute. Vous la trouvez chaleureuse ?

Il lui rendit sa carte, observa le bleu pastel avec plus d'attention.

— Oui, chaleureuse et apaisante. Elle me fait penser à la mer tôt le matin.

— C'était l'idée. J'ai failli choisir une teinte tirant un peu plus sur le gris. J'aurais peut-être dû… Enfin, ce n'est que de la peinture.

— Ce sont des murs entre lesquels vous vivrez. Mais je suis certain que vous vous y sentirez bien. Je vous enverrai le reçu par mail.

— Pas la peine, je n'en ai pas besoin.

En vérité, elle ne tenait pas à lui donner son adresse.

Xander rempocha son lecteur ainsi que le téléphone sur lequel il s'apprêtait à enregistrer les coordonnées de Naomi.

— Ça fait beaucoup de surface à peindre. Vous devriez aérer.

— Il pleut. Mais vous avez raison, concéda-t-elle en essayant de pousser la baie vitrée. Mince… Vivement que les fenêtres soient changées !

Xander parvint à l'ouvrir sans trop de peine. Puis il contempla la vue.

— Les murs n'ont plus aucune importance quand on regarde dehors.

— C'est ce que je me répète sans arrêt.

Dans la grisaille, le monde extérieur semblait s'être assoupi, rêveur, nimbé de voiles de brume.

— Le paysage vous fait oublier qu'on se croirait à l'*Overlook Hotel*.

— Merci pour cette remarque. Maintenant, je vais voir *Redrum* en lettres de sang sur l'affreuse tapisserie du couloir.

— Je vois que nous avons les mêmes références, répliqua Xander en souriant. Sur ce, il faut que je file. Bon courage.

— Merci.

Quand il eut pris congé, elle demeura immobile à contempler la pluie de printemps.

Il lui avait fait peur en lui tapant sur l'épaule alors qu'elle était absorbée dans la peinture et la musique. Et elle n'avait pas aimé qu'il lui empoigne les fesses à pleines mains.

Elle aurait probablement retrouvé son équilibre toute seule.

Néanmoins, il l'avait lâchée sitôt qu'elle l'en avait prié, afin de lui prouver son innocence.

Or elle ne le croyait pas innocent. En dépit de ses commentaires sympathiques sur la peinture, les travaux, il n'était pas inoffensif. Il avait les yeux très bleus, un regard très direct – dans lequel se lisait qu'il n'était pas du genre à se laisser marcher sur les pieds.

Elle n'avait pas l'intention de lui marcher sur les pieds.

Par ailleurs, il n'était pas bâti comme une armoire à glace mais on devinait un caractère trempé. Naomi avait vite fait de juger qui était susceptible de lui tenir compagnie une nuit ou deux, au besoin.

Xander Keaton était certes séduisant et, bien que ce critère ne fût pas primordial, il possédait cet atout de mesurer une bonne dizaine de centimètres de plus qu'elle. Il ne la laissait pas indifférente, elle ne pouvait le nier. Néanmoins, quand bien même elle aurait eu envie d'un homme, elle se garderait de celui-ci.

Ne te prends pas la tête, s'enjoignit-elle en remontant sur l'escabeau. Sa vie était déjà bien assez compliquée.

Et quelque chose lui disait que Xander Keaton n'était pas simple du tout.

Lorsque le soleil succéda enfin à la pluie, Naomi s'amusa à ouvrir et à refermer une dizaine de fois les nouvelles portes vitrées de la cuisine, pour le plaisir. La verrière en accordéon était une idée fabuleuse. Elle ne regrettait pas d'avoir écouté Kevin.

Profitant du beau temps, elle enfila ses chaussures de marche, une veste légère, et partit en balade avec son appareil photo. Les clichés de fleurs se vendaient toujours bien. Elle trouva son bonheur dans la forêt : bourgeons, bulbes sauvages, écorces couvertes de mousse, un petit ruisseau grossi par la fonte des neiges, une cascade bondissant sur les rochers.

Et elle eut la chance inespérée d'apercevoir un ours, qu'elle photographia dans la lueur sereine et argentée du soir tombant.

Après dix jours assommants de peinture, le stress du choix de l'électroménager et des placards de cuisine, elle s'installa en tailleur sur son matelas king size, son ordinateur portable sur les genoux.

Salut les amours de ma vie,

Tout va bien au Grand Chantier. Ça y est, j'ai fini de repeindre ma chambre, chaque centimètre carré de mur, le plafond, les plinthes. J'ai une superbe verrière donnant sur la terrasse. Je compte y prendre mon café chaque matin, sur le fauteuil que j'ai poncé et reteinté. Les petits déjeuners ne s'éterniseront pas, car les ouvriers arrivent de bonne heure et font un boucan d'enfer. La cuisine prend forme. Je me rappelle quand vous avez fait refaire la vôtre, il y a six ans – déjà ! J'étais chez vous pour une quinzaine de jours, et c'était le branle-bas de combat. Ici, c'est le branle-bas puissance mille ! Mais ce n'est pas pour me déplaire.

Ce matin, j'ai vu un ours. Pas de panique, il était moins intéressé par moi que je ne l'étais par lui. Une photo en pièce jointe. J'ai aussi aperçu une baleine, au loin – je suis sûre que c'en était une. Manque de bol, le temps que je prenne mon appareil et que je zoome, elle avait disparu.

Je me sens bien ici. En ville, on commence à me connaître – suffisamment pour me saluer, au supermarché et à la quincaillerie, mes deux magasins favoris en ce moment. À la pizzeria, aussi. Les pizzas ne valent pas celles de New York, mais elles sont honorables.

Je suis heureuse malgré le bruit, le déluge de décisions à prendre. Kevin n'arrête pas de me répéter que je dois me dépêcher de choisir la crédence et le carrelage de la cuisine. Deux choix qui me mettent au supplice mais, quoi qu'il dise, j'ai encore un peu de temps pour me décider.

Donnez-moi vite de vos nouvelles. Toi aussi, Mason, et essaie de ne pas te contenter d'un : « Hello, tout va bien. Et toi, comment ça va ? » Je ne vais pas tarder à acheter la peinture pour les chambres qui seront les vôtres quand vous viendrez. Les voici en photo telles qu'elles sont actuellement.

Vous me manquez.

Bises,

Naomi.

Une fois le mail envoyé, elle se força à se mettre au travail. Elle actualisa ses pages Facebook, Tumblr et Pinterest, posta un billet sur son blog – autant de corvées dont elle se serait volontiers dispensée si elles ne faisaient pas partie de son métier.

Une heure plus tard, elle posa son ordinateur sur le bureau et le brancha afin de le recharger.

La lune se reflétait sur la mer.

Naomi sélectionna des filtres, un deuxième objectif, et sortit sur la terrasse dans la fraîcheur glacée de la nuit.

Lune en miroir, pensa-t-elle en prenant une série de clichés, sous différents angles. Elle en ferait des cartes postales : les cartes partaient comme des petits pains, sur son site. Si le rendu était aussi bon qu'elle l'espérait, elle enverrait aussi des grands formats à la galerie.

Et elle en encadrerait un pour elle.

Elle se leva, savoura le calme, la luminosité, cette délicieuse sensation de solitude.

Elle accrocherait le meilleur des meilleurs sur l'un des murs qu'elle avait elle-même repeints.

Sa lune au-dessus de *sa* baie.

Trois semaines après la phase de démolition, Kevin resta un soir pour finir d'installer les éléments de cuisine. Débordant d'enthousiasme, Naomi lui donna un coup de main tandis que Molly somnolait devant la verrière.

— Je n'en reviens pas du boulot que vous avez abattu.

— Ça avance.

— Carrément ! Je n'ai pas fait une erreur, j'espère, de prendre les placards vert sauge plutôt que merisier foncé ?

— Ils sont superbes, et on ne dirait pas une idée chipée dans un magazine de déco. Ils se marient à merveille avec le granit gris veiné de vert. Vous avez du goût, Naomi. Les portes en verre biseauté ont un cachet fou.

— C'est aussi mon avis. Il va falloir que je trouve autre chose à mettre derrière que des assiettes en carton et des gobelets en plastique. Je n'ai jamais acheté de vaisselle de ma vie.

— Vous n'aviez pas d'appartement ?

— Si, en location, ici ou là. J'achetais de la vaisselle jetable, ou d'occasion. En fait, j'étais souvent sur la route. Je n'avais pas envie de me fixer.

Résolument enthousiaste, elle contempla ses placards vides.

— Je vais devoir m'équiper sérieusement, maintenant que j'ai un chez-moi. Entre la robinetterie, les luminaires, le carrelage, je ne sais pas où je vais trouver du temps de cerveau disponible pour penser à la vaisselle.

— Vous devriez en parler à Jenny. Ma chère et tendre nourrit une véritable passion pour tout ce qui est équipement de cuisine.

— Je prendrai peut-être de la porcelaine blanche toute simple, histoire de m'épargner un casse-tête supplémentaire.

— Touchez-en mot à Jenny. Vous savez quoi ? Passez prendre un verre avec nous ce soir, chez Loo.

— Le bar derrière Water Street ?

— C'est ça… Un chouette troquet. On y mange bien, l'ambiance est sympa. Il y a un concert ce soir. On a réservé la baby-sitter pour pouvoir y aller. Ça vous tente ?

— Je ne sais pas...

— Jenny me tanne pour que je vous invite à dîner. Mais vous m'avez déjà sur le dos toute la journée... J'imagine que vous n'avez pas trop envie de passer vos soirées avec moi. Venez boire un coup vite fait, ce soir, bavarder vaisselle un moment avec ma femme. Ça vous fera du bien de sortir un peu.

— Je verrai.

Il n'insista pas, ce qu'elle apprécia, et ils continuèrent de travailler en silence. Lorsqu'ils eurent terminé, ils se firent un « check ».

— Peut-être à ce soir chez Loo ! lança Kevin en partant.

Elle n'avait pas envie de quitter sa merveilleuse cuisine, ses placards vides, et ses murs gris pâle tirant sur le vert. Elle avait des milliers de choses à faire, notamment lire les notices de son nouvel électroménager.

Néanmoins, bien que de nature sauvage, elle devait assurer un minimum de vie sociale. Sinon, on lui collerait une étiquette de marginale, on se poserait des questions et on jaserait. Les gens normaux sortaient et rencontraient leurs amis. Naomi connaissait à peine Jenny, mais elle considérait Kevin comme un ami.

Harry l'aurait qualifié de « chic type ».

Alors, pourquoi pas ? Elle s'habillerait de façon à peu près présentable, se maquillerait légèrement et irait en ville. Prendre un verre au bistrot local, discuter vaisselle avec la femme de son ami, écouter la première partie du concert. Et s'acquitter de ses obligations sociales pour un mois au moins.

Bon compromis.

Elle opta pour un jean noir et, comme les nuits étaient fraîches, un pull en laine, celui que Seth et Harry lui avaient offert pour Noël – presque du même vert que ses placards de cuisine. Elle envisagea de changer ses petites dormeuses en argent pour des boucles d'oreilles plus fantaisie puis y renonça : inutile de faire des chichis pour une soirée informelle avec un couple d'amis.

Elle consacra tout de même un certain temps à son maquillage. On ne sait jamais… Il n'était pas exclu qu'elle rencontre un gars charmant. Il aurait été dommage de le faire fuir.

La nuit était tombée quand elle sortit, si bien qu'elle laissa la lumière extérieure allumée – la nouvelle applique serait bientôt installée. *Commander un système d'alarme*, pensa-t-elle en verrouillant les serrures.

En jetant un dernier coup d'œil à la maison, elle faillit se raviser mais elle se fit violence.

Elle n'était jamais allée en ville aussi tard et constata qu'il y avait de l'animation, le vendredi soir. Des gens flânaient le long de la marina, probablement des touristes. Aux terrasses chauffées des cafés et des restaurants, il devait y avoir aussi des habitants de Sunrise Cove.

Le troquet de Loo se trouvait dans une rue parallèle au front de mer, entre un restaurant de poisson et un fast-food. Le camion de Kevin était garé tout près, Naomi trouva une place un peu plus loin.

Il faudrait qu'elle revienne un soir avec son appareil, pensa-t-elle, prendre des photos de nuit du port, des vieilles maisons typiques de la région, de la porte rouge du bar surmontée d'une enseigne au néon bleu.

La musique résonnait jusque dans la rue.

Le bar se révéla plus grand qu'elle ne l'avait imaginé, avec une petite piste de danse où un public assez nombreux se déhanchait face à un groupe de rock, dans des relents de bière, de parfum et de sueur. Un long comptoir de bois sombre s'étendait sur toute la longueur de la salle, avec plus d'une dizaine de tireuses à bière. En entendant le bruit d'un blender, Naomi sut aussitôt ce qu'elle boirait : une margarita granitée !

D'une table proche de la scène, Kevin lui adressa un signe de la main. Elle se faufila jusqu'à lui, se retrouva la main prisonnière entre celles de Jenny.

— Je suis contente que vous soyez là ! Kevin ne pensait pas que vous viendriez.

— Je n'ai pas pu résister.

— Asseyez-vous. Chéri, va commander un verre pour Naomi, s'il te plaît.

— Que boirez-vous ?

— J'ai entendu le chant de la margarita, avec du sel.

— J'y vais. Le service à table est un peu long. Tu veux quelque chose, Jenny ?

— Pas pour le moment, je te remercie.

Tandis que Kevin se dirigeait vers le bar, Jenny pivota sur sa chaise.

— Vous êtes superbe.

— Je…

— J'en suis à mon deuxième verre de vin. Je parle trop, dès que je bois ! Vous avez de la chance d'être aussi grande ! J'aurais tellement aimé être grande.

— J'aurais préféré être plus petite.

— J'ai regardé votre site Internet. Vos photos sont magnifiques, sincèrement. J'adore celle du nénuphar, au milieu des ondulations de l'eau. Rien qu'en la regardant, j'avais l'impression d'être en vacances ! J'aime beaucoup aussi celle de la vieille pierre tombale, avec l'ombre d'une église sur le cimetière. Quand j'ai vu que la dame enterrée là était morte à cent deux ans, j'ai failli pleurer. Je ne me rappelle plus son nom…

— Mary Margaret Allen.

— Ah oui, acquiesça Jenny, un sourire dans les yeux, presque du même brun doré que ses cheveux. Ce que je voulais dire, c'est que vous savez susciter l'émotion.

— Le plus beau des compliments.

— Sincère. Kevin m'a dit que vous aviez besoin de vaisselle…

— Oui. Je pensais acheter de la porcelaine blanche. Solution de facilité.

— Pourquoi pas ? Vous égayeriez votre table avec des serviettes fantaisie, par exemple. Mais je me disais… Kevin m'a montré des photos de votre cuisine, sur son téléphone. Le vert des placards est sublime. Avec les charnières en étain et les murs gris clair, le rendu est super ! On dirait que vous avez fait rentrer les tons naturels de l'extérieur à l'intérieur.

— C'était l'idée.

Jenny but une gorgée de vin, rejeta ses longs cheveux derrière son épaule.

— C'est très réussi. Du coup, je me disais que de la vaisselle bleu cobalt cadrerait parfaitement avec le concept.

— En effet.

— Avec des verres d'un bleu moins soutenu, ou alors verts, ou un assortiment des deux. Je vous indiquerai des sites Internet où il y a des choses fabuleuses, et je vous prêterai des catalogues… j'en ai des tonnes. Avant que Kevin revienne – je lui ferais honte, chuchota Jenny –, puis-je m'inviter à venir voir votre maison ? Il paraît que vous avez rénové un banc et un fauteuil de jardin. J'adore récupérer et transformer des vieilleries !

— Venez quand vous voudrez.

— Je ne vous dérangerai pas trop longtemps, je vous le promets.

Lorsque Kevin revint avec la margarita, Jenny arborait un sourire jusqu'aux oreilles.

— Je l'ai abreuvée de paroles, fais-moi taire !

Il posa le verre, embrassa la joue de sa femme.

— Tu ne voudrais pas un peu la fermer, Jenny, s'il te plaît.

— Pas de problème. Ça tombe bien, j'adore cette chanson !

En reconnaissant l'un des standards de Bruce Springsteen, Naomi se tourna vers la scène. Telle une allumette se consumant doucement, la voix embrasait les paroles suggestives de *I'm on Fire*.

Il était habillé tout en noir : jean, tee-shirt et vieilles bottes de moto. Ses doigts couraient sur le manche de sa guitare électrique, qu'il portait bas sur les cuisses.

Elle aurait pu s'en douter.

— Xander et son groupe jouent souvent ici. Ils s'appellent les Wreckers, précisa Kevin.

— Oh...

Et lorsque ses yeux bleus pénétrants rencontrèrent les siens, quelque chose en elle chuchota : *Ne t'emballe pas*.

Elle aurait bien besoin de sa margarita, jusqu'à la dernière goutte, pour atténuer la chaleur qu'elle sentait soudain se répandre en elle.

8

Xander vint les voir à la pause avec une bouteille d'eau minérale, nonchalant et sûr de lui. Jenny tendit un index vers lui.

— Tu sais quel effet me fait ce morceau.

— Tu me remercieras, demain, lança Xander à Kevin avec un clin d'œil, et il se laissa tomber sur une chaise, ses longues jambes étendues devant lui. Vous allez bien ? demanda-t-il à Naomi.

Elle avait l'impression qu'un feu de broussaille couvait sous sa peau.

— Très bien, je vous remercie. Vous avez une voix magnifique. Mes oncles sont fans de Springsteen. Ils auraient applaudi votre reprise.

— Combien d'oncles ?

— Juste deux. Ils nous ont emmenés voir le concert de reformation du E Street Band à Madison Square Garden, mon frère et moi. Vous les avez déjà vus en live ?

— À Tacoma, même tournée. Ça envoyait du lourd.

Elle se détendit suffisamment pour afficher un sourire.

— Ouais, c'était super.

Une blonde en jupe rose moulante s'approcha de Xander par-derrière, et lui passa un bras autour du cou.

— Vous allez jouer *Something for Nothing* ?

— À la fin du dernier set.

— Tu viens boire une bière ? On est juste là, avec Patti.

— Pas le temps, Marla, on va bientôt reprendre, répondit-il en agitant sa bouteille d'eau.

La moue sexy était tout à fait vaine, pensa Naomi. Xander ne pouvait pas la voir, puisque la jeune femme avait le menton posé sur son crâne.

— Tout à l'heure, alors. Salut Jenny, salut Kevin. Une nouvelle amie ? demanda-t-elle en regardant Naomi.

Kevin fit les présentations :

— Naomi, Marla.

— De passage dans la région ?

— Non, j'habite ici.

Aussi bizarre que cela lui paraisse de le dire, c'était bel et bien la vérité.

— Je ne vous ai jamais vue… Vous devez… Ah, c'est vous qui avez acheté la vieille maison sur la falaise ? Tu bosses là-bas, c'est bien ça, Kevin ?

— Exact.

— Soit vous êtes pleine aux as, soit vous êtes cinglée.

— Je ne suis pas riche, répondit Naomi avec un sourire amusé, la remarque de la blonde lui semblant relever davantage de la bêtise que de la provocation.

— Vous savez que la maison est hantée ? On a dû vous le dire.

— Non.

— Je serais morte de trouille, toute seule là-haut. Vous êtes photographe, paraît-il… Patti a entendu dire que vous allez ouvrir un studio.

— Non, je ne fais pas de photo de studio.

— Vous faites quoi ?

— Combien de temps avez-vous ?

— Pardon ?

— Bon, il faut que j'y retourne, déclara Xander en tapotant la main qui caressait sa clavicule.

— OK. Dis-moi, on pourrait peut-être…

Marla lui chuchota quelque chose à l'oreille, qui le fit sourire.

— La proposition est tentante, mais je n'ai pas envie que Chip me fracasse le crâne.

— Tu n'es pas au courant qu'on est divorcés ? répliqua-t-elle avec sa moue aguicheuse.

— Ça ne change rien.

— Réfléchis bien.

— Plutôt deux fois qu'une, murmura-t-il tandis qu'elle s'éloignait en tortillant les fesses.

— C'était quoi, sa proposition ? voulut savoir Kevin.

— Je te le dirai plus tard.

— Elle ne peut pas s'en empêcher, dit Jenny à Naomi sur un ton d'excuse. Elle n'est pas méchante, juste un peu écervelée.

— Elle n'a fait de mal à personne, non ? demanda Xander.

— Pas à moi en tout cas, répondit Naomi en sirotant sa margarita. Cela dit, ce n'est pas à moi qu'elle fait des avances indécentes.

— Elle espère que Kevin le racontera à Chip.

— Mais je ne le ferai pas.

— Non, mais elle espère… Ça mettrait Chip en rogne, il se pointerait chez elle, ils se disputeraient, se réconcilieraient sur l'oreiller, et après elle l'enverrait de nouveau balader.

— C'est à peu près ça, convint Kevin. Ils ont une drôle de relation. Mais Chip ne s'en prendrait pas à toi, Xander. Il te connaît, vous êtes potes.

— En plus, il est gentil comme tout, affirma Jenny. Bien sûr, il lui est arrivé plus d'une fois de se battre, mais c'était à cause d'elle. Chip est adorable.

— Elle ne s'en rend pas compte, cette gourde. Enfin, bref, c'est leur problème. Vous voulez une autre tournée ? C'est la mienne.

— Je vais être complètement pompette, déclara Jenny, mais tant pis. C'est vendredi soir et on a la nounou à la maison.

— Je la suis ! annonça Kevin.

— Rien pour moi, dit Naomi. Je conduis, et je ne vais pas tarder à rentrer.

— Restez encore un peu, insista Xander avec un regard lascif. Quel morceau aimeriez-vous qu'on joue ? Allez-y, posez-nous une colle.

Elle réfléchit un instant.

— *Hard to Explain.*

La chanson qu'elle avait écoutée juste après le départ de Xander, le jour où il lui avait apporté le pneu.

— Je ne connais pas, dit Jenny. Mais Xander, sûrement.

Il leur fit servir une tournée – de l'eau pour Naomi.

Elle ne colla pas le groupe, qui joua le vieux standard des Strokes comme s'ils l'avaient répété le matin même. Et elle resta presque jusqu'à la fin du deuxième set, avant de réaliser que si elle ne se décidait pas à partir, elle resterait probablement jusqu'à la fermeture.

— Bon, je vais vous laisser. Merci pour la margarita, et de m'avoir encouragée à sortir.

— Tout le plaisir était pour nous. À lundi.

— Je passerai chez vous très bientôt, déclara Jenny. Si vous êtes occupée, Kevin me fera visiter.

Elle prit congé au son de *Layla*, de Clapton, reprise sur un tempo lent et sulfureux, qui la suivit jusque dans la nuit.

Le rêve érotique semblait inévitable, et cela l'agaçait de fantasmer sur de torrides étreintes avec Xander dans la maison en feu, riffs de guitare sauvages et pulsations de basse en fond sonore.

Heureusement, elle avait de quoi s'occuper l'esprit pour chasser les prémices de la frustration sexuelle.

Un week-end de calme, de travail, de soleil et de douce pluie du soir eut raison de sa fébrilité. Comme elle se l'était promis, elle prit son petit déjeuner sur la terrasse – il fallait absolument qu'elle achète une meilleure machine à café – en savourant le silence et la solitude.

Le dimanche, reposée et de bonne humeur, elle se connecta sur FaceTime avec New York.

— Eh, ça fait plaisir de te voir !

Sur l'écran de son iPad, Seth paraissait en pleine forme. Depuis son quarante-cinquième anniversaire, il portait un petit bouc toujours taillé avec soin.

— Salut, beau gosse.

— C'est à moi que tu parles ? lança Harry en venant se poster à côté de Seth, un bras autour de ses épaules.

Les anneaux qu'ils avaient échangés à Boston durant l'été 2004 scintillaient à leur main gauche.

— Beaux gosses au pluriel.

— Nous sommes trois aujourd'hui. Devine qui est là ?

Mason apparut derrière eux.

— Hello, Dr agent Carson.

Son petit frère était devenu un grand et bel homme au visage épanoui. Sa carrière se déroulait exactement comme il l'avait toujours désiré.

— Comment va le FBI ?

— Secret d'État.

— Il vient de retrouver une fillette de douze ans qui avait été kidnappée, précisa Seth.

— C'est mon boulot. Et toi, où en es-tu avec cette maison de dingue ?

— Maison de dingue ? Regarde un peu…

Avec sa tablette, elle fit le tour de la cuisine.

— Superbe ! Tu as vu cette hotte, Seth ? Tu as pris une Wolf ?

— J'ai suivi vos conseils.

— Les placards sont magnifiques. Comment se fait-il qu'ils soient vides ? Harry, il faudra qu'on lui envoie de la vaisselle.

— Non, non, j'ai déjà ma petite idée. Je vous enverrai le lien du site où j'ai repéré des trucs. Je vous emmène à l'étage. Je veux vous montrer les murs de ma chambre. C'est moi qui les ai repeints.

— Toi ? railla Mason.

— Parfaitement. Je ne toucherai peut-être plus jamais à un rouleau de ma vie, mais j'ai repeint moi-même chaque centimètre carré de ces murs.

— Rappelle-moi combien tu as de pièces.

— Tais-toi, Mason. Dites-moi plutôt, sincèrement, ce que vous en pensez ?

— Perso, j'aime beaucoup cette couleur, déclara Seth. Je la trouve reposante. Tu n'as pas de lit ?

— Bientôt. Je viens juste de terminer la peinture, et je me suis aménagé un atelier provisoire. J'ai des tonnes d'épreuves à retoucher et à imprimer.

— Tu travailles trop.

— Tu te fais trop de souci pour moi. Je suis allée boire un verre avec des amis, vendredi soir. Un groupe local jouait au troquet de Sunrise Cove.

— Tu vois quelqu'un ?

— Je vois plein de monde. Les ouvriers sont là huit heures par jour, cinq jours sur sept.

— De beaux célibataires dans l'équipe ?

— Tu en cherches un ?

— J'ai ce qu'il me faut, répondit Harry en riant.

— Moi aussi, pour le moment. Comment allez-vous, tous ? Le restau, ça va ? Qu'as-tu prévu pour le dîner du dimanche, Harry ? Votre voisine reçoit toujours des gigolos ?

Elle les savait inquiets pour elle. Néanmoins, ils cessèrent de la tarauder, et pendant une quinzaine de minutes ils bavardèrent gaiement de choses et d'autres.

Lorsqu'elle leur dit au revoir et coupa la communication, ils lui manquaient déjà comme un bras ou une jambe.

Elle travailla pendant une heure dans son atelier, essaya de s'installer devant son ordinateur. Mais le contact avec sa famille lui avait donné le blues.

Sors prendre l'air, s'ordonna-t-elle. Elle n'avait pas encore pris de réelles photos de la cité, de la marina. Quelle meilleure occupation pour une fin de dimanche après-midi ? Ensuite, elle rentrerait se préparer autre chose qu'une omelette ou un sandwich au fromage grillé dans sa somptueuse nouvelle cuisine.

Satisfaite de ce programme, elle se rendit en ville, laissa sa voiture sur un parking et flâna au hasard. Elle n'avait pas de courses à faire, aucune obligation, elle pouvait se promener tranquillement, prendre le temps de chercher des sujets intéressants, de composer.

Un voilier portant le nom de *Maggie Mae,* la coque aussi blanche qu'une robe de mariée, voiles baissées, mâts rutilants. Ou un yacht décoré de ballons de baudruche en prévision d'une fête, un bateau de pêcheur d'un gris terne, qui lui évoquait un vieux cheval de trait… Tous les mâts nus oscillant dans le ciel bleu, leurs reflets troubles dans l'eau. Et, au loin, un couple sur une moto de mer fendant les flots à vive allure, parfait contraste avec l'attente rêveuse des embarcations amarrées…

Elle s'offrit un Fanta orange, nostalgie de son adolescence, et remonta dans sa voiture avec l'intention de consacrer la soirée à ses prises de vue.

Elle contourna un rond-point et freina brusquement...

Ce n'était pas un cerf, cette fois, mais un chien boitillant sur le bord de la route. Elle s'apprêtait à accélérer de nouveau – pas son chien, pas son problème –, mais il fit quelques pas de plus et se coucha, comme s'il avait été blessé ou malade.

— Oh, mince !

Incapable de poursuivre son chemin dans l'indifférence, elle se rangea sur le bas-côté, se demandant que faire.

Il avait peut-être la rage, pouvait se montrer agressif ou...

Il leva la tête quand elle descendit de voiture et la regarda d'un air épuisé, plein d'espoir.

— Bon... Salut, toi, gentil chien... j'espère.

Car il était assez imposant, bien qu'amaigri : elle aurait pu compter ses côtes sous son poil brun et sale. Ses yeux d'un bleu surprenant étaient emplis d'une infinie tristesse.

Mince et remince ! Ces yeux bleus sur fond brun lui rappelaient Harry !

Le chien ne portait pas de collier. Peut-être une puce GPS ? Peut-être fallait-il contacter un vétérinaire, ou le refuge... Elle trouverait facilement les numéros sur Internet.

Avec un gémissement, il rampa vers elle. N'ayant pas le cœur de l'abandonner à son triste sort, elle s'accroupit auprès de lui et tendit prudemment la main.

Il lui lécha les doigts, se traîna encore un peu plus près. Elle lui caressa doucement la tête.

— Tu es blessé ? Perdu ? Tu as l'air mort de faim. Malheureusement, je n'ai rien à te donner. Je vais appeler de l'aide, d'accord ?

Il émit un son plaintif, souleva péniblement la tête et la posa sur sa cuisse. Elle sortit son téléphone de sa poche puis entendit un bruit de moteur de moto.

Délicatement, elle reposa la tête du chien sur le sol et se redressa en agitant les bras.

Longues jambes en jean, torse svelte vêtu de cuir : malgré la visière teintée du casque, elle reconnut aussitôt Xander Keaton.

Il coupa le moteur, descendit de son engin.

— Vous l'avez renversé ?

— Non, il boitait sur le bord de la route, et puis il s'est couché. Je...

Xander s'agenouilla auprès du chien et le caressa de ses longs doigts de guitariste, avec autant de douceur qu'une mère apaisant son enfant.

— N'aie pas peur, mon grand. Je ne vois pas de sang, pas de plaie. On ne sent pas de fracture. Je ne crois pas qu'il ait pris un coup de bagnole.

— Il est si maigre...

— Il doit y avoir une bouteille d'eau dans mes sacoches. Allez la chercher, OK ? Tu as soif ? Oh oui, tu as très soif. Et très faim. Tu as beaucoup marché, hein ?

Tandis que Xander réconfortait le chien, Naomi ouvrit l'une des sacoches et y trouva la bouteille. Il lui fit signe de placer ses mains en coupe.

— Je...

— Ne vous en faites pas, ça ne va pas vous tuer.

Elle s'exécuta. Xander versa de l'eau au creux de ses paumes, que le chien lapa, pantelant, avant de reposer la tête par terre.

— On ne peut pas le laisser là. Je vais le porter dans votre voiture.

— Et j'en fais quoi ?

— Emmenez-le chez vous.

— Je ne vais pas l'emmener chez moi, protesta-t-elle en se redressant.

Xander glissa ses bras sous le chien, le souleva, solidement campé dans ses bottes. Naomi vit qu'il s'agissait d'un mâle non castré.

— Il appartient à quelqu'un, ajouta-t-elle.

— Vous croyez ? répliqua-t-il. Maigre et sale comme il est… Ouvrez la portière.

— Il a pu se perdre. Son maître est peut-être à sa recherche.

— Je me renseignerai, mais je n'ai pas eu vent que quelqu'un ait perdu son chien. Il est adulte. Croisé husky ou berger australien, avec ces yeux. Alice nous en dira plus… la vétérinaire. Si quelqu'un a perdu son chien, elle le saura. Cela dit, son cabinet est fermé le dimanche.

— Il doit y avoir un numéro d'urgence.

— La seule urgence, c'est de lui donner à manger, un bon bain, et un endroit où reprendre des forces.

— Emmenez-le chez vous.

— Sur la bécane ?

— Revenez en camion. Je vous attends.

— C'est vous qui l'avez trouvé.

— Vous l'auriez trouvé deux minutes plus tard.

— Soyez sympa, emmenez-le chez vous, je vous apporterai du matos. Demain, vous le conduirez chez le véto. Je vous rembourserai la moitié de la note. On ne peut pas le laisser au refuge. S'ils ne retrouvent pas ses maîtres, et ça m'étonnerait qu'ils les retrouvent, ils le piqueront.

Naomi pivota sur elle-même, frustrée, les poings dans les cheveux.

— Vous dites ça pour que je culpabilise et que je me sente obligée. Attendez… Il est sale comme un peigne et dégage une odeur répugnante.

De son coffre, elle retira une vieille couverture qu'elle étala sur la banquette arrière. Xander déposa le chien dessus.

— Et voilà. Tout se passera bien, ne vous inquiétez pas. Je vais chercher deux ou trois trucs en vitesse, je vous rejoins chez vous.

Sur ces mots, il enfourcha sa monture, donna un coup de kick et démarra sur les chapeaux de roue. Coincée, Naomi regarda le chien.

— Je te préviens, tu n'as pas intérêt à vomir dans ma voiture.

Elle roula doucement, en jetant des coups d'œil dans le rétroviseur. Le chien ne fut pas malade.

OK, elle aurait accompli une bonne action.

— Pouah ! tu refoules, dit-elle en descendant de son 4 × 4 pour ouvrir la portière arrière. Il va me falloir des semaines pour me débarrasser de cette puanteur. Ce n'est pas vraiment ta faute, mais tu es dégoûtant. Tu ne peux pas sauter de la voiture, j'imagine…

Il rampa vers elle, essaya de lui lécher la main.

— Tant pis, ce n'est pas grave. Tu n'as pas l'air bien lourd, mais sale comme tu es, je n'ai pas envie de te porter. On va attendre Xander. Ne bouge pas, reste là, d'accord ?

Elle rentra dans la maison, remplit un gobelet d'eau, attrapa un paquet de crackers. Quand elle ressortit, le chien tendait le museau hors de la voiture en gémissant plaintivement.

— Non, non, pas de panique. Un petit rafraîchissement et ça va aller. Tiens, tu veux un biscuit ?

Il en engloutit six puis but l'eau du gobelet à grandes lampées.

— Ça va mieux ? Xander ne devrait pas tarder. J'espère qu'il ne va pas tarder, car chaque minute que tu passes dans ma voiture implique une semaine de plus d'aération.

Elle s'accroupit, le caressa du bout des doigts. Le chien tourna la tête et lui donna un coup de museau dans la main.

— Parfait, on dirait que tu te sens mieux.

Elle se redressa, attrapa le Fanta orange sur le siège passager, ainsi que son appareil photo.

— On fera des flyers et on les affichera chez les vétérinaires, au refuge, dans les commerces.

Le chien la fixant de ses étranges yeux bleus, elle prit plusieurs photos et éprouva un intense soulagement en entendant un bruit de moteur.

Xander revenait en camion, il se gara derrière elle.

La queue du chien battit la banquette.

— Des biscuits apéro ?

— Je n'avais rien de mieux.

— J'ai apporté des croquettes. Donnons-lui à manger dehors, au cas où il vomirait.

— Sage précaution.

Xander sortit leur protégé du 4 × 4. Manifestement, la crasse et la puanteur ne le rebutaient pas le moins du monde. Bien qu'un peu chancelant, le chien parvint à se tenir sur ses pattes, tandis que Xander sortait de son camion un immense sac de croquettes déjà ouvert.

— Vous croyez que ça suffira ? demanda Naomi ironiquement.

En marmonnant, Xander en versa une partie dans une grande gamelle en plastique bleu.

— Eh !

Elle attrapa au vol le bol rouge qu'il lui lança.

— Pour l'eau.

Naomi alla le remplir au robinet sur le côté de la maison, destiné à arroser un jardin jusque-là inexistant.

Quand elle revint auprès du chien, il avait vidé la gamelle et semblait encore affamé. Sa queue fouettait l'air avec une énergie redoublée.

— Un peu d'eau d'abord, lui dit Xander en posant le récipient rouge devant lui.

Le chien but comme un chameau assoiffé.

— Je me fiche que vous me trouviez cruelle, mais tant qu'il sent aussi mauvais, il est hors de question qu'il mette les pieds à l'intérieur.

— Je vous comprends. Il a dû se frotter contre une charogne. Les chiens adorent faire ça. On va le laver. Vous avez un tuyau ?

— Oui. Et du liquide vaisselle.

— Pas besoin.

Xander retourna à son camion, en revint avec un collier noir et un flacon de shampoing pour chien.

— Vous avez pensé à tout.

— Tenez-le, je le savonnerai. Je vous préviens, il ne va pas aimer.

— S'il me mord, je vous frappe.

— Il ne vous mordra pas. Il n'a pas une once d'agressivité dans le regard. Tenez-le, Slim.

— Je le tiens.

Le chien était plus fort qu'il n'y paraissait, mais elle aussi. Lorsque Xander l'aspergea, il se débattit, rua, aboya… mais ne grogna pas ni ne montra seulement les dents.

Xander tira un énorme biscuit de sa poche arrière. Le chien se calma, le regard avide.

— Tu le veux, hein ? dit Xander en tendant le tuyau à Naomi, puis il cassa le biscuit en deux. La moitié maintenant, l'autre tout à l'heure, OK ?

Il donna un morceau de biscuit au chien, renversa le flacon de liquide vert au creux de ses mains. Le chien se laissa laver docilement. Il subit le rinçage sans broncher et, au deuxième savonnage, ferma les yeux de bien-être. Le bain terminé, il demeura sagement assis – aussi content qu'elle, peut-être, pensa Naomi, de ne plus sentir le putois en décomposition.

— Je vous conseille de vous éloigner quand je le lâcherai.

— Et s'il s'enfuit ?

— Il n'ira pas loin. Écartez-vous, si vous ne voulez pas être plus trempée que vous ne l'êtes déjà.

Elle lâcha le collier et bondit en arrière lorsque le chien s'ébroua.

— Il est moins vilain que je ne pensais.

— Une fois remplumé, ce sera une belle bête. Il doit être croisé labrador… la forme de sa tête. Les bâtards sont les meilleurs des chiens.

— Puisque vous êtes en camion, vous pouvez l'emmener.

— Non.

— Vous connaissez la vétérinaire.

— Non, impossible, déclara Xander en allant chercher dans sa cabine une vieille serviette, avec laquelle il entreprit de sécher le chien. J'ai dû faire piquer mon chien le mois dernier. Je l'avais depuis presque la moitié de ma vie. Je ne suis pas encore prêt à en prendre un autre.

Le sac de croquettes entamé, le shampoing, les gamelles, le collier… Elle aurait dû additionner deux et deux.

— OK, je comprends. J'ai eu un chien, moi aussi. Enfin, c'était celui de mon frère. Nos oncles le lui avaient offert pour le Noël de ses dix ans. Il était si gentil, si attentionné que nous n'avons pas eu besoin de le faire piquer. Il s'est éteint dans son sommeil à l'âge de quatorze ans. Nous avons tous pleuré.

Le chien renifla la poche de Xander.

— Tu ne perds pas le nord, toi.

Il lui offrit la deuxième moitié du biscuit. Offre très poliment acceptée.

— C'est une brave bête, ça se voit.

— Peut-être.

— Vous l'emmènerez demain chez Alice. Je partagerai la note avec vous. Et je ferai savoir en ville qu'il y a un chien à adopter.

— OK.

— J'ai une laisse et un panier. Un peu usé, mais il fera l'affaire. Des os à mâcher. Je vous les laisserai.

Naomi regarda le chien, Xander, l'énorme sac de croquettes.

— Je vous offre une bière ? Vous l'avez méritée.

— Deux secondes…

Il sortit son téléphone, composa un numéro.

— Allô ? Ouais, je sais, je t'avais envoyé un texto pour te prévenir. Je ne vais pas tarder.

— Oh, si vous avez un rendez-vous…

Xander leva vers elle ses yeux bleus, d'un bleu encore plus profond que celui du chien sans nom.

— Kevin et Jenny. Je suis invité à dîner chez eux. Naomi a trouvé un chien perdu, je l'ai aidée à le laver. Je n'en sais rien… Deux ou trois ans, marron clair, un bâtard.

— Je l'ai pris en photo. Je leur en enverrai une, au cas où ils le connaîtraient.

— Elle t'enverra une photo. Non, non, je n'en ai plus pour très longtemps. OK, à toute.

Il rangea son téléphone, hissa le sac de croquettes sur son épaule.

— Vous m'offrez une bière, alors ?

Ils se dirigèrent vers la maison, le chien entre eux.

— Il boite toujours.

— Il devait errer depuis un bout de temps. Ses coussinets sont à vif.

Naomi déverrouilla la porte, la tint ouverte. Le chien s'aventura à l'intérieur, entreprit d'explorer le vestibule en claudiquant.

— Vous pensez qu'on ne retrouvera pas ses maîtres ?

— J'en mettrais ma main à couper. Je pose ça dans la cuisine ?

— Oui, s'il vous plaît.

Elle le garderait jusqu'au lendemain, éventuellement deux ou trois jours, le temps qu'on sache s'il appartenait à quelqu'un, ou bien de le caser dans une famille d'accueil.

Elle sortit une bière, une bouteille de vin, tendit la cannette à Xander, se remplit un gobelet en plastique.

— Merci. Très chouette, la cuisine. Kevin a fait du bon boulot.

— Je suis hyper contente. Désolée, il n'y a pas encore de sièges. Il faut que je trouve des tabourets, une table et des chaises. Et d'après mes oncles, un divan ou une causeuse pour ce coin-là, avec une table basse en bois de ronce.

— Qui sont ces mystérieux oncles qui vous emmènent au concert de Springsteen, vous offrent des chiens et vous recommandent d'acheter des causeuses ? Ils n'emploient pas le mot « canapé », comme tout le monde ?

— Ce n'est pas la même chose. Une causeuse a une forme particulière. Le frère cadet de ma mère et son conjoint. Ce sont eux qui nous ont plus ou moins élevés, mon frère et moi.

— Vous avez été élevée par un couple d'homos ?

— Oui, ça vous choque ?

— Pas du tout, c'est intéressant. Vous avez grandi à New York, c'est ça ?

Xander s'adossa au comptoir, apparemment aussi à l'aise que le chien, qui s'était étendu sur le plancher et dormait d'un sommeil bienheureux, propre et repu, apparemment en confiance.

— Oui.

— Je ne suis jamais allé à New York. Que font-ils, vos oncles ?

— Ils tiennent un restaurant. Harry est cuisinier, Seth s'occupe de la gestion. Mon frère travaille au FBI.

— Sérieux ?

— Il est diplômé en psychiatrie, psychologie et criminologie, expert en analyse comportementale.

— Il est profileur ?

— Oui, et brillant.

— Vous semblez très proches, tous les quatre, malgré les quatre mille kilomètres qui vous séparent.

— Je ne pensais pas m'installer là… Vous avez de la famille dans la région ?

— Mes parents sont partis à Sedona il y a quelques années. J'ai une sœur à Seattle et un frère à L.A. On ne se voit pas très souvent, mais on s'entend bien.

— Vous avez donc grandi ici, avec Kevin.

— Exactement. On est copains depuis toujours.

— Et maintenant, vous tenez un garage, vous possédez la moitié des parts d'un bar – c'est Jenny qui me l'a dit – et vous jouez dans un groupe.

— Vous savez tout, dit-il en posant sa cannette. Je vais chercher le panier pour le chien. Vous voulez que je le mette en bas ou en haut ?

Elle regarda le chien en soupirant.

— En haut, dans la chambre. J'espère qu'il est propre.

— Très certainement.

Xander monta le panier en velours beige à l'étage, le posa devant la cheminée, y jeta une balle de tennis jaune.

— Très belle couleur, vraiment, dit-il en contemplant les murs.

— Je trouve aussi.

— Bien... À votre place, je ne lui donnerais plus rien à manger, pour ce soir. Un biscuit, éventuellement. Et laissez-lui un os à mâcher.

— OK, acquiesça-t-elle en baissant les yeux sur le chien, qui ne les quittait pas d'une semelle et tenait à présent la balle entre ses dents.

— Sur ce, il faut que je file, ou Jenny me privera de repas. Vous disiez que l'un de vos oncles est cuistot ?

— Chef, même.

— Et vous, vous cuisinez ?

— J'ai pris des leçons avec un maître.

— C'est bien, de savoir cuisiner.

Il s'avança vers elle. Elle aurait dû le voir venir, elle qui était toujours sur le qui-vive. Néanmoins, il l'enlaça avant qu'elle ait perçu le signal d'alarme.

Il ne s'embarrassa pas de douceur. Ce fut un feu d'artifice, suivi d'une délicieuse nébulosité. Il couvrit ses lèvres d'une bouche conquérante, ses mains parcourant son corps comme s'il lui appartenait.

Elle aurait pu l'arrêter. Bien sûr, il était certes plus grand et plus fort qu'elle, mais elle savait se défendre. Seulement, elle n'avait pas envie de l'arrêter, elle n'avait pas envie de se défendre.

Elle agrippa sa taille, ses doigts s'enfonçant dans sa chair. Et se laissa consumer.

Ce fut lui qui s'écarta, plongeant son dangereux regard bleu au fond du sien.

— Exactement comme toi.

— Pardon ?

— Ton baiser est exactement à ton image. Tu vends du rêve.

Elle le vit venir, cette fois, et le repoussa d'une main ferme.

— Toi aussi, mais je n'ai pas envie d'une aventure.

— Dommage.

— Je te l'accorde, mais…

— Mais…, répéta-t-il en hochant la tête. Je te passerai un coup de fil pour prendre des nouvelles du chien.

— Pour prendre des nouvelles du chien.

Quand il partit, le chien le suivit du regard puis, se tournant vers Naomi, émit un son plaintif.

Les jambes flageolantes, elle s'assit sur le bord du matelas.

— Ce serait une très mauvaise idée, j'en suis certaine.

Le chien posa une patte sur son genou.

— Quant à toi, inutile de me faire du charme. Je ne veux pas plus de toi que de Xander.

9

Le chien n'aimait pas la laisse. Dès l'instant où Naomi l'accrocha au collier, il se débattit, se contorsionna dans tous les sens pour essayer de s'en défaire. Elle réussit néanmoins à le traîner hors de la maison, en l'attirant avec un os à mâcher.

Il n'aimait pas non plus le cabinet vétérinaire. À peine entré dans la salle d'attente, il tenta de faire demi-tour, tremblant de tous ses membres.

Un vieil homme était assis sur l'une des chaises en plastique, un vieux corniaud au pelage grisonnant à ses pieds, les babines retroussées de dédain. Dans une caisse de transport, on devinait un chat aux yeux verts venimeux.

Le chien s'aplatit au sol, refusant de bouger, secoué de tremblements qui ne cessèrent pas, même lorsque le vieux corniaud suivit docilement son maître hors de la pièce, non sans un dernier regard de mépris.

Reconnaissante d'avoir pu être casée entre deux rendez-vous, Naomi remplit les formulaires qu'on lui avait remis. Une femme arriva avec une boule de fourrure rousse. En voyant le vagabond de Naomi, le roquet se hérissa et poussa des jappements stridents, ponctués de petits grognements menaçants.

Le chien essaya de grimper sur les genoux de Naomi.

— Désolée ! Consuela a la voix perçante.

La dame prit la boule de poils dans ses bras, tandis que Naomi s'efforçait d'empêcher le chien de se cacher le museau entre ses cuisses.

Quand on l'appela, elle dut quasiment le porter jusqu'à la salle d'examen, mais elle était tellement soulagée qu'elle ne lui en voulut pas.

Il tremblait toujours comme une feuille et la regardait avec une telle terreur qu'elle s'accroupit auprès de lui et lui passa un bras autour de l'encolure.

— N'aie pas peur, ça va bien se passer, tu verras.

En gémissant, il lui lécha la main et posa la tête sur son épaule.

— En voilà un qui est amoureux ! Alice Patton..., se présenta la vétérinaire.

Dynamique, dans les un mètre soixante-dix, costaude, vêtue d'un jean et d'un tee-shirt sous une blouse blanche déboutonnée, elle portait des lunettes rectangulaires sur des yeux noisette bienveillants, ses cheveux poivre et sel rassemblés en une courte queue-de-cheval.

— Naomi Carson.

— Enchantée. Vous m'amenez, je suppose, cette pauvre bête que vous avez trouvée sur la route...

— J'ai fait des flyers, j'en ai laissé quelques-uns à votre secrétaire.

— Nous les afficherons, mais je n'ai jamais vu ce joli chien. Commençons donc par le peser.

Il n'apprécia guère la balance, qui indiqua trente-deux kilos.

— Il faudrait qu'il reprenne au moins cinq kilos. Il a été sous-alimenté. Au moins, il est propre.

— Nous l'avons lavé, deux fois. Ce n'était pas du luxe.

— Xander vous a donné un coup de main, je crois ?

À l'étonnement de Naomi, Alice hissa les trente-deux kilos de chien tremblant sur la table d'examen.

— Oui, il passait sur la route juste à ce moment-là.

— Il lui a mis le collier de Milo.

— Milo ? C'était son chien ?

— Mmm…

La voix aussi douce et calme que son regard, la vétérinaire ausculta le chien.

— Un bon gars, Milo. Le cancer l'a emporté en un rien de temps. Nous avons fait tout ce que nous avons pu, mais… Il avait quinze ans. Il a eu une belle vie, c'est ce qui compte. Celui-là doit avoir deux ans, à peu près. Il devait errer depuis un moment, à voir l'état de ses pattes.

Elle lui donna une friandise avant d'examiner ses oreilles.

— Je vous donnerai des gouttes.

— Des gouttes ?

— Il a une petite infection dans le pavillon gauche. Il faudra aussi le vermifuger.

— Il a des vers ?

— J'en ai trouvé dans les selles que vous m'avez apportées, mais les traitements sont efficaces, ne vous inquiétez pas. Je vais lui faire une prise de sang. S'il a la maladie du ver du cœur, je devrai lui faire des injections. Comme c'est un chien perdu, je ne vous facturerai pas les analyses.

— Merci. Il doit bien appartenir à quelqu'un…

Alice prépara une seringue.

— Caressez-lui la tête, dit-elle à Naomi, et elle préleva un échantillon de sang. Nous saurons dans une vingtaine de minutes s'il a été vacciné contre la rage et la maladie de Carré, et s'il est infecté par le ver du cœur. Les gens négligent souvent les soins vétérinaires, quand leurs chiens ne sont pas de race pure. Une chose est sûre, notre ami a un début de gale, et il s'est fait grignoter par les puces et les tiques.

— Il a des puces ?

— Le bain que vous lui avez donné les a tuées.

Naomi regarda le chien qui, malgré les piqûres et les tests, lui retourna un regard empli de confiance.

— Ce ne serait pas la première fois qu'on abandonne un chien malade… J'appellerai mes confrères des environs pour leur demander s'ils le connaissent.

Naomi l'espérait de tout son cœur.

Une heure plus tard, après plusieurs injections que son protégé accepta sans manifester guère plus qu'une interrogation anxieuse, elle repartit avec un sachet de comprimés, des gouttes, un livret de santé, une ordonnance – et délestée d'une somme rondelette.

Estomaquée, elle se mit en quête du garage de Xander.

L'établissement était plus grand qu'elle ne le pensait. Plusieurs véhicules étaient garés dans l'enceinte, dont certains au pare-brise étoilé ou à la carrosserie froissée.

Une structure en préfabriqué semblait abriter des bureaux. L'atelier, en L, se trouvait un peu plus loin, portail grand ouvert. Le chien était toujours allergique à la laisse, mais Naomi commençait à s'y faire. Elle raccourcit sa prise et se dirigea vers la réception. Il parvint néanmoins à l'entraîner de l'autre côté, vers le hangar où résonnaient des bruits de compresseur, des coups métalliques répétés, et Walk the Moon à plein volume.

Pour avoir été souvent sur la route, Naomi avait fréquenté son lot de garages. Le vacarme, les odeurs de cambouis et d'essence, les outils et les machines lui étaient familiers. Le chien, pour sa part, semblait fasciné. Il tira sur sa laisse et la força à s'avancer à l'intérieur.

Là, il battit de la queue frénétiquement.

Parmi les relents d'huile et de carburant, il avait manifestement senti Xander et poussa un joyeux aboiement de salutation.

Xander se tenait sous un pont de levage, les mains dans le châssis d'une berline rutilante, en vieilles bottes de moto, jean délavé déchiré au genou, un chiffon rouge crasseux dépassant de sa poche arrière. Et pourtant étonnamment sexy.

— Salut, copain ! dit-il en glissant un outil dans sa poche. Tu as l'air en meilleure forme qu'hier.

Quant à toi, tu es toujours aussi belle, ajouta-t-il à l'attention de Naomi.

— On sort juste de chez le vétérinaire.

— Comment ça s'est passé ?

— Il se serait fondu en moi s'il avait pu, tellement il était terrorisé par un loulou de Poméranie. Assez impressionnant, il faut dire. Il a des vers et une infection dans l'oreille. Je dois le vermifuger, lui mettre des gouttes et lui donner des cachets. Alice lui a fait un demi-million d'analyses et des piqûres pour remonter son taux de je ne sais plus quoi. Il n'a sûrement jamais été vacciné. Une chance, il n'a pas de parasites dans le cœur. Il faut qu'il prenne du poids. Je dois aussi lui donner des vitamines...

Elle fouilla dans son sac, exhiba la facture.

— Aïe ! fit Xander en y jetant un coup d'œil.

— Et c'est un tarif de faveur.

— Apparemment, cette visite chez le vétérinaire n'était pas inutile. Je t'en rembourserai la moitié.

— Je veux bien, mais baste la dépense... Je crains qu'on ne retrouve jamais son maître. Qu'est-ce que je vais faire de lui ?

Un homme en combinaison grise et casquette au logo du garage se retourna vers eux tout en insérant des pièces dans le distributeur de boissons.

— La Chevy est presque terminée, patron.

— Elle sera prête à 16 heures ?

— Même avant.

— Je passerai un coup de fil à Syl.

Le chien tirailla sur sa laisse, et comme Naomi la tenait moins serrée, il lui échappa pour aller renifler les chaussures du mécanicien.

— Salut, toi. Vous avez un beau chien, M'dame.

— Ce n'est pas le mien, dit-elle en regardant Xander d'un air désespéré.

— Tu n'en veux pas un deuxième, Pete ?

— Si ce n'était que de moi, ce serait avec plaisir, mais Carol m'étranglerait. Dommage, il a l'air sympa comme tout.

Là-dessus, Pete retourna à ses occupations, tandis que le chien s'éloignait vers le fond du garage, la truffe au sol.

— Comment a-t-il dormi ?

— Qui ? Le chien ? Bien. J'ai été obligée de me lever à 5 heures du matin, parce qu'il était posté à côté du lit. Il m'a fichu une trouille bleue.

— Donc il est propre.

— On dirait. Quoi qu'il en soit, je ne veux pas...

— Tu habites loin de tout. Tu serais plus en sécurité avec un chien.

— Je vais faire installer une alarme.

— Il te tiendrait compagnie.

— J'aime la solitude.

— Tu es une dure.

Le chien revint vers eux, la queue frétillante, rapportant un chiffon à Naomi d'un air content de lui.

— Il t'aime.

— Parce qu'il m'offre un chiffon dégueulasse qu'il a trouvé par terre ?

— Ouais. Tu t'y feras. En attendant, je te rembourserai la moitié de la note, et je poursuis mon enquête pour voir si quelqu'un le cherche ou serait disposé à l'adopter.

Naomi retira un flyer de son sac.

— Affiche ça.

Xander la regarda attentivement.

— Belle photo.

— Bon, j'ai du boulot. À cause de lui, j'ai perdu toute la matinée.

— Tu m'invites à dîner ?

— En quel honneur ?

— Je lui donnerai ses médicaments du soir. Tu as dit que tu cuisinais bien.

Elle le toisa froidement.

— Ce n'est pas ma cuisine qui t'intéresse.

— Pas seulement, mais aussi.

— Je n'ai ni table ni chaises, même pas d'assiettes. Je ne coucherai pas avec toi, et je ne garderai pas ce clébard.

Énervée contre lui et contre elle-même, elle attrapa la laisse et tourna les talons.

— Tu es joueuse ?

— Non, répondit-elle par-dessus son épaule.

— Dommage. J'aurais parié que tu reviendrais sur ces deux décisions.

« Pas de risque », s'abstint-elle de répliquer.

Elle ne s'aperçut pas avant d'être rentrée chez elle que le chien avait gardé le chiffon plein de cambouis. Quand elle essaya de le lui prendre, il crut qu'il s'agissait d'un jeu, si bien qu'elle renonça et s'assit sur la dernière marche de la véranda. Le chien s'assit à côté d'elle, sa loque entre les dents. Derrière eux, la maison vibrait de coups de marteau et de bruits de scie.

— Mais qu'est-ce que j'ai fait, bon sang ? Je n'aurais pas pu planter une tente dans les bois ?

Pourquoi cette grande baraque pleine de monde ? Pourquoi ce clébard à soigner ?

Amoureusement, il déposa le chiffon graisseux et baveux sur ses genoux.

— Super.

Elle aurait pensé qu'il resterait avec les ouvriers, mais il la suivit le long de l'étroit sentier caillouteux qui descendait au bord de la mer. La prochaine fois, elle s'éclipserait discrètement.

Par chance, il ne se mettait pas dans son angle de champ quand elle prenait des photos. Il ne s'approcha même pas de l'étoile de mer violette, dans un trou d'eau, qu'elle mit un temps fou à cadrer. Après une brève exploration de la crique, il sembla content de somnoler au soleil, tant qu'il ne la perdait pas de vue.

Tout comme il sembla content de se rouler en boule près d'elle quand elle s'installa à son bureau, ou travailla dans son atelier.

Quand elle descendait, il descendait avec elle. Quand elle remontait, il remontait avec elle.

Lorsque la maison retrouva le calme, elle se demanda si les chiens pouvaient souffrir de carences affectives.

Il n'aimait pas les gouttes pour les oreilles, cependant elle remporta la bataille. Les médicaments furent plus faciles à lui administrer. Elle avait l'expérience de Kong, les dissimula dans des tranches de fromage roulées.

Elle dîna sur la terrasse d'un sandwich au fromage grillé. Il mangea à côté d'elle, cette fois sans se jeter sur la nourriture tel un pauvre hère affamé.

Et lorsqu'elle se mit au lit avec son ordinateur portable, pour regarder les robinets et les pommeaux de douche, il se lova dans son panier comme s'il en avait été ainsi toute sa vie.

À 5 heures du matin, elle se réveilla en sursaut, les yeux du chien rivés aux siens, son haleine canine sur le visage.

Xander lui fit parvenir la moitié de la note du vétérinaire par l'intermédiaire de Kevin, avec un message indiquant qu'il partagerait également les frais à venir.

Deux jours plus tard, il apporta un autre sac de croquettes, un nouvel os à mâcher, et le plus grand paquet de biscuits pour chiens que Naomi ait jamais vu.

Elle se demanda s'il avait fait exprès d'arriver quelques minutes après le départ des ouvriers, ou si ce n'était qu'un hasard. En tout cas, le chien paraissait ravi de le voir, et ils chahutèrent un moment ensemble.

— Il reprend du poil de la bête, dit Xander en lançant une balle de tennis après laquelle le chien se rua ventre à terre.

— Personne n'a répondu à notre avis de recherche.

— Il va falloir te faire une raison, Slim : tu as un chien. Comment s'appelle-t-il ?

— Je ne veux pas lui donner de nom.

Sinon, elle était fichue.

— Comment l'appelles-tu ?

— Le chien.

Celui-ci rapporta la balle, Xander la lança de nouveau.

— Tu n'as vraiment pas de cœur.

— Si c'était le cas, il ne serait pas là. Si jamais je suis obligée de le garder plus longtemps, je devrai le faire castrer.

Xander le regarda avec pitié.

— Eh ouais, mon grand, désolé… Tu devrais tout de même essayer de lui trouver un nom.

— Non, je… Elle s'interrompit. Il ne servait à rien d'épiloguer. Alice m'a dit que le tien s'appelait Milo. Pourquoi ce nom ?

— Milo Minderbinder.

— *Catch-22* ?

— Ouais. Je venais de le lire. Déjà tout petit, le chien était aussi magouilleur que le Milo du bouquin. Tu m'invites à entrer ?

— Non, toujours pas.

— Tu as encore le temps de te raviser, je maintiens mon pari. Tu attends de la visite ? demanda Xander en entendant le bruit d'un véhicule qui approchait.

— Non.

Le chien aboya, revint se poster auprès de Naomi.

— Ça, c'est du chien de garde.

— Je peux très bien me garder toute seule.

Instinctivement, elle glissa la main dans sa poche, la referma autour de son couteau pliant.

Un gros camion gravissait la route, immatriculé à New York.

Le chauffeur, jeune, le regard rieur, se pencha par la vitre.

— Naomi Carson ?

— Oui.

— On arrive un peu tard, désolés… On a fait quelques détours avant de trouver l'adresse.

— Je n'ai rien commandé à New York. Vous avez traversé tout le pays ?

— Oui, M'dame, en cinquante-cinq heures et vingt-six minutes.

Il sauta à bas de la cabine et donna une caresse au chien, tandis que son collègue descendait de l'autre côté.

— Pour… ? demanda Naomi.

— Pardon ?

— Je ne comprends pas ce que vous faites là.

— Chuck et moi sommes chargés de vous livrer un cadeau, de la part de Seth Carson et Harry Dobbs. On est payés aussi pour le déballage et le montage dans la pièce de votre choix. Ils ont choisi le service en gants blancs.

— Quand ?

— Il y a un peu plus de cinquante-cinq heures et vingt-six minutes. Il s'agit d'un sacré beau lit, M'dame, plus deux ou trois paquets.

Le dénommé Chuck lui tendit un formulaire à signer. Elle reconnut le nom du magasin d'ameublement favori de ses oncles.

— Vous avez besoin d'un coup de main ? proposa Xander.

— Une troisième paire de bras ne sera pas de trop, répondit le chauffeur en roulant des épaules, avec un sourire de sincère gratitude.

Le lit était emballé : Naomi ne voyait pas s'il était sacrément beau, mais il était sacrément grand. Tandis que les hommes, suivis par le chien, le hissaient dans l'escalier, laborieusement, elle transporta les colis, un à un. Puis elle se munit d'un cutter et ouvrit le premier, qui contenait quatre grands oreillers en plume.

Dans le second, elle découvrit des coussins, une couette en duvet, sobre et élégante, d'un ton de bleu plus soutenu que ses murs, et les taies d'oreiller assorties. Dans le troisième, deux paires de draps en coton égyptien blanc-sur-blanc, et un petit mot manuscrit.

« Notre amour a besoin d'un lit. En voici un dans lequel elle fera de beaux rêves. Nous avons su qu'il était pour toi dès l'instant où nous l'avons vu. Nous t'embrassons, Seth et Harry. »

— Adorables…, soupira-t-elle.

Et elle monta le premier des cartons à l'étage.

Afin de ne pas déranger les hommes – ni le chien – affairés dans sa chambre, elle redescendit aussitôt, prépara des boissons fraîches et les leur apporta.

— Merci, c'est sympa. On vous débarrassera de tous les emballages, ne vous inquiétez pas. On a reçu des consignes précises. Le montage risque de prendre un certain temps.

— OK, pas de problème.

— On le met où, le lit ? Là où il y a déjà le matelas ?

— Je… Oui, parfait. Excusez-moi, je dois passer un coup de téléphone.

Laissant les hommes à leur tâche, elle appela New York, et passa vingt minutes avec Seth – Harry était au restaurant. La joie de son oncle était perceptible, même à quatre mille kilomètres.

Elle ne lui dit pas qu'elle avait arrêté son choix sur un autre style de lit, qu'elle avait même prévu d'aller passer une journée à Seattle pour voir si elle trouvait ce qu'elle voulait. Celui qu'ils lui avaient offert lui serait d'autant plus précieux qu'il s'agissait d'un cadeau.

En remontant dans la chambre, elle en resta bouche bée. Ils avaient installé le matelas sur le cadre et fixaient le pied et la tête de lit.

— Waouh...

— Il est chouette, hein ?

Elle se tourna vers le chauffeur, dont elle ignorait le nom, puis de nouveau vers le lit.

— Magnifique, superbe.

— Et attendez qu'on ait monté le baldaquin...

Pieds chantournés, colonnes torsadées, dans le plus pur style Chippendale, se dit-elle ; l'éducation de Seth et Harry n'avait pas été vaine.

Acajou, avec une frise en citronnier de Ceylan. Les nuances du bois, riches, chaleureuses, rehaussaient la teinte tendre des murs.

Si une femme ne faisait pas de beaux rêves dans un lit pareil, elle avait besoin d'une psychothérapie.

— Ça va, M'dame ?

Elle parvint à hocher la tête.

— Excusez-moi, je n'ai pas retenu votre nom.

— Josh. Josh et Chuck.

— Merci, Josh, ça va. Vous aviez raison, c'est un sacrément beau lit.

Quand ils eurent terminé, elle les gratifia d'un généreux pourboire puis leur donna des boissons fraîches pour la route. Et elle retourna contempler le lit, la lumière du soir jouant sur le bois ouvragé, faisant ressortir les détails.

— Tu as de sacrés oncles, commenta Xander.

— Ils sont formidables.

— Tu as envie de pleurer ?

Elle secoua la tête, se frotta les yeux.

— Non, je déteste pleurer, ça ne sert à rien. Je leur ai parlé sur FaceTime dimanche. En moins d'une semaine, ils m'ont fait expédier un lit, une couette, des draps, des oreillers. Et ils ont fait le choix parfait, pour moi, pour la chambre, pour la maison.

Elle avait beau lutter, les larmes lui brûlaient les yeux.

— Non, je ne vais pas pleurer, je vais cuisiner. Je n'ai toujours pas de vaisselle ni de table, mais nous mangerons sur la terrasse dans des assiettes en carton. Ce sera ta rétribution pour avoir participé au montage du lit.

— Cool. Qu'y a-t-il au menu ?

— Je n'ai pas encore décidé. Pour l'instant, je boirais volontiers un verre de vin. Je suis émue, et j'ai la nostalgie de ma famille.

— Tu as de la bière ?

— Je pense.

— Dans ce cas, j'en veux bien une.

— Pas de problème.

En quittant la chambre, elle se retourna vers Xander.

— Je n'ai toujours pas l'intention de coucher avec toi.

— Une bière et un dîner, c'est déjà un début, répliqua-t-il avec un sourire malicieux.

Un début et une fin, pensa-t-elle.

Le chien leur emboîta le pas.

Xander la regarda cuisiner. Il n'avait jamais vu personne cuisiner avec une telle dextérité. Les ustensiles et les ingrédients valsaient, ceci dans une poêle, cela dans une casserole. Elle éminçait à toute vitesse, incorporait en un tournemain.

Le chien l'observait lui aussi, se léchant ostensiblement les babines dès que les arômes commencèrent à fleurer.

— Que prépares-tu ?

— Chez nous, on appelle ça des « pâtes à la volée ».

Elle déposa des olives, de grosses olives, sur une planche à découper, les frappa du plat d'un couteau pour en extraire le noyau. Autre chose que Xander n'avait jamais vu faire.

— On n'en trouve pas des dénoyautées ?

— Ce sont des olives de Kalamata, mon cher ami. Elles méritent un peu de travail supplémentaire. S'il y a des ingrédients que tu n'aimes pas, tu les laisseras de côté.

— Je ne suis pas difficile.

— Tant mieux.

Elle râpa du fromage. Il faillit lui demander pourquoi elle ne l'achetait pas râpé mais s'en abstint, devinant la réponse.

Puis elle ajouta des tomates cerise dans la poêle, des herbes, et remua en marmonnant qu'elle aurait dû acheter du basilic frais.

— Il faut absolument que je m'équipe, avant que Harry me fasse livrer du matos de cuisine.

— Tu m'as l'air déjà plutôt bien équipée.

— Je vais acheter des ustensiles de pro, il sera épaté. Je m'épate moi-même, d'ailleurs. Avant tout, il me faut des bons couteaux. À rajouter sur la liste.

Il prenait plaisir à regarder ses gestes sûrs et vifs, et tout autant à l'écouter : elle avait une voix grave, comme il les aimait.

— Qu'y a-t-il d'autre sur cette liste ?

— Peindre les chambres d'amis que je réserve à mon frère, mes oncles, mes grands-parents. Après quoi, je rends mes rouleaux et mes pinceaux. La peinture n'est vraiment pas ma tasse de thé.

— Embauche des peintres.

— Je peux bien peindre deux chambres de plus, dans cette maison ridiculement grande. Il va falloir aussi que je trouve des meubles dignes de ce lit.

Elle égoutta les pâtes, des petits tubes, puis les transféra dans la sauteuse, avec les olives et le fromage, y donna un tour de cuillère.

— Les assiettes sont dans ce placard, là, avec les serviettes en papier et une boîte de couverts en plastique.

— Trouvé.

Elle remplit deux assiettes, les garnit de tranches de pain italien beurrées, saupoudrées d'herbes et grillées.

— Ça a l'air délicieux.

— Ce serait plus présentable sur les assiettes que j'ai commandées, mais ça ne devrait pas être mauvais.

Elle donna une assiette à Xander, prit la deuxième et le précéda sur la terrasse. Puis elle lui tendit son assiette.

— Tu peux la tenir deux secondes, s'il te plaît, pendant que je donne à manger au chien ?

L'intéressé la regarda verser des croquettes dans sa gamelle puis leva un regard implorant vers Xander et ses deux assiettes de pâtes odorantes. Sa queue retomba, et Xander jura l'entendre soupirer de déception.

Naomi prit place sur le banc, regarda le chien qui la regardait.

— Tu as ton repas, j'ai le mien, c'est comme ça.

— Cœur de pierre.

— Peut-être.

Xander s'installa et goûta à ces « pâtes à la volée », préparées comme par magie, non sans quelque maniaquerie, en une vingtaine de minutes.

— C'est très bon. Vraiment très bon.

— Pas mauvais. Ç'aurait été meilleur avec des herbes fraîches. Il faudra que j'en plante.

Elle était plus à l'aise qu'elle ne l'aurait pensé, à partager ce dîner improvisé avec lui sous le regard suppliant du chien – qui avait terminé et léché sa gamelle. La vue, sans doute, contribuait à détendre l'atmosphère : la douce lueur du crépuscule, mauve pâle, au-dessus de la mer et des falaises verdoyantes. Le vin y participait aussi. Néanmoins, elle devait mettre les points sur les i :

— Tu sais pourquoi je ne coucherai pas avec toi ?

— Dis-moi.

— Tu habites ici, et pour l'instant, moi aussi.

— Pour l'instant ? Si tu parles d'acheter du matos de cuisine, j'imagine que ce n'est pas pour déménager demain.

— Depuis que j'ai quitté New York, je ne suis jamais restée au même endroit plus de quelques mois. Mais là n'est pas la question. Tu es ami avec Kevin et Jenny, de longue date. S'il se passe quelque chose entre nous – ce qui n'arrivera pas –, la situation risque de devenir compliquée, vu que ton ami travaille pour moi.

— Nul, comme argument, rétorqua Xander en mangeant ses pâtes.

— Tout à fait sensé, pour moi qui suis en plein chantier. De plus, tu es le seul garagiste du coin, et il se peut que j'aie besoin d'un garagiste.

Pensif, il croqua une bouchée de pain.

— Tes réparations seront plus vite faites si tu sors avec un garagiste.

En riant, elle secoua la tête.

— Mais pas si l'aventure tourne court. Ensuite, il faut que je travaille, pour payer cette maison et ces travaux pharaoniques. Je n'ai pas de temps pour une relation.

— On trouve toujours le temps quand on veut. La prochaine fois, j'apporterai une pizza. Comme ça, on fera l'amour pendant le temps que tu aurais passé aux fourneaux.

— Voilà qui ne plaide pas en faveur de… tes performances.

— J'essaye de m'adapter à ton planning.

— Sympa, mais tout à fait vain. Je ne te connais pas, et je n'ai pas l'habitude de tomber dans les bras d'un inconnu.

— Enfin une parole sensée. Je te rappelle toutefois que je suis ami de longue date avec Kev et Jenny. Ils t'auraient mise en garde si j'étais un dangereux psychopathe.

Elle arrêta son regard sur le paysage.

— Les gens que l'on croit connaître cachent parfois une face obscure.

Faisait-elle allusion à un vécu ? se demanda Xander. Elle n'avait pas dit cela par hasard, il en était certain. Cependant, au lieu de se montrer curieux, il opta pour une autre stratégie.

Il se pencha vers elle et prit son visage dans une main, couvrit ses lèvres des siennes. Fermes, chaudes, farouches.

Il savait quand une femme le désirait – et celle-ci le désirait. Il le sentait à la façon dont elle lui rendait son baiser, l'entendait dans ce ronronnement de gorge, le percevait dans le frisson qui la parcourut.

Avec une autre, ces vibrations n'auraient pas tardé à les conduire dans ce fabuleux lit à baldaquin.

Mais elle s'écarta, ses fascinants yeux verts rivés aux siens.

— Tu viens de me donner un excellent argument en ta faveur, auquel je n'ai rien à opposer, mais… Comme je l'ai dit au chien, c'est comme ça.

— Pour aujourd'hui.

Pour aujourd'hui, il voulait bien se contenter d'une assiette de pâtes, de la vue sur la mer, des mystères de cette femme envoûtante. Elle était une énigme, à lui de la décrypter. Tôt ou tard, il percerait ses secrets.

10

Elle se remit au travail. Puisque le travail était la première des raisons qu'elle avait invoquées pour ne pas coucher avec Xander, elle se devait d'être honnête avec elle-même.

Le chien la suivit lorsqu'elle sortit prendre des photos. Elle n'accrochait plus la laisse à sa ceinture, comme elle l'avait fait pendant quelques jours quand elle allait se promener dans les bois ou au bord de la mer. Tous deux détestaient cette solution.

De toute façon, il ne s'éloignait jamais. Il poursuivait les écureuils, aboyait après les oiseaux, reniflait les traces et les crottes de chevreuil pendant qu'elle composait ses prises de vue : fleurs sauvages, arbres, longues étendues d'eau sous les rayons du soleil ou dans l'ombre.

Elle réalisa également une série de photos du chien.

Quand elle travaillait sur son ordinateur, il somnolait devant la cheminée ; elle avait fait installer des bûches à gaz, particulièrement appréciables les journées maussades. De temps à autre, le chien descendait voir les ouvriers ou jouer avec Molly si elle était là ; mais il revenait toujours auprès de

Naomi, levait vers elle un regard interrogateur, comme pour lui demander si elle avait terminé. Si ce n'était pas le cas, il se recouchait à ses pieds, souvent avec quelque chose dans la gueule : un gant de travail égaré, un marteau.

Le travail assidu payait. Elle reçut un gros chèque de la galerie new-yorkaise, et voyait son compte PayPal prospérer.

Apparemment, les gens aimaient les photos de chien.

Comme convenu, Jenny vint visiter la maison.

— Je ne sais pas ce que je vous envie le plus, la vue ou le lit…, soupira-t-elle en découvrant la chambre.

— C'est un bonheur de contempler la vue depuis le lit.

— Ça doit être magique de la voir chaque matin en ouvrant les yeux. Kevin m'a dit que vos oncles avaient fait expédier le lit depuis l'autre bout du pays…

— Oui. Si je ne me dépêche pas d'acheter des meubles, ils sont capables de m'en faire livrer.

— Venez faire du shopping avec moi ! s'exclama Jenny en sautillant et en frappant dans ses mains.

— Maintenant ?

— Je ne travaille pas aujourd'hui, Maddy et Ty sont à l'école. J'ai… Elle consulta l'heure sur son téléphone et précisa : j'ai cinq heures devant moi avant d'aller les chercher. Si vous aimez l'ancien et que vous n'avez pas peur de retaper ou de rafistoler, je connais une brocante fabuleuse.

Naomi hésita un instant puis songea à la coquette somme qu'elle venait d'encaisser.

— OK, acquiesça-t-elle. Allons y faire un tour.

— Super ! On trouvera peut-être de la vaisselle.

— J'en ai commandé. Venez, je vais vous montrer.

Elles se penchèrent toutes deux devant l'écran de l'ordinateur.

— Les assiettes sont en verre recyclé, j'ai trouvé ça sympa. Et j'ai pris des plats de service blancs. Il me semble que le blanc…

— Vous avez fait un excellent choix, j'aime beaucoup. Et vous n'avez toujours pas de table ?

— Ce n'est pas le plus urgent, je n'ai pas l'intention d'inviter du monde tout de suite. Mais il me faut des tabourets. Et une commode. Mes vêtements sont toujours dans des cartons. Ce serait quand même plus pratique de les ranger dans des tiroirs.

— On en trouvera une.

Naomi ne pensait pas emmener le chien, mais il sauta dans la voiture et se faufila entre les sièges avant pour s'installer sur la banquette arrière, la langue pendante d'excitation.

— Il est trop mignon ! C'est une bonne chose d'avoir un chien quand on habite loin de tout, et c'est une bonne chose d'avoir un gentil chien de toute façon. Comment s'appelle-t-il ?

— Il n'a pas de nom.

— Oh ! Naomi, il faut lui en donner un.

— Ses maîtres vont peut-être…

— Combien y a-t-il de temps que vous l'avez trouvé ?

— Deux semaines et demie, soupira Naomi en se massant la nuque. J'ai rendez-vous demain pour le faire castrer. Si vous le voulez…

— Nous avons déjà Molly, merci. On prendra peut-être un chiot, d'ici quelque temps, pour lui tenir compagnie, et pour que les enfants le voient grandir. Celui-ci est déjà adulte, et il est à vous.

Naomi jeta un coup d'œil dans le rétroviseur. Incontestablement, le chien lui souriait.

— Disons que je l'accueille temporairement.

— Il est heureux avec vous.

— Ouais… La brocante est en ville ? demanda Naomi en mettant le contact puis en chaussant ses lunettes de soleil.

— Un peu en dehors, je vous guiderai.

Elle ne se rappelait pas la dernière fois où elle avait fait du shopping avec une amie, ni même de la dernière personne avec qui elle s'était liée d'amitié. Du reste, le shopping n'était pas sa tasse de thé, au grand dam de ses oncles.

Elle n'achetait que le strict nécessaire et, souvent, elle le commandait sur Internet.

Puisqu'elle était en voiture, elle s'arrêterait à la quincaillerie au retour, et achèterait de la peinture vert mousse pour la chambre de Mason.

Elle aimait bien Jenny. D'ailleurs, il devait être impossible de ne pas l'apprécier : toujours d'humeur enjouée, enthousiaste, positive, ne posant jamais de questions indiscrètes.

Devant une immense grange, à quelques kilomètres de la côte, celle-ci lui dit de se garer.

— Dommage que je n'aie pas mon appareil photo, dit Naomi en retirant un étui du casier entre les sièges.

— Qu'est-ce que c'est ?

— Des objectifs et des filtres qui s'adaptent sur mon téléphone.

— C'est vrai ? Je ne savais même pas que ça existait.

— Ça dépanne. J'adore ces vieilles granges en bardeaux rouges. Avec ce vieux pommier et cette lumière, je devrais pouvoir faire quelque chose de bien.

— Vous ne voulez pas aller voir à l'intérieur ?

— Bien sûr que si. J'en ai pour cinq minutes.

Elle avait l'intention de laisser le chien dans la voiture, mais il en avait décidé autrement, si bien qu'elle prit la laisse rangée dans la boîte à gants.

— Si tu viens avec nous, c'est attaché.

Il la défia du regard, en pure perte.

— Je le tiens, si vous voulez, pendant que vous prenez des photos.

— Merci. Il déteste la laisse.

— Je le comprends. Ce n'est pas grave, mon grand. On dira que c'est toi qui me conduis, OK ?

Ironiquement, il se comporta avec une grande docilité, trottinant joyeusement au côté de Jenny, reniflant un coin où lever la patte, tandis que Naomi cadrait, fixait ses objectifs, réglait les filtres.

Elle reviendrait avec son équipement, se promit-elle, de préférence par temps couvert. Les contrastes seraient prodigieux sous un ciel menaçant.

Elle fit d'autres clichés à l'intérieur. La grange était immense, pleine à craquer de meubles, de bibelots en tous genres et d'objets de collection.

Bien qu'elle eût décidé de s'équiper d'une table de travail neuve et moderne, pourvue d'un tiroir à clavier, de prises, etc., un vieux bureau retint son attention.

Il était noirci par les ans et les tiroirs coinçaient. Les coulisses et les poignées devaient être changées. Il ne correspondait en rien à ce qu'elle avait en tête. Néanmoins, elle était séduite.

— Il a une forme très harmonieuse, déclara Jenny. Suffisamment de tiroirs. En revanche, il est en mauvais état. Et il faudra marchander, chuchota-t-elle en regardant le prix.

— C'est du costaud, du massif. De l'acajou. Je cherchais autre chose, mais il me plaît beaucoup.

— Ne le dites surtout pas à Cecil, le brocanteur. Prenez un air sceptique quand vous discuterez avec lui. Vous aurez besoin d'un bon siège, ergonomique, qui soutienne bien les lombaires. Kevin m'a dit que vous passiez beaucoup de temps à votre bureau.

— C'est vrai. L'ordinateur a remplacé la chambre noire. Ceci dit, je vais aménager un petit studio de développement. J'aime bien faire des photos argentiques, de temps en temps. C'est un lampadaire, cette sirène ?

— On dirait.

— En bronze..., murmura Naomi en la photographiant.

— Je vais faire un tour avec Sans-nom.

— Je vous rejoins.

Elle se sentait sous le charme, c'était idiot. Elle n'avait pas besoin d'un lampadaire, encore moins d'une sirène en bronze aux yeux aussi aguicheurs que la poitrine. Mais elle la trouvait belle.

Ne le dis pas à Cecil, se remémora-t-elle en essayant de retrouver Jenny et le chien dans un labyrinthe d'objets tous plus fascinants les uns que les autres.

Ce fut Jenny qui la retrouva.

— Ne me maudissez pas.

— Il y a des gens qui vous maudissent ?

— La fille avec qui Kevin sortait quand il était au lycée.

— Parce que c'est une vipère.

— Vous connaissez Candy ?

— Candy ? Un prénom de chipie. Qui s'habille en rose.

— J'ai une cousine qui s'appelle Candy, adorable. Enfin bref, ne me maudissez pas, je crois que j'ai trouvé votre commode.

— Pourquoi vous maudirais-je ?

— Elle coûte les yeux de la tête. Mais on devrait pouvoir négocier, surtout si vous prenez aussi le bureau.

— Et la sirène.

— Sérieusement ? demanda Jenny en riant et en renversant la tête. Elle est magnifique. Je pensais que c'était son kitsch qui vous intéressait, juste pour les photos, mais elle ira très bien chez vous.

— J'espère. Allons voir la commode. Si je vous maudis, vous devrez rentrer à pied.

Il y avait des avantages, découvrit Naomi, à faire du shopping avec une amie – surtout lorsque celle-ci avait du goût et le regard avisé. La commode était d'un style plutôt masculin, simple, sans fioritures, ce qui permettait de l'assortir assez librement. En bon état, étonnamment. Naomi changerait les poignées en cuivre, qu'elle trouvait ringardes, ainsi que le fond de l'un des tiroirs, fendu, mais c'était exactement ce qui lui convenait.

Le prix la fit toutefois tiquer.

— On va le faire baisser, vous allez voir, chuchota Jenny en lui décochant un petit coup de coude entendu.

Barbe grise, salopette et chapeau de paille, Cecil avait peut-être plus de quatre-vingts ans, mais conservait le sens des affaires.

Cela dit, Jenny aussi.

Naomi intervint à une ou deux reprises dans la négociation, par acquit de conscience ; mais ce fut Jenny, avec humour et ténacité, qui parvint à obtenir un rabais de vingt pour cent, quand Naomi n'en espérait que dix.

À trois, ils chargèrent la commode dans le 4 × 4. Cecil n'était plus tout jeune, mais encore fort comme un bœuf.

— Kevin viendra chercher les autres pièces, lui dit Jenny.

— Oh non ! je me débrouillerai, protesta Naomi.

— Si, si, il passera un soir après le travail, ou un matin. N'oubliez pas, Cecil, que Naomi a une grande maison à meubler. Vous nous reverrez sans doute bientôt. Surtout si vos tarifs sont attractifs, ajouta-t-elle avec un clin d'œil.

Le chien se casa derrière la commode, et Jenny s'installa sur le siège passager.

— On a passé un bon moment, non ?

— Je suis épatée par vos talents de marchandage. Merci, du fond du cœur. Ce ne sera pas la peine que Kevin se dérange, je reviendrai chercher le reste moi-même.

— Si vous voulez que je retape le bureau, il l'apportera directement à la maison, dans mon atelier.

— Vous avez un atelier ?

— Je rénove des meubles et des objets de déco. Je ne voulais pas vous le dire tout de suite, pour ne pas vous mettre mal à l'aise, ou que vous vous sentiez obligée. Mais ça me fera vraiment plaisir si vous me confiez le bureau. Je vous en ferai quelque chose de somptueux, vous pouvez me croire.

— Je n'en doute pas une seconde. Marché conclu.

— C'est vrai ? Youpi ! Venez dîner dimanche à la maison, je vous montrerai mon petit atelier. Kevin ne voulait pas vous importuner, mais je meurs d'envie de vous inviter. Je retape un banc, en ce moment, qui irait très bien sur le balcon de votre chambre. Un vieux banc en fer forgé avec un grand dossier arrondi. Vous pouvez amener le chien, pas de problème. Les enfants l'adoreront.

Naomi cherchait déjà un prétexte, mais la curiosité l'emporta.

— Je serais ravie de visiter votre atelier, mais vous n'êtes pas obligée de m'inviter.

— Tout le plaisir sera pour moi. Nous soupons tôt, en général, le dimanche. Venez quand vous voudrez à partir de 16 heures. Ça me laissera le temps de vous montrer mon atelier, et les petits joueront avec le chien.

— Entendu. J'apporterai le dessert.

De bon matin, par une journée s'annonçant radieuse, Naomi extirpa de ses cartons un legging et un tee-shirt à manches longues. Elle ne voulait pas utiliser la commode tant que Kevin n'avait pas réparé le tiroir et changé les poignées.

Quand elle se dirigea vers sa voiture, désinvolte, le chien la suivit et grimpa à l'arrière avec son sourire content de lui.

Il ignorait ce qui l'attendait.

Sur le parking du cabinet vétérinaire, il commença toutefois à se méfier.

— Cette fois, tu as raison d'avoir peur, mais tu ne le sais pas. Allez viens, courage.

Elle le tira, l'amadoua avec une balle de tennis, toute nourriture lui étant interdite avant l'opération.

— Elles ne te manqueront pas, lui dit-elle, puis elle secoua la tête. Enfin si, sûrement. Je n'aurais pas envie qu'on me coupe quoi que ce soit. Mais tu n'as pas le choix, OK ? Ce n'est qu'un mauvais moment à passer.

Elle le traîna à travers la salle d'attente déserte – elle avait demandé le premier rendez-vous de la journée.

— Bonjour copain, le salua Alice en le cajolant afin de le mettre en confiance. Nous allons le conduire au bloc. Ne vous en faites pas, c'est une intervention banale, un peu plus délicate, parfois, chez les chiens adultes, mais rien de bien compliqué. Nous le garderons ensuite quelques heures en observation.

— OK. Appelez-moi quand je pourrai revenir le chercher. Bon courage, dit Naomi au chien en lui caressant la tête.

Quand elle fit mine de prendre congé, il émit un long gémissement plaintif, comme lorsqu'il entendait une sirène. Elle se retourna, croisa ses yeux bleus pleins de tristesse et de crainte.

— Mince !

— Faites-lui comprendre que vous reviendrez, lui conseilla Alice. Vous êtes son alpha.

— Mince ! répéta-t-elle en s'accroupissant auprès du chien. Je reviens te chercher tout à l'heure, OK ? dit-elle en lui prenant la tête entre ses mains, émue par son regard débordant d'amour. Tout se passera bien, n'aie pas peur. Après, on rentrera à la maison. Mais tu dois d'abord en passer par là. Je t'achèterai un cadeau.

Il lui lécha la joue, posa le museau sur son épaule.

— Il vous enlacerait s'il le pouvait, commenta Alice.

Le cœur gros, Naomi le serra entre ses bras.

— Je reviens, promis.

Il gémit quand elle se redressa, pleura quand elle tourna les talons.

— Tout se passera bien, assura la vétérinaire.

Le chien poussa un hurlement déchirant. Naomi le quitta, chavirée.

Elle lui acheta un petit chat en peluche, une balle qui couinait et se dit qu'elle regretterait ces deux achats. Néanmoins, elle prit aussi une corde à jouer, et une brosse.

Puis elle rentra, s'installa devant son ordinateur. Mais ne parvenant pas à se concentrer, elle enfila sa tenue de bricolage. Elle n'avait pas besoin d'être créative pour peindre une chambre.

Tout en lessivant les murs, elle s'imagina la meubler. Un lit bateau, peut-être, gris foncé. Mason s'y plairait quand il viendrait en visite. Ou bien un lit ancien en fer forgé. Gris dans tous les cas. Le gris s'accorderait avec le vert des murs.

Pourquoi Alice n'appelait-elle pas ?

Furieuse contre elle-même, elle enfreignit l'une de ses règles d'or : alors qu'elle s'interdisait de déranger les ouvriers excepté pour les prendre en photo, elle descendit voir où ils en étaient.

Ils avaient posé la sous-couche sur les murs du salon ; elle n'avait pas encore décidé de la couleur. Le manteau de la cheminée, qui devrait être rénové, lui fit penser à Jenny. Si elle était contente du bureau, Naomi lui confierait la cheminée.

Elle arpenta la pièce, regarda par les fenêtres. Elle devrait peut-être faire appel à un paysagiste, mais elle tenait à s'occuper elle-même d'une partie des aménagements extérieurs. Dans tous les cas, ceux-ci devraient attendre que le gros des travaux soit terminé à l'intérieur et que les ouvriers cessent de piétiner le terrain.

Elle passa dans la pièce attenante, un espace exigu et biscornu appelé à devenir une petite bibliothèque. Elle avait rarement le temps de lire, ou ne le prenait pas, mais elle se voyait tout à fait avec un bon roman devant un feu de bois par une journée pluvieuse ou une soirée d'hiver.

Kevin et la pulpeuse Macie, menuisière de son état, montaient la première des étagères encastrées sur la droite de la cheminée.

— Oh, Kevin…

Il se retourna, ajusta la visière de sa casquette avec un grand sourire.

— Allez-y, dites-le : vous aviez raison, j'avais tort.

— Je ne savais pas qu'elles étaient prêtes.

— On voulait vous faire la surprise. Franchement, je vous félicite de m'avoir tenu tête. Ç'aurait été idiot d'abattre la cloison. Vous aurez là un petit coin douillet, lumineux et… comment tu disais, Macie ?

— Coquet. Cette pièce aura du charme, surtout quand on aura posé la moulure.

— Le bois est splendide, et vous avez fait un travail d'orfèvre.

— On est doués, pas vrai, Mace ?

— Si tu le dis…, répliqua la menuisière.

— Vous aviez raison, aussi, pour la hauteur des étagères du sol au plafond. Elles donnent un effet de volume.

— Il faudra que je me fasse envoyer mes bouquins. En général, je lis sur ma tablette, mais j'ai deux ou trois caisses de livres chez mes oncles.

— Si vous en voulez plus, vous n'aurez qu'à demander à Xander.

— Pourquoi ?

— Il a des bouquins partout, chez lui, répondit Macie.

Kevin retira un niveau à bulles de sa ceinture à outils, le posa sur l'un des rayonnages.

— Ce n'est rien de le dire, ajouta-t-il. Il en donne régulièrement à des associations, mais la plupart il les garde. Si vous voulez remplir vos étagères, il faut lui en toucher un mot.

— Je verrai… Elle sursauta en sentant son téléphone vibrer dans sa poche. La vétérinaire, chuchota-t-elle. Oui, c'est moi. OK. D'accord. C'est vrai ? Submergée de soulagement, elle se passa une main sur le visage. Super. J'arrive. Non, je serai là dans quelques minutes. Merci.

Avec un soupir, elle rempocha son téléphone.

— Je vais chercher le chien et je reviens.

— Oh ! Au cas où je ne vous reverrais pas, vous êtes dans le journal.

— Dans quoi ?

— Le journal. Je vous l'ai laissé dans la cuisine.

— Pour quelle raison ? demanda-t-elle en s'efforçant de maîtriser sa voix.

— Le *Cove Chronicle* a fait un chouette papier sur la réhabilitation de la maison. La gazette locale… Elle paraît tous les mois.

— Oh…

La gazette locale. Ouf… Il n'y avait pas lieu de s'affoler. À part les gens du coin, personne ne verrait cet article.

— J'en ai acheté un exemplaire pour vous. Vous pouvez le garder. Jenny en a plusieurs à la maison, vu qu'on y parle aussi de moi.

— Je le regarderai en rentrant. Merci. Je file chercher le chien.

Elle avait éconduit la journaliste, éditrice, rédactrice en chef : la femme qui avait voulu l'interroger portait sûrement les trois casquettes. Mais ce n'était pas grave. La feuille de chou locale n'était certainement pas lue au-delà de Sunrise Cove, ou du comté. Personne ne ferait le lien entre elle et Thomas David Bowes.

Du reste, elle devait se préoccuper de choses plus importantes.

Elle se rendit à toute allure chez la vétérinaire, marmonna un merci à la réceptionniste qui lui fit signe d'entrer, et trouva Alice occupée à fixer une collerette autour du cou du chien.

Il paraissait un peu sonné, mais il poussa un joyeux aboiement et remua la queue en voyant Naomi.

— Ça s'est bien passé ?

— Impeccable. Il a été sage comme une image. Il a des médicaments, et vous une ordonnance. La collerette l'empêchera d'arracher les points de suture. Il va sûrement dormir jusqu'à demain, et pendant un jour ou deux il risque d'avoir mal et de ne pas vouloir marcher.

— OK, acquiesça Naomi en caressant les oreilles du chien à l'intérieur du cône. Ça va, toi ?

Elle emporta le traitement, la prescription, régla la note et aida le convalescent à monter en voiture.

Il ne dormit pas. Il fit le tour du terrain en reniflant partout, la démarche un peu raide. Il fit le tour des ouvriers en les reniflant et en agitant la queue. Il tourna autour de Molly en la reniflant et en frétillant de la queue.

Il se cognait partout. Dans les murs, les outils, les jambes de Naomi.

Elle l'aida à grimper à l'étage, lui donna le chat en peluche – une erreur, car la collerette l'empêchait de jouer à sa guise.

Interpellée par l'un des ouvriers, elle redescendit. Quand elle remonta, un quart d'heure plus tard, le chien avait réussi à se débarrasser de son carcan et se léchait l'entrejambe.

— Comment as-tu fait pour l'enlever ?

Content de lui, il frappa le sol de la queue.

— C'est fini, tu n'as plus rien ici.

Elle lui remit la collerette, une épreuve de force : il semblait la détester encore plus que la laisse.

Puis elle lui donna un os à mâcher, pensant l'affaire réglée.

Elle se trompait.

Xander estimait avoir laissé passer suffisamment de temps – et il avait l'excuse de devoir s'acquitter de la moitié des frais vétérinaires. Avec un peu de diplomatie, peut-être parviendrait-il à se faire de nouveau inviter. Et avec un peu de chance, peut-être testerait-il ce grand lit de princesse.

L'enjeu méritait le déplacement.

Dès qu'il coupa le moteur de sa moto, le chien lui lança un jappement en se trémoussant de l'arrière-train, et il aurait couru à sa rencontre si Naomi, assise sur les marches de la véranda, ne l'avait fermement retenu.

Xander ôta son casque.

— Qu'est-ce que tu lui fais ?

— Ça ne se voit pas ?

— Tu lui mets un short ?

Un short rouge avec une bande blanche sur le côté, qu'elle ajusta autour du ventre du chien, tant bien que mal, avant de le lâcher.

— Qui donc met un short à un chien ?

— Les gens qui en ont ras le bol de se battre avec lui pour lui remettre sans cesse sa collerette.

Il n'arrête pas de l'enlever. Kevin l'avait collée avec du chatterton, mais il a quand même réussi à s'en débarrasser en moins de cinq minutes, pendant que j'avais le dos tourné. Et quand il l'avait, il se cognait partout. Exprès, je parie. Il la déteste.

— La collerette de la honte ?

— Oui. Résultat des courses, il se retrouve avec le short de l'humiliation. Mais ça n'a pas l'air de le déranger.

— Le short de l'humiliation, répéta Xander avec un sourire amusé. Tu as découpé un trou pour la queue ?

— Kevin avait ce vieux short de jogging dans son camion. J'ai fait appel à mon esprit créatif.

— Comment fera-t-il ses besoins ?

— À ton avis, pourquoi étais-je en train de le lui remettre ?

Naomi plia le bras droit, grimaça, se tâta le biceps.

— Il a fallu que je le lui enlève puis le lui remette. Crois-moi, c'est du sport. Au moins, il ne peut pas mordiller ses points de suture. En fait, il a l'air de les oublier quand il l'a sur lui.

— Tu devrais lui acheter un survêtement, suggéra Xander en s'asseyant à côté d'elle et en caressant le chien. Alice m'a dit que tout s'était bien passé. Je viens te payer ma part.

— Tout s'est bien passé, oui. Je suis épuisée.

— Je peux commander une pizza.

— Non, merci. Oh, et puis flûte ! OK, commande une pizza. J'ai les mollets couverts de bleus et les bras en compote. Notre ami a repris du poil de la bête, je peux te le dire.

Le chien apporta une balle à Xander, qu'il avait manifestement cachée en un lieu connu de lui seul.

— Ne la lance pas. Il ne doit pas courir.

Xander se releva.

— Il y a des trucs que tu n'aimes pas, sur la pizza ?

— Les anchois et l'ananas. À part ça, tout me conviendra.

Le chien déposa la balle aux pieds de Naomi. Voyant qu'elle ne réagissait pas, il posa la tête sur son genou.

— Il n'a toujours pas de nom ?

— Si. Pot de colle. Il ne me lâche pas d'une semelle.

— Podkol ?

Le chien ne pouvait pas encore connaître son nom, mais apparemment, il avait le sens de l'humour : il regarda tour à tour Naomi et Xander puis se fendit de l'un de ses sourires réjouis.

PANORAMA

« Ce monde visible n'est qu'une image
de l'invisible, dans laquelle, comme dans un portrait,
les choses ne sont pas rendues fidèlement,
mais par des formes équivoques. »

SIR THOMAS BROWNE

11

Une ou deux fois par semaine, Xander et Kevin buvaient une bière ensemble après le travail. Parfois, ils se donnaient rendez-vous chez Loo ; mais souvent ils se retrouvaient à l'improviste.

Au débotté, donc, Kevin passa au garage de Xander, en revenant de la scierie et de chez le grossiste en carrelage, et après s'être arrêté une demi-heure chez son électricien.

Il avait l'habitude de jongler entre les chantiers. Celui de Naomi était prioritaire, mais il en avait deux ou trois autres, et cela impliquait de nombreuses allées et venues.

Pour l'instant, il avait envie d'une bière.

Que le portail du garage soit fermé ne signifiait pas que Xander n'était pas là. Que son camion soit garé sur le parking ne garantissait pas non plus sa présence. Il fallait aller voir. Kevin contourna l'atelier, derrière lequel un escalier en zigzag menait à l'appartement de son ami.

De la musique – les Stones – provenait de la station de travail privée de Xander, où celui-ci bichonnait l'amour de sa vie.

Une Pontiac GTO décapotable de 1967.

Kevin l'appelait « la bagnole de la drague ».

— Qui est l'heureuse élue ? demanda-t-il, en criant assez fort pour couvrir la voix de Mick Jagger.

Xander lustrait le bas de caisse.

— Elle avait juste besoin d'une petite toilette. J'ai presque fini.

Xander faisait confiance à ses employés, mais personne, absolument personne d'autre que lui ne touchait à sa GTO. Il y tenait comme à la prunelle de ses yeux.

Il se redressa pour l'examiner d'un œil critique.

Les chromes brillaient, la carrosserie reluisait : rouge, couleur d'origine, entretenue avec le plus grand soin depuis que le grand-père de Xander avait acheté ce petit bijou.

— Si tu vas faire un tour, j'en suis.

— Pas aujourd'hui. On répète ce soir, déclara Xander avec un regard en direction de la vieille horloge de cour de récréation fixée au mur. On joue samedi à Port Townsend, pour le mariage du cousin de Lelo.

— Ah oui, c'est vrai. Tu as le temps de boire une mousse ?

— J'ai une petite heure devant moi, répondit Xander en contemplant une dernière fois sa favorite. Il fait doux, ce soir. On va sur le balcon ?

— Excellente idée.

Ils montèrent à l'appartement. Dans la pièce à vivre, un mur entier disparaissait derrière une bibliothèque pleine à craquer. Le coin salon était meublé en tout et pour tout d'une table de bridge et de quatre chaises pliantes.

La bibliothèque était l'œuvre de Kevin, qui avait aussi fabriqué des étagères pour la chambre et pour la petite pièce qui tenait lieu de bureau.

Xander ouvrit le réfrigérateur, un vieux modèle en vogue dans les années soixante-dix, en sortit deux canettes de St. Pauli Girl, qu'il décapsula à l'aide de l'ouvre-bouteille fixé au mur – une femme nue en métal rouillé.

Puis ils traversèrent la chambre jusqu'à un balcon pas plus grand qu'un timbre-poste, où ils s'installèrent sur deux chaises pliantes.

— Ce sera un grand mariage ?

— Ouais. Je serai content quand il sera passé. La mariée m'envoie des textos toutes les cinq minutes, pour modifier sa playlist.

— Vous allez jouer *La Danse des canards* ?

— Tu m'as bien regardé ? Même sous la torture, je ne m'abaisserai jamais à jouer ces rengaines ridicules, affirma Xander en étendant les jambes.

Il avait placé sa chaise de façon que ses pieds ne dépassent pas du balcon.

— J'ai vu la bibliothèque que tu as faite dans la maison sur la falaise, et le carrelage des toilettes. Joli.

Kevin étendit lui aussi les jambes et savoura sa première gorgée de bière.

— Tu es monté voir Naomi ?

— Ouais. Le chien portait ton short. Permets-moi de te dire qu'il lui va mieux qu'à toi.

— J'ai de très belles jambes.

— Musclées mais velues.

— Ça tient chaud à ma femme en hiver. Naomi a eu une bonne idée. Le chien ne supportait pas la collerette. Le short l'empêche de malmener sa virilité disparue.

Kevin but une deuxième gorgée.

— Tu essaies toujours de l'amadouer ? demanda-t-il.

— Qui ? Le chien ?

Kevin ricana, Xander haussa les épaules.

— J'y arriverai, avec le temps.

— Ce serait bien la première fois que je te vois prendre le temps de faire la cour à une femme.

— Celle-ci est un peu sauvage. Ce fut le seul mot qui vint à l'esprit de Xander. Elle est sympa, mais on la sent sur ses gardes, tu ne trouves pas ? Ça m'intrigue… Si je n'étais attiré que par son physique, je n'irais pas par quatre chemins. Je ne dis pas que sa plastique me laisse indifférent, mais il n'y a pas que ça… Je la trouve intéressante, toute en contrastes.

— Comment ça ?

— Méfiante, mais suffisamment téméraire pour acheter cette vieille baraque et y habiter seule. Je ne serais pas étonné qu'elle ait été échaudée par la vie. Cela dit, la maison sera magnifique, quand les travaux seront terminés.

— Elle déborde d'idées.

— Ouais, c'est une artiste…

Sourire aux lèvres, Xander but une longue goulée de bière.

— Elle a donné un nom au chien, ajouta-t-il.

— Il est sympa comme tout. Il l'aime autant que tu aimes ta GTO. Il a chipé le marteau de Jerry, l'autre jour. Pour l'offrir en cadeau à Naomi. Elle nous a déjà rendu un bloc à poncer, deux gants et un morceau de tuyau sur lesquels on n'arrivait pas à remettre la main.

Ils restèrent un moment silencieux, le regard sur la route où circulaient quelques rares voitures et, de l'autre côté, le terrain de sport où ils avaient joué en Little League, à une époque qui leur semblait remonter à des années-lumière.

— Tyler a un match de tee-ball samedi.

— Je ne pourrai pas aller le voir, dommage. Ce sera sûrement plus rigolo que le mariage.

— Tu te rappelles quand on jouait au tee-ball, avec Lelo ?

— Évidemment, que je me rappelle.

— Et dire que j'accompagne mon gamin à l'entraînement, maintenant !

Un brin nostalgique, Xander songea aux dents de castor de Lelo, maigre comme un clou quand il était petit. Il n'était toujours pas épais, mais il s'était fait redresser les dents.

— On était aussi nuls l'un que l'autre au tee-ball. Mais au base-ball, on assurait.

— La plupart des mômes sont mauvais au tee-ball, c'est ce qui en fait le charme. Maddy entre en maternelle, à la prochaine rentrée.

Xander se tourna vers son ami, le scruta longuement.

— Vous envisagez un troisième ?

— Je t'avoue qu'on y pense.

— Trois est un chiffre porte-bonheur. Bon courage…

— Faire un bébé ne sera pas trop difficile, répliqua Kevin avec un clin d'œil. Et toi, tu n'as pas envie de faire des bébés avec Naomi ?

— Tu es dingue !

— Mais tu coucherais volontiers avec elle.

Xander contempla sa bière.

— Évidemment. Mais il n'y a pas que ça qui m'intéresse. Pourquoi les mecs mariés s'imaginent-ils que les célibataires ne pensent qu'au sexe ?

— Parce qu'ils ont été célibataires avant d'être mariés. Tu ne vas tout de même pas me dire qu'il y avait autre chose que le sexe qui t'intéressait avec… Mince, comment elle s'appelait, déjà ? Ari, Alli, Annie ? La rouquine avec des gros seins et des grandes dents qui travaillait chez Singler l'été dernier.

— Bonnie.

— Ah ! oui, Bonnie… Elle était bien roulée, mais elle n'avait pas grand-chose dans le ciboulot.

— C'est vrai, soupira Xander. Je reconnais qu'elle avait un QI au ras des pâquerettes. Je lisais *À l'est d'Éden* quand je sortais avec elle. Il était sur ma table de chevet. Tu sais ce qu'elle m'a sorti ? Qu'elle n'aurait jamais cru que j'étais religieux.

— Religieux ?

— Elle croyait que c'était une histoire tirée de la Bible. Elle n'avait jamais entendu parler de Steinbeck. J'aime bien les jolies filles, mais je les préfère un peu cultivées.

— Naomi est sûrement plus intelligente que Bonnie. Mais imagine qu'elle soit nulle au lit…

— Ça m'étonnerait, et ça me décevrait, mais au moins on pourra toujours discuter. Elle t'a déjà parlé de sa famille ?

— Un peu, de son frère, de ses oncles. Maintenant que tu me le fais remarquer, c'est vrai qu'elle ne parle jamais de ses parents.

— Bizarre, non ?

Il y pensait encore, tard dans la nuit, bien après la répétition et le casse-croûte partagé avec les musiciens du groupe.

En règle générale, il préférait la compagnie des hommes à celle des femmes. Il comprenait ce que les hommes ne disaient pas, ce qu'ils n'avaient pas envie ou besoin d'expliciter par de grandes tirades théâtrales. Comprendre les femmes exigeait des efforts. Certes souvent récompensés, et Xander n'y rechignait pas ; mais il n'aimait ni perdre son temps ni le faire perdre aux autres. Donc il ne s'éternisait pas en parades nuptiales.

Soit elles voulaient, soit elles ne voulaient pas. Le courant passait, ou il ne passait pas.

Avec Naomi, toutefois, il n'était pas pressé. En vérité, il prenait même un certain plaisir à l'apprivoiser patiemment.

Et il savait d'expérience que les conquêtes rapides perdaient rapidement de leur piquant.

En l'occurrence, ç'aurait été dommage.

Il alluma la télé de sa chambre, le son au minimum, juste un bruit de fond pour meubler le silence – les ronflements de Milo lui manquaient encore cruellement. Puis il prit son livre de chevet, une vieille édition de poche de *Sa Majesté des mouches*.

Avant de s'endormir, il relisait toujours des romans qu'il avait déjà lus, des histoires qui le fascinaient autant qu'elles l'apaisaient.

Néanmoins, il ne parvenait pas à chasser Naomi de ses pensées.

Sur la falaise, Naomi éteignit les lumières, trop fatiguée pour lire ou regarder un film sur son ordinateur. Le chien dormait déjà et elle tombait de sommeil.

Elle eut toutefois du mal à s'endormir. Trop de pensées se bousculaient dans son esprit : robinets, luminaires, les grands sapins qu'elle avait photographiés au petit matin, nimbés de brume – le cliché type pour la couverture d'un roman d'horreur.

Elle songea aux retouches qu'elle apporterait à l'image, à la façon dont elle jouerait avec les ombres... jusqu'à s'assoupir.

Elle marchait dans les bois. Un rugissement de vent lui donna la chair de poule. Elle pressa le pas en direction de la mer, bleue, réconfortante. Les arbres, secoués par les rafales, prenaient des formes étranges et menaçantes. Des yeux semblaient briller dans le noir. Un coup de tonnerre éclata, suivi d'un éclair qui illumina le ciel, puis les ténèbres se refermèrent sur la forêt.

Elle se mit à courir, quand une silhouette se découpa dans l'ombre, un couteau dans une main, une corde dans l'autre.

« Ton heure est venue », proféra la voix de son père.

Elle se réveilla en sursaut, un cri dans la gorge, un poids lui oppressant la poitrine, l'empêchant de respirer.

Comme pour se libérer des mains qui l'étranglaient, elle porta les mains à son cou. Les battements désordonnés de son cœur lui résonnaient aux oreilles. Des points rouges dansaient devant ses yeux.

De toutes ses forces, elle lutta contre la crise d'angoisse, s'efforça de respirer calmement. Chaque inspiration, sifflante, lui brûlait les poumons.

Une chose humide lui balaya le visage, ravivant la terreur. Elle allait mourir dans cette forêt née de son imagination, terrassée par la peur que lui inspirait cet homme qu'elle n'avait pas revu depuis dix-sept ans.

Le jappement du chien chassa les ombres tels des lapins, et l'étau qui lui broyait la poitrine se desserra quelque peu. Les pattes avant sur le bord du lit, Podkol lui léchait la joue.

Elle distinguait ses yeux, à présent, qui luisaient dans le noir. D'une main tremblante, elle lui caressa la tête.

— Ce n'est rien, ne t'inquiète pas, lui dit-elle en se tournant vers lui. Ce n'était qu'un rêve. Un mauvais rêve. Un mauvais souvenir.

Elle alluma la lumière, s'assit dans le lit, les genoux ramenés contre sa poitrine, couverte de sueur froide.

— Ça fait longtemps que je n'avais pas fait de cauchemars. Le surmenage. Trop de choses à penser.

Le chien se tenait toujours en appui sur le lit. Elle l'enlaça, enfouit le visage dans son poil et le serra contre elle. Peu à peu, elle cessa de trembler.

— Je ne voulais pas de chien, tu sais, murmura-t-elle en lui caressant les oreilles. Et toi, si tu t'es enfui de chez ton maître, c'est que tu n'aimais plus les humains. Pourtant, nous voilà ensemble.

Elle attrapa la bouteille d'eau toujours posée sur sa table de chevet et en but la moitié, avant de se lever pour aller s'asperger le visage d'eau fraîche.

Il était à peine 5 heures, mais elle ne voulait pas essayer de se rendormir.

Munie de sa lampe torche, toujours à portée de main sur la table de nuit, elle descendit. D'ordinaire, le matin, elle laissait le chien sortir seul ; pour une fois, elle le combla de plaisir en l'accompagnant.

Dans le silence précédant l'aurore, ils firent le tour de la maison. Podkol dénicha une balle qu'il garda entre ses dents. Quand ils regagnèrent la cuisine, il regarda Naomi préparer du café, lâcha la balle lorsqu'elle remplit sa gamelle, la reprit sitôt ses croquettes avalées.

— Emporte-la en haut.

Il s'élança dans l'escalier, se retourna afin de s'assurer que Naomi le suivait, et gravit le reste des marches à toute vitesse.

Avec le chien et une tasse de café, rassérénée, elle s'installa sur le balcon et attendit le lever du soleil.

Le dimanche venu, elle regretta d'avoir accepté l'invitation de Jenny.

Elle avait seulement deux journées de tranquillité par semaine. Pourquoi en sacrifier une ? Elle n'avait pas envie de parler ni de voir du monde, même si elle éprouvait beaucoup de sympathie à l'égard de ses hôtes.

Elle aurait préféré aller marcher en forêt, seule, ou commencer à débroussailler le jardin, finir de peindre la chambre d'amis, ou encore flemmarder.

Elle avait accepté l'invitation par faiblesse, dans l'euphorie du shopping chez le brocanteur. Elle n'avait qu'à…

Non. Elle avait accepté l'invitation, elle devait l'honorer. Deux ou trois heures en bonne compagnie, ce n'était tout de même pas la mer à boire. Si elle ne voulait pas susciter les ragots, elle ne devait pas se comporter en ermite.

En plus, elle avait promis d'apporter le dessert, et déjà acheté tout ce qu'il fallait pour confectionner une tarte aux fraises, un dessert de saison. Certes, les températures étaient encore fraîches et il pleuvait souvent, mais c'était le printemps.

Elle opta pour un compromis. Elle préparerait la tarte, et puis elle aviserait.

Podkol zyeuta le nouveau robot ménager du même air suspicieux que ce que lui avait inspiré l'aspirateur. Pour sa part, Naomi en était ravie : elle avait exécuté un petit pas de danse quand elle l'avait reçu, deux jours plus tôt.

Cette préparation la détendit et lui permit de passer un moment agréable dans la cuisine, avec ses jolies assiettes bleues empilées derrière la porte vitrée du placard, ses couteaux de chef sur leur support aimanté.

Podkol considéra le mixeur d'un œil plus favorable lorsqu'elle lui fit goûter un peu de pâte sur son doigt.

— C'est bon, hein ?

Elle glissa le moule dans le four, tria les fraises, les mit dans un saladier bleu. Trouva le bon endroit, la bonne luminosité. De belles fraises bien rouges dans une coupe en verre bleu : un parfait cliché pour sa banque d'images commerciales. Elle plaça la coupe sur le plateau en bambou qu'elle s'était récemment offert, à côté de son nouveau service de verres à pied. Puis elle emporta le tout sur la terrasse et le posa sur le banc en fer, un pot de pensées à l'arrière-plan.

Dommage qu'elle n'ait pas un coussin coloré, se dit-elle. Ou, mieux, une nuisette en satin blanc qu'elle aurait négligemment jetée sur l'accoudoir du banc.

Elle n'était pas du genre à porter des nuisettes en satin, mais…

Le minuteur du four sonna.

— Mince, je n'ai pas coupé les fraises.

Elle termina la tarte tout en composant mentalement des clichés, et se convainquit de pouvoir passer quelques heures avec des gens qu'elle appréciait. La tarte était si belle qu'elle ne pouvait pas la garder pour elle.

Mais comment la transporter ? Elle n'avait pas de panier, mais elle trouva une solution : un carton de livraison tapissé d'aluminium, où elle cala la tarte sur un plat blanc, puis le ferma avec du ruban adhésif afin que le chien n'y mette pas le nez. Ensuite elle le rangea au frigo et monta s'habiller.

Nouveau problème : qu'allait-elle porter ?

À New York, les gens ne s'invitaient pas au dîner, le dimanche, mais plutôt pour le brunch.

Seth et Harry organisaient des brunchs fabuleux. Leurs amis venaient en tenue décontractée.

Naomi n'attachait pas d'importance à son look. Elle n'avait emporté que très peu de vêtements. Un jour ou l'autre, elle se ferait expédier le reste, ses robes de soirée et ses tailleurs noirs qu'elle réservait aux rendez-vous professionnels. En attendant, elle devrait faire avec ce qu'elle avait.

Elle enfila un jean noir, une chemise blanche et, après une brève hésitation, ses Converse montantes. Une ceinture rouge pour montrer qu'elle avait un minimum soigné sa tenue, et une légère touche de maquillage.

« Quand vous voudrez, à partir de 16 heures », lui avait dit Jenny. Il était 16 h 30, elle pouvait y aller. Dans trois heures, au grand maximum, elle serait de retour, en pyjama devant son ordinateur.

Elle posa la tarte dans son carton sur le siège passager, puis fit monter le chien à l'arrière.

— N'y pense même pas ! le prévint-elle en le voyant lorgner le carton avec concupiscence.

Munie de l'itinéraire que Kevin lui avait donné, elle se mit en route.

Elle passa par des coins qu'elle n'avait encore jamais vus, découvrit un petit hameau sur une minuscule presqu'île, des bateaux amarrés de chaque côté de la mince langue de terre : catamarans, yachts, Sunfish. Une fillette qui ne devait pas avoir plus de douze ans pagayait sur un kayak jaune en direction du large, avec l'aisance d'un enfant né au bord de la mer.

En se garant derrière le camion de Kevin, elle décocha un regard amusé à la moto de Xander. Elle aurait dû s'y attendre.

La maison était ravissante, ce qui n'avait rien de surprenant. Deux étages, en bardeaux de cèdre patinés par le temps, feston bleu sous le toit, grandes fenêtres, des lucarnes et un petit belvédère.

Elle aurait adoré en avoir un.

Des massifs fleuris, des haies taillées avec soin, de beaux arbres.

Elle devait absolument s'atteler à l'aménagement de son terrain.

En s'efforçant d'afficher un air enjoué, elle prit la tarte, fit descendre le chien. Podkol se colla contre ses jambes et la suivit le long de l'allée pavée.

— On ne va pas chez le vétérinaire, rassure-toi.

Jenny ouvrit la porte avant même que Naomi ait frappé. En la voyant, Podkol remua la queue joyeusement.

Jenny embrassa Naomi chaleureusement.

— Je suis contente que vous soyez là ! Tout le monde est dehors. On se croirait presque en été, aujourd'hui.

— Je ne savais pas que vous habitiez au bord de la mer. J'adore le belvédère.

— C'est Kevin qui l'a construit. Comme presque tout le reste. Laissez-moi vous débarrasser.

Jenny prit le carton et fit entrer Naomi dans un vestibule judicieusement agencé : un banc encastré dans le mur, des placards au-dessus, des tiroirs en dessous.

— C'est le dessert. Désolée pour la présentation.

— Vous avez préparé quelque chose ? Je pensais que vous achèteriez un gâteau à la pâtisserie. Vous êtes tellement occupée.

— Je voulais essayer mon nouveau robot. Vous avez une très jolie maison, elle vous ressemble.

Colorée, gaie, le bleu roi du feston se rappelant dans un grand canapé avec des coussins à motifs, des fauteuils tapissés de différents imprimés.

Rien n'était assorti, mais tout se faisait écho dans une belle harmonie.

— C'est un peu la pagaille…

— Pas du tout ! C'est gai, très bien pensé.

— Vous êtes sympa. Venez dans la cuisine. J'ai hâte de voir ce qu'il y a dans cette boîte.

La cuisine témoignait de l'ingéniosité de Kevin et du bon goût de Jenny. Un vaste plan de travail, un espace de jeu pour les enfants, un grand écran plat sur un mur.

Jenny posa le carton sur l'îlot central en granit blanc et arracha le ruban adhésif.

Naomi contempla la salle à manger, une table bleue entourée de chaises dépareillées, toutes peintes en vert, garnies de coussins à fleurs.

— C'est vous qui avez peint les meubles ?

— Oui. J'avais envie de couleur. C'est une peinture lavable qui se nettoie très facilement.

— C'est joyeux. Le lustre n'est pas banal. J'aime beaucoup.

Une grosse boule formée de bandes de métal vieilli, contenant plusieurs ampoules rondes, à différentes hauteurs.

— Merci. Kevin l'a récupéré sur un chantier. Je l'ai réparé, il a refait le montage électrique.

— Vous vous complétez, et vous me donnez des idées.

— Waouh ! C'est vous qui l'avez faite ? s'exclama Jenny en découvrant la tarte aux fraises.

— Je ne sais pas réparer un lustre, mais je me débrouille plutôt bien en pâtisserie.

Avec précaution, Jenny retira le plat de la boîte.

— Je vous demanderais bien la recette, mais je sais que c'est au-delà de mes capacités. Mes lasagnes vont faire piètre figure.

— J'adore les lasagnes.

— Avec deux enfants et un job à temps partiel, je prépare du rapide, en général. Je ne cuisine que le dimanche. Je vous sers un verre de Syrah ?

— Volontiers. Je dois vous avouer que j'ai failli ne pas venir.

Jenny déposa la tarte au centre du comptoir et se tourna vers Naomi.

— Pourquoi ?

— Je suis un peu ours... Mais je suis contente d'être là, ne serait-ce que parce que j'aurai vu votre maison.

En fredonnant, Jenny servit deux verres de vin.

— Pour ma part, je dois vous prévenir que j'ai décidé de devenir votre amie, et que je suis tenace.

— Il y a longtemps que je n'ai pas eu d'amie. Je manque de pratique.

— Oh, ce n'est pas grave, répliqua Jenny en balayant cette remarque d'un geste de la main. J'ai de l'entraînement pour deux. Je vous montre mon atelier ? J'ai poncé votre bureau.

Elles traversèrent une buanderie, pour entrer dans une pièce pleine de tables, chaises, étagères, établis, où flottaient des relents de diluant, vernis, huile de lin, malgré les deux fenêtres grandes ouvertes.

— Je récupère toutes les vieilleries que je trouve, c'est maladif. Je les retape, et Treasure and Trinkets me les prend en dépôt-vente. Si personne n'en veut, au bout d'un moment, je les apporte à une boutique solidaire à Shelton. S'ils ne les vendent pas non plus, je les ramène ici. Je travaille aussi sur commande : on me confie des meubles à rénover ou à rafistoler. Mais la plupart de ce que vous voyez ici provient de la décharge.

Naomi désigna un petit guéridon.

— Vous ne l'avez tout de même pas trouvé à la déchetterie ?

— Sur un chantier. La dame l'a vendu à Kevin pour dix dollars. Le plateau était cassé. Il l'a réparé, ça ne se voit quasiment plus, et je vais…

— Je le veux. Quand vous l'aurez terminé, je vous l'achèterai.

Jenny cligna des yeux.

— Vous me prenez de court.

— C'est exactement le genre de choses que je recherche, des pièces anciennes de caractère qui personnaliseront la déco de chaque pièce.

— Je vous inviterai plus souvent ! Vous n'avez rien contre le troc ? L'une de vos photos en échange du guéridon et de mon travail sur le bureau ? J'en ai repéré une sur votre site Internet que je verrais bien au-dessus de la cheminée du salon, dans un cadre blanc rétro chic. Un coucher de soleil dans un ciel rougeoyant qui vire à l'indigo, avec le reflet des arbres sur la mer, un voilier blanc dans la baie. L'image du paradis, pour moi : voguer sur un bateau blanc dans une mer rouge et or.

— Je vois la photo dont vous parlez. Mais le marché ne me semble pas équitable.

— Je sais à quel prix se vendent vos œuvres. Et je connais la valeur de mon travail. C'est moi qui suis gagnante.

— Question de point de vue. Mais c'est d'accord, à condition que je me charge de l'encadrement de la photo. Vous m'indiquerez les dimensions du cadre.

Jenny en montra un du doigt.

— OK, je l'emporterai.

— Super ! Oh, avant que j'oublie, que je vous montre ce banc dont je vous parlais, il irait bien sur le balcon de votre chambre.

Naomi se faufila entre des meubles en cours de rénovation et découvrit un banc en fer forgé, repeint en vert sapin vieilli.

— Je ne vous mets pas la pression, dit Jenny. S'il ne vous plaît pas…

— Vous avez raison, il aura tout à fait sa place sur le balcon de ma chambre… ou, mieux encore, dans le jardin, quand je l'aurai aménagé. Vous ne croyez pas ?

— Dans un coin ombragé, sous un cerisier pleureur, par exemple.

— Absolument. Mais en attendant, il sera très bien sur le balcon. Vendu.

— Vous me l'échangeriez contre la photo du nénuphar ?

— Ça marche.

— Je la mettrai au-dessus de mon lit, dans un cadre argenté dont je ne savais justement pas quoi faire. C'est cool de s'aider mutuellement à décorer nos maisons.

— Vous me montrerez ce cadre ?

— Il est là.

Naomi suivit Jenny puis s'immobilisa.

— Oh, mon bureau !

Podkol dressa l'oreille et interrompit ses explorations pour s'approcher.

Naomi passa la main sur le plateau.

— Il n'est pas fini, je sais, mais il est déjà magnifique. Regardez ce grain, les nuances du bois... On dirait une belle femme dont la beauté était cachée sous un vilain manteau noir. Je crois que nous avons fait une excellente affaire, toutes les deux.

— C'est à cela que servent les amis.

Aux anges, Jenny enlaça la taille de Naomi.

— Je serai heureuse de le voir chez vous, ajouta-t-elle, et d'avoir vos œuvres chez moi. Allons rejoindre les hommes et les enfants dehors, OK ? Je parie que Podkol sera ravi de jouer avec Molly. Ils sont copains, eux aussi.

— Il a compris qu'elle n'avait pas l'intention de lui sauter à la gorge. Maintenant, il lui apporte ses jouets dès qu'il la voit. C'est mignon.

Elles sortirent dans le jardin.

— Étrange, non, ce calme ? dit Jenny en verrouillant la porte de l'atelier, le sourcil froncé.

Elle avait à peine terminé sa phrase que Naomi reçut un jet d'eau glacée en plein cœur.

Xander apparut à l'angle de la maison, armé d'un énorme pistolet à eau. Naomi écarta les bras, baissa les yeux sur sa chemise blanche trempée.

— Oups ! Désolé, j'ai cru que c'était Kevin.

— Je ressemble à Kevin ?

— Pas vraiment, je te l'accorde. Je voulais le prendre par surprise. Les gamins ont violé le traité d'alliance, ils se sont tous ligués contre moi. Je suis dans une situation…

Une salve de tirs lui coupa la parole.

— Xander est mort ! clama Tyler en exécutant une danse de guerre. Xander est mort ! répéta-t-il en brandissant sa mitraillette en plastique.

— Traîtres ! Tu as enfanté des traîtres, Jenny.

— Tu peux parler ! Tu as tiré sur une innocente non armée ! Je vais vous prêter un chemisier, Naomi.

— Merci. Et merci d'avoir abattu ce dangereux ennemi, Tyler.

— Pas de quoi, madame.

— Tu es un excellent tireur. Tu permets…

Elle prit la mitraillette des mains du garçonnet et envoya un jet au visage de Xander.

— Voilà ce qu'on appelle le coup de grâce.

La petite Maddy éclata de rire puis entreprit d'escalader la jambe de son père.

— Xander, il a perdu.

— Eh oui, acquiesça Naomi en rendant son arme à Tyler, puis elle se tourna vers Xander, dont les yeux pétillaient de malice. N'y pense même pas, lui dit-elle en s'éloignant avec Jenny.

Elle dîna dans l'un des tee-shirts de Jenny et s'amusa davantage qu'elle ne l'aurait cru possible. Un bon repas en bonne compagnie, deux choses qu'elle avait trop négligées mais qui se révélèrent des plus agréables, même si elle se retrouva obligée de jouer à la Xbox.

— Tu es une redoutable adversaire, commenta Xander après qu'elle eut remporté deux parties de Lego Movie.

— J'ai un frère accro aux jeux vidéo. Sur ce, je vais vous souhaiter une bonne fin de soirée, dit-elle en plantant un index dans les abdos de Tyler.

— Une dernière partie ! la supplia-t-il.

— Entraîne-toi, si tu veux gagner la prochaine fois. Podkol et moi, on doit rentrer. J'ai passé un excellent moment, Jenny. Merci pour tout. J'emporte les cadres ?

— Oui, oui, approuva Jenny. À un de ces dimanches, j'espère ?

— Pourquoi pas ? Merci à vous aussi, Kevin. À demain.

— Je vais chercher les cadres, déclara Xander. Je te rejoins dehors.

Elle ne comptait pas rester si tard. Le soleil déclinait, embrasant l'ouest, et le temps s'était considérablement rafraîchi, à tel point qu'elle regrettait de ne pas avoir emporté un pull.

Néanmoins, elle aurait le temps de travailler un peu, d'établir son planning de la semaine et de bouquiner avant de s'endormir.

Elle ouvrit la portière, le chien bondit agilement sur la banquette. Puis elle s'adossa contre son 4 × 4, face à la mer, et photographia le soleil disparaissant derrière la ligne d'horizon, les docks déserts, le frémissement du silence.

— Tu ne t'accordes jamais de répit ? lui lança Xander en traversant la pelouse, les cadres sous le bras.

— Les couchers de soleil sont spectaculaires sur la falaise. Ici, ils sont grandioses.

— Chez moi, ils ont un certain charme, à travers les arbres. Tu pourras venir voir.

— Je pourrais.

Il déposa les cadres dans la voiture, caressa le chien, puis enlaça Naomi.

— Il est encore tôt.

— Tout dépend pour qui. Maddy dormait debout.

— Maddy a quatre ans. Si on allait faire un tour chez Loo ? Je t'offre un verre.

— J'ai déjà bu pas mal de vin.

— Tu marches encore droit.

En riant, elle secoua la tête.

— Et je tiens à rentrer sans faire de zigzags. Tu as des amis formidables, Xander.

— Ce sont aussi les tiens, maintenant.

— Jenny serait vexée que je dise le contraire.

— Pourquoi dirais-tu le contraire ?

Avec un haussement d'épaules, elle regarda le ciel pailleté d'or.

— Question de principe.

— C'est difficile de ne pas te poser de questions.

— J'apprécie que tu n'en poses pas. À la prochaine ?

Il lui caressa le bras mais la libéra de son étreinte, et ne l'embrassa pas – parce qu'il savait qu'elle s'y attendait, pensa-t-elle.

Un dangereux adversaire, lui aussi.

Il lui ouvrit la portière.

— Tu aimes les aubergines à la parmigiana ?

— Oui.

— Alors, viens dîner chez moi mercredi.

Elle arqua un sourcil.

— Tu vas préparer des aubergines à la parmigiana ?

— Pas de risque. J'en commanderai *Chez Rinaldo*. Ils en font de succulentes.

— Deux sorties en une semaine ? Je ne suis pas sûre d'en être capable.

— Essaie. Emmène le chien.

Naomi poussa un soupir. Podkol passa la tête par la portière et fourra son museau dans la grosse main calleuse de Xander.

— Juste dîner, alors, dit-elle.

— Entendu.

— À quelle heure ?

— Vers 19 heures. J'habite au-dessus du garage, l'escalier derrière l'atelier.

— OK. À mercredi, probablement.

Le museau du chien toujours dans sa main, Xander esquissa un sourire.

— Tu aimes te ménager des issues de secours.

— Toujours. Bonsoir.

Pour quelle raison ? se demanda-t-il en regardant le 4 × 4 s'éloigner. *Pourquoi ce besoin de se tenir toujours prête à prendre la fuite ?*

Oui, il était difficile de ne pas lui poser de questions.

12

Sur le plan créatif, la semaine fut désastreuse. Naomi dut déménager son poste de travail dans l'une des chambres d'amis – au moins, elle pourrait la tester comme atelier potentiel –, car les ouvriers voulaient démolir la salle de bains de sa chambre. Par la même occasion, Kevin leur demanda de casser aussi tous les sanitaires de l'étage, sauf un.

Le vacarme était insupportable, même avec de la musique à fond dans les oreilles.

Elle tenta de trouver un coin tranquille au rez-de-chaussée, mais les peintres travaillaient dans le séjour, puis ils passèrent à la bibliothèque. En gros, elle jouait aux chaises musicales.

En milieu de semaine, n'y tenant plus, elle partit se promener dans la forêt du parc national avec son appareil photo et le chien.

Le grand air, un ciel radieux et une superbe luminosité eurent raison de sa contrariété et elle regretta de ne pas avoir emporté son ordinateur. Elle aurait trouvé une souche où s'installer pour rattraper une partie de son retard.

La laisse attachée à sa ceinture, ce que Podkol tolérait, désormais, elle marcha à travers un sous-bois qui semblait exister depuis la nuit des temps. Des arbres majestueux laissaient filtrer des rais de soleil sur le sol tapissé de mousse, de jeunes fougères et de fleurs sauvages, trilliums blancs comme neige et orchidées calypso.

Elle songea à s'offrir quelques jours de camping, se demanda comment le chien se comporterait – puisqu'elle devait maintenant compter avec lui. Deux ou trois jours de solitude, loin du bruit dont elle était seule responsable mais qu'elle ne pouvait plus supporter.

Sans conteste, Podkol aimait la forêt. Il trottinait à son côté, tentait d'impressionner les écureuils en faisant le gros dos. Quand elle s'arrêtait pour prendre des photos, il s'asseyait sagement et patientait aussi longtemps que nécessaire.

— Ça pourrait être sympa de passer quelques jours tous les deux dans la nature.

Finalement, elle commençait à être contente d'avoir adopté un chien – ou plutôt, de s'être laissé adopter.

Ils croisèrent deux randonneurs accompagnés d'un joli petit beagle. Naomi les salua courtoisement, mais Podkol poussa un cri d'épouvante et bondit littéralement dans ses bras. Elle tomba en arrière.

Les promeneurs, deux gars de Portland en vacances dans la région, s'empressèrent de l'aider à se relever, en riant de Podkol qui s'aplatissait sur le corps de sa maîtresse comme s'il voulait se fondre en elle et disparaître, terrifié par le beagle inoffensif et amical.

L'appareil photo, heureusement, n'avait pas subi de choc, mais Naomi avait vu quelques étoiles et s'était cogné le bas du dos contre un caillou.

— Tu me fais honte, dit-elle au chien en regagnant sa voiture d'une démarche un peu raide. Hors de question que tu viennes camper avec moi. Un caniche nain pourrait te mettre en lambeaux.

Penaud, la tête basse, Podkol grimpa sur la banquette arrière.

Les reins endoloris, Naomi mit le siège chauffant en marche. Elle put ainsi conduire sans trop de mal. Par chance, seul le camion de Kevin restait devant chez elle.

Celui-ci s'avança à sa rencontre tandis qu'elle sortait laborieusement du 4 × 4.

— Ah, vous voilà ! Je vous avais laissé un petit mot. On a bien avancé, aujourd'hui. Vous avez fait une bonne balade ?

Naomi regarda Podkol se ruer vers Molly comme s'il retrouvait une vieille amie perdue de vue depuis des années.

— Il l'aime bien.

— Ça, pour sûr.

— S'il y a un chat ou un pékinois chez le vétérinaire, il tremble comme un condamné à mort. Il aboie et il court après les écureuils, mais on a croisé des promeneurs avec un beagle, dans la forêt. Il a eu tellement peur qu'il m'a sauté dessus et m'a fait tomber.

— Vous ne vous êtes pas fait mal ?

Elle se massa le bas du dos.

— Ça m'a un peu sonnée. Cet imbécile, il s'était collé sur moi, alors que ce pauvre beagle ne faisait que me lécher la main.

Kevin lui palpa le crâne, elle eut un léger mouvement de recul.

— Vous avez une petite bosse. Vous voulez que je vous conduise à l'hôpital ?

— Non, ce n'est pas grave. Je suis surtout très en colère contre lui.

Il lui souleva le menton, la regarda dans les yeux, et fit quelque chose que personne d'autre n'aurait pu faire. Il la fit sourire.

— Vous n'avez pas mal à la tête ?

— Non, au dos.

— Glace, bain chaud, paracétamol. Ça vous fera deux cents dollars.

— Vous les ajouterez sur ma note. Merci pour la consultation, Dr Banner.

— Au moins, vous n'aurez pas à cuisiner, ce soir. Un bon dîner vous attend chez Xander.

— Je… On est mercredi ?

— Toute la journée jusqu'à minuit. Soignez-vous bien, dit-il en lui tapotant amicalement l'épaule. On vous laisse la maison sens dessus dessous, désolé… mais on a tombé pas mal de boulot, aujourd'hui. Dites à Xander que je le verrai demain chez Loo.

— OK.

Mince, mince, mince !

Tandis que Kevin montait dans son camion, Naomi rentra dans la maison.

Elle avait une parfaite excuse pour annuler le repas chez Xander. Elle avait mal au dos, elle était de mauvaise humeur, elle ne serait pas de bonne compagnie.

En se dirigeant vers la cuisine afin de se préparer un sac de glace, elle s'immobilisa sur le seuil du séjour.

Les peintures étaient presque terminées, ne manquaient que quelques retouches. Le rendu était sublime.

Naomi avait longuement hésité entre plusieurs couleurs, redoutant que le taupe ne soit trop terne.

Il ne l'était pas le moins du monde.

Zen, pensa-t-elle. La teinte était apaisante : zen, elle ne voyait pas d'autre mot.

— Je n'arrête pas de me dire que j'ai fait une erreur d'acheter cette maison, soupira-t-elle en posant une main sur la tête du chien, collé contre sa jambe. Mais plus les travaux avancent, moins j'ai de regrets.

Elle regarda Podkol, lui adressa un sourire… puis lui fit les gros yeux.

— Je suis fâchée contre toi.

Là-dessus, elle gagna la cuisine et se prépara un sac de glace.

En prenant un bain dans l'affreuse baignoire sabot bleue de l'unique salle de bains fonctionnelle, elle débattit avec elle-même. Elle pouvait annuler le dîner sans scrupules. Elle avait été victime d'un fâcheux incident.

Mais ce ne serait que reculer pour mieux sauter. Xander fixerait une autre date.

Autant éclaircir la situation au plus vite, établir avec lui le même genre d'amitié qu'elle entretenait avec Kevin. Lequel, quand il la touchait, la faisait sourire au lieu de la hérisser.

Hélas, il ne fallait pas rêver. Elle n'y parviendrait jamais. Trop d'attirance...

En sortant de la baignoire, elle se réjouit d'avoir nettement moins mal mais grimaça en découvrant un énorme bleu sur son postérieur.

Elle opta pour un leggings, pour des raisons de confort, et un sweat à capuche gris perle. Elle n'avait pas envie de se maquiller mais jugea que cela paraîtrait fait exprès, si bien qu'elle se farda légèrement.

À 18 h 45, elle appela Podkol en lui précisant qu'il aurait mérité d'être privé de sortie, et déverrouilla sa voiture. Puis elle retourna chercher une bouteille de vin.

Ce n'était pas une tarte aux fraises, mais elle était trop bien élevée pour arriver les mains vides.

Sur le parking du garage, elle ouvrit la portière au chien en lui jetant un regard froid. En haut de l'escalier derrière l'atelier, elle frappa à la porte.

— C'est ouvert ! Entre !

Dans le coin cuisine, Xander débouchait une bouteille de vin, en jean et chemise en jean aux manches retroussées, barbe d'un jour seyant parfaitement à son look de rocker.

Craquant, impossible de le nier. Elle lui demanderait peut-être de poser pour quelques photos.

— J'aurais pu être un dangereux assassin avec son redoutable molosse.

— Une porte fermée n'arrête pas un dangereux assassin et un redoutable molosse.

En effet. Podkol entra dans l'appartement et se dirigea vers Xander, la queue frétillante. Naomi admira la bibliothèque.

— On m'avait dit que tu étais un grand lecteur… Je suis impressionnée.

— Et toute ma collection n'est pas là.

— C'est vrai ? Tu es un homme sérieux.

— En ce qui concerne les livres, tout au moins.

Elle regarda autour d'elle.

— Tu as su optimiser l'espace. Très chouette, le mur de livres. C'est la meilleure idée que j'aie jamais vue pour habiller un mur, autant en termes de couleur que de relief.

— Ce sont surtout les mots qui m'intéressent, dans les livres.

Il lui offrit un verre de vin, prit la bouteille qu'elle avait apportée.

— Je ne lis pas énormément, avoua-t-elle en longeant les rayonnages, mais ta bibliothèque me fascine. On voit que tu n'es pas féru de déco, mais tu as su arranger ton intérieur de façon pratique, autour de ta passion. Et une passion mise en lumière, c'est de l'art. J'aimerais la photographier.

— Pas de problème, ne te gêne pas.

— Pas maintenant, je n'ai que mon téléphone et je veux faire des photos de qualité. Je reviendrai avec mon appareil, et mon bon vieux Hasselblad.

— C'est qui, ce bon vieux ?

En riant, elle continua de passer en revue les rangées de livres.

— Un appareil argentique.

— Amène-le quand tu veux. En attendant, si on allait déguster ce vin dehors ?

— Tu bois du vin ?

— De temps en temps. Tu sens bon.

Il lui souleva le menton, pas tout à fait comme Kevin, et lui donna un baiser.

Non, pensa-t-elle, *il n'a rien à voir avec Kevin. Rien du tout.*

— Les sels de bain médicinaux.

— Je suis au courant. Phobie des petits chiens.

— Comment ?

Il lui prit la main, l'entraîna vers la chambre, la sentit résister.

— On accède au balcon par là.

Des livres, encore, une grande télé, des meubles strictement fonctionnels, et encore des livres.

Il ouvrit la porte d'un minuscule balconnet, occupé par une table rouillée et deux chaises pliantes.

— Tu veux un coussin ?

— Tu as eu Kevin au téléphone ?

— Je suis censé te cocooner, ce que j'avais l'intention de faire de toute façon.

Elle s'assit prudemment.

— Je n'ai pas trop mal, ça va. À peu près. C'est terrible, cette peur panique des petits chiens.

— Microcynophobie.

En riant, elle goûta le vin.

— Tu inventes des mots ?

— La cynophobie désigne la peur des chiens. Il suffit d'ajouter le préfixe « micro ». Le mot existe, tu pourras vérifier.

Elle avait des doutes mais n'osa pas remettre le vocabulaire de Xander en question.

— Pourquoi serait-il atteint de microcynophobie alors qu'il pèse presque quarante kilos, maintenant… dont une bonne part de muscles, je peux l'attester.

— Je n'en sais rien. Il a peut-être été traumatisé par un chihuahua dans sa prime enfance.

Il lui palpa délicatement le crâne.

— Ouh…

— C'est ce que j'ai dit quand j'ai retrouvé ma respiration. Mes fesses ont tapé plus dur que ma tête.

— Tu veux que je regarde ?

— Je m'en suis occupée, merci, dit-elle en contemplant la vue. Tu peux suivre les matchs en restant chez toi.

— C'est ce que je fais quand j'ai la flemme d'y aller.

— Little League ?

— Tee-ball, Little League, Pony League, et quelques équipes adultes sponsorisées. Le garage Keaton sponsorise les Whales, actuellement en queue de dernière division.

— Tu es sportif ?

— Pas trop. Faute de temps. Et toi ?

— Non, je ne l'ai jamais été.

— Quel genre de féministe es-tu ?

— Le genre qui ne pratique pas de sport. Mon frère a fait un peu de base-ball, mais il était plutôt basket.

— Ah ouais ?

— Il a joué dans l'équipe de Harvard.

— Chapeau bas ! À quel poste ?

— Meneur. J'ai vu que tu avais un panier dans la cour.

— Ça me défoule. Je faisais partie de l'équipe du lycée. Je joue encore un peu en amateur, de temps en temps.

— À quel poste ?

— Comme ton frangin. Il faudra qu'on se fasse un un-contre-un quand il viendra.

— Il sera partant.

Elle inviterait bientôt sa famille, pensa-t-elle, y compris ses grands-parents, afin qu'ils voient ce qu'elle avait fait de l'argent qu'ils avaient mis de côté pour elle. À l'automne, peut-être.

— Tu es bon ? Parce que mon frère est excellent.

— Je me débrouille.

Il avait raison quant au coucher de soleil à travers les arbres.

— C'est l'emplacement idéal pour un garage, au bord de la route, tout près de la ville, pas loin de la nationale. C'est pour ça que tu l'as choisi ?

— Il existait déjà. C'était le garage Hobart, avant. Le patron cherchait à vendre, il commençait à être âgé, sa femme était malade. J'ai pris la succession, ils sont partis à Walla Walla. Leur fille habite toujours ici.

— Tu voulais t'installer à ton compte, ou tu étais féru de mécanique ?

— Les deux. J'aime les voitures. Si je voulais en avoir une, et c'était le cas, il me fallait apprendre à l'entretenir. J'ai besoin de savoir comment les choses fonctionnent. On travaillait en bonne intelligence avec Hobart, c'était un gars sympa, mais je préfère travailler pour moi. Toi aussi, je suppose.

En vérité, elle ne voulait dépendre de personne. Ni sur le plan professionnel ni sur aucun autre.

— J'ai été assistante d'un photographe pendant quatorze mois après mes études. J'avais accepté cet emploi pour me former. Le gars n'était pas sympa, loin s'en faut. Arrogant, exigeant, aussi capricieux qu'un gamin. Mais il était brillant… Il l'est toujours.

— Les artistes se sentent souvent en droit d'avoir un caractère de cochon.

— C'est vrai, malheureusement. Mais j'ai été élevée par un chef cuisinier parfaitement conscient de son talent ; pour autant, il n'avait jamais un mot plus haut que l'autre.

— Il ne jetait pas les casseroles à travers la cuisine ?

L'image la fit sourire.

— Non. Ni au restau ni à la maison. J'avais signé un contrat de deux ans avec Julian, le photographe, mais au bout de quatorze mois, j'ai craqué. Je lui ai collé mon poing dans la figure en plein shooting, et je suis partie en claquant la porte.

Il regarda ses mains, fines, élégantes, et se demanda si elle se rendait compte qu'elle caressait Podkol du pied, pour le plus grand bonheur du chien.

— Intéressante façon de donner son préavis.

— Il s'agissait d'un shooting important, des photos de pub pour un shampoing.

— Du shampoing ? C'est des photos importantes, ça ?

— Crois-moi, il y a un paquet de fric dans la photo de pub. Le modèle était une fille superbe, avec une somptueuse chevelure rousse. Un bonheur à photographier. Ce gars était un perfectionniste, tout à son honneur. Mais aussi un sale petit con. J'avais l'habitude de me faire traiter de tous les noms, de recevoir des objets à la figure, d'encaisser des critiques injustifiées. Ce jour-là, il était imbuvable. La maquilleuse était au bord des larmes. À un moment, il a prétendu que je n'avais pas monté le bon objectif sur son appareil. Je lui ai répondu que c'était celui qu'il m'avait demandé. Il m'a giflée.

— Il t'a frappée ? s'offusqua Xander.

— Il m'a donné une gifle comme à une gamine. Je lui ai envoyé un coup de poing… Seth et Harry m'avaient appris à me défendre. Ça m'a fait un bien fou. Je crois que je le lui ai dit. Il hurlait comme un putois, tout le monde s'empressait autour de lui. Le mannequin est parti en m'adressant un signe de félicitation. Le photographe saignait du nez.

— Tu le lui as cassé ?

— Quitte à jouer du poing, autant ne pas y aller de main morte.

— C'est ma philosophie.

— Il m'a menacée de porter plainte. Je lui ai dit de ne pas se gêner, d'appeler la police. J'avais un plein studio de témoins qui l'avaient vu m'agresser le premier. En prenant la porte, je me suis promis de ne plus jamais travailler pour ce genre de types puants.

— Encore une excellente philosophie.

Il la trouvait intéressante, avait-il dit ? Non, elle était fascinante.

— Donc, après lui avoir cassé le nez, tu t'es lancée en indépendante.

— Seth et Harry étaient amis avec un galeriste de SoHo, ils l'ont convaincu d'exposer quelques-unes de mes photos. Mes oncles m'ont toujours encouragée à vivre de ma passion. Par ailleurs, je savais que je pouvais faire de la photo commerciale, des couvertures de bouquins, des pochettes de disques, ce genre de choses. De la photo gastronomique, car j'en faisais déjà pour le restau. Et des cliparts : ça peut être sympa et intéressant, et ça paie bien. Seulement, je devais élargir mon horizon au-delà de New York. J'ai franchi le pas et pris la route, avec mon matériel et mon ordinateur.

Elle s'interrompit, contempla son verre de vin, pensive.

Xander était content qu'elle ait oublié sa réserve, sa méfiance, ne serait-ce que le temps de lui retracer son parcours.

— Tu as eu du courage. Mais je savais que tu étais une fille forte. Tu fais des pochettes de disques ?

— J'en ai fait. Rien d'extraordinaire. À moins que tu ne connaisses Rocket Science.

— Le groupe de rétro-funk ?

— Tu m'épates.

— Et ce n'est que le début. On prépare un nouveau CD, avec les Wreckers.

— Un nouveau ?

— On en a déjà enregistré un il y a quelques années. Pour les touristes, principalement, ou quand on joue dans les mariages. Qu'en dis-tu ?

— Vous cherchez un photographe ?

— C'est un ami du cousin de Jenny qui avait fait les photos pour le premier album. Elles n'étaient pas mal, mais je suppose que tu peux faire beaucoup mieux.

— Peut-être. Vous me direz quand vous serez prêts, et on verra. Tu joues de la guitare depuis combien de temps ?

— Avec le groupe ou en tout ?

— Les deux.

— On a formé les Wreckers il y a quatre ans. J'ai commencé la gratte à douze ans, avec Kevin, et Lelo à la basse, qui joue toujours dans le groupe.

Surprise, elle posa son verre.

— Kevin ?

— Ne lui demande surtout pas de jouer son tribute à Pearl Jam. Fais-moi confiance.

— Il joue de la guitare ?

— Si on peut appeler ça « jouer ».

— Tu n'es pas charitable, dit-elle en riant.

— Mais réaliste. On mange ? suggéra-t-il en la prenant par la main pour l'entraîner à l'intérieur. On jouait aux bals du lycée, dans les boums. Et puis notre batteur s'est engagé dans les Marines, Kevin est entré à la fac, Lelo se défonçait beaucoup trop.

— Et toi ?

Xander retira le plat du four, où il l'avait tenu au chaud.

— J'ai fait une école de commerce, en parallèle avec mon apprentissage au garage. J'ai continué à me produire en solo, puis de nouveau avec Lelo, quand il a enfin compris que les filles n'étaient pas attirées par les mecs trop portés sur le joint.

Naomi jeta un coup d'œil à la bibliothèque.

— Tu n'as pas fait d'études universitaires ?

— Je détestais l'école. J'en avais ras le bol qu'on m'impose ce que je devais savoir, ce que je devais lire. J'ai préféré me former avec Hobart, et suivre des cours de compta, de gestion et tout ça.

Il sortit une barquette de salade du frigo, la répartit dans deux assiettes, servit les aubergines à la parmigiana, et ajouta les petits pains pour lesquels la pizzeria locale était réputée.

— Ça a l'air bon.

Naomi s'installa à la table et esquissa un sourire lorsque Xander donna un os à mâcher à Podkol.

— Bonne idée, approuva-t-elle.

— Ça l'occupera. Quelle était ta première photo ? Il y en a forcément une première mémorable.

— On était partis dans les Hamptons chez des amis de mes oncles. Je n'avais jamais vu l'océan, j'étais fascinée. Seth m'a prêté son petit Canon automatique, j'ai pris des pellicules et des pellicules. Voilà comment l'aventure a démarré. Et toi, quelle est la première chanson que tu as appris à jouer ?

— *I'm a Believer*, des Monkees.

— Sérieux ? Ce n'est pas franchement ton style.

— J'aimais bien le riff…, fredonna-t-il en mimant le geste. La mère de Kevin écoutait toujours des vieux disques, et celui-ci était l'un de ses favoris. Son père avait une vieille guitare acoustique. Je m'y suis mis, à l'oreille. Puis j'ai économisé pour m'acheter une Gibson d'occase.

— Celle qui est dans ta chambre ?

— Ouais, j'y suis attaché. À quinze ans, je me disais que si tu avais une gratte et que tu savais à peu près en jouer, les filles étaient à toi. Comment trouves-tu les aubergines ?

— Tu avais raison, elles sont délicieuses. Et maintenant que tu sais bien jouer, il n'y a pas une seule fille qui soit restée avec toi ?

— Jenny aurait pu.

— Jenny ? répéta Naomi, sa fourchette en l'air. Jenny-Jenny ?

— Jenny Walker, à l'époque. C'est moi qui l'avais repérée en premier. Elle était nouvelle à l'école, elle arrivait d'Olympia, belle comme un cœur. Je l'ai invitée à sortir avant Kevin. C'est moi aussi qui l'ai embrassée le premier.

— C'est vrai ?

— Ça fait partie de l'histoire Keaton-Banner. J'étais un peu amoureux d'elle, il en était raide dingue.

— Par amitié, tu la lui as laissée…

— Exactement, répondit Xander en croquant dans son petit pain. J'ai arrêté de la draguer, il a trouvé le courage de l'inviter, et tu connais la suite. Je suis toujours un peu amoureux d'elle.

— Moi aussi, elle est formidable. Toute la famille est formidable, y compris le chien. Si tu cherches une autre Jenny, tu risques d'attendre longtemps. Elle est unique.

— J'ai des vues sur une blonde compliquée.

Ce n'était pas une révélation. Néanmoins, elle fut troublée d'entendre Xander le dire avec un tel naturel.

— Ce n'est pas judicieux de viser une fille compliquée.

— Les filles simples ne m'intéressent pas. Tu me plais, Naomi.

— Je sais, dit-elle en le regardant manger. En règle générale, je suis mieux seule qu'à deux.

— Tu es là.

— J'ai vingt-neuf ans, et jusqu'à présent j'ai réussi à esquiver toute relation sérieuse.

— Moi pareil. Sauf que j'ai trois ans de plus.

— Depuis que j'ai quitté New York, il y a six ans, je ne suis jamais restée au même endroit plus de trois mois.

— J'ai toujours habité ici. Au risque de me répéter, tu es là, pour le moment.

— Et je dois reconnaître que je m'y sens bien, pour le moment. Si nous avons une aventure, ça risque de tout gâcher.

— Je ne sais pas comment tu peux vivre avec une nature aussi positive, aussi optimiste.

Un sourire étira les lèvres de Naomi.

— C'est un fardeau.

Bien que redoutant de la braquer, il tenta de creuser un peu plus.

— J'aurais pu croire que tu as subi une grosse peine de cœur, mais je sais que ce n'est pas ça. Par ailleurs, tu as l'air d'avoir une famille en or. Tu ne devrais pas avoir peur du couple.

— Je suis comme ça, dit-elle en repoussant son assiette vide. Question de connexions internes.

— Non. Je m'y connais en branchements. Tu as suffisamment confiance en toi pour donner un coup de poing à un abruti, tu sais ce que tu vaux, ce que tu veux. Tu es compliquée, Naomi, et c'est intéressant. Mais tu n'as pas de problèmes de connexions internes.

Elle se leva, déposa les deux assiettes sur le comptoir.

— J'ai eu une liaison avec un garçon qui était amoureux de moi, ou tout du moins croyait l'être, comme on se l'imagine souvent à vingt ans. On était à la fac ensemble, on travaillait ensemble, on couchait ensemble. Quand il m'a dit qu'il m'aimait, qu'il voulait vivre avec moi, j'ai rompu. Ça n'a pas été facile, ni pour lui ni pour moi, de poursuivre nos études côte à côte. Mais c'est lui qui en a le plus bavé. De mon côté, je n'avais pas de sentiments.

— En tout cas, tu te souviens de lui.

— Je l'ai fait souffrir.

Sans doute, pensa Xander, *mais qui traverse le labyrinthe de la vie sans jamais faire souffrir personne ?*

— Tu penses que je vais tomber amoureux et te demander de vivre avec moi ?

— Je voulais juste dire qu'après une rupture il est difficile de continuer à se côtoyer.

— C'est peut-être toi qui tomberas amoureuse et qui voudras que je vienne vivre avec toi sur la falaise.

— Je ne tombe pas amoureuse, et j'aime la solitude.

Xander regarda Podkol, s'abstint de souligner qu'elle était tombée amoureuse du chien et vivait avec lui.

— Je te ressers un peu de vin ?

Elle se détourna de l'évier.

— Non, un verre d'eau, s'il te plaît. Je dois reprendre le volant.

— Il fait doux, ce soir. Quand j'aurai rangé la cuisine, ça ne te dirait pas d'aller faire un tour, histoire de digérer, et de permettre au chien de se dégourdir les pattes ?

— Ça lui ferait du bien, répondit-elle en s'approchant de la bibliothèque. J'étais sérieuse, tout à l'heure, quand je disais que j'aimerais la photographier. À quel moment pourrais-je revenir ?

— Vendredi ? À l'heure qui te conviendra. La porte est ouverte quand je travaille en bas. Mais si tu viens en fin de journée, on pourra manger un morceau ensemble chez Loo, avant le concert.

— Tu joues vendredi ?

— De 21 heures à minuit... et quelques. Kevin et Jenny viendront sûrement.

Ce n'était pas tant un rendez-vous galant qu'une soirée amicale.

Et elle aimait ce que faisait le groupe. Du reste, elle tenait absolument à prendre des photos de la bibliothèque...

Cependant, subitement, tout se figea quand ses yeux se posèrent sur la tranche de l'un des livres.

Du sang dans la terre : le legs de Thomas David Bowes, de Simon Vance.

Ils avaient choisi un autre titre pour l'adaptation cinématographique et un autre angle de narration, parce qu'ils voulaient recentrer l'intensité dramatique autour de la fillette qui avait découvert les atrocités de son père et sauvé la vie d'une jeune femme.

Après le décès de sa mère, Naomi avait lu des interviews du réalisateur et du scénariste. Elle savait pourquoi le film s'appelait *La Fille du Monstre*. Mais c'était avec le livre que le cirque médiatique avait commencé. Il recélait toute l'horreur des innombrables meurtres commis par son père.

— Naomi ? Ça va ?

Xander posa son torchon et s'avança vers elle. Elle se retourna trop brusquement, blême, le regard sombre.

— Oui, oui. J'ai un peu mal à la tête. Je n'aurais pas dû boire de vin après ma chute. Je vais rentrer prendre des antalgiques et me coucher.

Avant qu'elle ne parvienne à atteindre la porte, il l'attrapa par le bras.

— Tu grelottes.

— Ce n'est rien, juste une migraine. Merci pour cet excellent repas.

Craignant que les tremblements ne se muent en crise de panique, elle posa une main sur celle de Xander.

— Je reviendrai vendredi, si je peux. Encore merci pour tout.

Et elle partit sans même appeler le chien, qui néanmoins la suivit docilement.

Xander retourna devant la bibliothèque. Était-il fou ? Ou quelque chose, là, l'avait plongée dans une indicible terreur ?

Il parcourut les rayonnages du regard, essaya de se rappeler où elle se tenait exactement, ce qu'elle regardait.

Perplexe, il secoua la tête, prit un livre au hasard, le remit à sa place, en sortit un autre. Elle s'était pétrifiée, comme si on lui avait braqué un revolver sur la tempe. Devant des rangées de livres, des mots et des mondes sur papier.

Le sourcil froncé, il s'empara d'un ouvrage de témoignages : l'histoire d'un serial killer dans un État de l'ouest, se remémora-t-il. Le récit l'avait fasciné quand il était ado. Tous les médias en parlaient, si bien qu'il l'avait acheté.

Virginie-Occidentale, se souvint-il en observant le portrait du tueur sur la couverture.

Ça ne pouvait pas être ça, elle venait de New York.

Il s'apprêtait à ranger le livre mais parcourut auparavant le texte sur le rabat de la jaquette, comme il le faisait presque systématiquement quand il avait un bouquin en main.

Une petite bourgade rurale, au fin fond de la Virginie. Thomas David Bowes, électricien, marié, père de deux enfants. Diacre de sa paroisse. Combien de victimes, déjà ?

Curieux, il feuilleta le livre.

— Été caniculaire, par une nuit d'orage, en pleine forêt, bla-bla-bla. La fille de l'assassin, onze ans, découvre la salle de torture… Naomi Bowes. Naomi.

Il fixa le livre, revit son visage blême, son expression bouleversée.

— Oh, punaise…

13

Le vendredi soir, après moult tergiversations, Naomi se résigna à sortir. Une sorte de compromis, estimait-elle, dans la mesure où elle se sentait incapable de retourner chez Xander pour le moment.

Podkol n'était pas enchanté par la perspective de rester seul à la maison, même si elle lui avait laissé son chat en peluche, un os à mâcher, et la promesse de ne pas rentrer tard.

Elle ne pouvait pas emmener un chien dans un bar.

Il aurait pu lui servir d'excuse, au moins pour se justifier à ses propres yeux ; mais il était normal de sortir et elle ne désirait rien tant que de paraître normale, surtout après la façon désastreuse dont la soirée du mercredi s'était terminée.

Un verre, se dit-elle. Elle écouterait la première partie du concert, bavarderait de tout et de rien avec Jenny et Kevin, de même qu'avec Xander s'il venait les rejoindre à l'entracte.

Normal.

Ce souci de normalité l'épuisait, mais elle était résolue à faire des efforts.

Jenny avait la conversation facile ; de ce côté-là, Naomi n'avait pas à s'inquiéter.

Quant à Xander, il ne servirait à rien de l'éviter, sinon à compliquer davantage la situation. Mieux valait faire comme si de rien n'était, entretenir avec lui des rapports amicaux.

Comment avait-elle pu oublier son passé, et la brutalité avec laquelle la normalité pouvait disparaître ?

Un livre dans une bibliothèque avait remis les pendules à l'heure.

Délibérément, elle arriva chez Loo alors que le groupe était déjà sur scène, puis se faufila jusqu'à la table où Kevin et Jenny étaient installés.

— On arrive juste, nous aussi, lui dit Jenny en lui serrant chaleureusement la main. La baby-sitter était en retard. Les Wreckers pètent le feu, ce soir ! Kevin m'a promis de danser !

— Je vous offre à boire, déclara Naomi. Une bière et un verre de vin rouge ?

— Vous commencez à nous connaître ! Merci ! On va danser, Kevin ?

— Tu ne veux pas attendre…

Jenny entraîna son mari sur la piste, tandis que Naomi se frayait un passage jusqu'au bar.

Elle sentait le regard de Xander sur elle, les papillons qu'il faisait voleter dans son ventre. *Ne pas l'ignorer,* s'ordonna-t-elle. *S'accouder au comptoir, lui sourire.*

Les deux serveuses ne savaient pas où donner de la tête ; l'une d'elles, néanmoins, une jolie brune avec des mèches rouges, vint aussitôt prendre sa commande.

— Une grande blonde aux cheveux courts, l'air sûre d'elle… Vous êtes la photographe ? lui demanda-t-elle.

— Je… Oui.

La jeune femme, les yeux plus gris que bleus dans la pénombre, la dévisagea longuement.

— OK, acquiesça-t-elle. Vous êtes avec Jenny et Kev ?

— Oui.

— Une Sam Adams, un merlot, et pour vous ?

— Un merlot, aussi, s'il vous plaît.

— Il n'est pas mauvais, vous verrez.

Le visage anguleux, les traits taillés au scalpel, la barmaid portait de grosses créoles d'argent et trois petites boucles rouges à l'oreille gauche, assorties à son tee-shirt décolleté et moulant.

— J'ai été mariée au gars qui prétendait entretenir le jardin des Parkerson.

— Prétendait ?

— Il fumait plus d'herbe qu'il en tondait. J'ai fini par le quitter avant qu'il perde son job. Je vous fais une ardoise ?

— Euh… Non, merci.

Naomi sortit son porte-monnaie de sa poche et régla les consommations.

— Je vous apporte les verres à votre table.

— Laissez faire.

Adroitement, Naomi prit les deux verres de vin dans une main, la cannette de bière dans l'autre.

— Vous avez été serveuse ?

— Oui. Merci.

Au son de *Wild Horses*, des Rolling Stones, Naomi regagna la table. Kevin et Jenny dansaient le slow, langoureusement enlacés.

Leur complicité frappa Naomi droit au cœur.

L'amour peut durer, pensa-t-elle. Seth et Harry n'en étaient-ils pas la meilleure preuve ? Pour certains, oui, l'amour pouvait durer.

Elle s'installa face à la scène, sirota son merlot. Xander capta son regard. Il chantait avec conviction. Il avait une belle voix, du talent et de la prestance. Elle avait beau lutter, il ne la laissait pas indifférente. Ému par la tendresse évidente entre Kevin et Jenny, et par les paroles romantiques du morceau, son cœur se serra douloureusement.

Non, elle ne devait pas céder à la sentimentalité, pas plus qu'à ses désirs. Sa première erreur avait été de laisser Xander changer son pneu sur le bord de la route. Il lui fallait à présent rectifier le tir avant que l'erreur ne gagne en ampleur.

Elle détourna le regard, observa les danseurs, aperçut la jeune femme qui avait murmuré à l'oreille de Xander la dernière fois : celle-ci la fixait d'un air arrogant.

Super. Elle s'était attiré l'animosité d'une groupie jalouse.

Elle aurait mieux fait de rester chez elle avec le chien.

Le groupe enchaîna sur un morceau plus dynamique. Kevin et Jenny revinrent à la table.

— Deux danses de suite, c'est un record !

Les yeux pétillants, Jenny leva les poings.

— Vous n'aimez pas danser, Kevin ?

— Vous m'avez vu sur la piste ?

— Vous étiez adorables, tous les deux, répondit Naomi en riant, malgré son amertume.

Il avait senti sa présence dès l'instant où elle était entrée dans le bar, pensa Xander en laissant Lelo lui succéder au chant. Il avait perçu un changement dans l'atmosphère. Comme à l'approche d'une tempête.

Elle portait une tempête en elle. Il savait pourquoi, désormais, mais le pourquoi n'expliquait pas tout. Il désirait connaître toute son histoire, autant qu'il la désirait physiquement.

Devait-il lui dire qu'il avait compris qui elle était ? Il s'était posé la question des milliers de fois. S'ouvrirait-elle ou se refermerait-elle encore davantage ? Elle était trop mystérieuse pour qu'il puisse anticiper sa réaction.

Si elle se sentait en confiance… Elle ne se sentait pas en confiance.

Elle n'avait pas envie d'être là, c'était flagrant. Elle le cachait bien, sans doute était-elle maîtresse dans l'art de dissimuler ses émotions ; mais malgré la pénombre, il voyait que son sourire n'atteignait pas son regard.

Néanmoins, elle était venue. Pour se prouver quelque chose, peut-être, ou pour lui prouver quelque chose à lui. Les deux, certainement.

S'il jouait l'indifférence ? Elle s'en accommoderait. Elle était du genre à s'accommoder de tout. Elle avait l'habitude de ne compter que sur elle.

Or il était déterminé à bouleverser ses habitudes.

Le groupe attaqua un morceau de Clapton, et Xander s'efforça de se concentrer, sans toutefois pouvoir s'empêcher de suivre du coin de l'œil Naomi et Jenny qui se dirigeaient vers la piste de danse.

Elle ne se rappelait pas la dernière fois où elle avait dansé. Jenny avait tellement insisté qu'elle avait cédé, en se disant que danser lui changerait les idées.

C'était agréable de bouger, de se laisser porter par la musique, de balancer les hanches en rythme.

Elle n'y prêta pas attention lorsque quelqu'un la bouscula, cela faisait partie du jeu. Cependant, en recevant un coup de coude dans le dos, elle se retourna.

— Je vous gêne ? demanda-t-elle à la blonde qui la toisait d'un air provocant.

— Ouais, tu me déranges, et t'as pas intérêt à me faire chier.

— Arrête, Marla ! intervint Jenny. Tu as trop bu.

— Toi, je ne t'ai pas sonnée. Je parle à cette pouffiasse qui vient marcher sur mes plates-bandes.

Plusieurs personnes les regardaient. Naomi écarta les mains en signe de paix.

— Si vous voulez la piste rien que pour vous, je vous la laisse.

Elle s'apprêtait à regagner la table, mais la jeune femme lui saisit le bras, en jetant un regard noir à une amie qui l'interpellait.

— Arrête de draguer Xander, t'as compris ? Ou tu le regretteras, menaça Marla, les yeux brillants de rage et d'alcool, en poussant Naomi.

Par la force des choses, Naomi avait appris à éviter le conflit et à ne pas se faire remarquer. Mais par la force des choses, elle avait aussi appris à se défendre.

— Ne me touchez pas, OK ?

— Sinon, quoi ? rétorqua Marla avec un rictus aviné, en poussant de nouveau Naomi, qui lui bloqua le poignet et le tordit.

Elle tomba à genoux en hurlant.

— Ne me touchez pas, OK, répéta Naomi avant de la lâcher et de s'éloigner.

Jenny la rattrapa avant qu'elle n'atteigne la porte.

— Naomi, attendez, Naomi ! Je suis désolée, elle fait n'importe quoi quand elle est saoule.

— Ce n'est pas grave.

Naomi entendait les gens chuchoter, elle sentait leurs regards. Elle vit Kevin fendre la foule, l'expression inquiète et contrariée.

— Il vaut mieux que je m'en aille. Inutile d'envenimer la situation.

— Allons prendre l'air un moment, suggéra Jenny.

— Saoule comme elle est, elle risque de revenir à l'attaque, objecta Naomi en exerçant une pression sur sa main. De plus, le chien m'attend. Je vais rentrer. À très bientôt, Jenny.

Elle ne courut pas. Elle en avait envie, mais courir aurait signifié accorder trop d'importance à l'incident.

Néanmoins, comme si elle avait piqué un sprint, son cœur battait à tout rompre quand elle parvint à sa voiture, et les tremblements menaçaient, si bien qu'elle s'appuya contre le capot en attendant de se sentir capable de prendre le volant.

Alors qu'elle sortait ses clés de sa poche, Xander traversa le parking et lui prit les deux mains avant qu'elle ait pu déverrouiller la portière.

— Attends.
— Je rentre chez moi.
— Arrête d'abord de trembler si tu ne veux pas finir dans un fossé.

Il lui lâcha les mains, la prit par les épaules et la força à lui faire face.

— Tu veux des excuses ?
— Tu n'as rien fait.
— Non, si ce n'est coucher avec Marla deux fois, quand j'avais dix-sept ans. Ça remonte à quinze ans, il devrait y avoir prescription, mais je suis désolé qu'elle ait gâché ta soirée.
— Elle est saoule.
— Ce n'est pas une excuse, pas plus que le talent, pour se comporter de façon odieuse et ridicule.
— Certes, acquiesça Naomi avec un petit rire, mais le fait est qu'elle a trop bu. Et qu'elle fait une fixette sur toi.
— Ça fait quinze ans que je m'évertue à lui faire entendre que c'est peine perdue. De plus, elle est depuis sept ans avec quelqu'un que je considère comme un ami. Elle ne m'intéresse pas.
— Tu devrais peut-être le lui dire.

Il le lui avait dit, évidemment, un nombre de fois dont il avait perdu le compte. Il devrait le lui répéter, et la blesser, malgré toute son affection pour elle.

Non, impossible de traverser le labyrinthe de la vie sans faire souffrir personne.

— Je n'aime pas les esclandres, ajouta Naomi.
— Ce sont des choses qui arrivent. Si tu savais le nombre de scènes auxquelles j'ai assisté en jouant dans les bars, dans les mariages… On s'y habitue

plus ou moins. On essaie de calmer le jeu, c'est tout ce qu'on peut faire.

Elle acquiesça d'un hochement de tête, déverrouilla sa voiture. Il la força de nouveau à lui faire face, la plaqua contre la portière.

Ce n'était pas sympa de sa part, pensa-t-elle, de profiter d'un moment de faiblesse, d'un moment où elle avait les nerfs en pelote.

Il lui encadra le visage de ses mains et l'embrassa, sans douceur, presque avec rage.

— Tu es entrée dans le bar et l'atmosphère a changé. Je ne voulais pas te le dire. Ça te donne l'avantage, alors que tu es déjà un défi.

— Je ne veux pas être un défi.

— C'est l'une des raisons pour lesquelles tu en es un. J'ai envie de toi. Je te désire, et je sais que c'est réciproque. Je sais déchiffrer les gens, et les signaux que tu envoies sont très clairs. Je viendrai chez toi après le concert.

— Je ne…

Il couvrit ses lèvres des siennes.

— Si la lumière est allumée, je frapperai. Si elle est éteinte, je repartirai. Tu as deux heures pour réfléchir. Envoie un texto à Jenny quand tu seras arrivée chez toi. Elle se fait du souci.

Il lui ouvrit la portière, la tint ouverte pendant qu'elle bouclait sa ceinture.

— Laisse la lumière allumée, s'il te plaît, dit-il avant de la refermer.

Très délibérément, elle éteignit la lumière extérieure, le chien caracolant autour d'elle, extatique de la retrouver.

— Juste toi et moi.

Déterminée à ne pas s'appesantir sur l'incident Marla, elle alla dans la cuisine. Pour se préparer une infusion, prendre un comprimé afin de calmer la migraine de stress qui lui pulsait aux tempes. *Faire sortir le chien pour un dernier pipi,* se remémora-t-elle. Puis elle fermerait tous les verrous et monterait se coucher.

— Le sommeil est un refuge souverain, dit-elle à Podkol qui guettait chacun de ses gestes.

Puisqu'il avait besoin de compagnie, et qu'elle avait besoin d'air, elle sortit avec lui, contempla la lune au-dessus de la mer en sirotant sa tisane pendant que le chien faisait son tour.

Elle ne voulait surtout pas d'histoires, pensa-t-elle. Elle n'aspirait qu'à la tranquillité retrouvée ici, ce calme et cette sérénité qui, peu à peu, apaisèrent les tensions provoquées par une femme ivre et jalouse.

Elle ne retournerait pas chez Loo, elle éviterait Xander. Peut-être même partirait-elle deux ou trois jours à Seattle, puisqu'elle avait de toute façon l'intention d'aller y faire des achats.

Podkol vint s'asseoir à son côté.

À condition de trouver un motel qui accepte les chiens, pensa-t-elle en lui caressant la tête. Elle qui pour rien au monde ne voulait d'un chien… Voilà qu'il lui fallait maintenant des motels qui acceptaient les animaux !

Ils demeurèrent assis côte à côte plus d'une heure.

Il se leva quand elle se leva, la suivit de porte en porte tandis qu'elle vérifiait les verrous, monta avec elle et se rua sur son chat en peluche ; mais quand elle s'installa devant son ordinateur, il se coucha dans son panier, le jouet dans la gueule, et la regarda consulter ses e-mails et ses comptes.

Tout en pianotant sur le clavier, elle lui jeta un coup d'œil. Il ne la quittait pas du regard. Sentait-il sa nervosité ?

Elle se leva, alluma la cheminée, espérant que le feu les apaiserait tous les deux. En vain.

Quand elle descendit rallumer la lumière, il descendit avec elle.

— Je fais une erreur, là, une grosse erreur.

Tant pis. Sa décision était prise.

Dans la cuisine, elle se servit un verre de vin, et ressortit avec le chien pour attendre que Xander vienne frapper.

Il vit la lumière de loin, et tout en lui se dénoua. Il s'était dit qu'il accepterait que la maison soit plongée dans le noir – Naomi était libre de ses choix –, mais cette lueur lui procura la chaleur d'une torche.

Il se gara à côté du 4 × 4, descendit de sa moto, son étui à guitare sur le dos. Il ne voulait pas laisser son instrument dehors toute la nuit, et il avait la ferme intention de passer la nuit là.

Des aboiements retentirent. Très bien. Rien de tel qu'un chien pour vous prévenir d'une arrivée. Quand il frappa à la porte, un trio de « woof » résonna.

Lorsque Naomi ouvrit, Podkol se rua vers Xander en frétillant, mais Xander garda les yeux sur Naomi, la maison sombre derrière elle.

— Je peux entrer ?

Elle s'écarta de l'embrasure, afin de le laisser passer. Il referma la porte derrière lui, la verrouilla.

— J'avais préparé des trucs à te dire si la lumière était allumée.

— Aurais-tu fait demi-tour si elle avait été éteinte ?

— Je te désire, tu me désires, mais tant que tu ne m'aurais pas ouvert ta porte, je serais resté dehors. En attendant que tu l'ouvres.

Elle le croyait. Il était peut-être insistant, mais il ne s'imposerait jamais.

— Confiance ou patience ?

— Un peu des deux.

— Je ne suis pas de nature impulsive. Enfin, j'en étais persuadée… Mais j'ai adopté ce chien, j'ai acheté cette maison, et j'ai laissé la lumière allumée alors que je m'étais juré de l'éteindre.

Il posa sa guitare contre le mur.

— Tu n'es pas impulsive. Tu sais prendre des décisions, c'est tout.

— Peut-être. OK, j'ai pris une décision : ce ne sera que sexuel.

Sans sourire, patient, confiant, il soutint son regard.

— Non, ce ne sera pas que ça, tu le sais. Mais pour un début, je m'estime heureux.

— Ce soir, j'ai envie de toi, et si ce n'est…

Elle s'interrompit quand il l'attira contre lui. Tant pis si elle commettait une erreur, elle s'en mordrait les doigts plus tard. Parfois, il fallait profiter de l'instant présent.

Pressée, elle lui enleva son blouson, qui tomba sur le plancher dans une odeur de cuir. En la poussant vers l'escalier, il lui ôta son sweatshirt.

La queue de Podkol leur battait les jambes.

— Il croit que c'est un jeu, dit-elle.

Xander la plaqua contre le mur. Dans les veines de Naomi, le sang se mua en un torrent de lave.

— Assis ! ordonna-t-il au chien.

Il dégrafa son soutien-gorge, fit glisser les bretelles le long de ses bras.

— J'ai hâte de te voir nue.

— Je le suis presque.

Ses larges mains calleuses sur ses seins, ses pouces titillant les mamelons, il captura sa bouche, lui coupant le souffle.

Il la désirait ainsi, avide, frémissante de désir contre le mur, mais il se maîtrisa et l'entraîna dans l'escalier.

Le monde tourbillonnait, des éclats de lumière dans le noir, des ondes de chaleur, des sons impatients dont elle avait à peine conscience qu'ils provenaient d'elle. Elle lui arracha sa chemise, planta les dents dans sa chair.

Ils tombèrent sur le lit baigné par les rayons de lune, le murmure du vent et de la mer.

Il sentait le cuir et la sueur, le vent et la mer. Tout en muscles, il pesait sur elle de tout son poids. La panique menaçait, mais le désir l'emporta. Elle défit la boucle de sa ceinture. La bouche de Xander, aussi rêche que ses mains, se referma sur son sein.

Elle se cambra, choquée par l'intensité du plaisir. Avant qu'elle ait pu reprendre son souffle, il glissa une main entre ses cuisses.

La jouissance la submergea telle une vague brûlante. Elle ne parvenait pas à refaire surface, à reprendre de l'air, à se soustraire à l'incandescence. Sans cesser de la caresser, il lui retira son jean.

Son sexe chaud et humide, sa peau satinée, tout en elle le rendait dingue. Arquée contre lui, elle enfonçait ses ongles sous sa peau, les yeux voilés par le plaisir, son cœur cognant contre le sien.

Quand il la pénétra, il crut que le monde avait cessé d'exister. L'espace d'un instant, tout s'interrompit… Tout son, tout souffle, tout mouvement.

Puis ce fut un raz-de-marée d'une violence inouïe. Il s'y abandonna, s'abandonna en elle afin de lui donner tout ce qu'il avait en lui. Quand il explosa, elle explosa avec lui.

L'orgasme la laissa inerte, vidée, le cœur tambourinant à un rythme effréné, épuisée mais aussi merveilleusement détendue, loin de toute pensée cohérente.

Elle resta immobile, les yeux fermés, savourant simplement l'instant présent sans penser au suivant.

Elle sentit Xander bouger, basculer à côté d'elle, puis le matelas s'enfoncer sous son poids.

— Qu'est-ce que tu fais ? murmura-t-elle en le sentant continuer à s'agiter.

— J'enlève mes bottes. Laisse ça, Podkol ! Ce n'est pas très classe, un mec en bottes avec le pantalon sur les mollets. Podkol t'a piqué ton soutif.

Elle cligna les paupières, ouvrit les yeux. Xander était assis au bord du lit, dans le clair-obscur de la lune. Face à lui, le chien remuait la queue, quelque chose dans la gueule.

— C'est mon soutien-gorge ?

— Ouais. Tu le veux ?

Elle roula sur elle-même, tenta de s'emparer de son sous-vêtement. Le chien s'aplatit sur ses pattes avant, arrière-train en l'air.

— Il croit que tu veux jouer.

Xander se leva : grand, nu, bâti comme un athlète, il alla chercher le chat en peluche dans le panier du chien.

— On échange ?

Podkol lâcha le soutien-gorge. Xander le ramassa, le posa sur le lit.

— C'est une sirène ?

Naomi se tourna vers le lampadaire.

— Oui. Elle n'est pas destinée à rester dans cette pièce.

— Pourquoi ?

Comme tout homme l'aurait fait, Xander passa une main sur la poitrine de bronze.

— Je la mettrai dans la chambre de mes oncles. Elle leur plaira.

Ils se comportaient l'un et l'autre avec un naturel surprenant, à dix mille lieues des conversations sérieuses et empruntées sur l'oreiller, que Naomi avait en horreur.

Xander se tourna vers elle. Ridicule de se sentir gênée après ce qui venait de se passer entre eux… Néanmoins, elle dut lutter contre le besoin de se couvrir.

— On appellera ça le mode *Fast and Furious.*

— Comment ?

— Tu as dû louper certaines sorties cinématographiques, dit-il en se rasseyant au bord du lit, pas le moins du monde embarrassé par sa nudité. Cela dit, ç'aurait été encore plus furieux sans le chien. Si je m'étais écouté, je t'aurais prise dans l'escalier, mais il aurait voulu être de la partie. Du reste, dans la précipitation, on a tendance à louper les plus beaux détails. Tu es splendide, dans la lueur de la lune… et je ne le vois que maintenant.

— C'était très bien, je n'ai rien à redire.

— Tant mieux, dit-il en effleurant le petit tatouage qu'elle avait sur la hanche gauche. C'est une fleur de lotus ?

— Oui.

Un symbole d'espoir, pensa-t-il, *et de persévérance.* La beauté s'épanouissant dans la vase.

— Quel genre de rocker es-tu ? Tu n'as pas de tatouage ?

— Je n'ai pas trouvé de motif que j'aimerais garder sur la peau pour la vie, répondit-il en plaçant une main derrière la tête de Naomi, pour l'embrasser avec douceur. Maintenant, prenons notre temps.

En souriant, il la poussa à se rallonger.

— Je ne veux louper aucun détail, cette fois, ajouta-t-il.

Plus tard, Naomi put attester qu'il n'en avait omis aucun.

14

Xander se réveilla presque nez à nez avec le chien, posté à côté du lit. Sur le coup, dans les brumes du sommeil, il crut que c'était Milo, avant de se rappeler que son fidèle compagnon n'était plus de ce monde. Toutefois, il réagit de la même manière qu'avec lui.

— Va-t'en, marmonna-t-il.

Au lieu de retourner se coucher la tête basse comme Milo, Podkol agita la queue et colla sa truffe humide et froide contre la joue de Xander.

— Laisse-moi tranquille, dit-il en le repoussant, ce que le chien interpréta comme un encouragement.

Une balle de tennis baveuse atterrit dans le lit, à deux centimètres du visage de Xander, qui se garda bien de la jeter, n'ayant aucune envie d'un jeu qui n'en finirait pas. Il ferma les yeux. Du museau, Podkol amena la balle jusque sur sa poitrine.

À côté de Xander, Naomi remua, lui rappelant qu'ils pouvaient jouer à des jeux ô combien plus intéressants, à cette heure indue.

— Il ne lâchera pas l'affaire, murmura-t-elle, et elle se redressa en position assise avant que Xander ait pu l'enlacer. Ça fait partie de son rituel matinal.

— Ce n'est pas encore le matin.

— À 5 heures tapantes, il est réglé comme une horloge… quoiqu'il ait dix minutes de retard, aujourd'hui.

— Où vas-tu ?

— Je me lève.

Au grand dam de Xander, elle enfila un pantalon.

— Tu te lèves à 5 heures tous les matins ?

— Oui.

— Même le week-end ?

— Même le week-end. Sur ce plan, au moins, on est raccord avec le chien. Rendors-toi, dit-elle en ouvrant la porte du balcon.

Podkol se précipita dehors.

— Reviens dans le lit. Tu ne voudrais pas tester un nouveau rituel matinal ?

— C'est tentant, mais dans dix minutes le chien me réclamera son petit déjeuner.

— Je me contenterai de dix minutes, bougonna Xander.

Il aimait son rire, encore rauque de sommeil.

— Rendors-toi. Il faut que je boive un café avant de donner à manger au chien.

Bon. Puisqu'ils n'allaient pas faire l'amour…

— Il n'y a que le chien qui ait droit à un petit déjeuner ?

— Absolument pas, répondit Naomi en se dirigeant vers la porte, silhouette longue et mince dans la pénombre.

Quand elle eut quitté la pièce, il resta immobile, allongé sur le dos. Habituellement, il ne se levait qu'à 6 heures, voire à 6 h 15, le samedi. Mais il ne prenait pas de petit déjeuner.

Il saisit la balle, évalua la distance jusqu'au panier du chien puis la lança.

Naomi est donc une lève-tôt, pensa-t-il en roulant hors du lit. Il s'y ferait, ce n'était pas un problème majeur. Au moins, elle n'était pas du genre à se coller contre vous et à vous empêcher de dormir : un point de bonus selon les critères de Xander.

Les câlins après l'amour ne le dérangeaient pas. Pour dormir, en revanche, il avait besoin d'espace. Elle aussi, apparemment.

Non seulement elle faisait l'amour comme une reine, mais en plus elle n'attendait pas qu'on la cajole ensuite pendant des heures. Mégapoint de bonus.

Et elle cuisinait.

Il trouva son pantalon, l'enfila. Ne voyant son tee-shirt nulle part, il alluma la sirène. Un grand sourire lui étira les lèvres. Une femme qui achetait une superbe créature nue en guise de luminaire… Voilà qui méritait encore des points !

La chambre sentait son odeur, un parfum d'été, une senteur d'orage, merveilleusement sensuelle.

Il trouva son tee-shirt et l'enfila.

Elle avait toujours des cartons pleins de vêtements. Curieux, il y jeta un coup d'œil. Elle était ordonnée : encore une qualité qu'il appréciait.

Il examina le futur dressing en cours d'aménagement, vide.

Incroyable mais vrai, il avait plus de vêtements qu'elle.

Aussi étrange que fascinant.

Dans une caisse contenant des articles de toilette, il aperçut une brosse à dents neuve dans son emballage, estima que tout le monde ne s'en porterait que mieux s'il se l'appropriait.

En appuyant sur l'interrupteur de la salle de bains, il constata qu'elle était en chantier. Les tuyaux à nu laissaient deviner le nouvel agencement ; la cabine de douche serait de taille honorable.

Il aurait volontiers pris une douche.

Dans le couloir, il découvrit une autre salle de bains en travaux, une chambre à moitié peinte d'une jolie couleur, et une troisième salle de bains, éventrée. Résigné à sortir faire ses besoins en plein air comme le chien, il tomba néanmoins sur une autre salle de bains, bleue, affreuse mais utilisable.

Si la douche de la baignoire sabot fonctionnait, il en prendrait une plus tard. Pour l'instant, il avait besoin d'un café.

Il descendit, nota que Kevin avait bien avancé. La maison serait superbe, sans tape-à-l'œil, comme trop souvent. Agréable à vivre, dans le respect de l'histoire du lieu.

Il s'arrêta sur le seuil du séjour. Belle couleur, là aussi, et si les bûches à gaz convenaient pour la chambre, il était content que Naomi ait conservé ici la cheminée à bois d'origine.

Derrière les fenêtres, le jardin était dans un état déprimant. Les aménagements extérieurs représenteraient un boulot de titan. Naomi aurait besoin d'aide pour débroussailler, élaguer, arracher les mauvaises herbes.

Que diable faire d'autant d'espace quand on vit seul ? se demanda Xander en se dirigeant vers la cuisine. Puis il s'immobilisa devant la bibliothèque, pour la première fois en proie à une profonde et sincère envie.

Il avait vu les premières étapes de la fabrication des étagères dans l'atelier de Kevin, mais le résultat final le laissa bouche bée. Le merisier naturel prendrait des teintes mordorées à la lumière du jour et rougeoierait à la tombée de la nuit.

Xander s'offrirait un grand fauteuil en cuir, qu'il placerait face au feu, de biais afin de pouvoir contempler la vue par la fenêtre. Ou bien un canapé, et il pourrait vivre dans cette pièce ! À condition que tous ces rayonnages soient garnis de livres. Leur absence fendait son cœur de bibliophile.

Il gagna la cuisine, huma l'arôme du café.

Naomi accumulait les bons points.

Juchée sur l'un des quatre tabourets arrivés là depuis la dernière visite de Xander, elle était penchée au-dessus de sa tablette.

— Sers-toi, lui dit-elle.

Il prit un grand mug blanc plutôt que l'une des délicates petites tasses bleues.

Malgré la fraîcheur matinale, elle avait ouvert les portes en accordéon. Il entendait le chien trottiner sur la terrasse, dans la pénombre qui commençait juste à s'éclaircir.

— J'ai trouvé une brosse à dents dans l'un de tes cartons, je m'en suis servi.

— Tu as bien fait.

— La salle de bains bleue, tu comptes la refaire, non ?

Elle leva les yeux, ces yeux d'un vert sombre et profond, magnifiques.

— Tu n'aimes pas la salle de bains du boxeur ?

— Du boxeur... ? Ah, OK, parce qu'elle est bleue et noire. Rigolo.

— Je ne savais pas comment appeler la rose et noire, mais elle n'existe plus. La tapisserie à fleurs était affreuse.

Tout en sirotant son café, elle observait Xander, mal réveillé, mal rasé, jean déboutonné, son tee-shirt gris ardoise faisant ressortir le bleu de ses yeux, cheveux en bataille, pieds nus.

Que diable faisait-il dans sa cuisine avant l'aurore... si ce n'était pour lui donner des regrets de ne pas s'être remise au lit avec lui ?

Il l'observait, lui aussi. Elle posa sa tasse.

— Je me demandais si je te servais un bol de céréales, mon petit déjeuner habituel quand j'en prends un, ou si j'avais vraiment envie de tester ma nouvelle poêle à omelette.

— Je peux voter ?

— Je devine ton choix. Tu as de la chance, j'ai vraiment envie d'essayer ma nouvelle poêle.

— Tu prépares l'omelette, je ferai la vaisselle.

— Le marché me semble équitable.

Elle se leva, ouvrit le réfrigérateur, en sortit divers ingrédients qu'elle posa sur le comptoir : œufs, fromage, lard, un poivron vert, des tomates cerises.

Du sérieux.

Elle éminça, trancha, arracha quelques feuilles d'une plante en pot sur le rebord de la fenêtre, fouetta, pendant que Xander buvait son café.

— Quelle est la spécificité d'une poêle à omelette ?

— Des bords bas et arrondis.

Elle versa les œufs battus sur les tomates et le poivron qu'elle avait fait revenir, ajouta les dés de lard, râpa le fromage par-dessus. Tout en glissant une spatule sous les bords de l'omelette, elle jeta un regard à Xander.

— Je ne suis pas sûre de savoir encore le faire.

— Je dirais que oui.

— Peut-être, peut-être pas.

Sans le quitter des yeux, elle inclina la poêle, la secoua délicatement.

— On va voir, ajouta-t-elle et, sous le regard médusé de Xander, elle fit sauter l'omelette et la récupéra avec un sourire satisfait.

— Je sais toujours le faire.

— Impressionnant.

— Ç'aurait pu être la cata. Je n'ai pas préparé d'omelette digne de ce nom depuis au moins deux ans.

À l'aide de la spatule, elle la plia, la mit au four afin de la tenir au chaud et fit cuire la deuxième, qu'elle retourna de même en la faisant sauter.

— Dans ce tiroir, là, il doit y avoir du pain. Fais-en griller. Je suis officiellement amoureuse de cette poêle.

— J'ai moi aussi de l'affection pour elle.

— Je n'ai toujours pas de table.

— Le soleil ne va pas tarder à se lever.

— On s'installe dehors ? Prends les assiettes, j'apporte le café.

Ils s'assirent côte à côte sur le banc, le chien à leurs pieds, et mangèrent en regardant les étoiles s'éteindre une à une, puis le soleil s'élever au-dessus de la mer.

— Je croyais que la bibliothèque était la seule chose que j'avais à t'envier, mais cette vue… c'est magique.

Des lueurs rouges, roses et bleu pâle se fondaient dans un ciel doré.

— Je ne m'en lasse pas. J'ai photographié des dizaines de levers de soleil, ils sont tous uniques. Si la maison n'avait été qu'une hutte de terre, je l'aurais achetée quand même, rien que pour la vue.

— C'est là que tu manges tes céréales ?

— Ou autre chose. Et je continuerai sûrement, même quand j'aurai une table. Il faudra que j'en trouve une d'extérieur, avec des chaises.

— Il te faut aussi des livres, pour habiller cette fabuleuse bibliothèque. Je n'en ai pas vu un seul.

— En voyage, je lis sur ma liseuse. Elle haussa un sourcil en demandant : Tu as quelque chose contre les livres électroniques ?

— Non. Tu as quelque chose contre les livres papier ?

— Non. Je vais me faire envoyer les miens. Je n'en ai pas autant que toi, loin de là, mais j'ai maintenant la place d'enrichir ma collection.

Xander pensa à celui de ses livres, chez lui, qui lui avait révélé le lourd secret de Naomi.

— Tu veux toujours photographier ma bibliothèque ?

Il perçut un temps d'hésitation, très bref et habilement dissimulé.

— Bien sûr.

— Que feras-tu de ces photos ?

— Ça dépendra de leur qualité. Je ne suis jamais sûre de parvenir à saisir ce que je vois. Il y en aura, j'espère, pour la galerie. Et je ferai peut-être des cartes postales.

— Tu fais des cartes postales ?

— Elles se vendent comme des petits pains, sur mon site Web. Contrairement à ce qu'on pourrait croire, les gens envoient toujours des cartes. Et celles-ci plairont aux amoureux des livres. J'en ferai sûrement une petite série. Le mur de livres, sous différents angles. Une pile de livres à côté d'une lampe. Un livre ouvert entre tes mains.

— Mes mains ?

— Tu as des mains viriles, grandes, fortes, calleuses. Ça fera un bon cliché, murmura-t-elle, le visualisant déjà.

— Tu es libre, demain ?

— Pourquoi ?

Toujours méfiante, pensa-t-il.

— Tu pourrais venir chez moi avec ton appareil. Je demanderai aux mecs du groupe s'ils sont dispos, pour que tu puisses faire aussi les photos du CD.

— Je ne sais pas ce que vous voulez.

— Quelque chose de vendeur. C'est toi la spécialiste.

— Tu me montreras votre premier disque ?

Xander souleva une hanche, extirpa son smartphone de sa poche, vit qu'il avait une dizaine de textos non lus, puis chercha parmi ses photos et afficha un cliché des cinq musiciens, avec leurs instruments, sur la scène du bar, en noir et blanc.

— Pas mal.

— Dit-elle avec enthousiasme.

— Non, c'est une bonne photo. Mais elle n'a rien d'original.

— Que ferais-tu ?

— Je ne sais pas encore. Vous avez une salle de répète ?

— Le garage.

— Eh bien, je commencerai par là.

— Demain, ça t'irait ?

— Oui, je pense que oui, au moins pour un premier feeling. Les tee-shirts noirs sont bien, mais demande à tes potes d'en apporter un ou deux autres de couleur.

— OK. Ton omelette était délicieuse. Je vais faire la vaisselle.

Elle fut vite expédiée, si bien que Xander avait encore le temps…

— La douche fonctionne, dans la salle de bains du boxeur ?

— À peu près.

— Je peux en prendre une avant d'aller travailler ?

— Tu travailles le samedi ?

— De 8 à 16 heures, du lundi au samedi. Dépannage et remorquage d'urgence vingt-quatre heures sur vingt-quatre, sept jours sur sept. Quand j'ai un concert, quelqu'un assure la garde à ma place.

— OK. Tu peux prendre une douche, bien sûr.

— Super, dit-il, et il la plaqua contre le réfrigérateur pour l'embrasser. Tu viens avec moi ?

Elle avait prévu de sortir tôt, d'aller chez le brocanteur et de prendre des photos en chemin.

Mais ces mains sous son tee-shirt, ces pouces…

Dans l'euphorie de la douche, elle avait accepté de dîner à la pizzeria avec Xander après sa journée de travail.

Ce n'était pas un rendez-vous galant puisqu'ils couchaient ensemble désormais. Elle n'avait donc pas besoin de faire d'efforts vestimentaires, si bien qu'elle opta pour des leggings gris et une tunique pêche.

Si elle avait eu les idées plus claires, elle aurait trouvé une excuse ou, au moins, elle aurait suggéré que Xander apporte des pizzas chez elle. Sur son terrain. La maison n'était à elle que depuis peu, mais elle s'y sentait en sécurité.

— Et demain, je vais chez lui, dit-elle au chien. Pour des raisons professionnelles, certes, mais ça fera quand même trois jours de suite.

Afin que sa tunique fasse moins sac, elle l'agrémenta d'une ceinture. Puis elle prit son porte-monnaie, ses clés et descendit, Podkol sur ses talons.

— Tu ne viens pas avec moi. Tu restes là, toi.

Elle ignorait jusque-là qu'un chien puisse paraître choqué.

— Désolée, mais tu serais obligé de rester dans la voiture, ce ne serait pas cool. De plus, tu es mon prétexte, au cas où Xander me proposerait un ciné ou un dernier verre chez lui. Je reviens dans deux heures, grand maximum, OK ?

Podkol remonta tristement l'escalier, en se retournant toutes les trois marches pour lui jeter des regards éplorés.

— On dirait que je l'enferme dans un placard pour aller danser, bougonna-t-elle, rongée de culpabilité.

Il serait pile à l'heure, pensa Xander en boutonnant une chemise propre. Il avait été bien inspiré de profiter des effets hypnotiques de la douche pour inviter Naomi à la pizzeria. N'était-il pas grand temps qu'ils sortent ensemble ? Une pizza était toujours un bon début de soirée. Certes, Xander était de garde, mais il resterait joignable sur son portable et, avec un peu de chance, il ne recevrait pas d'appel.

Quand il sortit, il découvrit Chip sur le pas de la porte, s'apprêtant à frapper.

— Eh, salut ! Tu vas bien ?

— Salut. Tu sors ?

— Ouais, mais j'ai une minute. Tu veux entrer ?

— Non, je ne voudrais pas te retarder, je descends avec toi.

Chip s'engagea dans l'escalier. Grand gaillard, ancienne star de l'équipe de foot du lycée, les jambes légèrement arquées, il marchait pesamment lorsqu'il était à terre. Sur le pont d'un bateau, en revanche, il se déplaçait avec la grâce d'un Baryshnikov. Les touristes qu'il emmenait à la pêche ou en balade appréciaient sa nature effacée.

Chip était amoureux de Marla depuis aussi longtemps que Xander le connaissait, et il l'avait enfin conquise quand elle était revenue à Sunrise Cove après deux ans de fac, en castagnant le gars qui sortait avec elle et la cognait – ni le premier ni le dernier, sans doute, à goûter de son poing à cause de Marla.

Xander ne tenait pas à être le prochain. Il ne sentait toutefois aucune animosité dans l'attitude de son vieil ami.

— On m'a raconté comment Marla s'est comportée hier soir. Je voulais m'excuser.

— Bah, ce n'est pas très grave.

— Elle en pince toujours pour toi.

Xander scruta le regard de Chip, où ne perçait toujours pas la moindre aigreur.

— Tu sais bien que c'est une affaire classée depuis le lycée.

— Je sais. Patti essaye de faire courir des bruits, mais je sais qu'elle raconte n'importe quoi. Tout le monde le sait.

— Pas de rancune, donc ?

— Bien sûr que non. Je voulais aussi m'excuser auprès de la jeune dame… Naomi, c'est ça ? Celle qui vient de s'installer à Point Bluff. Mais je n'ai pas osé aller chez elle, elle ne me connaît pas, elle aurait pu prendre peur.

— Ne t'inquiète pas, tu ne dois d'excuses à personne.

Au bas de l'escalier, Chip enfonça les mains dans ses poches, le regard fuyant.

— Ça m'embête quand même, cette histoire… Tu ne sais pas où elle est, par hasard ?

— Naomi ?

— Non… Marla.

— Désolé, non.

— Elle n'est pas chez elle, et elle ne répond pas au téléphone. Il paraît qu'elle s'est engueulée avec Patti, hier soir, parce que Patti lui a dit qu'elle lui faisait honte. Marla est partie du bar comme une furie. Elle avait bu.

— Elle était en voiture ?

— Non, heureusement, son nouvel appart n'est pas très loin de chez Loo. Elle n'est pas allée travailler aujourd'hui. Ses collègues du supermarché sont furax.

Penaude, la gueule de bois, elle devait se terrer au lit, les couvertures par-dessus la tête.

— Mince…

— Si jamais tu la vois, tu peux me passer un coup de fil, s'il te plaît ? Ça me rassurerait.

— Bien sûr.

— Bon… Excuse-moi de t'avoir dérangé, je ne te retiens pas plus longtemps. Si tu vois la jeune dame, Naomi, tu pourras lui dire que je suis désolé ?

— Pas de problème. Ne te fais pas de souci.

— J'essaye…

Avec un sourire contrit, Chip monta dans son camion, et Xander dans le sien, à présent presque en retard.

Naomi était déjà *Chez Rinaldo*, attablée dans un box, consultant le menu. Il s'installa en face d'elle.

— Désolé, j'ai eu un petit contretemps.

— Aucun problème… Je me demandais si j'avais assez faim pour prendre des calamars en entrée.

— On partagera, si tu veux.

— OK, acquiesça-t-elle en refermant la carte. Il y a un monde fou, ici.

— Toujours, le samedi soir. Tu es superbe.

— Plus qu'il y a quelques heures ?

— Tu es toujours superbe. Salut, Maxie ! lança Xander à la serveuse, une jeune fille aux yeux de biche et aux cheveux blonds parsemés de mèches mauves.

— Salut, Xander. Bonsoir, dit-elle à Naomi. Vous prendrez un apéritif ?

— Un verre de chianti, s'il vous plaît, et un pichet d'eau fraîche.

— Et pour toi, Xander ?

— Une Yuengling. Ta voiture marche bien ?

— Impec, depuis que tu l'as réparée. Je vous apporte ça tout de suite.

— Tu répares les voitures de tout Sunrise Cove ?

— Pas tout à fait. Écoute, si jamais un grand gaillard vient chez toi…

— Hein ? Qui ça ?

— Chip, un gars inoffensif, l'ex de Marla. Il est passé chez moi juste au moment où je partais.

Naomi se raidit.

— Qu'il s'en prenne à elle. C'est elle qui a cherché la bagarre.

— Ce n'est pas ça. Il est gentil comme tout… trop, même. Il voulait s'excuser pour elle, mais il n'a pas osé aller chez toi, de crainte de te faire peur.

— Ce n'est pas sa faute. Que fait un type gentil qui s'excuse pour les autres avec une fille comme Marla ?

— Qui se livre à l'amour renonce à la sagesse.

— Qui a dit ça ?

— Francis Bacon. J'ai promis à Chip de te présenter des excuses de sa part.

Maxie apporta les verres et prit la commande.

Ce n'est pas désagréable de sortir, se dit Naomi.

La salle était bruyante, mais il y régnait une ambiance conviviale.

Et les calamars auraient obtenu les éloges de Harry.

— Loo m'a dit que vous aviez fait connaissance.

— Quand ça ?

— Au bar, hier soir. C'est elle qui t'a servie.

— C'était Loo ? Je l'imaginais plus âgée, avec un look plus strict. Et je pensais qu'elle ne s'occupait que de gestion.

— Elle aime mettre la main à la pâte. Elle t'a trouvée sympa.

Une brune pulpeuse sortit de la cuisine avec un éclat de rire tonitruant et joyeux.

— C'est flatteur, dit Naomi. On a parlé à peine deux minutes.

— Elle sait ce qu'elle sait, comme elle aime à le dire.

— Elle m'a dit qu'elle avait été mariée avec le gars qui entretenait le jardin de ma maison, à l'époque où c'était un B&B.

— Un fumeur de joints invétéré. Il y a un bail qu'ils ne sont plus ensemble. Au fait, je pourrai te donner un coup de main, si tu veux, pour les plus gros travaux d'extérieur. Kevin m'a dit que tu n'avais pas l'intention de prendre un paysagiste, tout du moins pas dans l'immédiat. Sinon, si tu changes d'avis, tu pourrais t'adresser à Lelo.

— Du groupe ?

— Sa famille tient la jardinerie locale. Et il se charge des aménagements extérieurs. Il est plutôt bon.

— C'est une tradition, dans le coin, de fumer des joints quand on est jardinier ?

Xander but une gorgée de bière.

— Lelo ne fume plus. Tu le verras demain. Tu pourras te faire une idée du personnage.

— OK. En fait, je voulais m'occuper moi-même du jardin, mais jusque-là je n'ai planté que des herbes aromatiques.

— Tu n'avais pas de jardin, j'imagine, à New York.

— Une petite cour intérieure, facile à entretenir. Le boulot de Seth, principalement. Je vais devoir me rendre à l'évidence, je crois, je n'arriverai jamais à m'occuper toute seule d'un aussi grand terrain.

— Je te propose un échange de bons procédés : de la main-d'œuvre contre tes photos.

— Hum… On verra comment se passe la première séance. Mais pourquoi pas ?

— Tu veux venir jeter un coup d'œil au garage dès ce soir ?

— Le chien m'attend.

Bon prétexte, mais aussi une contrainte, pensa-t-elle.

— Il n'est pas à dix minutes près. Ça ne te fera pas un gros détour. Tu auras vu les lieux, pour un premier feeling, comme tu disais.

Ça l'aiderait, en effet. Et elle pourrait toujours brandir l'excuse du chien pour ne pas finir dans le lit de Xander.

— D'accord, un tour vite fait, acquiesça-t-elle.

La nuit était tombée ; elle ne pourrait pas juger de la luminosité, mais elle aurait déjà un aperçu de l'espace où le groupe répétait.

Des spots s'allumèrent quand elle s'engagea sur le parking derrière Xander. Une mesure de sécurité, en plus du système d'alarme.

— Je n'avais pas pensé que les risques de cambriolage ne sont pas négligeables dans un garage.

— Ouais, en plus des voitures, j'ai pas mal de matos, de pièces de rechange, parfois les instruments du groupe.

Il déverrouilla les portes de l'atelier, appuya sur un interrupteur. Naomi parcourut du regard le vaste local au sol maculé de taches d'huile, dont l'odeur flottait dans l'air. Un pont élévateur orange, des compresseurs, des vérins hydrauliques, deux énormes servantes à outils, l'une rouge, l'autre noire… Oui, elle pourrait tirer parti de ce décor.

— Vous jouez à quel endroit ?

— Par là, répondit-il avec un geste de la main. Quand il fait beau, on commence dehors.

Elle préférait l'intérieur, avec ses couleurs clinquantes, ses machines imposantes.

— Ce serait bien que tu rentres ta moto.

— Pour les photos ?

— Oui. Et peut-être aussi des pièces auto, un vieux moteur, par exemple, un pare-brise cassé. Un volant. Des pneus.

Elle recula jusqu'à l'entrée, revint au centre de l'atelier.

Sans nul doute, ce décor l'inspirait.

— OK… J'aurais des exigences quant à votre look. Mettez tous des vêtements dans lesquels vous êtes à l'aise mais, comme je te l'ai dit, pas que du noir. Apportez des casquettes, des bandanas.

Des chapeaux de cow-boy. Des cache-poussière, si vous en avez, en cuir.

— D'accord, je transmettrai.

Elle perçut le doute dans la voix de Xander et esquissa un sourire.

— Fais-moi confiance. Le résultat vous plaira. Qu'y a-t-il, là-bas ? demanda-t-elle en distinguant une station de travail non éclairée, au fond de l'atelier.

— L'amour de ma vie.

— Ah oui ?

— Tu veux la voir ?

— Évidemment.

Il s'éloigna, alluma la lumière, entendit l'exclamation de surprise étouffée que poussa Naomi.

— Elle est à toi ?

— Depuis quelques années, oui.

— Tu as une GTO décapotable ?

Pendant quelques secondes, il garda un silence révérencieux.

— Je crois que tu es obligée de m'épouser, maintenant. Tu es la seule femme, exceptée Loo, à l'avoir vue et à savoir qui elle est. C'est comme si nous étions fiancés, désormais.

— Elle est magnifique.

Naomi s'en approcha, effleura la carrosserie rouge.

— Absolument divine, ajouta-t-elle. C'est toi qui l'as restaurée ?

— Entretenue, plus exactement. Elle était à mon grand-père, qui la choyait comme un bébé. Le gène de la mécanique a sauté mon père. Grandpa m'a montré les ficelles. Il me l'a offerte pour mes vingt et un ans.

Naomi posa une main sur la poignée de la portière.

— Je peux ?

— Je t'en prie.

Elle l'ouvrit, passa la main sur le siège.

— Elle sent encore le neuf. Oh, une radio à boutons !

— Mon père voulait la remplacer par une 8 pistes. Mon grand-père a failli le déshériter.

— Sacrilège, en effet, n'est-ce pas ? Ton grand-père serait fier de voir comme tu la bichonnes.

— Il l'est.

— Il est encore en vie ?

— Toujours bon pied bon œil. Il vit à Sanibel Island, en Floride, avec sa deuxième femme, qu'il a épousée il y a presque quarante ans.

— J'adore cette île.

— Comment se fait-il que tu connaisses les voitures de collection ?

— J'en ai photographié à mes débuts en free-lance, chez l'ami d'un ami de Seth et Harry.

Tout en parlant, elle fit le tour de la voiture, absolument superbe. Entretenue par Xander, elle devait être en parfait état de marche.

— Je ne me rappelle pas tous les modèles qu'il avait, poursuivit Naomi, mais j'ai été marquée par sa GTO 67, rouge elle aussi, mais pas décapotable. Un bijou.

— Ça te dirait de faire un tour ?

— J'aimerais bien, soupira-t-elle, mais le chien m'attend.

Xander reconnut une véritable envie, et il savait comment en tirer parti.

— Je te raccompagne chez toi, si tu veux. Tu laisses ton 4 × 4 ici, et je reste chez toi. Demain, on revient avec ton matériel photo.

Non, impossible. Interdit. Elle ne pouvait pas s'autoriser à passer deux nuits de suite avec lui. Il risquait de se faire des illusions.

Mais la voiture reluisait sous les néons du garage, terriblement tentante…

Et Xander se tenait à côté, dans une pose vraiment très sexy…

— D'accord, acquiesça Naomi, mais seulement à condition que tu la décapotes.

— Marché conclu.

15

En d'autres temps, Xander se couchait plus souvent qu'il ne se levait à 5 heures du matin, et il espérait de tout son cœur que cette époque ne soit pas tout à fait révolue.

Toutefois, lorsqu'il était récompensé par des pancakes – des vrais pancakes maison, et non pas une préparation instantanée, comme sa mère en achetait –, force lui était de reconnaître qu'être matinal présentait certains avantages.

Le principal de ces avantages était assis à côté de lui sur le banc métallique, sous le ciel commençant à peine à s'éclaircir.

— C'est ton nouveau mobilier d'extérieur ?

— Oui.

Malgré la pénombre, Xander distinguait la rouille sur les vieilles chaises à structure flexible.

— Drôle de choix…

— Je voulais du métal, et j'ai fait une bonne affaire. J'ai aussi acheté une commode et une table basse que j'ai laissées chez Jenny. Et Cecil m'a mis de côté deux petits meubles auxquels j'aimerais qu'elle jette un œil.

— Tu dois être sa cliente favorite.

— Je le paierai en partie avec les photos que j'ai prises hier chez lui. La grange était sublime, sous un amas de gros nuages gris, la luminosité parfaite. J'ai convaincu Cecil de se tenir devant la porte, en salopette, appuyé sur une fourche. Il a un peu râlé, mais ça l'a amusé de poser. Du coup… Attends !

Naomi se leva d'un bond et se rua à l'intérieur. Xander échangea un regard avec le chien, haussa une épaule et continua de déguster ses pancakes.

Naomi revint en courant, avec son appareil photo et une sacoche.

— Mets-toi devant la balustrade, ordonna-t-elle.

— Hein ? Non. Je mange. Il fait trop sombre pour des photos, de toute façon.

— Je te dis comment réparer un moteur ? Allez, sois sympa, mets-toi devant la balustrade avec ta tasse. S'il te plaît, je ne veux pas louper la lumière.

— La lumière, quelle lumière ? bougonna-t-il.

Néanmoins, il se leva et se dirigea vers la rambarde.

— Appelle le chien.

Podkol risquant sinon de s'intéresser de trop près à l'assiette qu'il avait laissée sur le banc, Xander le siffla.

— Bois ton café, regarde le soleil se lever. Ne fais pas attention à moi. Regarde au loin… Non, tourne-toi un peu plus sur la droite, s'il te plaît. Et quitte cet air renfrogné. C'est le matin, tu bois ton café avec ton chien, tu viens de te lever après une nuit d'amour avec une femme superbe.

— C'est la vérité.

— Sois un minimum expressif, et regarde le jour se lever.

Il se sentait un peu gêné, Naomi tournant autour de lui avec son appareil. Le chien, en revanche, semblait avoir l'habitude ; il se colla contre la jambe de Xander et contempla la mer avec lui.

Le spectacle était grandiose, les premières lueurs de l'aube, la promesse d'un nouveau jour, l'océan nimbé de rose. Puis des éclats dorés s'élevant vers le ciel, ourlant les nuages.

En plus, Naomi faisait un café succulent, dans sa machine ultrasophistiquée.

Se prenant au jeu, Xander cessa de se préoccuper d'elle, de ce qu'elle marmonnait, de ce qu'elle cherchait dans sa sacoche.

Oh, le tableau était parfait… Xander était parfait. Guère plus qu'une silhouette, pieds nus, ensommeillé, sexy en diable, son loyal ami à son côté, un homme contemplant les premiers murmures du jour au-dessus de l'océan.

De longues jambes, de longs bras, des mains viriles autour d'un mug blanc, le chaume d'une barbe naissante sur un profil anguleux, aux prémices de l'aurore.

— Super. Merci. Voilà, c'est terminé.

Il se tourna vers elle, et elle ne put résister à un dernier cliché.

— Cette fois, ça y est.

Il regagna le banc et ses pancakes. Naomi le rejoignit, ignorant son assiette pour visionner ses prises de vue. Il tendit une main vers elle.

— Je peux voir ?

Elle ne lui donna pas l'appareil mais se rapprocha de lui, inclina l'écran et fit défiler les photos.

Il ne savait pas comment elle avait pu tirer un tel parti de l'absence de lumière, comment elle avait fait pour qu'il ait l'air complètement naturel, à la fois bougon et content. Comment elle avait réussi à saisir chaque nuance du jour levant.

— Tu es douée.

— Merci. Je t'offrirai un tirage.

— Que comptes-tu faire de ces photos ?

Elle zooma sur son profil.

— Dans un premier temps, les regarder de plus près sur mon ordinateur, en sélectionner une pour la galerie, la retravailler. J'en choisirai aussi quelques-unes pour la banque d'images, probablement celle où tu te tournes vers moi, le soleil à l'arrière-plan. Tu as de fortes chances de te retrouver en couverture d'un roman.

— Pardon ?

— Je sais ce qui se vend. Un jour, tu figureras dans ta bibliothèque. J'ai fait du bon boulot, ce matin. Je ne m'y attendais pas.

Elle se pencha vers Xander, l'embrassa… ce qu'elle n'avait encore jamais fait. Et qui eut pour effet de parer à toute objection.

— Tu vas t'occuper de tes photos dès ce matin ?

— Je crois, oui, répondit-elle en zoomant sur le profil du chien.

— Dans ce cas, je vais m'attaquer au jardin.

— Quel jardin ? demanda-t-elle, distraite.

— Celui du voisin. Le tien, banane.

— Tu n'es pas obligé.

— Je suis debout, et j'aime le jardinage.

— Dit-il, alors qu'il n'a pas de jardin.

Au grand désespoir de Podkol, Xander termina ses pancakes jusqu'à la dernière miette.

— Hélas ! mais je donne un coup de main à Kevin et à Jenny de temps en temps. Et à Loo. Où sont tes outils ?

— J'ai une pelle, un balai à gazon, et un set de petits outils. Tu sais… une binette, un sécateur, un râteau.

Xander garda le silence un instant.

— Tu pensais débroussailler le terrain avec une pelle et un balai ?

— Que faudrait-il ?

— Une élagueuse, une brouette, une pioche.

— Je ferai une liste.

— En attendant, je verrai ce que je peux faire avec ce que tu as.

Puisqu'elle avait prévu de travailler toute la matinée, elle s'installa à son bureau provisoire, s'attendant toutefois que Xander, quand il en aurait marre de trimer dans le jardin, vienne essayer de la distraire… *Si on faisait l'amour ? Si on allait se balader ?*

Voilà pourquoi elle aimait la solitude. Seule, elle pouvait faire ce qu'elle avait envie de faire au moment où elle en avait envie. Elle n'était pas obligée d'adapter son planning en fonction de quelqu'un d'autre.

En premier lieu, elle s'occupa des photos alimentaires. Contente de ses clichés de la grange, elle les transféra sur son ordinateur et entreprit de retoucher le portrait de Cecil qu'elle estimait le plus réussi.

Mais les photos de Xander la titillant, elle délaissa cette tâche pour les visionner une à une sur grand écran.

Elle commença par la dernière, celle qu'elle avait prise impulsivement lorsqu'il s'était tourné vers elle, avec un demi-sourire suffisant.

Seigneur, qu'il était beau... D'une beauté rude, rugueuse : rien de lisse ni de raffiné chez lui, d'autant moins avec sa barbe du matin et ses cheveux emmêlés.

Elle entreprit d'abord de retravailler le fond, d'accentuer l'embrasement des nuages afin de rehausser l'intensité dramatique de la scène. Oui, un décor spectaculaire pour un homme sexy, à demi tourné, regardant son amante par-dessus son épaule.

Car il ne faisait aucun doute que ce regard ambigu et ce sourire en coin ne pouvaient être destinés à personne d'autre qu'une amante.

De même elle était certaine qu'un tel cliché se vendrait, et pendant des années. Sur le court terme, Naomi calcula qu'on lui en commanderait des dizaines en moins d'une semaine. Pour le fun, et le mystère, elle l'intitula *Mister X*.

Oui, assurément du bon boulot pour un début de matinée.

Elle procéda encore à quelques retouches, resserra le plan, peaufina un ou deux détails puis, satisfaite, posta la photo sur son site. Cela fait, elle se pencha sur les deux prises de vue qu'elle avait retenues pour la galerie… et perdit la notion du temps.

Les photos artistiques étaient plus exigeantes, demandaient à être plus finement travaillées. Là, Naomi désirait souligner l'instant où tout se figeait, entre la nuit et le jour, les premières lueurs de l'aurore, la vie s'éveillant à peine.

Et l'homme, tout juste une ombre, le chien se tenant près de lui.

Mettre davantage ses yeux en valeur, décida-t-elle, *renforcer le bleu.*

Elle réalisa ensuite une variante en noir et blanc, avec quelques touches de couleur : les yeux d'un bleu franc, le soleil d'un rouge flamboyant, le mug blanc.

Puis, d'un œil critique, elle regarda de près les deux images tour à tour.

— Elles sont bien, vraiment bien…, murmura-t-elle, et elle les envoya toutes les deux au galeriste, en lui demandant son avis.

Elle les regarda attentivement une dernière fois, avant de se lever et d'enrouler ses épaules, de s'étirer la nuque afin de soulager ses cervicales, et de se rappeler qu'elle s'était promis de faire au moins trente minutes de yoga chaque jour.

Elle s'y mettrait dès le lendemain.

Pour l'heure, la moindre des choses était d'offrir une boisson fraîche à Xander. Par la même occasion, elle vérifierait que le chien avait de l'eau, puisqu'il avait préféré tenir compagnie à Xander plutôt que de rester aux pieds de Naomi.

Elle descendit, ouvrit la porte d'entrée.

Torse nu, en sueur, Xander s'apprêtait à lancer un bâton, ou plus exactement une branche. Le chien guettait son geste d'un regard exalté.

Une brouette pleine de branchages, de ronces et de mauvaises herbes était posée au bord d'une étendue herbeuse pelée et bosselée, près d'un tas de cailloux. Plus loin, Xander avait étendu deux bâches, où s'empilaient feuilles mortes et aiguilles de pin. Plusieurs seaux de peinture vides étaient remplis de déchets divers, à côté d'une tronçonneuse, d'une pioche et d'une hache.

— Eh bien…, dit-elle, attirant l'attention de Xander.

— Coucou… Déjà un bon début, non ?

— Un début ? Tu es trop modeste. D'où vient tout ça ?

— C'est tout ce que j'ai débroussaillé. Les outils ? On est allés faire un tour en ville avec Podkol. J'ai pris mon camion et je me suis arrêté à la jardinerie et à la quincaillerie. Je t'ai laissé les tickets de caisse sur le comptoir de la cuisine. Et la moitié d'un sandwich au jambon dans le frigo, si ça te tente. On avait un petit creux.

Elle s'avança vers le carré de pelouse – pathétique pelouse, mais pelouse.

— Tu n'étais pas obligé de te donner autant de mal.

Xander sortit un bandana de sa poche et s'épongea le visage.

— On s'est bien amusés. À ta place, j'arracherais ces vieilles plantes aux pieds des murs. Lelo pourra le faire, si tu veux, ou il te dira si ça vaut la peine de les garder.

— J'ai acheté une tronçonneuse ?

— Non, c'est la mienne. Tu ne devrais plus en avoir besoin, maintenant que j'ai dégagé le terrain. Et quand la benne sera partie, tu pourras décider de ce que tu veux mettre ici. Tout en parlant, il lança de nouveau la branche. Perso, je planterais un bel arbre.

— Je… Je pensais à un saule, ou un cerisier pleureur.

— Bonne idée, approuva Xander en ôtant ses gants.

— Combien de temps… Quelle heure est-il ?

Elle plongea la main dans sa poche à la recherche de son téléphone, s'aperçut qu'elle ne l'avait pas. Xander consulta le sien.

— Bientôt une heure.

— De l'après-midi ?

— Pas du matin, ma belle, dit-il en riant et en lui donnant un baiser. Où pars-tu quand tu travailles ?

— Je ne voulais pas que tu fasses tout ça. Tu as travaillé des heures. Merci, merci mille fois.

— Il n'y a pas de quoi, ce n'était pas grand-chose. Il faut que je me lave avant qu'on aille chez moi… si tu veux toujours des photos de ma bibliothèque.

— Bien sûr. Une douche ne sera pas du luxe, en effet. Elle s'approcha, fit courir un doigt le long de son torse ruisselant de sueur. Tu es couvert de crasse et de transpiration. Mais très sexy.

Le regard de Naomi l'y invitant, il l'attira contre lui.

— Maintenant, tu es aussi sale que moi.

— Dans ce cas, je ne vois pas d'autre solution que de monter prendre une douche avec toi.

Il lui fit l'amour sous l'eau froide, les mains savonneuses, dévorant les halètements et les gémissements qu'elle laissait échapper de sa bouche impatiente et avide.

Quand il la pénétra contre le mur, elle lui empoigna les cheveux, ses yeux rivés aux siens, leurs lèvres soudées, leurs souffles se mêlant.

Les yeux voilés de plaisir, elle murmura son prénom. Bien qu'au paroxysme de l'excitation, il se retint, ralentit le rythme. Naomi renversa la tête en arrière.

Elle n'était que pur plaisir, ivre d'une volupté qui l'enveloppait tout entière, chaude et douce comme du velours.

Le carrelage frais contre son dos, le corps brûlant de Xander pressé contre le sien, leurs respirations sifflantes dans l'air saturé d'humidité… Elle avait beau essayer de se maîtriser, de lui donner autant de plaisir qu'il lui en donnait, elle se sentait aussi amollie et malléable qu'une bougie de cire en plein soleil.

Les lèvres de Xander jouant avec les siennes, conquérant davantage par le tourment que par la force, elle chuchota de nouveau son prénom, ferma les yeux.

— Non, regarde-moi, Naomi. Ouvre les yeux, regarde-moi.

— Je te vois. Oui, oh oui…

— Attends. Encore un peu. Jusqu'à n'en plus pouvoir.

— Oui…

Il lui en donna encore, la maintenant avec lui sur cette corde raide entre désir et jouissance, jusqu'à ce que la corde se tende à craquer, pour enfin ployer sous leur plaisir.

Un peu grisée, Naomi prépara son matériel avec le plus grand soin. Xander lui avait fait perdre tout contrôle et elle s'était autorisée à lâcher prise. Elle aurait besoin de temps et d'espace pour analyser ce que cela signifiait.

Mais en cet instant, elle était incapable de réfléchir. Encore trop alanguie, trop vulnérable. Elle sentait encore ses mains sur son corps.

Elle rassembla son trépied, sa sacoche, une mallette d'objectifs, un projecteur, un diffuseur.

— Tout ça ? demanda Xander, qui dégageait le parfum de son savon.

— Mieux vaut emporter trop de choses qu'oublier celle qui te fera défaut, répondit-elle en passant la bretelle d'un sac à dos sur son épaule.

— Donne, je le prends. Purée, il y a des briques, là-dedans ?

Il prit aussi le trépied et le projecteur, se dirigea vers la porte. Naomi prit le reste. Dans le vestibule, Podkol aboyait comme si la maison était assaillie par une horde de dragons crachant des flammes.

— Une voiture arrive, dit Xander. Je vais voir qui c'est. Tais-toi, tueur ! lança-t-il au chien, et il ouvrit la porte.

Un véhicule officiel se gara près de son camion. Derrière le volant, Xander reconnut aussitôt le chef de la police.

— Pas de panique, ce n'est pas un cambrioleur, dit-il en allant déposer le matériel photo dans son camion. Salut, chef.

— Salut, Xander. C'est le chien errant dont m'a parlé Alice ?

— Oui. Il s'appelle Podkol, maintenant.

— Bonjour, Podkol.

Sam Winston, le chef de la police, s'accroupit et tendit une main vers le chien. Solidement charpenté, le visage buriné, les cheveux en brosse, il portait une casquette des Wales, l'équipe de foot du lycée où son fils jouait en quart-arrière.

Podkol s'approcha timidement et lui renifla le bout des doigts.

— Il a l'air gentil.

— C'est une crème.

Podkol se laissa caresser la tête, mais dès que Naomi apparut sur le perron, il fila se coller contre elle.

— Bonjour madame, la salua Sam en soulevant sa casquette. Sam Winston, chef de la police, se présenta-t-il.

— Un problème ?

— Je n'en sais trop rien. Je voulais de toute façon vous rendre une petite visite de courtoisie. C'est bien qu'il y ait de nouveau quelqu'un à Point Bluff, surtout que j'ai entendu dire que vous aviez entrepris de gros travaux. Cette vieille maison avait grand besoin d'un lifting. Vous avez fait appel à Kevin Banner et son équipe, paraît-il…

— Oui.

— Les meilleurs artisans de la région. Vous vous apprêtiez à partir, on dirait…

— Naomi va prendre des photos du groupe.

Sam se cala les pouces dans les passants de son ceinturon.

— Des photos de pro ? La classe ! Je ne veux pas vous retenir, et ça tombe bien que je vous trouve ici tous les deux. C'est à propos de Marla Roth.

— Si elle a l'intention de porter plainte, je porterai plainte aussi.

— Je ne peux pas vous dire ce qu'elle a l'intention de faire. Il se trouve qu'elle a disparu.

— Toujours ? demanda Xander, en se détournant de son camion où il rangeait le matériel.

— Apparemment... Personne n'a de nouvelles depuis vendredi soir. Elle s'est volatilisée peu après son altercation avec vous, mademoiselle Carson.

— De rage, elle est peut-être partie quelques jours, suggéra Xander.

Ses bottes usées solidement posées sur le sol, Sam donna une pichenette à la visière de sa casquette.

— Elle a laissé son chat tout seul chez elle. Chip a forcé la porte de derrière, ce matin, puis il est venu me prévenir. Elle n'est pas allée travailler hier et ne répond pas au téléphone. Elle rumine sûrement sa colère, mais Chip se fait un sang d'encre. Je lui ai promis de mener une petite enquête. À ce qu'on raconte, elle vous a provoquée, mademoiselle, vendredi soir chez Loo...

« Disparue » ne signifiait rien, pensa Naomi. « Disparue » ne signifiait pas forcément « séquestrée dans une cave au fond des bois ». Souvent, les « disparus » se trouvaient quelque part où personne n'avait pensé à les chercher.

— Mademoiselle Carson ?

— Excusez-moi. Oui, en effet, elle m'a provoquée. Elle m'a délibérément bousculée à deux reprises, puis brutalement poussée, deux fois.

— Alors vous lui avez flanqué un marron ?

— Non, je ne l'ai pas frappée. Je lui ai tordu le poignet. Elle s'est écroulée et n'a plus rien dit.

— Et ensuite ?

— Je suis partie, contrariée. Je suis rentrée chez moi.

— Seule ?

— Oui.

— Quelle heure était-il, à peu près ?

Naomi prit une profonde inspiration. Le policier ne faisait que son travail.

— À peu près 22 h 30. J'ai fait sortir le chien, je suis restée un moment dehors avec lui. J'étais tellement énervée que je n'aurais pas réussi à me remettre au travail.

— Je l'ai rejointe ici vers minuit et demi, déclara Xander, adossé contre son camion, une pointe d'irritation dans la voix. Le chien nous a réveillés à 5 h 10, je suis parti à 7 h 30, peut-être un petit peu plus tôt. Qu'allez-vous imaginer, chef ?

— Rien, je pose des questions, c'est tout. Patti a prétendu que c'était Mlle Carson qui avait agressé Marla. Mais tout le monde affirme que c'est le contraire, s'empressa d'ajouter Sam avant que Xander ne proteste. Et même Patti a fini par revenir sur sa déclaration. Toujours est-il que Marla a quitté le bar furax, une vingtaine de minutes après Mlle Carson. Si j'ai bien compris, personne ne l'a revue depuis.

En poussant un soupir, Sam caressa le chien, qui s'était apparemment pris d'affection pour lui.

— L'un d'entre vous l'a-t-il vue avec quelqu'un ? demanda-t-il. Un gars avec qui il aurait pu lui prendre l'idée de partir en week-end ?

— Elle était assise avec Patti, répondit Xander puis, avec un haussement d'épaules, il ajouta : j'essaie de ne pas trop regarder Marla.

Tendue, Naomi se massa la nuque.

— Effectivement, en début de soirée, elle était à une table avec son amie. J'étais avec Kevin et Jenny. Je ne faisais pas attention à elle, jusqu'à ce que nous allions danser avec Jenny, et que Marla… Je ne la connais même pas.

— Je sais, et je ne voudrais pas vous tracasser avec cette histoire. Elle a dû rencontrer un gars au bar et partir avec lui.

Naomi secoua la tête.

— Une femme en rogne éprouve en général le besoin de parler à sa meilleure amie.

— Elles se sont chamaillées après l'incident.

— Il me semble qu'elle lui aurait quand même téléphoné, ou au moins envoyé un texto.

— Je vous tiendrai au courant, je ne vous retiens pas plus longtemps. Si ça ne vous ennuie pas, mademoiselle Carson, ça me ferait plaisir de revenir voir les travaux que vous faites à l'intérieur…

— Quand vous voudrez, vous serez le bienvenu.

— Passez une bonne après-midi. À un de ces quatre, Xander.

L'estomac noué, Naomi regarda le chef de la police remonter dans son véhicule.

— Il va réellement enquêter ?

— Bien sûr. C'est son boulot.

— Il y a déjà eu des disparitions ?

— Pas à ma connaissance, et je le saurais, répondit Xander en posant une main sur le bras de Naomi. Marla est du genre à chercher les ennuis. Elle est comme ça, on n'y peut rien. Ne t'inquiète pas.

Il a sans doute raison, se dit-elle. Blessée dans son amour-propre, Marla la provocatrice avait dû se dégoter un gars qui avait su flatter son ego et avec qui elle passait tranquillement le week-end.

Une femme qui ne donnait pas de nouvelles n'avait pas forcément été violée et assassinée. Il n'y avait jamais eu de précédent à Sunrise Cove. Naomi ne s'était-elle pas renseignée avant d'acheter la maison ? Faible taux de délinquance, très faible taux de criminalité. Un endroit sûr, paisible.

Marla réapparaîtrait certainement avant la nuit, jubilant d'avoir affolé son ex-mari et sa meilleure amie, de savoir que la police s'était lancée à sa recherche.

Assise au côté de Xander dans son camion, Naomi s'efforça de ne plus y penser, et regarda en souriant le chien qui voyageait la tête à la fenêtre, les oreilles au vent.

OMBRE ET LUMIÈRE

« La clarté, c'est une juste répartition
d'ombres et de lumière. »

JOHANN WOLFGANG VON GOETHE

16

Lorsque Xander comprit que Naomi avait vraiment l'intention de prendre des photos chez lui, il décida de retirer le livre de Simon Vance de sa bibliothèque. Il l'avait relu, histoire de se rafraîchir la mémoire, puis rangé dans un carton de bouquins destinés à être donnés.

Il ne voulait pas revoir cette expression dévastée sur le beau visage de Naomi.

Néanmoins, il s'était ravisé. Naomi savait que ce livre était là ; elle se demanderait pourquoi il avait disparu et cela lui causerait autant de stress que de le revoir. Mieux valait faire comme si de rien n'était.

Elle se confierait en temps voulu. Ou pas.

Il l'aida à monter son matériel dans l'appartement, où elle ne prêta guère attention à la bibliothèque, davantage préoccupée par son équipement. Elle sortit un trépied d'une mallette, le déplia, installa un pied d'éclairage.

— Il me reste du vin de l'autre soir, si ça te dit.

— Merci, mais pas avant de bosser.

Comme il adhérait au même principe, il servit deux verres de Coca.

Elle le remercia d'un signe de tête distrait, retira un luxmètre de son étui.

— Je peux prendre une chaise pour poser mon ordinateur ?

— Bien sûr.

Elle fixa son appareil photo sur le trépied, face à la bibliothèque.

— C'est quoi, comme appareil ? Il est impressionnant.

— Un Hasselblad moyen format, le *nec plus ultra*. Je vais commencer par du numérique, dit-elle en fixant un boîtier au dos de l'appareil.

Xander jeta un coup d'œil dans sa sacoche et comprit pourquoi elle était si lourde : elle contenait plusieurs objectifs, des câbles et divers accessoires dont il ignorait l'utilité.

Comment diable Naomi transportait-elle tout cet attirail ?

Il s'abstint de poser la question. Lui-même détestait être dérangé quand il était concentré sur une tâche minutieuse.

Elle regarda dans le viseur, se servit d'une télécommande pour allumer le projecteur, l'éteignit. Puis elle ouvrit une ombrelle, la vissa sur le pied d'éclairage et ajouta un panneau réflecteur.

Après avoir tout vérifié, elle modifia l'orientation du trépied, le déplaça de quelques centimètres.

Si elle pensait au livre de Simon Vance, elle n'en montrait rien.

Il lui fallut une bonne trentaine de minutes pour prendre quelques clichés d'essai. Au bout d'un quart d'heure, voyant qu'elle n'avait pas besoin de lui, Xander alla chercher un livre dans son bureau et s'installa à la table de la cuisine.

— Tes bouquins sont classés d'une façon particulière ?

— Non, répondit-il en levant les yeux. Pourquoi ?

— Il y a un Jane Austen juste à côté d'un Stephen King.

— Ni l'un ni l'autre ne s'en offusquerait, je crois, mais si ça te chiffonne tu peux les changer de place.

— Non, au contraire, je trouve ça génial. Ta bibliothèque est un mur d'histoires. Libre à toi de choisir celle qui te plaît et de t'évader où elle t'emportera.

Elle scrutait les rayonnages, photographiait, réglait, testait. Curieux, Xander se leva pour aller voir l'écran de l'ordinateur.

Les couleurs étaient plus contrastées qu'en réalité, la lumière plus romantique. Les tranches usées des livres présentaient des reliefs intéressants.

Une autre image s'afficha. Xander ne voyait pas de différence avec la précédente. Naomi, si, apparemment.

— OK…, murmura-t-elle en l'examinant.

Elle prit encore cinq ou six clichés, procéda à quelques réglages de détail puis s'accroupit devant la chaise et visionna ses prises de vue.

— Comment se fait-il que les photos soient plus belles que la réalité ?

— Magique… Celle-là, oui, celle-là est parfaite, je crois. Ta bibliothèque est fabuleuse en réalité. Ensuite, il suffit de jouer avec la lumière, les ombres, les angles, pour créer une atmosphère.

— Tu es une artiste.

— Je saisis la beauté des choses, répliqua-t-elle. Je vais faire de l'argentique, maintenant, dit-elle en retirant le boîtier qu'elle avait fixé à l'arrière de l'appareil pour le remplacer par un autre.

— Tu peux faire du numérique et de l'argentique avec le même appareil ?

— Oui, c'est pratique.

Xander aurait voulu savoir comment c'était possible, *voir* comment le système fonctionnait, mais Naomi était de nouveau en mode concentration maxi.

Elle se remit au travail, il se remit à lire.

Elle l'arracha à sa lecture quand elle changea encore de boîtier, d'objectif, et enleva l'appareil du trépied. Elle s'approcha de la bibliothèque, la photographia sous un angle serré. Elle visionna le cliché, modifia l'éclairage, en prit quelques autres.

Lorsqu'elle abaissa son appareil pour déloger un livre d'un rayonnage, Xander crut qu'il s'agissait du récit des crimes de son père. Mais non.

— Je veux une photo de toi avec le Jane Austen, dit-elle en lui tendant le roman. Tu peux le tenir ouvert devant toi, s'il te plaît ?

Il se sentait un peu idiot. Personne n'aurait jamais dit de lui qu'il était timide, mais là, à l'idée de se faire photographier les mains, il était dans ses petits souliers…

— Tu veux vraiment prendre mes mains ?

— Absolument. Des mains viriles tenant un roman classique écrit par une femme, un bouquin que beaucoup considèrent comme de la littérature féminine.

— Les gens ont des a priori débiles.

— Peut-être, mais ça fera une bonne photo, rétorqua Naomi en prenant son luxmètre. La lumière est parfaite. Une belle lumière naturelle entrant par la fenêtre. Tourne un peu ta chaise vers la droite… À peine.

Il s'exécuta, elle consulta le luxmètre. Apparemment satisfaite, elle posa son ordinateur sur le comptoir.

— Tiens le livre comme si tu le lisais. Pas la première page. Tu lis depuis un moment. Tu en as déjà lu environ un tiers.

Bien que la situation lui parût grotesque, il prit la pose. Il se prêterait au jeu cinq minutes au grand maximum, pas une de plus.

Naomi se plaça derrière lui, dégageant des effluves de son délicieux parfum estival.

OK, peut-être dix minutes, se dit-il tandis qu'elle se penchait par-dessus son épaule.

— Fais comme si tu tournais la page. Voilà, stop ! Arrête-toi à mi-chemin de ton geste. Impec.

Elle se redressa, se tourna vers l'ordinateur. Xander en profita pour jeter un coup d'œil à l'écran, et ce qu'il y vit l'épata.

— Je te prenais pour une dingue, mais cette photo est superbe, digne d'un magazine de luxe.

— Elle n'est pas mal, mais elle pourrait être encore mieux. Il manque… Mais bien sûr !

Elle ouvrit le réfrigérateur, en sortit une bière, la décapsula et, horreur, en versa au moins un tiers dans l'évier.

— Eh ! s'écria-t-il. Qu'est-ce que tu fais ?

— Des mains viriles, une bière, *Orgueil et Préjugés*.

Elle posa la cannette sur la table, cadra, la rapprocha de la main droite de Xander.

— C'est du gaspillage !

— Je veux qu'on ait l'impression que tu sirotes une bière en lisant Jane Austen.

— J'ai une bouche. J'aurais pu la vider dans mon gosier.

— Désolée, je n'y ai pas pensé. Tourne la page de la main gauche, pose la droite sur la cannette. Cache l'étiquette, je ne veux pas faire de placement de marque.

Puisqu'il ne servait à rien de se lamenter, il obéit aux consignes, prenant la bière, la posant sur la table, tournant une page, s'immobilisant, jusqu'à ce que Naomi abaisse son appareil.

— Parfait. Exactement ce que j'avais en tête.

Il regarda l'image affichée à l'écran, constata que la bière était une bonne idée. Elle apportait une touche décontractée, créait un certain équilibre.

— Les vrais hommes lisent de vrais romans, déclara Naomi. Je proposerai un format poster.

Xander se sentit à nouveau ridicule.

— Des posters…

— Ils intéresseront sûrement les librairies, les centres de formation pour adultes, les cités universitaires, les bibliothèques. Grâce à toi, j'ai fait du bon boulot. Je dirai à Kevin que c'est OK pour la douche hammam.

— Tu vas faire installer une douche hammam ?

— Oui, c'est décidé, confirma-t-elle en faisant défiler les photos sur son ordinateur. J'y avais renoncé, mais comme j'ai super bien bossé pour un dimanche, je m'offre un cadeau.

— Je mérite moi aussi une récompense.

— Bien sûr.

Elle n'opposa pas de résistance quand il l'attira sur ses genoux, mais elle eut un mouvement d'hésitation lorsqu'il lui prit l'appareil des mains.

— Je ne le ferai pas tomber, n'aie pas peur. Waouh ! Il est lourd, dis donc !

— Un peu plus de quatre kilos. C'est pour ça que je l'utilise souvent sur le trépied. C'est du matériel solide et fiable. Et tu peux voir la qualité des photos.

— C'est ce machin que tu fixes au dos qui te permet de faire de l'argentique ?

En acquiesçant de la tête, elle démonta le boîtier.

— Excellent système, facile à manier, équipé d'un logiciel intégré. Je ne l'emmènerais pas en balade, mais pour ce que je voulais faire aujourd'hui, et pour les photos du groupe, c'est le top.

Xander brûlait d'envie de s'amuser avec, juste pour voir comment il fonctionnait. Hélas, il n'en aurait jamais l'occasion, pas plus qu'il ne laisserait jamais Naomi fureter sous le capot de sa GTO.

— Je me sers de mon téléphone pour prendre des photos.

— Les derniers smartphones ont des objectifs très corrects. J'ai pris de chouettes photos avec le mien, que j'ai pu retoucher et vendre. Un verre de vin ne serait pas de refus, maintenant, pendant que je démonte mon matériel et que je l'installe dans le garage.

— Je te le sers tout de suite.

— Merci. Après une nouvelle hésitation, elle l'embrassa en répétant : Merci.

— Pas de quoi.

Elle se leva, replaça soigneusement son appareil dans son étui. Quand Xander se leva à son tour, il vit qu'elle regardait la bibliothèque.

— Je peux te poser une question bateau ? Tu as lu tous les livres qu'il y a ici ?

— Ceux qui sont là, oui. J'en ai quelques-uns dans mon bureau et dans ma chambre que je n'ai pas encore attaqués.

Avec une désinvolture qui semblait un peu forcée, elle plia le trépied, le glissa dans sa housse.

— Tu as une préférence pour les romans, n'est-ce pas ? Mais tu as aussi de la non-fiction, des biographies, des ouvrages historiques, des bouquins sur les voitures, sur des faits divers réels.

Xander s'efforça lui aussi de paraître désinvolte.

— La non-fiction, bien écrite, raconte des histoires comme les autres. Et peu m'importe que ces histoires aient été vécues ou inventées.

— Je ne lis pas de non-fiction, à part des bouquins sur la photographie. Comment sais-tu si un récit basé sur des faits réels est fidèle à la réalité ?

— On n'en sait rien, j'imagine.

— L'auteur peut enjoliver, interpréter, déformer, comme un photographe. Je saisis des images qui existent, mais parfois je les manipule, j'accentue ou j'atténue les couleurs, je crée des effets, des illusions.

Xander lui tendit un verre de vin.

— Seule la personne sur l'image d'origine sait ce qui est vrai et ce qui est arrangé, je suppose.

— C'est exactement la même chose pour les mots que pour les images, dit Naomi en buvant une gorgée. Une fois imprimés, ils deviennent réalité.

Elle se détourna, posa son verre afin de plier le pied d'éclairage.

— Les textes et les images ne sont guère différents, ajouta-t-elle. Ils figent un instant et restent ensuite gravés.

— Naomi…

Ne sachant que dire, ni comment le dire, Xander préféra ne rien dire du tout, et le vacarme du camion de Lelo mit fin à la conversation.

— Voilà Lelo, avec son pot d'échappement rongé par la rouille.

— C'est bête qu'il n'ait pas un copain garagiste…

— Crois-moi, je lui ai déjà proposé mille fois de le changer.

D'emblée, Naomi trouva Lelo sympathique, alors qu'il lui fallait en général un certain temps pour porter un jugement sur les gens. Quant à Podkol, il en tomba instantanément amoureux. L'homme et le chien se jetèrent l'un sur l'autre, comme deux amis – voire des frères – se retrouvant après une longue séparation.

— Oh oui, tu es gentil, toi, oh oui !

Accroupi, Lelo frictionnait vigoureusement Podkol, qui lui léchait le visage avec adoration.

— Il paraît que vous l'avez trouvé à moitié mort au bord de la route ?

— Oui.

— Elle t'a bien requinqué, hein, mon gros ? Tu es bien vivant, maintenant, hein ?

Podkol se coucha sur le dos, offrant son ventre aux caresses, ses pattes arrière pompant tels des pistons.

Lelo avait les cheveux aux épaules, blonds comme les blés. Il était un peu plus petit que Naomi, maigre mais tout en muscles noueux, vêtu d'un tee-shirt tie and dye et d'un jean déchiré aux ourlets effilochés. Un dragon vert émeraude crachant du feu s'enroulait autour de son biceps droit.

— Vous vous plaisez, là-haut sur la falaise ?

— Énormément.

Naomi montait ses éclairages tout en soupesant ses idées pour le shooting du groupe.

— Elle aurait besoin d'un paysagiste, déclara Xander en apportant ses deux guitares, l'électrique et la vieille acoustique, comme Naomi le lui avait demandé.

— C'est sûr que ce pauvre jardin a été négligé. Dikes ne se foulait pas trop.

— L'ex de Loo, précisa Xander.

— Il était tout le temps *stone*. Je suis bien placé pour le savoir, je fumais des joints avec lui. J'ai arrêté, affirma Lelo à l'intention de Naomi. Je viendrai jeter un coup d'œil à votre terrain, si vous voulez. Je vous donnerai des idées.

— Avec plaisir.

— Je ne facture pas les idées. Ah ! voilà Dave et Trilby...

Dave le batteur, se souvint Naomi. Épaules carrées, silhouette trapue, cheveux bruns coupés à la César. Jean, tee-shirt Aerosmith défraîchi, vieilles chaussures de randonnée. Trilby, le clavier, était un métis à la peau sombre. Grands yeux noirs, longues dreadlocks, il portait un pantalon de treillis et un tee-shirt rouge sur un corps sculpté par la musculation.

Ils montèrent leurs instruments pendant que Xander faisait les présentations. Naomi se réjouissait que chacun soit affairé. Elle avait toujours eu du mal à rencontrer autant de monde à la fois.

Bien sûr, le chien contribuait à dissiper toute gêne, reniflant tour à tour chacun des membres du groupe pour s'assurer qu'ils ne représentaient aucune menace.

— Je suis allé faire un tour sur votre site Internet, dit Dave à Naomi en installant ses fûts de batterie. Il en jette. C'est moi qui m'occupe de celui du groupe. Beaucoup moins attrayant. Côté infos, ça va, mais au niveau du design, ce n'est pas terrible…

Comme elle y avait jeté un coup d'œil, elle ne pouvait pas dire le contraire.

— Il est complet, et la navigation est facile.

— Autrement dit, vous êtes d'accord avec moi : l'esthétique laisse à désirer. Peut-être qu'on pourra utiliser certaines de vos photos.

— J'ai des idées.

— Super. Perso, je sèche. Ma femme dit qu'on devrait peut-être opter pour un style rétro.

— Vous êtes marié ?

— Depuis huit ans, deux enfants.

Naomi n'aurait su dire pourquoi elle s'était imaginé que tous les membres du groupe étaient célibataires.

— Voilà Ky, annonça Dave en entendant un bruit de moteur. Notre guitare solo, ajouta-t-il pour Naomi, qui regardait la grosse Harley noire customisée.

Grand, ténébreux, dangereux, pensa-t-elle. Le visage étroit, les yeux aussi noirs que les cheveux, un petit bouc, le nez crochu et une grosse bouche : Ky n'était pas beau, mais il devait plaire aux femmes.

— Salut, cogneuse ! lança-t-il à Naomi.

— Naomi, Ky, dit Xander en branchant les enceintes.

— Je vous ai vue mettre Marla à genoux, l'autre soir. Elle l'avait bien cherché.

— Personne ne l'a vue depuis deux jours, dit Lelo.

D'un geste souple et fluide, Ky se débarrassa de l'étui de guitare qu'il portait sur le dos.

— Il paraît, ouais. Elle a dû lever un gars. Ce ne serait pas la première fois. Elle t'a embarqué pour un week-end, il y a quelques années, pas vrai, Lelo ?

— Une moitié de week-end, dans un moment de faiblesse.

— On en a tous. Tu as de la bière, Keaton ?

— Dans la glacière, là-bas.

Xander adressa un sourire à Naomi.

— Tu en veux une, Rocky ?

— Non, merci.

— Il y a aussi de l'eau et des jus de fruits.

— Je veux bien de l'eau.

Les mains sur les hanches, elle regarda autour d'elle.

Oui, elle avait des idées.

— Je vais commencer par une série de photos classiques, déclara-t-elle. Allez-y, mettez-vous en place, jouez quelque chose.

Elle prit son Nikon, changea l'objectif et vérifia son luxmètre, pendant que le groupe s'installait, décidait quel morceau jouer.

— Aerosmith, suggéra Xander, puisque Dave a mis son tee-shirt.

— Faites comme si je n'étais pas là, dit Naomi. Ne me regardez pas, sauf si je vous le demande.

Et elle commença à prendre des clichés.

Classique... De bonnes photos, mais sans originalité. Elle fit des portraits en gros plan, des plans larges de l'ensemble, et quelques flous de mouvement.

Quand le dernier accord se tut, elle abaissa son appareil.

— OK, passons à autre chose, maintenant. Montrez-moi les vêtements que vous avez apportés. Lelo, tu resteras comme tu es. Pour les autres, on va voir ce qu'on peut faire...

Les hommes manquaient décidément de fantaisie, se dit-elle en passant leur garde-robe en revue.

— Je parie que vous avez d'autres trucs dans vos camions, vos sacoches.

Lelo dénicha une vieille veste de l'armée. Naomi la lança à Dave.

— Pour toi.

— On se tutoie, c'est cool. Mais je ne vais pas mettre ça, c'est une blague ?

— Pas du tout, répondit-elle en examinant un tee-shirt blanc. Tu l'as depuis un moment, non ? demanda-t-elle à Xander.

— Ouais.

Elle le jeta par terre, sur le sol maculé de graisse, et le foula aux pieds.

— Voilà qui est déjà mieux, dit-elle en le ramassant. Tache-le d'huile de moteur, ce sera encore mieux.

— Hein ? Tu veux que je fasse des taches d'huile sur mon tee-shirt ?

— Oui, comme si tu t'étais essuyé les mains dessus, dit-elle en joignant le geste à la parole. Trilby, il est neuf, ton tee-shirt rouge ?

— Presque.

— Désolée, mais je voudrais que tu le déchires.

— Pourquoi ?

— Parce que tu es bien bâti. Je veux voir de la peau et des muscles.

Lelo émit un sifflement.

— Déchire-le en travers des pecs, OK ? Xander, il me faudrait des chaînes, pas trop lourdes.

— Oh punaise…, marmonna-t-il tout en finissant de saccager un tee-shirt en parfait état.

— Pour moi ? Tu veux m'enchaîner, poupée ? plaisanta Ky.

— C'est la question que les femmes se poseront devant la photo, bel étalon, rétorqua-t-elle avec un sourire malicieux.

— Oh, mais tu nous fais poser pour quel genre de photos ? demanda Trilby, torse nu, son tee-shirt rouge à la main.

— Sexy et rock'n'roll. Si elles ne vous plaisent pas, vous aurez toujours les classiques que je viens de prendre. Éventuellement, j'en referai quelques autres. Mais faites-moi confiance. J'aimerais qu'on mette un compresseur par là, et ce pistolet graisseur ici. Empilez des vieux pneus dans ce coin. Tu n'aurais pas un pare-brise cassé, par hasard, Xander ?

— Si, j'en ai changé un la semaine dernière. Je ne l'ai pas encore déposé à la déchetterie.

— Parfait. Apporte-le.

— Je ne vois carrément pas où elle veut en venir, grommela Dave en reniflant la manche de sa veste de treillis.

— Moi, je vois très bien, déclara Lelo, tout sourire, en caressant Podkol. Réfléchissez deux secondes, les gars. On est les Wreckers, ceux qui cassent tout, non ? On est un groupe de garage, mince ! Et on est dans un garage. Autant exploiter le décor.

— C'est exactement ça, approuva Naomi. Je voudrais aussi des outils. Des outils mastoc, virils.

Xander n'avait pas envie de penser au temps qu'il lui faudrait pour ranger l'atelier sens dessus dessous. Du reste, l'idée de Naomi lui semblait trop branchée, pompeuse, déplacée.

Lui-même était assis sur un compresseur, sa Strat chérie dans une main, une perceuse sans fil dans l'autre. Ky avait l'air d'un *bandolero*, avec ses chaînes en bandoulière, et Dave ne ressemblait pas à grand-chose, dans la vieille veste de l'armée de son grand-père. Sur l'insistance de Naomi, Trilby avait calé son clavier contre un tas de pneus.

Lelo était le seul, apparemment, que cette mise en scène emballait. Assis en tailleur sur le sol de ciment, il brandissait un pistolet graisseur à la manière d'une mitraillette.

Naomi avait mis leur CD en fond sonore, fixé son appareil high-tech sur le trépied. Après quelques prises de vue, elle secoua la tête et alla chercher un bandana dans la pile de vêtements qu'elle avait rejetés.

Personne ne dit rien quand elle le trempa dans un bidon d'huile avant de le tendre à Dave.

— Arrête, tu plaisantes ?

— Désolée, mais tu fais trop propre sur toi, dit-elle en lui barbouillant le visage.

Puis elle recula, inclina la tête.

— Lelo, enlève tes chaussures. Jette-les par terre, à côté de toi. Il me faudrait un enjoliveur.

— J'en ai un dans mon pick-up.

Lelo fit mine de se lever. Du geste, elle lui intima de se rasseoir.

— Je vais le chercher.

Quand elle sortit, Dave se tourna vers Xander.

— Dans quelle galère tu nous as fourrés ?

— Désolé, les potes.

— Elle est canon, chuchota Lelo. Si tu ne l'avais pas repérée en premier, Xan, je serais passé à l'attaque.

— Je venais juste de l'acheter, soupira Trilby en contemplant son tee-shirt en lambeaux. Je ne l'ai lavé qu'une fois.

— Laissons-la faire ses photos comme elle l'entend, intervint Ky. Si Xander conclut avec elle, il nous sera redevable.

— Il a déjà conclu, déclara Naomi. Tu avais même deux enjoliveurs, Lelo, dit-elle en les plaçant entre les instruments. Podkol ! Ce n'est pas à toi !

Le chien s'apprêtait à s'emparer des chaussures de Lelo. Il s'aplatit au sol.

— Pour l'instant, tout le monde regarde l'objectif. Prenez des airs de *bad boys*. Allez, montrez votre côté voyou.

Ils auraient dû commencer par boire quelques bières, pensa-t-elle.

Néanmoins, elle n'était pas mécontente de sa mise en scène.

— Vous me voyez, les gars ?

— On n'est pas aveugles ! rétorqua Xander.

Elle se plaça derrière l'appareil, se pencha au-dessus du viseur.

— Imaginez-moi nue, OK ?

Et elle appuya sur le déclencheur.

— On la refait. Ne changez rien. Imaginez que je vous imagine nus. *Yes!* Super !

Elle prit l'un des enjoliveurs, le donna à Dave, regagna le trépied.

— Ky, enroule une chaîne autour de ton poing et fais-la tournoyer.

— Et moi, je fais quoi avec cet enjoliveur ? demanda Dave.

— Prends tes baguettes et tape dessus. Tu as l'habitude de la scène, donne-toi en spectacle.

Elle leur fit ensuite prendre des poses de guerriers, les instruments et les outils en guise d'armes.

Du coin de l'œil, elle vit le chien entrer dans le cadre.

— Dégage ! cria-t-elle alors qu'il s'approchait des chaussures.

En riant, Lelo passa un bras autour du cou de Podkol.

— Laisse-le ! On dira qu'il fait partie du groupe.

Naomi prit encore deux ou trois photos, puis elle recula.

— Et voilà, messieurs, c'est terminé.

— Déjà ? s'étonna Dave.

— Il lui faut deux fois plus de temps pour mettre son matos en place que pour prendre des photos, commenta Xander.

— Venez voir les photos sur l'ordi, vous me direz ce que vous en pensez. Si elles vous plaisent, j'ai le temps de faire des portraits individuels. Vous vous rhabillerez normalement.

— C'est sympa, dit Dave, mais je crois que… Eh, elle est classe, celle-ci !

Il s'agissait de l'une des premières prises de vue, classiques.

— Pas mal, nuança Naomi.

— Non, non, elle est super. Tu ne trouves pas, Tril ?

— Si, acquiesça celui-ci, une main sur l'épaule de Dave.

— Elle est géniale, renchérit Ky en se débarrassant de ses chaînes.

Pieds nus, Lelo se faufila entre les autres pour mieux voir l'écran.

— Les autres seront encore mieux, je parie. Elles sont sur la carte du Nikon ?

— Tu pourras me les envoyer par mail ? demanda Dave.

— Pas toutes, les fichiers du Hasselblad sont énormes. Je ferai une sélection des meilleures.

Elle changea de carte, attendit les réactions.

— Je vous l'avais dit ! s'exclama Lelo quand le diaporama commença à défiler, en décochant un coup de poing dans l'épaule de Dave.

— C'est... On dirait...

— On a trop la classe ! s'enthousiasma Lelo, en donnant une autre bourrade à Dave.

Ce dernier leva les yeux vers Naomi.

— Je trouvais l'idée débile. Toutes mes excuses.

— Laisse tomber les excuses. Pas de regret pour ton tee-shirt, Trilby ?

— Aucun. C'est super, vraiment.

— Ça, c'est du talent, déclara Ky, les yeux rivés sur l'écran. On n'aurait pas dû douter de toi. Xander a l'œil pour dénicher le génie.

— Celle-ci ! Avec le chien ! Je la veux absolument ! s'écria Lelo en caressant Podkol, qui tenait une chaussure dans sa gueule. Il sera notre mascotte !

— Tu veux un verre de vin, maintenant ? demanda Xander quand le diaporama revint au début.

— Volontiers, mais juste un verre, et je m'attaque aux portraits individuels.

Il lui prit la main, l'entraîna hors de l'atelier.

— Tu restes là, après ?

— Je voudrais rentrer, commencer à trier les photos.

Il se pencha vers elle pour l'embrasser, dans la quiétude du soir tombant.

— Reste, s'il te plaît. Tu regarderas les photos ici.

— Je... Je n'ai pas mes affaires, ni les croquettes de Podkol...

Il lui donna un autre baiser.

Elle avait besoin d'espace, besoin de respirer, mais…

— Viens plutôt chez moi, suggéra-t-elle.

Il passa la nuit chez elle et, au petit matin, quand elle gémit et s'agita dans un cauchemar, il fit une chose qu'il n'avait encore jamais faite : il l'enlaça et la tint serrée contre lui.

Tandis que Xander protégeait Naomi de ses cauchemars, Marla en vivait un.

Elle ignorait où elle se trouvait, depuis combien de temps elle était enfermée là dans l'obscurité.

Elle ignorait qui était cet homme qui la torturait en lui promettant un crescendo de souffrances. Et il tenait ses promesses.

Elle essaya de hurler, mais il l'avait bâillonnée. Régulièrement, il lui pressait un chiffon sur le visage. Les vapeurs la rendaient malade, puis elle s'évanouissait.

Elle se réveillait toujours dans le noir, transie et terrifiée, priant de tout son cœur que Chip vienne la sauver.

Elle ne luttait plus contre les viols de son bourreau. Néanmoins, il la frappait et la lacérait de coups de couteau. Parfois, il l'étranglait jusqu'à ce qu'elle ne puisse plus respirer et perde connaissance.

Elle ne se rappelait plus ce qui s'était passé. Enfin, pas exactement. Dès qu'elle essayait de réfléchir, elle avait horriblement mal à la tête. Elle se revoyait rentrer chez elle à pied, dans une colère noire. Pour quelle raison ? Elle avait oublié. Elle s'était arrêtée pour vomir dans un taillis, lui semblait-il.

Elle revoyait une grosse voiture avec une caravane. Elle avait reçu un coup. Et ces terribles vapeurs lui avaient fait perdre conscience.

Elle voulait rentrer chez elle, elle devait rentrer chez elle. Elle voulait retrouver Chip. Des larmes s'échappèrent de ses paupières tuméfiées.

Il était là, de nouveau. Le sol tanguait. Étaient-ils sur un bateau ? Le sol craquait sous ses pas. Elle tenta de se débattre, de crier. En vain.

Par pitié, au secours !

Il la gifla de toutes ses forces.

— Voyons voir si tu tiendras encore une nuit…

Un flash de lumière l'aveugla. Il éclata de rire.

— Tu n'es plus très belle à voir, ah ça c'est sûr ! ricana-t-il.

Il lui donna un coup de couteau. Elle hurla sous son bâillon. D'une main gantée de cuir, il lui asséna un coup de poing puis la gifla afin de la faire revenir à elle. Il voulait l'entendre gémir pendant qu'il la violait.

C'était toujours meilleur quand elles gémissaient.

Puis il lui passa une corde autour du cou. Et, cette fois, il continua de serrer lorsqu'elle cessa de bouger. Cette fois, il mit un terme à son cauchemar.

En la violant, en l'étranglant, il l'appelait Naomi.

17

Avec les pluies du printemps, les chaussures étaient boueuses, le chien trempé, et les photos spectaculaires.

Naomi travaillait dans la chambre à la vilaine salle de bains bleue. Elle apprit à faire abstraction du vrombissement des scies à carrelage.

Elle passa le lundi, pluvieux, et une bonne partie du mardi, pluvieux, à peaufiner ses photos du week-end. Elle avait ajouté les Wreckers à sa playlist et les écoutait tout en retouchant les clichés du groupe.

Pour les portraits de Xander, elle choisit toutefois du blues.

Quant à la série qu'elle intitulerait *Storyland*, elle préférait la remettre à plus tard, à cause de ce maudit livre dans la bibliothèque de Xander, redoutant de gâcher le nouvel état d'esprit dans lequel elle se sentait.

Elle était heureuse. Pas simplement contente, gaie ou enthousiaste. Du matin jusqu'au soir, elle était de bonne humeur, qu'il pleuve ou non. Le chantier avançait, elle était satisfaite de son travail, inspirée. Même le chien lui procurait un sentiment de plénitude.

Naturellement, il y avait autre chose. En dépit de ses sacro-saints principes, elle fréquentait un homme. Un homme intéressant, avec qui elle se sentait des affinités, tant sur le plan charnel que spirituel, un homme qui travaillait aussi dur qu'elle et aimait son métier comme elle aimait le sien.

Quoi de plus naturel que de souhaiter entretenir cette relation aussi longtemps qu'elle durerait ?

Sur la terrasse, elle découpa la sous-carte pour la photo retouchée de Xander. Fond noir et blanc, ses yeux d'un bleu ardent, ceux du chien d'une clarté cristalline. Le mug blanc, les lueurs rouges de l'aurore à l'horizon, au-dessus de la mer. Elle avait hésité entre un passe-partout blanc ou gris et se félicitait à présent d'avoir opté pour le gris. Plus discret que le blanc, il faisait ressortir les couleurs. Un cadre anthracite, décida-t-elle, plutôt que noir. Sobriété des bordures, pour ne pas nuire à la force de l'image.

Elle plaça le tirage contre un mur, recula afin de l'examiner. *Le début d'une bonne journée*, se remémora-t-elle. Excepté la visite du chef de police, cette journée avait été parfaite, en effet. Elle s'était terminée comme elle avait commencé, au lit avec Xander.

Les pouces dans les poches, Naomi observait d'un œil critique les photos alignées contre le mur quand on frappa à la porte.

— Entrez !

Kevin s'avança dans la pièce.

— Désolé de te déranger…

— Pas de problème, j'allais faire une pause.

— Lelo est en bas.

— Ah bon ?

— Oui, il voudrait… Waouh ! Laissant la porte ouverte sur le vacarme du chantier, Kevin s'approcha des photos. Elles sont superbes. C'est la grange de Cecil… et Cecil. Et Xander. Je peux ?

Sans attendre de réponse, il s'accroupit devant le portrait. Podkol glissa la tête sous son bras pour se faire cajoler.

— Sublime petit matin, pile à l'instant juste avant que le jour se lève.

— Dommage que tu ne sois pas critique d'art.

— Je décris juste ce que je vois. J'adore ces touches de couleur sur fond noir et blanc. Elles évoquent… les possibles dans la sérénité.

— Tu pourrais vraiment être critique d'art.

— Je ne le suis pas, mais je voudrais encore ajouter que la grange de Cecil ne m'a jamais paru aussi belle. Où vas-tu afficher ces photos ?

— Nulle part. Je vais les envoyer à la galerie, à New York. Dis-moi laquelle tu préfères. Le propriétaire de la galerie m'en a réclamé une pour sa collection personnelle. Je ne sais pas laquelle choisir.

Flatté, Kevin se redressa.

— Celle de Xander, je crois… Xander exposé à New York, ça alors ! Il va devenir célèbre ! Tu sais, la boutique où Jenny travaille se damnerait pour ces petits formats : les fleurs et la porte de la grange, le vieil arbre.

Naomi avait prévu de les garder pour elle, mais… S'ils se vendaient, la commission paierait une bonne partie de la malle en cèdre qu'elle avait repérée chez Cecil.

— J'irai les leur montrer. Au fait, tu m'as dit que Lelo était en bas…

— Ah oui, mince ! Je l'avais presque oublié. Il voudrait jeter un coup d'œil à ton jardin. Il doit discuter avec les ouvriers.

— Il m'avait promis de venir, en effet. Mais il tombe des cordes, aujourd'hui.

— Lelo tout craché…, bougonna Kevin en haussant les épaules. Si tu avais l'intention de faire une pause, tu pourras venir voir dans la buanderie ? J'ai deux ou trois petites questions à te poser.

— Pas de problème. Je vais d'abord voir Lelo et je suis à toi.

— On apprécie de ne pas t'avoir tout le temps sur le dos quand on bosse. Vraiment. Mais avant de retourner dans ta tour d'ivoire, j'aimerais aussi que tu viennes voir la salle de bains principale.

— Entendu.

Kevin s'éloigna en direction de la salle de bains en question. Podkol suivit Naomi. Dans l'escalier, il s'arrêta, huma l'air, et poussa un bref jappement de joie avant de dévaler le reste des marches. Un éclat de rire retentit au rez-de-chaussée.

— Eh, te voilà, toi ! Comment vas-tu, mon gros ?

Le chien se tenait debout, les pattes avant dans les mains de Lelo, vêtu d'un ciré jaune et coiffé d'un chapeau de cow-boy ruisselant.

— Salut, Naomi. Je suis au chômage technique, aujourd'hui, à cause de la météo. J'en ai profité pour venir voir ton terrain.

— Tu tenais absolument à te mouiller ?

— Bah ! la pluie fait grandir.
— Laisse-moi juste prendre un poncho.
— Reste à l'intérieur. Je prendrai des notes.
— J'arrive. La pluie fait grandir.
— Tout à fait, acquiesça Lelo avec un sourire. On se retrouve dehors. Podkol peut venir avec moi ?
— J'aurais du mal à le retenir. Je vous rejoins.
Elle enfila un imperméable, une casquette, et prit le temps de troquer ses baskets en toile contre des bottes.

Quand elle sortit, sous la pluie battante, Lelo inspectait le devant de la maison tout en jetant une balle de tennis détrempée au chien en délire.
— Tu as déjà commencé à débroussailler, à ce que je vois.
— C'est Xander qui s'y est attelé.
— Il aime le jardinage. Mon père dit toujours qu'il l'embaucherait volontiers, mais alors il n'aurait plus personne pour réparer son camion. J'espère que tu n'es pas amoureuse de ces vieux thuyas, parce qu'il va falloir les arracher.
— Pas de problème.
— Excellent. Tu as des desiderata particuliers ?
— J'avais envie d'un cerisier pleureur, par là…
Lelo se tourna dans la direction qu'elle indiquait, les bords de son chapeau dégoulinants.
— Hum… Pourquoi pas… Tu as déjà vu des gainiers rouges ?
— Pas sûr…
— Ils ont aussi un port retombant, des fleurs lavande, comme leur nom ne l'indique pas, d'une couleur magnifique, et des feuilles en cœur.

— Des feuilles en cœur ?

— Tu jetteras un coup d'œil sur Internet.

— OK.

— Personnellement, je verrais bien des allées pavées, un peu sinueuses. Et, le long de la façade, des arbustes nains, des variétés locales. Tu aimes les oiseaux et les papillons ?

— Bien sûr.

— Alors il te faut des seringas, le jasmin des poètes. C'est joli, ça sent bon, et ça attire les oiseaux et les papillons. Des amélanchiers, aussi, surnommés « arbres aux oiseaux ». Ils ont des fleurs blanches étoilées, et ils donnent des fruits. Des petites baies violettes, de cette grosseur, dit-il en faisant un cercle de son pouce et de son index, comestibles et assez goûteuses. Certains oiseaux en raffolent. Tu pourrais aussi planter des rhododendrons.

Tout en parcourant le terrain, Lelo jetait la balle au chien et dépeignait un jardin enchanteur.

— Je voulais un arbre, des haies et des massifs, déclara Naomi.

— C'est faisable.

— Mais maintenant, tu m'as donné envie de plantes dont je n'avais jamais entendu parler, et d'arbres avec des feuilles en cœur.

— Je te dessinerai un plan d'ensemble, si tu veux, pour que tu puisses te faire une idée plus précise.

— Volontiers.

— On peut aller jeter un coup d'œil derrière la maison ?

— Puisqu'on est déjà trempés...

Tandis qu'ils contournaient la maison, Lelo sortit un paquet de Juicy Fruit de sa poche.

— Tu en veux un ?

Naomi refusa de la tête et le regretta aussitôt, car les Juicy Fruit la confortaient dans sa première impression de Lelo.

Aimable, serviable, loyal. Rien d'étonnant à ce que le chien ait eu le coup de foudre.

— Tu auras de l'ombre l'après-midi, ici, déclara Lelo en dépliant une tablette de chewing-gum. Le coin idéal pour un hamac ou un banc, et il y a un tas de variétés de fleurs qui n'aiment pas la lumière. Tu fais venir une allée pavée jusqu'ici, et tu n'auras même pas besoin de mettre des chaussures.

— Tu as des idées de génie, Lelo.

Derrière la maison, les mains sur les hanches, il leva les yeux vers les marches menant à la terrasse, puis se tourna vers l'étroite bande de pelouse clairsemée s'étendant jusqu'à un muret de pierres.

— Tu as un sous-sol, je crois…

— Immense. Je ne compte pas y toucher. Je n'ai pas besoin d'une cave aussi grande.

— Quand tu auras des enfants, peut-être. Et ce jour-là, il faudra surélever ce muret. En attendant, tu pourrais planter des épicéas, repiquer des jonquilles, histoire de donner un petit côté forêt au fond du terrain. Et des haies le long du muret, pas trop hautes pour ne pas cacher la vue. Quand tu décideras d'aménager le sous-sol, tu en profiteras pour faire poser des dalles là devant, et tu auras un joli petit patio ombragé.

— Je pensais faire un potager, ici. Modeste, juste un petit carré où faire pousser des herbes aromatiques, quelques légumes.

En hochant la tête, Lelo monta sur l'escalier de la terrasse.

— Pourquoi pas, mais c'est un peu loin de la cuisine… À ta place, je ferais plutôt des cultures en bacs sur la terrasse. Elle est ensoleillée et suffisamment grande. Tu pourrais fabriquer des bacs en bois, de la même essence que la maison. Ils paraîtraient intégrés, tu vois ce que je veux dire ? Tu y mettrais des tomates, des piments, enfin, ce que tu voudras. Les bacs sont faciles à entretenir.

— Tu as raison, ce serait plus pratique.

— Eh, je connais mon métier ! J'avais six ans quand j'ai commencé à aider mon père.

— Je vais devoir prévoir un sacré budget.

— Quoi que tu décides, on n'est pas obligés de tout faire d'un coup. On pourra procéder par étapes.

— Tu me feras une estimation de prix par section ?

— Bien sûr. Je voulais te dire…

— Il va falloir que je vende mes bijoux ?

— Non, rassure-toi, répondit Lelo en riant et en secouant la tête, envoyant des gouttelettes d'eau autour de lui. Ce que je voulais te dire, c'est que tu pourrais peut-être prendre des photos du terrain avant les travaux, pendant, après. Elles nous serviraient de matériel publicitaire, et en échange on te ferait une remise.

Le troc était décidément une pratique courante à Sunrise Cove, pensa Naomi.

— Excellente idée, approuva-t-elle.

— C'est mon père qui me l'a soufflée. Je n'ai pas encore vu les photos que tu as envoyées hier à Dave. Je dois faire un saut chez lui ce soir… Avec un peu de chance, il m'invitera à dîner. Mais mon paternel a jeté un coup d'œil à ton site Internet. Il a été carrément emballé.

Naomi avait de toute façon l'intention de prendre des photos, pour ses archives personnelles et pour Mason, ses oncles et ses grands-parents.

— Le marché me convient, dit-elle.

— Super ! s'exclama Lelo en checkant du poing avec elle. Je t'apporte les plans et les devis au plus vite. Tu sais que tu es très belle ?

— Euh… Merci.

— Je ne te drague pas. Xander est comme mon frère. C'est juste que je te trouve ravissante. Et j'aime bien ce que tu fais de cette maison. Ça fait des lustres que je rêve d'aménager ce terrain.

— Tes rêves se réaliseront bientôt.

— C'est génial. Sur ce, je vais te laisser. Xander me serine que je dois changer mon pot d'échappement. Je crois qu'il est grand temps que je lui amène mon tacot. À plus.

— Merci beaucoup, Lelo.

— Pas de quoi, dit-il en flattant l'encolure du chien trempé. Sois sage, toi, et à un de ces quatre.

Xander, allongé sous une vieille Toyota Camry, remplaçait des plaquettes de frein qui auraient dû être changées dix mille kilomètres plus tôt. Certaines personnes n'étaient vraiment pas sérieuses. La voiture avait aussi besoin d'une vidange et d'une révision générale ; mais sa propriétaire, l'ancienne prof d'histoire-géo de Xander, était toujours persuadée qu'il était un ignare dans tous les domaines.

Et elle ne se lassait pas de lui rappeler qu'il avait été mis à pied pour absentéisme. Une sanction qu'il avait toujours trouvée absurde. Pour quelqu'un qui n'aimait pas l'école, une mise à pied était une récompense.

Enfin, bref. Tant pis pour cette pauvre femme si elle ne voulait pas l'écouter. Le jour où elle aurait un accident, elle comprendrait.

À propos d'accident, il avait été tiré du lit de Naomi à 2 heures du matin, pour remorquer deux véhicules qui s'étaient rentrés dedans, sous la pluie.

Les conducteurs s'en étaient bien tirés, avec seulement quelques égratignures, mais l'un d'eux avait été conduit au poste de police pour conduite en état d'ivresse.

Lorsque les compagnies d'assurances auraient fini de se renvoyer la balle, Xander empocherait une coquette somme pour les réparations de carrosserie.

Rien toutefois ne compenserait le petit déjeuner dont il avait été privé.

Il avait pris goût à ces fabuleux levers de soleil en compagnie de Naomi et du chien. Lui-même n'en revenait pas de s'être si vite habitué à se lever aux aurores, et si vite déshabitué de dormir et de se réveiller seul chez lui.

D'ailleurs, il avait hâte de retrouver Naomi, d'entendre sa voix, de sentir son parfum. Ça ne lui ressemblait pas. Il n'était pas du genre à rechercher le contact permanent, les coups de téléphone, les textos incessants. Néanmoins, il s'était surpris à se trouver des prétextes pour l'appeler mais s'était enjoint de ne pas tomber dans ce travers.

Il avait du travail et, en fin d'après-midi, rendez-vous avec Loo pour régler des questions administratives concernant le bar. Il avait des bouquins à lire, des compétitions sportives à suivre à la télé, des amis avec qui passer ses soirées.

Et de la paperasse en retard.

Xander secoua la tête, désespéré, en entendant le raffut du camion de Lelo.

— Sors cette épave de là ! cria-t-il. Ça me fait de la mauvaise pub !

— Je t'apporte du boulot, mon pote. Et un maxi-Diablo.

Xander s'interrompit dans sa tâche pour regarder son ami entrer dans l'atelier, ruisselant.

— Un maxi-Diablo ?

— Je suis passé chez ta chérie. Elle est vraiment canon, dis donc. Ça m'a donné envie d'un truc *hot*.

— Tu es allé chez Naomi ?

— Pour moi, c'est encore chez le vieux Parkerson. Mais ça ne le sera bientôt plus, si elle fait appel à nous pour aménager ses espaces extérieurs. Je t'échange la moitié du Diablo contre un Mountain Dew.

— Deux minutes, répondit Xander en retournant à ses plaquettes de frein.

— On a fait le tour de son jardin ensemble, poursuivit Lelo en s'asseyant sur un établi et en déballant le sandwich. Ça m'a rappelé l'époque où j'y fumais des joints avec Dikes. Ta chérie s'est montrée plutôt réceptive à mes idées. Du reste, elle a de l'inspiration, comme quand elle prend des photos. Si on décroche ce job... Cette maison attire l'œil, bien qu'elle ait été trop longtemps laissée à l'abandon. Quand les gens verront ce qu'on en a fait, ils se bousculeront aux portes de la petite entreprise de mes parents. Je vais essayer de négocier une remise de prix contre des photos, on les utilisera pour faire des brochures publicitaires. Comment ça se fait que tu écoutes de la country ?

— J'aime bien, de temps en temps.

Sa tâche terminée, Xander inséra quelques pièces dans le distributeur de boissons et en retira une cannette de Mountain Dew, une de ginger ale. Puis il se munit de serviettes en papier, car la sauce Diablo avait tendance à couler, et s'assit à côté de Lelo sur l'établi.

— C'est la Camry de Mme Wobaugh ?

— Ouais. J'ai rarement vu une voiture aussi mal entretenue.

— Je l'avais en histoire-géo.

— Moi aussi.

— Je m'ennuyais comme un rat mort pendant ses cours.

— Moi aussi.

— Qui a dit que l'histoire était un éternel recommencement ?

— Des tas de gens. Moi, je préfère cette citation de Byron : « L'histoire, avec ses nombreux volumes, n'a qu'une seule page. »

— Alors pourquoi passe-t-on des heures à l'étudier si elle n'a qu'une page ?

— Parce qu'on pense en tirer des leçons. Perso, je ne crois pas trop à un avenir meilleur, mais l'espoir fait vivre, non ?

— Ouais…

Ils se partagèrent le sandwich et le dégustèrent dans un silence amical.

— J'ai vu que tu avais deux bagnoles bien amochées sur le parking.

— Elles se sont rentrées dedans cette nuit sur la 119. Le conducteur de la Honda avait 1,1 gramme d'alcool dans le sang.

— Aïe ! Il a eu du mal ?

— Pas trop, l'autre non plus. C'est surtout les bagnoles qui ont morflé.

— Du pain béni pour toi.

— En principe, ouais. Xander termina son sandwich, se tourna vers le camion de Lelo et dit : Tu m'amènes ton tacot pour que je change le pot ?

— Ouais. Je te le laisserai si tu ne peux pas le faire tout de suite. Je trouverai bien quelqu'un pour me ramener chez moi.

— Je vais m'en occuper. Tu as de la chance, j'ai acheté le pot il y a un mois. Je me doutais bien que tu finirais par te rendre à la raison.

— Toute ma reconnaissance, t'es un poteau. Je me suis fait arrêter ce matin, à la sortie de la ville. J'ai dit aux flics que j'avais rendez-vous ce soir chez le garagiste.

Pas le moins du monde surpris, Xander calma le feu du Diablo par une longue rasade de ginger ale glacée. Une excellente association.

— Grâce à eux, tu fais quelque chose d'intelligent.

— Le bruit me manquera.

— Tu seras bien le seul !

— Winston m'a dit qu'on n'avait toujours pas de nouvelles de Marla.

Xander s'immobilisa, sa cannette à mi-chemin de sa bouche.

— Elle n'est pas revenue ?

— Non… Puisqu'il m'avait sous la main, Sam en a profité pour me demander si je n'aurais pas vu quelqu'un lui parler, ou la suivre vendredi soir. Ça devient sérieux, Xan. Apparemment, elle a disparu.

— On ne disparaît pas comme ça.

— Un jour, quand j'étais môme, je me suis enfui de chez mes parents. J'ai pris mon sac à dos et je suis parti chez mes grands-parents. En voiture, il y en avait pour cinq minutes. J'avais huit ans, je ne me rendais pas compte de la distance. Ma mère m'a récupéré à mi-chemin sur le bord de la route. Je pensais qu'elle allait me passer le savon de ma vie… Elle a fondu en larmes. Enfin, bref, rien à voir avec Marla, conclut Lelo en faisant disparaître la dernière bouchée de son sandwich.

— Espérons que si… Qu'elle a fait une fugue, comme une gamine. Mais ça commence à faire long…

— Les gens pensent qu'elle s'est fait enlever.

— Quels gens ?

— C'est ce qui se disait chez Rinaldo, tout à l'heure, quand je suis allé acheter le Diablo. La police interroge tout le monde. Il semblerait que Marla n'ait pas utilisé sa carte de crédit depuis vendredi. Elle n'a pas pris sa voiture, ni aucun bagage. Chip et Patti ont vérifié. Je ne peux pas dire que j'ai beaucoup de sympathie pour cette fille. OK, j'ai couché avec elle, mais c'est une vraie peste. Il n'empêche que ça commence à m'inquiéter, cette histoire. Pourvu qu'elle ne soit pas tombée sur un pervers. Brrr... Je n'ose même pas l'imaginer.

Xander préférait lui aussi éviter de penser à une telle éventualité.

Néanmoins, Lelo parti acheter des glaces, c'est avec une boule au ventre qu'il entreprit de démonter son pot d'échappement.

Il revoyait encore le regard que Marla lui avait jeté, vendredi soir, en sortant des toilettes du bar, où Patti l'avait emmenée pour la calmer. Elle lui avait adressé un doigt d'honneur, et elle était partie comme une furie.

C'était sa dernière image d'elle... une fille qu'il connaissait depuis le lycée. Avec qui il avait couché parce qu'elle ne demandait que ça. Depuis, il l'avait remballée un nombre incalculable de fois, parce que, comme Lelo, il n'avait guère de sympathie pour elle.

Elle habitait à moins de cinq minutes à pied du bar. Dans une rue mal éclairée, déserte à cette heure de la soirée.

Il essaya de visualiser les maisons sur le chemin qu'elle avait pu emprunter, les boutiques si elle avait coupé par Water Street. Tous les magasins étaient fermés, bien sûr, à cette heure-là. Et si les gens ne dormaient pas encore, ils regardaient la télé, ou ils étaient devant leur ordinateur, sûrement pas à leurs fenêtres, à 23 heures passées.

Une voiture s'était-elle arrêtée ? Marla était-elle stupide au point de monter avec un inconnu ?

Pour trois à cinq minutes de marche, pourquoi prendre des risques idiots ?

Ou alors ce n'était pas un inconnu… À cette pensée, l'estomac de Xander se contracta davantage encore. Et là, Marla avait dû bondir sur l'occasion, trop heureuse de trouver une oreille compatissante pour déverser son fiel.

Sunrise Cove comptait quelque deux mille habitants, répartis entre le centre-ville et les alentours. Une petite agglomération, mais tout le monde ne se connaissait pas.

Une femme ivre et en colère était une proie facile.

Avait-elle été suivie ? Xander ne se souvenait pas d'avoir vu quelqu'un quitter le bar derrière elle. Cela dit, il avait délibérément détourné le regard ; il ne pouvait jurer de rien.

Les gens que l'on croyait connaître cachaient bien leur jeu, parfois.

N'avait-il pas trouvé une culotte en dentelle noire dans la Honda de Rick Graft, bien trop petite pour Mme Graft ? Rick était père de trois enfants, il entraînait les minimes au basket et tenait la quincaillerie de Sunrise Cove. Xander avait jeté la culotte à la poubelle sans rien dire à personne, pensant agir pour le mieux. Mais il ne parvenait pas à oublier ce qu'il savait.

Il n'avait pas non plus raconté à qui que ce soit que Mme Ensen empestait le cannabis et le vin, quand il l'avait dépannée suite à une crevaison, malgré le bonbon à la menthe qu'elle suçait et l'eau de Cologne dont elle s'était aspergée. Mme Ensen, qui avait non seulement des enfants, mais aussi des petits-enfants !

Oui, certains cachaient de vilains petits secrets et vous réservaient parfois de drôles de surprises…

En tout cas, Xander connaissait suffisamment Marla pour savoir qu'elle n'avait pas fugué toute seule depuis quatre jours.

Et il avait très peur qu'on ne la retrouve que trop tard.

18

Une maison pleine d'hommes présentait des avantages : Naomi accepta volontiers que Xander et Kevin portent ses colis à expédier jusqu'à sa voiture ainsi que le carton de tirages encadrés qu'elle proposerait à la boutique où Jenny travaillait.

Elle avait ainsi les mains libres pour son matériel photo.

— Merci. Je passerai à la poste dans la matinée.

— Tu pars à New York, Xan, la classe !

— Ça me fait bizarre, commenta l'intéressé. Bon, il faut que je vous laisse. Tu vas travailler, toi aussi ? demanda-t-il à Naomi en tapotant sa sacoche.

— Oui, une heure ou deux avant d'aller en ville.

— Où ? Simple curiosité, ajouta-t-il devant son sourcil froncé.

— Je descends au bord de la mer. Il fait un temps splendide, aujourd'hui. Les plaisanciers doivent être de sortie.

— OK, bosse bien, dit-il en l'attirant contre lui pour l'embrasser, puis en donnant une caresse au chien. À plus tard.

Au pied de la falaise, elle serait à portée de vue, pensa-t-il en enfourchant sa moto. Il avait briefé Kevin pour qu'il garde un œil sur elle. Il ne pouvait pas l'empêcher de sortir, mais il ne serait pas tranquille tant que l'on ne saurait pas ce qui était arrivé à Marla.

Naomi hésita à prendre sa voiture. Elle gagnerait du temps en la garant à l'entrée du chemin, un kilomètre plus bas, qui descendait par la forêt jusqu'au bord de la mer ; mais, coin tranquille ou non, elle n'aimait pas la laisser au bord de la route avec des tirages à l'intérieur.

Elle prit donc la laisse, ce qui eut pour effet instantané de faire fuir Podkol dans l'autre direction. Avec un haussement d'épaules, elle commença à s'éloigner.

Il la rattrapa aussitôt. Elle s'arrêta, sortit un biscuit de sa poche.

— Tu le veux ? Alors tu marches attaché jusqu'à ce qu'on ait quitté la route.

La gourmandise l'emporta.

Le chien tiraillait, refusait d'avancer, s'enroulait dans la laisse, mais Naomi l'accrocha à sa ceinture. Un peu plus loin, elle photographia des fleurs en forme d'étoiles blanches que la pluie avait fait éclore sur le bas-côté.

Dans la forêt, Podkol se calma, occupé à humer l'air et à renifler le sol.

Naomi prit plusieurs clichés d'un tronc couché dans les fougères, tapissé de lichen et de mousse : un camaïeu de jaunes, de rouge orangé, piqueté de champignons essaimant telles des créatures aliens. Deux arbres avaient poussé dessus, l'embrassant de leurs racines, pour s'élever à quelque trois mètres de hauteur.

La vie renaissant sur la mort, pensa-t-elle.

Les feuillages encore mouillés teintaient la lumière de vert. Des fleurs sauvages frémissaient sous la brise. L'air sentait le pin, la terre humide et les secrets.

Une heure plus tard, elle faillit rebrousser chemin, remettre les photos de la côte à un autre jour. Mais elle se ravisa : après l'atmosphère brumeuse du sous-bois, elle avait trop envie de voir le soleil sur la mer, le vert profond des bras de terre s'étirant dans la baie, les rochers se découpant sur le ciel bleu.

Encore une heure, décida-t-elle, puis elle irait à la poste.

Content d'être détaché, Podkol courait devant elle. Il connaissait bien le sentier qui descendait au bas de la falaise, maintenant. Il jappait et dansait autour de sa maîtresse dès qu'elle s'arrêtait pour prendre des photos.

— Ne me bouscule pas ! lui dit-elle.

Néanmoins, elle sentait l'odeur de la mer, elle aussi, et pressa le pas.

Le chemin était abrupt, et boueux, si bien qu'elle fut contrainte de ralentir. *Mince...*, se dit-elle tout à coup. Elle serait obligée de laver le chien avant de l'emmener en ville.

— Je n'avais pas pensé à ça, marmonna-t-elle en s'accrochant aux branches pour éviter de glisser.

Tant pis. Le paysage qu'elle entrevoyait entre les arbres valait largement ce petit contretemps.

Elle manqua de peu perdre l'équilibre en prenant une photo du rivage déchiqueté derrière un rideau de feuillage. Un mystérieux secret révélé par une porte magique.

Satisfaite, elle rejoignit le chien qui aboyait comme un fou.

— Laisse les oiseaux tranquilles ! Je veux les prendre en photo !

Elle racla ses semelles boueuses contre un rocher, grimpa dessus, et découvrit la mer étincelante, un bateau avec des voiles rouges voguant au large.

Faisant abstraction du raffut de Podkol, elle cadra le voilier puis prit plusieurs clichés de la baie, ignorant le chien revenu tourner autour d'elle.

— Tu sais que tu es vraiment collant, toi ? bougonna-t-elle. Tu ne peux pas jouer tout seul ? Attends deux minutes... Eh, qu'est-ce que c'est que ça ? Où as-tu trouvé ça ?

Podkol tenait une chaussure dans la gueule, un escarpin rose à bout ouvert et talon haut.

— Tu ne rapportes pas cette cochonnerie à la maison !

Il la déposa à ses pieds, elle s'en écarta.

— Et hors de question que j'y touche !

Elle poursuivit son chemin. Le chien ramassa la chaussure et doubla Naomi comme une flèche.

Lorsqu'elle parvint à la berge, une étroite bande de sable grossier et de galets, Podkol poussa une série de jappements suraigus puis il gémit plaintivement.

— Arrête, s'il te plaît ! Mais qu'est-ce que tu as, aujourd'hui ?

Naomi abaissa son appareil photo, les mains soudain glacées. Le chien se tenait auprès d'un corps gisant au bas de la falaise.

Les jambes flageolantes, Naomi dut s'agenouiller pour chercher sa respiration, la vue brouillée, les oreilles bourdonnantes.

Nue, les poings liés, Marla Roth tendait les bras vers quelque chose qu'elle n'atteindrait jamais. Le chien lui lécha le visage, essaya de glisser le museau sous sa main inerte.

Les doigts tremblants, Naomi déroula la laisse et l'accrocha au collier de Podkol.

— Mon Dieu… Oh, mon Dieu… Oh non ! Je ne peux pas me permettre d'être malade. Non, je ne serai pas malade.

Serrant les dents, elle sortit son téléphone de sa poche.

Naomi ne voulait pas rester là, mais elle ne pouvait pas partir. La police lui avait demandé de ne pas bouger, de ne toucher à rien. Elle aurait pu ignorer cette consigne, mais elle ne pouvait se résoudre à laisser Marla seule.

Elle s'assit donc sur un rocher, face à la mer, le visage balayé par le vent. Le chien tirait sur sa laisse en aboyant. Elle lui passa un bras autour du cou, le força à s'asseoir près d'elle.

L'un contre l'autre, ils se calmèrent un peu, et Naomi composa le numéro de Xander.

— Salut ! dit-il joyeusement.

De la musique et des bruits de machines résonnaient autour de lui.

— Xander…

Bien qu'elle n'eût encore prononcé qu'un mot, Xander comprit au son de sa voix qu'il était arrivé quelque chose de grave.

— Que s'est-il passé ? Tu es blessée ? Où es-tu ?

— Non, non, je n'ai rien. Je suis en bas de la falaise. Je… Marla… Elle… Je l'ai retrouvée. J'ai prévenu la police. Ils arrivent.

— J'arrive aussi. Appelle Kevin. Il te rejoindra plus vite.

— Ça va, je peux attendre. J'entends déjà les sirènes.

— Je suis là dans dix minutes.

À contrecœur, Xander coupa la communication, fourra son téléphone dans sa poche et enfourcha sa moto.

Sur le rocher, Naomi fixa longuement son portable avant d'avoir la présence d'esprit de le ranger. Elle n'était pas en état de choc, elle se souvenait des symptômes de l'état de choc. Juste un peu sonnée, un peu sidérée.

— Ils ne vont pas tarder, dit-elle au chien. La police est presque là. Pauvre Marla… Elle a dû être violée…

Elle déglutit péniblement, enfouit son visage dans le pelage de Podkol.

— Elle a le cou tout bleu… Elle a été torturée, étranglée…

Luttant contre la panique, elle se concentra sur sa respiration.

Tiens bon, s'enjoignit-elle. *Ne craque pas.*

Podkol sentait le sous-bois humide, le chien mouillé. Elle se focalisa sur cette odeur réconfortante. Tant que le chien était avec elle, elle parviendrait à se maîtriser.

En entendant des bruits de pas, elle prit une profonde inspiration et se leva.

— Je suis là ! cria-t-elle.

Le chef de police apparut en premier, suivi d'un agent en uniforme, une mallette à la main, puis d'un autre, un appareil photo autour du cou.

Elle ne distinguait pas leurs yeux derrière leurs lunettes de soleil.

— Elle est là…

Le chef se tourna dans la direction indiquée, étouffa un juron et reporta son attention sur Naomi.

— Restez ici, ne bougez pas.

— D'accord.

Les jambes encore vacillantes, elle se rassit sur le rocher, face à la mer scintillante. Au bout d'un moment, Podkol se détendit et se coucha à son côté. Puis il se redressa en frétillant de joie à l'approche de quelqu'un qui arrivait en courant par le sentier, beaucoup trop vite dans la descente boueuse et glissante.

— Ils m'ont ordonné d'attendre là, expliqua Naomi à Xander.

Il s'agenouilla près d'elle, la serra contre lui.

Elle aurait pu craquer, entre ses bras. Oh, il aurait été si facile de craquer… Et si faible.

Xander la relâcha, lui caressa la joue.

— Je vais te raccompagner chez toi.

— Ils m'ont demandé d'attendre.

— Laisse tomber. Ils t'interrogeront chez toi.

— Je préfère que ça se passe ici. Je n'aurais pas dû t'appeler.

— Bien sûr que si.

— Je n'ai pas réfléchi, j'ai…

Elle s'interrompit, car le chef de police revenait vers eux.

— Xander…

— C'est moi qui l'ai appelé, j'étais angoissée.

— Compréhensible.

— Je… Je suis désolée… Le chien… Je ne l'avais pas vue… Je prenais des photos, je ne l'ai pas vue tout de suite… Il avait ramassé une chaussure, la sienne, je pense. J'ai cru… Je suis désolée, je sais que nous n'aurions dû toucher à rien, mais je ne l'avais pas vue.

— Ne vous inquiétez pas pour ça. Vous étiez venue là pour prendre des photos ?

— Oui. Je voulais photographier la côte après la pluie. J'ai d'abord pris pas mal de photos dans la forêt. Je cadrais un voilier quand Podkol m'a apporté cette chaussure, un escarpin rose à talon. Je ne sais pas ce qu'il en a fait.

Sam Winston sortit une bouteille d'eau de la poche de sa veste, qu'il tendit à Naomi.

— Tenez, buvez un peu.

— Merci.

— Avez-vous croisé quelqu'un ?

— Non. Le chien n'arrêtait pas d'aboyer et de gémir, mais je ne faisais pas attention à lui. Je lui ai dit de se taire, et c'est là que je l'ai vue… Je me suis approchée, pour être sûre… Et j'ai compris qu'elle était… Alors j'ai appelé la police. Et Xander.

— Je peux la raccompagner chez elle ? demanda celui-ci. Ça ne sert à rien qu'elle reste là.

— Absolument, acquiesça Sam en frictionnant l'épaule de Naomi. Rentrez chez vous. Je passerai vous voir dans un moment.

Xander prit la main de Naomi et l'entraîna sur le sentier. Ils restèrent silencieux jusqu'à ce qu'ils pénètrent dans le sous-bois.

— J'ai été vache avec elle.

— Naomi...

— C'est à cause de moi qu'elle est partie furieuse, blessée dans son orgueil, vendredi soir. Autrement, elle serait partie avec son amie.

— C'est à cause de moi qu'elle était jalouse de toi. Je ne culpabilise pas pour autant. Nous n'y sommes pour rien. Elle n'a pas eu de chance, c'est tout.

— C'est juste. Tu raisonnes toujours de façon logique. Voilà pourquoi j'ai éprouvé le besoin de t'appeler. Je savais que tu ne t'apitoierais pas sur moi. Je n'aurais pas supporté qu'on me plaigne. Ce n'est pas moi qui suis à plaindre.

— Un peu, quand même, d'avoir fait cette macabre découverte. Je ne te donnerai pas du « Pauvre Naomi » si tu n'en veux pas... Mais, crois-moi, j'aurais préféré que tu sois allée prendre des photos ailleurs, ce matin.

— Moi aussi. On était tranquillement assis sur la terrasse, tout à l'heure, et elle était là... Elle devait déjà être là... Naomi prit une profonde inspiration et demanda : Elle a de la famille ?

— Sa mère habite en ville. Son père est parti il y a je ne sais plus combien d'années. Elle a un frère dans la marine, il s'est engagé juste après le lycée. Il doit avoir deux ou trois ans de plus que moi. Je ne l'ai jamais vraiment connu. Et elle a Chip. Ça va être dur pour lui.

— Ils s'en fichent.

— Qui ?

— Les assassins. Ils ne pensent pas qu'ils anéantissent aussi les proches de leurs victimes. Il l'a étranglée. Elle a des hématomes autour du cou. Il a jeté ses habits à côté d'elle. Je crois qu'elle portait ces chaussures roses vendredi soir. Elle a dû se faire enlever en quittant le bar.

Xander avait envie de soulever Naomi dans ses bras et de la porter jusque chez elle. Néanmoins, il se contenta de lui serrer fermement la main.

— Ça ne servirait à rien que je te dise de ne pas y penser… Alors, oui, sans doute a-t-elle fait une mauvaise rencontre en rentrant chez elle. Après, on ignore ce qui s'est passé. La police a les moyens de déterminer si elle a été tuée ici ou ailleurs, puis abandonnée là.

— Oui, ils vont ouvrir une enquête.

À la sortie de la forêt, deux véhicules de patrouille et la moto de Xander étaient garés au bord de la route.

— S'il ne l'a pas tuée ici, pourquoi se donner le mal de transporter le corps jusqu'en bas de la falaise ? Pourquoi ne pas l'avoir enterrée dans les bois, ou jetée à la mer ?

— Je n'en sais rien, Naomi. Toujours est-il que si tu n'étais pas passée par là ce matin, on ne l'aurait pas encore retrouvée. Tu ne l'aurais pas vue, de chez toi. Elle est trop près de la paroi rocheuse.

Et il y avait peu de chances qu'on repère le corps depuis la mer, à moins de s'approcher tout près du rivage. L'assassin espérait peut-être gagner du temps en la laissant là.

À l'approche de la maison, Xander se tourna vers Naomi.

— Tu veux que je demande à Kevin de donner relâche à ses ouvriers pour la journée ?

— Non. Pour une fois, je préfère le bruit au silence. Je vais peindre, je crois.

— Peindre ?

— La deuxième chambre d'amis, celle de mes oncles. Je n'arriverai pas à me concentrer sur mon travail, et je n'ai pas envie d'aller en ville. Mes colis peuvent attendre.

— OK, je vais t'aider.

— Tu as du boulot au garage.

— Je conçois que tu ne veuilles pas que je te plaigne, dit-il posément, un bras autour de sa taille. Ce n'est pas mon genre, de toute façon. Mais il est hors de question que je te laisse seule. Alors je vais peindre avec toi.

Elle s'immobilisa, leva le visage vers lui.

— OK. Merci.

Il lui frotta le dos. Un geste réconfortant, tant pour lui que pour elle, il l'espérait.

— Je ne suis pas très doué pour la peinture.

— Moi non plus.

Elle monta préparer le matériel sans lui, sachant qu'il s'attardait en bas pour prévenir Kevin, afin qu'elle n'ait pas à le faire. Finalement, il la rejoignit avec une glacière.

— De l'eau et des Coca. Ça donne soif, de peindre.

— Surtout quand on n'est pas doué. Tu as annoncé la mauvaise nouvelle à Kevin ?

— Oui. Il fallait bien que je lui explique pourquoi la police va venir. Ni lui ni ses ouvriers ne diront rien à personne tant que Sam n'aura pas prévenu Chip et la mère de Marla.

— Mason dit qu'informer les familles est l'aspect le plus difficile de son métier. Tu imagines, si déjà c'est dur pour les policiers, comme ça doit être horrible pour les proches…

— Ça doit être encore pire de ne pas savoir.

Naomi hocha la tête, se détourna. Certaines des filles que son père avait tuées étaient restées disparues pendant des années. Aujourd'hui encore, après tout ce temps, le FBI n'était pas sûr de les avoir toutes retrouvées.

Bowes avouait ses crimes au compte-gouttes, pour obtenir des privilèges ; et, ainsi que Mason l'avait expliqué à sa sœur, pour que l'on recommence à parler de lui.

— Alors comme ça… tu n'aimes pas ce jaune pisseux ?

Naomi essaya de chasser les idées noires, regarda les murs.

— Je savais bien que cette couleur me rappelait quelque chose !

Xander ne tenta pas de meubler le silence pendant qu'ils travaillaient, et Naomi lui en était reconnaissante. Passer le rouleau l'apaisait. Elle trouvait gratifiant de voir la pièce faire peu à peu peau neuve.

Le chien faisait des allées et venues incessantes. Enfin, il se coucha et s'endormit sur le pas de la porte, si bien qu'ils ne pouvaient quitter la pièce sans l'alerter.

Ils avaient terminé la sous-couche de deux murs et débattaient de leur habileté respective, lorsque Podkol redressa la tête, la queue battant le sol.

Sam l'enjamba pour entrer dans la chambre.

— Vous avez un bon garde.

Naomi croisa ses mains pour les empêcher de trembler.

— Vous êtes… Je suis désolée, il n'y a nulle part où s'asseoir ici. Descendons…

— Je n'en aurai pas pour longtemps. Je voulais juste prendre de vos nouvelles.

— Ça va. J'avais besoin de m'occuper, alors…

— Tout d'abord, sachez que si vous avez peur de rester seule ici, un de mes gars pourra surveiller la maison, cette nuit.

— Elle ne sera pas seule, déclara Xander et, du regard, il intima le silence à Naomi. Considère que ce sera le prix de mes piètres prestations de peintre.

— C'est mieux que quelqu'un reste avec vous, approuva Sam. Si ça ne vous ennuie pas, j'aurais quelques questions à vous poser. Vous rappelez-vous à quelle heure vous avez quitté la maison, ce matin ?

— Il devait être 7 h 45, à peu près. Je ne sais pas exactement combien j'ai mis de temps pour descendre jusqu'au chemin. J'ai photographié des fleurs au bord de la route. Je peux vous montrer.

— Je vous crois sur parole, affirma Sam.

— J'ai dû rester au moins une heure dans la forêt. Juste avant d'arriver en bas, j'ai fait des photos du rivage à travers les arbres. Et je me suis arrêtée sur le gros rocher plat, au bout du chemin, pour en prendre encore quelques autres. C'est là que Podkol m'a apporté la chaussure. Je n'ai pas regardé l'heure, mais il devait être 9 heures passées. Le chien n'arrêtait pas d'aboyer, je lui ai ordonné de se taire. C'est à ce moment que j'ai vu Marla.

— OK. Je suis navré, madame Carson.

— Appelez-moi Naomi, je vous en prie.

— Sans vous, Naomi, on n'aurait peut-être pas retrouvé Marla avant un jour ou deux. C'est terrible, je sais, mais c'est une chance que vous soyez descendue en bas de la falaise.

— Tu vas annoncer la nouvelle à Chip ? intervint Xander. Il n'est pas de sa famille, je sais, mais il faut le prévenir avant que la rumeur ne commence à courir.

Sam opina, souleva sa casquette et gratta ses cheveux grisonnants avant de la remettre.

— J'irai le voir juste après avoir informé la mère de Marla. Si un détail vous revient, Naomi, ou simplement si vous avez besoin de parler, passez-moi un coup de fil. Cette maison n'a jamais été aussi belle, tout du moins pas de mon vivant. N'hésitez pas à m'appeler, je ne suis pas loin, ajouta-t-il, et il donna une petite caresse au chien avant de prendre congé.

Elle se réveilla en sursaut d'un cauchemar, où elle avait retrouvé Marla dans une cave, dissimulée sous un tronc couvert de mousse, au fin fond d'une forêt lugubre. Une cave pleine de sang, empestant la mort, semblable à celle où son père séquestrait ses victimes.

Oppressée, elle inspira une bouffée d'air, expira. Des mains lui saisirent les épaules. Elle aurait hurlé, si sa respiration n'avait pas été bloquée.

— C'est moi, Xander, dit-il en allumant la lumière. Calme-toi, Naomi, ça va aller, regarde-moi. Calme-toi ou tu vas hyperventiler et faire un malaise. Regarde-moi.

Elle se gonfla les poumons, souffla lentement, les yeux plongés dans ceux de Xander, si bleus, d'un bleu profond, rassurant, un océan bienfaisant où se laisser flotter.

— Voilà, ça va déjà mieux. Je vais te chercher de l'eau.

Elle lui saisit les mains. Elle avait besoin de ces yeux, de ce bleu, pendant quelques minutes encore.

Il ne cessait de lui parler, mais elle n'entendait pas vraiment ce qu'il disait. Ses mains sur son visage et la profondeur de son regard lui suffisaient. L'étau qui lui broyait la poitrine commençait à se desserrer.

— Pardon…, bredouilla-t-elle. Je suis désolée.

— Il n'y a pas de quoi, ne dis pas de bêtise. Bois, il y a une bouteille d'eau sur ta table de chevet. Je reste là.

Il attrapa la bouteille, dévissa le bouchon.

— Bois, tout doucement.

Elle hocha la tête, puis s'exécuta.

— Ça va, dit-elle.

— Un peu mieux, mais ce n'est pas encore ça. Tu as froid, constata-t-il en lui frictionnant les bras de ses mains calleuses. Détends-toi. Regarde, Podkol est là, tu n'as rien à craindre.

Les pattes avant sur le bord du lit, le chien regardait Naomi d'un œil inquiet.

— Je l'ai réveillé, lui aussi. J'ai fait un cauchemar.

Ce n'était pas le premier dont Xander était témoin, mais la panique n'avait encore jamais atteint une telle intensité.

— Pas étonnant, dans les circonstances actuelles. Remets-toi sous la couette, réchauffe-toi.

— Je vais me lever, je crois, essayer de travailler un moment.

— Il n'y a pas grand-chose à prendre en photo à… 3 h 20 du matin.

— Mon boulot ne s'arrête pas à la prise de vue.

— Je sais. Descendons préparer des œufs brouillés.

— Des œufs brouillés ? Au milieu de la nuit ?

— Ce n'est pas le milieu de la nuit à ton horloge interne. Des œufs, oui. On est réveillés, de toute façon.

— Tu peux te rendormir.

— Je suis debout, déclara Xander en roulant hors du lit, puis il alla ouvrir les portes vitrées de la terrasse.

Podkol se rua dehors.

— Ou peut-être plutôt des gaufres, suggéra Xander en enfilant son pantalon. Je suis sûr que tu sais faire les gaufres.

— Encore faudrait-il que j'aie un gaufrier, et ce n'est pas le cas.

Naomi resta un instant assise dans le lit, les genoux ramenés sous le menton. Il gérait tout de main de maître, pensa-t-elle. Cauchemars, crises d'angoisse, chien perdu, cadavre au pied de la falaise… Rien ne troublait son sang-froid. Comment faisait-il ?

— Tu as faim ?

— J'ai besoin de manger, au réveil.

Il ramassa le pantalon de coton et le tee-shirt qu'il avait la veille ôtés à Naomi et les lança dans sa direction.

— Tu aimes les œufs Benedict ?

— Jamais goûté.

— Tu aimeras, déclara Naomi en se levant.

Il avait raison, la préparation du petit déjeuner, les odeurs de la cuisine, les gestes routiniers et un bon café la calmèrent, dissipant le cauchemar et les mauvais souvenirs.

Et elle avait raison, elle aussi, Xander aima les œufs Benedict.

— Comment se fait-il que je ne connaisse pas cette recette ? demanda-t-il tandis qu'ils mangeaient, attablés au comptoir de la cuisine. Et qui est Benedict ?

Naomi fronça les sourcils, au bord du rire.

— Aucune idée.

— En tout cas, chapeau ! C'est le meilleur petit déjeuner que j'aie jamais pris à 4 heures du mat.

— Je t'étais redevable. Tu es venu quand je t'ai appelé, et tu es resté. Je ne te l'aurais jamais demandé.

— Tu n'aimes pas demander.

— Je le reconnais. Un défaut, probablement, que je préfère considérer comme de l'autonomie.

— C'est peut-être les deux. Tu t'y habitueras, en tout cas… À demander.

— Tu m'as aussi aidée à surmonter ma crise d'angoisse. Tu as de l'expérience dans ce domaine ?

— Non, mais il suffit d'un peu de bon sens.

— Tu en as plus qu'un peu. C'était une excellente idée de m'encourager à cuisiner pour me changer les idées.

— Je me suis régalé. Il n'y a rien de mal, tu sais, à ne compter que sur soi-même. Je suis d'ailleurs partisan de cet état d'esprit. Mais il n'y a rien de mal non plus à demander, tant qu'on n'exagère pas. Il y a quelque chose entre nous, Naomi.

— Quelle chose ?

— J'essaie de le définir. Comment le qualifierais-tu, de ton côté ?

— J'ai toujours évité ce genre de chose.

— Moi aussi. C'est drôle, comme ça te prend par surprise. D'un geste aussi naturel et intime que sa voix, il lui chatouilla la nuque en disant : et nous voilà avant le lever du jour, à manger des œufs Benedict que je ne pensais pas aimer, avec un chien que tu ne pensais pas garder et qui attend avec impatience qu'on lui donne des restes. Ça me plaît. Du coup, je crois que ça me plaît d'avoir quelque chose avec toi.

— Tu ne poses pas de questions.

— J'aime découvrir par moi-même. C'est peut-être un défaut, ou peut-être l'habitude de ne pas compter sur les autres, dit-il en haussant les épaules. Des fois, le mieux est d'attendre qu'on t'apporte des réponses.

— Les réponses qu'on t'apporte ne sont pas toujours les bonnes.

— Dans ce cas, c'est idiot de poser des questions, si tu n'es pas prêt à entendre les réponses. J'aime celle que tu es, là, maintenant. Je n'ai pas besoin d'en savoir davantage.

— Les choses peuvent évoluer, en bien ou en mal.

Et pourquoi diable ne se contentait-elle pas, elle aussi, de savourer l'instant présent ?

— Tout à fait, rien n'est immuable. Depuis combien de temps, déjà, tes oncles sont-ils ensemble ?

— Plus de vingt ans.

— Un bail. J'imagine que ça n'a pas été rose tous les jours.

— Oh non !

— Depuis combien de temps y a-t-il un truc entre nous ?

— Je ne sais pas. Tout dépend du moment à partir d'où on compte.

— Le Jour du Chien. On dira ça comme ça. Il y a combien de temps qu'on a trouvé Podkol ?

— Environ… Un peu plus d'un mois, il me semble.

— Un bail, si l'on considère que le temps est une notion relative.

— Un record, en ce qui me concerne, déclara Naomi en riant.

— Tu méditeras cela, répliqua Xander avec un sourire enjôleur. Et on verra ce que nous réserve le mois numéro trois. Pour l'instant, quand nous aurons fini ces délicieux œufs, nous ferons la vaisselle et nous irons boire un café sur la terrasse en attendant le lever du jour.

Comme elle ne disait rien, il lui caressa le bras et retourna à son assiette.

— Tu es chez toi ici, Naomi, et ça, personne ne peut te l'enlever, sauf si tu le veux bien.

— Tu as raison, je boirais volontiers un café sur la terrasse.

19

Broyer du noir, s'inquiéter, extrapoler ne servait strictement à rien.

Néanmoins, Naomi envoya un long mail à une amie qui comprendrait. Ashley McLean, maintenant Ashley Murdoch, était la preuve qu'envers et contre tout la vie continuait.

Naomi aurait aimé l'appeler, entendre sa voix ; mais avec le décalage horaire, elle aurait réveillé Ashley en pleine nuit, de même que son époux – avec qui celle-ci fêterait au mois de juin ses dix ans de mariage – et leurs deux enfants.

Du reste, il était plus facile de s'exprimer par écrit. On avait le temps de formuler ses pensées, et l'on pouvait toujours remplacer un mot par un autre. L'essentiel était de savoir qu'il existait quelqu'un sur qui compter.

Cela l'aidait, comme cela l'avait aidée de préparer le petit déjeuner, de contempler le lever du jour au côté de l'homme avec qui elle partageait une chose indéfinie, d'entendre le vacarme qui résonnait à présent dans la maison.

La vie continuait.

Elle se rendit en ville avec le chien, bien qu'elle eût essayé de se convaincre, et de le persuader qu'elle préférait qu'il reste à la maison. À la poste, elle fit affranchir ses colis, et dut se prêter à dix minutes de cette pratique étrange qu'étaient les bavardages d'une petite ville.

— Une bonne chose de faite, dit-elle au chien en sortant.

Elle descendit Water Street, plus animée que les jours précédents, constata-t-elle. Le printemps faisait non seulement sortir les fleurs, mais aussi les touristes.

Ils flânaient dans les rues, regardaient les vitrines, avec des gobelets de café, des appareils photo et des sacs de shopping. Tout en cherchant une place de parking, elle vit des bateaux naviguer au large ou quitter le port. Le loueur de kayaks et de vélos tournait à plein régime, avec ses canoës colorés exposés devant son local.

Elle trouva un emplacement de stationnement, s'y gara, puis se retourna vers Podkol.

— Tu dois rester dans la voiture, je t'avais prévenu. On ira se promener avant d'aller à l'épicerie. C'est le mieux que je puisse te proposer.

Il tenta de s'échapper quand elle ouvrit le coffre pour y prendre son carton de photos, et la lutte qui s'ensuivit montra clairement qu'il avait pris du poids et du muscle. Le chien maigre et affaibli qui boitillait au bord de la route appartenait définitivement au passé.

Elle parvint toutefois à refermer le coffre, mais dut s'y adosser pour reprendre son souffle. Quand elle jeta un coup d'œil par-dessus son épaule, Podkol était collé contre le pare-brise arrière, son regard bleu implorant.

— Je ne peux pas t'emmener dans la boutique, c'est comme ça.

Elle ramassa le carton qu'elle avait posé par terre, s'éloigna... mais ne put s'empêcher de couler un dernier regard derrière elle.

Le chien avait passé le museau par la vitre entrouverte.

— Ne le laisse pas gagner, marmonna-t-elle, et elle regarda droit devant elle.

Elle savait que Jenny travaillait ce matin-là, car celle-ci lui avait téléphoné la veille au soir afin de lui témoigner son soutien. Elle avait proposé de lui apporter à manger, de l'alcool, tout ce dont Naomi aurait pu avoir besoin.

Une démonstration d'amitié si spontanée était aussi inhabituelle pour Naomi que dix minutes de bavardage au bureau de poste.

Elle fut accueillie dans le magasin de déco par un agréable parfum d'agrumes, un savant désordre de jolies choses et un monde fou. Elle envisagea de revenir à une heure creuse ; encore aurait-il fallu qu'elle sache s'il y en avait, et à quel moment.

Jenny discutait avec une cliente devant un vieux bassin de toilette rempli de savonnettes et de lotions. En apercevant Naomi, elle lui adressa un joyeux signe de la main.

Naomi s'avança donc dans la boutique, repéra plusieurs objets qui lui plaisaient mais se rappela qu'elle n'était pas là pour faire du shopping. La maison était en chantier, ce n'était pas le moment de dépenser.

Néanmoins, elle craqua pour une paire de chandeliers en fer forgé qui auraient tout à fait leur place dans la bibliothèque.

Jenny la rejoignit dès qu'elle se libéra et lui prit le carton des mains.

— Je suis si contente de te voir, dit-elle en l'embrassant, l'enveloppant d'un discret parfum de pêche. Comment vas-tu ?

— Ça va.

— Xander est resté avec toi, la nuit dernière ?

— Oui.

— Il a bien fait. Ne pensons plus à ça pour le moment. Tout le monde en parle, mais essayons de penser à autre chose.

— Tu es débordée.

— Un voyage organisé, précisa Jenny en balayant le magasin d'un regard satisfait et légèrement calculateur. Nous avons deux bus de passage à Sunrise Cove, aujourd'hui. Du coup, on évite soigneusement d'aborder le sujet de Marla.

Jenny se baissa pour reprendre le carton.

— Je veux les montrer à Krista. Viens avec moi. Elle est dans l'arrière-boutique. On sera plus tranquilles.

— Mais les clientes…

Naomi tentait de protester tandis que Jenny l'entraînait déjà vers le fond du magasin, se faufilant entre les étalages en bavardant gaiement.

Elle évoquait à Naomi un joli petit oiseau pépiant et voletant de branche en branche.

Dans un entrepôt faisant office de bureau, une jeune femme brune était assise devant un ordinateur, coiffée d'un chignon retenu par des baguettes chinoises.

— C'est bon, j'ai retrouvé la trace du colis, Dieu merci ! lança-t-elle à Jenny.

— Impeccable. Krista, je te présente Naomi Carson.

Krista pivota sur sa chaise et ôta ses lunettes de lecture à monture violette. Elle avait un visage avenant, de grands yeux noisette, une grande bouche, et un minuscule rubis sur la narine gauche.

— Enchantée de vous rencontrer. Faites comme s'il y avait un siège que je puisse vous offrir. J'aime beaucoup vos photos. J'ai regardé plusieurs fois votre site Internet, et j'ai tanné Jenny pour qu'elle vous fasse venir.

— Vous avez une boutique ravissante, que j'évitais parce que je suis faible. J'ai déjà craqué pour une paire de chandeliers, et je ne repartirai probablement pas sans ce miroir ovale au cadre de bronze.

— Une récup de Jenny.

— Je l'ai trouvé sur un marché aux puces, confirma l'intéressée. Naomi nous a apporté des photos, annonça-t-elle en posant le carton sur le bureau encombré. J'ai résisté à l'envie de les découvrir toute seule.

— C'est bien d'avoir pensé à la hiérarchie, répliqua Krista en se levant pour ouvrir le carton, puis elle chaussa ses lunettes.

Naomi avait sélectionné des petits formats, des études de fleurs sauvages, une série de quatre vues de la baie, une autre de la marina, une de troncs d'arbres moussus.

— Elles sont très joliment encadrées. C'est vous qui les encadrez ?

— Oui.

Krista plaça deux cadres contre le carton, recula, hocha la tête.

— Nous les vendrons, c'est sûr. Avec le voyage organisé, je suis même certaine qu'elles partiraient sur-le-champ.

Elle ôta de nouveau ses lunettes, les tapota contre sa main, puis indiqua un prix.

— Soixante pour cent pour vous, quarante pour nous, ajouta-t-elle.

— Ça me paraît honnête.

— Tant mieux, parce que je les voulais vraiment. Et je suis partante pour vous en prendre d'autres, notamment de la faune et de la flore locales, des paysages, des vues de Sunrise Cove. Je pourrais aussi les proposer non encadrées. On en reparlera. J'aimerais beaucoup avoir la baie et la marina en cartes postales.

— Je peux en faire.

Krista se tourna vers Jenny et lui enlaça les épaules, d'un geste naturel et décontracté, témoignant d'une sincère amitié.

— Elle peut nous faire des cartes postales, alléluia ! Tu sais depuis combien de temps je voulais de belles cartes postales ?

— Depuis que tu as ouvert.

— Exactement. Naomi, je vous commande deux douzaines de cartes postales. Non, trois. J'en revendrai une au B&B.

— Un assortiment ?

— Je vous fais confiance. Jenny, étiquette les cadres et apporte-les dans le magasin. Expose-les où bon te semblera. Elle est mon bras droit, déclara Krista à Naomi. Même si elle a l'intention de me quitter.

— Pas avant l'année prochaine. Je sais où je vais les mettre, décréta Jenny en calant les cadres dans le carton, qu'elle emporta entre ses bras.

— Si vous avez quelques minutes, Naomi, je vais imprimer le contrat pour les pièces que vous me laissez aujourd'hui.

— Ça marche.

— Ne pars pas sans passer me voir ! lança Jenny en retournant dans la boutique.

— OK.

— Je prépare également la commande pour les cartes postales, tant que j'y suis… Ce sera fait. Les travaux avancent, là-haut sur la falaise ?

— À la vitesse grand V. C'est pour ça que j'ai pris ces chandeliers, pour ma bibliothèque. Je mettrai le miroir dans le hall d'entrée, je pense. Et… quel est ce délicieux parfum ?

— Nous avons mis du seringa, aujourd'hui, dans nos diffuseurs.

— On m'a conseillé d'en planter dans mon jardin. J'en parfumerai aussi mon intérieur.

— Vous direz à Jenny de vous en donner un flacon, cadeau de la maison. Nous allons faire des affaires, vous et moi, Naomi.

Elle repartit plus chargée qu'elle n'était arrivée, justifia ses achats en se disant que la maison avait besoin d'être meublée. Et Krista avait raison, elles feraient des affaires, ensemble. Indubitablement.

Jenny n'avait-elle pas vendu quatre cadres avant même de les avoir accrochés ?

— On a du boulot, Podkol !

Elle profita de la joie du chien pour attacher la laisse à son collier. Puis elle rangea ses emplettes dans le coffre, prit son appareil photo et son petit sac à dos.

— Allons nous promener et faire des cartes postales.

Quand elle rentra chez elle, les ouvriers terminaient leur journée, et les hommes firent à nouveau preuve d'une galanterie bienvenue. Les carreleurs portèrent ses cabas de courses, tandis que Kevin se chargeait des sacs de shopping.

— Tu as vu Jenny, j'imagine.

— Et j'ai fait des dépenses. Mais la boutique m'a pris des photos et commandé des cartes postales.

Naomi s'immobilisa sur le seuil du salon et se sentit encore un peu plus contente de sa journée.

— Vous avez terminé les moulures ! C'est superbe ! La pièce paraît tout de suite plus finie.

— Nous n'avons pas chômé, aujourd'hui. Si on montait, que je te montre ce que nous avons fini d'autre.

— Si tu parles de ma salle de bains, je risque de pleurer comme une Madeleine.

Avec un grand sourire, il lui tapota le bras.

— Prépare les mouchoirs.

Devant le travail accompli, elle en eut presque les larmes aux yeux.

— Il ne faut pas marcher sur le carrelage avant demain, la prévint-il.

— D'accord. Si j'y entrais, je tomberais à genoux. Elle est magnifique, vraiment.

Elle souhaitait une ambiance zen, sobre et reposante, et le rendu correspondait exactement à ce qu'elle avait en tête. Sol carrelé d'ardoise naturelle, murs gris perle, comptoir en granit blanc veiné de gris. La grande baignoire à pattes de lion donnait une touche rétro, et Naomi s'était offert le luxe d'une immense douche hammam.

— Le nickel brossé était un bon choix, commenta Kevin. Des chromes auraient été trop clinquants. Et le rangement ouvert ne déparera pas, vu que tu m'as l'air de nature ordonnée.

— J'égaierai la pièce avec des serviettes de couleur, et j'ai repéré de jolis flacons bleus anciens, chez Cecil. Je mettrai aussi une plante verte, un bambou, peut-être.

— Tu devrais accrocher quelques-unes de tes photos aux murs. Des vues de la baie.

— Dans des cadres en nickel brossé, avec un passe-partout gris foncé. Bonne idée. Adoptée.

— Ça me fait plaisir. À part ça, je n'ai pas osé ramener ton bureau dans la chambre. Je ne savais pas où tu voudrais l'installer.

— On verra demain, quand la pièce sera fonctionnelle.

— On a aussi pas mal avancé dans ton atelier, si tu veux y jeter un coup d'œil.

— Bien sûr !

Ils passèrent les dix minutes suivantes à soupeser les possibilités d'aménagement de son espace de travail et à discuter des délais. Puis Naomi commença à flairer anguille sous roche.

— Dis-moi, Kevin, tu restes là pour ne pas me laisser seule ?

— Xander ne devrait pas tarder.

— Ta femme et tes enfants t'attendent, j'imagine, et ils se demandent où tu es.

— J'ai le temps. Je voulais aussi te demander…

— J'apprécie tes attentions, l'interrompit-elle, mais ne t'inquiète pas pour moi, j'ai un bon chien de garde.

Kevin se tourna vers Podkol, qui observait ses propres battements de queue d'un air fasciné. Quant à Molly, elle somnolait à son côté.

— Ouais, je vois ça…

— Et j'ai une ceinture marron.

— J'en ai deux.

— De karaté. J'aurais pu passer la noire, mais la marron me suffisait. J'ai aussi suivi des cours de self-défense. Ça peut servir quand on est souvent seule sur la route, ajouta-t-elle – même si ce n'était pas là la première de ses motivations.

— J'éviterai de te chercher des noises, mais je préfère attendre que Xander arrive. De toute façon, j'ai quelques questions à te poser à propos de la salle de bains de la chambre verte.

Il fit diversion en lui parlant frises de carrelage et pommeaux de douche, puis Podkol dressa soudain la tête et s'élança dans l'escalier. Molly se contenta de bâiller, de changer de position et de se rendormir.

— Ça doit être Xander.

— Si tu veux rester boire une bière avec lui, tu es le bienvenu. Sinon, je ne te retiens pas.

Ils descendirent rejoindre Podkol, qui jappait et dansait devant la porte d'entrée.

La « chose » entre elle et Xander avait-elle évolué au point qu'elle puisse lui donner la clé et le code de l'alarme ? se demanda Naomi. Il s'agissait d'une décision importante, nécessitant mûre réflexion.

Toutefois, ce n'était pas Xander mais Lelo, que le chien accueillit avec force effusions.

— Bonjour, mon gros ! Oh oui, tu es gentil !

Les démonstrations d'affection durèrent un petit moment, puis Lelo se redressa.

— Salut, Kev. Salut, Naomi. Je t'ai apporté les plans et les devis.

La Naomi qui avait signé l'acte de vente de la maison aurait pris l'enveloppe avec un « merci » et un « au revoir ». La Naomi qui se cherchait prit une profonde inspiration.

— Entre. J'allais offrir une bière à Kevin. Tu en veux une ?

— Je ne refuse jamais une bière après une journée de travail. Et toi, tu en veux une ? demanda Lelo au chien.

— Il n'a pas l'âge, objecta Naomi, ce qui fit rire Lelo aux éclats.

Dans la cuisine, elle décapsula deux cannettes, ouvrit les portes de la terrasse.

— Je vous accompagnerai avec un verre de vin. Mes chaises d'extérieur ne sont pas très jolies, mais elles sont confortables.

Kevin et Lelo sortirent sur la terrasse, d'où leurs voix lui parvenaient faiblement. Curieuse, elle décacheta l'enveloppe, passa les plans en revue puis se servit un verre de vin.

Quand elle les rejoignit, ils scrutaient l'horizon, installés sur les chaises rouillées, tels deux marins sur le pont d'un bateau.

Les chiens faisaient de même, assis devant la balustrade.

— Lelo, tu es un artiste.

Il eut un petit rire gêné, rougit légèrement.

— Disons que je sais un peu dessiner.

— Tu as un coup de crayon extraordinaire. Et tu as transformé le terrain en une oasis de verdure, sans compromettre l'aspect naturel et ouvert. Cette idée de potager en bacs était très inspirée.

— Je peux voir ? demanda Kevin en prenant les plans, qu'il feuilleta. C'est très chouette, en effet, Lelo.

— Il y a un dépliant dans l'enveloppe, avec les différentes dalles que nous pouvons te proposer. Toutes sont disponibles, tu regarderas.

Naomi acquiesça d'un hochement de tête, puis s'installa sur le banc pour parcourir les devis. Lelo avait chiffré séparément chaque partie des aménagements, puis indiqué le prix global – gloups ! Il avait aussi établi des estimations de prix tenant compte d'un éventuel troc contre des photos.

— C'est mon père qui a fait tous les calculs, précisa-t-il.

Elle devrait elle aussi en faire quelques-uns, mais…

— Je veux les bacs sur la terrasse, décida-t-elle. Cuisiner me détendra quand j'aurai travaillé toute la journée.

— Si tu laisses tomber Xander, je veux bien t'épouser, déclara Lelo. Je ne sais pas cuisiner, mais j'adore manger !

— J'en prends bonne note. OK aussi pour le jardin de devant, exactement comme tu l'as dessiné. Mais je te demanderai cinq pour cent de remise supplémentaire en échange des photos.

— Je vais envoyer un texto à mon père, voir ce qu'il en dit. Il devrait être d'accord, à mon avis.

— Dis-lui que si tout se passe bien, j'aurai en principe de quoi financer le reste des travaux d'ici l'automne. Au plus tard, le printemps prochain. Vous ne pourrez pas faire grand-chose tant que la benne est là, mais j'aimerais au moins qu'on plante déjà les arbres et les haies.

— Juste une seconde, s'il te plaît.

Alors que Lelo sortait son téléphone, les chiens se précipitèrent au bas de la terrasse.

— Cette fois, ça doit être Xander, dit Kevin. L'ouïe canine est plus performante que le meilleur des systèmes d'alarme.

Molly revint se coucher près de son maître, tandis que Podkol allait et venait en se trémoussant de joie.

— On dirait que c'est la fête ici, dit Xander en arrivant. J'ai bien fait d'apporter un pack de bières.

Il le posa sur la table et donna un baiser à Naomi, lequel, de simple salut, devint très vite torride.

— Juste pour qu'ils sachent qu'ils ont une femme, eux aussi ! Tu en veux un autre ?

Un peu hébétée, elle contempla son verre de vin.

— Non, ça ira.

— Une autre bière ? proposa-t-il à Kevin.

— Non, je ne vais pas tarder à rentrer.

Il se tourna vers Lelo, qui arpentait la terrasse tout en téléphonant et lui montra sa cannette aux trois quarts pleine.

— Bien, juste une pour moi, alors.

Xander emporta son pack de six à l'intérieur, ressortit avec une bière fraîche.

— C'est quoi, toute cette paperasse ?

— Mes aménagements paysagers. Tu ne m'avais pas dit que Lelo était un artiste.

— Il a un don.

Xander s'assit, poussa un soupir et but une première gorgée.

— Dure journée ? lui demanda Naomi.

— Ce n'est rien de le dire, mais elle est enfin terminée.

Lelo revint vers eux en rempochant son portable.

— On peut commencer la semaine prochaine, annonça-t-il.

— La semaine prochaine ?

— Mon père passera d'ici là, pour faire ta connaissance. Il aime savoir pour qui il travaille, mais on pourra attaquer mardi prochain. Pour les cinq pour cent, c'est OK, dit Lelo en tendant la main à Naomi. J'aurais préféré t'embrasser, mais Xander me balancerait par-dessus la balustrade.

— Je te mettrais d'abord KO, pour que la chute soit moins dure.

— Ça, c'est un pote ! railla Lelo en se rasseyant et en caressant la tête de Podkol puis celle de Molly. Il faudra lui apprendre à ne pas creuser dans les massifs, ni à lever la patte sur les fleurs.

— Aïe ! Je n'avais pas pensé à ça.

— C'est un bon chien, il comprendra.

Naomi sirota son vin tout en observant les trois hommes. Ils étaient subtils, ils se connaissaient depuis si longtemps. Néanmoins, leur langage corporel était éloquent.

Comme Xander, elle poussa un soupir.

— Si on parlait de l'éléphant sous la terrasse ? dit-elle. Je ne suis pas une petite nature. Je ne veux pas qu'on me ménage. Il y a du nouveau à propos du meurtre de Marla ?

Lelo baissa les yeux sur sa cannette.

— Elle a été autopsiée, répondit Xander. Et il y a des bruits qui courent. Ce ne sont peut-être que des rumeurs.

— Que dit-on ?

— Qu'elle a été violée, probablement à de nombreuses reprises. Étranglée à de nombreuses reprises. Elle a reçu des coups de couteau, et elle a été sauvagement tabassée.

— Je ne sais pas comment on peut faire ça, murmura Lelo. Il paraît qu'elle n'a pas été tuée en bas de la falaise, elle a juste été abandonnée là. Chip est en train de sombrer dans la folie.

— Il l'aimait, dit Kevin. Il l'a toujours aimée.

— Ça ne peut pas être quelqu'un de Sunrise Cove, avança Lelo. Ça se saurait si un monstre pareil vivait dans le coin.

Pas forcément, se dit Naomi. *On ne connaît pas toujours son entourage.*

Elle se réfugia dans le travail. Elle travaillait rarement sur commande, mais elle trouva intéressant de réaliser des clichés selon les desiderata de Krista.

Ni au téléphone ni par mail, elle ne parla du meurtre à sa famille.

Elle ne donna pas les clés de chez elle à Xander, et il ne les réclama pas. Cependant, elle y réfléchissait.

Malgré une horrible migraine de stress, elle assista aux funérailles de Marla, aux côtés de Xander et de Kevin et Jenny.

Tous les habitants de Sunrise Cove, le visage grave, semblaient être venus présenter leurs condoléances à la mère de la défunte, et à Chip.

Le cercueil était couvert de lys roses, entouré d'immenses gerbes roses et blanches qui dégageaient un parfum entêtant.

Naomi n'avait pas mis les pieds dans une église depuis plus de dix ans. Les églises lui rappelaient son enfance, les robes du dimanche amidonnées, les leçons de catéchisme du mercredi soir. Son père, au pupitre, citant les Écritures de sa voix profonde, l'air si sincère lorsqu'il parlait de la volonté de Dieu, de l'amour du Seigneur, de l'importance de suivre le droit chemin.

L'odeur des lys lui soulevait le cœur, le soleil filtrant à travers les vitraux lui provoquait des troubles de la vision, les passages de la Bible que lisait le révérend lui évoquaient trop de mauvais souvenirs.

Elle regrettait presque d'être là. Après tout, elle ne connaissait pas Marla. Elle ne l'avait vue qu'une fois, et la rencontre avait tourné au vinaigre.

Mais elle avait retrouvé son corps et s'était senti un devoir de faire acte de présence.

Retrouver l'air pur et la lumière naturelle lui procura un vif soulagement.

Xander l'attira à l'écart de la foule rassemblée devant le parvis avant le départ pour le cimetière.

— Tu es toute pâle.

— J'étouffais un peu, à l'intérieur.

Et elle se sentait observée comme une bête curieuse.

— Je dois aller à l'inhumation. Tu n'es pas obligée.

— Je n'irai pas. Je ne me sentirais pas à ma place. Je ne la connaissais pas.

— Je vais te raccompagner chez toi.

— J'aurais dû prendre ma voiture. Je n'ai pas réfléchi.

— Ça ne me fera pas un gros détour, déclara Xander, puis il se tut à l'approche de Chip.

Le chagrin incarné, pensa Naomi. Les yeux rougis, l'expression hagarde, le teint livide et marbré par le manque de sommeil. Un homme fort au regard creux.

— Chip… Désolé…

Ils échangèrent une accolade, puis Chip s'avança vers Naomi.

— Mademoiselle Carson…

— Naomi, je vous en prie. Toutes mes condoléances.

— Vous l'avez retrouvée. Le chef m'a dit comment son corps… Sans vous, il aurait sans doute fallu beaucoup plus de temps. Merci.

Il lui prit la main et la serra entre les siennes, massives. Des larmes roulèrent sur ses joues.

D'ordinaire, Naomi évitait le contact physique avec les gens qu'elle ne connaissait pas ; mais, submergée de compassion, elle lui passa un bras autour des épaules et le tint un instant contre elle.

Non, les assassins ne pensaient pas à la douleur des proches, songea-t-elle. Ou bien ajoutait-elle du piment à leurs actes ? Les excitait-elle ?

Chip s'écarta, essuya ses larmes du revers de la main.

— Le révérend a dit qu'elle reposait à présent dans un monde meilleur, murmura-t-il. Mais elle était bien, ici… Elle n'aurait pas dû partir si tôt… Vous venez au cimetière ? demanda-t-il, la voix nouée.

— Moi, oui. Je ramène Naomi chez elle et je vous rejoins.

— Merci d'être venue, Naomi. Merci de l'avoir retrouvée.

Tandis que Chip s'éloignait telle une âme en peine, Naomi détourna le regard et pleura pour une femme qu'elle n'avait pas connue.

20

Comme la plupart des ouvriers connaissaient Marla, Naomi regagna une maison relativement silencieuse. Le bruit était circonscrit dans son futur atelier et se limitait à de la musique country, ponctuée de coups de cloueuse.

Elle s'efforça de se mettre au travail, mais elle ne parvenait pas à se concentrer. Sans cesse, des visions morbides se superposaient aux images affichées à l'écran de son ordinateur.

Elle décida donc de sortir, avec son appareil photo et le chien. Elle allait prendre des clichés du terrain avant aménagement, pour Lelo – l'occupation la plus simple et la plus routinière dans laquelle elle puisse se plonger. Elle ferait aussi des tirages pour elle, se dit-elle, et peut-être réaliserait-elle un album de l'évolution du chantier.

Elle le garderait dans la bibliothèque. Plus tard, elle pourrait ainsi revisiter l'avancement des travaux, avec le charme de la distance.

Podkol lui suggéra toutefois un autre programme, en déposant une balle de tennis à ses pieds. Elle la lança et le regarda se jeter joyeusement à sa poursuite.

Alors qu'il la lui rapportait pour la troisième fois, il dressa soudain les oreilles et se tourna vers la route avec un grognement menaçant. Une voiture approchait.

— Les ouvriers qui reviennent, sûrement. Ils ne vont pas être gais…

Mais il s'agissait du chef de police. Une boule se forma dans le ventre de Naomi. Elle l'avait vu aux funérailles. S'il y avait eu du nouveau dans l'enquête, il y avait fort à parier qu'elle en aurait entendu parler à la sortie de l'église. En tout cas, qu'elle ait découvert le corps n'impliquait pas qu'il soit tenu de l'informer directement.

Sa visite ne pouvait avoir qu'une raison.

Pour se calmer, elle posa une main sur la tête de Podkol.

— Ce n'est pas grave. Je l'attendais.

Sur le gazon pelé et bosselé, ils s'avancèrent à la rencontre de Sam.

— Les frères Kobie ? demanda-t-il en descendant de sa voiture avec un signe de tête en direction du camion garé devant la maison.

— Oui. Wade et Bob travaillent à l'étage. Le reste de l'équipe est allé à l'enterrement.

— Je quitte juste le cimetière. Je voulais m'entretenir avec vous en privé avant le retour des ouvriers.

— Pas de problème, acquiesça-t-elle, l'estomac noué. La maison n'est pas encore meublée, mais il y a de quoi s'asseoir sur la terrasse.

— Il paraît que vous avez fait appel à Lelo pour les aménagements extérieurs…

— Il pense commencer mardi.

— Ça prend forme, dites donc ! commenta Sam en découvrant l'intérieur de la maison.

Elle se contenta de hocher la tête. C'était bien beau d'avoir entrepris cette restauration, mais elle n'aurait jamais dû tomber amoureuse de cette maison, de la région. Elle n'aurait jamais dû s'engager dans une relation avec un homme.

À l'aise, le chapeau incliné sur l'arrière, Sam balaya la cuisine du regard.

— Ça vous fera une pièce superbe. Et la vue est imprenable.

Quand elle ouvrit les portes en accordéon, il en resta bouche bée.

— Waouh… C'est vous qui avez eu cette idée, ou Kevin ?

— Kevin.

— Elles s'escamotent complètement, c'est génial !

Naomi s'installa sur une chaise en métal, tandis que Podkol reniflait le pantalon de Sam.

— Je vous ai aperçue à l'église, dit-il en prenant place face à elle. C'est bien que vous soyez venue, alors que vous ne la connaissiez pas, ou très peu, et de surcroît pas sous son meilleur jour.

— Je suis navrée de ce qui lui est arrivé.

— Nous le sommes tous, soupira Sam en cherchant le regard de Naomi. Je dois vous dire… J'aurais manqué à mon devoir si je ne m'étais pas renseigné sur vous, attendu que vous avez trouvé le corps.

— Bien sûr, c'est votre métier. J'aurais dû tout vous dire moi-même. Je ne l'ai pas fait. Je voulais croire que vous ne vous intéresseriez pas à mon passé et que personne ne serait au courant.

— C'est pour ça que vous avez changé de nom ?

— J'ai pris le nom de jeune fille de ma mère, qui est aussi celui de mon oncle. C'est lui qui nous a élevés après... Il nous a accueillis chez lui, ma mère, mon frère et moi, après l'arrestation de mon père.

— C'est grâce à vous qu'il a été arrêté.

— Oui.

— Ça a dû être terrible pour vous, à l'âge que vous aviez. Je ne reviendrai pas là-dessus, Naomi. Je connais l'affaire, et si je veux en savoir plus, ce ne sera pas difficile. Je voudrais toutefois vous demander si vous êtes en contact avec votre père.

— Non. Je n'ai plus aucune relation avec lui depuis cette nuit de cauchemar.

— Vous n'êtes jamais allée lui rendre visite en prison ?

— Non. Ma mère allait le voir, elle a fini par avaler un flacon de médicaments. Elle l'aimait ou, tout du moins, il avait de l'emprise sur elle. C'est peut-être la même chose.

— A-t-il essayé d'entrer en contact avec vous ?

— Non.

Sam garda le silence un moment.

— Désolé de remuer le couteau dans la plaie, dit-il enfin, mais vous avez dû être frappée par les similitudes du meurtre. Les blessures qui ont été infligées à Marla, ce qu'on lui a fait, la manière dont elle a été tuée...

— Oui, bien sûr. Mais il est derrière les barreaux, à l'autre bout du pays. Malheureusement, il y en a d'autres qui violent, torturent et assassinent.

— C'est la triste réalité, en effet.

— Mais moi, je suis là, et j'ai retrouvé Marla. Comme j'ai retrouvé Ashley… sauf qu'Ashley était encore en vie, alors que Marla était morte. Je suis là, et Marla a subi le même sort que les victimes de mon père. Alors vous me soupçonnez.

— Je sais que vous ne l'avez pas enlevée ni séquestrée pendant deux jours. Vous étiez avec Xander pendant ces deux jours. Je le connais depuis sa naissance, et jamais je n'irais imaginer qu'il puisse être complice d'un crime.

Naomi aurait dû être soulagée, reconnaissante, mais elle se sentait vidée de toute énergie, au-delà de toute émotion.

— Vous vous êtes quand même posé des questions, forcément, en apprenant qui j'étais. D'autres s'en poseront aussi et penseront que les chiens ne font pas des chats. Si son père est un psychopathe, de quoi est-elle capable ?

— J'ai eu des doutes, c'est vrai, pendant une dizaine de secondes, parce que c'est mon métier, mais je commence à avoir de la bouteille. Il n'est pas impossible, quoique peu probable, que votre père soit en lien avec ce qui s'est passé ici. Voilà pourquoi je voulais savoir si vous étiez en contact avec lui.

— Il ne m'a même pas regardée quand nous nous sommes croisés au poste de police en Virginie, le matin de son arrestation.

Elle revoyait encore ce moment, dans ses détails les plus infimes, jusqu'aux rayons de soleil tombant sur la fontaine à eau, les particules de poussière en suspension dans l'air.

— Je suis sortie de la salle où on m'avait demandé d'attendre, poursuivit-elle, juste au moment où on l'amenait, menotté. Il a fait comme si je n'existais pas. Je n'ai jamais vraiment existé pour lui, je crois.

— Vous avez pas mal vadrouillé, ces dernières années.

— Pour mon travail, et par choix. Nos oncles ont fait de leur mieux pour nous préserver : de la presse, des ragots, des regards, de la vindicte publique. Ils ont tout quitté et sont repartis de zéro à cause de nous. Mais nous n'avons pas toujours été à l'abri. Régulièrement, en échange d'un privilège, mon père avoue un autre crime et le lieu où il a caché le cadavre. Du coup, on reparle de lui à la télé, sur Internet. Mon frère dit qu'il recherche avant tout la gloire, et je le pense aussi. Si je ne me suis jamais établie nulle part, c'était pour éviter qu'on découvre qui je suis.

— Vous avez acheté cette maison.

— J'en suis tombée amoureuse et j'ai tenté de me convaincre que je pouvais avoir un véritable chez-moi, dans un coin tranquille, où personne n'aurait vent de mon passé. Si je n'étais pas allée en bas de la falaise, si Marla avait été retrouvée par quelqu'un d'autre, ç'aurait peut-être été possible…

Lorsqu'elle tourna la tête vers Sam et rencontra son regard, il lui tapota la main.

— Votre histoire vous appartient. Libre à vous de la raconter ou non. Vous pouvez compter sur ma discrétion.

— Merci, dit-elle simplement.

Elle ne parvenait pas à éprouver du soulagement. Elle ne ressentait rien.

— Ce n'est pas une faveur, seulement de la confidentialité professionnelle. Je devais vous poser certaines questions, je l'ai fait, n'en parlons plus.

— Je... Je veux être sûre que je peux vivre ici. Je souhaite me donner le temps d'essayer.

— Il me semble que vous y vivez déjà, et que tout se passe pour le mieux. Maintenant, j'aimerais vous dire quelque chose de personnel, et ensuite je vous laisserai tranquille, déclara Sam en se levant. Si je ne m'abuse, vous n'avez pas révélé votre secret à Xander. À mon avis, ce n'est pas une bonne chose, ni pour vous ni pour lui. Mais vous faites comme vous voulez. Prenez soin de vous, Naomi.

Là-dessus, il prit congé, laissant Naomi contempler la mer, les nuages blancs s'étirant dans le ciel, et se demander si elle ressentirait de nouveau quelque chose un jour.

Tels des nuages noirs, le chagrin et les rumeurs planaient au-dessus du cimetière, laissant à Xander un début de migraine. Il s'éclipsa dès qu'il le put, éteignit son autoradio pour retourner en ville. Il avait besoin de calme.

Heureusement, il avait suffisamment de travail pour s'occuper les mains et l'esprit, d'autant qu'il avait pris sa matinée.

Avant de regagner le garage, il s'arrêta chez son fournisseur de pièces détachées, bavarda un moment avec lui en buvant une ginger ale achetée au distributeur automatique.

De retour à son atelier, il consulta son planning et décida de commencer par une réparation facile n'exigeant pas une grande concentration.

Avant d'amener la Mini Cooper sur le pont, il échangea quelques mots avec Pete, le roi de la carrosserie. L'Escort accidentée dont ce dernier s'occupait serait comme neuve lorsqu'elle quitterait le garage.

— Tu reviens de l'enterrement ?

— Ouais.

Pete grimaça, ajusta ses lunettes de sécurité.

— Je déteste les enterrements.

— Je ne crois pas que beaucoup de monde les aime.

— Certains, si, affirma le carrossier avec un hochement de tête entendu. Il y a des tordus qui assistent aux enterrements de gens qu'ils ne connaissent même pas.

— Bah, il faut de tout pour faire un monde..., soupira Xander en laissant Pete à sa besogne.

Quand il eut terminé la Mini et renseigné le logiciel de facturation, il s'accorda une pause-déjeuner et monta à son appartement pour se préparer un sandwich avec ce qu'il trouva dans ses placards.

Après quoi, il travailla quatre heures sans s'arrêter. La migraine lui passa, mais il avait à présent mal aux cervicales.

Comme il avait promis à Naomi qu'il apporterait le dîner, il commanda un gratin de spaghettis puis entreprit de fermer le garage.

Il s'apprêtait à enfourcher sa moto lorsque Maxie, l'une des jeunes serveuses de *Chez Rinaldo*, franchit le portail au volant d'une voiture cahotant sur un pneu arrière à plat.

— Oh, Xander, je t'en supplie ! s'écria-t-elle, les mains jointes. Tu allais partir, mais s'il te plaît... Ma bagnole a un problème, elle fait un drôle de bruit et j'ai du mal à tourner le volant.

— Tu as crevé.

— Ah bon ? s'étonna-t-elle en descendant de sa voiture pour regarder la roue qu'il lui indiquait. Comment ça se fait ? Je n'ai pas entendu le pneu éclater, juste ce bruit bizarre... Je pensais que c'était le moteur.

En passant une main dans ses cheveux blonds parsemés de mèches mauves, elle esquissa un sourire penaud.

— Tu peux me changer le pneu ?

Xander s'accroupit.

— Maxie, ce pneu est aussi lisse que le crâne de ton grand-père, et tu as abîmé la jante en roulant dessus.

— Il faut aussi la changer ? On ne peut pas mettre la roue de secours ?

— Tu n'as pas de roue de secours, tu n'as qu'une galette, une roue de dépannage, à utiliser seulement en cas d'urgence.

Xander se redressa, fit le tour de la petite voiture.

— Tous tes pneus sont archi-usés. Tu aurais dû les changer il y a au moins dix mille kilomètres.

La jeune fille écarquilla les yeux.

— Il me faut quatre pneus neufs ?

— Oui.

— Oh, mince… Ça va me coûter tout ce que j'avais économisé pour mon week-end shopping à Seattle avec Lisa. Et maintenant, je vais être en retard au boulot. Tu ne pourrais pas me mettre juste une rustine, pour le moment ? demanda-t-elle d'une voix charmeuse.

Xander se contenta de la regarder sévèrement.

— OK…, marmonna-t-elle. Ne fais pas cette tête, on dirait mon père.

Bien que légèrement vexé, car il n'avait qu'une dizaine d'années de plus que Maxie, il resta inflexible.

— Non, ton pneu pourrait éclater et provoquer un accident. Je te la facturerai à prix coûtant, mais il faut absolument changer les quatre. Je pourrai les avoir demain avant midi, et je peux te conduire au restau. Je dois y récupérer une commande, de toute façon. Tu trouveras quelqu'un pour te ramener chez toi ?

Maxie poussa un soupir résigné.

— Je dormirai chez Lisa, ce soir.

Au risque de passer à nouveau pour un vieux rabat-joie, Xander secoua la tête.

— Non. Hors de question que tu te promènes seule à pied la nuit. Pas avec ce qui vient de se passer.

— Marla n'a pas eu de chance. Elle est tombée sur un pervers. Tout le monde pense qu'il a pris le large depuis longtemps.

— Écoute, voilà ce que je te propose : je change tes pneus gratuitement, mais tu ne pars pas seule de la pizzeria après ton service.

— Super ! Je dirai à mon père de venir me chercher. Promis, ajouta-t-elle en levant les yeux au ciel devant le regard sceptique de Xander, et elle se posa un doigt sur le cœur.

Il alla chercher un deuxième casque, le lui tendit.

— Si tu ne tiens pas ta promesse, je te facture le double du prix normal.

— Oh, Xander ! dit-elle en riant et en montant derrière lui sur la moto. Une promesse est une promesse, et j'ai gagné un tour de moto !

En arrivant chez Naomi, il n'avait qu'une envie, s'asseoir sur la terrasse avec elle, éventuellement se décapsuler une bière, et laisser cette mauvaise journée derrière lui, tel un serpent sa mue.

Alors qu'il sortait le repas de sa sacoche, Podkol surgit de derrière la maison et lui fit une fête digne de celle réservée à un soldat revenu du front.

Appréciant cet accueil, la barquette de gratin à bout de bras, il caressa le chien. Et quand la balle de tennis atterrit à ses pieds, il l'envoya au loin d'un coup de pied.

La voiture de Naomi était la seule garée devant la maison. Étonné que Kevin ne l'ait pas attendu, même s'il avait un peu de retard, Xander se dirigea vers la terrasse, s'arrêtant au passage pour donner un nouveau coup de pied dans la balle.

Naomi pianotait sur sa tablette, un verre de vin devant elle.

— Salut. J'ai eu un petit contretemps de dernière minute.

Elle hocha la tête, sans lever les yeux.

— Je vais me chercher une bière et mettre ça au four.

— OK.

Xander n'était pas particulièrement attentif aux humeurs féminines, et les femmes lui en avaient d'ailleurs souvent fait le reproche. Mais si quelque chose n'allait pas, il le sentait.

Selon son expérience, le mieux dans ces cas-là était d'attendre que l'abcès crève. Parfois, avec un peu de chance, le nuage se dissipait.

Il revint avec une cannette, s'assit à côté de Naomi sur le banc, étendit les jambes. Dieu, que c'était bon !

— Où est Kev ?

— Chez lui, avec sa femme et ses enfants, je suppose.

— Je pensais qu'il m'attendrait.

— J'ai insisté pour qu'il parte. Je n'ai pas besoin d'un garde du corps.

Il n'était pas nécessaire d'être M. Perspicace pour reconnaître une humeur de chien. Il but une gorgée de bière, ne dit plus rien.

Le silence dura peut-être vingt secondes.

— Ça ne me plaît pas que vous fassiez des tours de garde, tous les deux. Je ne suis ni idiote ni sans défense.

— Je n'ai jamais pensé ni l'un ni l'autre.

— Alors arrête de me coller aux basques, et arrête de demander à Kevin de me coller aux basques. Ce n'est pas seulement insultant, ça me dérange.

— Eh bien, tu seras insultée et dérangée.

— Tu n'as pas à décider pour moi.
— La mort de Marla m'y autorise.
— Je n'ai d'ordres à recevoir de personne. Si tu te figures que coucher avec moi te donne ce droit, tu te trompes.

Du coin de l'œil, Xander vit le chien quitter la terrasse, à la recherche sans doute d'un endroit où s'abriter de l'orage.

— Tu es ridicule et faible. Soit tu m'expliques pourquoi tu es contrariée, soit pas, mais ne cherche pas la bagarre. Je ne suis pas d'humeur. Mais ça peut changer.
— Tu m'empêches de respirer, c'est aussi simple que ça, rétorqua Naomi en se levant et en prenant son verre ainsi que sa tablette. J'ai acheté cette maison parce que j'aime être seule, or je n'ai pas une minute de tranquillité.

Elle but une longue gorgée de vin, et Xander aurait parié une semaine de chiffre d'affaires qu'elle n'en était pas à son premier verre de la soirée.

— Ne me cherche pas, sinon tu vas finir par me trouver. Si tu veux rompre, dis-le franchement.
— J'ai besoin d'espace.
— Ce genre de cliché est aussi stupide que lâche. Peux mieux faire.
— Je n'aurais pas dû m'engager dans cette relation avec toi. C'est allé trop vite, c'est devenu trop compliqué.

La voix de Naomi vibrait de colère, et de quelque chose d'autre qu'il n'arrivait pas à identifier.

— J'en ai ras le bol d'être envahie ! continua-t-elle. Il faut que ça cesse, point. Toi, la maison, le jardin. Le chien, bon sang ! Je n'en peux plus. Tout ça était une erreur, mais c'est fini !

Xander avait envie de riposter sans ménagement, car elle l'avait blessé. Il ne s'attendait pas à cette charge ou, du moins, il ne s'attendait pas à l'encaisser aussi mal.

Leur relation devenait compliquée ? OK, ça, il voulait bien l'entendre. Il savait que Naomi était compliquée. Quant à lui, il l'était peut-être aussi, au fond…

Mais elle tremblait et avait le souffle court. Elle était au bord d'une nouvelle crise d'angoisse ; il devait absolument savoir pourquoi.

— Si tu ne veux plus de moi, je m'en irai. Et j'emmènerai le chien, si c'est ce que tu veux. Je ne m'impose pas. Mais dis-moi la vérité.

— Je viens de te la dire ! J'ai commis une erreur, je dois la réparer.

— En te débarrassant de moi, du chien, de la maison ? En abandonnant tout ce que tu as commencé à construire ici ? Ce n'est pas vrai, ce n'est pas ce que tu veux.

— Tu ne sais pas ce que je veux ! hurla-t-elle, frémissante de rage. Tu ne me connais pas !

— Oh si…

— Non ! C'est toi qui es ridicule ! Tu ne sais pas qui je suis. Je ne suis là que depuis quelques semaines. Tu ne sais rien de mon passé, tu ne sais rien de moi.

Xander comprit alors que cet accès de fureur n'était que l'expression d'une profonde souffrance.

— Si, répéta-t-il en posant sa bière et en se levant. Je sais qui tu es, d'où tu viens, ce que tu as vécu et comment tu essaies aujourd'hui de t'en affranchir.

Elle secoua la tête, s'écarta de lui, les lèvres tremblantes, les yeux brillants de larmes.

— C'est Winston qui te l'a dit ?

— Non, c'est toi. Winston ne m'a rien dit.

Elle referma les bras autour de ses épaules, comme pour se protéger.

Pas de lui, pensa-t-il. *Non, pas de lui.*

— Je ne t'ai jamais rien raconté de mon passé.

— Mais j'ai compris.

Il refoula sa colère, il la laisserait éclater plus tard. Pour l'instant, il devait garder son calme.

— La première fois que tu es venue chez moi, précisa-t-il. Quand tu as vu ce livre de Simon Vance dans ma bibliothèque, on aurait dit que tu avais reçu un coup de pied dans le ventre. Il y a des photos dans ce livre. Tu avais onze ou douze ans, tu n'étais qu'une enfant. Tu as changé de coupe de cheveux, tu as grandi, mais tu as toujours les mêmes yeux, la même expression. Et Naomi n'est pas un prénom courant.

— Tu savais..., murmura-t-elle, les doigts crispés sur ses omoplates.

— J'aurais préféré ne pas avoir ce livre dans ma bibliothèque. Mais il était là.

— Tu... Tu l'as dit à Kevin ?

— Non.

Le doute était si clair, dans ses yeux, qu'il attendit un instant en soutenant son regard.

— Non, répéta-t-il. Ce n'est pas parce que c'est un ami d'enfance que je lui révélerais tes secrets.

— Tu ne lui as rien dit…, murmura-t-elle en laissant retomber ses bras le long de son corps. Tu savais depuis tout ce temps, avant même qu'on… Pourquoi tu ne m'en as pas parlé ?

— Je ne voulais pas revoir cette détresse sur ton visage. Et j'espérais que tu aborderais le sujet avant que je ne te le balance comme ça à la figure. Tu as poussé le bouchon trop loin…

— Tu ne me l'as pas balancé à la figure, dit-elle en se massant le front du talon de la main. D'autres, en revanche, ne se sont pas gênés. Je sais exactement ce que ça fait. Là, je ne sais pas ce que je ressens.

Elle posa son verre sur la balustrade, pressa ses doigts sur ses yeux.

— J'ai besoin d'une minute, dit-elle.

— Si tu as envie de crier, crie. Si tu as envie de pleurer, pleure. Je préfère que tu cries.

— Je ne vais ni crier ni pleurer.

— La plupart des gens feraient les deux. Tu n'es pas comme la plupart des gens.

— J'en suis consciente.

— Tais-toi.

Choquée par cette rudesse, elle fit volte-face.

— Tais-toi, bon sang ! explosa-t-il, libérant enfin sa colère. Est-ce que tu es complètement idiote ? Je ne te connais peut-être pas, en effet. Je te croyais intelligente, très intelligente. Mais si tu penses que partager l'ADN d'un taré psychotique fait de toi une dégénérée, alors tu es plus bête que je ne le pensais.

— C'est un monstre. C'est mon père.

— Mon père ne fait pas la différence entre un carburateur et une plaquette de frein, il joue au golf et il écoute de la musique de chiotte.

— Rien à voir.

— Pourquoi ? Nous avons des liens du sang, il m'a élevé, et pourtant je suis tout l'opposé de lui. Il ne lit pas plus d'un livre par an, et encore, il faut que ce soit un best-seller. On se dispute chaque fois qu'on passe plus d'une heure ensemble.

— Ça n'a…

— Et ton frère ?

— Je… Quoi, mon frère ?

Il l'avait déstabilisée, comme escompté.

— Quel genre d'homme est-il ?

— Il… Il est super. Intelligent, brillant même. Gentil. Sérieux.

— Il peut donc être tout ça, avec le même patrimoine génétique que toi… mais toi, tu serais une dépravée ?

— Non, je sais que non. Intellectuellement, je le sais. Mais, oui, parfois j'ai le sentiment de n'être que la fille de mon père.

— Tourne la page.

— Tourne… la page ? répéta-t-elle, incrédule.

— Oui, dépasse ce stade. Ton père est un malade. Pas toi.

— Mon père est le tueur en série le plus célèbre du siècle.

— Le siècle est encore jeune, répliqua Xander en haussant les épaules.

— Seigneur… Je ne te comprends pas.

— Comprends au moins une chose, alors. C'est insultant et dérangeant, tu t'en souviendras…

de croire que mon opinion sur toi peut être influencée par le fait que tu es la fille de Thomas David Bowes. Que je me comporterais différemment parce qu'il y a dix-sept ans, tu as sauvé une vie… certainement plus d'une, même. Et si cette histoire est la raison pour laquelle tu essaies de te débarrasser de moi, pas de chance, je suis tenace.

— Je ne sais plus quoi te dire, maintenant.

— Si tu veux rompre, n'utilise pas Bowes comme prétexte.

— Il faut que je m'assoie…

Elle reprit place sur le banc. Pensant sûrement qu'elle en avait besoin, Podkol revint et posa le museau sur son genou.

— Je ne pensais pas vraiment ce que j'ai dit, murmura-t-elle en le caressant. À propos du chien, de la maison. De toi. J'essayais seulement de me convaincre que c'était la solution. Pour quelqu'un comme moi, Xander, ce n'est pas facile de poser ses valises.

— Je ne crois pas. Tu cherchais à te persuader d'autre chose. Sinon, tu n'aurais pas acheté cette maison. Tu ne l'aurais pas retapée. Tu n'aurais pas adopté le chien. Je t'y ai poussée, certes, mais ça n'aurait servi à rien. Par contre, ajouta-t-il en s'asseyant à côté d'elle, tu aurais quand même couché avec moi. Ça, je l'ai su tout de suite, la première fois que tu es venue au bar.

— Ah oui ?

Pas encore complètement calmé, mais en bonne voie, il reprit sa bière.

— Je le sens quand je plais à une femme. Mais, bref, si tu croyais vraiment que tu n'as ta place nulle part, ce ne serait pas devenu cette « chose » entre nous.

— Ce n'était pas censé le devenir.

— Beaucoup de choses arrivent par accident. Si Charles Goodyear n'avait pas été maladroit, nous ne connaîtrions pas le caoutchouc vulcanisé.

— Comment ?

— Les pneus, par exemple, comme dans Goodyear. Il cherchait comment fabriquer du caoutchouc qui ne ramollisse pas à la chaleur et ne durcisse pas au froid. Par mégarde, il a fait tomber son échantillon dans un poêle. Et voilà, il tenait du caoutchouc vulcanisé.

Déconcertée, Naomi se massa les tempes.

— Je ne sais plus du tout où je voulais en venir.

— Tout ne doit pas nécessairement être planifié pour fonctionner. Peut-être qu'on pensait tous les deux coucher ensemble deux ou trois fois, puis passer à autre chose. Mais le sort en a voulu autrement. Et ça fonctionne.

Le son de son propre rire la surprit.

— Waouh... Xander, je suis émue par ton romantisme.

Oui, se dit-il, il retrouvait peu à peu son calme.

— Tu veux du romantisme ? Je t'offrirai des fleurs.

— Je n'ai pas de vase, soupira-t-elle. Je ne veux pas de romantisme, je ne saurais pas quoi en faire. J'aime garder les pieds sur terre. Mais j'ai tendance à planer, depuis que j'ai vu cette maison. Aujourd'hui... aux funérailles... c'était horrible... Ça m'a rappelé toutes les victimes de mon père.

Pas seulement les filles qu'il a tuées, mais ceux et celles qui les aimaient.

— Dans tous les cas, j'aurais été peiné que ce soit toi qui découvres le corps de Marla. Dans ces circonstances, sachant ce que ça ravive, je le suis encore plus. Tu en as parlé à ton frère, à tes oncles ?

— Non. Je ne veux pas leur rappeler de mauvais souvenirs. J'avais l'intention de n'en parler à personne.

— Tu fais comme tu veux, mais tu trouverais de bons amis en Kevin et Jenny. Tu en doutes ? Ce n'est pas une bonne chose, ni pour toi ni pour eux.

— Winston m'a dit exactement la même chose à propos de toi.

— Tu as envie de me raconter ce qu'il t'a dit d'autre ?

— Dès que j'ai vu sa voiture, j'ai su pourquoi il était là. Elle ferma les yeux, savoura la présence du chien à ses pieds, de l'homme à son côté. J'ai eu l'impression que le monde s'écroulait. Je me doutais qu'il ferait des recherches sur moi, parce que j'ai trouvé le corps. Il a été très direct et très gentil. Il m'a dit qu'il n'en parlerait à personne, qu'il ne l'avait pas fait et ne le ferait pas. Personne n'est au courant, à part ma famille. Dès que quelqu'un le découvrait, je partais avant que le vent ne tourne.

— Avant de savoir s'il allait tourner ou non ?

— J'ai vu certaines personnes changer du tout au tout vis-à-vis de moi, et c'était horrible. Ils te volent tout, ils te broient.

— Je suis là avec toi à boire une bière dont je rêvais depuis que j'ai fermé le garage. Le repas nous attend au chaud dans le four, le coucher de soleil est magnifique. Rien n'a changé ni n'a besoin de changer. Tu t'y feras.

Rien n'avait besoin de changer. Cela pouvait-il être vrai ? Était-ce seulement possible ?

— On peut peut-être rester assis là encore un moment, le temps que je m'y fasse.

— Pas de problème.

Quelques heures plus tard, il attendait dans la rue sombre et déserte. Hormis les bars, tous les commerces étaient fermés.

Il avait pris le temps d'observer la routine des magasins et des restaurants, les femmes qui fermaient les boutiques et rentraient ensuite seules chez elles.

Il avait jeté son dévolu sur la petite blonde de la pizzeria, mais n'importe quelle autre ferait l'affaire. Elles étaient au moins trois serveuses à travailler le soir. Toutefois, la jolie petite blonde était sa favorite.

Il avait laissé la caravane au camping, à une bonne vingtaine de kilomètres, sur un emplacement dûment réglé.

Si quelqu'un savait ce qu'il faisait dans ce petit chez-soi ambulant… À cette idée, il émit un petit rire sardonique.

Mais l'excitation reprit le dessus, une boule brûlante au creux de son ventre, lorsque la porte de service du restaurant s'ouvrit.

La mignonne petite blonde, comme il l'espérait.

Seule.

Il descendit de sa voiture, garée dans le coin le plus sombre du parking, le chiffon imbibé de chloroforme serré dans sa main.

Il aimait utiliser le chloroforme, à l'ancienne. Elles tombaient dans les vapes assez rapidement. Elles étaient ensuite un peu malades, mais ce n'était pas pour lui déplaire.

La petite blonde marchait en tortillant son popotin, ses jeunes seins fermes rebondissant légèrement. Il jeta un coup d'œil en direction de la pizzeria, afin de s'assurer que personne d'autre n'en sortait.

Des phares trouèrent l'obscurité, il dut se réfugier dans l'ombre. La voiture s'immobilisa près de la petite blonde, qui ouvrit la portière passager.

— Merci papa.

— Pas de quoi, ma puce.

Les larmes lui montèrent aux yeux de voir l'objet de son désir lui échapper, le laissant sur sa faim. Il en aurait donné des coups de pied, des coups de poing dans n'importe quoi.

Mais la porte du restaurant s'ouvrit à nouveau. Deux autres femmes apparurent, bavardant et riant. Puis le cuisinier les rejoignit et, main dans la main, il partit avec la plus jeune des deux.

— À demain ! lança-t-elle à sa collègue. Rentre bien !

La dernière des employées traversa le parking. Elle était plus âgée que les autres et moins jolie. En règle générale, il préférait les blondes, mais il se contenterait d'une brune.

En fredonnant, elle plongea la main dans son sac, à la recherche de ses clés.

Il aurait pu tout simplement s'avancer derrière elle. Délibérément, toutefois, il choisit de lui accorder cet instant de peur, ce sursaut quand elle tourna la tête.

Puis il lui appliqua le chiffon sur le visage, la saisit par la taille lorsqu'elle se débattit, étouffa ses cris de sa main. Elle perdit connaissance presque trop vite.

En vingt secondes, il l'avait chargée à l'arrière de sa voiture, pieds et poings liés, bâillonnée de chatterton, dissimulée sous une couverture.

Il traversa Sunrise Cove en veillant à respecter les limitations de vitesse, à allumer son clignotant à chaque intersection. Il ne mit la radio en marche qu'à la sortie de la ville, baissa les vitres afin de rafraîchir ses joues en feu, jeta un coup d'œil dans le rétroviseur.

— On va bien s'amuser, maintenant, lança-t-il à la forme sous la couverture. Compte sur moi, on va prendre du bon temps, tous les deux.

MISE AU POINT

« Le spectateur, souvent,
voit mieux que le joueur. »

James Howell

21

Dormir au moins jusqu'au lever du jour, c'était tout ce que demandait Xander, pour un dimanche matin. Trois dépannages, le vendredi soir, l'avaient empêché de répéter pour le concert du samedi, puis tiré du lit à deux reprises.

Le groupe avait mis le feu au bar d'Union où ils avaient joué – bon public, bon cachet ; mais Xander ne s'était couché qu'à 2 heures du matin. Si bien qu'à 5 heures, quand le chien le réveilla, il poussa un grognement de frustration.

— J'y vais, lui dit Naomi.

En grommelant, Xander se retourna et referma les yeux.

Un peu désorienté, il émergea trois heures plus tard, seul. *Naomi*, pensa-t-il en se passant les mains sur le visage. Seigneur, il devait se raser – une corvée dont il se serait volontiers dispensé. Puis il se rappela qu'il n'était pas nécessaire de se raser le dimanche.

Le soleil brillait derrière les portes vitrées. Deux voiliers, des lève-tôt, voguaient sur la mer bleue et calme, au-delà de la baie.

Xander n'était pas plus fan de bateau que du rasoir, mais il aimait les regarder.

Toutefois, en cet instant, il apprécierait encore davantage un café. Il se leva, enfila son jean, aperçut un tee-shirt qu'il avait oublié là, plié sur la commode.

Content de ne pas avoir à remettre celui dans lequel il avait transpiré la veille au soir, il le passa et constata que la lessive de Naomi sentait meilleure que la sienne.

Il avait dû réclamer une petite faveur à Kevin et à Jenny puis travailler Naomi au corps pour qu'elle accepte d'aller passer quelques heures avec eux à Union. Cela lui avait fait plaisir qu'elle assiste au concert et, surtout, cela l'avait rassuré de savoir que Kevin la déposerait chez elle et veillerait à ce qu'elle s'enferme à double tour en attendant son retour.

Elle lui avait donné une clé et le code de l'alarme, sans préciser s'il devait la lui rendre ou s'il pouvait la garder. Du coup, il ne savait que faire. À l'évidence, elle ne savait pas trop non plus.

Par ailleurs, pour des raisons de logistique, il aurait aimé laisser quelques affaires chez elle ; mais il n'était pas sûr de la place qu'il pouvait se permettre d'occuper, sur ce territoire nouvellement conquis.

Il n'avait jamais vécu avec une femme, pas même à temps partiel. Il s'était toujours débrouillé pour ne pas en arriver là. Il aimait son petit appartement, il s'y sentait bien.

Pourtant, il avait encore passé la nuit chez Naomi, il portait un tee-shirt qu'elle avait lavé, et il s'apprêtait à prendre son café avec elle.

Cette « chose » entre eux se composait de multiples rouages, et il n'avait pas encore tout à fait saisi comment ils s'emboîtaient les uns dans les autres.

Mais il comprendrait bientôt, se promit-il en descendant à sa recherche – et en quête d'un café. Il trouvait toujours comment les choses fonctionnaient.

Alors qu'il se dirigeait vers la cuisine, il entendit la voix de Naomi dans son atelier provisoire et changea de direction.

Elle avait ouvert les fenêtres en grand, le soleil jouait dans ses cheveux, les teintant de reflets or et caramel. Le chien couché sous sa table de travail, elle découpait un carton d'encadrement tout en se parlant à elle-même. Une grosse imprimante bourdonnait tout en révélant peu à peu un tirage taille poster.

Xander mit un instant à réaliser qu'il s'agissait du Jane Austen entre ses mains.

Et il découvrit une autre photo de lui, déjà encadrée, calée contre un mur. La photo que Naomi avait prise à l'aurore, le soleil se levant derrière lui, tourné vers elle.

Elle avait tiré d'autres posters – la bibliothèque, ses mains, encore, un lever de soleil sur la baie – et les avait accrochés à une sorte d'étendage. Des petits formats étaient empilés sur un plateau.

En remuant la queue, Podkol sortit de sous le bureau, plein d'espoir, et apporta une balle à Xander.

Il lui caressa distraitement la tête, tout en observant Naomi absorbée dans son travail, auréolée de soleil, ses mains fines maniant le cutter avec dextérité, ses yeux verts concentrés sur sa tâche, son corps svelte vêtu d'une chemise bleu pâle et d'un pantacourt kaki, ses pieds nus.

Et tout à coup, il comprit comment les rouages s'imbriquaient. C'était l'amour qui les faisait tourner. Il était amoureux.

Les astres n'auraient-ils pas dû lui envoyer un signe avant-coureur ? Il avait besoin d'un peu de temps pour s'adapter, pour se regrouper. Il avait besoin…

Naomi leva enfin les yeux et leurs regards se rencontrèrent.

Une tempête de sentiments le submergea, lui coupant le souffle. Un instant, il se demanda comment il était possible d'être aussi ému.

Il s'avança vers elle et prit sa bouche tel un homme affamé, la soulevant sur la pointe des pieds.

Sa vie ne serait plus jamais la même. Il ne serait plus jamais le même.

L'amour transformait tout.

Déséquilibrée, elle s'agrippa à ses épaules. Il lui faisait tourner la tête, battre le cœur, trembler les jambes. Ses baisers allumaient un brasier en elle.

Quand il la relâcha, elle lui prit le visage entre ses mains, poussa un long soupir.

— Waouh… Bonjour. Tu as bien dormi ?

Il posa son front contre celui de Naomi, envahi de tendresse et de désir.

— Ça va ? lui demanda-t-elle.

Non, pensa-t-il. Il ne retrouverait peut-être pas tous ses moyens avant des années.

— Tu devrais toujours te vêtir de soleil, dit-il. Ça te va à ravir.

— Tu devrais toujours faire la grasse matinée.

— Un dimanche, 8 heures… Personne ne considère ça comme une grasse matinée.

Histoire de s'accorder un instant afin de reprendre ses esprits, il se tourna vers les tirages.

— Tu n'as pas chômé.

— J'ai des commandes. La galerie, Internet, Krista.

— Tu avais raison, à propos de mes mains.

— Oh oui ! Cette photo a un succès fou. Celle de la bibliothèque aussi. Je vais devoir commander des fournitures.

Xander balaya du regard les cartons et le matériel qui encombraient la pièce.

— Encore ?

— Encore, oui. Je serai mieux organisée quand mon studio sera terminé. Je devrais peut-être enfreindre l'une de mes règles d'or et presser un peu Kevin. Mais pour l'instant, ça va comme ça. Tu es rentré tard, hier soir, ajouta-t-elle en retirant le poster de l'imprimante.

— Vers 2 heures, je crois. J'ai réveillé le chien.

— Je vous ai entendus, tous les deux.

— Désolé.

— Non, c'est rassurant qu'il descende en aboyant quand il entend du bruit. Bien que je soupçonne qu'il filerait se cacher s'il avait affaire à un intrus. C'était bien, le concert ?

— Ouais, on était en forme.

Elle suspendit le poster à l'étendage, prit la pile de petits tirages.

— Que penses-tu de celles-ci ?

Il s'apprêtait à lui dire qu'il les regarderait après avoir bu un café, lorsqu'il vit qu'il s'agissait du groupe avec les outils, le pare-brise cassé. Du coup, il les regarda une à une attentivement.

— Elles sont géniales, vraiment. Dave n'arrête pas de nous répéter qu'il n'arrive pas à se décider : lesquelles pour le site, lesquelles pour les affiches, etc. Des fois, je lui tordrais le cou…

— C'est pour ça que j'ai fait des tirages. Souvent, on se rend mieux compte sur papier que sur écran.

— Elles sont toutes super. J'aime bien le noir et blanc.

— Ça crée une atmosphère, non ? questionna-t-elle en regardant par-dessus l'épaule de Xander, comme pour vérifier par elle-même ! Vous paraissez un peu menaçants, tu ne trouves pas ? Vous en choisirez une chacun, et je vous l'encadrerai. Et tu en sélectionneras une pour afficher chez Loo.

— Ouais, peut-être. Ouais… Celle-là, en noir et blanc, pour le bar. Elle ira bien dans l'ambiance.

— C'est vrai.

— Dave va développer un tic nerveux, à force d'hésiter. Enfin bref, ce n'est pas tout ça, il faut absolument que je boive un café.

— Vas-y. J'ai deux ou trois trucs à terminer et je te rejoins en bas. Tu peux laisser sortir le chien, ajouta-t-elle. Il fait trop beau pour qu'il reste enfermé.

— Nous aussi, on pourrait aller se balader, en GTO ou à moto. Je te laisse choisir.

— Dans ce cas, j'opte pour la décapotable. Je pourrais faire des photos et emmener le chien.

— OK, j'irai la chercher.

Talonné par Podkol, Xander s'engagea dans l'escalier.

Une journée de repos lui ferait le plus grand bien, pensa-t-il. Pas de boulot, pas de rasage, pas de questions existentielles sur son état amoureux.

Il connaissait des gens qui tombaient amoureux comme ils changeaient de chemise. Ce n'était pas son genre.

Il avait connu son lot d'affinités charnelles, plein de filles avec qui il s'entendait à merveille, mais cette sensation de perdre pied... C'était une expérience absolument inédite.

À laisser reposer. S'assurer que ce n'était pas un moment d'égarement passager.

Tout à coup, Podkol gronda et dévala le reste des marches à la volée. Devant l'entrée, il émit deux jappements aigus et se retourna vers Xander comme pour lui dire : « Alors, tu te dépêches ? »

— J'arrive, j'arrive. Pourquoi n'ai-je pas bu un café en me levant ?

Xander ouvrit la porte. Une Chevrolet Suburban se garait à côté de la voiture de Naomi. Un homme de haute stature en descendit, cheveux châtains, lunettes de soleil, costume sombre et cravate.

Un flic, se dit aussitôt Xander. Ou une quelconque autorité. Et cela le mit en rogne qu'on vienne gâcher le dimanche de Naomi par un nouvel interrogatoire à propos de Marla.

— Qui êtes-vous ? demanda le visiteur sans quitter des yeux le chien posté aux côtés de Xander.

— Et vous ?

— Agent spécial Mason Carson. FBI.

Mason exhiba son badge et ne s'embarrassa pas de discrétion pour porter la main à la crosse de son revolver sous sa veste.

— Puis-je savoir maintenant à qui j'ai affaire ?

— Xander Keaton, répondit celui-ci en posant une main sur la tête du chien. Gentil, Podkol. C'est un ami.

Les lunettes noires cachaient les yeux de Mason, mais Xander savait qu'il le dévisageait avec circonspection.

— Le garagiste, c'est ça ?

— Exact. Naomi est à l'intérieur. Elle est occupée à l'étage. J'apprécierais que vous enleviez la main de votre arme. Je n'ai pas encore pris mon café et je commence à être nerveux.

Mason caressa Podkol, qui reniflait ses mocassins de cuir.

— Vous avez l'habitude de prendre votre café ici ?

— Depuis quelque temps, oui. Si ça ne vous dérange pas, on en reparlera quand je l'aurai bu.

— Une tasse ne serait pas de refus.

Podkol partit chercher sa balle, la déposa aux pieds de Mason. Et quand celui-ci esquissa un sourire, Xander reconnut des traits de Naomi. Elle ne souriait pas assez souvent à son goût, mais quand cela lui arrivait, ses lèvres s'étiraient doucement, puis tout son visage s'éclairait, comme celui de son frère.

— Elle sera contente de vous voir.

Xander attendit Mason, pas si guindé qu'il ne puisse lancer une balle à un chien, puis il rentra dans la maison.

— Si on va se balader sur la 101, dit Naomi en parvenant au bas de l'escalier, j'aimerais bien qu'on aille… Mason !

Elle se jeta à son cou. Il la souleva de terre et la fit tournoyer.

Un lien profond les unit, pensa Xander, *un amour inconditionnel.*

Elle riait, mais des larmes brillaient au bord de ses yeux, dans le soleil radieux entrant à flots par la porte ouverte.

— Qu'est-ce que tu fais là ? Pourquoi tu ne m'as pas prévenue ? Le costume te va… Oh, si tu savais comme tu m'as manqué !

— Tu me manques, toi aussi. Tu as un chien ? s'étonna Mason en s'écartant de sa sœur afin de mieux la regarder.

— C'est dingue, non ?

— Une maison, un chien et… un garagiste ?

— Un… Oh ! Xander, je te présente Mason, mon frère.

En riant, elle l'embrassa de nouveau.

— On vient de faire connaissance. Je vais préparer du café.

— Je m'en occuperai. Viens, que je te montre la maison, dit-elle à Mason. La cuisine, d'abord. Pour l'instant, c'est ce qu'il y a de plus présentable.

— Cette maison est immense.

— Suffisamment pour que je puisse vous recevoir décemment, toi, Seth et Harry. Et j'ai réussi à convaincre Gram et Pop de venir d'ici l'automne. Vos chambres ne sont pas encore finies, mais on se débrouillera. Tu es là pour combien de temps ?

— Mmm…

— Tu as mangé ?

— Un bagel sur le ferry.

— Sur le ferry ? D'où viens-tu ? Je te croyais à New York.

Mason ne répondit encore que par un vague son, qui mit la puce à l'oreille de Xander. Naomi n'avait pas encore compris, tout à sa joie des retrouvailles. Et Xander se ravisa : il n'irait pas boire son café ailleurs pour laisser le frère et la sœur seuls, il resterait avec eux.

— Je comptais appeler les oncles sur FaceTime en fin de journée. Ils ne m'ont pas dit que tu serais de passage dans la région.

— J'étais à Seattle, répondit Mason en contemplant la cuisine, la vue. Waouh ! C'est magnifique, Nao.

— Oui, je me plais beaucoup, ici. Xander, tu emmènes Mason sur la terrasse ? Je vous apporte le café.

— Bien sûr.

— Cool, commenta Mason lorsque Xander ouvrit les portes en accordéon. Je comprends ce que ma sœur a trouvé ici. La première fois qu'elle a vu l'océan, elle a eu le coup de foudre. Je me doutais qu'elle s'installerait un jour sur la côte Est. Depuis combien de temps couchez-vous avec elle ?

— C'est une conversation que vous devriez d'abord avoir avec elle, et puis nous en discuterons après, pas de problème. Dans l'immédiat, avant qu'elle ne nous rejoigne, parlons plutôt de la raison de votre visite. Vous n'êtes pas simplement venu lui faire une surprise. Vous êtes là pour des motifs professionnels. Elle n'y a pas encore pensé, ajouta Xander. Elle est trop heureuse de vous voir.

— J'ai rendez-vous dans une heure avec le chef de la police.

— À propos de Marla, j'imagine. Au nom du FBI ou du frère ?

— Mandaté par mon supérieur. Vous connaissiez Marla Roth ?

— Oui.

— Connaissez-vous Donna Lanier ?

— Oui. Que lui est-il arrivé ?

— Je ne sais pas encore.

Naomi apparut avec trois mugs blancs sur un plateau.

— Vous voulez des gaufres ? demanda-t-elle. J'ai acheté un gaufrier, précisa-t-elle à l'attention de Xander. On pourrait se faire un brunch du dimanche, en l'honneur des oncles. Je n'ai pas de champagne, mais j'ai du jus d'orange.

— Du café suffira, ne te dérange pas, répondit Mason en lui enlaçant les épaules et en lui frictionnant le bras. Tu as dû prendre un million de photos de cette vue merveilleuse.

— Peut-être même deux millions. Et la cité est ravissante. On ira y faire un tour. Et si on louait des kayaks ? Je rêve de faire du kayak de mer ! Xander, comment se fait-il qu'on n'en ait pas encore loué ?

— Pagayer dans une cuvette en plastique… Très peu pour moi, merci.

— J'avoue que je n'avais pas vu la chose sous cet angle. Bon, on pourra faire une randonnée, alors. Ce ne sont pas les chemins de randonnée qui manquent, dans le coin. Tu ne m'as pas dit combien de temps tu restais, Mason…

— Je ne sais pas encore exactement. Seth et Harry vont venir.

— Hein ? Quand ? Aujourd'hui ?

— Non, répondit-il, amusé. Ils t'en diront sûrement plus ce soir. Ils prévoient un séjour d'une quinzaine de jours.

— Il va falloir que j'achète des lits. Et du champagne. Et du matériel de cuisine. Si tu trouves que je cuisine bien, dit-elle à Xander, attends de goûter un repas préparé par Harry ! Tu pourras te libérer et venir avec eux ? demanda-t-elle à son frère.

— J'essaierai.

En buvant son café, Xander constata que Naomi commençait à suspecter qu'il y avait anguille sous roche.

— Il y a un problème ? demanda-t-elle, soudain blême. Oh, mon Dieu, Harry et Seth… Il leur est arrivé quelque chose ? Quelqu'un est malade ?

— Non, non, ils sont tous les deux en pleine forme.

— Que se passe-t-il, alors ? Tu débarques à l'improviste, tu ne veux pas me dire combien de temps tu restes… Tu me caches quelque chose, je le sens.

— Asseyons-nous, suggéra Mason.

— Ne tourne pas autour du pot, s'il te plaît. Tu es là à cause de Marla Roth, c'est ça ?

— Un meurtre a été commis à deux pas de chez ma sœur, et ma sœur a découvert le corps. J'ai tenu à me pencher sur cette affaire.

— Tu es donc là pour voir le chef Winston.

— Je suis venu te voir, et parler à Winston.

— OK, opina-t-elle sombrement. Je suis sûre qu'il appréciera ton assistance. Ce n'est pas la peine de prendre des gants pour m'annoncer ce genre de choses, Mason.

— Une autre femme de Sunrise Cove a disparu.

— Ah bon ? Qui ? Quand ? Tu étais au courant ? demanda-t-elle à Xander.

— Non. Calme-toi. Depuis combien de temps a-t-elle disparu ?

— Donna Lanier a fermé la pizzeria vendredi soir à 23 h 45. Elle est partie la dernière, peu après ses collègues. Selon les témoignages, elle était censée passer le week-end à Olympia avec sa sœur et une cousine. Sa voiture est toujours sur le parking. Sa sœur et sa cousine sont sans nouvelles.

— Elle a peut-être changé son programme, avança Naomi.

— Sa valise est dans le coffre de sa voiture. Elle avait l'intention de prendre la route en quittant le travail. Personne ne l'a vue depuis vendredi soir à 23 h 45. Elle n'a pas utilisé sa carte de crédit ni son téléphone.

— Donna… Une petite dame brune ? La quarantaine, rondelette, souriante ? demanda Naomi à Xander.

Bien que très pâle, elle s'exprimait d'une voix ferme.

— C'est ça. Une amie d'enfance de Loo. Vous pensez qu'il s'agit d'un enlèvement ? Lié à celui de Marla ?

— J'en ai bien peur.

Naomi se laissa tomber sur une chaise.

— Je suis allée acheter des plats à emporter *Chez Rinaldo*, deux ou trois fois. Elle appelait tout le monde *mon chou*. « Comment allez-vous aujourd'hui, mon chou ? Je vous prépare ça tout de suite, mon chou. » Très sympathique.

— Elle a une fille à l'université, qu'elle a quasiment élevée seule. Une fois divorcé, le père ne s'en est jamais beaucoup soucié.

— Je suis désolée, murmura Naomi en se relevant. Tu la connais depuis longtemps. Je suis désolée.

— Elle a un cœur d'or. Rien de commun avec Marla. Les victimes des tueurs en série n'ont-elles pas un profil type, en général ? Donna a quinze ans de plus que Marla, elle est brune, posée, stable… et pas du style à attirer l'œil, comme Marla.

— Le chef de la police locale me fournira davantage d'informations.

— Comment l'as-tu appris ? s'enquit Naomi.

— J'ai contacté Winston, suite au meurtre de Marla Roth. Tu t'imaginais que ça ne me viendrait pas aux oreilles, Naomi ? Je suis agent fédéral, bon sang ! Il est évident qu'un cadavre dans le jardin de ma sœur ne m'échapperait pas.

— Il n'était pas dans mon jardin… et ne me parle pas sur ce ton, s'il te plaît. Je ne t'en ai pas parlé parce que je n'en voyais pas l'intérêt. Je ne voulais pas vous inquiéter, toi et les oncles. C'est à cause de ça qu'ils veulent venir ?

— Je ne leur ai rien dit. Pas encore… s'emporta-t-il en laissant ces derniers mots en suspens un instant. J'ai appelé Winston au sujet de Roth, je lui ai laissé mon numéro, en lui demandant de me prévenir s'il y avait du nouveau. Il y en a eu.

— Si vous voulez vous prendre le bec, je vous laisse tranquilles, intervint Xander. Mais évitez... Je vais me chercher une autre tasse de café.

— Tu aurais pu me dire que tu avais téléphoné à Winston, et que tu allais venir le voir.

— Tu aurais pu me dire que tu avais découvert un corps.

— La prochaine fois, tu seras le premier averti.

— Ne rigole pas avec ça, Naomi.

— Oh ! ça ne me fait pas rire..., soupira-t-elle, les yeux fermés. Ça me rend malade. Je ne sais pas comment tu peux faire ce métier. Je comprends pourquoi tu as choisi cette voie, mais je ne sais pas comment tu l'assumes au quotidien. Je fais tout pour me préserver, tu fais exactement le contraire. Je suis fière de toi, mais je ne sais pas comment tu fais.

— C'est ma manière à moi de me préserver. On en reparlera quand on sera seuls, et quand j'aurai plus de temps.

— Winston sait qui nous sommes. Il s'est renseigné sur moi.

— Je m'en doutais.

— Xander est au courant. Je lui ai dit.

— Tu...

Étonné, Mason scruta le regard de sa sœur, puis se tourna vers Xander lorsque celui-ci reparut.

— C'est vrai ? lui demanda-t-il.

— Oui. Pas la peine de faire attention à ce que vous dites devant moi.

— Je ne dirai pas grand-chose de plus pour l'instant, j'ai rendez-vous avec Winston. Je reviens après l'avoir vu, promit Mason à sa sœur. Tu me feras visiter ta maison, OK ?

— D'accord.

Il lui embrassa le front.

— À tout à l'heure ! lança-t-il à Xander.

Et il regagna sa voiture, tandis que Xander s'asseyait sur le banc.

— On peut parler une minute ?

— Je voulais faire…

— J'ai besoin de parler. J'espère de tout mon cœur qu'il n'est rien arrivé à Donna. C'est l'une des personnes les plus gentilles que je connaisse. Loo… Il faut que j'appelle Loo. Elle doit être au courant. On le serait nous aussi, certainement, si on avait été là hier soir. Loo doit avoir besoin de parler, elle aussi.

Naomi s'installa à côté de Xander, lui prit la main.

— Restons là un moment, et tu iras la voir. C'est mieux d'aller la voir que de l'appeler.

— Tu as raison, mais je ne veux pas te laisser seule ici. Pas tant qu'on ne saura pas ce qui se passe.

Ce n'était pas le moment de discuter, pensa-t-elle.

— J'irai avec toi. J'enverrai un texto à Mason pour le prévenir et je t'accompagnerai.

22

Naomi avait raison, Sunrise Cove ne manquait pas de charme. Mason put en juger par lui-même. Le bord de mer conférait à la petite bourgade un atout indéniable. Il y aurait volontiers séjourné quelques jours, loué un jet-ski peut-être, ou pourquoi pas un kayak, pour faire plaisir à sa sœur.

En revanche, il n'aurait pas pu s'installer là, comme elle. Il aimait la grande ville, où il se passait toujours quelque chose. Contrairement à Naomi qui préférait le calme et chérissait la solitude, il avait besoin de bouger, de voir du monde, d'appartenir à une équipe.

Tous deux attachaient une grande importance à leur travail, elle dans le domaine artistique, celui de l'image – elle capturait des instants et les faisait parler –, lui dans l'étude des comportements, des lois, dans une quête obstinée du pourquoi.

Une compensation, il en était conscient, tant pour elle que pour lui, un besoin permanent de s'affranchir de leur passé.

Naomi s'efforçait de l'occulter, avec trop d'acharnement selon lui qui s'était consacré à la poursuite de ceux qui, comme son père, ne vivaient que pour tuer et ne trouvaient de véritable plaisir que dans la destruction.

Qu'elle ait confié à Keaton être la fille de Bowes indiquait un sérieux attachement, ce à quoi elle s'était toujours refusée en dehors du petit noyau familial, et Mason ne savait qu'en penser.

À première vue, il aurait qualifié Xander d'un terme propre à Harry : pépère. Toutefois, il avait déjà pu observer un certain nombre de signes révélateurs. La façon dont il s'était posté devant la maison avant que Mason se soit présenté ; ce « calme-toi » à la fois ferme et doux qu'il avait adressé à Naomi ; et le fait, quand Mason lui avait demandé depuis combien de temps il couchait avec sa sœur, qu'il lui ait répondu de commencer par en parler avec elle.

En première analyse, un homme sûr de lui, qui protégerait sa sœur, conclut Mason en se garant sur le minuscule parking du poste de police. Il ne pouvait que s'en réjouir en ces circonstances.

Néanmoins, en tant que frère digne de ce nom, de surcroît agent fédéral, il se renseignerait sur lui.

L'entrée des services du shérif avait été fraîchement repeinte, nota-t-il, et soigneusement balayée. Et comme chaque fois qu'il pénétrait dans les locaux de la police d'une petite ville, il fut assailli par une impression de déjà-vu.

Naomi était-elle déjà venue là ? se demanda-t-il. S'était-elle sentie transportée, comme lui, au poste de Pine Meadows ? Les lieux n'étaient pas tout à fait identiques, bien sûr, et les équipements avaient évolué en dix-sept ans, depuis l'arrestation de leur père. Mais l'ambiance était la même : l'odeur du café et des viennoiseries, les chaises en plastique, l'îlot de trois bureaux dans la pièce qui servait à la fois de hall d'accueil et de pool administratif.

Un officier en uniforme leva les yeux vers Mason.

— Puis-je vous aider ?

Tu sais très bien qui je suis et pourquoi je suis là, pensa Mason. *Et tu n'aimes pas que le FBI vienne marcher sur tes plates-bandes.* Cette réaction lui était familière.

— Agent spécial Mason Carson. J'ai rendez-vous avec M. Winston.

Le gars se renversa contre le dossier de sa chaise, avec un sourire en coin légèrement insolent.

— Vous avez votre carte ?

Tandis que Mason la lui présentait, un homme sortit d'un bureau adjacent avec un grand mug bleu portant l'inscription CHEF.

— Tiens-toi comme il faut, s'il te plaît, Mike ! lança-t-il à son subalterne en s'avançant vers Mason pour lui serrer la main. Enchanté de faire votre connaissance, agent Carson. Sam Winston.

— Je vous remercie de me recevoir.

— Venez avec moi. Je vous offre un café ? Nous avons du vrai café, pas de l'instantané.

— Je viens d'en boire un chez ma sœur, je vous remercie.

Ils entrèrent dans un bureau avec une fenêtre donnant à l'arrière du bâtiment, sur le rebord de laquelle étaient exposés divers trophées ainsi que des photos encadrées, et un vigoureux philodendron.

La table de travail était placée sur le côté de la pièce, de façon que le chef ait vue sur l'extérieur et sur la porte.

— Asseyez-vous, je vous en prie.

Mason s'installa sur l'une des deux chaises de bois placées devant le bureau, qui semblait être là depuis des générations. Sam prit place en face de lui.

— Que je vous dise tout de suite : nous n'avons toujours pas de nouvelles de Donna Lanier. Sa sœur, sa fille et sa cousine arrivent dans la journée. Impossible de les en dissuader. Sa voiture était verrouillée, nous avons trouvé les clés dessous. Il semble clair qu'il s'est passé quelque chose sur le parking de la pizzeria.

Mason hocha la tête.

— J'aimerais voir le parking ainsi que le domicile de Mme Lanier, si possible.

— Je vous y conduirai.

— Vous m'avez dit qu'elle vivait seule, à votre connaissance…

— C'est exact. Elle est divorcée depuis plusieurs années. Elle sort de temps en temps boire un verre ou dîner avec Frank Peters, son bon ami, je crois. Frank était chez Loo, vendredi soir, jusqu'à presque 1 heure du matin, avec deux vieux amis.

Mason opina et, dans un premier temps, décida de ne pas prendre de notes.

— Est-ce habituel ?

— Régulier, même. Frank et ses copains vont chez Loo presque tous les vendredis soir, évacuer la pression de la semaine.

— Verriez-vous une objection à ce que je l'interroge ?

— Aucune, et lui non plus, sans doute. Il est ami avec Donna depuis des lustres. Il est très inquiet, et je vous avoue que moi aussi. Elle n'est pas du genre à disparaître sans prévenir. C'est une femme responsable, attachée à sa fille, à ses amis et à ses collègues. Je peux vous dire, agent Carson, qu'elle n'a pas quitté ce parking de son plein gré sans sa voiture, les clés par terre, alors qu'elle avait prévu depuis des mois de passer le week-end avec sa sœur et sa cousine. Elle s'en faisait une joie, n'arrêtait pas de parler de ce massage aux pierres chaudes qu'elles s'offriraient.

— Je vous crois sur parole, et j'ai conscience de demander à couvrir un terrain que vous avez déjà couvert, que vous connaissez du reste mieux que je ne le connaîtrai jamais. Mais parfois un œil nouveau perçoit des détails qui ont pu être omis.

Sam contempla le fond de son mug, but une gorgée en grimaçant.

— Je ne dis pas le contraire… Menez votre enquête. Mais je ne connais pas seulement le terrain, je connais les gens qui y vivent. Et je sais que personne ici n'aurait pu faire ça à Marla. En revanche, il y a des gens qui viennent à Sunrise Cove pour quelques heures, quelques jours, parfois plus, profiter de la marina, des chemins de randonnée. Ceux-là, je ne les connais pas.

— Vous pensez que Marla Roth a été enlevée et assassinée par un étranger ?

— J'en suis persuadé.

— Parlez-moi d'elle.

Sam se gonfla les joues, expulsa une sorte de soupir.

— Marla et Donna étaient aussi différentes que le jour et la nuit. Marla avait trente et un ans, elle a toujours été un peu délurée. Elle a divorcé d'un chic type qui l'aimait, et qui l'aime toujours. Qui a du chagrin. Vous pourrez l'interroger, lui aussi, mais Chip Peters se serait fait amputer des deux bras plutôt que de faire du mal à Marla.

— Peters ? releva Mason.

Il savait déjà, bien sûr, et il s'était penché sur la coïncidence.

— Chip est le neveu de Frank. Darren et Frank Peters, le père et l'oncle de Chip, tiennent l'agence de tourisme Sea to Sea depuis seize ans. Chip travaille avec eux. Je peux vous assurer qu'il n'a rien à voir dans ces enlèvements, Frank non plus. Mais je conçois que vous éprouviez le besoin de vérifier par vous-même.

— Le divorce a-t-il été amer ?

— Vous avez déjà divorcé ?

— Non.

— Moi non plus, mais je n'ai jamais vu de divorce heureux.

— Selon mes informations, Darren Peters Junior, Chip comme vous l'appelez, serait sujet à l'emportement, voire à la violence.

— Vos informations sont erronées, répliqua Sam platement. Chip a un code de l'honneur, et Dieu sait qu'il est chatouilleux en ce qui concerne Marla. Oui, il a eu une altercation avec l'abruti qu'elle fréquentait, il y a quelques années. J'ai un procès-verbal, je vous en ferai une copie. Ce sinistre individu la brutalisait. Chip en a eu vent par Marla. Il s'est chargé de donner une leçon à ce fumier. Il lui a suffi d'un seul coup de poing pour l'envoyer au tapis, plusieurs personnes ont été témoins de la scène. Chip ne s'est pas acharné sur lui, alors qu'il aurait pu. Il lui est aussi arrivé de dérouiller Marla, une ou deux fois. C'est un costaud. Une taloche la ramenait en général à la raison. Un gars sujet à la violence ne s'arrête pas au premier coup.

— Personne n'a jamais porté plainte ?

— Non, dans le cas de l'abruti, un dénommé Rupert Mosley, je lui ai moi-même touché deux mots. Marla avait un œil au beurre noir à cause de lui, il en avait un à cause de Chip. Je lui ai dit que je me ferais une joie d'inculper Chip pour coups et blessures, et qu'ils pourraient partager la même cellule, vu que je serais encore plus heureux de l'inculper lui-même pour violences sur Marla. Il a préféré qu'on étouffe l'affaire, et il est parti s'installer dans l'Oregon, dans la banlieue de Portland. J'ai vérifié où il se trouvait les deux soirs en question. Il a un alibi en béton, il est actuellement en prison pour violences sur une autre femme. Je vous donnerai le certificat d'incarcération.

— Je vous en suis reconnaissant. Puis-je vous demander pourquoi Chip et Marla se sont séparés ?

— Elle en avait marre. Elle était du genre insatisfait, toujours en rogne contre quelqu'un ou quelque chose. Elle s'en est prise à votre sœur, chez Loo, le soir où elle a disparu.

— Pardon ?

Sam se renversa contre le dossier de son siège, le regard amusé.

— Vous n'êtes pas au courant de cet épisode ? Marla avait un faible pour Xander Keaton. Ils avaient couché ensemble au temps du lycée, et elle le relançait régulièrement, quand bien même elle savait pertinemment que Xander n'aurait jamais fait ça à Chip, divorcé ou non. Vendredi soir, elle a encore tenté le coup, et comme il était évident que Xander avait un œil sur votre sœur et que Marla était passablement éméchée, elle a cherché la bagarre avec Naomi.

— Elle l'a frappée ?

— Elle l'a poussée à deux reprises, et insultée.

— Au bar ? demanda Mason, désirant s'assurer de bien être en possession de tous les éléments. Chez Loo, le vendredi soir où elle a disparu ?

— Oui. Les témoignages sont unanimes. Marla a provoqué Naomi, qui l'a priée de la laisser tranquille par deux fois. Marla l'a de nouveau bousculée. Naomi lui a tordu le poignet, Marla est tombée à genoux. Là-dessus, Naomi a quitté le bar. Marla était furieuse, et une amie l'a accompagnée aux toilettes où elle a vomi. Puis elle s'est énervée contre sa copine et elle est partie. Plus personne ne l'a revue depuis, à part votre sœur qui l'a retrouvée en bas de la falaise.

Bien que bouillonnant intérieurement, Mason s'efforça de conserver un ton posé.

— Vous avez vérifié les faits et gestes de Naomi, vous vous êtes renseigné sur ses antécédents…

— Oui.

— Vous savez que Thomas Bowes est notre père.

— Oui.

— Et que Naomi n'a plus eu aucun contact avec lui depuis son arrestation.

— Oui. En revanche, vous lui avez rendu visite en prison, cinq fois.

— Et j'y retournerai probablement. Je traque les tueurs en série, mon père en est un, il m'offre un terrain d'étude privilégié.

— Ça ne doit pas être facile… Je vous ai dit que je connaissais les habitants de ma ville, agent Carson. Naomi n'est pas là depuis longtemps, mais je crois pouvoir me faire d'elle une opinion assez juste. Votre sœur n'est pas mêlée à cette affaire. Je n'ai aucun soupçon sur elle.

— Et Keaton ?

D'un geste décontracté, Sam décolla ses doigts de la surface du bureau, comme pour balayer cette idée.

— Je ne suis pas psychologue ni spécialiste du comportement, tout du moins pas plus que n'importe quel fonctionnaire de police, mais j'ai moi-même une sœur. Je conçois que vous soyez curieux de savoir quel genre d'homme elle fréquente. Xander est travailleur, fidèle en amitié. Pour moi, ça en dit long. Il gagne bien sa vie, même si ça ne saute pas aux yeux, car il n'affiche pas sa réussite. C'est un grand lecteur, un intellectuel : je ne connais personne qui possède autant de livres. Il a monté un groupe de rock avec des copains, et ils jouent plutôt bien. Je l'ai croisé une fois ou deux en compagnie de votre sœur, et je peux vous affirmer que je ne l'ai jamais vu regarder une femme comme il la regarde. Nous avons le sens de l'observation, agent Carson. En termes pragmatiques ? Il est mordu, conclut Sam avec un petit sourire.

Sa chaise craqua quand il se redressa.

— Xander a de la sympathie pour Donna, comme la plupart d'entre nous, poursuivit-il. Cette femme est une crème et ça me rend malade de ne pas savoir où elle est, ni ce que lui est arrivé. Si vous pouviez me fournir une piste, je vous en serais éternellement reconnaissant. Pour ma part, je peux vous donner une info que l'on vient de me communiquer. Une jeune fille, Maxie Upton, travaillait vendredi soir avec Donna. D'habitude, elle se rend à la pizzeria en voiture, mais elle avait crevé, vendredi. Elle a amené sa voiture chez Xander, juste avant qu'il ne ferme le garage. Elle m'a raconté ce matin qu'il avait refusé de lui monter la galette. Il lui a dit que ses quatre pneus étaient usés, qu'il fallait absolument les changer tous, ce dont il se chargerait le lendemain à la première heure. Il l'a amenée à la pizzeria à moto, en lui faisant promettre de téléphoner à son père pour qu'il vienne la chercher, de ne surtout pas rentrer seule à pied, ni même d'aller dormir chez une copine qui n'habite pas très loin. Elle a quitté le restaurant quelques minutes avant Donna, avec son père, comme promis.

— Elle correspondrait davantage au profil de Marla Roth ?

— Elle est plus jeune. Maxie ne doit pas avoir plus de dix-neuf ans, mais physiquement, oui, elle est plus proche de Marla que de Donna. Blonde, mignonne. Du coup, je me demande si Donna n'était pas un second choix. Si Maxie avait laissé sa voiture sur le parking, ou si Xander ne lui avait pas fait promettre de ne pas rentrer seule, notre homme s'en serait-il pris à elle ?

— Possible.

— Simple hypothèse, bien sûr.

— Plausible, néanmoins. Nous avons peut-être affaire à un opportuniste. Personne ne pouvait anticiper que Marla Roth quitterait le bar seule, à cette heure-là. L'assassin a vu une opportunité, il l'a saisie. Il y a peu de chances que deux femmes se soient fait enlever par deux personnes différentes dans une aussi petite ville et dans un laps de temps aussi réduit. Seule au fond du parking, Mme Lanier représentait une proie idéale… Il suffisait de savoir à quelle heure les employées terminent leur service.

— Rien de plus simple.

— Le ravisseur dispose d'un endroit où séquestrer ses victimes, probablement pas très éloigné de Sunrise Cove, dans un rayon… disons d'une trentaine de kilomètres. S'il a abandonné le corps de Marla Roth ici, il y a de fortes chances pour que sa planque se trouve à proximité. Il possède sûrement un minivan ou un petit camion. Cela dit, vous en étiez sans doute arrivé à ces déductions.

— En effet, acquiesça Sam, mais vous me confortez dans mon raisonnement. Il y a pas mal de maisons et de bungalows de location autour de Sunrise Cove. Nous avons perquisitionné les plus proches et interrogé les propriétaires.

— Il faudra élargir le périmètre, demander aux *rangers* de faire le tour des locations qui se trouvent dans le parc national. Le secteur serait parfait pour lui, isolé sans être trop éloigné, peu fréquenté. Il s'agit d'un individu de race blanche, entre vingt-cinq et quarante ans, probablement plus proche de vingt-cinq que de quarante.

— Qu'est-ce qui vous fait dire ça ?

— Quelqu'un de plus mature serait plus patient, il prendrait le temps de guetter ses proies. Notre homme agit dans la précipitation. Il avait sûrement repéré la jeune Maxie, mais il s'est rabattu sur Donna parce qu'elle était là. S'il avait été plus âgé, il aurait sans doute attendu le moment propice pour mener à bien son plan initial. Là, une fois qu'il tient une femme, il s'en contente. Elle est celle qu'il désire qu'elle soit.

— Donna serait un substitut ?

— Possible, mais il est encore trop tôt pour que je puisse vous le confirmer. Une chose est sûre, c'est un sadique. Il tire du plaisir de ce qu'il fait. Il n'est pas impotent, mais il n'atteint peut-être l'orgasme que par le viol et les sévices. La douleur et la peur de ses victimes l'excitent. Il a torturé Marla Roth pendant deux jours et, tant que l'on n'a pas retrouvé le corps de Donna Lanier, on peut supposer qu'il la séquestre toujours. Donner la mort lui procure la jouissance ultime, mais ensuite, c'est terminé. Alors il fait durer autant qu'il le peut.

Mason s'interrompit un instant, regrettant presque d'avoir refusé une tasse de café.

— Qu'il ait enlevé deux femmes en si peu de temps, poursuivit-il, indique qu'il pense avoir trouvé le terrain de chasse idéal. Sunrise Cove est une petite ville aux alentours désertiques. Les gens ont des habitudes qu'il a pu rapidement observer. Dans les petites villes où il n'y a pas de criminalité, les gens se sentent en sécurité : ils n'ont pas peur de rentrer seuls chez eux, de traverser un parking la nuit. J'imagine que beaucoup sortent en laissant portes et fenêtres ouvertes, ou ne prennent pas la peine de verrouiller leur voiture. Je parierais même que certains laissent la clé sur le contact.

— C'est vrai.

— Il connaît ce genre d'endroits, et il a certainement déjà tué.

De nouveau, Sam se pencha en avant.

— Oui, c'est aussi ce que je pense : il n'en est pas à son coup d'essai.

— Sa méthode est rodée. Il a abandonné le corps de telle sorte qu'on le retrouve. Il savoure la psychose qu'il provoque. Marla Roth était ligotée et bâillonnée, il montre ainsi sa toute-puissance. Vous n'avez relevé aucune empreinte, parce qu'il a de l'expérience : il utilise des gants, et des préservatifs. Il est intelligent, organisé. Il se fond dans la masse, il passe inaperçu. S'il n'est pas d'ici, il se présente comme un touriste, amical mais pas trop.

Sam écoutait Mason en approuvant de la tête.

— Ce n'est pas quelqu'un qui se fait remarquer, qui chercherait des noises à un commerçant ou se saoulerait dans un bar.

— Exactement. Personne ne se souvient de lui. Il a probablement mangé à la pizzeria. Son père était sûrement dominateur, tant sur le plan physique qu'affectif, et sa mère soumise. Elle se contentait de ce que son mari lui donnait, elle lui obéissait. Cet homme n'a aucun respect pour les femmes, il ne communique avec elles que par la force. Malheureusement, je ne pourrai affiner mon analyse que lorsqu'il se sera débarrassé du prochain corps.

Sam poussa un soupir.

— Donc, à moins que nous n'ayons la chance de le retrouver dans une location saisonnière, vous ne pouvez rien faire pour Donna.

— S'il s'en tient au même mode opératoire, il pourrait la tuer ce soir, et abandonner son corps quelque part dans la nature. Je suis désolé.

— Quelles sont les probabilités, d'après vous ? Votre supérieur affirme que vous êtes brillant, à tel point que vous pourriez très prochainement être recruté par le BAU[1], l'unité d'analyse comportementale. Je sais ce que c'est, je sais ce qu'est le profilage.

Mason marqua un temps de pause avant de déclarer :

— Vous êtes marié depuis plus de vingt ans et vous aimez toujours votre femme. Vous avez deux enfants qui sont pour vous le centre du monde. Vous avez joué dans l'équipe de football de votre lycée et vous chérissez le souvenir de cette époque glorieuse. Mais ce ne sont que des souvenirs et vous attachez davantage d'importance au présent. Votre épouse essaie de vous faire adopter une alimentation plus saine, et vous faites des efforts. En ce moment, tout du moins. Vous êtes à la fois rigoureux et large d'esprit, tant sur le plan professionnel que dans votre vie privée.

---

1. BAU, *Behavioral Analysis Unit.*

Protéger et servir votre ville ainsi que ses habitants ne sont pas pour vous des mots vides de sens. Vos hommes vous apprécient, car vous avez de la poigne mais n'en abusez pas.

Un peu embarrassé, et plutôt impressionné, Sam reprit son mug.

— Exact… Comment avez-vous pu me cerner aussi vite ?

— Vous portez une alliance, vous avez des photos de votre femme et de vos enfants sur le rebord de votre fenêtre. Vos enfants sont adolescents, aujourd'hui, mais vous avez gardé des photos de quand ils étaient petits. Vous avez une coupe de football, mais elle n'est pas exposée au premier plan. Les trophées de softball et de volley de vos enfants sont davantage mis en avant. Vous buvez du thé vert, mais vous avez envie de café. Il y a une barre de céréales sur votre bureau, alors que vous ne me paraissez pas du genre à aimer les céréales.

— Vous ne préférez pas les donuts ?

— Il va sans dire. Votre adjoint n'est pas content de me voir là, mais vous l'avez remis à sa place ; il ne vous en a pas tenu rigueur, il a souri. Vous avez accepté de me recevoir, car vous souhaitez que tout soit mis en œuvre pour élucider cette affaire. Vous vous êtes renseigné sur moi et sur ma sœur, mais vous n'avez pas de préjugés à notre égard. Croyez-moi, ce n'est pas le cas de tout le monde.

— Il y a des imbéciles partout.

— Hélas, oui… Vous connaissez la région, ses habitants, et vous ne pensez pas que quelqu'un du coin ait pu tuer Marla Roth ou enlever Donna Lanier. Je veux bien tenir compte de cette opinion si vous êtes prêt à tenir compte de la mienne.

— Je le suis. Vous pouvez m'accorder quelques minutes ? Je vais demander à mes hommes de vérifier les locations en dehors de l'agglomération, jusque dans le parc national, dans un périmètre de quarante kilomètres. Ensuite, je vous emmènerai chez Donna à pied, si vous n'y voyez pas d'objection. Pour se faire une idée des lieux, c'est mieux que la voiture.

— Absolument, acquiesça Mason en se levant. Votre offre de café tient toujours ?

— Il y en a dans la salle de pause, répondit Sam. Du thé vert, aussi, ajouta-t-il avec un sourire.

— Je préfère le café.

Chez elle, Naomi lut le texto de Mason.

— Il dit qu'il en a encore pour au moins deux heures. Tu es sûr que tu veux que je t'accompagne ? Je ne voudrais pas que ma présence mette Loo mal à l'aise.

— Au cas où, je te ficherai à la porte.

— Dur, mais juste, commenta-t-elle en contemplant ce qu'ils avaient remonté du sous-sol.

Rien n'allait vraiment dans la chambre d'amis, mais au moins elle paraissait moins vide.

— Je ne trouverai jamais un lit avant ce soir, mais mon frère aura au moins une lampe, une table et un fauteuil, que je ferai ensuite retapisser. Et les murs sont propres, nus, mais fraîchement repeints. On emmène le chien chez Loo ? C'est toi qui décides.

— On l'emmène. Elle était dingue de Milo.

— Il la réconfortera un peu. Laisse-moi juste le temps de me changer, de passer à la salle de bains, et on y va.

— Pour quoi faire ? répliqua Xander en lui prenant la main et en l'entraînant dans l'escalier. On ne va pas au bal.

— Je ne suis pas maquillée.

— Tu es très belle.

Il la vit cligner des paupières, surprise.

— Ben quoi ? Tu as un miroir, tu n'as pas besoin que je te le dise.

— Ça fait toujours plaisir à entendre.

— Tu ne te maquilles presque jamais.

— Quand je sors, j'essaie de faire un petit effort.

Comme le chien se dirigeait machinalement vers la voiture de sa maîtresse, Xander lui emboîta le pas, renonçant à sa moto.

— Je n'ai même pas mon portefeuille, bougonna Naomi.

— J'ai le mien. C'est moi qui conduis, décréta Xander en ouvrant la portière arrière à Podkol puis en s'installant derrière le volant. Waouh… Première fois que je monte dans la voiture d'une femme et que mes genoux ne touchent pas le volant. Tu as de grandes jambes, Slim.

Néanmoins, il recula le siège.

— Jamais de ta vie tu n'as attendu cinq minutes qu'une femme avec des jambes plus courtes se prépare, prenne son sac à main ?

— Tu n'as jamais de sac à main, ce que j'admire.

— Ce n'est pas la question.

— Si, si, j'ai déjà attendu. À mon avis, les femmes aiment faire attendre les hommes. Et la plupart pourraient mettre des heures à se pomponner, elles ne seront jamais aussi jolies que toi. Alors, pourquoi perdre du temps ?

En soupirant, Naomi prit place du côté passager et boucla sa ceinture.

— C'est un sacré compliment, mêlé à une bonne dose d'arrogance. Je ne sais pas si je dois être flattée ou m'insurger au nom de la gent féminine.

— Ma chérie, tu es une femme à part.

— Je ne sais pas trop ce que tu veux dire par là, mais je le prends comme un compliment de plus. Enfin, bref… Tu me feras signe, hein, si tu sens qu'il vaut mieux que je te laisse seul avec Loo. Où habite-t-elle ?

— Dans l'appart au-dessus du bar. Elle est propriétaire de tout l'immeuble.

— *Vous* êtes propriétaires de tout l'immeuble, devina Naomi.

— Un investissement. Et il vaut mieux que ce soit Loo qui vive là, plutôt qu'un locataire qui rouspéterait à cause du bruit. Je ne sais franchement pas ce que je vais lui dire…

— Tu trouveras.

— Ouais… Le chien m'aidera.

Xander se gara devant le bar, pianota sur le volant tout en observant les fenêtres.

— Elle est au bar, les lumières sont allumées, alors qu'elle n'ouvre pas avant 16 heures le dimanche.

Tandis qu'il descendait de la voiture, Naomi prit la laisse qu'elle gardait dans la boîte à gants, mais Xander libéra le chien avant qu'elle ne l'ait attaché. Elle s'apprêtait à objecter, mais Podkol se tenait sagement au côté de Xander, frétillant de la queue.

— Les chiens ne doivent pas être tenus en laisse dans le bar ?

— Je crois qu'on peut faire une exception à la règle.

Xander sortit un trousseau de clés de sa poche, déverrouilla la porte.

De la musique à plein volume retentissait dans le bar, du hard rock aux guitares saturées et au chant éructé, un groupe que Naomi ne connaissait pas. Elle n'était jamais venue là en plein jour et n'avait jamais vu toutes les lumières allumées. La salle paraissait plus spacieuse, avec les chaises retournées sur les tables, les boxes vides.

En jean moulant et débardeur noir révélant des épaules découplées, Loo lavait le sol à grands gestes rageurs.

Xander passa derrière le comptoir et éteignit la sono. Loo se redressa en sursaut, brandit son balai telle une batte de base-ball, puis le baissa en voyant Xander.

— Tu vas te crever les tympans.

— Le rock, ça s'écoute fort.

— Pourquoi tu fais le boulot de Justin ?

— Parce que je veux que le ménage soit fait correctement, pour une fois. Tu n'es pas sur la falaise à fureter dans la culotte de ta blonde ?

— Elle est là avec moi.

Loo se retourna vers Naomi avec un soupir las. Avant qu'elle n'ait pu dire autre chose, Podkol décida qu'il était l'heure des présentations et s'avança vers elle.

— C'est le clébard à moitié crevé que vous avez ramassé sur le bord de la route ?

— Oui, répondit Xander en sortant de derrière le comptoir.

— Il a l'air en forme, maintenant. Tu sais que tu as de beaux yeux bleus, toi ? dit Loo au chien en lui caressant la tête. C'est sympa d'être passés, mais j'ai du pain sur la planche. Je devrais fermer une semaine, sortir les fouets et les chaînes, et coller tous les employés à un grand nettoyage. Si tu n'es pas tout le temps sur leur dos, ils font les choses à la va-comme-je-te-pousse.

Tout en parlant, Loo astiquait le carrelage frénétiquement. Xander la regarda un instant, puis se passa une main dans les cheveux avant de prendre le balai des mains de Loo et de lui enlacer les épaules.

— Laisse-moi bosser, bon sang !

— Arrête, Loo.

Elle se débattit puis se laissa aller contre le torse de Xander, agrippa le dos de son tee-shirt.

— Xander, je suis inquiète. Donna… Où est-elle ? Que lui est-il arrivé ? Qu'est-ce qui se passe ici, bordel ?

Avant qu'elle fonde en larmes, il la serra contre lui.

23

Ne sachant que faire, Naomi décida de se rendre utile. Discrètement, elle se glissa derrière le bar, regarda la machine à boissons chaudes et opta pour un café, Loo ne lui paraissant pas du genre à boire du thé.

Elle trouva des tasses, continua de s'affairer tandis que Loo reprenait contenance.

— Je ne sais pas quoi faire, bredouilla-t-elle. Il faut absolument que je m'occupe.

— Asseyons-nous, pour l'instant, suggéra Xander en l'entraînant vers un box.

— Je fais du café ! lança Naomi.

Loo se tourna vers elle.

— Ce percolateur est compliqué…

— Elle a grandi dans un restaurant, précisa Xander.

— Si elle le casse, tu le payes, grommela Loo. Et je préférerais un whisky.

— Un irish coffee, alors, décréta Naomi. Xander ?

— Un Coca, s'il te plaît.

Loo s'installa dans le box et se moucha dans une serviette en papier.

— La police n'est pas plus avancée que nous. Sam est passé hier soir me demander si je ne savais pas où elle était, par hasard. Personne ne sait rien de rien. Personne ne l'a vue, personne n'a de nouvelles.

— Je sais, Loo.

Le chien se faufila sous la table, posa la tête sur les genoux de Loo, réconfortant.

— Elle parlait de cette virée depuis des semaines… Elle en parlait tellement que je lui aurais collé du sparadrap sur la bouche. Elle m'a serinée pour que je vienne avec elle. Je n'ai rien contre un week-end de thalasso, mais je ne supporte pas sa sœur. Si j'avais accepté, si j'avais été avec elle…

— Arrête, Loo.

— Je serais allée la rejoindre à la pizzeria !

— Et c'est peut-être toi qui aurais disparu.

— Sûrement, ouais ! protesta Loo en s'essuyant les yeux puis en froissant la serviette. Je sais me défendre, moi. Donna est trop gentille.

Naomi les rejoignit avec un mug d'irish coffee coiffé d'un élégant nuage de crème fouettée, et un verre de Coca.

— Je vais faire un tour avec le chien, je vous laisse tous les deux.

— Le chien est très bien ici, objecta Loo en caressant les oreilles de Podkol tout en observant Naomi. Et vous aussi. Désolée pour ma remarque de tout à l'heure. J'ai été grossière.

— Pas de mal. De toute façon, ma culotte n'a plus de secrets pour Xander.

Loo éclata de rire, puis écrasa de nouveau une larme.

— Allez vous chercher un verre et asseyez-vous avec nous.

— OK, mais je voudrais d'abord vous dire ça : le seul coupable est le ravisseur de Donna. On se dit toujours : « Et si j'avais fait ci, si je n'avais pas fait ça… » mais ça ne sert à rien. La réalité est ce qu'elle est. La seule personne qui pourrait y changer quelque chose est celui qui l'a enlevée.

Laissant Loo contempler sombrement son café, Naomi alla se servir un Coca.

— Donna est ma meilleure amie depuis le lycée, dit Loo, bien qu'on n'ait pas beaucoup de points communs. Je l'ai soutenue quand elle était mariée à cet âne bâté, comme elle m'a soutenue quand je vivais avec Johnny. Quand il est mort, je ne sais pas ce que j'aurais fait sans elle. Loo soupira en reniflant. Elle m'avait dit de ne pas épouser Dikes. Je ne l'ai pas écoutée, mais elle m'a quand même toujours épaulée.

Elle goûta une gorgée de café, leva un regard étonné vers Naomi.

— Ça, c'est de l'irish coffee ! Chapeau…

— J'ai appris avec un maître, dit Naomi en s'asseyant à côté de Xander. Je ne sais pas si ça fera progresser les choses, mais mon frère est là. Il doit être avec Winston, en ce moment. Il travaille au FBI.

— Sam a appelé le FBI ?

— Pour tout vous dire, j'ignore qui a appelé qui… Ce détail s'est perdu dans la traduction, mais le fait est qu'un agent du FBI essaie de retrouver Donna.

— Elle a disparu depuis vendredi soir. Tout le monde sait ce que cette ordure a fait à Marla. Donna…

Xander posa une main sur celles de Loo.

— Ne pense pas à ça, Loo. Si on pense à ça, on va devenir dingues.

— J'ai sillonné tous les environs hier soir, avec ma batte de base-ball et mon calibre 32 dans la bagnole.

— Tu es complètement inconsciente ! Tu aurais dû m'appeler.

— J'ai failli, murmura-t-elle en nouant ses doigts à ceux de Xander. Qui j'appelle, d'habitude, quand je me retrouve face à un mur ? Non que je sois souvent devant des murs que je ne peux pas défoncer moi-même. Vous verrez, dit-elle à Naomi, si jamais vous vous cassez le nez ou si vous vous retrouvez dos au mur, il est l'homme de la situation.

— Ne dis pas de conneries, Loo.

— Il faut qu'elle sache que tu n'es pas juste un beau gosse.

— J'en ai vu de plus beaux, déclara Naomi, provoquant un nouvel éclat de rire comme elle l'espérait. À propos de murs, vous devriez décorer ceux du bar, Loo.

— Ce n'est qu'un troquet.

— Mais un chouette troquet. J'y verrais bien un poster des Wreckers, ou de Xander et Podkol. J'ai fait une belle photo d'eux, en contre-jour devant un lever de soleil, que j'ai retravaillée pour faire ressortir le bleu de leurs yeux. Je vous la donnerai si elle vous plaît. Ça me fera de la pub.

— Hors de question d'afficher une photo de moi ici ! s'écria Xander.

— Je fais ce que je veux, protesta Loo. Je suis chez moi.

— Et à moitié chez moi.

— Alors je l'afficherai dans la moitié du bar qui m'appartient, rétorqua-t-elle en lui pressant la main puis en lui donnant une petite tape. J'avais les nerfs en pelote, vous m'avez calmée, tous les deux. Merci.

— Tu ne devrais pas rester enfermée ici. Allons déjeuner.

En s'efforçant de sourire, Loo secoua la tête.

— Quand je suis à cran, le ménage est un remède souverain. Mais je me sens déjà mieux que tout à l'heure. Naomi, si vous avez du nouveau par l'intermédiaire de votre frère, dites-le moi, s'il vous plaît.

— Bien sûr.

— Merci. Vous pouvez me laisser maintenant, ça ira. Et emmenez vite ce chien avant que je ne le garde.

— Si tu as besoin de quoi que ce soit, appelle-moi.

— Je ne me gênerai pas, ne t'en fais pas. J'espère que Donna est saine et sauve. Je me raccroche à cet espoir.

Quand ils partirent, Loo se remit à frotter le sol.

Persuadée que Mason resterait au moins jusqu'au lendemain, Naomi pria Xander de faire un petit détour par le supermarché, où elle acheta de quoi préparer l'un des plats préférés de son frère.

Tous les habitants de Sunrise Cove qu'ils croisèrent avaient quelque chose à dire à propos de Donna, ou interpellaient Xander pour savoir s'il avait du nouveau. Naomi ne respira que lorsqu'ils regagnèrent la voiture.

— J'aurais pu m'en douter et me débrouiller avec ce que j'avais à la maison, dit-elle en se renversant contre l'appuie-tête, l'estomac noué, une migraine latente. Et j'imagine que c'était pire encore pour toi, toutes ces questions, toutes ces spéculations.

— Tout le monde la connaît, tout le monde est inquiet.

— Mason aura peut-être trouvé une piste. Je ne dis pas ça parce que c'est mon frère, mais il est d'une intelligence redoutable. Il remarque tout, il n'oublie rien, et il s'intéresse à la criminologie depuis tout petit. Un jour, je l'ai surpris en train de faire des recherches sur les tueurs en série : il n'a pas été assez rapide pour me cacher l'écran de son ordinateur. Je me suis mise en colère, j'étais folle de rage. Il m'a expliqué qu'il avait besoin de comprendre pour pouvoir prendre sur lui.

— Je le conçois.

— À l'époque, je ne comprenais pas. Pourquoi ne pouvions-nous pas juste être normaux, vivre comme tout le monde ? Je faisais tout ce que je pouvais pour ressembler aux autres : j'allais aux matchs de foot, je faisais des photos pour le journal du lycée, je retrouvais mes amis à la pizzeria… et lui, il étudiait la pathologie des tueurs en série, la victimologie, la médecine légale. Parce qu'il voulait en faire son métier, mais pas seulement… Il est retourné en Virginie. Il est allé voir notre père en prison plusieurs fois.

— Ça te pose un problème ?

— Ça m'a dérangée, et ça me gêne toujours un peu. Mais j'ai dû accepter qu'il ne reléguerait jamais notre drame dans le passé.

Plutôt qu'à un psychologue, pensa-t-elle, mieux valait parler à un… *Ami* n'était pas le terme approprié. Néanmoins, Xander était son ami, et cela l'apaisait de pouvoir ouvrir son cœur à quelqu'un en qui elle avait toute confiance.

— Mason essaie de comprendre les assassins pour pouvoir les arrêter, poursuivit-elle. Je le sais, mais il n'empêche, j'aurais préféré qu'il trouve un autre moyen de sauver des vies. Qu'il devienne médecin, par exemple.

— Il a sauvé des vies ?

— Oh oui ! Tu as entendu parler de ce type qui kidnappait des jeunes garçons en Virginie ? En trois ans, il en a enlevé cinq, dont deux qu'il a tués et abandonnés dans les bois au bord d'un chemin de randonnée.

— Le Tueur des Appalaches.

— Mason déteste quand la presse leur donne des surnoms. Mais oui, c'était lui. Mason faisait partie de l'équipe qui l'a identifié, traqué et arrêté, sauvant ainsi la vie des trois garçons qu'il séquestrait dans son sous-sol. Pour sauver des vies, il doit comprendre comment fonctionne l'esprit des êtres capables d'enlever des enfants, de les mettre en cage comme des bêtes, de les torturer et de les achever.

Xander se gara devant la maison, Naomi descendit de la voiture.

— Je suis fière de lui, ajouta-t-elle. Par conséquent, je dois accepter qu'il ait choisi de consacrer sa vie au mal.

— À l'éradication du mal, rectifia Xander.

— Tu as raison, je devrais plutôt le considérer sous cet angle.

Ils déchargèrent les sacs du supermarché, les apportèrent dans la cuisine.

— Je vais mettre les petits plats dans les grands, déclara Naomi. Certaines se défoulent dans le ménage. Moi, quand je suis stressée, je préfère cuisiner.

— Une chance pour moi. J'avais l'intention de te laisser seule avec ton frère, mais tu as acheté du filet mignon de porc.

— *Tu* as acheté du filet de porc, et tout le reste.

— Je ne veux pas me faire entretenir, et j'adore le filet mignon.

— Tu l'aimes farci, à la méditerranéenne ?

— Sûrement.

— Tant mieux, parce que je vais le préparer comme ça, avec des pommes de terre rôties aux herbes, des asperges sautées, des bretzels et des crèmes brûlées à la vanille.

Xander n'était pas sûr de savoir que les crèmes brûlées existaient en dehors des restaurants.

— C'est décidé, je reste pour le dîner.

— D'accord, mais ne reste pas dans mes pattes pendant que je cuisine.

— Donne-moi un boulot.

— De cuisine ?

— Surtout pas.

Lui aussi a besoin de s'occuper pour se changer les idées, pensa-t-elle.

— Cecil m'a mis de côté une table et quatre chaises. Je voulais demander à Kevin d'aller les chercher et de les apporter directement à Jenny, mais si tu les amènes ici et que tu les nettoies, on aura une vraie table pour déguster ce délicieux repas. Et ne me dis pas que tu ne veux pas me laisser seule, ajouta-t-elle avant qu'il n'ait pu objecter. J'ai le chien, une alarme, et un set d'excellents couteaux japonais.

— Tu fermeras toutes les portes à clé.

— Dommage, avec un si beau soleil, mais pour une table j'accepte le compromis.

— Garde ton téléphone sur toi.

— Je garde mon téléphone sur moi. Tu sauras rabattre la banquette arrière de ma voiture ?

— Je suis garagiste, je crois que je me débrouillerai. Préviens Cecil que j'arrive. Ça me fera gagner du temps.

Naomi appela le brocanteur, glissa son portable dans sa poche arrière puis se frotta les mains.

— Allez, aux casseroles !

Podkol occupé avec un os à mâcher, elle se mit à l'œuvre, s'évadant dans les arômes, les textures et les couleurs, oubliant ainsi pour quelques instants ses terribles souvenirs et ses craintes du moment.

La pâte à bretzel levait, les pommes de terre au four et les crèmes brûlées étaient prêtes à être glissées dans le four numéro deux, lorsque le chien se redressa brusquement.

Le cœur de Naomi fit un bond, elle jeta un coup d'œil au grand couteau posé sur la planche à découper mais s'enjoignit de poursuivre sa tâche.

En voyant Xander monter les chaises sur la terrasse, elle poussa un soupir de soulagement, s'essuya les mains au torchon accroché à sa ceinture et ouvrit les portes en accordéon.

— Cecil m'a affirmé que c'étaient celles que tu avais réservées... Je l'ai même fait jurer.

— Ben oui... Pourquoi ?

Sceptique, Xander regardait les chaises tapissées d'un tissu défraîchi, élimé, aux montants et aux pieds écaillés.

— Elles seront magnifiques, assura Naomi.

— Par quel miracle ?

— Retapissées et repeintes, en bleu ardoise et vert sauge.

— Tu vas les repeindre ?

— Pas moi, Jenny. Je te l'accorde, elles ne payent pas de mine pour l'instant. Mais si tu y passes un coup de chiffon, elles feront l'affaire pour un repas.

— Je dirais qu'elles sont bonnes à jeter au feu, mais c'est toi qui vois.

— Et la table ?

— Je l'ai. Il faudra la décaper, mais c'est une belle pièce.

— Tu as besoin d'aide pour la décharger ?

— Pas de refus, dit-il, avec une moue dédaigneuse en direction des chaises. Je reviens dans une minute.

Xander retourna à la voiture, Naomi alla chercher des chiffons et du nettoyant dans la buanderie. Elle remplissait un seau d'eau tiède lorsque Xander revint avec une gerbe de lilas dans un grand pichet bleu cobalt.

— Tiens, dit-il en le posant sur la table de la terrasse.

— Je...

Émue, elle contempla le bouquet puis leva les yeux vers Xander.

— J'ai volé les fleurs, mais j'ai acheté le vase.

— Il… Elles… Le tout est magnifique. Merci.

— Le dîner a intérêt à être bon, répliqua Xander en prenant un chiffon des mains de Naomi. Ça va ?

— Oui, très bien. Je… J'ai laissé les choses en plan dans la cuisine.

— Retourne à tes fourneaux. Je m'occupe de ces chaises affreuses.

Elle rentra prendre son verre de vin et se rendit à la salle de bains – celle qui n'avait toujours pas d'appliques, pas de meubles, pas de porte-serviette.

Son cœur tambourinait à un rythme désordonné. Une sensation qu'elle n'avait jamais éprouvée. Il ne s'agissait pas d'une crise d'angoisse, enfin pas exactement, mais elle se sentait tout de même en proie à une effroyable panique.

Il lui avait offert du lilas dans un vase bleu, le plus naturellement du monde, sans chichis, sans cérémonie. Des fleurs volées dans un vieux pichet, entre de grosses mains calleuses.

Et elle était tombée amoureuse d'un homme mal rasé qui considérait ses chaises comme une perte de temps et d'argent.

Ça ne pouvait être aussi rapide. Aussi simple. C'était tout bonnement impossible.

Et pourtant, si. Même si son cœur n'avait encore jamais battu de la sorte, elle devinait sans peine la cause de ce trouble.

Elle inspira, expira, but une longue gorgée de vin.

Qu'allait-il se passer maintenant ?

Rien, essaya-t-elle de se convaincre. Rien ne changerait tant que… Pour l'instant, rien ne changerait.

Elle avait des filets de porc à farcir.

Elle entendait Xander rire et parler avec le chien sur la terrasse. De la fenêtre, elle voyait le bouquet de lilas, énorme, si touchant qu'elle porta une main à son cœur.

Puis elle sortit son téléphone de sa poche et le prit en photo.

Quand elle regagna la cuisine, Mason montait les marches de la terrasse.

— Ton frère va me donner un coup de main pour la table, lança Xander. Les chaises sont propres, mais toujours aussi moches.

— Leur charme n'attend que d'être révélé.

— Si tu le dis… J'ai une faim de loup. Ça sent drôlement bon.

— Le repas ne sera pas prêt avant une heure.

— OK, j'attendrai.

Tandis que les hommes montaient la table de ferme, elle s'attaqua à la préparation de la farce.

— Oh… des filets de porc roulés ! s'exclama Mason en s'approchant du plan de travail.

— Je sais comment t'amadouer.

Il l'embrassa sur les deux joues.

— Merci. Pourquoi as-tu acheté ces chaises hideuses ?

— Elles seront superbes, une fois rénovées.

— Ouais… J'aime bien la table, en revanche. Elle est en bois de grange ?

— Oui.

— Fait pour durer.

Elle termina de rouler les filets mignons, les glissa dans le four, puis sortit sur la terrasse.

— Oh, regardez comme le grain du bois ressort, maintenant qu'elle est propre !

— Elle est quand même pas mal abîmée, dit Xander.

— Ça s'appelle du caractère, et Jenny réparera ce qui peut l'être. Bon… Mason, je ne veux pas jouer les rabat-joie, mais je crois qu'il vaut mieux que tu nous parles tout de suite de ton entrevue avec Winston, qu'on puisse discuter de choses plus gaies pendant le dîner.

Son frère la scruta longuement, puis il hocha la tête.

— Je n'ai malheureusement pas grand-chose à vous apprendre que vous ne sachiez déjà. Tout indique que Donna Lanier a été enlevée sur le parking de la pizzeria vendredi soir, peu avant minuit. Sa voiture était verrouillée, elle n'avait pas été touchée depuis que Mme Lanier était arrivée au travail à 16 heures. Trois autres employés étaient présents jusqu'à la fermeture : Maxie Upton, Gina Barrows et Brennan Forrester. Maxie a quitté le restaurant quelques minutes avant Donna, seule. D'ordinaire, elle se gare sur le parking, elle aussi, mais sa voiture était chez le garagiste. Chez vous, ajouta-t-il à l'attention de Xander.

— Oui, elle me l'a amenée juste au moment où je fermais. Elle avait un pneu crevé, mais en fait les quatre étaient archi-usés. Elle a un peu tiqué quand je lui ai dit qu'il fallait tous les changer, alors je lui ai proposé de lui faire un prix d'ami et de l'emmener au boulot, à condition qu'elle demande à son père de venir la chercher. Elle voulait aller dormir chez une copine et s'y rendre à pied. Après ce qui est arrivé à Marla, il était hors de question que je la laisse se balader seule la nuit dans les rues.

— Elle peut s'estimer heureuse d'avoir un mécano qui fournisse un service client aussi personnalisé.

— Je la connais depuis... Alors qu'il était accoudé à la balustrade, Xander se redressa. Attendez... Vous croyez qu'il avait l'intention de s'en prendre à elle ? Que c'était elle qu'il guettait sur le parking ?

— C'est possible. Probable, même. Elle est jeune, blonde... Physiquement, elle ressemble davantage que Donna à la première victime. J'ai interrogé Maxie, après mon entretien avec Winston. Son père n'était pas encore là quand elle est sortie de la pizzeria. Elle ne l'a pas attendu longtemps, mais elle m'a avoué qu'elle ne se sentait pas rassurée, seule dehors. Elle a pensé que c'était à cause de vos avertissements. Et puis son père est arrivé et elle ne s'est pas posé plus de questions.

— Donna est sortie du restau avec Gina et Brennan, non ?

— Gina et Brennan sont partis ensemble, ils sortent ensemble, et Donna s'est retrouvée seule.

— Il l'aurait enlevée parce qu'elle était là ? demanda Naomi.

— On ne considère pas un assassin comme un tueur en série tant qu'il n'a pas commis trois crimes similaires.

— Mason...

— Je suis néanmoins persuadé que Marla et Donna ont eu affaire au même individu. Je pense qu'il s'agit d'un opportuniste. Il a vu une opportunité en Marla Roth, il l'a enlevée. Donna Lanier offrait une opportunité, il l'a enlevée. S'il était sur le parking à cette heure-là, c'est qu'il connaissait les horaires de la pizzeria. Il avait certainement choisi sa proie. Il l'a loupée, alors il s'est rabattu sur une autre.

— Nom de Dieu..., marmonna Xander, le regard sombre, en fixant l'océan.

— La jeune Maxie et ses parents n'oublieront jamais le garagiste qui a exigé une promesse en échange de quatre pneus neufs. Winston a déjà épluché les crimes semblables, mais je vais quand même me pencher dessus moi aussi, restreindre les paramètres, inclure les disparitions. Il a demandé aux rangers de vérifier les locations saisonnières dans un rayon de quarante kilomètres.

— Parce qu'il a besoin d'un endroit où séquestrer ses victimes, compléta Naomi.

D'une vieille cave au fond des bois, par exemple...

— Oui. Je n'exclus pas qu'il puisse s'agir de quelqu'un du coin, mais je respecte la conviction de Winston. Il est persuadé que nous avons affaire à un étranger, et le faible taux de criminalité corrobore cette hypothèse. Il n'empêche qu'il tient tout le monde à l'œil.

— On ne peut pas imaginer que ce soit quelqu'un qu'on connaît, dit Naomi, jusqu'à ce qu'on se retrouve devant le fait accompli.

— Winston a de la bouteille. Il est intelligent, rigoureux, disposé à accepter de l'aide extérieure, bien qu'il soit habitué à régner en maître sur son territoire. Il fait tout son possible, mais il sait que je peux l'aider à déployer davantage de moyens. J'ai contacté l'un de nos experts en informatique, qui va recenser les noms des propriétaires et des derniers clients de locations saisonnières, et vérifier s'ils figurent ou non dans nos fichiers. Voilà, c'est tout ce que je peux vous dire pour l'instant. Désolé. J'aurais aimé pouvoir vous en apprendre davantage.

— Tu es là, c'est déjà bien, dit Naomi en passant un bras autour des épaules de son frère. Tu restes quelques jours ?

— Au moins ce soir. Peut-être jusqu'à demain. J'ai hâte d'enlever ce costume. Dis-moi où je crèche, que j'aille me changer. J'ai un sac dans ma voiture.

— Ce ne sera guère mieux que « crécher », aujourd'hui. La prochaine fois, tu auras un vrai lit, promis. Va chercher tes affaires et je te montrerai ta chambre, dit-elle en se tournant vers Xander. Je redescends dans deux minutes, je t'aiderai à rentrer la table.

Seul, Xander contempla le soir tombant sur l'océan. Si le frère de Naomi avait accepté de passer la nuit ici, pensa-t-il, il y avait gros à parier qu'il pensait découvrir un corps au matin.

— Je vais vous laisser, déclara Xander après le café.

— Oh…

— Vous avez des choses à vous dire, j'ai des trucs à faire. À demain.

Avec un agent du FBI au bout du couloir, Naomi serait en sécurité.

— Mais…

Naomi se leva, il la prit dans ses bras et lui donna un fougueux baiser. Macho, peut-être, ce besoin de marquer son territoire devant son frère, mais il n'avait pas le moindre scrupule.

— Merci pour le dîner. À bientôt ! lança-t-il à Mason.

Et là-dessus, il prit congé.

— Il n'était pas obligé de partir à cause de moi. Mes remarquables capacités de déduction m'ont confirmé qu'il a l'habitude de dormir ici.

— Il voulait nous laisser seuls, et il veut tenir compagnie à Loo, son associée, une grande amie de Donna.

Machinalement, Naomi entreprit de débarrasser la table.

— Assieds-toi une minute, lui dit Mason en lui prenant la main. C'est sérieux, toi et le mécano ?

— Tu dis ça comme s'il n'avait pas de nom.

— Laisse-moi me faire à cette idée : ma vagabonde de sœur a soudain une grande maison, un chien, et un mec attitré. En un rien de temps, tu as changé du tout au tout.

— En un rien de temps… C'est toi qui le dis ! J'ai l'impression que ce chantier dure depuis des lustres. J'ai eu le coup de foudre pour cette maison. Enfin, bref… J'ai tout de suite senti qu'elle avait du potentiel, et qu'elle me correspondait. Je n'avais pas l'intention de me fixer. C'est seulement en la voyant que j'ai su que j'étais prête. Je ne voulais pas non plus de chien... Maintenant, je ne pourrais plus me passer de lui.

— Il monte la garde et il te tient compagnie.

Plus que ça, même, pensa-t-elle. *Il est devenu ma famille.*

— Je l'aurais emmené au chenil si Xander ne m'en avait pas empêchée.

— Pourquoi ne l'a-t-il pas recueilli ?

— Il vient de perdre le sien.

— Ah..., fit Mason avec un hochement de tête compréhensif. Mais tu n'as pas répondu à ma question principale...

— Xander ? Laisse-moi le temps d'y venir. C'est plus sérieux que prévu. Plus sérieux que je n'aurais voulu, et je ne suis pas sûre d'être prête à l'assumer. Il...

Elle n'était pas certaine de pouvoir expliquer ce qu'il lui apportait, pas plus à son frère qu'à elle-même.

— Je ne pensais pas que je pourrais autant m'attacher à quelqu'un. Il a deviné qui j'étais. Il a le livre de Simon Vance dans sa bibliothèque... Il faudra que tu voies sa bibliothèque, je l'ai prise en photo.

— Vise un peu mon air impressionné, railla Mason, ce qui fit rire Naomi.

— Apparemment, je n'ai pas su cacher ma réaction quand j'ai vu le livre de Vance, et Xander a additionné deux et deux. Mais il ne m'en a pas parlé, et il est resté exactement le même avec moi. Il n'a rien dit à personne, pas même à son meilleur ami. Tu te rends compte de ce que ça signifie pour moi ?

— Oui, répondit Mason en posant une main sur celle de sa sœur. Rassure-toi, il me fait plutôt bonne impression. Je te le dis, car je sais que c'est important pour toi. Et je serai franc, j'ai mené ma petite enquête sur lui.

— Oh, pour l'amour de Dieu…

— Tu es ma sœur, tu es ma famille. Et nous avons un lourd passif. Il fallait que je me renseigne. Si ça t'intéresse, il était un peu voyou sur les bords à la fin de l'adolescence, début de la vingtaine.

— Ça ne m'intéresse pas.

— Trouble de l'ordre public, vandalisme, bagarres… Il ne les avait pas cherchées mais ne les a pas non plus évitées. Un paquet de contraventions pour excès de vitesse, jusqu'à l'âge de vingt-cinq ans. Pour tout te dire, j'aime autant qu'il ait commis quelques erreurs de jeunesse puis se soit assagi. Et ça me rassure qu'il sache se battre. Pas de mariage, pas de divorce, pas d'enfants. Il est propriétaire de son garage et de la moitié de l'immeuble où se trouve le bar. Winston a beaucoup d'estime pour lui.

— Tu as fini ?

— Oui.

— Tant mieux. Aide-moi à faire la vaisselle. Ensuite, nous appellerons les oncles et je te ferai visiter la maison.

— OK. Juste une dernière chose, et j'en aurai terminé pour de bon. Il te rend heureuse ?

— Oui, et j'en suis la première étonnée. En fait, il élargit mon horizon. J'avais trop tendance à ne vivre que dans l'instant présent. Ça me plaît de penser à demain.

— Alors, je peux commencer à l'appeler Xander. Mais ça sort d'où, ce prénom ?

— Tu peux parler, Mason le maçon...

— Tais-toi ! rétorqua-t-il, et il se leva de table pour l'aider à débarrasser.

Il attendit jusqu'à 2 heures du matin pour remonter la petite route qui menait au sous-bois au-dessus de la falaise, et se gara sur le bas-côté.

Selon son expérience, il y avait peu de chances que la police patrouille, à cette heure-là, dans un bled aussi paumé où les flics n'avaient pas l'habitude des individus de son genre.

De toute façon, il n'en aurait pas pour longtemps.

Il l'avait enveloppée dans une bâche en plastique. Il avait testé d'autres méthodes, mais celle-ci se révélait la meilleure. Non sans mal, il la hissa sur son épaule à la manière des pompiers, et se félicita d'être plus costaud qu'il n'y paraissait, car elle était un peu trop enrobée et trop lourde à son goût.

Elle n'avait été que déception. Aucune combativité. Au bout de deux ou trois heures, elle avait cessé de lutter. Ce n'était pas drôle quand elles n'essayaient pas de crier, de supplier, de se débattre. Elle avait si vite capitulé qu'il avait failli l'achever par ennui.

Comme cette vieille peau du fin fond du Texas sur laquelle il s'était rabattu, faute de pouvoir se faire celle qu'il avait repérée.

Ou ce gros tas de lard à Louisville, et...

Inutile de ruminer les erreurs du passé ! Il ajusta le poids mort sur son épaule et alluma sa lampe frontale afin d'éclairer le chemin. L'essentiel était de veiller à ne pas les reproduire, se souvenir que la patience était une vertu.

Il avait étudié le terrain, à l'aide des photos que Naomi postait sur son site Internet, si bien qu'il savait exactement où déposer le corps, entre le sentier et un tronc couvert de mousse.

D'une main experte, il déroula la bâche, contempla le cadavre tout en la repliant. Pas de gaspillage. Il était partisan du recyclage.

Puis, avec son téléphone, il prit une dernière photo souvenir de Donna Lanier. Et il rebroussa chemin sans la moindre pensée pour la femme qu'il avait tuée. Elle appartenait au passé, lui avançait vers l'avenir.

En voiture, il remonta la route sur quelques mètres, juste pour apercevoir la maison perchée sur la falaise, son imposante silhouette se découpant dans le ciel étoilé.

— Dors bien, Naomi, murmura-t-il. Repose-toi, prends des forces. On se reverra bientôt, et je te promets une belle partie de plaisir.

24

Un jeune couple de Spokane découvrit le corps le lundi après-midi, lors d'une balade en forêt avec leur enfant dans un porte-bébé.

Quelques minutes plus tard, sous un soleil radieux, Sam Winston identifiait le cadavre d'une femme qu'il connaissait et appréciait depuis plus de trente ans.

Mason ne tarda pas à le rejoindre.

— J'espérais un autre dénouement.

— Je suis désolé… Toutes mes condoléances.

— Ce sera un choc immense pour Sunrise Cove…

Déterminé à rendre justice à Donna, Sam se passa les mains sur le visage et s'efforça de reprendre contenance.

— Ligotée et bâillonnée, nue comme Marla, constata-t-il. Les blessures sont pires, il l'a torturée plus sauvagement.

— L'escalade, ou la frustration de ne pas avoir pu enlever celle qu'il avait repérée initialement.

— Il a effacé toute empreinte de pas. Regardez comme les aiguilles de pin ont été balayées au sol. Il est prudent. Il a dû la porter depuis la route, tout le long du sentier. Elle pèse facilement soixante-dix kilos. Il est costaud.

En veillant à ne rien toucher, à ne rien déplacer, Mason s'accroupit à côté du corps, examina sa position, les plaies.

— Il n'a pas tenté de la cacher ni de l'enterrer. Il ne l'a pas non plus placée dans une position particulière. Pas de remords, rien de symbolique. Quand il en a eu fini avec elle, il s'en est simplement débarrassé.

— Elle ne signifiait rien pour lui.

— Non. La première victime était disposée autrement, les bras tendus, ses chaussures à proximité. Elle avait davantage d'importance, elle représentait peut-être quelqu'un d'autre à ses yeux. Une jeune femme blonde, mince, séduisante.

— Comme Maxie.

— Oui. Nous ne sommes pas très loin de chez ma sœur, ici. Ce chemin est-il très fréquenté ?

— Assez. Il y a plus de randonneurs dans le parc national un peu plus à l'ouest, mais les touristes aiment venir se promener par ici. Il voulait qu'on la trouve.

— Tout à fait. M'autorisez-vous à faire des photos ?

— Allez-y. Nous en prendrons nous aussi. Je souhaitais d'abord me recueillir un instant.

Sam aurait préféré recouvrir le corps, mais de nouveau il refoula tout sentiment personnel.

— Vous avez dû voir mon adjoint sur la route. Il prend les déclarations du couple qui l'a trouvée. Ils ont un bébé de trois mois avec eux. Leurs premières vacances en famille. Ils ne sont pas près de les oublier.

Sam soupira profondément, leva les yeux vers les arbres, d'un vert plus soutenu à l'approche de l'été.

— Nous allons sécuriser le périmètre, dit-il, faire ce que nous avons à faire, ce que nous pouvons faire. Ensuite, j'irai prévenir sa fille et sa sœur.

— Voulez-vous que je vous accompagne ?

— Non, je vous remercie. Ce sera un peu moins dur pour elles d'apprendre cette terrible nouvelle par quelqu'un qu'elles connaissent.

Naomi avait conscience que la mort était entourée d'un certain protocole et que, dans le cas d'une mort par homicide, ce protocole revêtait un caractère officiel. Néanmoins, il était hors de question que Xander apprenne le décès de son amie par la voie protocolaire.

Ne le voyant pas depuis l'entrée principale du garage, elle s'avança dans l'atelier bruyant, se dirigea vers un mécanicien qui se tenait devant le distributeur de boissons.

— Xander est là ?

— Oui, bien sûr. Continuez tout droit et tournez à droite, vous ne pouvez pas le louper.

— Merci.

Elle le trouva assis sur un tabouret, devant un moteur, une clé à molette entre les mains.

— Roulements flingués, bielle coulée, grommela-t-il en démontant une pièce, qu'il jeta dans un bac en plastique d'un air atterré. Et il s'étonne que son moteur fasse un bruit bizarre…

— Xander ? l'appela-t-elle doucement.

Malgré le vacarme des machines et la musique, il entendit sa voix. À l'instant où il leva les yeux vers elle, le chagrin et le choc se peignirent sur ses traits.

— Oh, merde…

— Je suis désolée.

Elle s'approcha de lui, lui tendit la main, mais il eut un mouvement de recul.

— Ne me touche pas, je suis dégueulasse.

— Ça ne fait rien.

— Si.

D'un geste rageur, il s'empara d'un chiffon et s'essuya les doigts et les avant-bras. Puis il se dirigea vers un petit lavabo fixé au mur, passablement encrassé, se versa une sorte de poudre au creux des mains et se les frotta à sec avec une brosse.

— Où a-t-elle été retrouvée ? demanda-t-il, le dos tourné.

— Je ne sais pas exactement. Winston a appelé Mason il y a une demi-heure environ. Dans un secteur boisé, c'est tout ce que m'a dit mon frère. Il s'est immédiatement rendu sur les lieux. Je ne voulais pas que tu l'apprennes par n'importe qui.

Xander hocha la tête, continua de se récurer les mains.

— Je m'en doutais… Si on était toujours sans nouvelles hier soir… Mais tant que rien n'est sûr, on garde toujours espoir. Après s'être frotté les bras, il ouvrit le robinet. Il faut que je prévienne Loo.

— Tu veux que je vienne avec toi ?

— Non, pas cette fois.

Il arracha des serviettes en papier d'un distributeur mural, se sécha puis les jeta dans une grande poubelle béante.

— J'espère que les proches de Donna seront avertis avant que la nouvelle ne s'ébruite.

— Loo ne voudra voir personne, pas de souci de ce côté-là.

— Je suis sincèrement désolée, Xander. J'aimerais pouvoir faire quelque chose.

— Tu as fait ce qu'il fallait, tu es venue me prévenir.

Quand elle s'approcha de lui, il examina ses mains.

— C'est bon, tu es propre, dit-elle.

Et elle l'enlaça.

Il la serra contre lui en silence, dans le tintamarre de l'atelier.

— Reste avec Loo aussi longtemps qu'elle en aura besoin, mais téléphone-moi si tu passes la nuit en ville.

— Je dormirai chez toi, mais je ne sais pas à quelle heure j'arriverai. Si Kevin et les ouvriers partent avant que je sois là, ou avant que ton frère revienne, reste à l'intérieur et verrouille toutes les portes. D'accord ?

— Promis. Ne t'inquiète pas pour moi, occupe-toi de Loo.

— Je termine juste une bricole et je file au bar.

De retour sur la falaise, Naomi s'isola dans son bureau provisoire afin de ne pas avoir à parler à Kevin ou aux ouvriers, de crainte qu'ils ne sentent qu'elle savait quelque chose.

Elle essaya de se plonger dans son travail, mais malgré ses efforts, elle était incapable de se concentrer, si bien qu'elle sortit jouer à la balle avec le chien.

En voyant l'expression de Kevin descendant de la terrasse, elle comprit que la triste nouvelle s'était répandue.

— Xander m'a appelé. Ah ! Il m'a dit qu'il serait là d'ici une heure. Je reste avec toi en attendant qu'il arrive, ou que ton frère revienne. J'irai m'asseoir dans mon camion si tu…

Instinctivement, elle le serra entre ses bras.

— Qu'est-ce qui se passe ici, bon sang ? Jenny a fait venir les voisins et leurs enfants à la maison. Je ne me fais pas de souci, elle n'est pas seule… Donna… Mon Dieu… Pourquoi elle ? Je n'arrive pas à y croire.

— Je sais, je comprends.

— Xander m'a dit que Loo commençait à reprendre le dessus. Il va l'accompagner chez Donna, où il doit déjà y avoir sa sœur, sa fille, la famille. Il lui a fait jurer de demander au beau-frère de Donna de la ramener chez elle, et de ne pas repartir avant qu'elle ne se soit enfermée à double tour. On ne faisait jamais ça, avant… On était en sécurité, ici. Les gamins pouvaient jouer dehors sans qu'on s'inquiète.

— Je m'enfermerai dans la maison, dit Naomi en s'écartant de Kevin. Rentre chez toi, ta place est auprès des tiens.

Le visage de Kevin se durcit.

— Je reste avec toi, tant que Xander n'est pas là. Jenny est avec une dizaine de personnes.

— Alors, allons nous asseoir.

Le chien entre eux, ils montèrent sur la terrasse.

— Xander m'a dit que ça s'était passé comme pour Marla… Enlevée un vendredi soir, abandonnée par là…

— Par là ?

Un frisson parcourut Naomi lorsque Kevin, l'expression peinée, indiqua du geste la forêt qu'elle considérait presque comme la sienne.

— À l'ouest de la falaise, précisa-t-il. Tu ne pourras plus aller te promener seule, Naomi, poursuivit-il en lui prenant la main comme un ami, un frère. Pas tant qu'on n'aura pas arrêté l'assassin.

— Je ne le ferai pas, ne t'inquiète pas. Assieds-toi.

Dans *sa* forêt, pensa-t-elle en s'installant sur une chaise à côté de lui. D'abord au pied de *sa* falaise, et maintenant dans *sa* forêt. Parce que l'endroit était isolé. Sous le couvert des bois, on pouvait se livrer aux activités les plus sordides sans crainte d'attirer l'attention.

— Ton atelier est presque fini, déclara Kevin de but en blanc. Après-demain, d'ici trois jours au plus, tu pourras l'aménager.

Il voulait parler d'autre chose, comprit-elle, de n'importe quoi sauf de l'impensable.

— Génial !

— On t'aidera à transporter ton bureau et ton matériel. D'ici deux semaines, le chantier sera terminé. Allez, disons trois.

— Tu as ramené cette maison à la vie.

— Moi et l'équipe, corrigea-t-il humblement.

Tout à coup, le chien bondit sur ses pattes et dévala les marches de la terrasse.

— Xander, devina Naomi. Podkol reconnaît le bruit de sa moto, il n'aboie plus quand c'est lui.

— Il est fou de toi, tu sais… Xander. Le chien aussi, mais c'est de Xander que je parlais. Il me collerait un coup de pied où je pense s'il m'entendait, mais il faut bien que je dise des choses positives pour contrebalancer l'horreur qui s'est abattue sur nous. Je ne l'ai jamais vu aussi amoureux.

— De personne ?

En secouant la tête, Kevin esquissa un sourire.

— Tu es la première.

Naomi se leva pour aller à la rencontre de Xander qui montait sur la terrasse avec le chien.

— Comment va Loo ?

L'air épuisé, Xander poussa un soupir las.

— Le choc a été rude, très rude, mais elle l'a encaissé. Elle est avec la fille de Donna, en ce moment. Tu as des nouvelles de ton frère ?

— Non. J'ai failli lui envoyer au moins douze textos, mais je me suis fait violence. Il nous appellera dès qu'il le pourra.

— Vous me tiendrez au courant ? demanda Kevin en se levant. Si au moins on en savait un peu plus, on arriverait peut-être à comprendre… Bon, je vais rentrer. Veille sur ta chérie, Xander.

— Compte sur moi, veille sur la tienne.

Kevin parti, Xander s'assit à sa place.

— La fille de Donna est inconsolable. Tu ne la connais pas. Je ne servais à rien, là-bas, alors je me suis esquivé. Elles sont mieux entre femmes.

— Kevin m'a dit qu'on l'avait retrouvée dans la forêt, par ici.

Le regard dur, Xander hocha la tête.

— Oui, beaucoup trop près d'ici. Comme Marla.

— Certainement pour la même raison, parce qu'il n'y a pas beaucoup de maisons dans le coin, très peu de circulation sur la route.

— Sûrement. En tout cas, si Maxie était la proie qu'il avait choisie initialement, comme le pense ton frère, il s'en prend à un type de femme bien défini : jeune, blonde, mince, jolie. Comme toi.

— Je te promets que je sais mieux me défendre que n'importe quelle jeune blonde de la région. Je te promets, Xander, de ne prendre aucun risque inutile. Je serai ultra-prudente. Et puis je te ferai remarquer que les deux femmes qu'il a tuées habitaient ou travaillaient en ville. Il doit les suivre, ou tout du moins observer leurs habitudes. Je n'ai pas d'habitudes. Quant à toi, tu as déjà assez de soucis, ne t'en fais pas pour moi.

— Tu es plus importante que tout le reste.

Il se tourna vers elle et plongea son regard dans le sien, juste au moment où le chien se précipitait de nouveau en bas de la terrasse, en aboyant cette fois.

— Ça doit être Mason, dit Naomi en posant une main sur le bras crispé de Xander. Le tueur en série sévit la nuit, et je mettrais ma main à couper qu'il attaque par-derrière, comme un lâche. Il n'agresse pas les femmes en plein jour.

— Tu as raison. Je suis à cran.

Xander se détendit quelque peu à l'arrivée de Mason, talonné par Podkol.

— Je dois passer quelques appels. Je redescends tout de suite après. Toutes mes condoléances pour votre amie, Xander.

— Merci.

— Je vais voir ce que je peux préparer à manger, déclara Naomi.

— On peut commander une pizza, ne te casse pas la tête.
— Je suis à cran, moi aussi. Cuisiner me fera du bien.
— Tu songes à t'équiper d'un barbecue ? Je sais faire griller de la viande, et même du poisson. Je pourrais te donner un coup de main, de temps en temps.
— Oui, j'ai commencé à regarder sur Internet.
— Tu ne vas pas acheter un barbecue sur Internet ! s'offusqua Xander, l'air sincèrement apitoyé. Il faut le voir, le…
— Le caresser ? Lui parler ? railla Naomi.
L'air apitoyé se mua en une expression dédaigneuse, qui donna envie de rire à Naomi.
— Il faut le voir, répéta Xander.
En marmonnant, Naomi rentra dans la cuisine regarder ce qu'elle avait en stock et élaborer un menu. Xander lui emboîta le pas, prit une bière dans le réfrigérateur et s'installa au comptoir.
— J'achèterai le barbecue.
— Pardon ?
— J'ai dit que j'achèterai le barbecue.
Un sauté de poulet, pensa-t-elle, *à l'ail, aux herbes et au vin*. Distraite, elle se tourna vers Xander.
— Sérieux ?
— On ne rigole pas avec les barbecues.
Cette fois, elle éclata de rire.
— Je suis tout à fait d'accord ! On ne plaisante pas avec le matériel de cuisine. C'est pour ça que je fais des comparatifs en ligne.
— Tu as déjà acheté un barbecue ?
— Non, mais…

— Je m'en occuperai.

Comme Kevin, Xander essayait de penser à autre chose qu'à Donna, si bien que Naomi poursuivit sur le même sujet.

— Tu ne sais pas ce que je veux, quelle marque, quelle taille. On mangera du poulet avec du riz et des légumes, décida-t-elle.

— Tu n'achèterais pas une voiture sur Internet. Un barbecue non plus.

Comme elle commençait à se détendre, elle répliqua par une petite pique :

— Et toi, tu as déjà acheté un barbecue ?

— Kevin en a acheté deux, j'étais avec lui les deux fois. C'est pareil.

— De toute façon, on a le temps de réfléchir, d'ici l'été, dit-elle en rassemblant les ingrédients dont elle avait besoin.

— Décidément, tu as tout faux. Quand on a un bon barbecue, on peut l'utiliser toute l'année, surtout quand on peut l'installer tout près de la cuisine, comme ici.

Elle mit une casserole d'eau à chauffer pour le riz, puis s'installa au comptoir en face de Xander et entreprit d'émincer l'ail.

— Je ne me doutais pas que les barbecues te tenaient tellement à cœur. On en apprend tous les jours.

— J'achèterai le tien.

Cela restait à voir.

— Tu saurais éplucher des carottes ?

Sourcils froncés, Xander but une gorgée de bière.

— Sûrement.

Elle lui en tendit une botte puis un épluche-légumes.

— Tu n'as pas un couteau ?

À son tour, elle lui décocha un regard affligé.

— Tu y passerais la journée, et tu en gaspillerais la moitié. Regarde…

Elle s'empara d'une carotte, de l'éplucheur, et lui montra comment s'en servir.

— OK, OK, j'ai compris.

Mason trouva Xander devant une pile d'épluchures, appliqué à peler une carotte, et sa sœur occupée à faire dorer de l'ail.

Jolie petite scène domestique, pensa-t-il, même si Xander ne paraissait pas vraiment dans son élément.

— Mason, tu te rappelles comment découper un chou-fleur ?

— Mmm…

— Je suis sûre que oui.

Elle posa une planche à découper, un chou-fleur et un couteau devant lui.

— Tu sais bien que je n'aime pas le chou-fleur, bougonna-t-il.

Néanmoins, il prit place au comptoir, en tenue décontractée à présent, jean et tee-shirt bordeaux au logo du journal étudiant de Harvard.

— Avec du beurre et des aromates, tu en manges, déclara Naomi. C'est cool d'avoir des aides de cuisine.

— On se croirait à la maison, à New York, sauf que là c'est toi le chef, au lieu de Harry.

Mason retira les feuilles du chou-fleur, trancha la tige et entreprit de séparer les bouquets.

— Quand il sera là, j'abdiquerai, mais je lui montrerai quand même mes talents. J'ai encore quelques semaines pour concocter un menu qui l'épatera, aménager les chambres d'amis, et espérer que Jenny aura refait mes chaises de salle à manger.

Naomi ajouta le poulet dans la poêle, qui aussitôt grésilla.

— J'essaierai d'être là. Je devrais pouvoir travailler depuis le bureau de Seattle.

Après un long silence, Mason posa son couteau, prit son verre de vin.

— Bon, que je vous dise où nous en sommes… Le légiste le confirmera, mais il semble clair d'après les premiers éléments que Donna Lanier a été enlevée et tuée par le même individu que Marla Roth. Je vous épargnerai les détails, ajouta-t-il en reprenant son couteau. Comme la première victime, son corps a été abandonné quelque part où on le découvrirait rapidement. L'assassin veut qu'on sache qu'il est là, à l'affût. Il est arrogant, il prend plaisir à répandre la peur. Il est intelligent, organisé et expérimenté.

— Que veux-tu dire par « expérimenté » ? Qu'il n'en est pas à ses premiers meurtres ?

— Oui. Ce n'est sans doute pas une coïncidence si les deux victimes ont été enlevées un vendredi soir. On peut supposer qu'il a ses week-ends libres, ou que sa planque est plus tranquille en fin de semaine.

— Vous pensez toujours que c'est quelqu'un d'ici ?

Xander termina de peler sa dernière carotte, attendit une réponse.

— Je ne peux pas exclure qu'il vive ou travaille en ville ou aux alentours.

— Pourquoi ? demanda Xander. Il n'y a jamais eu de viol ni de meurtre dans la région.

— Il sévissait peut-être ailleurs. Ou il était plus discret. Il a peut-être enlevé un auto-stoppeur, un randonneur, quelqu'un de passage, et enterré ou caché les corps. Il a pu récemment acheter, hériter ou obtenir à l'occasion d'un divorce un lieu où s'adonner à ses sinistres activités. La plupart des maisons de location ont été perquisitionnées, sans résultat. Nous procédons également au contrôle des travailleurs saisonniers, des nouveaux résidents et des touristes présents dans la région depuis le premier enlèvement. Je poursuivrai mes recherches sur les crimes similaires. Si je trouve une piste, nous bénéficierons de toutes les ressources du FBI.

— J'ai demandé à l'un de mes contacts au bureau d'analyse comportementale de rouvrir les affaires non classées, et de vérifier dans nos fichiers si nous n'avons pas déjà un individu qui correspondrait au profil que j'ai établi. En tout cas, quel que soit le meurtrier, qu'il soit d'ici ou d'ailleurs, il rôde toujours dans les parages. Les choses se passent trop bien pour lui, il n'a aucune raison de prendre le large.

— Naomi correspond au profil des victimes.

— C'est bon..., grogna-t-elle en remuant le poulet.

— Absolument, acquiesça Mason. Je lui fais confiance pour prendre les précautions qui s'imposent.

— Et si tu allais passer une ou deux semaines à Seattle ? suggéra Xander. Tu serais avec ton frère, là-bas. Tu pourrais en profiter pour faire du shopping, rien ne t'empêcherait de travailler. Pendant ce temps, les ouvriers poseraient les planchers, ici.

— *Primo*, nous avons établi un planning avec Kevin, et les sols seront faits en dernier. *Secundo*, et pour clore le sujet, il est hors de question que je quitte cette maison pour aller à Seattle où mon petit frère pourrait me protéger.

— Tu n'as que deux ans de plus que moi, rétorqua Mason. Elle n'ira pas à Seattle, ajouta-t-il à l'attention de Xander. Je savais que ce n'était pas la peine de le lui proposer. Mais ne vous faites pas trop de souci pour elle. Tu lui as raconté ton agression, Naomi ?

— Quelle agression ?

— À New York, à l'époque où elle était étudiante. Pendant les vacances d'été, elle travaillait au restaurant de nos oncles. Un soir, elle a décidé de rentrer seule.

— Il faisait bon dehors, précisa-t-elle.

— Ouais, c'est aussi ce que s'est dit ton agresseur. Elle s'est fait braquer, avec un couteau. Le gars voulait son fric, sa montre, ses boucles d'oreilles, son téléphone.

— Je lui aurais tout donné, comme les oncles nous l'ont répété des millions de fois.

— Peut-être, mais cet abruti s'est figuré qu'il avait affaire à une pauvre fille sans défense, et comme elle était plutôt mignonne, il lui a collé une main aux fesses.

— Et il était content de lui, se souvint Naomi, furieuse.

— Elle lui a éclaté les bijoux de famille, cassé le nez, démonté l'épaule, et elle a appelé le 911. Il était toujours par terre quand la police est arrivée.

— Il n'aurait pas dû me toucher.

— Tu lui as cassé le nez... Tu aimes casser les nez.

Fasciné, Xander regarda ses longues mains, fines et élégantes.

— Le nez est une cible facile, à l'offensive comme à la défensive. J'aime bien le tien. Alors ne m'énerve pas.

Dans une grande passoire, elle rassembla les carottes, le chou-fleur et les brocolis qu'elle avait elle-même triés puis les rinça tous sous l'eau froide.

— Il suffira de me le dire, si tu n'as pas envie que je te tripote les fesses.

En riant, elle entreprit de découper les carottes en rondelles.

— Vous avez bossé comme des chefs, tous les deux. Vous êtes libres, si vous avez envie de sortir le chien, par exemple. Vous avez une trentaine de minutes.

— Tu es venu à moto ? demanda Mason à Xander.

— Ouais.

— J'y jetterais volontiers un coup d'œil.

— Pas de problème, acquiesça Xander en précédant Mason. Juste pour que tu ne sois pas surpris, les paysagistes commencent demain. De bonne heure.

— C'est-à-dire ?

— Vers 7 heures, peut-être un peu plus tôt.

— De toute façon, il y aura déjà les ouvriers qui feront du boucan à l'intérieur. Je voulais te dire… ça me rassure que tu veilles sur ma sœur. Mais je ne voulais pas te le dire devant elle.

— Et moi, ça me rassure de savoir qu'elle est capable d'envoyer un mec au tapis. N'empêche que je ne suis pas tranquille.

— Moi non plus. Je ne connais rien aux bécanes, mais la tienne est impressionnante.

— Ouais…

— Les deux victimes ont été enlevées en ville. Pour l'instant, on peut penser que son terrain de chasse se limite à Sunrise Cove. Il n'en reste pas moins que Naomi est son type, et qu'elle va à la banque, faire des courses, comme tout le monde…

— J'ai compris. Je serai là tous les soirs. On joue vendredi chez Loo, je m'arrangerai pour qu'elle vienne avec Kevin et Jenny.

— Si je peux, je viendrai. Elle sera prudente, mais le tueur est rapide, à mon avis. Les enlèvements doivent se dérouler très vite.

Tout en parlant, Mason observait la maison, comme s'il cherchait des failles dans la sécurité.

— Aucune des deux victimes ne présentait de blessures défensives, dit-il. Elles n'ont pas eu la possibilité de lutter. N'importe qui peut être pris par surprise, même en faisant attention, même en ayant suivi des cours d'art martial et de self-défense. Il faudra donc qu'elle se fasse une raison et renonce à sa solitude chérie.

— Elle aime bien aussi être entourée.

— Plus qu'elle ne le pensait, je parie. Elle ne sait pas que tu es amoureux d'elle.

Xander ne répondit pas mais soutint le regard de Mason.

— Je te dis ça parce qu'elle est ce que j'ai de plus cher au monde. Nous avons vécu un cauchemar qui n'est pas terminé, car notre père est toujours en vie, bien que derrière les barreaux. Notre mère n'a pas été assez forte pour supporter ce cauchemar. Elle s'est suicidée. C'est Naomi qui l'a retrouvée, en rentrant du lycée.

— Je sais, tout du moins en partie. Quand j'ai compris qu'elle était la fille de Bowes, j'ai regardé sur Internet, et j'ai trouvé l'article qu'elle a écrit pour le *New York Times*. Je ne voulais pas commettre d'impair, c'est pour ça que je me suis documenté. Désolé pour votre mère.

— Sa mort a laissé une souffrance de plus à Naomi. Moi, je vis avec mon passé, mais ce n'est pas moi qui ai découvert les atrocités de notre père. Ce n'est pas moi qui ai aidé une victime à sortir d'une cave et qui l'ai portée à travers bois. Ce n'est pas moi qui ai trouvé notre mère inanimée. Naomi n'a pas tout digéré. Et elle le nierait peut-être, mais au fond, elle ne s'estime pas digne d'être aimée.

— Elle a tort.

— Bien sûr. Nous avons été suivis par des psys, nous avions nos oncles… mais personne d'autre qu'elle n'a dans la tête ces images de ce que nos parents ont fait, à eux-mêmes, à nous, à d'autres. C'est pour ça qu'elle se sent incapable d'aimer quiconque en dehors de moi et de nos oncles, et d'être aimée.

— Bah, elle s'y fera, dit Xander avec un haussement d'épaules dont la simplicité et la désinvolture amenèrent un sourire sur les lèvres de Mason.

— Tu es quelqu'un de bien, dit-il. J'étais un peu jaloux, au début, mais je m'en suis remis.

— Tu t'es renseigné à mon sujet ?

— Évidemment.

— J'aurais eu moins d'estime pour toi si tu ne l'avais pas fait. Je ne ferai jamais de mal à Naomi. Mais je dis n'importe quoi, ajouta aussitôt Xander. Pourquoi se sent-on obligés de sortir ce genre de banalités ? On a beau être animés des meilleures intentions, ça arrive à tout le monde de faire du mal à autrui. Ce que je voulais dire…

— J'ai compris ce que tu voulais dire, et je te crois. Alors, amis ?

— Amis.

Mason tendit la main, Xander la lui serra, puis Mason se retourna vers la moto.

— Tu me laisserais la conduire ?

Xander réfléchit un instant, en se balançant sur ses talons.

— Tu as déjà piloté un deux-roues ?

— Non, mais je suis agent du FBI, je dois en être capable. Imagine que je sois à la poursuite d'un criminel, que je doive sauter sur une moto, et qu'il échappe à la justice parce que je n'aurais pas pu le rattraper… Je me sentirais presque aussi coupable que lui.

Amusé, Xander décrocha son casque du guidon.
— OK.
— Sérieux ?
Aussi rayonnant qu'un enfant au matin de Noël, Mason prit le casque.
— Si tu te plantes, tu payeras les réparations. Si tu finis aux urgences, le dîner sera froid.
— Je n'ai pas le permis.
— Tu es du FBI.
Ravi, Mason enfourcha la moto.
— Comment on la démarre ?
Alertée par les ronflements de moteur et les cris de guerre de son frère, Naomi apparut sur le seuil de la maison.
— Tu… Tu lui prêtes ta moto ?
— Comme tu vois, répondit Xander en s'asseyant sur les marches de la terrasse.
— Il sait conduire une moto ?
— Il apprend.
— Oh, mon Dieu ! Dis-lui de descendre de cet engin avant de faire un vol plané.
— T'inquiète, maman.
— Bon…, soupira-t-elle. Dis-lui de descendre parce que le repas est prêt.
— À vos ordres…
Tandis que Naomi rentrait dans la cuisine, Xander se releva et décida qu'il valait mieux qu'elle ait le dos tourné pour que son frère s'entraîne à faire des roues arrière.
Mason était peut-être agent du FBI, mais il était facile à cerner.

25

La maison était déjà pleine de monde, de machines et d'outils bruyants ; le jardin était maintenant lui aussi plein de monde, de machines et d'outils bruyants.

Et Naomi ne pouvait plus aller chercher le calme dans la forêt ou au bord de la mer. Elle fit donc contre mauvaise fortune bon cœur, en photographiant les premières étapes des travaux d'aménagement extérieur : Lelo déracinant de vieilles souches et des haies desséchées au moyen d'une énorme chaîne attachée à un énorme tracteur.

Le vacarme du broyeur, des tronçonneuses et des camions se mêla à celui des perceuses et des coups de marteau.

Podkol était aux anges.

Au bout de deux heures, Naomi dut cependant se réfugier à l'intérieur, ses écouteurs vissés dans les oreilles, musique à fond.

Lorsqu'une main se posa sur son épaule, elle fit un bond sur sa chaise.

— Désolé, s'excusa Mason.

— Punaise ! Je ne savais pas que tu étais revenu.

— Tu n'entendrais pas un avion atterrir sur la terrasse avec ce boucan, et Lady Gaga beuglant dans tes oreilles.

— Lady Gaga m'aide à supporter le reste, dit-elle en ôtant ses écouteurs. Ils ont fait… l'autopsie ?

— Oui. Donna n'avait rien mangé ni rien bu depuis vingt ou vingt et une heures vendredi. Comme Marla. Elles ont été torturées avec le même type de couteau. Pas d'empreintes, pas de traces d'ADN. Il est prudent, on le savait déjà. Bon… Je vais travailler un moment sur la terrasse, au soleil. Je retourne demain à Seattle et, surprise, la météo annonce de la pluie.

— Tu ne pourras pas travailler, dehors, avec ce raffut.

— N'oublie pas que j'ai une capacité de concentration hors du commun. Ces photos sont superbes, commenta Mason en se penchant vers l'écran de l'ordinateur. Tu les as prises dans le coin ?

— Oui, elles se vendent comme des petits pains.

Afin de profiter un peu plus longtemps de la compagnie de son frère, elle fit défiler une série de clichés réalisés dans la forêt.

— Regarde… Celle-ci existe en carte postale, elle a un succès fou. Et celle-là, elle est chouette, non ?

— Attends, reviens en arrière, s'il te plaît. Stop !

— Étonnant, hein, ces deux arbres qui ont poussé sur un vieux tronc ?

Une main posée sur l'épaule de sa sœur, Mason regarda le cliché de plus près.

— Quand as-tu pris cette photo ?

— Il y a une quinzaine de jours. Elle plaît énormément. Je crois que je vais aussi la tirer en carte postale.

— C'est vrai qu'elle est très belle. Tu as du talent, frangine. Allez, je te laisse bosser tranquillement. J'ai du pain sur la planche, moi aussi.

Naomi eut à peine le temps de se remettre au travail qu'on lui tapa de nouveau sur l'épaule. Cette fois, elle ne sursauta pas.

— Excuse-moi de te déranger, lui dit Kevin. Je voulais te demander si tu es prête à t'installer dans ton atelier.

— Il est fini ?

— Oui. On pourra commencer ici dès demain.

— Alors je suis prête. Laisse-moi juste terminer un petit truc et j'arrive.

— On peut commencer à déménager ton matos ?

— Vous n'avez qu'à aller chercher les cartons que j'ai remisés au sous-sol.

— On a déjà monté tout ce qui était marqué « atelier ».

— Super. Merci. Je dirai à Jenny que si elle a le temps, elle peut attaquer mon bureau.

— Oh, elle le sait, je la tiens au courant. Ah, j'allais oublier… Lelo et son père ont besoin de toi, dehors.

— Je suis à eux dans une minute, déclara Naomi en éteignant son ordinateur.

Elle descendit dans le jardin débattre de la hauteur des haies, de la couleur des massifs, du tracé des allées, se voyant déjà savourer l'été dans un cadre idyllique, au calme, l'année suivante, quand les travaux seraient terminés.

Puis elle remonta à l'étage, s'étonna de trouver son atelier fermé et les ouvriers nulle part en vue.

Elle poussa la porte… et retint un petit cri.

Le bureau déniché chez Cecil, rénové, trônait exactement à l'endroit où elle le souhaitait, avec le fauteuil en cuir commandé sur Internet, son ordinateur et sa lampe à côté d'un petit vase contenant un bouquet de fleurs sauvages.

Tout son matériel était en place, la vieille porte de grange du placard mural ouverte, révélant des étagères où ses fournitures étaient parfaitement rangées.

Des photos encadrées ornaient les murs, d'une riche teinte cognac. Jenny se tenait au centre de la pièce, les mains croisées sur le cœur, près d'un Kevin rayonnant.

— Dis-nous que ça te plaît. S'il te plaît, dis-le-nous.

— Oh, mon Dieu, je…

— Dis d'abord que ça te plaît.

— Bien sûr, c'est magnifique. J'adore. Tu as fini le bureau et tu ne m'avais rien dit…

Jenny écarta les bras en V au-dessus de sa tête.

— Surprise !

— Tout est exactement comme je le voulais. Je n'ai jamais eu un espace de travail aussi beau. Émue, elle s'avança dans la pièce. Oh, le plancher ! Vous l'avez déjà fait, ici ?

— Pour te montrer que les parquets d'origine étaient récupérables, répondit Kevin avec un sourire jusqu'aux oreilles. Et pour que tu aies un endroit confortable où travailler.

— Il te faudra un joli petit fauteuil par là, avec une petite table, déclara Jenny. Un petit coin où t'installer pour réfléchir. Et un tapis, des coussins, une tenture. Enfin, bref… tu décoreras ton antre à ton goût. Mais tu es contente, hein ?

Incroyablement touchée, Naomi effleura les pétales des fleurs sauvages.

— Personne ne s'est jamais donné autant de mal pour moi, en dehors de ma famille.

— Nous sommes ta famille, maintenant.

Les larmes aux yeux, Naomi détourna le regard. Jenny se précipita vers elle et la serra dans ses bras.

— Je suis si heureuse que tu sois heureuse, dit-elle, un trémolo dans la voix.

— Merci beaucoup, du fond du cœur. Tu es formidable !

— Je le savais !

En riant, Naomi se libéra de l'étreinte de son amie.

— Vous êtes tous les deux des magiciens !

— On avait peur que Lelo n'arrive pas à te retenir dehors assez longtemps.

— C'était donc une ruse…

— Pour la bonne cause, répondit Jenny. Bon, sur ce, je dois te laisser.

— Je la ramène à la maison.

— Il ne veut pas que je me déplace seule. Quelle horreur… On est tous complètement retournés… Mais ne pensons pas à ça pour le moment.

Refoulant ses larmes, Jenny balaya les soucis d'un geste de la main.

— Tu vas t'installer dans ton nouveau fauteuil et admirer ton nouvel atelier.

— C'était exactement mon intention. Encore merci. À tous les deux. À vous tous.

Seule, Naomi prit place à son bureau, resta un instant les yeux fermés, puis elle se releva et regarda attentivement chaque recoin de la pièce.

Oubliant le bruit, elle s'abandonna au plaisir de travailler dans un espace conçu rien que pour elle.

Podkol préférant apparemment la compagnie de Mason, elle perdit la notion du temps, et se rendit compte qu'elle était beaucoup plus productive dans un environnement serein, organisé. Poursuivie par ses fantômes et ses névroses, elle avait sacrifié ses conditions de travail à ce mode de vie itinérant qu'elle estimait nécessaire.

Mais le passé était révolu. Il était grand temps d'y croire, de ne plus en douter.

Elle avait une maison, où elle verrait l'été arriver. Puis l'air se rafraîchirait, les journées raccourciraient et la nature revêtirait ses couleurs d'automne. En hiver, elle allumerait la cheminée, et elle serait encore là quand le printemps reviendrait.

Oui, elle avait un chez-soi, pensa-t-elle en téléchargeant ses dernières prises de vue sur son site. Elle avait aussi des amis, de bons amis, et un homme qu'elle... D'accord, elle n'était peut-être pas tout à fait prête à assumer les sentiments qu'elle éprouvait pour Xander, mais elle voulait bien voir ce que lui réserverait le lendemain, la semaine suivante ou... Une semaine après l'autre, ça ne serait déjà pas mal, dans ce domaine.

Et c'était un énorme progrès.

Enfin, elle se sentait prête à être heureuse. Elle avait commencé à construire quelque chose, elle ne demandait qu'à s'y attacher.

Maintenant, il était temps – grand temps, même, constata-t-elle en regardant l'heure sur son ordinateur – de descendre préparer le dîner.

Dans l'escalier, elle prit note mentalement d'acheter des appliques au plus vite et, en chantonnant la chanson de Katy Perry qu'elle écoutait quelques minutes plus tôt, elle gagna la cuisine en dansant.

Elle y trouva Mason installé au comptoir, son ordinateur ouvert, des cartes topographiques étalées autour de lui, un bloc et une tasse de café à portée de main.

— Coucou ! Je croyais que tu travaillais au soleil.

— J'avais besoin d'espace.

— Je vois ça. Pas de problème, il me reste assez de place pour préparer des farfalles aux crevettes.

— J'ai demandé à Xander de rapporter des pizzas. Il ne devrait pas tarder.

Déjà dans le réfrigérateur, elle se retourna.

— Ah… OK, si tu as envie de pizza, ça m'évitera de cuisiner. Où est le chien ?

— Il voulait sortir. Les ouvriers sont partis.

— Je vois… ou plutôt j'entends. J'ai travaillé plus longtemps que prévu. Il faut absolument que tu voies mon atelier. Il est terminé, et il est superbe, déclara-t-elle, radieuse. Je vais aussi aménager une chambre noire au sous-sol. Kevin dit que ce sera facile d'y installer la plomberie. Je serai au calme et, comme ça, au moins, une partie du sous-sol servira à quelque chose. Mais je papote, je papote, et tu étais occupé. Je te laisse tranquille, je vais faire un tour dehors.

— Assieds-toi. Il faut que je te parle de quelque chose.

— Bien sûr. Tout va bien ? Non, je suis bête, tout ne va pas bien du tout, dit-elle en fermant les yeux un instant. J'étais tellement absorbée dans mon travail, tellement contente de mon nouvel atelier, que j'en avais presque oublié Donna et Marla.

Elle se hissa sur un tabouret.

— On enterre Donna demain, et Xander… C'est le deuxième enterrement depuis que je suis là, le deuxième enterrement horrible.

— Je sais. Naomi…

Mason s'interrompit à l'arrivée du chien, qui se trémoussa devant Naomi puis repartit en trombe.

— Ça doit être Xander et les pizzas, dit-elle en se levant.

— Reste assise, s'il te plaît.

— Tu as du nouveau à propos des meurtres ? demanda-t-elle, une main sur le bras de son frère.

Elle pivota sur son tabouret lorsque Xander entra et déposa la boîte de pizzas sur le plan de travail près de la cuisinière.

— Tu es sur une piste ?

— Grâce à l'une de tes photos, les arbres qui poussent sur le tronc.

Mason afficha un cliché sur son ordinateur.

— Comment se fait-il qu'elle soit dans *ton* ordi ?

— Ça, c'est une photo que j'ai prise moi-même hier, là où on a retrouvé le corps de Donna.

— Ah, d'accord…

— Elle était au bord du sentier, près de ce tronc, à huit minutes de la route, sans doute quelques-unes de plus avec un fardeau de soixante-huit kilos. Ça m'a tout de suite interpellé : pourquoi la déposer si loin, pourquoi se donner tant de mal, surtout s'il voulait qu'on la retrouve ? Pourquoi cet endroit précis ?

— Je ne sais pas. Il ne voulait peut-être pas qu'on la retrouve trop vite.

— Non, ce n'est pas ça. Les photos de ce tronc sont sur ton site depuis une quinzaine de jours…

Un frisson parcourut Naomi.

— Ne me dis pas qu'il a choisi cet endroit à cause de mes photos, ça n'a pas de sens. Du reste, j'ai pris une douzaine d'autres vues dans ce coin.

— Il en a sélectionné une…

— C'est une coïncidence, insista Naomi, troublante, certes… mais c'est un hasard. Je ne connaissais personnellement ni l'une ni l'autre des victimes. Je n'habite là que depuis mars.

Mason afficha une autre photo, de la falaise, puis, côte à côte, un cliché similaire de la police.

— Celle-ci est sur Internet depuis deux mois.

Un froid glacial s'empara de Naomi.

— Il s'inspirerait de mes photos pour choisir les lieux où il abandonne les cadavres ? C'est ridicule, ça n'a pas de sens.

Xander lui posa une main sur l'épaule.

— Calme-toi, respire.

La rudesse de son ton la libéra du poids qui lui opprimait la poitrine.

— Ça n'a pas de sens, répéta-t-elle.

— Ce qu'il a fait à Marla et à Donna en a davantage ?

— Non. Non, mais… Ça relève de la pathologie, non ? J'ai tout de même quelques notions de criminologie. En revanche, je ne comprends pas pourquoi tu t'es mis dans la tête que ce type est… quoi ? Fan de mon travail ?

— Plus que ça.

Des deux mains, Xander massait les épaules nouées de Naomi, tout autant pour l'apaiser, comprit-elle, que pour la maintenir en place.

— C'est-à-dire ? demanda-t-elle.

Mason lui prit la main, la serra dans la sienne, puis afficha un autre cliché.

— Tu as pris cette photo en février dans la vallée de la Mort. La police locale a retrouvé un corps à cet endroit. Voici les photos qu'ils m'ont envoyées. Naomi retint son souffle. La victime avait vingt-cinq ans, elle était blonde, de race blanche, elle habitait et travaillait à Las Vegas. C'était une victime à haut risque, strip-teaseuse, droguée, prostituée. Winston n'est pas tombé sur cette affaire, dans ses recherches sur les crimes similaires, parce que le meurtre a été attribué au maquereau de la fille.

Mason afficha deux autres clichés côte à côte.

— En janvier, tu étais dans le Kansas et tu as photographié le lac Melvern. On y a retrouvé le corps d'une femme de soixante-huit ans. Elle vivait seule et venait d'être cambriolée. La police en a conclu qu'elle avait été tuée par les voleurs.

— Mais elle a aussi été torturée et violée…, dit Naomi posément.

— Tu commences à comprendre ? Pour Noël, tu es venue à New York. Tu as pris une photo de Battery Park, où on a retrouvé une victime, à haut risque encore, une jeune blonde qui se droguait et se prostituait.

— Donna n'était pas blonde, et tu viens de me parler d'une femme de plus de soixante ans.

— Donna n'était pas un choix initial, la vieille dame non plus.

— Il se sert de mes photos, murmura Naomi, l'estomac révulsé.

— Il n'a pas commis que ces meurtres.

— Combien d'autres ?

— Quatre, plus des disparitions, dans des secteurs que j'ai pu déterminer grâce à tes photos. Il me faudra la liste des endroits où tu es allée ces deux dernières années. Tu pourras me la fournir ?

— Oui, je tiens un journal de bord de mes photos sur mon ordinateur.

— Tu me l'enverras. À quand remonte-t-il ?

Naomi se concentra sur les mains de Xander, chaudes et fermes autour de ses épaules.

— Je l'ai commencé quand j'ai quitté New York, il y a six ans. Tout y est consigné.

— Parfait. Je suis désolé…

— Il n'est pas tombé sur mon site par hasard, ce n'est pas possible. Il me suit, littéralement ou sur mon blog. Jusqu'où es-tu remonté ?

— Deux ans en arrière, pour l'instant.

— Tu penses qu'il a commencé avant ?

— Je verrai.

— Il ne te suit pas, il te traque, intervint Xander en faisant pivoter Naomi face à lui. Tu dois l'assumer, tu n'as pas le choix. Elle assumera, ajouta-t-il à l'attention de Mason, sans quitter Naomi des yeux. Il te traque depuis au moins deux ans. Il préfère les blondes parce que tu es blonde. Ton frère n'ose pas te le dire, mais c'est toi qu'il voit à travers ses victimes.

— C'est une théorie, elle reste à vérifier.

Xander lança un bref coup d'œil à Mason.

— Tu essaies de la ménager parce que tu as peur qu'elle craque. Mais tu ne craqueras pas, pas vrai, Naomi ?

— Non, répondit-elle, bien qu'elle n'en fût pas certaine. Il séquestre ses victimes pendant au moins deux jours, ligotées et bâillonnées. Il les viole, il les frappe, il leur donne des coups de couteau et il finit par les étrangler…

Elle réprima un frisson puis inspira profondément avant de se tourner vers son frère.

— Comme notre père. Il est aussi cruel, aussi abject. Il imite Thomas Bowes et il me suit, comme j'ai suivi mon père, cette nuit-là, dans la forêt.

— Il a dû se documenter sur Thomas Bowes. Il lui a peut-être écrit, rendu visite. Il t'observe, aussi. Il est là en ce moment, et pour autant que je sache, c'est la première fois qu'il commet deux meurtres au même endroit.

— Parce que je reste au même endroit.

— Oui.

Pas de faux-fuyants, s'ordonna-t-elle. Elle devait s'incliner devant les faits.

— Pourquoi ne s'en est-il pas pris à moi ? Les autres ne sont que des substituts. Il aurait eu d'innombrables opportunités de m'enlever.

— Le jour où il s'en prendra à toi, la partie sera terminée, dit Xander platement. Désolé, ajouta-t-il en se tournant vers Mason. C'est comme ça que je le comprends.

— Moi aussi. Je dois approfondir mes recherches, mais j'ai déjà suffisamment d'éléments pour convaincre Winston et le FBI d'envoyer une équipe ici. Ce type est intelligent, organisé, déterminé et tenace. Mais il est arrogant, et son arrogance le perdra. Nous l'arrêterons, Naomi. Il faudra me transmettre ton journal de bord, c'est la clé de l'enquête.

— Je monte te l'envoyer tout de suite par mail, déclara-t-elle en descendant de son tabouret et en se dirigeant vers l'escalier.

— Elle se dit qu'elle n'a pas droit à tout ça, cette maison, cette vie, que son passé l'a suivie jusqu'ici, murmura Mason.

— Peut-être, mais elle se trompe.

En hochant la tête, Mason fit mine de se lever, puis il se rassit.

— Va la voir, dit-il à Xander. Le flambeau a changé de main en mon absence. Et je descends de mon père, comme elle. Elle a besoin de quelqu'un qui ne soit pas marqué par cette tare.

— J'y vais.

Elle s'assit à son bureau, son bureau superbement restauré, dans son atelier superbement agencé. Moins d'une heure plus tôt, cet espace l'avait rendue si heureuse, si optimiste… Avait-elle réellement cru le passé révolu ?

Non, il la poursuivrait toujours, elle ne serait jamais délivrée de ses fantômes.

À nouveau, le spectre d'un assassin planait sur sa vie.

En entendant des pas, elle ouvrit son ordinateur, déroula la liste de ses fichiers.

— Ça va me prendre quelques minutes, dit-elle, extrêmement calme, lorsque Xander entra dans la pièce.

— Je m'en doute, répondit-il en parcourant l'atelier des yeux. C'est très chouette, chic mais sans prétention. Un rendu difficile à obtenir.

— Redescends manger la pizza avec Mason avant qu'elle ne refroidisse.

— Je n'ai rien contre la pizza froide.

— Tu ne me sers à rien ici, Xander.

— Tu te trompes. Il manque un deuxième fauteuil, pour qu'on puisse venir t'embêter quand tu travailles. Tu devrais extérioriser ce que tu as sur le cœur. J'en devine une partie, de toute façon.

— Tu veux que j'extériorise ce que j'ai sur le cœur ? Eh bien, pour commencer, si je n'avais pas eu cette lubie de m'installer ici, Donna serait toujours en vie.

— Bonjour le cliché…, rétorqua Xander. De ta part, je m'attendais à mieux. Si tu avais continué à bourlinguer, combien de meurtres aurait-il encore fallu avant que quelqu'un comme ton frère mette le doigt sur le fil conducteur ? Et qui d'autre que lui aurait fait le rapprochement avec tes photos ?

— Je n'en sais rien. Je sais seulement que pour la deuxième fois, je suis liée à un tueur en série.

— C'est con.

— C'est con ? répéta Naomi, choquée.

— Ouais, vraiment trop con qu'un malade mental soit obsédé par toi et s'inspire de ton psychopathe de père. Mais tu n'es pas la raison de ses actes, tu es le prétexte. Les raisons se trouvent dans la tête de ce pervers, comme celles de ton père se trouvaient dans la sienne.

— Prétexte, raison... Peu importe ce qu'ils ont dans la tête, ce qui les pousse à tuer. Ce qui m'importe, c'est que j'ai vécu mes douze premières années avec un monstre que j'aimais. Ce qui m'importe, c'est que cette abomination nous a suivis jusqu'à New York, et que ma mère s'est suicidée parce qu'elle n'en pouvait plus. Et depuis, la mort me poursuit.

Non, elle ne pleurerait pas. Les larmes ne servaient à rien. En revanche, elle avait le droit d'être en colère.

— J'ai essayé de me convaincre que je pouvais mener une vie normale, avoir une maison, des amis, un imbécile de chien.

— Tu as tout ça.

— Ce n'était... Ce n'est qu'une illusion. Je me suis leurrée, j'ai cru...

— Alors, que comptes-tu faire ? Revendre la maison, abandonner le chien ?

— Certaines personnes ont des racines si corrompues qu'elles ne devraient même pas essayer de les planter.

— Débile ! Si tu as envie de t'apitoyer sur ton sort, je t'accorde un joker, mais ne dis pas des choses aussi stupides. Tu vaux mieux que ça, ma chérie.

— Tu ne sais pas ce que je vaux, mon amour.

— Oh si ! Et je sais aussi que tu ne fuiras pas à cause d'un dégénéré.

Xander posa les paumes sur le bureau et se pencha vers Naomi.

— Je sais ce que j'ai trouvé en toi, ajouta-t-il, et je me damnerais plutôt que te laisser m'échapper. Tu as trouvé ta place ici, tu y resteras.

Elle se leva brusquement.

— Tu n'as pas d'ordre à me donner !

— Tu resteras, je te le dis, parce que tu es bien ici, tu es heureuse. Tu as besoin de moi, je te rends heureuse. Et j'ai besoin de toi. Alors tu restes.

— Je fais ce que je veux de ma vie.

— Si tu t'en vas, je te rattraperai.

— Ne me parle pas sur ce ton.

— C'est toi qui as commencé. Tu n'en as peut-être pas encore conscience, obnubilée que tu es par ton ascendance viciée, mais tu as des sentiments pour moi.

— Comment peux-tu dire une chose pareille ? Comment peux-tu minimiser ce que j'ai vécu ?

— Je minimise parce que tu dramatises, et parce que je tiens à toi. Je suis amoureux de toi, alors tu restes, point à la ligne.

Soudain très pâle, elle recula, vacillante.

— Ne panique pas, respire. Continue de crier. Tu n'angoisses pas quand tu t'énerves. Quant à moi, je t'aurais peut-être fait une déclaration plus romantique si tu ne m'avais pas mis en colère.

Ou peut-être pas, pensa-t-il.

— Le soleil dans tes cheveux. La lumière du matin. Tu découpais du contreplaqué, baignée dans les rayons du soleil. Et j'ai eu la sensation de basculer dans le vide. Alors tu ne vas nulle part, ôte-toi cette idée de l'esprit.

— Notre relation est vouée à l'échec.

— J'adore ton optimisme… Ça a marché jusque-là, pour toi aussi bien que pour moi. Je sais faire la différence entre quelque chose qui fonctionne et quelque chose qui ne fonctionne pas. Ça fonctionne entre nous, Naomi.

— C'était avant…

Quand il haussa un sourcil, elle se passa une main dans les cheveux, s'efforça de reprendre contenance.

— Tu ne vois pas ce qui va se passer ? Je prie pour que Mason ait raison, pour qu'on parvienne à arrêter l'assassin. Et j'espère de tout mon cœur qu'on le retrouvera avant qu'il ne fasse une nouvelle victime. Mais ensuite, on parlera de lui dans la presse, on racontera que ses crimes sont liés à ceux de mon père.

— On emmerde la presse.

— Tu ne te rends pas compte.

— Tu feras front, répliqua Xander d'un ton ferme. Et tu ne seras pas seule. Tu ne seras plus jamais seule. Tu peux compter sur moi.

— Xander…

Il s'avança vers elle. Elle recula, secoua la tête, mais il l'attira contre lui.

— Tu peux compter sur moi, répéta-t-il, et il lui inclina la tête pour l'embrasser avec plus de douceur que jamais. Je t'aime, dit-il. Il faudra t'y habituer.

— Je ne suis pas sûre que ce soit possible.

— Tu n'en sauras jamais rien si tu n'essaies pas. Tu restes là, OK ?

Elle inspira, expira.

— Je veux bien essayer.

— Ça me convient.

ÉQUILIBRE

« À nous-mêmes laissés, malgré le sort jaloux,
Notre propre bonheur ne dépend que de nous. »

Oliver Goldsmith

26

Naomi avait l'impression d'être mise en examen. Elle savait qu'il n'en était rien, bien sûr, mais lorsque Mason entra dans son atelier le lendemain matin, ouvrit une chaise pliante et s'y assit, il transforma son sanctuaire en une salle d'interrogatoire.

— Tu n'as pas bien dormi, dit-il.

— Non, pas très bien. Toi non plus.

— Pas mal, mais pas assez. J'ai travaillé tard.

— Tu n'es pas descendu prendre le petit déjeuner avec nous.

— Vous vous levez aux aurores, répliqua-t-il avec un sourire. J'ai mangé un bagel et bu un café en bavardant avec les carreleurs. La chambre que tu destines aux oncles commence à prendre forme. Elle leur plaira.

— Ils ne devraient peut-être pas venir.

— Tu as l'impression que ta vie s'effondre, je le conçois, mais il faut continuer à vivre.

— S'il leur arrivait quelque chose…

— Le tueur ne s'intéresse pas aux hommes, l'interrompit son frère.

— Il s'intéresse à moi, et je tiens à eux. Il me ferait souffrir en s'attaquant à eux.

— Ils viendront de toute façon. Essaie de ne pas penser au pire. Je dois aller en ville, accueillir l'équipe. Nous établirons notre QG au poste de police. Notre homme n'a encore jamais fait l'objet d'une enquête. Ça va modifier la donne, pour lui.

— Quoi que nous fassions, ça ne change rien à ce qui s'est déjà passé.

— Certes.

— Et je sais, Dr Carson, que broyer du noir n'est ni sain ni productif.

Que son frère lui reproche son pessimisme la mettait en rogne, elle préférait anticiper ses remarques.

— Mais j'ai besoin d'un peu de temps pour ruminer et digérer, ajouta-t-elle.

Compréhensif, il hocha la tête.

— Si ça peut te faire du bien, ne t'en prive pas.

— Merci.

— Mais tire aussi parti de tes forces. Tu as toujours eu le sens de l'observation. Tu vois à la fois le tableau d'ensemble et les petits détails. C'est un avantage, pour nous. Tu es en mesure de nous aider.

— Mon sens de l'observation ne m'a pas prévenue que j'étais suivie depuis deux ans par un tueur en série.

— Beaucoup plus que deux ans, à mon avis. Mais maintenant que tu le sais, tu peux te souvenir de certaines choses ou de certaines personnes. Si ta mémoire te fait défaut, tes photos te la rafraîchiront.

Elle aurait souhaité ruminer plus longtemps… Néanmoins, si une nouvelle session de psychothérapie s'imposait, autant que ce soit avec son frère.

— D'après toi, à quand remonte cette histoire ? demanda-t-elle.

— Connaissais-tu Eliza Anderson ?

Luttant déjà contre un début de migraine, elle se massa les tempes.

— Ça ne me dit rien. Je ne crois pas. J'ai côtoyé plein de gens, tu sais. Dans les galeries d'art, les studios de shooting. J'ai eu affaire à des dizaines de réceptionnistes dans les motels, de serveurs et de serveuses dans les restaus, de commerçants, de pompistes. Comment veux-tu que je me rappelle…

Soudain, toutefois, un souvenir lui revint.

— Attends… Eliza, dis-tu ? Une étudiante qui s'appelait Eliza s'est fait tuer quand j'étais en première année de fac. Mais ça n'avait rien à voir. Tout le monde a dit que c'était son ancien petit copain. Il était violent, c'est pour ça qu'elle l'avait quitté. Elle a été violée et poignardée, c'est ça ? On l'a retrouvée dans le coffre de sa propre voiture, je crois.

— Que te rappelles-tu d'elle ?

— Je ne la connaissais pas personnellement. Elle était en deuxième année. Mais je l'ai reconnue quand j'ai vu sa photo dans le journal, sur le Net. Elle mangeait souvent au restaurant où j'ai travaillé pendant deux ans avant de trouver une place chez un photographe. Je l'avais servie suffisamment de fois pour reconnaître son visage.

Elle se remémora ce visage.

— Elle était blonde, une coupe au carré, très mignonne, polie et aimable. OK, elle était blonde et elle s'est fait assassiner à Rhode Island, où j'étudiais, mais elle n'a été ni séquestrée ni étranglée.

— Je pense que c'était sa première victime, qu'il a paniqué et agi de façon brouillonne. Et il a eu de la chance. Si l'enquête ne s'était pas focalisée sur l'ex-petit ami, il ne serait peut-être pas passé entre les mailles du filet. Elle s'était disputée avec son ex, ce soir-là.

— C'est ce qui s'est dit, en effet, je m'en souviens. Il aurait voulu renouer, mais elle ne voulait rien entendre. Alors il l'a menacée. Des gens l'ont entendu proférer qu'elle le regretterait, qu'elle le paierait... et il n'avait pas d'alibi.

— La police n'avait aucune preuve matérielle. Et ils ont eu beau le cuisiner, il n'en a jamais démordu : il était chez lui, seul, il dormait quand elle s'est fait enlever. Elle te ressemblait un peu.

— Pas du tout.

— Si, elle était grande et mince comme toi, bien qu'un peu moins grande que toi. Et tu étais coiffée au carré à l'époque, même si tu avais les cheveux un peu plus longs qu'elle.

Mason se tut un instant, ses yeux bruns rivés à ceux de sa sœur, et elle devina que le pire était à venir.

— Vas-y, continue.

— Je pense que sa première victime était un substitut. Il n'a peut-être pas eu la possibilité de s'en prendre à toi, alors il s'est vengé sur elle. Et il a découvert le plaisir de tuer, de faire souffrir. Au fil du temps, il a évolué, il s'est perfectionné.

— Mason, ça fait dix ans...

— Au début, ses meurtres étaient plus espacés, de plusieurs mois, voire d'un an. Il peaufinait sa méthode, il te surveillait, il se documentait sur Bowes. Il veut peut-être le surpasser, et Bowes a sévi sur une période de douze ans, si tant est que l'on puisse vérifier. Toi et moi, nous savons que ça a duré plus longtemps.

Incapable de rester assise, Naomi se leva, se posta devant la fenêtre, contempla la vue sur la mer paisible, irisée de mille reflets scintillants.

— Je ne sais pas pourquoi, mais si je me dis que ça fait dix ans, je me sens moins concernée. Ce n'est pas à cause de quelque chose que j'ai fait ou de quelque chose que je n'ai pas fait. Xander a raison, je ne suis qu'un prétexte. Si tu savais combien de fois je me suis demandé, au cours des années qui ont suivi cette nuit d'horreur dans la forêt, ce que j'avais fait ou ce que je n'avais pas fait pour que mon père commette toutes ces atrocités.

— Et moi donc…

Elle se retourna vers son frère.

— C'est vrai ?

— Oui, bien sûr. Mais nous n'avons rien fait. Nous n'y sommes pour rien.

— Il m'a fallu du temps pour l'accepter, pour déculpabiliser. Il m'en faudra moins, cette fois. Et ce type n'échappera pas à la justice. Il n'a pas le droit de se servir de moi comme prétexte pour tuer.

— Ça y est, tu as fini de ruminer ?

— Définitivement. Ashley… Eliza devait avoir le même âge qu'Ashley quand je l'ai trouvée.

Pensif, Mason se renversa contre le dossier de sa chaise.

— Je n'avais pas relevé ce détail… Il se peut que ce soit un facteur important. Pas l'âge exact, mais le fait qu'elle était étudiante. Tu as sauvé une étudiante. Tu étais devenue étudiante. Il voulait te tuer, toi ou un substitut, pour achever ce que Bowes avait commencé. Bon, il faut que je file, dit Mason en se levant. Ce que j'aimerais que tu fasses, quand tu pourras, c'est que tu essaies de te souvenir de la période qui a précédé le meurtre d'Eliza Anderson, de tes habitudes, tes cours, ta vie sociale.

— Je n'avais pas vraiment de vie sociale, mais OK. Je ferai tout ce que je pourrai pour t'aider à arrêter ce monstre. Et quand tu l'auras retrouvé, je voudrais quelque chose.

— Quoi donc ?

— Quelque chose que je n'ai pas pu faire avec notre père : lui parler.

— Commençons d'abord par l'arrêter, déclara Mason en embrassant sa sœur. Au fait, ça va, Xander et toi ?

— Oui. Pourquoi ?

— Je vous ai entendus crier, hier soir, et tu avais l'air contrariée quand tu es redescendue.

— Il fait exprès de me mettre en colère pour que je ne panique pas. Et ça marche, en général. Il m'a dit qu'il était amoureux de moi. Ou plutôt, il me l'a hurlé. Je ne sais pas quoi faire de ça.

— Que veux-tu en faire ?

— Si je le savais, je le ferais.

— Tu le sais, répliqua Mason en lui tapotant du doigt le milieu du front. Mais tu as encore besoin de ruminer. Si je rentre tard, je te passerai un coup de fil.

Seule, Naomi s'interdit de ruminer. Elle se rassit à son bureau et compulsa ses fichiers informatiques.

Qui la ramenèrent à l'université.

Elle passa deux heures à prendre des notes puis sortit avec son appareil photo. Couvert de terre, Podkol délaissa les paysagistes pour s'élancer joyeusement derrière sa maîtresse.

— Désolé qu'il se soit mis dans cet état ! cria Lelo. Il s'amuse comme un petit fou !

— Je vois.

Résignée à devoir prendre le temps de laver le chien, Naomi photographia les ouvriers posant les dalles d'une allée, et réalisa un portrait de celui qu'elle avait surnommé « Mr Hunk », un grand gaillard torse nu, bronzé et ruisselant de sueur, appuyé sur une pelle.

Hunk au travail, baptisa-t-elle le cliché, visualisant déjà la série. *Un calendrier, peut-être*, songea-t-elle en repensant à Xander démontant un moteur, Kevin maniant une cloueuse.

La récréation dura plus longtemps que prévu, à saisir des poses candides, d'autres plus étudiées. Puis elle laissa le chien crotté dehors et retourna dans la maison.

Dans son atelier, elle se désaltéra et envoya un texto à Mason : « Dis-moi quel est le meurtre suivant. Je te donnerai des notes sur mes années de fac. »

Quelques minutes plus tard, elle recevait un mail avec deux noms, deux dates : un meurtre commis huit mois après celui d'Eliza Anderson, que Mason qualifiait de « possible » ; un autre, « probable », près de huit mois plus tard.

Elle commença par le possible. Et passa sa journée à revisiter son passé. Dans la bise froide de novembre, sur le campus où Eliza Anderson avait disparu, après avoir quitté la bibliothèque pour aller rejoindre ses colocataires. Dans la chaleur étouffante de l'été new-yorkais, où une jeune fille de dix-sept ans en fugue avait été retrouvée poignardée et étranglée dans une benne à ordures derrière un centre d'hébergement pour sans-abri. Par un week-end de février glacial, à New Bedford, avec le club photo. Là, une mère de deux enfants avait disparu après son cours de yoga ; on avait retrouvé son corps sur la plage où Naomi et ses camarades avaient passé l'après-midi à prendre des photographies.

Elle sauta le déjeuner, carburant à l'eau minérale, au café tiède et à l'adrénaline. Elle ignora la migraine aussi longtemps qu'elle le put puis avala un antalgique et mit ses notes au propre, en espérant qu'elles seraient compréhensibles par quelqu'un d'autre qu'elle-même.

Épuisée, elle songea que Jenny avait raison : un petit canapé serait le bienvenu dans l'atelier. Si elle en avait eu un, elle s'y serait allongée un moment.

Cela dit, si elle avait eu un canapé où somnoler, le chien aurait mis de la terre partout dans la maison. Mieux valait le baigner au plus vite. Ensuite, elle penserait au dîner. Car elle avait maintenant une faim de loup.

Sur le seuil de son atelier, elle resta un instant immobile dans le silence absolu et pensa qu'avoir la maison pour elle seule serait presque aussi relaxant qu'une sieste.

Elle allait donc grignoter quelques cookies, laver cet imbécile de chien, puis se consacrer à la préparation du repas.

Toutefois, en entrant dans la cuisine, elle vit qu'elle n'était pas seule. Les portes en accordéon étaient grandes ouvertes, et elle aurait fait une crise cardiaque si elle n'avait pas entendu la voix de Xander.

— Laisse-moi tranquille, bon sang ! Tu ne vois pas que j'ai les mains occupées et que je ne peux pas te la lancer, cette maudite balle ?

Assis sur un tabouret à roulettes, il assemblait un casier en métal. Le reste du… mastodonte – ce fut le seul mot qui vint à l'esprit de Naomi – était étalé sur une table pliante derrière lui.

Le chien, propre et fleurant bon le shampoing, parvint à glisser son museau sous le bras de Xander et à déposer la balle sur ses genoux.

— Purée, mais ce n'est pas possible…

— C'est… un barbecue ?

Xander leva les yeux.

— Je t'avais dit que je l'achèterais.

— Il est gros. Vraiment très gros.

— Je déteste les trucs riquiqui, dit-il en donnant un tour de visseuse.

— On n'en vend pas des tout montés ?

— Pourquoi payer un service que je peux assurer ?

Afin de gagner du temps, Xander jeta la balle par-dessus la balustrade de la terrasse. L'espace d'une seconde, Naomi redouta que le chien n'emprunte le même chemin, mais il détala par l'escalier.

— Tu as acheté la Rolls des barbecues.

— Je te l'avais dit.

— Et tu fais toujours ce que tu dis.

— Ben ouais. À quoi bon parler de ce qu'on n'a pas l'intention de faire ? Il se redressa, vit Naomi qui l'observait. Qu'est-ce qu'il y a ?

— J'avais mal à la tête, répondit-elle, songeuse. Et j'étais fatiguée, mentalement et physiquement. J'ai regretté de ne pas avoir un canapé dans mon atelier. J'aurais pu m'allonger un moment. Mais de toute façon, il fallait que je lave le chien.

— Je l'ai lavé. En pure perte. Regarde-le, il se roule de nouveau dans la terre. Va prendre une aspirine et file te reposer.

— La migraine est passée, et je suis moins fatiguée. Je n'ai rien mangé à midi et j'ai bu beaucoup trop de café.

— Je ne comprends pas comment on peut oublier de manger. Ton estomac crie famine, tu le remplis et puis voilà.

Naomi poussa un soupir, ni triste, ni las, ni frustré ; étonnamment, il n'exprimait que le contentement.

— Xander, dit-elle en lui prenant le visage entre ses mains pour l'embrasser, tu as lavé le chien, tu as acheté un barbecue géant…

— Il n'est pas si grand.

— Et tu es en train de le monter. Je vais préparer le dîner.

— Pas la peine. Dans quarante minutes, j'allume le barbecue et je fais cuire les steaks que j'ai rapportés.

— Tu as acheté des steaks ? Tu vas les faire au barbecue ? Ce soir ?

Elle contempla le mastodonte en partie assemblé.

— Ce soir, oui. Sois confiante. J'ai aussi acheté une énorme salade. Si tu veux te rendre utile, tu peux laver les patates que je ferai griller.

Elle rinçait les pommes de terre lorsque Mason entra dans la cuisine.

— Je monte me changer et je dînerai avec vous. On discutera. J'ai vu que le camion de Xander était là.

— Il est en train de monter un super barbecue.

Mason sortit sur la terrasse.

— Waouh ! Ça, c'est un barbecue !

— Ce *sera* un barbecue.

— Je vais te donner un coup de main.

— Tu n'as jamais été doué pour le bricolage…

Il fusilla sa sœur du regard.

— Tu ne sais pas tout, rétorqua-t-il, piqué, en ôtant sa veste puis sa cravate, et en retroussant ses manches.

Depuis la cuisine, Naomi entendait les deux hommes bavarder de tout et de rien. *Malgré l'horreur*, pensa-t-elle, *la vie suit son cours*.

Il fallait profiter de ces fenêtres de sérénité.

Quarante minutes plus tard, comme promis, avec l'aide de Mason – inefficace, selon Naomi –, Xander allumait le barbecue.

— Bravo. Je suis épatée. Il est magnifique. Gros, mais magnifique.

— Il a une housse, indiqua Xander en la désignant sur la table, encore dans son emballage.

Il faudra le couvrir quand il aura refroidi, à chaque fois.

— Sans faute. C'est bien, ces brûleurs sur le côté. Et cette armoire de rangement, ce sera pratique. Elle ouvrit l'une des portes. Un tournebroche ? Cool !

— Je te montrerai comment l'utiliser.

— J'ai grandi dans un restaurant. Je sais me servir d'un tournebroche. Et j'ai bien l'intention de m'en servir. Bon, je vais m'occuper des pommes de terre.

— Tu les grattes juste et tu me les apportes.

— Je vais te montrer un truc. Si j'avais su, j'aurais acheté de l'arôme fumé. Dommage.

— Il y en a un flacon, offert en bonus. Ça sert à quoi ?

— Donne-le-moi et tu verras.

Dans un bol, elle mélangea le liquide avec de l'huile et de l'ail.

— Ce ne sont que des patates.

— Je les améliore.

Dans un autre récipient, elle mélangea du sel, du poivre et de l'ail. Puis, à l'aide d'un petit couteau, elle coupa les pommes de terre en deux.

— Pourquoi…

D'un geste de la main, elle intima le silence à Xander puis elle badigeonna les pommes de terre de beurre, les saupoudra du mélange sel-poivre-ail, et les referma.

— C'est se donner beaucoup de mal pour…

— Chut ! souffla-t-elle en arrosant les patates de marinade, puis elle les enveloppa dans de l'aluminium. Sois confiant, dit-elle à Xander en lui tendant les trois papillotes.

Lorsque Mason redescendit, Xander et Naomi étaient assis sur le banc, le chien à leurs pieds. Il s'assit par terre contre la balustrade.

— Tu veux qu'on remette le sujet qui nous préoccupe à plus tard ? demanda-t-il.

— Non, je suis prête. J'ai eu le temps de digérer. Nous avons tous besoin d'être informés au mieux.

— OK. Nous avons établi que le tueur a autour de trente ans.

— Plus vieux que moi, dit Naomi.

— Nous pensons qu'il était inscrit à l'université. Il devait se fondre dans la masse, sur le campus.

— Quel campus ? demanda Xander.

— Elle ne t'a pas expliqué ?

— Il était en mode bricolage quand je suis descendue. Je ne lui en ai pas encore parlé.

— OK. Nous avons à présent la quasi-certitude que sa première victime était une étudiante de la fac de Naomi.

Rapidement, Mason résuma ses conclusions.

— Je n'ai pas encore regardé de près toutes tes notes, Naomi, mais j'ai lu celles concernant cette période. Tu faisais partie d'un club photo, dont l'un des membres était ton petit copain. Tu avais une chambre individuelle à la cité universitaire et tu travaillais au snack *Le Café Café*.

— Je me suis rendu compte au bout d'un an que je ne supportais pas de partager ma chambre. Ma camarade voulait faire la fête quand je voulais travailler, et j'avais encore souvent des cauchemars.

Mon job de serveuse me permettait de payer une location.

— Le soir où Eliza Anderson a été tuée, tu as quitté le café aux environs de 21 heures.

— C'était un vendredi... j'ai regardé un calendrier et je m'en suis souvenue. En général, je rentrais à pied, j'en avais pour une dizaine de minutes seulement. Mais ce jour-là, Justin, mon petit ami, est venu me rejoindre au café. Il voulait me montrer des photos qu'il avait prises. J'aimais bien ce qu'il faisait, c'est sans doute pour ça que je sortais avec lui. Nous sommes partis ensemble, avec une autre fille du club photo.

— Vous étiez trois. Le tueur ne s'y attendait pas. Il t'avait observée, il connaissait tes habitudes. Comme tu n'étais pas seule, il ne pouvait pas t'enlever. Alors il s'est rabattu sur un substitut.

— Eliza.

— Elle a quitté la bibliothèque vers 21 h 30. Sa voiture était sur le parking. Elle vivait dans une maison en colocation, en dehors du campus. Ils organisaient une petite fête, ce soir-là, à la coloc. Donc elle était attendue. Nous pensons qu'on l'a forcée à monter dans sa voiture, on sait qu'elle a été violée et tuée dans sa voiture. Elle a dû conduire sous la contrainte jusqu'à un lieu isolé. Son ravisseur a enfermé le corps dans le coffre puis a ramené la voiture sur le parking. Il était sûrement couvert de sang. Son véhicule à lui devait se trouver à proximité. Quand on a retrouvé Eliza le lendemain, il avait disparu.

Naomi imagina la peur d'Eliza, aussi terrible que celle qu'elle avait lue dans le regard d'Ashley.

— S'il connaissait mes horaires, il devait m'épier depuis plus d'une semaine.

— Possible. Ou il s'est renseigné. En tout cas, il a décidé de passer à l'acte un vendredi, certainement parce qu'il n'avait pas cours le lendemain. Il avait dû te croiser à la fac, développer une obsession.

— Je n'ai jamais ressenti aucune insécurité. Je m'en serais aperçue, je pense, si quelqu'un m'espionnait. Or je ne me suis rendu compte de rien.

— Comment a-t-il retrouvé ta trace ? s'interrogea Xander.

— Pas très difficile, avec quelques notions d'informatique, répondit Mason. Mais je me demande si tu ne le connaissais pas, Naomi…

— Si je ne le connaissais pas…

— Si tu ne le connais pas, rectifia-t-il. Ne serait-ce que vaguement. Un client du restaurant de Harry, par exemple. Tu as pu le servir. Il a pu poser des questions à ton sujet, l'air de rien. Comme il a à peu près le même âge que toi, on pouvait penser que tu lui avais tapé dans l'œil, rien de plus inquiétant. « Oh, Naomi, elle fait des études de photo. Naomi ? Elle entre en fac à l'automne. » Et lui : « Ah oui ? À Columbia ? » « Non, non, à Rhode Island. Elle nous manquera. »

— C'est vrai, facile, acquiesça-t-elle.

— Bowes a avoué un de ses crimes dans le courant de l'été avant que tu n'entres à l'université. On a de nouveau parlé de lui dans la presse. Le bouquin de Vance est revenu en tête des ventes. Le film a été rediffusé sur les chaînes câblées.

— Je m'en souviens. J'avais peur, à la fac, les premières semaines, qu'on fasse le rapprochement. Mais personne ne s'est douté de rien. Tout du moins, c'est ce que j'ai cru.

— C'est peut-être ce regain d'intérêt pour Bowes qui a été le facteur déclenchant. Il a reçu des tas de mails et de visites. Entre juillet et octobre, plusieurs journalistes ont obtenu l'autorisation de l'interroger. Puis il est peu à peu retombé dans l'oubli.

— En novembre, ce type est venu à Rhode Island, probablement pour se rapprocher de moi.

— Nous épluchons toute la correspondance de Bowes ainsi que les registres des visites sur dix ans, bien que l'accès aux archives anciennes ne soit pas évident. Il s'agit certainement de quelqu'un qui a tissé une relation avec Bowes, ou qui s'imagine entretenir une relation avec lui. Et avec toi. Par conséquent, tout ce dont tu te rappelleras nous sera utile. Tes souvenirs du vendredi soir où il a commis son premier meurtre nous permettent de retracer tes faits et gestes et, par là, de déduire la logique de ses agissements. Tu m'as également remis des notes sur un week-end du club photo…

— Oui, nous avions organisé une sortie à l'occasion du Jour des présidents. Il faisait un froid de canard, mais nous sommes allés à New Bedford en minibus, pour faire des photos sur le thème de la plage en hiver. On est restés deux heures au bord de la mer, puis on est allés se réchauffer dans un petit restaurant. La fille qui était à côté de moi, Holly – je ne me souviens pas de son nom de famille –, m'a fait remarquer qu'un gars, au bar, n'arrêtait pas de me regarder, qu'il m'avait déjà repérée sur la plage. Quand je me suis retournée, il me tournait le dos.

Comme elle l'avait déjà fait dans l'après-midi, Naomi se remémora cet épisode.

— Holly était un peu saoule, elle est allée accoster le type. Elle lui a dit que j'étais prise mais qu'elle était libre, qu'elle accepterait volontiers qu'il lui offre une bière. Il l'a snobée, il est parti, ça l'a énervée. Je me suis sentie mal à l'aise. J'ai pensé que c'était à cause d'elle, de son comportement, des piques qu'elle m'a lancées sur mon physique aguicheur de poupée Barbie... En sortant du restau, on a pris des photos de la ville, puis on est allées à Bridgeport, où on avait réservé des chambres dans un motel. Le lendemain, on a encore pris quelques photos. On avait prévu de rentrer le lundi, mais la météo annonçait une grosse tempête. Du coup, on a repris la route le dimanche. Je n'avais jamais entendu parler du meurtre de cette femme jusqu'à ce que tu l'évoques ce matin.

— Qui était-elle ? demanda Xander.

— Une serveuse du restaurant où Naomi et ses amis ont dîné. Elle terminait à 19 heures, elle avait ensuite un cours de yoga. Sa voiture était toujours sur le parking le lendemain matin, son mari se faisait un sang d'encre. On a retrouvé son corps le dimanche matin, sur la plage où Naomi avait pris des photos le vendredi après-midi.

— Ce n'est pas une coïncidence, dit Naomi. Il a utilisé sa voiture, comme avec Eliza ?

— Non. On pense qu'il avait son propre véhicule. Soit il l'a forcée à monter avec lui, soit elle était inconsciente.

— Il avait peut-être loué une chambre de motel, supputa Xander. Ou il avait un minivan. En février, avec une tempête qui approchait, il ne l'a sûrement pas tuée dehors.

— Il y a beaucoup de motels dans cette région. La police locale les a tous vérifiés et n'a rien relevé de suspect.

— Il avait eu le temps de cogiter, de se préparer, souligna Xander. S'il avait allumé la télé ou la radio et que la victime était bâillonnée, qui risquait de l'entendre ?

— Je regrette de ne pas avoir parlé à ce type au bar. J'aurais pu fournir une description.

— Cette Holly l'a vu de près. Elle s'en souvient peut-être.

Naomi se tourna vers Xander en secouant la tête.

— Elle était éméchée, et ça remonte à dix ans. Du reste, j'ai oublié son nom de famille, et je n'ai aucune idée de ce qu'elle est devenue.

— Ton frère travaille au FBI. Je suis sûr qu'il a les moyens de la retrouver.

— Oui, nous la retrouverons, confirma Mason. Elle est la seule personne que nous connaissons à savoir à quoi il ressemble. Ou au moins à quoi il ressemblait. Ça vaut le coup de l'interroger. Tu veux qu'on fasse une pause, Naomi ?

— Non, continue. Tu m'as parlé d'une jeune fugueuse, assassinée à New York en juillet, entre ces deux meurtres…

Mason questionna sa sœur, fit ressurgir des souvenirs, puis il mit un terme à la conversation lorsque Xander se leva pour faire griller les steaks.

— Dis-moi quel a été le meurtre suivant, insista Naomi, que je puisse me remémorer ce que je faisais à ce moment-là.

— C'était en avril de ma première année de fac, tu étais en dernière année. Pendant les vacances de printemps. On est partis avec les oncles en Caroline du Sud. Seth avait loué une maison au bord de la mer.

— Je m'en rappelle. Il a plu à verse presque toute la semaine, dit-elle en souriant à ce souvenir. On jouait au Scrabble et on louait des films. Mais… neuf mois s'étaient écoulés depuis son dernier meurtre. Les tueurs en série n'accélèrent pas le rythme, en général ?

— Si, et je pense qu'il a sévi entre juillet et avril. Il a dû cacher le ou les corps.

— Ça risque d'être comme… Bowes. Même si on l'arrête, on ne saura sans doute jamais avec certitude combien de crimes il a commis.

— Chaque chose en son temps.

— Quelle cuisson pour vos steaks ? les interrompit Xander.

— Saignant pour moi, à point pour Mason, répondit Naomi en se levant. Je vais préparer la vinaigrette pour la salade.

Nous avons besoin d'une pause, se dit-elle, *d'une fenêtre de sérénité*. Ensuite, elle se replongerait dans cette semaine pluvieuse au bord de la mer.

27

Lorsque Naomi s'agita dans son sommeil, Xander se réveilla et l'enlaça.

— Ce n'était qu'un rêve, chuchota-t-il. Tout va bien.

— Il me pourchassait, à travers la forêt, au bord de la mer, partout où j'allais. Il était juste derrière moi, mais je ne le voyais pas. Je suis tombée dans un trou, et je me suis retrouvée au fond de la cave. Il m'a passé une corde autour du cou, et j'ai vu que c'était mon père.

— Je ne suis pas psychologue, mais la signification de ce cauchemar me paraît claire.

— Je rêve très souvent de cette cave, je sens même son odeur. Je n'arrive pas à m'échapper. Il revient toujours avant que je puisse m'enfuir.

— Il est en prison.

— Mais il a un adepte, un concurrent ou je ne sais quoi. Je ne dois pas céder à la peur, Xander. Avant tout ça, avant cette terrible nuit, je rêvais que je trouvais un petit chien et que je l'adoptais, ou qu'on m'offrait un vélo. Je ne retrouverai jamais cette innocence, mais je ne veux pas vivre dans la parano. J'ai réussi à ressortir de cette cave, à sauver Ashley. Je ne veux pas avoir peur de ce qui n'est pas arrivé, ni de ce qui pourrait arriver.

— Bon état d'esprit. Positif. Tu crois que tu pourras te rendormir ?

— Non, répondit-elle en grimpant sur lui. Et toi non plus.

Les mains dans les cheveux de Xander, elle l'embrassa farouchement.

— Je suis déterminée.

— Je vois, parvint-il à articuler avant qu'elle ne s'empare à nouveau de sa bouche.

— Pas que pour ça, dit-elle avec un rire rauque. Oh, Seigneur, j'adore tes mains sur mon corps, si fortes, si fermes que j'ai l'impression que tu pourrais me briser en deux.

Ces mains fortes et fermes se posèrent sur ses hanches.

— Tu ne craques pas aussi facilement.

Non, pensa-t-elle. Elle était forte, elle aussi. Elle ne devait pas l'oublier.

Du bout des dents, elle lui effleura la mâchoire, la gorge, savourant le goût et la texture de sa peau, le rythme de son pouls sous ses lèvres, alimentant son désir.

Le cœur de Xander battait contre sa poitrine. Il lui avait donné son cœur. Elle ne savait pas encore qu'en faire, mais une chose était sûre : elle n'avait plus peur d'être aimée.

Elle n'avait pas peur de ce cadeau qu'il lui offrait.

Un homme fort, songea-t-elle, *physiquement et mentalement*. Elle ne céderait jamais à la faiblesse, elle n'oublierait jamais ses propres forces. Celles de

Xander les lui rappelleraient, et elle se montrerait à la hauteur.

Elle redressa le buste. La lune brillait, comme le premier soir où ils avaient fait l'amour, la clarté dans les ténèbres, adoucissant la nuit.

Elle lui prit les mains, les porta à sa poitrine, à ses propres battements de cœur.

— Je suis ce qui te manquait.

— Oui.

Un instant, elle pressa ses mains contre le cœur de Xander.

— Tout le monde devrait trouver ce qui lui manque.

Lentement, très lentement, elle introduisit son sexe en elle, étirant ce moment tel un fragile fil d'argent.

— Mmm, tu me fais du bien, murmura-t-elle.

Puis elle ondula, tout doucement. Une excitation proche de la torture, un feu couvant dans ses veines.

Il se maîtrisa afin de la laisser imposer son rythme, attiser peu à peu la flamme, se retenant de l'enchaîner entre ses bras et de lâcher prise. Un plaisir si intense qu'il en était douloureux. Un désir si puissant qu'il le consumait. Et un amour si profond, et pourtant si nouveau, qui le submergeait.

— Attends…, chuchota-t-elle avec un sourire.

Les yeux fermés, elle resserra les cuisses sans cesser de bouger, le maintenant prisonnier au bord du tourment.

— Attends, et tu pourras assouvir tes désirs comme tu le désires. Mais attends juste un peu.

Respirant à peine, il la regarda renverser la tête en arrière, le dos cambré, lever les bras au-dessus de sa tête. Tout mouvement s'interrompit. Elle était une statue, baignée dans un rayon de lune, sculptée dans un rayon de lune.

Un son lui échappa, mi-sanglot mi-triomphe. Puis, de nouveau, un sourire étira ses lèvres ; elle ouvrit les yeux et son regard lascif rencontra le sien.

Incapable de se contrôler plus longtemps, il la fit basculer, passa au-dessus d'elle et lui saisit les poignets, toujours au-dessus de sa tête.

L'excitation à son comble, il s'élança en elle tel un possédé. Peut-être l'était-il. Haletante, elle poussa un gémissement ; cela ne fit qu'attiser le désir.

Il donna tout, prit tout, jusqu'à ce qu'il ne leur reste plus rien.

Et ce rien les combla tous deux.

La mine renfrognée, le lendemain matin, Xander contemplait une cravate, l'air d'hésiter à la mettre ou à se pendre avec.

— À mon avis, Donna ne s'offusquerait pas que tu n'aies pas de cravate.

— Non, mais… sa fille nous a demandé, à Kevin et à moi, de porter le cercueil.

— Ah ! je ne savais pas.

Ce serait encore plus dur pour lui, pensa Naomi en se dirigeant vers son placard – qu'elle devrait mettre en ordre, la plupart des vêtements qu'elle s'était fait envoyer de New York se trouvant encore dans des cartons.

— Tu n'es pas obligée de venir.

La main sur sa robe noire, elle s'immobilisa.

— Tu préfères que je ne vienne pas ?

— Je n'ai pas dit ça. J'ai dit que tu n'étais pas obligée.

Bien sûr, il aurait été plus simple de rester là, se dit-elle, de travailler dans la maison vide et silencieuse, puisque tous les ouvriers assisteraient aux funérailles de Donna. D'autant plus facile que Xander lui donnait sa bénédiction.

— Je ne la connaissais pas très bien, mais elle m'était sympathique. Je sais que je ne suis pas responsable de ce qui lui est arrivé, mais je me sens concernée. Je sais aussi que tu seras entouré d'innombrables amis, mais nous sommes ensemble. Ce n'est pas une obligation, Xander, c'est du respect.

— Je suis furieux, grommela-t-il en jetant la cravate sur le lit. Je refoule ma colère, mais ça me met en rage de devoir porter en terre une femme remarquable.

— Je sais. C'est normal, dit Naomi en posant sa robe sur le lit pour aller chercher des sous-vêtements dans sa commode.

Tandis qu'elle s'habillait, Xander reprit la cravate et la glissa sous le col de sa chemise blanche.

— Les cravates, c'est pour les banquiers et les avocats, maugréa-t-il. Ou pour les fils de, comme dit Elton John.

En culotte et soutien-gorge, elle s'avança vers lui et lui noua sa cravate.

— C'est oncle Seth qui m'a appris à le faire. Il disait que toutes les femmes devraient savoir attacher la cravate de leur homme, que je comprendrais un jour, déclara-t-elle souriante, en lissant la bande de tissu. Je comprends, maintenant. Regarde-toi, Xander Keaton, rasé de près, cravaté. Tu es un autre homme.

La tête inclinée, elle lui caressa la joue.

— Ça ne durera pas, bougonna-t-il.

— Mais ça te va bien, dit-elle en pressant sa joue contre la sienne. Cette fois, c'est moi qui vais t'aider à traverser une épreuve. Laisse-moi t'aider.

Il poussa un juron qui se termina en soupir. Puis il l'enlaça.

— Merci. Quand tu voudras qu'on rentre, dis-le-moi. Rinaldo a fermé la pizzeria pour la journée. Les gens se rassembleront là-bas après l'enterrement, mais si tu…

— Laisse-moi t'aider jusqu'au bout.

— D'accord. Tu es à moitié nue, plus qu'à moitié, même, et je suis tout habillé. Quelque chose cloche…

— Je vais m'habiller. Tu devrais faire sortir Podkol, qu'il fasse ses besoins. Je ne veux pas le laisser seul dehors pendant qu'on n'est pas là.

— On n'a qu'à l'emmener.

— Non, un chien n'a rien à faire à un enterrement. Il sera bien, à l'intérieur, avec un os, une balle et son chat en peluche. Je te rejoins en bas dans dix minutes.

— OK. Tu es la première et l'unique femme que je connaisse à tenir ce genre de promesse. Eh ! fit Xander en se tournant vers le chien et en claquant des doigts.

Frétillant de tout son corps, Podkol prit instantanément sa balle dans la gueule.

Xander attrapa sa veste de costume et sortit sur la terrasse, devancé par le chien.

— Ferme la porte à clé, lança-t-il à Naomi.

Elle la verrouilla derrière lui, puis enfila la robe qu'elle n'avait pas portée depuis… Préférant ne pas se souvenir, elle termina de se préparer pour son deuxième enterrement à Sunrise Cove.

Il attendit dans la forêt que Naomi et le mécano passent en voiture sur la route. Puis il laissa s'écouler encore cinq bonnes minutes.

Ils auraient pu retourner chercher quelque chose qu'ils avaient oublié. Chez sa mère, c'était systématique. Un jour, elle avait failli le surprendre la main dans la fausse boîte à café où elle cachait son argent – même si elle n'avait jamais été volée, hormis par son propre fils.

Par conséquent, il préféra être prudent avant de monter jusqu'à la maison sur la falaise.

Il s'était garé à plus de cinq cents mètres, dans la direction opposée à la petite ville, en prenant soin d'accrocher un mouchoir blanc au rétroviseur latéral, comme s'il était en panne.

Pénétrer dans la maison serait un joli petit bonus. Il avait vu comment elle vivait, ce qu'elle possédait. Il voulait toucher ses affaires, ses vêtements. Sentir son odeur. Emporter peut-être un souvenir, quelque chose dont elle ne remarquerait pas la disparition, tout du moins pas avant un certain temps.

Il savait qu'elle avait fait installer une alarme, mais cela ne l'inquiétait pas. Il avait étudié les systèmes de protection et eu tout le loisir de mettre ses connaissances en pratique.

Avec un peu de chance, elle aurait oublié de l'activer. Les gens étaient étourdis. On entrait souvent chez eux comme dans un moulin. L'une de ses victimes dormait paisiblement lorsqu'il s'était introduit dans sa chambre.

Il ne les tuait pas toujours. Il fallait brouiller les pistes, ou même le plus crétin des flics aurait pu relier les pointillés. Par exemple, il alternait entre la kétamine et le chloroforme pour les endormir. La kétamine avait un effet immédiat ; le chloroforme mettait plus de temps à agir, mais il ne détestait pas qu'elles se débattent.

Dès qu'elles étaient inconscientes, il les ligotait et les bâillonnait, et leur bandait les yeux s'il avait l'intention de les laisser vivre. Il pouvait alors les violer tout son soûl. Il adorait quand elles revenaient à elles pendant qu'il abusait de leur corps.

Ensuite, il les achevait, ou pas. Tuer lui procurait davantage de plaisir que violer ; mais, parfois, il devait résister à la tentation. Il les frappait, ou pas. Il les tailladait, ou pas.

Et il ne prononçait jamais un mot, à moins qu'il n'ait prévu de les réduire à jamais au silence. Elles ne risquaient pas de se souvenir de sa voix, ni de son visage, et le latex permettait de ne pas laisser de traces d'ADN.

Quand l'heure de Naomi viendrait, et l'heure approchait, il prendrait tout son temps, il ferait durer le plaisir. Au moins une semaine, voire deux ou trois.

Cette garce avait de la chance, elle gagnait du pognon, s'était payé une belle maison. Mais elle n'était pas maligne d'avoir choisi un endroit aussi isolé.

Il aurait pu l'enlever plus tôt, et il y avait songé – oh, il y avait si souvent pensé ! Toutefois, il savourait l'attente. Et il était devenu un aficionado. Oh, ce qu'il lui ferait…

Mais pas aujourd'hui. Aujourd'hui, il s'offrait seulement un petit bonus.

Qui aurait cru que cette bonne femme qu'il avait tuée par dépit était si appréciée ? Il avait entendu ce qu'on disait d'elle. Il se débrouillait toujours pour entendre les réactions qu'il suscitait. Tout le monde assisterait à l'enterrement de la serveuse de la pizzeria. Il aurait tout son temps pour visiter la maison de Naomi, se faire une idée précise de la configuration des lieux.

Il pouvait l'enlever chez elle, il en était presque certain. Il suffisait d'éloigner le mécano pour quelques heures – ou pour toujours. De s'assurer que le petit frère, monsieur l'agent du FBI, soit retenu ailleurs.

Mais d'abord, il devait reconnaître le terrain.

Il remonta l'allée tranquillement.

Il avait un kit de crochetage et savait s'en servir. Si l'alarme était activée, il était muni d'un lecteur qui décrypterait le code avant qu'elle ne se déclenche.

Sinon, il reverrouillerait les serrures et repartirait. On croirait à une défaillance technique, personne ne s'affolerait. Mais le décodeur l'avait rarement laissé en rade. Il y avait mis le prix.

Home sweet home, pensa-t-il en regardant les pots de fleurs encadrant la porte. Dommage qu'il n'ait pas apporté de désherbant ou de sel. Elle se serait demandé ce qui était arrivé à ses pauvres géraniums.

Tandis qu'il déballait ses outils, le chien aboya, mais il ne s'en soucia pas. Il avait quelques biscuits dans la poche, et il avait vu cet imbécile de clébard jouer avec les paysagistes, les charpentiers. Quand Naomi l'emmenait en ville, il se laissait caresser par tout le monde. Les aboiements s'intensifièrent, toutefois, et se muèrent en grondements menaçants.

Il avait un couteau – il ne sortait jamais sans couteau –, mais s'il devait tuer ce maudit chien, l'effet de surprise serait gâché. Et il ne tenait pas à prendre le risque de se faire mordre.

Il réfléchit un instant.

Mieux valait commencer par jeter un œil à travers les portes vitrées donnant sur l'arrière. Montrer ses biscuits au clebs. L'amadouer à travers la vitre. Vérifier à tout hasard que Naomi n'avait pas oublié de fermer les portes de la terrasse à clé.

Il contourna la maison, observa les fenêtres sur le côté qu'il n'avait pas encore eu l'occasion d'examiner de près. Au cas où, nota-t-il, il y avait là un petit bosquet où se cacher.

Il monta sur la terrasse. Encore des pots de fleurs. Ouais, il reviendrait avec du désherbant.

Avec un sourire amical, il s'approcha de la verrière et tira un biscuit de sa poche.

Le clébard n'était même pas là. *Super chien de garde*, pensa-t-il avec un petit ricanement, et il enfila des gants de latex afin de voir si les portes étaient verrouillées.

Le chien, plus gros que dans son souvenir, s'élança contre la vitre en aboyant et en montrant les dents. Effrayé, il recula, les mains levées devant le visage, dans un réflexe de protection.

— Merde…

Parcouru d'un frisson de rage, il agita son biscuit, s'efforçant de sourire même si ses yeux n'exprimaient qu'une haine amère.

— Regarde ce que j'ai, sale bête, dit-il d'une voix chantante. J'aurais dû t'empoisonner…

Loin d'être dupe, le chien aboya de plus belle et découvrit ses crocs quand l'intrus fit un geste en direction de la porte. Il brandit son couteau.

— Ne me provoque pas ou je te tranche la gorge…

Pas le moins du monde intimidé, le chien sauta contre la verrière et se dressa sur ses pattes arrière en grognant méchamment, ses yeux bleus luisant d'un éclat féroce.

— Va te faire foutre…, maugréa-t-il en rangeant son couteau dans son fourreau. Je reviendrai, connard, je reviendrai. Et je t'étriperai sous ses yeux.

Des larmes de frustration lui brûlant les yeux, il repartit d'un pas furieux, les poings serrés.

Il reviendrait. Il reviendrait lui faire payer, à elle et à son fichu clebs, d'avoir gâché sa journée.

Xander avait hâte d'enlever son costume. Il le fourrerait au fond du placard de Naomi, en espérant ne pas avoir à le remettre de si tôt.

— Merci d'être restée, lui dit-il en s'engageant dans l'allée. Je sais que c'était long.

— Elle était aimée. Quand les gens rient autant qu'ils pleurent, c'est la preuve qu'ils avaient une sincère affection pour le défunt, et qu'ils ne sont pas près de l'oublier. Si je suis restée, c'est que je tenais à être là, tu sais, même s'il y avait beaucoup trop de monde à mon goût. Je n'en avais pas conscience, mais je fais partie de la communauté, maintenant. Ou du moins j'ai franchi cette délicate frontière qui marque la limite entre l'extérieur et l'intérieur de la communauté.

Xander se gara, resta un instant immobile derrière le volant.

— Tu as acheté cette maison, dans laquelle personne ne voulait investir ni temps ni argent. Tu fais tes courses en ville, tu fais travailler les artisans du coin, tu exposes chez Krista : les gens sont sensibles à ce genre de démarche. Et tu es avec moi, ça compte encore plus.

— Je m'en doute… Notre Xander avec la New-Yorkaise… Je sais qu'on m'appelle la New-Yorkaise. C'est pour ça que j'ai été surprise d'avoir été admise de l'autre côté de cette frontière.

— Tu seras peut-être toujours Naomi la New-Yorkaise. Ça sonne bien. Oh bon sang ! il faut que j'enlève ce costume.

— Et qu'on fasse sortir le chien. On l'a laissé seul plus longtemps que je ne pensais. Où est Lelo ?

Xander jeta un coup d'œil au camion de son ami.

— Sûrement pas loin. Les autres ne vont pas tarder. Il leur reste quelques heures à bosser avant la fin de la journée.

Dès que Naomi eut désactivé l'alarme, Podkol accourut à leur rencontre.

— Tu es gentil, oh oui, tu es gentil ! On a été longs, je sais.

Alors qu'elle s'apprêtait à lui ouvrir la porte de devant, Xander la retint.

— Il va encore se rouler dans la terre. Fais-le plutôt sortir par-derrière.

Le chien se rua vers le fond de la maison, revint près d'eux puis repartit en les regardant. Bien qu'impatient de se changer, Xander lui emboîta le pas, sentant qu'il voulait leur faire comprendre quelque chose.

— Je m'occupe de lui, déclara Naomi. Va enlever ton costume.

— Je monterai par-derrière !

Il se détendit en découvrant la raison du comportement de Podkol : sur la terrasse, en tenue de travail, Lelo remplissait de terreau l'un des deux bacs destinés aux cultures potagères.

Xander ouvrit les portes vitrées, le chien se précipita au-dehors. En riant, Lelo posa son sac pour le caresser.

— Je l'aurais fait sortir, mais tout était fermé à clé. Il était malheureux comme les pierres, pas vrai, mon grand ? Il tremblait, il gémissait, mais il s'est calmé quand il a compris que je restais là. Désolé pour les traces de museau sur les vitres.

— Les tiennes ou les siennes ?

— Ha, ha, très drôle. J'ai filé à l'anglaise, je ne pouvais pas rester plus longtemps *Chez Rinaldo*. Première fois que je vois Loo pleurer… Ça m'a fichu… Brrr… Mes gars ne vont pas tarder, je suppose, puisque vous êtes là.

— Les bacs sont superbes, commenta Naomi en les observant. J'adore !

Lelo avait raison : ils semblaient faire partie de la maison et, à deux pas de la cuisine, ils avaient exactement les dimensions souhaitées.

— Ils rendent bien, hein ? J'ai des herbes aromatiques, des tomates, des poivrons et tout ça, dans le camion. Je te les planterai, si tu veux.

— C'est comestible, le « tout ça » ?

En riant, il ajusta son vieux chapeau de cow-boy.

— Je devais de toute façon faire un saut à la pépinière. S'il y a des trucs que tu ne veux pas, je les refilerai à ma mère. Elle trouvera bien un coin où les planter.

— Je peux voir ce que tu as ? Je me change et je jardinerai moi-même. Une saine activité, après cette journée éprouvante.

— Je comprends… Au fait, Xander, ça fait peut-être un moment que tu n'as pas bossé pour mon paternel, mais on ne t'a jamais dit de ne pas marcher sur des plates-bandes fraîchement semées ?

— Je n'ai pas marché sur tes plates-bandes.

— Quelqu'un les a piétinées, en tout cas, depuis hier soir. J'y passerai un coup de râteau.

— Où ?

— Devant. Mais ce n'est pas grave… Je te charriais, c'est tout.

— Montre-moi ça. Naomi, garde le chien avec toi.

— Ne te bile pas, on ne va pas te mettre à l'amende pour si peu, plaisanta Lelo en ouvrant la marche. Aide-moi donc à décharger les plants de légumes, tant que tu y es. À moins que tu n'aies peur de salir ton costard.

— Si ça ne tenait qu'à moi, je le jetterais au feu.

Naomi dut se donner du mal, mais elle parvint à empêcher Podkol de courir derrière les deux hommes et à accrocher sa laisse à son collier.

Quand elle rejoignit Lelo et Xander devant la maison, ils étaient penchés au-dessus du sol. Elle fut saisie d'un mauvais pressentiment.

— Non seulement je n'ai pas marché là, mais j'ai de plus grands pieds que ça, disait Xander.

— Ouais, c'est vrai… Ça doit être un des gars de Kevin.

— Ils sont partis avant toi, hier, et ils ne sont pas encore revenus.

Xander se tourna vers Naomi, qui luttait stoïquement pour retenir le chien.

— Assis ! cria-t-il.

Et à la surprise de Naomi, Podkol obéit docilement.

— Ton frère mesure trois ou quatre centimètres de plus que moi, dit-il. Je n'ai pas regardé ses panards, mais je suppose qu'ils ont à peu près la même taille que les miens. Je chausse du quarante-sept et demi.

— Lui aussi. Je connais sa pointure, il a terminé sa croissance au lycée. Ce n'est pas évident de trouver des chaussures aussi grandes.

— Ne m'en parle pas. Appelle-le, s'il te plaît. Quelqu'un est venu rôder ici.

— Merde alors…, bougonna Lelo. C'est peut-être pour ça que le chien était dans tous ses états quand je suis arrivé.

Xander prit le téléphone des mains de Naomi.

— Son numéro est enregistré ? dit-il en faisant défiler le répertoire. Rentre le chien, et fais attention… Laisse tomber. Lelo, rentre le chien, et empêche-le de marcher sur les empreintes.

— OK. La porte de derrière était fermée à clé, déclara Lelo en s'engageant sur l'allée fraîchement dallée. Celle de devant aussi. J'ai essayé de l'ouvrir, pour faire sortir Podkol. Il pleurait à fendre l'âme.

Tout était bouclé. Personne n'a pu entrer dans la maison. Sûrement un curieux…

Naomi lui tendit la laisse.

— Merci. Il faut que j'aille voir si on n'a rien volé.

Quand elle tourna les talons, Xander lui saisit le bras et secoua la tête, tout en parlant à Mason au téléphone.

— Oui, elles sont assez claires, suffisamment pour voir la taille et le dessin. Oui, oui, on sera là.

Il rendit le téléphone à Naomi.

— Attends-moi là. Je vais jeter un coup d'œil à l'intérieur.

— C'est ma maison, Xander. Je ne vais pas rester là à me tordre les mains pendant que tu vas regarder sous le lit à ma place.

Il aurait poussé un juron, si ce n'avait été une pure perte de temps.

— OK, allons voir à l'intérieur.

Ils montèrent d'abord à l'étage, où Naomi se rendit directement à son atelier. Bien que soulagée de constater que rien n'avait été touché à première vue, elle bouillait de colère.

Xander inspecta le placard et les toilettes puis fit méthodiquement le tour de chaque pièce.

— Rien n'a disparu, rien n'a changé de place, annonça-t-il. Je sais où se trouvent les choses… tu n'arrêtes pas de dire que ceci doit aller là, que cela doit rester ici.

— Je vais voir au sous-sol, dit-elle, sur un ton si déterminé qu'il ne put cette fois se retenir de jurer. OK, tout était fermé à clé, l'alarme activée et le chien était là, personne n'a pu entrer, mais j'ai besoin de vérifier.

Il enleva sa veste de costume, dénoua sa cravate.

— Mason sera là d'une minute à l'autre. Je descends jeter un coup d'œil vite fait au sous-sol. Garde ta robe si tu veux, mais change au moins de chaussures si tu comptes faire le tour du terrain avec ton frangin.

Elle ôta ses escarpins noirs à talons hauts.

— Tu as raison, personne n'a pu entrer. Merci d'aller quand même regarder en bas. Je monte me changer.

— Tu sais… Lelo n'est pas aussi bête qu'il en a l'air.

— Il n'a pas du tout l'air bête. Bien sûr qu'il finira par comprendre, quand la police et le FBI débarqueront, que quelqu'un a marché sur ma future pelouse. Elle prit une grande inspiration. Tu peux lui dire.

— Quoi ?

— Ce que tu juges bon qu'il sache. J'en parlerai à Kevin et à Jenny. Je leur dirai tout.

— Bien, acquiesça-t-il en lui prenant fermement le menton entre le pouce et l'index. Tu as franchi cette frontière, Naomi, parce que tu le désirais. Te confier à tes amis s'impose, il me semble. Je descends, je n'en aurai pas pour longtemps.

Seule, elle troqua sa robe contre un bermuda en jean et un tee-shirt. Certes, elle avait peur – elle non plus n'était pas bête –, mais rien ne l'empêcherait de créer son petit potager. La colère était plus forte que la frayeur. La colère la porterait.

Elle sortit sur la terrasse. Lelo jouait à la balle avec le chien. Elle les regarda un moment, puis elle contempla le paysage, l'océan bleu, les falaises verdoyantes.

Personne ne lui reprendrait ce paysage. Elle tiendrait bon, envers et contre tout.

28

Naomi ne connaissait pas les agents en costume sombre et lunettes noires qui accompagnaient son frère, mais elle imaginait qu'ils n'étaient guère différents de ceux qui avaient passé la maison et la forêt au peigne fin, dix-sept ans plus tôt, en Virginie-Occidentale.

Elle ne les avait pas vus de près à l'époque, mais elle avait suivi les informations à la télé lorsque sa mère dormait, dans la maison où la police les avait placés sous surveillance.

Aujourd'hui, elle n'était plus une enfant. Aujourd'hui, il s'agissait de sa maison, de son terrain.

Elle servit donc des boissons fraîches et mit un pichet de thé glacé à disposition sur la terrasse, qui lui rappela ceux que Harry préparait l'été à New York, avec de la menthe de son jardin aromatique.

Elle n'interférait pas, ne posait pas de questions – pas encore –, mais elle était présente.

Si le tueur l'observait, à travers une longue-vue ou des jumelles, il verrait qu'elle était présente.

Sam Winston s'avança vers elle, ajusta sa casquette de base-ball.

— Je suis navré, Naomi. Le fait est que quelqu'un a pu profiter de ce moment où la maison était vide pour satisfaire sa curiosité. Point Bluff attire les curieux.

— Mais vous ne pensez pas que ce soit ça.

Il inspira profondément par le nez.

— Je pense que nous allons prendre les précautions maximales et retourner chaque pierre. Le FBI a des experts qui étudieront ces empreintes de pas. La pointure de l'individu nous donnera une idée de sa taille et de son poids. S'il s'agit de celui que nous recherchons, il a commis une erreur.

— Une grosse.

Et pas seulement stratégique, pensa Naomi.

Il avait commis l'erreur de violer sa propriété. Il avait commis l'erreur d'alimenter sa colère, désormais plus forte que sa peur.

Elle se dirigea vers le camion de Lelo. Ils allaient le prier de quitter les lieux, comme ils l'avaient fait avec les ouvriers revenus travailler. Elle voulait récupérer ses plants de légumes.

Ne les trouvant pas, elle se dit que Lelo les avait sans doute déjà montés sur la terrasse. Avec le chien en laisse, elle s'y rendit.

Les larmes lui montèrent aux yeux quand elle vit les godets alignés devant les bacs, aux côtés d'une bêche, d'un râteau et de ses gants de jardinage.

— Quel homme adorable, dit-elle à Podkol. Rappelle-moi d'acheter une provision de Mountain Dew, le soda préféré de notre Lelo.

Malgré la réticence du chien, elle l'attacha à un piquet de la balustrade.

— Tu es obligé de rester avec moi, pendant qu'ils font ce qu'ils ont à faire.

Pour adoucir le désagrément, elle lui apporta une gamelle d'eau et un biscuit. Puis elle s'accroupit face au chien et le caressa entre les oreilles, lui faisant chavirer les yeux de plaisir.

— C'est toi ? C'est toi qui l'as fait fuir, bon gros chien méchant ? Est-ce une bonne fée qui t'a mis sur mon chemin le jour où je t'ai trouvé au bord de la route, dit-elle en posant sa tête contre celle du chien ? Est-ce que tu lui as fait peur autant qu'il t'a fait peur ? On ne se laissera pas intimider. Si jamais il revient, on le réduira en charpie, toi et moi.

Elle lui embrassa le museau, plongea le regard au fond de ses merveilleux yeux bleus. Elle était tombée amoureuse du chien exactement comme elle était tombée amoureuse de Xander : contre son gré.

— Je crois que je n'y peux rien, soupira-t-elle en se redressant.

Xander la trouva accroupie devant un bac, tassant la terre autour d'un plant de tomate, le chien somnolant, étendu de tout son long au soleil.

— Ils ont presque fini, annonça-t-il. Ils m'ont dit que les paysagistes pourraient se remettre au boulot dès demain. Les gars de Kevin aussi.

— Très bien, acquiesça-t-elle en dépotant un plant de poivron. Tu sais pourquoi je fais ça ?

— Ça me paraît évident, mais dis-moi.

— Aujourd'hui, je plante des légumes et des herbes aromatiques. Je les arroserai, je les regarderai pousser, fleurir, puis donner des fruits, que je cueillerai et que je dégusterai. C'est une façon de m'affirmer. Il faudra que je vérifie, mais je crois qu'en automne on peut planter des choux et des choux-fleurs.

— Pour quoi faire ?

— De très bons petits plats.

— Ça, ça reste à prouver…

Elle continua de planter. Xander rentra dans la maison, en ressortit, se posta près d'elle et l'observa.

— Il s'est enfui en courant, dit-il.

— J'ai vu.

— Tu as vu quoi ?

— Les empreintes. Pas besoin d'être un expert pour en tirer des conclusions. Celles qui se dirigent vers la maison sont différentes de celles qui en repartent. On voit clairement que le gars est reparti à grandes enjambées précipitées. Il est arrivé tranquillement, sûr de lui. Je ne sais pas s'il avait l'intention de s'introduire dans la maison ou juste de jeter un coup d'œil, mais une chose est sûre, il est reparti beaucoup moins sereinement, sans doute en courant. Podkol lui a fait peur.

En entendant son nom, le chien remua la queue.

— Il serait certainement entré si les portes de la terrasse n'avaient pas été verrouillées, ajouta Naomi. Ou peut-être qu'il aurait commis une effraction si le chien n'avait pas été là pour défendre son territoire.

— Il faut que tu saches que les fédéraux et la police ont abouti aux mêmes déductions.

— Je suis intelligente, n'est-ce pas ?

Xander haussa un sourcil.

— Je l'ai toujours pensé.

— Si tu savais comme ça me met en colère… Je devrais sans doute me calmer avant de continuer à planter. Je ne crois pas que ce soit une bonne idée de planter des organismes vivants quand on est aussi furieux. Mes tomates auront un goût amer.

Elle ôta ses gants, les jeta par terre.

— Il s'est encore servi de Donna, poursuivit-elle. Il a profité du fait que tout le monde était à son enterrement. Ça me rend malade.

— Regarde plutôt le côté positif des choses. Ce chien qui errait sur la route, comme toi, a fini par trouver sa place ici, comme toi. Et il a fait fuir cet enfoiré, il lui a fichu la trouille.

— Exactement, acquiesça Naomi en descendant de la terrasse. S'il ose revenir, il repartira en sang. S'il pense que je suis une proie facile, il se trompe.

— Je comprends que la colère soit une soupape, mais ne fais surtout rien de stupide ou d'imprudent.

Elle fit volte-face, ses yeux verts jetant des éclairs.

— J'ai l'air stupide ou imprudente ?

— Jusque-là, non.

— Ça ne changera pas, affirma-t-elle en s'efforçant de se calmer, de contenir sa rage pour le moment où elle en aurait vraiment besoin. Dis-moi, tu crois que Kevin et Jenny pourraient trouver quelqu'un pour garder leurs enfants, ce soir ? J'aimerais qu'ils viennent. Je voudrais tout leur raconter le plus tôt possible, mais pas devant les petits.

— Je ferai en sorte qu'ils se libèrent, si tu es décidée.

— Je le suis.

— À quelle heure ?

— Quand ils voudront. Je termine juste mes plantations, je me douche et je suis dispo.

Où allait-elle les recevoir ? se demanda-t-elle. Le salon n'était pas meublé, des chaises pliantes autour de la table de salle à manger ne seraient pas confortables. Elle opta donc pour l'endroit où elle-même se sentait le plus à l'aise, la terrasse, et apporta des chaises supplémentaires.

— Tu veux que je reste ? s'enquit Mason.

— Tu as du travail ?

Devait-elle servir à manger ? Quel genre d'amuse-gueules se marierait avec ses aveux ?

Mon père est un serial killer. Goûtez donc les feuilletés au crabe.

— L'équipe se réunit pour un briefing, mais je ne suis pas obligé d'y assister si tu préfères que je sois là. Ce sera dur pour toi.

— Comment se fait-il que tu n'aies jamais eu trop de mal à assumer ?

— Ce n'est pas moi qui ai suivi notre père dans la forêt et découvert les horreurs auxquelles il se livrait dans cette cave. Ce n'est pas moi non plus qui ai retrouvé maman, sa dernière victime…

— Il n'a jamais eu d'emprise sur toi.

Naomi repensa à la discussion qu'elle avait eue avec son frère, le jour où elle avait quitté le cinéma en panique. Il était encore si jeune, et pourtant déjà si fort, si déterminé.

— Très tôt, tu étais résolu à ne pas subir, à être tout ce qu'il n'était pas. Alors que moi, même si j'étais dans le déni, je souffrais à cause de lui. Mais c'en est terminé. Va à ton briefing. Trouve le moyen de mettre fin à ses néfastes influences.

Elle prépara un plateau – fromage, crackers, olives –, et cela l'occupa jusqu'à ce que Xander revienne d'un dépannage et que Mason s'en aille.

— Sais-tu combien de personnes ne regardent jamais leur jauge d'essence, ou refusent de s'y fier quand elle leur indique que le réservoir est vide ?

— Combien ?

— Plus qu'on ne pense. Du coup, ça leur coûte le double d'un plein, et ils rouspètent… comme si je devais les dépanner pour leurs beaux yeux. C'est quoi, ces trucs ?

De nouveau mal rasé, furieux contre un automobiliste négligent, Xander regardait les crackers au sésame et au romarin d'un œil sceptique, tout en grattouillant distraitement la tête du chien.

— Tu m'as offert un bouquet de lilas.

Il se tourna vers Naomi, le front plissé.

— Ouais, et alors ? Étais-je censé t'en offrir un autre ?

— Quand tu voudras. Mais ce lilas, dans ce vieux pichet bleu… C'est à ce moment-là…

— Que quoi ?

Il n'écoutait pas vraiment. Elle avait grandi avec un frère. Elle savait quand un homme n'était pas attentif.

C'était tout aussi bien.

— Tu m'as dit à quel moment. À mon tour de te le dire.

— OK.

— Du lilas volé dans un vase bleu.

— Tu parles d'une histoire…

— Détrompe-toi. C'est à ce moment-là, Xander, que je me suis rendu compte que j'étais amoureuse de toi. Je ne savais pas quoi en faire…

Il plongea son regard bleu au fond du sien. Oh, il n'était plus distrait, maintenant !

— Je n'avais jamais ressenti ce que je ressens pour toi, poursuivit-elle. Je ne pensais pas être capable d'éprouver ces sentiments. Voilà pourquoi je ne savais pas quoi en faire. Je sais, maintenant.

— Oui ?

— Je suis heureuse que tu sois amoureux de moi. Et très contente que ce soit arrivé maintenant que j'ai pris conscience qu'il était temps pour moi de cesser de fuir. Que ce soit arrivé ici, où nous désirons tous les deux faire notre vie. Et j'espère, j'ose espérer que tu voudras vivre ici avec moi.

— Un bouquet de lilas ?

— Un bouquet de lilas.

— Lelo devra planter un lilas quelque part dans le jardin.

— Derrière la maison, pour qu'on le voie de la terrasse. Je lui ai dit que je le planterais moi-même.

— On le plantera ensemble.

Naomi sentit sa gorge se nouer, les larmes lui monter aux yeux.

— On le plantera ensemble, oui.

Il s'avança vers elle, lui prit le visage entre ses mains.

— Je m'installe ici. Il faudra me faire de la place.

— Ce n'est pas la place qui manque, dit-elle, une larme roulant le long de sa joue, qu'il essuya d'un baiser.

Une autre coula sur l'autre joue, il l'embrassa.

— Tu dis ça maintenant. Attends que je demande à Kevin de construire un garage.

— Un garage…

— Un homme a besoin d'un garage, dit-il en effleurant ses lèvres des siennes. Un garage pour trois voitures, sur le côté nord de la maison, communiquant avec la buanderie.

— On dirait que tu y as déjà réfléchi.

— J'attendais juste que tu sois prête. Je t'aime, Naomi.

Elle lui attrapa les poignets, les serra fort.

— Je le sais, et je ne m'en réjouirai jamais assez. Je t'aime, moi aussi. On construira un garage. Mais… attends… pour trois voitures ?

Il l'embrassa, la souleva de terre puis, pour la plus grande joie du chien, la fit tournoyer à bout de bras.

— Tu es ce qui me manquait, dit-il. Je suis comblé, maintenant.

— Tu m'avais dit que tu me rendrais heureuse, et tu as tenu parole. Mieux encore, tu m'as aidée à comprendre que je méritais de l'être. Mille heures de psychothérapie n'y étaient pas parvenues. En soupirant, elle s'écarta de lui. Il n'empêche que je suis quand même folle de rage.

— Qui ne l'est pas ?

Podkol poussa un jappement puis s'élança vers la porte d'entrée.

— Pas besoin d'Interphone avec lui. Il nous annonce que Kevin et Jenny sont là.

— Bon..., fit Naomi en prenant une profonde inspiration.

— Tout se passera bien. Sois confiante.

— Ma réserve de confiance s'amenuise. Je vais devoir t'en emprunter.

— Pense à refaire le plein régulièrement... Je vais les accueillir.

Elle sortit le plateau sur la terrasse, le posa sur la table pliante, retourna dans la cuisine chercher des verres, des assiettes, des serviettes... et entendit le rire de Jenny qui la rejoignit alors qu'elle débouchait une bouteille de vin.

— Oh, Naomi, chaque fois que je viens ici, je suis épatée de voir comme les travaux avancent ! Ça doit être de la folie de vivre au milieu de ce chantier, mais c'est impressionnant !

— Je suis contente que vous ayez pu venir, bien que je vous aie prévenus à la dernière minute.

— C'est bien tombé, on avait mes parents à dîner, ils emmènent les petits dormir chez eux. Tout le monde est ravi ! expliqua Jenny en embrassant Naomi. Au fait, tu as eu des ennuis, il paraît... Je suis désolée. Kevin m'a dit que quelqu'un était venu rôder ici pendant qu'on était à l'enterrement. Je suis sûre que ce n'étaient que des gamins curieux.

— Je ne crois pas. Ça fait partie de ce dont je voulais vous parler.

— Cet incident t'a contrariée. Je ne devrais pas le prendre à la légère.

— Allons nous installer dehors.

— Oh, les bacs ! s'exclama Jenny. C'est Lelo qui les a faits ? Ils sont fabuleux ! Cette terrasse fera un merveilleux espace à vivre. Kevin, regarde les bacs de Naomi !

— Superbe, commenta-t-il en arrivant avec Xander. Comment vas-tu, Naomi ?

— Ça pourrait aller mieux. Cela dit, ça pourrait aussi être pire.

Naomi regarda Xander. L'amour permettait de surmonter toutes les épreuves.

— Je te sers un verre de vin, Jenny ? Ensuite, je vous dis ce que j'ai à vous dire. Ce sera fait.

— Ça paraît sérieux.

— Ça l'est.

Immédiatement, Jenny lui saisit le bras.

— Oh, mon Dieu, tu n'es pas malade, au moins ?

— Jenny, assieds-toi, dit Kevin doucement en écartant son épouse de Naomi.

— Pardon. Je me tais.

Naomi remplit un verre pour Jenny puis s'en servit un, sans pouvoir se résoudre à s'asseoir.

— Bon… Inutile de tourner autour du pot. Carson était le nom de jeune fille de ma mère. Mon frère et moi avons officiellement changé d'état civil il y a longtemps. En vérité, nous nous appelons Bowes. Nous sommes les enfants de Thomas David Bowes.

Elle ne s'attendait pas à susciter aussi peu de réaction, et elle en fut décontenancée.

— Tout le monde ne sait pas qui c'est, souligna Xander.

— Ça me dit vaguement quelque chose, dit Kevin, mais pas plus que ça…

— Thomas David Bowes a commis vingt-six meurtres, en tout cas avoués, entre 1986 et 1998. Il a été arrêté en août 1998.

— Bowes… Oui, ça y est, je me souviens. Sur la côte Est, non ?

— En Virginie-Occidentale. Il violait et torturait ses victimes avant de les étrangler.

— Ton père ? s'écria Jenny en agrippant la main de son mari. Il est toujours en vie ?

— Oui. La peine de mort a été abolie en Virginie-Occidentale.

— Il s'est échappé ? C'est lui qui a tué Marla et Donna ?

— Non, il est en prison depuis dix-sept ans. Nous avons changé de nom, nous avons déménagé, mais le fait est que nous sommes les enfants d'un tueur en série. Vous êtes devenus mes amis. Vous m'aidez à me sentir bien, ici. Je tenais à ce que vous sachiez qui je suis.

— Ça me revient maintenant, cette histoire… On était gamins à l'époque, dit Kevin à Xander. Il y a eu un film. Je l'ai vu à la télé il y a quelques années. C'est toi, Naomi, qui as trouvé la fille qu'il séquestrait, c'est bien ça ? Tu l'as aidée à s'enfuir, tu l'as accompagnée au poste de police.

— Je n'ai pas vu le film, ni lu le livre. Je ne sais pas s'ils sont fidèles à la réalité.

— Assez, déclara Xander. Naomi a suivi son père dans les bois, un soir. Elle a découvert la jeune fille dans la cave d'un chalet ravagé par un incendie.

— Elle s'appelait… elle s'appelle Ashley, précisa Naomi.

— C'est grâce à Naomi que son père a été arrêté, ajouta Xander.

— Il y a dix-sept ans…, murmura Jenny, blême, les yeux écarquillés. Tu n'avais que… Oh, mon Dieu, Naomi, s'écria-t-elle en se levant pour serrer Naomi dans ses bras ! Oh, mon Dieu, pauvre petite fille… Tu n'étais encore qu'un bébé !

— J'avais douze ans, je…

— Un bébé, répéta Jenny. Je suis désolée, sincèrement désolée. Seigneur… Il t'a fait du mal ? Il…

— Il ne m'a jamais touchée. Il était dur et, parfois, il quittait la maison pendant plusieurs jours ; mais il n'a jamais levé la main sur moi ni sur Mason. Il était diacre. Il travaillait pour une compagnie d'électricité. Il tondait la pelouse et repeignait la véranda. Et il assassinait des jeunes femmes.

Jenny resserra son étreinte, berça Naomi entre ses bras.

— On ne pense jamais aux familles des… On ne se met jamais à la place de leurs proches. Tu n'étais pas obligée de nous le dire, tu sais, dit-elle en s'écartant de Naomi. Ça doit être si difficile d'en parler.

— Je n'avais l'intention de le dire à personne. Je voulais juste m'installer là, mais…, ajouta-t-elle en se tournant vers Xander, les choses ont changé.

— Elle avait peur que vous la regardiez différemment, dit-il.

— Xander…

— Laisse-moi finir, s'il te plaît. Certaines personnes lui ont tourné le dos en découvrant son passé. D'autres se délectaient des détails les plus sordides. Alors elle pliait bagage et prenait la route.

— Certaines personnes sont bêtes et méchantes. Si c'est ce que tu pensais de nous, c'est insultant.

— Je…

— Tu nous dois des excuses.

— Je… Je suis désolée.

— Accepté. Kevin, accepté ?

Il esquissa un demi-sourire.

— Bien sûr.

Lorsque Naomi se cacha le visage entre les mains, Jenny tendit un doigt vers elle puis vers Xander et attendit, les poings sur les hanches, qu'il se lève et lui passe un bras autour des épaules.

— Reprends-toi, lui dit-il.

— Oh, laisse-lui une minute ! le tança Jenny. Où est mon verre de vin ? dit-elle en essuyant une larme. J'ai besoin d'une minute, moi aussi. Quand j'y pense… Une fillette à peine plus grande que Maddy, confrontée à une telle horreur… Les enfants ne devraient même pas savoir que ces choses-là existent… Si tu ne veux pas que ça se sache, Naomi, personne ne le saura. En soupirant, elle l'arracha des bras de Xander. Oh ! punaise, les hommes ne servent à rien dans des moments pareils… Viens avec moi à l'intérieur, Naomi. Prends la bouteille.

— Elle est unique, dit Xander lorsque les deux femmes eurent disparu dans la cuisine.

— Laquelle ?

— L'une et l'autre. On est des veinards, mon pote.

— C'est sûr… Maintenant, dis-moi ce que Bowes a à voir avec Marla et Donna, et qui est venu fureter ici aujourd'hui.

— Je vais t'expliquer.

Xander se rassit et entreprit de retracer l'enquête de Mason.

En entendant Mason descendre l'escalier, le lendemain matin, Naomi plaça une tasse sous le percolateur puis retira du four l'assiette qu'elle y tenait au chaud.

— Un expresso et un petit déjeuner chaud ? Waouh, des œufs Benedict ! Je suis gâté.

— J'étais d'humeur à cuisiner, et Xander les adore. En costume, aujourd'hui ?

— C'est l'usage, au Bureau. Je suis rentré très tard, hier soir. Comme Xander reste là, je dormirai sans doute plus souvent en ville qu'ici. Merci, dit-il en prenant sa tasse de café. Mais on ne me servira pas des œufs Benedict au snack du coin.

— Tu penses que vous arriverez à boucler cette enquête ?

Il leva vers elle ses yeux noisette – les mêmes que ceux de leur père, mais si différents de ceux de leur père.

— Je ne repartirai pas d'ici tant que nous n'aurons pas arrêté ce type. Il chausse du 44 et porte des chaussures de randonnée Wolverine Sentinel à la semelle usée. Elles ne doivent pas être de la première jeunesse.

— Tu as déjà toutes ces infos à partir d'une empreinte ?

— C'est mon boulot. Nous estimons qu'il mesure entre un mètre soixante-dix-sept et un mètre quatre-vingt-trois, qu'il pèse entre soixante-dix et soixante-quinze kilos, tout cela déduit d'après sa pointure, la profondeur de l'empreinte, la longueur de ses pas. Il est blanc, très certainement autour de la trentaine. Le profil se précise.

— Reste maintenant à savoir qui je connais qui fasse cette taille et ce poids, à peu près de mon âge, et qui veuille me tuer. Naomi leva une main avant que Mason puisse dire quoi que ce soit. Ce n'est pas du sarcasme. Je me pose réellement la question.

— Tu ne le connais peut-être pas, ou tu ignores que tu le connais. En tout cas, il connaît Bowes. Je vais éplucher toutes ses visites et sa correspondance aujourd'hui. Ensuite, j'irai le voir.

— Tu… Tu vas aller en Virginie ?

— Ce serait étonnant qu'un type obsédé par la fille de Bowes, qui a adopté le *modus operandi* de Bowes, n'ait pas été en contact avec lui.

— Je dois venir avec toi ?

— Pas pour le moment. Plus tard, éventuellement. S'il se révèle que tu puisses nous aider en allant lui parler, t'en sentirais-tu capable ?

— J'y ai pensé, je me suis posé la question. Oui, j'irai, s'il le faut, pour sauver toutes celles à qui cet adepte de Bowes pourrait s'en prendre, et pour mon propre salut. Ce n'est pas la peur, Mason, qui m'a retenue d'aller le voir. C'est le déni. Cette étape était nécessaire, je crois, avant l'acceptation.

Notre père a eu trop d'influence sur ma vie. Il n'en aura plus, désormais. J'ai tout raconté à Kevin et à Jenny, hier soir. Ça m'a fait un bien fou.

— C'est un grand pas en avant. Tu avais fait le premier en achetant cette maison. Et à partir de ce moment-là tu as commencé à te redéfinir. Et depuis, tu n'as pas cessé d'aller de l'avant. Si tu n'avais pas encore fait cette démarche, c'est que tu n'étais pas prête.

— Xander est amoureux de moi.

— J'avais remarqué.

— Ah bon ? répliqua Naomi avec un clin d'œil. Je m'habitue peu à peu à être aimée, par un homme qui a la patience d'attendre que je finisse de me reconstruire. Hier, j'ai réussi à lui dire que je l'aimais. Aussi désespérément que j'aie désiré être normale, je n'aurais jamais cru que quelqu'un puisse m'aimer en sachant tout de moi. Que quelqu'un serait capable de m'aider à surmonter mes blocages, afin que je sois libre de lui donner mon amour. C'est un miracle.

— Xander est exactement le genre de mec que j'aurais choisi pour toi, si j'avais eu voix au chapitre.

— Bien que tu ne l'aies pas, ce que tu me dis là me touche au plus profond du cœur. Il va emménager ici. Seigneur..., murmura-t-elle, une main sur le cœur. C'est énorme pour moi.

— Que ressens-tu ?

Une question de psy autant que d'un frère à sa sœur, pensa-t-elle. Néanmoins, elle était prête à y répondre.

— Ça me rend nerveuse. Je n'ai pas peur, mais je me sens nerveuse. Et heureuse. Nous allons construire un garage pour trois voitures.

— Les oncles seront fous de joie.

— Je sais. J'ai hâte de le leur présenter. Malheureusement, nous devons attendre que cette histoire soit réglée.

— Je mettrai tout en œuvre pour qu'elle le soit au plus vite, tu peux me faire confiance.

29

En une seule journée, Xander transporta tout ce dont il avait besoin dans la maison sur la falaise. Les livres représentaient le plus gros défi : ils ne rentreraient pas tous dans la bibliothèque.

— Jamais je n'aurais imaginé qu'il pourrait manquer de la place pour quoi que ce soit, ici.

Il haussa les épaules en regardant les rayonnages à présent couverts de livres et, par terre, les caisses encore pleines.

— Il n'est pas nécessaire qu'ils soient tous au même endroit. On n'a qu'à en mettre un peu partout, suggéra-t-il.

— Il y en a trop.

— Ne me propose surtout pas d'en donner une partie.

— Je n'y pensais même pas.

Elle y avait peut-être songé furtivement, mais avait aussitôt rejeté cette idée.

— C'est juste que je ne vois vraiment pas où les mettre, ajouta-t-elle. On ne peut tout de même pas les laisser dans des caisses. Comment saurais-je ce qu'elles contiennent, le jour où j'aurais envie de lire ?

— Kevin pourrait faire une autre bibliothèque.

— J'adorerais une bibliothèque murale comme chez toi, mais où ?

— Au sous-sol. Tu vas y aménager une chambre noire, non ?

— Sûrement, tôt ou tard.

— Je pourrais m'y faire un coin travail. Je n'ai pas besoin de beaucoup de place. Il suffit que je puisse caser un bureau et quelques classeurs.

— Tu ne vas pas installer un bureau à la cave…

— Pourquoi pas ? Tu serais tranquille dans le tien à l'étage, moi dans le mien au sous-sol, on ne se dérangerait pas. Et ce n'est pas l'espace qui manque en bas. Il en resterait pour une bibliothèque. Mes bouquins peuvent rester dans des caisses, en attendant. Je paierai les travaux pour le bureau et la bibliothèque, quoi qu'ils impliquent.

Notamment un accès sur le jardin, selon lui, mais il n'estimait pas utile de le mentionner tout de suite.

— J'ai de l'argent, ajouta-t-il. Je comptais acheter un appartement que j'aurais mis en location, mais je préfère investir mes économies ici. En plus, Jimmy va s'installer dans l'appart au-dessus du garage. Ça me fera un petit revenu supplémentaire. Jimmy, le grand échalas avec une barbichette, tu vois qui c'est ? Il travaille pour moi.

— Oui, je l'ai déjà rencontré. Tu… Tu as déjà loué ton appart ?

— Jimmy termine son école de gestion en juin, il voulait partir de chez ses parents. Et j'aime autant qu'il y ait quelqu'un au-dessus du garage. Ça nous arrange tous les deux. Je lui laisse la plupart de mes meubles. Tu ne voudrais pas de mes vieilleries chez toi.

— Et toi ?

— Je n'ai besoin que de mes bouquins. Ça, ce n'est pas négociable, affirma Xander en prenant au hasard une vieille édition de poche de *L'Homme illustré*. Tu l'as lu ?

— J'ai vu le film.

— Rien à voir, rétorqua-t-il en lui collant le recueil de nouvelles entre les mains. Lis-le, il est excellent. Bon… À moins que tu aies d'autres projets pour le sous-sol, ou que tu veuilles réfléchir, je demanderai à Kevin d'établir un devis pour un bureau et une bibliothèque.

— À part la chambre noire, non, je n'avais pas d'autres projets.

— Impeccable. Qu'est-ce qu'il y a ? Tu fais une drôle de tête. Tu as peur d'avoir mis le doigt dans un sale engrenage ?

— Non. Je me demande plutôt pourquoi je ne m'inquiète pas plus. Je pensais… On doit me livrer des meubles, demain. On pourrait commencer à regarder si on ne pourrait pas y caser une partie de tes livres…

Elle glissa le Ray Bradbury dans la poche arrière de son jean, puis se baissa pour soulever une caisse, mais Xander la devança.

— Laisse, c'est lourd.

— Apporte-la dans le petit salon à côté de la salle à manger. Ce sera un bon début.

Naomi ouvrit le chemin à travers la maison silencieuse – les ouvriers avaient terminé leur journée. Elle ne lui paraissait pas moins grande, maintenant qu'elle y vivait avec un homme et un chien. Non, elle lui semblait tout simplement adaptée, comme si la maison avait toujours attendu ces occupants-là.

Naomi balaya le petit salon du regard, imaginant comment elle le meublerait et le décorerait. Là, une jolie plante d'intérieur, sur un support original, et là…

— Il y a une vieille étagère au sous-sol, que je pensais mettre dehors, avec des pots de fleurs ; mais on pourrait lui trouver une place ici, pour quelques livres, des bibelots, des photos. Les pieds sont en métal, les rayonnages en bois.

— Tu veux que je la monte ?

— N'est-ce pas le rôle d'un homme de monter des trucs de la cave ?

— J'y vais.

— Merci. Tu sais ce que je verrais bien dans cette pièce ? Cecil a un vieux poste de radio arrondi, tu sais… Il ne fonctionne pas, mais il apporterait une touche vintage.

— Qu'il ne fonctionne pas ne signifie pas qu'il n'est pas en état de marche.

— À quoi me servirait de vivre avec un mécanicien s'il n'était pas capable de réparer une vieille radio qui irait à merveille dans ce petit salon ? Tu vois, je m'habitue déjà à la vie de couple.

— Je vais chercher l'étagère. Si tu me servais un verre de vin pendant ce temps, que je m'habitue moi aussi aux avantages de la vie à deux…

— Excellente idée !

Ils burent du vin tout en alignant les livres sur les rayonnages.

— Tu as parlé à Loo ?

— Oui. Elle est furieuse. Pas envers toi, s'empressa d'ajouter Xander en déchiffrant sans difficulté l'expression de Naomi. Elle est folle de rage que ce malade te traque depuis la fac. Folle de rage qu'il ait tué Donna. Et désormais, elle ouvre l'œil. Il n'est pas impossible que le tueur passe boire un verre au bar, ou qu'il vienne au concert vendredi soir. Elle sera vigilante.

À l'affût d'un trentenaire de stature et de poids moyens, en chaussures de marche, pensa Naomi.

— Mason part rendre visite à notre père en Virginie, avec l'un de ses collègues du BAU.

— Ça ne peut pas nuire.

— Ils ont des noms.

Xander lâcha le livre qu'il tenait.

— Pourquoi tu ne me l'avais pas dit ?

— Aucun ne m'est familier, répondit Naomi en ramassant le livre et en le rangeant sur l'étagère. Il s'agit de personnes ayant entretenu une correspondance suivie avec mon père, ou qui sont allées le voir plusieurs fois en prison. Elles vont être interrogées et faire l'objet d'une enquête.

— Bien. Le tueur n'avait encore jamais été au centre d'une investigation de cette ampleur. Je ne crois pas qu'il soit assez malin pour passer à travers les mailles du filet.

— C'est aussi ce que pense Mason. J'essaie de m'en convaincre… À mon avis, il a quitté la région.

Elle se trompait. Le jour même, à moins d'un kilomètre de Point Bluff, dans un fossé, on découvrit le corps de Karen Fisher, serveuse de bar à Lilliwaup et prostituée à ses heures perdues.

Une carte de presse, et la sienne était authentique, présentait l'avantage majeur de vous donner accès partout. La petite pute du fin fond de nulle part avait réveillé le cirque médiatique. Et il était là, au milieu des journalistes de Seattle, voire de plus loin.

Un beau fait divers. Il aurait pu en faire un article digne du prix Pulitzer, si le *New York Times*, le *Washington Post* ou n'importe lequel des journaux nationaux où il avait postulé avaient bien voulu lui laisser sa chance.

Qu'ils aillent se faire foutre... À présent, la presse écrite était en voie d'extinction. L'info passait par Internet.

Il tenait un blog et pouvait l'alimenter de n'importe où. Il lui était déjà arrivé de couvrir ses propres actes, mais c'était la première fois qu'il se trouvait sur les lieux avant, pendant et après.

S'il était extrêmement fier de lui, il savait toutefois qu'il ne devait pas s'attarder trop longtemps dans les parages.

Trop périlleux, pensa-t-il en enregistrant le chef de la police, un pauvre péquenaud, et la chargée de relations publiques du FBI, une pétasse arrogante.

Le moment était venu de mettre un terme à l'odyssée. D'emmener Naomi en balade, d'avoir de longues conversations avec elle, puis de l'achever.

Après quoi, il prendrait le large, poursuivrait son œuvre ailleurs. L'été au Canada, peut-être, l'hiver au Mexique.

Pas d'attache, libre d'aller où le vent le portait. Il y aurait partout des salopes à tuer, lorsque l'envie le prendrait. En souvenir de Naomi Bowes.

Un jour, il écrirait son histoire. Il en ferait un livre, pas pour l'argent, mais pour la gloire. Il devrait attendre d'être installé quelque part. En Argentine, par exemple. Il rédigerait et autoéditerait le récit de tout ce qu'il avait accompli au nez et à la barbe de ces crétins de flics.

Il prit quelques notes sur sa tablette, photographia ce crétin de Mason.

Eh, tête de nœud ! Je suis là. Je vais bientôt tuer ta frangine. Je la violerai d'abord par tous les trous, avant de l'étrangler, comme ton vieux aurait dû le faire.

Peut-être enverrait-il à Bowes une photo de sa fille. Il n'était pas difficile de faire parvenir des paquets aux détenus, il savait comment faire. Un portrait de Naomi, ouais, ce serait la cerise sur le gâteau.

Mieux encore, il publierait en ligne les photos de toutes les sales garces qu'il avait tuées. Que Dieu bénisse l'Internet !

Tout le monde saurait qu'il avait surpassé Bowes. Qu'il les avait tous surpassés. Le tueur de la Green River, le Zodiac ? Ils ne lui arrivaient pas à la cheville.

Quand on donna la parole aux journalistes, il lança délibérément une question, dans le but d'attirer les regards.

Coucou, je suis là, regardez-moi !

Et il en aurait volontiers posé une deuxième si la grognasse à côté de lui ne l'avait pas devancé.

Puis, alors que ses confrères regagnaient leur motel ou se rendaient au café face à la marina, il alla s'attabler à la pizzeria afin de rédiger son article.

— Bonsoir, que puis-je vous servir ?

Il leva les yeux vers la jolie petite blonde qui lui avait fait faux bond.

Toi, tu devrais être morte…

— Pardon ?

— Excusez-moi, je parle tout seul, dit-il, cordial. J'avais oublié où j'étais.

— Je reviens dans un moment, si vous voulez.

— Non, non, je prendrai un Coca et une calzone, s'il vous plaît.

— C'est noté.

Elle ne tarda pas à revenir avec la boisson.

— Vous êtes en vacances dans la région ? demanda-t-elle. Vous êtes déjà venu chez nous, je crois…

— Je suis journaliste.

— Oh…, murmura-t-elle, l'air attristé.

— Désolé. Vous connaissiez la… Donna Lanier. Elle travaillait ici…

— Oui.

— Toutes mes condoléances. Si vous souhaitez me dire quelques mots à son sujet…

— Non, non, merci. Je vous apporte votre calzone dans un instant.

Tandis qu'elle s'éloignait, il la suivit des yeux en dissimulant un sourire.

Il se la ferait peut-être quand même, cette petite garce, pensa-t-il, et il forcerait Naomi à regarder pendant qu'il s'occuperait d'elle.

Tu ne peux pas la sauver, celle-là, hein ? s'imagina-t-il la narguer. *Tu as pu sauver Ashley, mais là, tu es complètement impuissante, ma pauvre. Quand j'en aurai fini avec elle et avec toi, j'irai rendre une petite visite à ton amie Ashley. Terminer le boulot que ton vieux n'a pas pu finir.*

Il travailla tout en mangeant sa calzone et en écoutant les bavardages.

Les petites villes étaient toutes les mêmes. Les péquenauds ne pouvaient pas s'empêcher de jaser. Il suffisait de tendre l'oreille pour tout savoir de leur petite vie minable.

Il apprit ainsi que le garagiste emménageait chez la photographe new-yorkaise, dans la grande maison de Point Bluff. Il apprit que les gens avaient peur, que certains se demandaient ce que faisait la police. Pourquoi n'avait-on pas encore arrêté le tueur ? s'interrogeait-on.

« Parce qu'il est plus malin que les flics », avait-il envie de répondre.

Il apprit qu'on l'imaginait se terrant dans les forêts du parc national, tel un survivaliste. Et pensa : *Ouvrez les yeux, bande de crétins, il est assis juste là*.

Il apprit que le chéri de Naomi jouait vendredi soir au bar du village.

Et dès lors il commença à s'organiser.

— Lucas Spinner, tu es sûre que ça ne te dit rien ? insista Mason en tapotant la photo posée sur le comptoir de la cuisine.

— Rien du tout, répondit-elle en examinant le portrait d'un jeune homme brun aux cheveux hirsutes et à la barbe mal taillée.

— En tant que pigiste pour un quotidien de l'Ohio, il a rendu visite à Bowes six fois entre juillet 2003 et août 2004. Il a ensuite correspondu avec lui pendant dix-huit mois, jusqu'en 2006, où il a été porté disparu, présumé décédé alors qu'il couvrait un incendie de forêt en Californie.

— S'il est mort…

— Présumé, rectifia Mason. Peu après, Bowes a eu un nouveau correspondant, un dénommé Brent Stevens, initialement domicilié dans le Queens, selon l'adresse de l'expéditeur et les cachets de la poste. Mais on ne retrouve aucun Brent Stevens dans le Queens à cette époque. J'ai lu ses lettres, et je jurerais que Spinner et Stevens ne font qu'un. Ils emploient la même syntaxe, la même terminologie, malgré une vague tentative de simuler deux plumes différentes. Nous avons demandé à un expert de procéder à une analyse.

Naomi se pencha à nouveau au-dessus de la photo de Spinner.

— Tu penses qu'il s'agit de l'individu que vous recherchez ?

— Certains des courriers de Stevens ont été postés d'endroits où tu es allée, au moment où tu t'y trouvais. Et il a disparu tout d'un coup de la circulation, la correspondance avec Bowes a cessé.

— Qu'est-ce que ça prouve ?

— Je suis presque sûr qu'ils ont continué à communiquer. Les détenus peuvent facilement se procurer des téléphones, et les gardiens ne les surveillent pas toujours de très près lorsqu'ils se servent des ordinateurs de la prison.

— Je scannerai sa photo et je la retoucherai, pour voir à quoi il ressemble sans la barbe et avec les cheveux courts.

— N'oublie pas qu'il a aussi quelques années de plus.

— Tu as dit qu'il se fondait dans la masse. Un barbu aux cheveux longs ne passe pas inaperçu. Je me pencherai sur son portrait dès demain à la première heure. Il faut qu'on y aille, maintenant. Je te promets que tu ne regretteras pas ta soirée chez Loo.

— Je n'en doute pas une seconde, mais je ne resterai qu'une heure ou deux, au grand maximum. On décolle à 7 h 30, demain matin.

— Tu m'enverras un texto quand tu lui auras parlé ?

— Oui, et je t'appellerai si j'ai des choses importantes à te dire.

Après avoir vérifié toutes les portes, donné un os à Podkol pour qu'il ne s'ennuie pas, Naomi activa l'alarme.

— Ça fait des lustres qu'on n'est pas allés ensemble dans un bar.

— La dernière fois, c'était pour mon vingt et unième anniversaire. Tu m'avais fait la surprise de venir le fêter avec moi à New York.

— C'est aussi vieux que ça ?

— Eh oui… On a passé le début de la soirée au Spot, avec Seth et Harry. C'est là que j'ai commandé de l'alcool pour la première fois en toute légalité. Après, tu m'as emmené dans ce drôle de petit troquet.

— *Le Trou dans le mur*, à Chelsea, où tu t'es fait draguer.

— La nana était plutôt jolie, mais je fréquentais quelqu'un.

En riant, Naomi ferma les yeux, renversa la tête en arrière, sur le siège passager de la voiture de son frère.

— Faisons un pacte, dit-elle. Une fois par an, où qu'on soit, on se retrouve quelque part pour boire un coup dans un bar. Même quand on aura cent un ans.

Ils nouèrent leurs petits doigts.

— Même quand tu seras mariée et que tu auras cinq mômes.

— Ça, ce sera un truc à arroser !

Il l'attendait, il la guettait, et son bas-ventre se contracta lorsqu'il la vit entrer dans le bar, en tee-shirt jaune pâle et jean moulant.

Son frère jeta un bref coup d'œil au groupe du mécano qui massacrait un morceau des Stones, puis il balaya lentement la salle du regard.

Il se retourna face au bar et se concentra sur son verre de bière. Trouver un tabouret tout au bout du comptoir n'avait pas été difficile. La plupart des gens préféraient être installés face à la scène. Lui était mieux dans un coin sombre. Un homme attablé seul se remarquait, alors que personne ne prêtait attention à un solitaire au comptoir.

Il pivota légèrement, afin de les avoir dans son champ de vision tandis qu'ils se faufilaient entre les tables pour rejoindre le charpentier et sa bonne femme.

Il avait envisagé d'enlever la femme du charpentier, Jenny, mais elle n'était vraiment pas son genre. Un jour, s'il revenait en pèlerinage dans la région, peut-être qu'il lui rendrait une petite visite ; mais pour l'instant, il n'avait pas de temps à perdre.

En fait, seule Naomi l'intéressait. Il l'observerait un moment, en terminant sa bière, puis laisserait un pourboire, ni trop gros ni trop petit. On se rappelait des clients trop généreux autant que des mesquins.

Ensuite, il mettrait son plan en branle. Ce soir serait un grand soir.

— Tu m'avais dit qu'ils étaient bons ! cria Mason à Naomi. Tu ne m'avais pas prévenu qu'ils étaient excellents !

— Ils assurent !

Flattée, elle poussa son frère vers la table, croisa le regard de Xander et pensa : *Oh oui, je suis avec le leader du groupe…*

Puis elle tapota l'épaule de Jenny et se pencha vers elle.

— Je vais commander, vous voulez un verre ?

— Avec plaisir !

Elle exerça une pression sur l'épaule de son amie puis se dirigea vers le bar, en direction de Loo, qu'elle souhaitait saluer.

Un homme était assis au bout du comptoir, penché au-dessus d'une chope presque vide, une casquette de base-ball enfoncée sur les yeux.

Sentant qu'il la regardait, parcourue d'un léger frisson, elle s'éloigna en direction de l'autre extrémité du bar. Le type se massa l'arête du nez et se tourna de l'autre côté.

— Salut, Naomi !

Krista se leva de sa table pour embrasser Naomi.

— Salut, tu vas bien ?

— Tu sais quoi ? On a vendu la photo de Xander avec le chien, dix minutes avant de fermer la boutique, ce soir.

— Super !

— Il faudra nous faire d'autres tirages.

— Bien sûr.

— On pourrait se voir la semaine prochaine pour en discuter ?

— Pas de problème. Envoie-moi un mail, on se fixera un rendez-vous.

Naomi s'interrompit en voyant l'homme à la casquette se lever et s'en aller. Ce n'était rien, se dit-elle, il n'y avait sûrement pas lieu de s'affoler. Et elle interpella Loo afin de lui passer sa commande.

— Le gars qui vient de partir te zyeutait, lui dit celle-ci d'emblée.

— J'ai vu. Il était tout seul, au bout du comptoir.

— Il m'a fait une drôle d'impression.

— Pourquoi ?

Loo haussa les épaules, continua de préparer un Martini.

— Il est resté là presque deux heures, il n'a bu qu'une bière et il n'arrêtait pas de lorgner vers la porte. Il n'osait pas me regarder, il gardait la tête baissée. Toi, en tout cas, il ne te quittait pas des yeux..., déclara Loo en ajoutant deux olives sur une pique dans le verre.

— Tu as vu son visage ?

— Suz, le cocktail est prêt ! Non, je te l'ai dit, il baissait la tête. Une petite trentaine, je dirais. Brun, apparemment, sous sa casquette. Longs doigts osseux. Il avait l'air nerveux, il n'arrêtait pas de se gratter le visage.

Loo plaça deux chopes sous la tireuse à bière, les remplit.

— Mais je me fais peut-être un film, ajouta-t-elle. Terry, tu es servi ! Tu veux boire quelque chose ? demanda-t-elle à Naomi.

— Un verre de vin, un pour Jenny, une bière pour Kevin et une Corona pour mon frère. Je suis désolée, Loo.

— Il n'y a pas de quoi. On discutera plus longuement tout à l'heure, si tu veux, quand on ne sera plus obligées de hurler pour s'entendre. Passe une bonne soirée. Xander est fou de toi. En fait, c'est la seule chose importante que j'aie à te dire.

— J'essaierai de ne pas tout gâcher.

En riant, Loo posa les deux verres de vin sur un plateau.

— Tu n'es pas vraiment de nature positive, toi, hein ?

— Et pourtant, j'ai fait d'énormes progrès, ces derniers temps !

Naomi emporta le plateau à la table, distribua les verres. Suz passa en trombe, reprit le plateau et repartit en coup de vent.

— Il paraît qu'ils ont enregistré un CD, dit Mason en portant sa cannette à ses lèvres. Je l'achèterai. Les oncles seront fans. Hum, la première gorgée de bière..., soupira-t-il. J'ai cru qu'elle n'arriverait jamais !

— Les serveurs sont débordés, et je discutais avec Loo. Il y avait un type...

Immédiatement, Mason posa sa bouteille.

— Quel type ?

— Juste un gars au bar. On a toutes les deux remarqué qu'il me regardait.

— Où est-il ?

— Il est parti.
— Tu as vu son visage ?
— Non. Mason, je…
— Loo l'a vu ?
— Pas très bien.

Mason se leva, sa cannette à la main, et se dirigea vers le comptoir.

— Eh ! s'écria Jenny. Je voulais l'inviter à danser.

— Il revient, et c'est un excellent danseur, déclara Naomi.

Regrettant d'avoir alarmé son frère, elle goûta son verre de vin.

Quand Mason revint, il se pencha au-dessus d'elle et lui chuchota à l'oreille :

— Petite trentaine, d'après Loo, blanc, cheveux bruns, courts, plutôt mince, environ un mètre soixante-quinze.

— Il y a au moins vingt mecs ici qui correspondent à cette description.

— Mais vous êtes deux à avoir eu un pressentiment. Il ne faut jamais négliger les pressentiments. Je t'enverrai quelqu'un pour travailler avec toi sur le portrait, demain.

— Mason…

— On voit souvent plus de choses qu'on ne pense, surtout quand on a le sens de l'observation. Mieux vaut prévenir que guérir.

— OK, OK. Invite Jenny à danser. Elle a envie de danser et Kevin déteste ça.

— Ça tombe bien, j'adore !

Mason but une gorgée de bière puis tendit la main à Jenny.

Kevin les regarda gagner la piste, tout sourires. Naomi orienta sa chaise face à la scène. Xander la regardait, et le regard de cet homme-là ne lui inspirait que de bons sentiments.

Agréablement fatiguée, parfaitement détendue, Naomi s'installa dans le camion de Xander. Ky s'accouda à la vitre.

— Vous ne voulez vraiment pas rester boire un coup avec nous ?

— Je suis de garde, depuis déjà dix minutes, répondit Xander.

— Allez, juste une bière, insista Ky.

— Une bière pourrait me coûter mon permis. On aura l'occasion d'en boire d'autres. Finissez bien la soirée.

— Reste à décompresser un moment avec tes copains, si tu veux, intervint Naomi. Ne te sens pas obligé de rentrer à cause de moi.

— J'ai vraiment envie de rentrer.

— Et je parie que le chien a vraiment envie de sortir.

— Exactement. De toute façon, la bière n'est pas le seul moyen de décompresser.

— Ah bon ? répliqua-t-elle avec un sourire.

— Je te montrerai.

Lorsque son téléphone vibra, à 4 h 15, Xander regretta sincèrement de ne pas avoir confié la garde de nuit à Jimmy.

— Putain de bordel de merde, bougonna-t-il avant de prendre l'appel. Keaton, j'écoute...

Oui… Mmm… OK, j'arrive d'ici une quinzaine de minutes.

— Un dépannage ? demanda Naomi.

— Une batterie à plat, apparemment. Entre ici et le village. J'y vais. La recharger ne devrait pas me prendre plus d'une demi-heure.

— Tu veux un café ?

— Je me le préparerai. Rendors-toi.

— Pas besoin de me le dire deux fois, marmonna-t-elle en se blottissant sous la couette.

Même le chien ne se leva pas. Xander vit ses yeux briller dans le noir tandis qu'il s'habillait, mais Podkol ne bougea pas d'un poil.

Il se prépara un café dans un mug isotherme et le but en se dirigeant vers son camion.

Il serait de retour dans une quarantaine de minutes, pensa-t-il en jetant un dernier regard à la maison. Les portes étaient fermées à clé, l'alarme activée, le chien était là. Naomi ne risquait rien.

Néanmoins, il s'en voulait de ne pas avoir confié la garde de nuit à Jimmy, car il avait lui aussi remarqué le gars seul au comptoir qui avait suivi Naomi des yeux quand elle était entrée dans le bar.

Cela dit, il avait également remarqué un autre type seul à une table qui l'avait regardée avec insistance. Une femme était venue le rejoindre peu après.

De toute façon, l'assassin ne s'introduisait pas chez ses victimes, se remémora-t-il en démarrant.

— Ford Escape 2013, attelée à une caravane, murmura-t-il. Je ne peux pas la louper.

Il ralentit à l'approche du tournant qu'on lui avait indiqué. En effet, impossible de rater le véhicule et la caravane rangés sur le bas-côté, feux de détresse allumés.

Xander se gara derrière la caravane. L'automobiliste sortit de sa voiture, lui adressa un signe de la main, en clignant des paupières dans la lumière des phares. Xander descendit de son camion, tandis que l'homme parlait à quelqu'un qui devait se trouver sur la banquette arrière.

— Keaton ? demanda-t-il en se redressant.

— Lui-même.

— Mike Rhoder. Vous avez été rapide, merci. Ma bagnole ne veut plus démarrer. On part camper à Olympia avec mon fiston. Il avait envie de faire pipi, je me suis arrêté, impossible de repartir. Non, on n'est pas encore arrivés, Bobby, rendors-toi.

Xander alluma sa lampe torche.

— Ouvrez le capot, je vais regarder ce qui se passe.

— Je pensais être coincé là jusqu'au matin. Mon ex m'aurait passé un de ces savons… J'espère que je ne serai pas obligé d'acheter une batterie neuve.

Le capot déverrouillé, Xander s'avança vers l'avant du véhicule, tandis que son client se penchait de nouveau à l'intérieur.

— Le monsieur va nous dépanner, ce n'est pas grave, ne t'inquiète pas. Quelle aventure, hein ? Ce ne sera plus très loin, après, promis.

— Mettez le contact, s'il vous plaît, lança Xander, la tête sous le capot.

— Tout de suite !

La voix, un peu trop enjouée, éveilla les soupçons de Xander, mais il n'eut pas le temps de parer le coup qui s'abattit sur son crâne. Il vit des étoiles et sombra dans le noir.

En ricanant, son agresseur brandit à nouveau sa barre à mine, mais des phares apparurent dans le tournant, si bien qu'il la jeta vivement dans sa voiture. Du pied, il fit rouler Xander dans le fossé.

La voiture ralentit, le bon Samaritain baissa sa vitre.

— Un problème ?

— Batterie à plat, mais je viens de la recharger. Merci !

— Je vous en prie. Bonne route.

La voiture repartie, il essuya la sueur qui perlait à son front. Il l'avait échappé belle. Dans le fossé, le mécano ne bougeait pas. Déguerpir de là au plus vite. Il claqua le capot, remonta au volant et prit la direction de la falaise.

Il consulta sa montre, se sourit à lui-même. Pile dans les temps. Il se garerait dans l'allée, assez loin de la route pour que la caravane n'attire pas l'attention, mais pas trop près non plus de la maison afin de ne pas alerter le chien.

Il avait envisagé d'empoisonner le clébard et s'était renseigné sur les méthodes. Malheureusement, toutes mettaient trop de temps à agir, et aucune n'était fiable à cent pour cent.

Lui loger une balle dans la peau aurait été jouissif, mais un coup de feu était bruyant : Naomi aurait pu s'enfuir.

Lui trancher la gorge ? Il ne voulait pas courir le risque de se faire mordre.

Il allait donc approcher discrètement, la laisser procéder tranquillement à son petit rituel matinal, qu'il avait observé à de nombreuses reprises. Elle ferait sortir le clébard par les portes de la chambre, puis elle descendrait dans la cuisine.

Il serait là à l'attendre.

Fidèle à ses habitudes, Podkol réveilla Naomi à 5 heures tapantes. Elle tâtonna dans le lit, espérant que Xander était revenu. Puis elle se rappela qu'il n'était parti que depuis une demi-heure.

— Je me lève, deux secondes..., dit-elle au chien qui s'impatientait au pied du lit.

Elle le fit sortir, envisagea de se recoucher, mais la routine était trop ancrée. Elle enfila donc un pantalon de coton, un débardeur, et sortit de la chambre.

Elle ferait de la pâte à gaufre, après avoir bu un café. Si Xander n'était toujours pas de retour, elle lui enverrait un texto pour lui demander à quelle heure il comptait revenir.

Passerait-elle pour une enquiquineuse ?

Elle n'avait pas l'impression d'être particulièrement envahissante. Au besoin, elle enverrait donc un SMS.

Dans la cuisine, elle alluma la lumière, plaça un mug sous le percolateur et le mit en marche.

Pendant que l'eau chauffait, elle sortit un saladier, des œufs, du lait, de la farine, du sucre... et s'interrompit dans sa tâche sitôt que le café fut prêt.

Sa tasse à la main, elle ouvrit les portes en accordéon, impatiente de sentir l'odeur du petit matin.

Elle avait encore la main sur la poignée lorsqu'elle perçut un mouvement derrière elle.

30

Elle fit volte-face, jeta son mug de toutes ses forces. La tasse atteignit l'homme à la poitrine, le café lui éclaboussa le visage. Il poussa un cri, lâcha le chiffon qu'il tenait à la main, ce qui permit à Naomi de se ruer vers ses couteaux de cuisine.

Elle en saisit un, se retourna vers lui… et l'abaissa doucement.

— Ouais, tu sais qu'un couteau ne fait pas le poids face à un flingue. Pose ça tout de suite, lui ordonna-t-il sous la menace d'un revolver. Tu as bousillé ma chemise, tu me le paieras.

— La police est à vos trousses.

— Crois-y si ça te chante, mais le fait est que mon plan se déroule exactement comme prévu.

— Pourquoi ? demanda-t-elle.

— On en discutera plus tard, on aura tout le temps, répondit-il, goguenard, en portant la main à l'arête de son nez.

— Je ne suis pas…

Elle s'interrompit, se remémorant soudain ce tic, ce rictus sarcastique.

— Chaffins…

— Il t'aura fallu du temps, railla-t-il avec un sourire, manifestement content de lui. Je me suis fait opérer, je n'ai plus besoin de lunettes. Et je me suis fait refaire le nez. J'ai aussi pris des muscles, pas vrai ? Ça faisait un bail, n'est-ce pas, Carson ? Ou dois-je t'appeler Bowes ?

— Comment as-tu pu… On était amis.

— C'est ça, ouais… Tu me regardais de haut avant que je te fasse entrer au journal du lycée.

— Tout ça pour ça ? Parce que je ne t'accordais pas assez d'importance ? Au lycée ?

— Rassure-toi, ça ne m'a pas traumatisé. J'en ai connu des tas d'autres, des jeunes, des vieilles, de tous les âges. J'avais compris qui tu étais, et nous avions conclu un marché. Mais tu m'as menti, tu m'as envoyé cette salope de flic pour me réduire au silence.

Comment avait-elle pu ne pas voir la folie dans son regard, à l'époque ? Comment avait-elle fait pour ne pas voir ce qu'elle voyait maintenant ?

— Je n'ai jamais rien conclu avec toi.

— Oh si, mais ça ne t'a pas empêchée de me piquer mon idée. Tu as écrit l'article toi-même.

— Il s'agissait de mon histoire.

— Parce que tu es la fille de Thomas David Bowes ?

S'il abaisse son revolver, ne serait-ce qu'un instant, j'ai une chance, pensa-t-elle. Elle devrait être rapide, mais elle ne laisserait pas passer sa chance.

— Tout est donc lié à mon père.

— Peut-être. Peut-être que j'ai toujours su, en effet, que je le surpasserais. Mais c'est ta mère qui a provoqué le déclic.

— Ma mère ?

— On en discutera plus tard, je t'ai dit. Avance.

Il ne tirerait pas. Manifestement, il ne voulait pas la tuer tout de suite. Alors elle resta immobile.

— Ma mère… Peux-tu m'expliquer ce que ma mère vient faire là-dedans ?

— OK, je t'accorde une minute. Mais au moindre geste idiot, je te tire dans le genou. Ça ne te tuera pas, mais ça te fera un mal de chien.

— Ma mère…, répéta-t-elle en coulant un regard vers l'horloge du four.

Où diable était Xander ?

— Ta mère, oui. Je n'avais encore jamais vu de cadavre, à part ceux des oiseaux ou des chats que j'avais tués. Ça a été une révélation. Elle était froide, et ses yeux… Oh putain ! Ses yeux m'ont collé une de ces triques !

Il ricana devant l'air écœuré de Naomi.

— Je suis né pour tuer, Carson, comme ton paternel. J'ai fait des recherches sur la psychologie et le patrimoine génétique des tueurs en série. Je pourrais avoir des conversations passionnantes avec ton petit frère.

— Ne t'approche pas de lui.

— Il ne m'intéresse pas. Je n'en ai jamais eu qu'après toi. Quand on a découvert le corps de ta vieille, j'ai su qu'un jour je te tuerais. Et puis j'ai compris qui tu étais, et tu es devenue encore plus excitante. Avance maintenant, ou je te fais sauter la rotule. Je le ferai peut-être de toute façon. Je n'ai jamais commencé par ce genre de préliminaires, mais…

Avec un rugissement menaçant, le chien s'élança contre les portes vitrées de la terrasse. Chaffins fit un bond en arrière et braqua son revolver vers la verrière. Naomi leva les mains au-dessus de sa tête.

— Ne fais pas ça, dit-elle en se dirigeant vers le couloir, les mains toujours en l'air. Allons-y, je te suis.

Elle avait encore une chance, pensa-t-elle désespérément. Xander allait arriver d'une minute à l'autre. Elle pouvait tenter de désarmer Chaffins, ou de s'enfuir.

— Sors, dépêche-toi, ou je te jure…

Du museau, Podkol élargit l'ouverture des portes vitrées, se ramassa sur lui-même et chargea dans la cuisine. Chaffins le visa, Naomi se jeta sur le chien.

La douleur lui coupa les jambes. Elle entendit un jappement aigu, la pièce tournoyer et elle s'écroula sur le chien.

— Connasse ! Pauvre conne !

Elle vit le visage flou de Chaffins au-dessus d'elle, la folie furieuse dans ses yeux.

— C'est comme ça que tu veux que ça se passe ? Tu veux une balle dans la cervelle ? Ouais, finalement, c'était peut-être comme ça que ça devait se passer.

Elle fixa le canon du revolver, comme étonnée. Pourquoi paraissait-il si petit, si lointain ?

Et tout à coup, il disparut de son champ de vision. Des cris retentirent, le bruit de quelque chose qui se fracassait, au loin encore, très loin. Rien qui la concernait, pensa-t-elle en se laissant dériver.

— Regarde-moi ! Bon sang, Naomi, ouvre les yeux ! Reste avec moi !

La douleur irradia au creux de sa taille. Avec un gémissement, elle se força à relever les paupières.

— Enfin… Désolé si je te fais mal. Je suis obligé de comprimer la plaie.

— Xander…, murmura-t-elle en levant une main qui semblait ne pas lui appartenir.

Il lui déposa un baiser sur la bouche, elle lui palpa la tempe.

— Tu saignes, beaucoup.

— Oui. Toi aussi. Les secours arrivent. Regarde-moi, je t'en supplie, parle-moi.

— Tu as eu un accident ?

— Non. Ça va aller, tiens bon.

— Je n'arrive pas à…

À travers la douleur, les souvenirs lui revinrent peu à peu.

— Podkol ! s'écria-t-elle. Le chien !

— Ne bouge pas, il va bien, ne t'inquiète pas. Tu entends ? Tu entends les sirènes ? Les secours arrivent.

— Il était dans la maison. Il allait tirer sur le chien. Je ne pouvais pas le laisser faire. Il… Le revolver. Il était armé.

— Il ne l'est plus, ne t'en fais pas. Je lui ai cassé le nez pour toi, murmura Xander en posant son front contre le sien.

— Je me serais battue, je ne me serais pas laissé faire, mais le chien… Il voulait me protéger. Mes yeux se ferment tout seuls.

— Non, regarde-moi ! Reste éveillée ! Reviens ! hurla Xander. Vite, bon sang… Elle perd beaucoup de sang.

— Un camarade de lycée.

— Quoi ?

— Chaffins. Anson Chaffins. Dis-le à Mason, parvint-elle à articuler avant de perdre connaissance.

Oscillant entre conscience et inconscience dans l'ambulance, elle percevait des bribes de phrases, des voix indistinctes, et sentait la main de Xander tenant la sienne. En tournant la tête, elle aurait juré voir le chien à côté d'elle, sur un brancard.

— Anson Chaffins, répéta-t-elle.

— J'ai compris, j'ai transmis le message. Ils le tiennent, détends-toi.

Quand elle rouvrit les yeux, aveuglée par une lumière blanche, on s'agitait autour d'elle, dans un brouhaha de voix parlant un jargon médical, comme dans un épisode de *Grey's Anatomy*.

Elle entendit :

— Je vais vous donner quelque chose pour calmer la douleur.

— Oh oui, s'il vous plaît..., marmonna-t-elle.

Furieux qu'on l'ait empêché de rester avec Naomi, Xander parlementait avec une corpulente infirmière qui lui bloquait le passage. S'il avait eu affaire à un homme, il en serait venu aux mains. Ce recours n'était d'ailleurs pas tout à fait exclu.

— Ce chien n'a rien à faire ici, et vous devriez faire examiner la blessure que vous avez à la tête.

— Le chien est blessé, il a reçu une balle, nom de Dieu !

— Je vous donnerai le nom d'un vétérinaire d'urgence. Mais sortez-le...

— J'exige qu'on soigne ce chien !

— Absolument, tonna Mason en le rejoignant, l'expression sévère, badge du FBI en main. La balle constitue une preuve matérielle, il faut l'extraire. Quant au chien, c'est un témoin capital. Vous allez le soigner tout de suite.

— C'est un héros !

— Je vous conseille d'aller chercher un médecin et d'emmener ce chien au bloc opératoire, ou je vous jure que je vous arrête pour entrave à une enquête fédérale.

On ne laissa pas Xander rejoindre Naomi, mais on l'autorisa à rester auprès du chien pendant qu'on extrayait la balle et qu'on traitait la blessure. En même temps, on lui désinfecta sa plaie et on lui sutura le cuir chevelu.

— Il s'en remettra, déclara le chirurgien qui s'était porté volontaire pour s'occuper de Podkol. Je lui ai injecté des antibiotiques, précisa-t-il en lui bandant le flanc. Il aura mal et il boitera pendant quelques jours. Je ferai un compte-rendu pour son vétérinaire habituel, qui assurera le suivi des soins.

— Merci.

— Il va dormir encore une heure, je dirais. Il a l'air d'un bon chien.

— C'est un super chien ! Je vous en prie, que quelqu'un me donne des nouvelles de Naomi… Naomi Carson, par pitié !

— Restez tranquille, s'il vous plaît, ordonna l'interne qui recousait la tempe de Xander.

— Ma collègue n'en a plus que pour quelques minutes, déclara le chirurgien. Je vais me renseigner sur Mlle Carson.

Il s'apprêtait à sortir quand Mason entra dans la pièce.

— Comment ça se passe, ici ?

— Plutôt bien, si ce n'est que l'un des deux patients se montre moins coopératif que l'autre.

— Où est Naomi ? Comment va-t-elle ? Merde ! Vous cherchez de l'or dans mon crâne, ou quoi ? s'énerva Xander.

— On s'occupe d'elle. Elle n'a rien de grave. La balle l'a traversée de part en part avant de se loger dans la cuisse du chien.

— Voici votre preuve, agent spécial.

Mason prit le récipient contenant le projectile.

— Merci… Elle a perdu beaucoup de sang, mais aucun organe vital n'a été touché. Ils la garderont en observation jusqu'à demain. Toi aussi, sans doute.

— Je reste avec elle, le chien aussi, décréta Xander, prêt à se battre si nécessaire.

— C'est déjà convenu. Tu te sens capable de me donner ta déposition ? Sinon, ça peut attendre.

— Autant le faire tout de suite. Dis-moi juste d'abord où est Chaffins ?

— Dans une cellule du poste de Sunrise Cove, en garde à vue fédérale. Il a été examiné par un médecin. Tu lui as cassé le nez, trois dents, et quelques côtes.

— Que ça ? grommela Xander en pliant et en dépliant ses doigts meurtris, aux jointures écorchées et enflées.

— Merci. Je sais que tu l'aimes, mais je l'aimais avant toi. Je te suis reconnaissant d'avoir sauvé la vie de ma sœur.

— Pas de quoi.

Mason approcha de Xander un tabouret et s'y assit.

— Raconte-moi ce qui s'est passé.

Xander entreprit de lui relater les événements.

— J'aurais dû me méfier. Je l'ai vu venir, mais trop tard. Je n'ai pas douté une seule seconde qu'il parlait à son petit Bobby sur la banquette arrière. Dès que j'ai repris connaissance, j'ai su que Naomi était en danger. Je t'ai appelé tout de suite. La bagnole avec la caravane était garée dans l'allée. J'ai couru jusqu'à la maison. J'ai entendu le coup de feu.

Xander s'interrompit un instant, ferma les yeux.

— Et puis j'ai entendu Naomi crier, poursuivit-il. Quand je suis arrivé, elle était à terre, il se tenait au-dessus d'elle, son arme braquée sur sa tête, je ne sais pas ce qu'il baragouinait. Je me suis jeté sur lui, je l'ai mis K-O. Naomi et le chien ne bougeaient pas, ils saignaient, beaucoup. J'ai essayé de stopper l'hémorragie de Naomi avec des torchons. Elle avait mal. Je lui faisais encore plus mal.

— C'est lui qui lui a fait du mal, rectifia Mason.

Elle rêvait qu'elle nageait tout doucement, paresseusement, dans une mer du plus pâle des bleus, chaude et limpide. Elle remontait à la surface, se laissait flotter, puis replongeait sous l'eau.

Dans son rêve, des castors sciaient des arbres, elle percevait le vrombissement régulier et rythmé des tronçonneuses. Elle sortit la tête de l'eau, crut voir le chien ronflant à côté d'elle sur un lit pliant.

Elle rit dans son sommeil, entendit la voix de Xander.

Je prendrais volontiers un de ces cachets qu'ils t'ont donnés.

Sourire aux lèvres, elle se laissa glisser dans les limbes.

Des rais de lune tombaient sur le lit, elle faisait l'amour avec Xander.

En ouvrant les yeux, elle vit qu'il faisait grand jour. Le soleil filtrait au travers des lames du store.

— Enfin, te voilà… Tu restes avec moi, cette fois.

Elle tourna la tête, rencontra le regard de Xander. Il paraissait épuisé, très pâle sous le chaume de sa barbe. Une vilaine ecchymose lui marbrait la tempe.

— On a eu un accident ?

— Pas vraiment.

— Je ne me rappelle pas…

Elle tourna la tête de l'autre côté. Podkol l'observait, étendu sur un lit pliant.

— On est… On est à l'hôpital. Il m'a tiré dessus. Il nous a tiré dessus.

— Calme-toi, dit Xander en la forçant à se rallonger, une main sur son épaule. C'était Anson Chaffins.

— Oui, ça y est, je me souviens. Il était dans la maison.

— Tu as fait sortir le chien, il est entré par la chambre, il t'a surprise dans la cuisine. Mason dit que tu étais à l'école avec lui.

— Oui, au lycée. Il était une classe au-dessus de moi. C'est lui qui m'a fait entrer au journal. On ne s'est fréquentés que pendant quelques mois, mais il était avec moi quand j'ai retrouvé ma mère. Il m'a dit qu'il avait eu une révélation. En voyant le corps de ma mère, il a compris qu'il était comme mon père, né pour tuer. La mort l'excite. Depuis tout ce temps…

— Tu n'as plus à avoir peur de lui.

— Je suis grièvement blessée ? Dis-moi la vérité.

— Eh bien… Les médecins ont fait de leur mieux…

Xander éclata de rire devant l'air catastrophé de Naomi.

— Voilà qui te guérira peut-être de ton pessimisme, dit-il. Tu vas très bien, rassure-toi, aussi bien qu'on puisse aller après avoir reçu une balle. Tu as été touchée juste au-dessus de la taille, du côté gauche. La balle t'a traversée et s'est logée dans la cuisse du chien. Il va bien, lui aussi. Il a gagné le short de l'héroïsme, cette fois.

Naomi tendit le bras pour caresser Podkol.

— Tu t'es jetée sur lui, c'est ça ? Il voulait tuer le chien, mais tu l'as protégé…

— Tu n'aurais pas fait la même chose ?

— Si, admit Xander, la voix tremblante. Si, sûrement. C'est idiot.

— Et toi, comment as-tu été blessé ? Tu étais couvert de sang.

— Les plaies à la tête saignent beaucoup.

— C'est lui qui t'a appelé pour le dépannage… Il aurait pu te tuer.

— Il ne l'a pas fait.

— Il aurait pu.

Xander porta la main de Naomi à ses lèvres, la garda là un instant, la berçant doucement.

— Il faudra vivre avec ça. Quant à moi, je devrai accepter qu'à cause de lui tu as frôlé la mort. Mais nous sommes là tous les deux, Dieu merci. Je ne pensais pas pouvoir survivre à une telle peur. Je ne savais pas ce qu'était la peur. Tu gisais dans une mare de sang, tu ne répondais pas… J'ai eu tellement peur.

— Tu m'as sauvée ?

Il embrassa sa main.

— Tu aurais fait la même chose pour moi.

— Oui, sûrement. Mais peu importe, puisqu'on est là tous les deux.

Podkol glissa son museau sous l'autre main de Naomi.

— Tous les trois, se corrigea-t-elle. Et Chaffins ?

— En garde à vue. Il va être transféré dans la journée, je ne sais pas où. Les médias ne parlent que de lui. J'ai lu les dernières infos sur mon téléphone, hier soir. On a divulgué ton lien de parenté avec Bowes. Désolé.

— Ça ne fait rien, ça n'a plus d'importance. Ça n'aurait jamais dû en avoir autant. Combien de temps vais-je devoir rester à l'hôpital ? J'ai envie de rentrer.

— Ils voulaient te garder la nuit en observation, mais ils ont dit que tu devrais pouvoir sortir aujourd'hui, en principe.

— Avant de rentrer à la maison, je veux voir Chaffins. Je n'ai pas pu parler à mon père quand on l'a arrêté, mais je tiens à dire quelques mots à Chaffins.

— OK. Attendons qu'ils te donnent l'autorisation de sortie, et on verra ce que Mason peut faire.

Deux heures plus tard, après avoir signé une tonne de paperasse et écouté les mille et une recommandations des médecins, Naomi quittait l'hôpital sur un fauteuil roulant, par une porte de service devant laquelle Mason l'attendait dans sa voiture.

Il l'aida à se lever, puis la serra contre lui.

— Je t'ai déjà vue en meilleure forme.

— Je me suis déjà sentie en meilleure forme.

Avec l'assistance de son frère, elle s'installa sur le siège passager. Xander et Podkol prirent place sur la banquette arrière.

— La ville grouille de journalistes. Tu ne pourras pas les éviter.

— Tant pis.

— Il avait une carte de presse, dit Mason tout en conduisant. Il assistait aux conférences de presse. Il dormait dans un motel ou dans sa caravane, qu'il utilisait aussi à d'autres fins.

Un adolescent qui m'a invitée au bal du lycée, pensa Naomi, *qui a maladroitement tenté de me draguer, mais que j'ai éconduit.*

Et en qui sommeillait un monstre.

— Il torturait dans sa caravane, comme Bowes dans sa cave.

— Oui, dans différents campings, sous différents noms. Il a plusieurs fois changé d'identité, ces dernières années. Il était doué en informatique.

— Il l'a toujours été.

— Il tenait un fichier avec les noms de ses victimes, les lieux, les dates. Il a aussi des photos d'elles. Nous avons suffisamment de preuves pour le faire enfermer jusqu'à la fin de ses jours. Tu n'auras plus jamais à te soucier de lui.

— Je n'y penserai plus jamais. Tu as dit aux oncles que j'allais bien ?

— Oui, je leur ai téléphoné.

— Je ne veux pas qu'ils s'inquiètent pour moi. Je les appellerai dès qu'on sera rentrés à la maison.

— Et ensuite, tu prendras un de ces comprimés qu'ils t'ont prescrits, intervint Xander.

— Sans problème. Tu vas quand même aller voir Bowes ? demanda Naomi à son frère.

— Oui, mais il n'y a plus d'urgence.

Mason se gara devant le poste de police, sur une place de stationnement qu'on lui avait réservée. À l'instant où Naomi posa le pied hors de la voiture, soutenue par Xander, une horde de journalistes l'assaillit de questions.

— Podkol vient avec nous. Je veux qu'il le voie.

Sam Winston apparut sur le seuil du bâtiment.

— Restez à l'écart ! lança-t-il aux reporters, et cessez de brailler ou je vous fais arrêter pour trouble à l'ordre public. Je suis ici chez moi, je ne me gênerai pas.

Il referma la porte derrière Naomi, lui prit la main.

— Vous aussi, vous êtes ici chez vous. Vous voulez vraiment voir le prévenu ? Vous en êtes certaine ?

— Oui, je n'en aurai pas pour longtemps.

Le poste de police n'était guère différent de celui de son enfance, se dit-elle. Les cellules de garde à vue devaient se trouver derrière la porte en acier, comme celle où l'on avait conduit son père.

— Mason, Xander, Podkol, venez tous avec moi.

Se tenir droite la faisait souffrir, mais elle pourrait supporter cette douleur. Elle tenait à garder la tête haute.

À leur approche, Chaffins se leva du lit de camp sur lequel il était affalé. En dépit de ses cocards, de son nez enflé et bleui, de ses lèvres fendues, il esquissa un sourire, révélant plusieurs dents manquantes.

— Escortée par ton frangin, ton mécano et ton clébard… Tu as peur de moi, Naomi ?

— Pas du tout. Je voulais juste qu'on te voie tous dans ce qui sera désormais ton habitat naturel.

Podkol émit un grondement sourd.

— Je n'irai pas en prison.

— Ça m'étonnerait.

— Je serai bientôt libre et je te retrouverai. Tu seras toujours sur tes gardes.

Naomi posa une main sur le bras de Xander, vibrant de rage.

— Sûrement pas, répliqua-t-elle. Pouvez-vous me laisser seule une minute avec lui, maintenant ?

— Tout de suite, acquiesça Xander.

Néanmoins, il s'avança devant la cellule. Aussi rapide qu'un serpent, il glissa un bras entre les barreaux et empoigna Chaffins, le plaquant contre la porte. Naomi n'entendit pas ce qu'il lui chuchota à l'oreille, mais toute couleur se retira du visage de Chaffins.

— Va te faire foutre ! vociféra-t-il. J'aurais dû te fracasser le crâne.

— Tu ne l'as pas fait, rétorqua Xander en le lâchant, puis il se tourna vers Naomi. Ne t'approche pas de lui, recommanda-t-il.

Elle lui prit la main, embrassa ses articulations meurtries.

— Ne t'en fais pas. Toi non plus, Mason. Je n'en aurai pas pour longtemps.

Seule face à Chaffins, elle observa son visage, revit le garçon qu'il avait été derrière le monstre qu'il était devenu.

— On écrira peut-être des livres sur toi.

— J'espère bien, ricana-t-il.

— On fera même des films. Tu savoureras ta gloire malsaine, je m'en fiche. Mais tout le monde saura que contre moi, tu as perdu. Tu as perdu, Chaffins. J'ai fait emprisonner mon père, alors qu'il avait compté pour moi. Maintenant, tu es en prison, et tu ne signifies rien de rien.

— Tu as de la chance. La prochaine fois…

— Tu peux toujours rêver. J'espère que tu rêveras de moi toutes les nuits, dans le froid et dans le noir.

— *Tu* rêveras de moi.

— Non, je t'oublierai, comme je t'avais déjà oublié depuis belle lurette. Je suis la fille d'un monstre. Les monstres ne me font pas peur. Allez, viens, Podkol, on s'en va. On va t'acheter un bon os.

Là-dessus, elle tourna les talons.

— Attends ! cria Chaffins. Je n'en ai pas fini avec toi !

— Tu n'existes plus.

Et elle s'éloigna sans se retourner.

— Ça t'a fait du bien ? lui demanda Xander.

— Un bien fou. J'ai hâte de rentrer, maintenant, et de prendre ce comprimé.

Sur le chemin du retour, elle garda les yeux fermés afin de mieux lutter contre la douleur, et poussa un soupir de soulagement lorsque la voiture s'immobilisa devant la maison.

Elle était enfin chez elle, elle allait enfin pouvoir s'abandonner, faire le vide pour mieux se ressourcer.

— Vivement que je prenne mes drogues, mais je voudrais d'abord m'asseoir un moment sur la terrasse. À qui est cette voiture ?

Avant que Mason ait pu répondre, Seth apparut sur le perron.

— Oh, mon Dieu… Merci, mon Dieu…, balbutia-t-il, les larmes aux yeux. Attends, ma puce, ne bouge pas, je vais te porter.

— Vous êtes là ? Tous les deux ? Comment avez-vous fait pour arriver aussi vite ? Ce n'est pas la peine de me porter, je peux marcher.

— Hors de question ! intervint Harry en dévisageant Xander. Vous êtes Xander ?

— Oui. Je m'occupe d'elle.

Coupant court à toute discussion, Xander glissa un bras sous les jambes de Naomi, l'autre derrière son dos, et la souleva avec précaution.

— Montez-la dans son lit. On a tout préparé.

— Non, s'il vous plaît, je vais bien, protesta-t-elle. Pose-moi par terre, Xander, que j'embrasse mes oncles.

— Je vais chercher des coussins, déclara Seth en se précipitant à l'intérieur.

— J'ai fait de la limonade rose, tu te souviens ?

Toujours dans les bras de Xander, Naomi prit la main de Harry.

— Avec de la glace pilée ? Quand êtes-vous arrivés ? Comment avez-vous fait pour être là aussi vite ?

— Jet privé. On a des relations dans le beau monde. Mon bébé…, murmura-t-il en lui embrassant la main. Tes collègues nous ont dit qu'on pouvait entrer dans la maison, Mason. Ils ont fini leur boulot et ils ont fait passer une équipe…

— Oui, tout a été nettoyé, dit Mason à Naomi.

Sur la terrasse, Seth s'affairait à disposer des coussins sur le banc. Un bouquet dans un petit vase trônait sur la table. Xander déposa Naomi sur le banc, Seth lui couvrit les jambes d'un plaid, puis il la serra entre ses bras.

— Mon ange, mon bébé…

— Ne pleure pas, je vais bien.

— Il faut qu'elle prenne un cachet, intervint Xander. Désolé, mais il faut absolument qu'elle prenne son traitement contre la douleur.

— Je vais lui servir un verre de limonade pour faire passer la pilule. Vous voulez de la limonade, Xander ?

— Je me damnerais pour une bière.

— Je vous en apporte une. Mason ?

— Je dois partir. Je reviens en fin de journée.

— Tu seras là pour le dîner ? J'ai prévu un repas de fête.

Tandis que Harry rentrait dans la cuisine, Seth se leva, les yeux brillants de larmes, et enlaça Xander. Étouffé entre ses bras, celui-ci coula un regard en coin à Naomi.

— Je vous considérerai toujours comme un héros, dit Seth en reniflant. Elle est la lumière de ma vie. Naomi et Mason sont les lumières de nos vies.

— Elle illumine aussi la mienne, ajouta Xander en se dégageant de son étreinte.

— Bon, j'y vais, déclara Mason en faisant une bise à Seth. Assieds-toi. Respire un bon coup.

— Ce garçon est absolument charmant, dit Seth à Naomi en remuant les sourcils en direction de Xander. Il lui faut de la glace pour sa main. J'espère que vous avez bien amoché cette ordure.

— Il lui a cassé le nez et trois dents, précisa Naomi.

— Bien joué !

Harry revint avec un grand verre rempli de glace pilée et d'un liquide rose mousseux, garni d'une rondelle de citron. Il le donna à Naomi, puis il tendit une cannette à Xander, avant de le prendre dans ses bras, comme Seth venait de le faire.

— Harry, se présenta-t-il. Naomi est mon amour. Ravi de te rencontrer. On se tutoie, non ?

— Bien sûr, acquiesça Xander. Enchanté. Tiens, prends-en un, dit-il à Naomi en sortant un flacon de médicament de sa poche.

— Je voudrais profiter un peu…

— Prends-en un.

En soupirant, elle avala un comprimé.

— Oh, Harry, personne ne fait de la limonade rose comme la tienne.

— Tu voudrais manger ? Quelque chose de léger et de réconfortant ? Des œufs au fromage avec du pain grillé ?

— Mon repas favori quand je suis malade, bredouilla-t-elle, au bord des larmes.

— Je vais vous préparer des œufs, pour tous les deux. Et concocter un plat spécial pour ce toutou d'exception. Pas de croquettes pour toi aujourd'hui, mon brave.

Avec un regard d'adoration, Podkol posa sa tête sur la jambe de Harry.

— Je vais te préparer du bœuf. Une recette qu'on appellera « bœuf à la Podkol ».

Quand Harry retourna dans la cuisine, le chien le suivit en boitillant. Avant que Xander ait pu goûter sa bière, Seth reparut avec un sachet de glaçons.

— Tiens. Assieds-toi donc sur le banc. Naomi pourra étendre les jambes sur tes genoux. Mets de la glace sur ta main, déguste ta bière. Et admire cette vue magnifique. C'est le plus beau jour de notre vie. Tu es installée confortablement, ma chérie ?

— Oui, oui, très bien.

— Quand tu le souhaiteras, Xander t'accompagnera à l'étage, que tu puisses dormir un moment. On reste tous là. On ne bouge pas.

— Je suis si heureuse que vous soyez ici.

— Et moi donc… Je vais aider Harry à la cuisine. Appelle-moi si tu as besoin de quoi que ce soit.

Tout en sirotant sa limonade, elle le suivit des yeux en souriant.

— J'ai l'impression d'être dans un rêve. Tu savais qu'ils étaient là ? demanda-t-elle à Xander.

— Mason me l'avait dit. Ils sont arrivés en début de matinée.

— Ils te plairont.

— Ils me plaisent déjà. Ils sont adorables. Une bière et des œufs au fromage, franchement, je suis conquis.

Xander posa son sac de glace pour sortir son téléphone de sa poche.

— Je rappellerai plus tard. J'ai reçu des milliers d'appels et de textos depuis ce matin. Tout le monde veut savoir comment tu vas, venir te voir, t'apporter des fleurs, des chocolats ou je ne sais quoi.

— Tout le monde ?

— Cite-moi un nom, je parie que j'ai un message de sa part.

Comme une famille, pensa-t-elle. *Les amis et la communauté peuvent former comme une famille, si on le veut bien.*

— On pourrait inviter quelques personnes. Harry adore préparer des grands repas. C'est sympa que les gens se soucient de moi. Le problème, c'est que je tombe de fatigue. Le comprimé commence à faire effet.

— On invitera du monde demain, si tu veux.

— Oui, tu as raison, ce sera mieux.

— Ça va ?

— Oui, oui. Je ne te demanderai pas ce que tu as dit à Chaffins, mais merci de l'avoir fait blêmir.

— Tu lui as donné le coup de grâce.

— Ne parlons plus de lui, maintenant. Je suis là où je désire être, avec qui je désire être, et j'en ai fini de me tracasser à cause de mon ascendance et des réactions de personnes dont je me fiche royalement.

— Très bien parlé.

— J'adore cette maison. J'adore contempler la mer, et savoir que je la verrai jour après jour.

— On devrait se marier ici, dans le jardin.

— J'adore… Pardon ?

— En automne, les feuillages feront un décor splendide, dit Xander, pensif. En octobre. Ça te laissera le temps de choisir une robe, des compositions florales et tout le tralala.

— Tu veux qu'on se marie ? Ce n'est pas…

— Si, si, l'interrompit-il en lui caressant le mollet, c'est tout à fait dans l'ordre des choses. Tu as jusqu'à octobre pour te faire à cette idée. Ça me paraît amplement suffisant.

— C'est une demande sérieuse ?

— Je l'espère, intervint Seth sur le pas de la porte, en essuyant une larme.

Puis il retourna dans la cuisine.

— Je t'achèterai une alliance. On aura une belle vie, ici.

— Je n'ai pas encore dit…

— Tu y viendras. Je t'aime, Naomi. Tu m'aimes aussi, dit-il en plongeant ses yeux bleus au fond des siens.

— Oui, bien sûr que je t'aime, dit-elle en prenant sa main meurtrie pour y appliquer le sac de glace. Je n'avais pas l'intention de me marier, mais pourquoi pas ?

— Parfait. Octobre. Tout le reste est négociable.

— Les oncles voudront organiser un mariage en grande pompe.

— Si ça leur fait plaisir…, répondit Xander en haussant les épaules. Je n'ai rien contre, tant que j'ai ça…

Il se pencha vers Naomi, lui déposa un baiser sur les lèvres.

Tant qu'ils avaient l'amour, songea Naomi en l'embrassant langoureusement. Et une belle maison solide où bâtir leur vie ensemble.

Une vie de levers de soleil et de lilas, d'amis et de moments de tranquillité.

Et un chien fabuleux.

Achevé d'imprimer
à Noyelles-sous-Lens
pour le compte de France Loisirs,
31 Rue du Val de Marne
75013 PARIS

Imprimé en France
Dépôt légal : février 2018
N° d'édition : 91567